LE PENDULE DE FOUCAULT

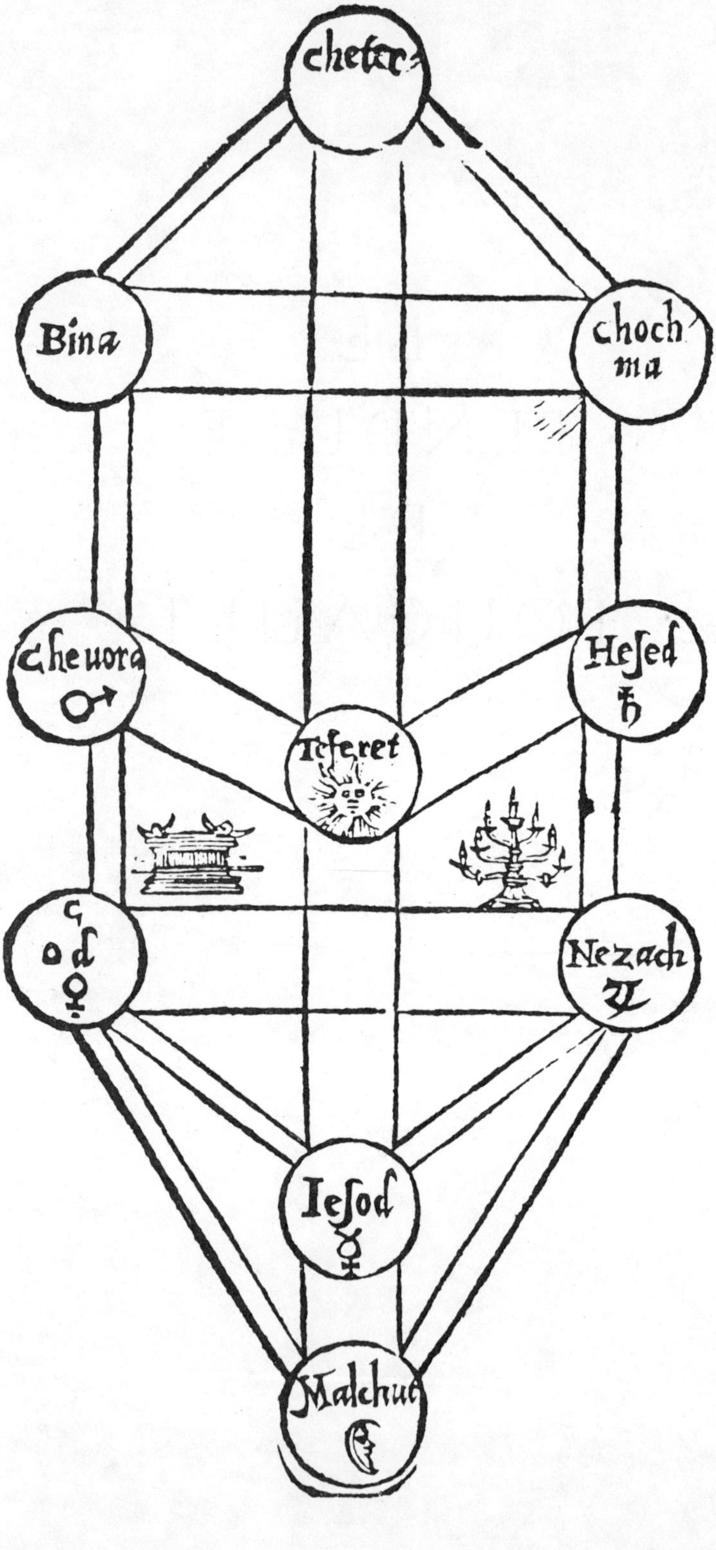

chetter
Bina
Choch ma
Cheuora
Hesed
Teferet
Hod
Nezach
Iesod
Malchut

UMBERTO ECO

LE PENDULE DE FOUCAULT

roman

traduit de l'italien
par
JEAN-NOËL SCHIFANO

Le Grand-Livre-du-Mois

L'édition originale de cet ouvrage a été publiée en octobre 1988 par Gruppo Editoriale Fabbri, Bompiani, Sonzogno, Etas S.p.A. à Milan, sous le titre :

IL PENDOLO DI FOUCAULT

Pour vous seuls, fils de la doctrine et de la sapience, nous avons écrit cette œuvre. Scrutez le livre, recueillez-vous dans cette intention que nous y avons dispersée et placée en plusieurs endroits ; ce que nous avons occulté dans un endroit, nous l'avons manifesté dans un autre, afin que votre sagesse puisse le comprendre.

Heinrich Cornelius Agrippa VON NETTESHEIM,
De occulta philosophia, 3, 65.

La superstition porte malchance.

Raymond SMULLYAN, *5000 B.C.*, 1.3.8.

1

KÉTÉR

— 1 —

ב) והנה בהיות אור הא"ס נמשך,
בבחינת (ה) קו ישר תוך החלל
הנ"ל, לא נמשך ונתפשט (ו) תיכף
עד למטה, אמנם היה מתפשט לאט
לאט, רצוני לומר, כי בתחילה הת-
חיל קו האור להתפשט, ושם תיכף
(ז) בתחילת התפשטותו בסוד קו,
נתפשט ונמשך ונעשה, כעין (ח)
גלגל אחד עגול מסביב.

C'est alors que je vis le Pendule.

La sphère, mobile à l'extrémité d'un long fil fixé à la voûte du chœur, décrivait ses amples oscillations avec une isochrone majesté.

Je savais — mais quiconque aurait dû s'en rendre compte sous le charme de cette paisible respiration — que la période était réglée par la relation entre la racine carrée de la longueur du fil et ce nombre π qui, irrationnel aux esprits sublunaires, par divine raison lie nécessairement la circonférence au diamètre de tous les cercles possibles — si bien que le temps de l'errance de cette sphère d'un pôle à l'autre était l'effet d'une mystérieuse conspiration entre les plus intemporelles des mesures, l'unité du point de suspension, la dualité d'une dimension abstraite, la nature ternaire de π, le tétragone secret de la racine, la perfection du cercle.

Je ne savais pas encore que, à la verticale du point de suspension, à la base, un dispositif magnétique, communiquant son rappel à un cylindre caché au cœur de la sphère, garantissait la constance du mouvement, artifice destiné à contrecarrer les résistances de la matière, mais qui ne s'opposait pas à la loi du Pendule, lui permettant même de se manifester, car dans le vide n'importe quel point matériel lourd, suspendu à l'extrémité d'un fil inextensible et sans poids, qui ne subirait pas la résistance de l'air, et ne produirait pas de friction avec son point d'appui, eût oscillé, de façon régulière, pour l'éternité

De la sphère de cuivre émanaient des reflets pâles et changeants, frappée qu'elle était par les derniers rayons du soleil qui pénétraient à travers les vitraux. Si, comme autrefois, elle avait effleuré de sa pointe une couche de sable humide étendue sur les dalles du chœur, elle aurait dessiné à chaque oscillation un sillon léger sur le sol, et le sillon, changeant infinitésimalement de direction à chaque instant, se serait élargi de plus en plus en forme de brèche, de tranchée, laissant deviner une symétrie rayonnée — comme le squelette d'un mandala, la structure invisible d'un pentaculum, une étoile, une rose mystique. Non, plutôt une histoire, enregistrée sur l'étendue d'un désert, de traces laissées par d'infinies caravanes erratiques. Un récit de lentes et millénaires migrations, peut-être ainsi les Atlantes s'étaient-ils déplacés du continent de Mu, en un vagabondage obstiné et possessif, de la Tasmanie au Groenland, du Capricorne au Cancer, de l'île du Prince-Edouard aux Svalbard. La pointe répétait, racontait de nouveau en un temps très resserré, ce qu'ils avaient fait de l'une à l'autre glaciation, et peut-être faisaient encore, désormais messagers des Seigneurs — peut-être dans le parcours entre les îles Samoa et la Nouvelle-Zemble la pointe effleurait-elle, dans sa position d'équilibre, Agarttha, le Centre du Monde. Et j'avais l'intuition qu'un plan unique unissait Avalon, l'hyperboréenne, au désert austral qui abrite l'énigme de Ayers Rock.

A ce moment-là, quatre heures de l'après-midi du 23 juin, le Pendule atténuait sa vitesse propre à une extrémité du plan d'oscillation, pour retomber, indolent, vers le centre, prendre de la vitesse à la moitié de son parcours, sabrer confiant dans le carré occulte des forces qui en marquait le destin.

Si j'étais longtemps resté, endurant le passage des heures, à fixer cette tête d'oiseau, cette pointe de lance, ce cimier renversé, tandis qu'il dessinait dans le vide ses propres diagonales, effleurant les points opposés de sa circonférence astigmatique, j'aurais été victime d'une illusion fabulatrice, parce que le Pendule m'eût fait croire que le plan d'oscillation avait accompli une rotation complète, revenant au point de départ, en trente-deux heures, décrivant une ellipse aplatie — l'ellipse qui tourne autour de son centre à une vitesse angulaire uniforme, proportionnelle au sinus de la latitude. Comment aurait-il tourné si le point avait été fixé au sommet de la coupole du Temple de Salomon ? Peut-être les Chevaliers avaient-ils essayé là-bas aussi. Peut-être que le calcul, la signification finale n'aurait pas changé. Peut-être l'église abbatiale de Saint-Martin-des-Champs était-elle le vrai Temple. Quoi qu'il en soit, l'expérience n'eût été parfaite qu'au Pôle, seul et unique lieu où le point de suspension se trouve sur le prolongement de l'axe de rotation de la terre, et où le Pendule réaliserait son cycle apparent en vingt-quatre heures.

Mais ce n'était pas cette déviation hors de la Loi, que d'ailleurs la Loi prévoyait, ce n'était pas cette violation d'une mesure d'or qui rendait moins admirable le prodige. Je savais bien que la terre tournait, et moi avec elle, et Saint-Martin-des-Champs et tout Paris avec moi, et qu'ensemble nous tournions sous le Pendule qui, en réalité, ne changeait jamais la direction de son propre plan, parce que là-haut, d'où il pendait, et le long de l'infini prolongement idéal du fil, en haut vers les plus lointaines galaxies, se trouvait, figé pour l'éternité, le Point Immobile.

La terre tournait, mais le lieu où s'ancrait le fil était l'unique point fixe de l'univers.

Ce n'était donc pas tant vers la terre que se dirigeait mon regard, mais là-haut, où se célébrait le mystère de l'immobilité absolue. Le Pendule me disait que, tout se mouvant, le globe, le système solaire, les nébuleuses, les trous noirs et toute la postérité de la grande émanation cosmique, depuis les premiers éons jusqu'à la matière la plus visqueuse, un seul point demeurait, pivot, cheville, crochet idéal, permettant à l'univers de se mouvoir autour de soi. Et moi je participais maintenant de cette expérience suprême, moi qui pourtant me mouvais avec tout et avec le tout, mais pouvais voir Cela, le Non-Mouvant, la Forteresse, la Garantie, le brouillard très lumineux qui n'est corps, n'a figure forme poids quantité ou qualité, et ne voit, n'entend, ni ne tombe sous la sensibilité, n'est pas en un lieu, en un temps ou en un espace, n'est âme, intelligence, imagination, opinion, nombre, ordre, mesure, substance, éternité, n'est ni ténèbre ni lumière, n'est pas erreur et n'est pas vérité.

Je tressaillis en entendant un dialogue, précis et nonchalant, entre un garçon avec des lunettes et une fille qui malheureusement n'en portait pas.

« C'est le pendule de Foucault, disait le garçon. Première expérience dans une cave en 1851, ensuite à l'Observatoire, et puis sous la coupole du Panthéon, avec un fil de soixante-sept mètres et une sphère de vingt-huit kilos. Enfin, depuis 1855 il est ici, en format réduit, et il pend par ce trou, au milieu de la voûte d'arête.

— Et qu'est-ce qu'il fait, il pendouille et c'est tout ?

— Il démontre la rotation de la terre. Comme le point de suspension reste immobile...

— Et pourquoi reste-t-il immobile ?

— Parce qu'un point... comment dire... dans son point central, écoute bien, chaque point qui se trouve précisément au milieu des points que tu vois, bien, ce point — le point géométrique — tu ne le vois pas, il n'a pas de dimensions, et ce qui n'a pas de dimensions ne peut aller ni à droite ni à gauche, ni en bas ni en haut. Donc il ne tourne pas. Tu piges ? Si le point n'a pas de dimensions, il ne peut pas même tourner autour de lui-même. Il n'a pas même lui-même...

— Mais si la terre tourne ?

— La terre tourne mais le point ne tourne pas. Si ça te va, c'est comme ça, sinon tu vas te faire voir. D'accord ?

— C'est ses oignons. »

Misérable. Elle avait sur sa tête l'unique endroit stable du cosmos, l'unique rachat de la damnation du *panta rei*, et elle pensait que c'était Ses oignons, et pas les siens. Et sitôt après, en effet, le couple s'éloigna — lui, formé sur quelque manuel qui avait enténébré ses possibilités d'émerveillement ; elle, inerte, inaccessible au frisson de l'infini ; sans que ni l'un ni l'autre eût enregistré dans sa mémoire l'expérience terrifiante de leur rencontre — première et dernière — avec l'Un, l'En-sof, l'Indicible. Comment ne pas tomber à genoux devant l'autel de la certitude ?

Moi je regardais avec révérence et peur. En cet instant, j'étais convaincu que Jacopo Belbo avait raison. Quand il me parlait du Pendule, j'attribuais son émotion à une divagation d'esthète, à ce cancer qui prenait lentement forme, informe, dans son âme, transformant petit à petit, sans qu'il s'en rendît compte, son jeu en réalité. Mais s'il avait raison pour le Pendule, tout le reste aussi était peut-être vrai, le Plan, le Complot Universel, et il était juste que je sois venu là, la veille du solstice d'été. Jacopo Belbo n'était pas fou, il avait simplement découvert par jeu, à travers le Jeu, la vérité.

C'est que l'expérience du Numineux ne peut durer longtemps sans bouleverser l'esprit.

J'ai cherché alors à distraire mon regard en suivant la courbe qui, partant des chapiteaux des colonnes disposées en demi-cercle, se dirigeait le long des nervures de la voûte vers la clef, répétant le mystère de l'ogive, qui se soutient sur une absence, suprême hypocrisie statique, et fait croire aux colonnes qu'elles poussent vers le haut les liernes, et à celles-ci, repoussées par la clef, qu'elles fixent à terre les colonnes, la voûte étant en revanche un tout et un rien, effet et cause en même temps. Mais je réalisai que négliger le Pendule, pendant de la voûte, et admirer la voûte, c'était comme s'abstenir de boire à la source pour s'enivrer de la fontaine.

Le chœur de Saint-Martin-des-Champs n'avait d'existence que parce que pouvait exister, en vertu de la Loi, le Pendule, et celui-ci existait parce qu'existait celui-là. On n'échappe pas à un infini, me dis-je, en fuyant vers un autre infini ; on n'échappe pas à la révélation de l'identique, en s'imaginant pouvoir rencontrer le différent.

Sans pouvoir davantage détourner les yeux de la clef de voûte, je reculai, pas à pas — car en quelques minutes, depuis que j'étais entré, j'avais appris le parcours par cœur, et les grandes tortues de métal qui défilaient à mes côtés étaient suffisamment imposantes pour que le coin de l'œil perçût leur présence. Je marchai à reculons le long de la nef vers la porte d'entrée, et de nouveau je fus surplombé par ces menaçants oiseaux préhistoriques en toile rongée et fils métalliques, par ces libellules hostiles qu'une volonté occulte avait fait pendre du plafond de la nef. Je les percevais comme des métaphores savantes, bien plus significatives et allusives que le prétexte didactique n'avait feint de les avoir voulues. Un vol d'insectes et de reptiles jurassiques, une allégorie des longues migrations que le Pendule résumait à terre, archontes, émanations perverses, voilà qu'ils piquaient sur moi, avec leurs immenses becs d'archéoptéryx, l'aéroplane de Breguet, celui de Blériot, d'Esnault, et l'hélicoptère de Dufaux.

Ainsi, en effet, entre-t-on au Conservatoire des Arts et Métiers, à Paris, après avoir traversé une cour XVIIIe, posant le pied à l'intérieur de la vieille église abbatiale enchâssée dans l'ensemble plus tardif, comme elle était jadis enchâssée dans le prieuré originel. On entre et on se trouve ébloui par cette conjuration qui réunit l'univers supérieur des ogives célestes et le monde chthonien des dévoreurs d'huiles minérales.

A terre s'étend une théorie de véhicules automobiles, bicycles et voitures à vapeur, d'en haut dominent les avions des pionniers, en certains cas les objets sont intacts, encore qu'écaillés, corrodés par le temps, et ils ont l'air, tous ensemble, à la lumière ambiguë en partie naturelle et en partie électrique, recouverts d'une patine, d'un vernis de vieux violon ; d'autres fois, il reste des squelettes, des châssis, des dislocations de bielles et de manivelles qui font peser la menace d'inracontables tortures, enchaîné qu'on se voit déjà à ces lits de contention où quelque chose pourrait se mettre en branle et à fouiller les chairs, jusqu'aux aveux.

Et au-delà de cette série d'anciens objets mobiles, maintenant immobiles, à l'âme rouillée, purs signes d'un orgueil technologique qui les a voulus exposés à la révérence des visiteurs, veillé à gauche par une statue de la Liberté, modèle réduit de celle que Bartholdi avait projetée pour un autre monde, et à droite par une statue de Pascal, s'ouvre le chœur où, aux oscillations du Pendule, fait couronne le cauchemar d'un entomologiste malade — chélates, mandibules, antennes, proglottis, ailes, pattes — un cimetière de cadavres mécaniques qui pourraient se remettre à marcher tous en même temps — magnétos, transformateurs monophasés, turbines, groupes convertisseurs, machines à vapeur, dynamos — et au fond, au-delà du Pendule, dans le promenoir, des idoles assyriennes, chaldaïques, carthaginoises, de grands Baals au ventre un jour brûlant, des vierges de Nuremberg avec leur cœur hérissé de clous mis à nu, ce qui avait été autrefois des moteurs d'aéroplane — indicible couronne de simulacres prosternés dans l'adoration du Pendule, comme si les enfants de la Raison et des Lumières avaient été condamnés à garder pour l'éternité le symbole même de la Tradition et de la Sapience.

Et les touristes ennuyés, qui paient leurs neuf francs à la caisse et entrent gratis le dimanche, peuvent donc penser que de vieux messieurs du XIXe siècle, la barbe jaunie de nicotine, le col froissé et graisseux, la cravate lavallière noire, la redingote puant le tabac à priser, les doigts brunis par les acides, l'esprit acide d'envies académiques, des fantômes de pochade qui s'appelaient à tour de rôle cher maître, ont placé ces objets sous ces voûtes dans une vertueuse volonté d'exposition, pour satisfaire le contribuable bourgeois et radical, pour célébrer les voies radieuses du progrès ? Non, non, Saint-Martin-des-Champs avait été pensé d'abord comme prieuré et ensuite comme musée révolutionnaire, en tant que recueil de sciences des plus mystérieuses, et ces avions, ces machines automotrices, ces squelettes électromagnétiques se trouvaient là pour entretenir un dialogue dont m'échappait encore la formule.

Aurais-je dû croire, comme me disait hypocritement le catalogue, que la belle entreprise avait été pensée par ces messieurs de la Convention afin de rendre accessible aux masses un sanctuaire de tous les arts et métiers, quand il était si évident que le projet, et jusqu'aux mots employés, étaient ceux-là mêmes dont Bacon se servait pour décrire la Maison de Salomon de sa Nouvelle Atlantide ?

Possible que moi seul — moi et Jacopo Belbo, et Diotallevi — ayons eu l'intuition de la vérité ? Ce soir-là j'allais peut-être savoir la réponse. Il fallait que je parvienne à rester dans le musée, au-delà de l'heure de fermeture, en attendant minuit.

Par où Ils entreraient, je ne le savais pas — je soupçonnais que le long du réseau des égouts de Paris un conduit reliait quelque point du musée à quelque autre point de la ville, peut-être près de la porte Saint-Denis — mais à coup sûr je savais que, si je sortais, je ne rentrerais pas par ce côté. Il fallait donc que je me cache, et que je reste dedans.

Je cherchai à échapper à la fascination des lieux et à regarder la nef avec des yeux froids. A présent, je ne cherchais plus une révélation, je voulais une information. J'imaginais que dans les autres salles il serait difficile de trouver un endroit où j'aurais pu déjouer le contrôle des gardiens (c'est leur métier, au moment de fermer, de faire le tour des salles, pour voir si un voleur ne se tapit pas quelque part) ; mais ici, dans la nef embouteillée de véhicules, quel endroit meilleur pour se glisser quelque part comme passager ? Se cacher, vivant, dans un véhicule mort. Des jeux, nous en avions tant fait, et même trop, pour ne pas tenter encore celui-ci.

Allons, du cœur, me dis-je, ne pense plus à la Sapience : demande aide à la Science.

— 2 —

Nous avons de diverses et curieuses Horloges, et d'autres qui produisent des Mouvements Alternatifs... Et nous avons aussi des Maisons consacrées aux Erreurs des Sens, où nous réalisons avec succès tout genre de Manipulations, Fausses Apparitions, Impostures et Illusions... Ce sont là, ô mon fils, les richesses de la Maison de Salomon.

Francis Bacon, *New Atlantis*,
éd. Rawley, London, 1627, pp. 41-42.

J'avais retrouvé le contrôle de mes nerfs et de mon imagination. Il fallait que je joue avec ironie, comme j'avais joué jusqu'à quelques jours avant, sans me prendre au jeu. J'étais dans un musée, et il fallait que je sois dramatiquement rusé et lucide.

Je regardai avec familiarité les avions au-dessus de moi : j'aurais pu grimper dans la carlingue d'un biplan et attendre la nuit comme si je survolais la Manche, savourant d'avance la Légion d'honneur Les noms des automobiles au sol me paraissaient affectueusement nostalgiques... Hispano-Suiza 1932, belle et accueillante. A exclure, parce que trop près de la caisse, mais j'aurais pu tromper l'employé si je m'étais présenté en knickerbockers, cédant le pas à une dame en tailleur crème, une longue écharpe autour de son cou filiforme, un mignon chapeau cloche sur une coupe à la garçonne. La Citroën C 64 1931 ne s'offrait qu'en section, bon modèle scolaire mais cachette dérisoire. Même pas la peine de parler de la voiture à vapeur de Cugnot, énorme, carrément une chaudière, ou une marmite si on veut. Il fallait regarder sur le côté droit, le long du mur où se trouvaient les vélocipèdes aux grandes roues florales, les draisiennes au cadre plat, genre patinette, évocation de gentlemen en haut-de-forme qui trottinent à travers le Bois de Boulogne, cavaliers du progrès.

Face aux vélocipèdes, de bonnes carrosseries, réceptacles gourmands. Peut-être pas la Panhard Dynavia 1945, trop transparente et étroite dans sa forme aérodynamique, mais sans nul doute digne de considération la haute Peugeot C6G : une mansarde, une alcôve. Une fois dedans, enfoncé dans les divans de cuir, personne n'aurait plus soupçonné ma présence. Difficile de m'y hisser cependant, un des gardiens était assis juste devant, sur un banc, le dos aux bicycles. Monter sur le marchepied, un peu gêné par mon manteau à col de fourrure, tandis que lui, guêtres aux mollets, casquette à la main, m'ouvre, obséquieux, la portière...

Je me concentrai un instant sur l'Obéissante, 1873, premier véhicule français à traction mécanique, pour douze passagers. Si la Peugeot était un appartement, j'avais devant les yeux un immeuble. Mais pas question de penser y pouvoir accéder sans attirer l'attention de tout le monde. De même qu'il est difficile de se cacher quand les cachettes sont les tableaux d'une exposition.

Je traversai de nouveau la salle : la statue de la Liberté se dressait, « éclairant le monde », sur un socle de presque deux mètres, conçu comme une proue, avec un rostre coupant. Elle dissimulait à l'intérieur une sorte de guérite, par où on avait vue, droit devant et à travers un hublot, sur un diorama de la baie de New York. Bon poste d'observation quand viendrait minuit, avec cette possibilité de dominer dans l'ombre le chœur à gauche et la nef à droite, le dos protégé par une grande statue de Gramme en pierre, qui regardait vers d'autres couloirs, placée qu'elle était dans une sorte de transept. Mais en pleine lumière, on voyait très bien si la guérite était habitée, et un gardien normalement constitué y aurait jeté tout de suite un coup d'œil, par acquit de conscience, une fois les visiteurs évacués.

Je n'avais pas beaucoup de temps, on allait fermer à cinq heures et demie. Je pressai le pas pour revoir le promenoir. Aucun des moteurs ne pouvait fournir un refuge. Pas même, à droite, les grands appareils pour navires, reliques de quelque Lusitania englouti par les eaux, ni l'immense moteur à gaz de Lenoir, avec sa variété de roues dentées. Non, mais plutôt, maintenant que la lumière diminuait et pénétrait, aqueuse, à travers les vitraux gris, j'étais de nouveau saisi par la peur de me cacher parmi ces animaux et de les retrouver ensuite dans le noir, à la lumière de ma torche électrique, renés dans les ténèbres, haletants d'une lourde respiration tellurique, os et viscères sans plus de peau, crissants et puants de bave huileuse. Au milieu de cette exposition, que je commençais à trouver immonde, d'organes génitaux Diesel, de vagins à turbine, de gorges inorganiques qui en leur temps éructèrent — et peut-être cette nuit même éructeraient de nouveau — des flammes, des vapeurs, des sifflements, ou bourdonneraient, indolents, comme des cerfs-volants, craquetteraient comme des cigales, parmi ces manifestations squelettiques d'une pure fonctionnalité abstraite, automates capables d'écraser, scier, déplacer, casser, tronçonner, accélérer, enrayer, déglutir à explosion, hoqueter des cylindres, se désarticuler comme des marionnettes sinistres, faire rouler des tambours, convertir des fréquences, transformer des énergies, tournoyer des volants — comment aurais-je pu survivre ? Ils m'auraient affronté, poussés par les Seigneurs du Monde qui les avaient voulus pour parler de l'erreur de la création, dispositifs inutiles, idoles des maîtres du bas univers — comment aurais-je pu résister sans vaciller ?

Il fallait que je m'en aille, que je m'en aille, tout était une pure folie, j'étais en train de tomber dans le jeu qui avait fait perdre la raison à Jacopo Belbo, moi, l'homme de l'incrédulité...

Je ne sais pas si l'autre soir j'ai bien fait de rester Sinon je connaîtrais aujourd'hui le début mais pas la fin de l'histoire. Ou bien je ne serais pas ici, comme je le suis à présent, isolé sur cette colline tandis que les chiens aboient au loin, là-bas dans la vallée, à me demander si c'était vraiment la fin, ou si la fin doit encore venir.

J'ai décidé de continuer. Je suis sorti de l'église en prenant sur la gauche à côté de la statue de Gramme et en empruntant une galerie. J'étais dans la section des chemins de fer : les modèles réduits multicolores de locomotives et de wagons me semblèrent des jouets rassurants, morceaux d'une Bengodi pour Pinocchio, d'une hollandaise Madurodam, d'une Italie en Miniature, d'une Mirapolis... Je m'habituais maintenant à cette alternance d'angoisse et de familiarité, terreur et désenchantement (au vrai, n'est-ce pas là un début de maladie ?) et je me dis que les visions de l'église m'avaient troublé parce que j'y arrivais sous le charme des pages de Jacopo Belbo, que j'avais déchiffrées au prix de mille manigances énigmatiques — et que pourtant je savais fictives. J'étais dans un musée de la technique, me disais-je, tu es dans un musée de la technique, une chose honnête, peut-être un peu obtuse, mais un royaume de morts inoffensifs, tu sais comment sont les musées, personne n'a jamais été dévoré par la Joconde — monstre androgyne, Méduse pour les seuls esthètes — et tu seras encore moins dévoré par la machine de Watt, qui ne pouvait épouvanter que les aristocrates ossianiques et néogothiques, raison pour quoi elle apparaît si pathétiquement compromissoire, toute fonction et élégances corinthiennes, manivelle et chapiteau, chaudière et colonne, roue et tympan. Jacopo Belbo, fût-ce de loin, cherchait à m'entraîner dans le piège hallucinatoire qui l'avait perdu. Il faut, me disais-je, se conduire en scientifique. A-t-on vu le vulcanologue brûler comme Empédocle ? Frazer fuyait-il traqué dans le bois de Némi ? Allez, tu es Sam Spade, d'accord ? Tu dois seulement ratisser les bas-fonds, c'est l' métier. La femme qui t'a mis le grappin dessus, elle doit mourir avant la fin, et si possible par tézigue. Bye-bye Emily, ç'a été beau, mais tu étais un automate sans cœur.

Le hasard veut cependant que, à la galerie des transports, fasse suite le hall de Lavoisier, donnant sur l'escalier monumental qui monte aux étages supérieurs.

Ce jeu de châsses sur les côtés, cette sorte d'autel alchimique au centre, cette liturgie de macumba civilisée du XVIIIe siècle, n'étaient pas un effet de disposition fortuite mais stratagème symbolique, au contraire.

En premier lieu, l'abondance de miroirs. S'il y a un miroir, c'est un stade humain, tu veux te voir. Et là, tu ne te vois pas. Tu te cherches, tu cherches ta position dans l'espace où le miroir te dise « tu es ici, et c'est toi », et tu te mets à souffrir énormément, et à t'angoisser, parce que les miroirs de Lavoisier, qu'ils soient concaves ou convexes, te déçoivent, te raillent : en reculant, tu te trouves, puis tu te déplaces, et tu te perds. Ce théâtre catoptrique avait été disposé pour t'enlever toute identité et te rendre incertain du lieu où tu te trouves. Comme pour te dire : toi tu n'es pas le Pendule, ni dans le lieu du Pendule. Et cette incertitude s'empare non seulement de toi mais des objets mêmes placés entre toi et un autre miroir. Certes, la physique sait te dire ce qui arrive et pourquoi : place un miroir concave qui recueille les rayons émanant de l'objet — en ce cas un alambic sur une marmite de cuivre — et le miroir renverra les rayons incidents de façon que tu ne voies pas l'objet, avec ses contours précis, dans le miroir, mais que tu en aies une intuition fantomatique, évanescente, suspendue en l'air et renversée, hors du miroir. Naturellement il suffit que tu te déplaces un tout petit peu et l'effet disparaît.

Mais c'est alors que, soudain, je me vis moi, à l'envers, dans un autre miroir.

Insoutenable.

Que voulait dire Lavoisier, que voulaient suggérer les metteurs en scène du Conservatoire ? C'est depuis le Moyen Age arabe, depuis Alhazen, que nous connaissons toutes les magies des miroirs. Valait-il la peine de faire l'Encyclopédie, et le Siècle des Lumières, et la Révolution, dans le but d'affirmer qu'il suffit de fléchir la surface d'un miroir pour basculer dans l'imaginaire ? Et n'est-ce pas une illusion du miroir normal, l'autre qui te regarde, condamné à l'état de gaucher perpétuel, chaque matin quand tu te rases ? Valait-il la peine de ne te dire que ça, dans cette salle, ou ne te l'a-t-on pas dit pour te suggérer de regarder tout le reste de façon différente, les vitrines, les instruments qui font semblant de célébrer les origines de la physique et de la chimie des Lumières ?

Masque en cuir de protection pour les expériences de calcination. Sans blague ? Et blague à part, le monsieur des bougies sous la cloche s'affublait de ce masque de rat d'égout, de cette parure d'envahisseur extraterrestre, pour ne pas s'irriter les yeux ? *Oh, how delicate, doctor Lavoisier.* Si tu voulais étudier la théorie cinétique des gaz, pourquoi reconstruire avec tant d'entêtement le petit éolipile, un menu bec sur une sphère qui, chauffée, tourne en vomissant de la vapeur, quand le premier éolipile avait été construit par Héron, au temps de la Gnose, comme mécanisme d'appui pour les statues parlantes et les autres prodiges des prêtres égyptiens ?

Et qu'est-ce que c'était, cet appareil pour l'étude de la fermentation putride, 1789, belle allusion aux puants bâtards du Démiurge ? Une série de tubes de verre qui, d'un utérus en forme de bulle, passent à travers des sphères et des conduits, soutenus par des fourches, à l'intérieur de deux flacons, et, de l'un, transmettent quelque essence à l'autre par des serpentins qui débouchent sur le vide... Fermentation putride ? *Balneum Mariae,* sublimation de l'hydrargyre, *mysterium conjunctionis,* production de l'Élixir !

Et la machine pour étudier la fermentation (encore) du vin ? Un jeu d'arcs de cristal qui va d'athanor à athanor, en sortant d'un alambic pour finir dans un autre ? Et ces lorgnons, et la minuscule clepsydre, et le petit électroscope, et la lentille, et le petit couteau de laboratoire qui ressemble à un caractère cunéiforme, la spatule avec levier d'éjection, la lame de verre, le creuset en argile réfractaire de trois centimètres pour produire un homunculus à dimension de gnome, utérus infinitésimal pour clonismes infimes, les boîtes d'acajou pleines de petits sachets blancs, comme des cachets d'apothicaire de village, enveloppés dans des parchemins sillonnés de caractères intraduisibles, avec des spécimens minéralogiques (à ce qu'on dit), en vérité des fragments du Suaire de Basilide, des reliquaires avec le prépuce d'Hermès Trismégiste, et le marteau de tapissier, long et mince, pour frapper le début d'un très bref jour du Jugement dernier, une enchère de quintessences devant se dérouler entre le Petit Peuple des Elfes d'Avalon et l'ineffable petit appareil pour l'analyse de la combustion des huiles, les globules de verre disposés en pétales de trèfles à quatre feuilles, plus des trèfles à quatre feuilles reliés l'un à l'autre par des tubes d'or, et les trèfles à quatre feuilles à d'autres tubes de cristal, et ces derniers à un cylindre cuivreux, et puis — à pic en bas — un autre cylindre d'or et de verre, et d'autres tubes, inclinés, appendices pendants, testicules, glandes, excroissances, crêtes... C'est ça la chimie moderne ? Et c'est pour ça qu'il fallait guillotiner l'auteur, quand cependant rien ne se crée et rien ne se détruit ? Ou alors on l'a tué pour le faire taire sur ce que, mine de rien, il révélait, comme Newton qui déploya les ailes de son génie mais continuait à méditer sur la Kabbale et sur les essences qualitatives ?

La salle Lavoisier est un aveu, un message chiffré, un épitomé du Conservatoire tout entier, dérision de l'orgueil des esprits forts, de la raison moderne ; murmure d'autres mystères. Jacopo Belbo avait raison, la Raison avait tort.

Je hâtais le pas, l'heure pressait. Voici le mètre, et le kilo, et les mesures, fausses garanties de garantie. Je l'avais appris de la bouche d'Agliè, que le secret des Pyramides se révèle si on ne les calcule pas en mètres, mais en coudées. Voici les machines arithmétiques, triomphe fictif du quantitatif, en vérité promesse des qualités occultes des nombres, retour aux origines du Notarikon des rabbins en fuite à travers les landes de l'Europe. Astronomie, horloges, automates, attention de ne pas m'attarder parmi ces nouvelles révélations. J'étais en train de pénétrer au cœur d'un message secret en forme de Theatrum rationaliste, vite vite, j'explorerais après, entre la fermeture et minuit, ces objets qui, dans la lumière oblique du couchant, prenaient leur vraie physionomie, des silhouettes, pas des instruments.

En haut, je traverse les salles des métiers, de l'énergie, de l'électricité, aussi bien dans ces vitrines je n'aurais pas pu me cacher. Au fur et à mesure que je découvrais ou saisissais par intuition le sens de ces séries, j'étais pris par l'anxiété de n'avoir pas le temps de trouver la cachette pour assister à la révélation nocturne de leur raison secrète. Maintenant je me déplaçais en homme traqué — par ma montre et par l'horrible avancée du nombre. La terre tournait, inexorable, l'heure approchait, d'ici peu on me chasserait.

Jusqu'au moment où, ayant parcouru la galerie des dispositifs électriques, j'arrivai à la petite salle des verres. Par quel illogisme avait-on disposé qu'au-delà des appareils les plus avancés et coûteux de l'ingéniosité moderne il dût se trouver une zone réservée à des pratiques qui furent connues des Phéniciens, il y a des millénaires ? Salle mélangée que celle-ci, où alternaient porcelaines chinoises et vases androgynes Lalique, poteries, baccaroteries, et au fond, dans une châsse énorme, grandeur nature et à trois dimensions, un lion qui tuait un serpent. La raison apparente de cette présence était que le groupe figuré avait été entièrement réalisé en pâte de verre ; mais il devait y avoir une autre raison, emblématique celle-là... Je cherchais à me rappeler où j'avais déjà aperçu cette image. Et puis je me souvins. Le Démiurge, l'odieux produit de la Sophia, le premier archonte, Ildabaoth, le responsable du monde et de son radical défaut, avait la forme d'un serpent et d'un lion, et ses yeux jetaient une lumière de feu. Le Conservatoire tout entier était peut-être une image du processus infâme à cause de quoi, de la plénitude du premier principe, le Pendule, et de l'éclat du Plérome, d'éons en éons, l'Ogdoade se délite et on parvient au royaume cosmique où règne le Mal. Mais alors, ce serpent, et ce lion, me signifiaient que mon voyage initiatique — hélas à rebours — était désormais terminé, et que d'ici peu je reverrais le monde, non point tel qu'il doit être, mais tel qu'il est.

Et en effet, je remarquai que dans l'angle droit, contre une fenêtre, se trouvait la guérite du Périscope. J'entrai. Je me trouvai devant une plaque de verre, comme un tableau de bord sur lequel je voyais se dérouler les images d'un film, très floues, une section de ville. Puis je me rendis compte que l'image était projetée par un autre écran, situé au-dessus de ma tête, où elle apparaissait à l'envers, et ce second écran était l'oculaire d'un périscope rudimentaire, fait pour ainsi dire de deux grosses boîtes encastrées à angle obtus, avec la boîte la plus longue qui s'avançait en guise de tube hors de la guérite, sur ma tête et dans mon dos, atteignant une fenêtre supérieure d'où, certainement par un jeu intérieur de lentilles qui lui consentait un grand angle de vision, il captait les images extérieures. Calculant le parcours que j'avais fait en montant, je compris que le périscope me permettait de voir l'extérieur comme si je regardais par les vitraux supérieurs de l'abside de Saint-Martin — comme si je regardais, accroché au Pendule, dernière vision d'un pendu. J'adaptai mieux ma pupille à cette image blafarde : je pouvais maintenant voir la rue Vaucanson, sur laquelle donnait le chœur, et la rue Conté, qui prolongeait idéalement la nef. La rue Conté débouchait sur la rue Montgolfier à gauche et la rue de Turbigo à droite, deux bars aux coins, Le Week End et La Rotonde, et droit devant une façade sur laquelle se détachait l'inscription, que je déchiffrai non sans difficulté, LES CRÉATIONS JACSAM. Le périscope. Pas si évident que ça, qu'il fût dans la salle des verreries au lieu de se trouver dans celle des instruments d'optique, signe qu'il était important que la prospection de l'extérieur advînt dans cet endroit, avec cette orientation-là, mais je ne comprenais pas les raisons du choix. Pourquoi ce cubiculum, positiviste et vernien, à côté du rappel emblématique du lion et du serpent ?

En tout cas, si j'avais la force et le courage de passer là encore quelques dizaines de minutes, peut-être le gardien ne me verrait-il pas.

Et sous-marin je restai pendant une durée qui me sembla très longue. J'entendais les pas des retardataires, le pas des derniers gardiens. Je fus tenté de me tapir sous le tableau de bord, pour mieux échapper à un éventuel coup d'œil distrait, puis je me retins parce que, en demeurant debout, à supposer qu'on me découvrît, j'aurais toujours pu faire semblant d'être un visiteur absorbé, planté là pour jouir du prodige.

Peu après les lumières s'éteignirent et la salle s'enveloppa de pénombre, la guérite devint moins sombre, faiblement éclairée par l'écran que je continuais à fixer parce qu'il représentait mon ultime contact avec le monde.

La prudence voulait que je reste planté sur mes pieds, et si les pieds me faisaient mal, accroupi, au moins pendant deux heures. L'heure de la fermeture pour les visiteurs ne coïncide pas avec celle de la sortie des employés. Je fus pris de terreur en pensant au nettoyage : et si on avait commencé maintenant à astiquer toutes les salles, dans les moindres recoins ? Et puis je pensai que, le musée ouvrant tard le matin, le personnel de service travaillerait à la lumière du jour et pas le soir venu. Il devait en aller ainsi, du moins dans les salles supérieures, parce que je n'entendais plus passer personne. Rien que des bourdonnements lointains, quelques bruits secs, peut-être des portes qui se fermaient. Il fallait que je reste immobile. J'aurais le temps de regagner l'église entre dix et onze heures, peut-être après, car les Seigneurs ne devaient venir que vers minuit.

A ce moment-là, un groupe de jeunes sortait de la Rotonde. Une fille passait dans la rue Conté, en tournant dans la rue Montgolfier. Ce n'était pas un quartier très fréquenté, résisterais-je des heures et des heures en regardant le monde insipide que j'avais derrière moi ?

Mais si le périscope était ici, n'aurait-il pas dû m'envoyer des messages d'une certaine et secrète importance ? Je sentais venir l'envie d'uriner : il fallait que je n'y pense pas, c'était nerveux.

Que de choses vous viennent à l'esprit quand vous êtes seul et clandestin dans un périscope. Ce doit être la sensation de qui se cache dans la soute d'un navire pour émigrer loin. De fait, le but final devait être la statue de la Liberté, avec le diorama de New York. J'aurais pu me laisser surprendre par la somnolence, peut-être aurait-ce été un bien. Non, j'aurais pu me réveiller trop tard...

Le plus à craindre aurait été une crise d'angoisse : quand vous avez la certitude que dans un instant vous allez crier. Périscope, submersible, bloqué sur le fond, peut-être autour de vous déjà nagent les grands poissons noirs des abysses, et vous ne les voyez pas, et vous seul savez que l'air est en train de vous manquer...

Je respirai profondément plusieurs fois. Concentration. L'unique chose qui, en ces moments-là, ne vous trahit pas, c'est la liste des commissions. Revenir aux faits, les énumérer, en déterminer les causes, les effets. J'en suis arrivé là pour ça, et pour cet autre motif...

Surgirent les souvenirs, clairs, précis, ordonnés. Les souvenirs des trois derniers jours frénétiques, puis des deux dernières années, entremêlés avec les souvenirs de quarante ans en arrière, comme je les avais retrouvés en violant le cerveau électronique de Jacopo Belbo

Je me souviens (et je me souvenais), pour donner un sens au désordre de notre création ratée. A présent, comme l'autre soir dans le périscope, je me contracte en un point lointain de mon esprit pour qu'en émane une histoire. Comme le Pendule. Diotallevi me l'avait dit, la première sefira est Kétér, la Couronne, l'origine, le vide primordial. Il créa d'abord un point, qui devint la Pensée, où il dessina toutes les figures... Il était et n'était pas, enfermé dans le nom et échappé au nom, il n'avait encore d'autre nom que « Qui ? », pur désir d'être appelé par un nom... Au commencement, il traça des signes dans l'aura, une flamme sombre surgit de son fond le plus secret, comme une brume sans couleur qui donnerait forme à l'informe, et sitôt qu'elle commença à s'étendre, se forma en son centre une source jaillissante de flammes qui se déversèrent pour éclairer les sefirot inférieures, en bas jusqu'au Royaume.

Mais peut-être dans ce *tsimtsum*, dans cette retraite, dans cette solitude, disait Diotallevi, y avait-il déjà la promesse du retour.

2

HOKHMA

— 3 —

In hanc utilitatem clementes angeli saepe figuras, characteres, formas et voces invenerunt proposueruntque nobis mortalibus et ignotas et stupendas nullius rei iuxta consuetum linguae usum significativas, sed per rationis nostrae summam admirationem in assiduam intelligibilium pervestigationem, deinde in illorum ipsorum venerationem et amorem inductivas.

Johannes REUCHLIN, *De arte cabalistica,*
Hagenhau, 1517, III.

C'était deux jours avant. Ce jeudi-là je paressais au lit sans me décider à me lever. Arrivé la veille, dans l'après-midi, j'avais téléphoné à la maison d'édition. Diotallevi se trouvait toujours à l'hôpital, et Gudrun avait été pessimiste : toujours pareil, c'est-à-dire toujours plus mal. Je n'osais pas lui faire une visite.

Quant à Belbo, il n'était pas au bureau. Gudrun m'avait dit qu'il avait téléphoné en expliquant qu'il devait s'absenter pour des raisons familiales. Quelle famille ? Le curieux, c'est qu'il avait emporté avec lui le word processor — Aboulafia, comme il l'appelait désormais — et l'imprimante. Gudrun m'avait dit qu'il l'avait pris chez lui pour terminer un travail. Pourquoi se donner tant de mal ? Ne pouvait-il écrire au bureau ?

Je me sentais sans patrie. Lia et le petit ne reviendraient que la semaine suivante. La veille au soir j'avais fait un saut chez Pilade, mais je n'avais trouvé personne.

Je fus réveillé par le téléphone. C'était Belbo, avec une voix altérée, lointaine.

« Alors ? D'où appelez-vous ? Je vous portais disparu au Chemin des Dames, en 18...

— Ne plaisantez pas, Casaubon, c'est sérieux. Je suis à Paris.

— Paris ? Mais c'est moi qui devais y aller ! C'est moi qui dois enfin visiter le Conservatoire !

— Ne plaisantez pas, je vous le répète. Je suis dans une cabine... non, dans un bar, en somme, je ne sais pas si je peux parler longtemps...

— S'il vous manque des jetons, appelez en P.C.V. Je ne bouge pas, j'attends.

— Il ne s'agit pas de jetons. Je suis dans le pétrin. » Il commençait à parler rapidement, pour ne pas me laisser le temps de l'interrompre. « Le Plan. Le Plan est vrai. S'il vous plaît, ne me dites pas des évidences. Je les ai à mes trousses.

— Mais qui ? » J'avais encore du mal à comprendre.

« Les Templiers, parbleu, Casaubon, je sais que vous ne voudrez pas le croire, mais tout était vrai. Ils pensent que j'ai la carte, ils m'ont coincé, ils m'ont contraint de venir à Paris. Samedi, à minuit, ils me veulent au Conservatoire, samedi — vous comprenez — la nuit de la Saint-Jean... » Il parlait de façon décousue, et je n'arrivais pas à le suivre. « Je ne veux pas y aller, j'ai pris la fuite, Casaubon, ils n'hésiteront pas à me tuer. Il faut que vous avertissiez De Angelis — non, De Angelis, c'est inutile — pas de police, je vous en prie...

— Et alors ?

— Et alors, je ne sais pas, lisez les disquettes, sur Aboulafia, ces derniers jours j'y ai tout mis, ce qui s'est passé au cours du dernier mois aussi. Vous n'étiez pas là, je ne savais pas à qui raconter, j'ai écrit pendant trois jours et trois nuits... Écoutez-moi, allez au bureau, dans le tiroir de ma table il y a une enveloppe avec deux clefs. La grosse, n'en tenez pas compte, c'est celle de ma maison de campagne, mais la petite est celle de mon appartement de Milan, allez-y et lisez tout, ensuite vous déciderez vous, ou bien nous en parlons, mon Dieu, je ne sais vraiment que faire...

— D'accord, je lis. Mais après, je vous retrouve où ?

— Je ne sais pas, ici je change d'hôtel chaque nuit. Disons que vous faites tout aujourd'hui et puis vous m'attendez chez moi demain matin, j'essaie de vous rappeler, si je peux. Mon Dieu, le mot de passe... »

J'entendis des bruits, la voix de Belbo s'approchait et s'éloignait avec une intensité variable, comme si quelqu'un cherchait à lui arracher le combiné.

« Belbo ! Qu'est-ce qui arrive ?

— Ils m'ont trouvé, le mot... »

Un coup sec, comme un coup de feu. Ce devait être le combiné qui, en tombant, avait heurté le mur ou ces tablettes placées sous le téléphone. Remue-ménage. Puis le clic du combiné raccroché. Sûrement pas par Belbo.

Je me mis aussitôt sous la douche. Il fallait que je me réveille. Je ne comprenais pas ce qui arrivait. Le Plan était vrai ? Quelle absurdité, c'est nous qui l'avions inventé. Qui avait capturé Belbo ? Les Rose-Croix, le comte de Saint-Germain, l'Okhrana, les Chevaliers du Temple, les Assassins ? A ce point-là, tout était possible, étant donné que tout était invraisemblable. Il se pouvait que Belbo eût le cerveau qui ne tournait plus rond, il était si tendu les derniers temps, et je ne comprenais pas si c'était à cause de Lorenza Pellegrini ou parce qu'il était de plus en plus fasciné par sa créature — ou mieux, le Plan nous appartenait, à moi, à lui, à Diotallevi, mais c'était lui qui paraissait mordu, désormais, au-delà des limites du jeu. Inutile de bâtir des hypothèses. Je me rendis à la maison d'édition, Gudrun m'accueillit avec des observations acides sur le fait que maintenant elle était seule à mener l'entreprise, je me précipitai dans le bureau, trouvai l'enveloppe, courus à l'appartement de Belbo.

Odeur de renfermé, de mégots rances, partout des cendriers remplis, dans la cuisine l'évier était plein d'assiettes sales, la poubelle encombrée de boîtes de conserve éventrées. Dans son bureau, trois bouteilles de whisky sur un rayon, une quatrième contenait encore deux doigts d'alcool. C'était l'appartement de quelqu'un qui y avait passé les derniers jours sans sortir, mangeant ce qui lui tombait sous la main, travaillant comme un fou furieux, en intoxiqué.

Il y avait deux pièces en tout, encombrées de livres entassés dans chaque coin, avec les étagères qui s'incurvaient sous le poids. Je vis aussitôt la table avec le computer, l'imprimante, les fichiers à disquettes. De rares tableaux dans les rares espaces non occupés par les étagères, et juste devant la table une estampe du XVIIe siècle, une reproduction soigneusement encadrée, une allégorie que je n'avais pas remarquée un mois plus tôt, quand j'étais monté ici boire une bière, avant de partir en vacances.

Sur la table, une photo de Lorenza Pellegrini, avec une dédicace aux caractères minuscules et enfantins. On ne voyait que son visage, mais le regard, rien qu'à voir son regard j'en étais troublé. Par un mouvement de délicatesse (ou de jalousie ?) je retournai la photo sans lire la dédicace.

Il y avait des feuillets. Je cherchai quelque chose d'intéressant, mais il ne s'agissait que d'états imprimés, devis éditoriaux. Pourtant au milieu de ces documents je trouvai l'imprimé d'un *file* qui, à en juger par la date, devait remonter aux premières expériences avec le word processor. De fait, il s'intitulait « Abou ». Je me rappelais l'époque où Aboulafia avait fait son apparition dans la maison d'édition, l'enthousiasme presque infantile de Belbo, les grommellements de Gudrun, les traits d'ironie de Diotallevi.

« Abou » avait sûrement été la réponse privée de Belbo à ses détracteurs, une farce estudiantine, de néophyte, mais cela en disait long sur la fureur combinatoire avec laquelle Belbo s'était approché de la machine. Lui qui affirmait toujours, avec son sourire pâle, que, du moment où il avait découvert son impossibilité à être un protagoniste, il avait décidé d'être un spectateur intelligent — inutile d'écrire si on n'a pas une motivation sérieuse, mieux vaut récrire les livres des autres, c'est ce que fait le bon conseiller éditorial — et il avait trouvé dans cette machine une sorte d'hallucinogène, il s'était mis à laisser courir ses doigts sur le clavier comme s'il faisait des variations sur la *Lettre à Élise*, assis devant le vieux piano de chez lui, sans peur d'être jugé. Il ne pensait pas créer : lui, si terrorisé par l'écriture, il savait qu'il ne s'agissait pas là de création, mais d'un essai d'efficacité électronique, d'un exercice de gymnastique. Cependant, oubliant ses fantasmes habituels, il trouvait dans ce jeu la formule pour exercer ce retour d'adolescence qui est propre au quinquagénaire. En tout cas, et en quelque sorte, son pessimisme naturel, sa difficile reddition des comptes avec le passé, s'étaient émoussés dans le dialogue avec une mémoire minérale, objective, obéissante, irresponsable, transistorisée, si humainement inhumaine qu'elle lui permettait de ne pas éprouver son mal de vivre habituel.

FILENAME : *ABOU*

Ô quelle belle matinée de fin novembre, au commencement était le verbe, chante-moi ô déesse d'Achille fils de Pélée les femmes les chevaliers les armes les amours. Point et va à la ligne tout seul. Essaie essaie essaie parakalo parakalo, avec le bon programme tu fais même des anagrammes, si tu as écrit tout un roman sur un héros sudiste qui s'appelle Rhett Butler et une jeune fille capricieuse qui s'appelle Scarlett, et puis que tu changes d'avis, tu n'as qu'à donner un ordre et Abou change tous les Rhett Butler en prince Andrei et les Scarlett en Natacha, Atlanta en Moscou, et tu as écrit guerre et paix.

Abou va faire maintenant une chose : je tape cette phrase, je donne l'ordre à Abou de changer chaque « a » en « akka » et chaque « o » en « oulla », et il en résultera un morceau quasi finnois.

Akkaboullau fakkait makkaintenakkant une choullase : je takkape cette phrakkase, je doullanne l'oullardre akka Akkaboullau de chakkanger chakkaque « akka » en « akkakkakka » et chakkaque « oulla » en « oullakka », et il en résulterakka un moullarceakkau quakkasi finnoullais.

Oh joie, oh vertige de la différance, ô mon lecteur/écrivain idéal affecté d'une idéale insomnie, oh veille de finnegan, oh créature gracieuse et bénigne. Il ne t'aide pas toi à penser mais il t'aide toi à penser pour lui. Une machine totalement spirituelle. Si tu écris avec une plume d'oie il te faut gratter du papier plein de sueur et tremper à tout instant dans l'encrier, les pensées se superposent et le poignet ne suit plus, si tu tapes à la machine les lettres se chevauchent, tu ne peux avancer à la vitesse de tes synapses mais seulement au rythme maladroit de la mécanique. Par contre avec lui, avec celui-ci (celle-là ?) les doigts laissent errer leur imagination, l'esprit effleure le clavier, emporté sur les ailes dorées, tu médites enfin la sévère raison critique sur le bonheur du prime abord.

Et voilce que je faisà prsent, jprends ce clob de tréatologies orthigrphiques et je commande la machien cde le cupier etde le grader en mémoire de trasit et puis de lefairaffleurer dces limbse sur lécran, enfin de cours,

Voilà, je tapais à l'aveuglette, et à présent j'ai pris ce bloc de tératologies orthographiques et j'ai ordonné à la machine de répéter son erreur en fin de course, mais cette fois je l'ai corrigée et elle est enfin apparue en toute lisibilité, parfaite, de caca de ma mie j'ai tiré Académie.

J'aurais pu me repentir et jeter le premier bloc : je le laisse uniquement pour montrer comment peuvent coexister sur cet écran être et devoir être, contingence et nécessité. Mais je pourrais soustraire le bloc infâme au texte visible et pas à la mémoire, conservant ainsi les archives de mes refoulements, ôtant aux freudiens omnivores et aux virtuoses des variantes le goût de la conjecture, et le métier et la gloire académique.

Mieux que la mémoire vraie parce que celle-ci, et même au prix d'un dur exercice, apprend à se souvenir mais pas à oublier. Diotallevi raffole sefarditiquement de ces palais avec un escalier monumental et la statue d'un guerrier qui perpètre un horrible forfait sur une femme sans défense, et puis des couloirs avec des centaines de pièces, chacune avec la représentation d'un prodige, apparitions subites, vicissitudes inquiétantes, momies animées, et à chaque image, parfaitement mémorable, tu associes une pensée, une catégorie, un élément du trousseau cosmique, même un syllogisme, un sorite démesuré, des chaînes d'apophtegmes, des colliers d'hypallages, des roses de zeugmes, des danses d'hystérons protérons, des aposiopèses de logorrhée, des hiérarchies de stoïkéia, des précessions d'équinoxes, des parallaxes, des herbiers, des généalogies de gymnosophistes — et ainsi à l'infini — ô Raimundo, ô Camillo, vous à qui il suffisait de reparcourir en esprit vos visions pour aussitôt reconstruire la grande chaîne de l'être, en *love and joy*, car tout ce qui dans l'univers s'offre au regard, s'était déjà réuni en un volume dans votre esprit, et Proust vous aurait fait sourire. Mais la fois où nous pensions avec Diotallevi construire un *ars oblivionalis,* nous n'avons pas réussi à trouver les règles pour l'oubli. C'est inutile, tu peux aller à la recherche du temps perdu en suivant des traces labiles comme le Petit Poucet dans le bois, mais tu n'arrives pas à égarer exprès le temps retrouvé. Le Petit Poucet revient toujours, comme une idée fixe. Il n'existe pas de technique de l'oubli, nous en sommes encore aux processus naturels de hasard — lésions cérébrales, amnésie ou l'improvisation manuelle, que sais-je, un voyage, l'alcool, la cure de sommeil, le suicide.

Abou, par contre, peut aller jusqu'à te consentir des petits suicides locaux, des amnésies provisoires, des aphasies indolores.

Où étais-tu hier soir, L

Voilà, indiscret lecteur, tu ne sauras jamais, et pourtant cette ligne brisée, là en haut, qui donne sur le vide, était précisément le début d'une longue phrase qu'en fait j'ai bien écrite mais qu'ensuite j'ai voulu ne pas avoir écrite (et ne pas avoir même pensée) car j'aurais voulu que ce que j'avais écrit ne fût pas même arrivé. Il a suffi d'un ordre, une bave laiteuse s'est étendue sur le bloc fatal et inopportun, j'ai pressé un « efface » et pchittt, tout disparu.

Mais ce n'est pas tout. La tragédie du suicidé est que, à peine a-t-il sauté par la fenêtre, entre le septième et le sixième étage il change d'avis : « Oh, si je pouvais revenir en arrière ! » Rien à faire. Jamais vu ça. Splatch. Au contraire, Abou est indulgent, il te permet la résipiscence, je pourrais encore ravoir mon texte disparu si je me décidais à temps et appuyais sur la touche de récupération. Quel soulagement. Du seul fait de savoir que, si je veux, je pourrais me souvenir, j'oublie aussitôt.

Je n'irai jamais plus de troquet en troquet pour désintégrer des nacelles étrangères avec des balles traçantes tant que le monstre ne te désintègre pas toi. Ici c'est bien mieux, tu désintègres des pensées. C'est une galaxie de milliers et de milliers d'astéroïdes, tous en file, blancs ou verts, et c'est toi qui les crées. Fiat Lux, Big Bang, sept jours, sept minutes, sept secondes, et naît devant tes yeux un univers en pérenne liquéfaction, où n'existent même pas des lignes cosmologiques précises et des liens temporels, bien loin du numerus Clausius, ici on va en arrière même dans le temps, les caractères surgissent et réaffleurent avec un air indolent, ils pointent le nez du néant et, dociles, y retournent, et quand tu rappelles, rattaches, effaces, ils se dissolvent et réectoplasment dans leur lieu naturel, c'est une symphonie sous-marine de raccordements et de fractures molles, une danse gélatineuse de comètes autophages, comme le brochet de Yellow Submarine, tu appuies le bout des doigts et l'irréparable commence à glisser en arrière vers un mot vorace et disparaît dans sa gueule, il suce et swrrrlourp, le noir, si tu ne t'arrêtes pas il se mange soi-même et s'engraisse de son néant, trou noir du Cheshire.

Et si tu écris ce que la pudeur réprouverait, tout finit dans la disquette et tu mets un mot de passe à la disquette et personne ne pourra plus te lire, excellent pour agents secrets, tu écris le message, tu termines et le protèges, puis tu fourres le disque dans ta poche et tu vas te balader, et, fût-ce Torquemada, on ne pourra jamais savoir ce que tu as écrit, rien que toi et l'autre (l'Autre ?). A supposer même qu'on te torture, tu fais semblant d'avouer et de taper le mot, quand au contraire tu écrases une touche secrète et le message disparaît.

Oh, j'avais écrit quelque chose, j'ai bougé le pouce par erreur, tout s'est volatilisé. De quoi s'agissait-il ? Je ne me rappelle pas. Je sais que je n'étais en train de révéler aucun Message. Mais sait-on jamais par la suite.

— 4 —

Qui cherche à pénétrer dans la Roseraie des Philosophes sans la clef ressemble à un homme qui voudrait marcher sans les pieds.

Michael MAIER, *Atalanta Fugiens,*
Oppenheim, De Bry, 1618, emblème XXVII.

Il n'y avait rien d'autre, à découvert. Il fallait que je cherche dans les disquettes du word processor. Elles étaient classées par numéros, et j'ai pensé qu'autant valait commencer par le premier. Mais Belbo avait fait mention du mot de passe. Il avait toujours été jaloux des secrets d'Aboulafia.

De fait, à peine ai-je chargé la machine qu'est apparu un message qui me demandait : « Tu as le mot de passe ? » Formule non impérative, Belbo était un homme poli.

Une machine ne collabore pas, elle sait qu'elle doit recevoir le mot ; elle ne le reçoit pas, elle ne dit mot. Comme si toutefois elle me signifiait : « Pense un peu, tout ce que tu veux savoir, moi je l'ai ici, dans mon ventre, mais tu peux toujours gratter, vieille taupe, tu ne le retrouveras jamais. » Tu vas avoir ici à prouver, me dis-je, ci paraîtra..., tu aimais tant jouer aux permutations avec Diotallevi, tu étais le Sam Spade de l'édition, comme aurait dit Jacopo Belbo, trouve le faucon.

Sur Aboulafia le mot de passe pouvait être de sept lettres. Combien de permutations de sept lettres pouvaient offrir les vingt-cinq lettres de l'alphabet italien, en calculant aussi les répétitions, car rien n'empêchait que le mot fût « cadabra » ? La formule existe quelque part, et le résultat devrait donner six milliards et quelque chose. A supposer un calculateur géant, capable de trouver six milliards de permutations à la vitesse de un million à la seconde, il aurait dû cependant les communiquer une par une à Aboulafia, pour les trouver, et je savais qu'Aboulafia employait environ dix secondes pour demander et puis vérifier le password. Donc : soixante milliards de secondes. Vu qu'en un an il y a un peu plus de trente et un millions de secondes, disons trente pour arrondir, le temps de travail aurait été d'environ deux mille ans. Pas mal.

Il fallait procéder par conjecture. A quel mot pouvait avoir pensé Belbo ? Et d'abord, était-ce un mot trouvé au début, quand il avait commencé à se servir de la machine, ou bien concocté, et changé, au cours des derniers jours quand il s'était rendu compte que les disquettes contenaient du matériel explosif et que, au moins pour lui, le jeu n'était plus un jeu ? Ç'aurait été très différent.

Mieux valait miser sur la seconde hypothèse. Belbo se sent traqué par le Plan, il prend le Plan au sérieux (c'est ce qu'il m'avait laissé entendre au téléphone), et il pense alors à quelque terme lié à notre histoire.

Ou peut-être que non : un terme lié à la Tradition aurait pu leur venir à l'esprit à Eux aussi. Pendant un moment j'ai pensé qu'Eux aussi étaient entrés dans l'appartement, qu'Ils avaient fait une copie des disquettes, et qu'en cet instant Ils essayaient toutes les combinaisons possibles en quelque lieu éloigné. Le calculateur suprême dans un château des Carpates.

Quelle bêtise, me dis-je, ce n'étaient pas là des gens à calculateur, ils auraient procédé avec le Notarikon, avec la Gématria, avec la Témurah, en traitant les disquettes comme la Torah. Et ils y auraient mis autant de temps qu'il en était passé depuis la rédaction du *Sefer Jesirah*. Cependant, il ne fallait pas négliger la conjecture. Eux, s'Ils existaient, Ils auraient suivi une inspiration kabbalistique, et si Belbo s'était convaincu de Leur existence, il aurait sans doute suivi la même voie.

Par acquit de conscience, j'essayai avec les dix sefirot : Kétér, Hokhma, Bina, Héséd, Gébura, Tif'érét, Nétsah, Hod, Yesod, Malkhut, et, par-dessus le marché, j'y mis aussi la Shekhina... Ça ne marchait pas, normal, c'était la première idée qui aurait pu venir à l'esprit de n'importe qui.

Pourtant le mot devait être quelque chose d'évident, qui vient à l'esprit presque par la force des choses, parce que quand on travaille sur un texte, et de façon obsessionnelle, comme avait dû travailler Belbo dans les derniers jours, on ne peut se soustraire à l'univers du discours où l'on vit. Il est inhumain de penser qu'il perdait la tête sur le Plan et qu'il lui venait à l'esprit, que sais-je, Lincoln ou Mombassa. Ce devait être quelque chose en rapport avec le Plan. Mais quoi ?

J'ai cherché à faire miens les processus mentaux de Belbo, qui avait écrit en fumant compulsivement, et en buvant, et en regardant autour de lui. Je suis allé à la cuisine pour me verser la dernière goutte de whisky dans le seul verre propre que j'ai trouvé, je suis revenu à la console, les reins calés contre le dossier, les jambes sur la table, buvant à petites gorgées (il ne faisait pas comme ça, Sam Spade — ou peut-être que non, c'était pas Marlowe ?) et le regard balayant autour de moi. Les livres étaient trop loin et on ne pouvait lire les titres sur les dos.

J'avalai la dernière gorgée de whisky, fermai les yeux, les rouvris. Devant moi, la gravure du XVIIe siècle. C'était une allégorie rose-croix typique de cette époque, si riche en messages codés, à la recherche des membres de la Fraternité. D'évidence, elle représentait le Temple des Rose-Croix, et y apparaissait une tour surmontée par une coupole, suivant le canon iconographique de la Renaissance, chrétien et juif, où le Temple de Jérusalem était reconstruit sur le modèle de la mosquée d'Omar.

Le paysage environnant la tour était incongru et incongrûment habité, comme il arrive dans ces rébus où l'on voit un palais, une grenouille au premier plan, un mulet avec son bât, un roi qui reçoit un présent d'un page. Ici, en bas à gauche, un gentilhomme sortait d'un puits en se suspendant à la corde d'une poulie fixée, par d'absurdes cabestans, à un point à l'intérieur de la tour, au travers d'une fenêtre circulaire. Au centre, un cavalier et un passager, à droite un pèlerin agenouillé qui tenait une grosse ancre en guise de bourdon. Sur le côté droit, presque en face de la tour, un pic, un rocher d'où tombait un personnage précédé dans sa chute par son épée, et, du côté opposé, en perspective, l'Ararat avec l'Arche échouée sur son sommet. En haut, dans les angles, deux nuées éclairées chacune par une étoile, qui diffusaient sur la tour des rayons obliques, le long desquels lévitaient deux figures, un homme nu pris dans les spires d'un serpent, et un cygne. En haut, au centre, un nimbe surmonté du mot « oriens » avec des caractères hébraïques en surimpression, d'où sortait la main de Dieu qui, par un fil, tenait la tour.

La tour se déplaçait sur des roues, elle avait un premier niveau carré, des fenêtres, une porte, un pont-levis, sur le flanc droit, puis une sorte de galerie avec quatre échauguettes, chacune habitée par un homme d'armes avec son bouclier (historié de caractères hébraïques) qui agitait une palme. Mais des hommes d'armes, on en voyait trois seulement, et le quatrième se devinait, caché par la masse de la coupole octogonale sur quoi s'élevait une tour-lanterne, pareillement octogonale, d'où sortaient deux grandes ailes. Au-dessus, une autre coupole plus petite, avec un lanternon quadrangulaire qui, ouvert sur de grands arcs soutenus par de fines colonnes, abritait une cloche.

Puis une petite coupole finale, à quatre arcades, sur laquelle prenait son axe le fil tenu en haut par la main divine. De part et d'autre de la petite coupole, le mot « Fa/ma » ; au-dessus, un cartouche : « Collegium Fraternitatis ».

Les bizarreries ne finissaient pas là : par deux autres fenêtres rondes de la tour sortaient, à gauche, un bras énorme, disproportionné en regard des autres figures, lequel tenait une épée, comme s'il appartenait à l'être ailé enfermé dans la tour, et, à droite, une grande trompette. La trompette, encore une fois...

J'eus un soupçon à propos du nombre d'ouvertures de la tour . trop nombreuses et trop régulières dans les lanternes, mais fortuitement disposées sur les flancs de la base. On ne voyait la tour que de deux quarts, en perspective cavalière, et on pouvait imaginer que, pour des raisons de symétrie, les portes, les fenêtres et les hublots qu'on observait sur un côté étaient reproduits aussi sur le côté opposé dans le même ordre. Donc, quatre arcs dans le lanternon de la cloche, huit fenêtres dans la tour-lanterne, quatre échauguettes, six ouvertures entre la façade orientale et l'occidentale, quatorze entre façade septentrionale et méridionale. J'additionnai : trente-six ouvertures.

Trente-six. Depuis plus de dix ans, ce nombre me hantait. Avec cent vingt. Les Rose-Croix. Cent vingt divisé par trente-six faisait — en gardant sept chiffres — 3,333333. Exagérément parfait, mais peut-être valait-il la peine d'essayer. J'essayai. Sans succès.

Il me vint à l'esprit que, multiplié par deux, ce chiffre donnait à peu de chose près le nombre de la Bête, 666. Pourtant cette conjecture aussi se révéla par trop fantasque.

Soudain, je fus frappé par le nimbe central, siège divin. Les lettres hébraïques étaient très évidentes, on pouvait même les voir de la chaise. Cependant Belbo ne pouvait pas écrire des lettres hébraïques sur Aboulafia. Je regardai mieux : oui, bien sûr, je les connaissais, de droite à gauche, *jod, he, waw, he.* Iahveh, le nom de Dieu.

— 5 —

Et commence par combiner ce nom, c'est-à-dire IHVH, seul au début, et à examiner toutes ses combinaisons, et à le faire mouvoir et tourner comme une roue...

ABOULAFIA, Hayyê Ha-Nefeš, Ms. München 408.

Le nom de Dieu... Mais bien sûr. Je me rappelai le premier dialogue entre Belbo et Diotallevi, le jour où on avait installé Aboulafia au bureau.

Diotallevi se trouvait sur le seuil de sa pièce, et il faisait montre d'indulgence. L'indulgence de Diotallevi était toujours offensante, mais Belbo paraissait l'accepter, et précisément avec indulgence.

« Elle ne te servira à rien. Tu n'as pas l'intention de récrire là-dessus les manuscrits que tu ne lis pas ?

— Elle sert à classer, à mettre en ordre des listes, à jour des fiches. Je pourrais y écrire un texte à moi, pas ceux des autres.

— Mais tu as juré que tu n'écriras jamais rien de ton cru.

— J'ai juré que je n'affligerai pas le monde avec un autre manuscrit. J'ai dit que, ayant découvert que je n'ai pas l'étoffe du protagoniste...

— ... tu seras un spectateur intelligent. Je sais. Et alors ?

— Et alors même le spectateur intelligent, quand il revient d'un concert, fredonne le second mouvement. Ça ne veut tout de même pas dire qu'il prétend le diriger au Carnegie Hall...

— Par conséquent tu feras des expériences d'écriture fredonnée pour découvrir qu'il ne faut pas que tu écrives.

— Ce serait un choix honnête.

— Plaît-il ? »

Diotallevi et Belbo étaient tous deux d'origine piémontaise et ils dissertaient souvent sur cette capacité, qu'ont les Piémontais comme il faut, de vous écouter avec courtoisie, de vous regarder dans les yeux, et de dire « Plaît-il ? » sur un ton qui semble d'un intérêt poli mais qui, en vérité, vous fait sentir l'objet d'une profonde désapprobation. Moi, selon eux, j'étais un barbare, et ces subtilités m'échappaient toujours.

« Barbare ? protestais-je alors, je suis né à Milan, mais ma famille est d'origine valdôtaine...

— Balivernes, rétorquaient-ils, le Piémontais on le reconnaît tout de suite à son scepticisme.

— Et moi je suis sceptique.

— Non. Vous êtes seulement incrédule, et c'est différent. »

Je savais pourquoi Diotallevi se méfiait d'Aboulafia. Il avait entendu dire qu'on y pouvait altérer l'ordre des lettres, à telle enseigne qu'un texte aurait pu engendrer son propre contraire et promettre d'obscures vaticinations. Belbo tentait de lui expliquer. « Ce sont bien des jeux de permutation, lui disait-il, qu'on appelle Temurah ? N'est-ce pas ainsi que procède le rabbin dévot pour s'élever jusqu'aux portes de la Splendeur ?

— Mon ami, lui disait Diotallevi, tu ne comprendras jamais rien. Il est vrai que la Torah, je parle de la visible, n'est qu'une des permutations possibles des lettres de la Torah éternelle, telle que Dieu la conçut et la confia aux Anges. Et en permutant les lettres du Livre au cours des siècles, on pourrait arriver à retrouver la Torah originelle. Mais ce qui compte, ce n'est pas le résultat. C'est le processus, la fidélité avec laquelle tu feras tourner à l'infini le moulin de la prière et de l'écriture, découvrant la vérité petit à petit. Si cette machine te donnait tout de suite la vérité, tu ne la reconnaîtrais pas car ton cœur n'aurait pas été purifié par une longue interrogation. Et puis, dans un bureau ! Le Livre doit être murmuré dans un étroit taudis du ghetto où, jour après jour, tu apprends à te courber et à bouger les bras serrés contre tes hanches, et, entre la main qui tient le Livre et celle qui tourne les pages, il ne doit presque pas y avoir d'espace, et si tu humectes tes doigts, il faut les porter verticalement à tes lèvres, comme si tu rompais en petits morceaux du pain azyme, attentif à n'en point perdre une miette. Le mot, il faut le manger très très lentement, tu ne peux le dissoudre et le recombiner que si tu le laisses fondre sur la langue, et attention à ne pas le baver sur ton cafetan, car si une lettre s'évapore, le fil, qui est sur le point de t'unir aux sefirot supérieures, se casse. C'est à cela qu'Abraham Aboulafia a consacré sa vie, tandis que votre saint Thomas s'escrimait à trouver Dieu avec ses cinq sentiers. Sa *Hokmath ha-Zeruf* était en même temps science de la combinaison des lettres et science de la purification des cœurs. Logique mystique, le monde des lettres et de leur tourbillonnement en permutations infinies est le monde de la béatitude, la science de la combinaison est une musique de la pensée, mais attention à te mouvoir avec lenteur, et avec prudence, parce que ta machine pourrait te donner le délire, et non pas l'extase. Nombre de disciples d'Aboulafia n'ont pas su se retenir sur ce seuil bien mince qui sépare la contemplation des noms de Dieu de la pratique magique, de la manipulation des noms pour les transformer en talisman, instrument de domination sur la nature. Et ils ne savaient pas, comme toi tu ne sais pas — et ta machine ne sait pas — que chaque lettre est liée à un des membres du corps, et que si tu déplaces une consonne sans en connaître le pouvoir, un de tes bras, une de tes jambes pourrait changer de position, ou de nature, et tu te retrouverais bestialement estropié, en dehors, pour la vie, et en dedans, pour l'éternité.

— Écoute, lui avait dit Belbo, précisément ce jour-là, tu ne m'as pas dissuadé, tu m'encourages. J'ai donc entre les mains, et à mes ordres, comme tes amis avaient le Golem, mon Aboulafia personnel. Je l'appellerai Aboulafia, Abou pour les intimes. Et mon Aboulafia sera plus prudent et respectueux que le tien. Plus modeste. Le problème n'est-il pas de trouver toutes les combinaisons du nom de Dieu ? Bien, regarde dans ce manuel, j'ai un petit programme en Basic pour permuter toutes les séquences de quatre lettres. On dirait qu'il est fait exprès pour IHVH. Le voilà, tu veux que je le fasse tourner ? » Et il lui montrait le programme, cabalistique, ça oui, pour Diotallevi :

```
10 REM anagrammi
20 INPUT L$(1),L$(2),L$(3),L$(4)
30 PRINT
40 FOR I1=1 TO 4
50 FOR I2=1 TO 4
60 IF I2=I1 THEN 130
70 FOR I3= 1 TO 4
80 IF I3=I1 THEN 120
90 IF I3=I2 THEN 120
100 LET I4=10-(I1+I2+I3)
110 LPRINT L$(I1);L$(I2);L$(I3);L$(I4)
120 NEXT I3
130 NEXT I2
140 NEXT I1
150 END
```

« Essaie, écris I, H, V, H, quand l'input te le demande, et fais partir le programme. Tu seras sans doute déconcerté : les permutations possibles ne sont qu'au nombre de vingt-quatre.

— Saints Séraphins. Et qu'est-ce que tu en fais de vingt-quatre noms de Dieu ? Tu crois que nos sages n'avaient pas déjà fait le calcul ? Mais lis donc le *Sefer Jesirah*, seizième section du chapitre quatre. Et ils n'avaient pas nos calculateurs. « Deux Pierres bâtissent deux Maisons. Trois Pierres bâtissent six Maisons. Quatre Pierres bâtissent vingt-quatre maisons. Cinq Pierres bâtissent cent vingt Maisons. Six Pierres bâtissent sept cent vingt Maisons. Sept Pierres bâtissent cinq mille quarante Maisons. A partir de là, va et pense à ce que la bouche ne peut dire et l'oreille ne peut entendre. » Tu sais comment cela s'appelle aujourd'hui ? Calcul factoriel. Et tu sais pourquoi la Tradition t'avertit qu'à partir de là il vaut mieux que tu t'arrêtes ? Parce que si les lettres du nom de Dieu étaient au nombre de huit, il y aurait quarante mille permutations, et si elles étaient dix, il y en aurait trois millions six cent mille, et les permutations de ton pauvre nom atteindraient presque quarante millions, et tu peux dire merci de ne pas avoir la *middle initial* comme les Américains, autrement tu grimperais à plus de quatre cents millions. Et si les lettres des noms de Dieu étaient au nombre de vingt-sept, parce que l'alphabet hébraïque n'a pas de voyelles, mais bien vingt-deux sons plus cinq variantes — ses noms possibles seraient un nombre de vingt-neuf chiffres. Mais il faudrait que tu calcules aussi les répétitions, car on ne peut exclure que le nom de Dieu soit Aleph répété vingt-sept fois, et alors la factorielle ne te suffirait plus et il faudrait calculer vingt-sept à la vingt-septième : et tu aurais, je crois, 444 milliards de milliards de milliards de milliards de possibilités, ou à peu près, en tout cas un nombre de trente-neuf chiffres.

— Tu es en train de tricher pour m'impressionner. J'ai lu moi aussi ton *Sefer Jesirah*. Les lettres fondamentales sont au nombre de vingt-deux et avec celles-là, et seulement avec celles-là, Dieu forma toute la création.

— Pour l'instant ne t'essaie pas aux sophismes, parce que si tu entres dans cet ordre de grandeur, si au lieu de vingt-sept à la vingt-septième tu fais vingt-deux à la vingt-deuxième, tu totalises quand même quelque chose comme trois cent quarante milliards de milliards de milliards. Pour ta mesure humaine, quelle différence cela fait ? Mais sais-tu bien que si tu devais compter un, deux, trois et ainsi de suite, un nombre à la seconde, pour arriver à un milliard, et je parle d'un tout petit milliard, tu y mettrais presque trente-deux ans ? Mais la chose est plus complexe que tu ne crois et la Kabbale ne se réduit pas au *Sefer Jesirah*. Et moi je vais te dire pourquoi une bonne permutation de la Torah doit se servir des vingt-sept lettres au complet. Il est vrai que, si dans le cours d'une permutation les cinq finales devaient tomber dans le corps du mot, elles se transformeraient dans leur équivalent normal. Mais il n'en va pas toujours ainsi. Dans Isaïe neuf, six, sept, le mot LMRBH, Lemarbah — qui, comme par hasard, veut dire multiplier —, est écrit avec la *mem* finale au milieu.

— Et pourquoi ?

— Parce que chaque lettre correspond à un nombre et que la *mem* normale vaut quarante tandis que la *mem* finale vaut six cents. La Temurah n'est pas en jeu, qui t'apprend à permuter, mais la Gématria, qui trouve de sublimes affinités entre le mot et sa valeur numérique. Avec la *mem* finale le mot LMRBH ne vaut pas 277 mais bien 837, et il équivaut ainsi à « ThThZL, Thath Zal », qui signifie « celui qui donne à profusion ». Tu vois donc qu'il faut tenir compte des vingt-sept lettres au complet, car ce n'est pas seulement le son qui compte mais aussi le nombre. Et alors revenons à mon calcul : il y a plus de quatre cents milliards de milliards de milliards de milliards de permutations. Et tu sais combien il faudrait pour toutes les essayer, une par seconde, en admettant qu'une machine, certes pas la tienne, petite et misérable, pût le faire ? Avec une combinaison à la seconde, tu y mettrais sept milliards de milliards de milliards de milliards de minutes, cent vingt-trois millions de milliards de milliards de milliards d'heures, un peu plus de cinq millions de milliards de milliards de milliards de jours, quatorze mille milliards de milliards de milliards d'années, cent quarante milliards de milliards de milliards de siècles, quatorze milliards de milliards de milliards de millénaires. Et si j'avais un calculateur capable d'essayer un million de combinaisons à la seconde, ah, pense combien de temps tu gagnerais : ton boulier électronique s'en tirerait en quatorze mille milliards de milliards de millénaires ! Mais en vérité le vrai nom de Dieu, le nom secret, est long comme la Torah tout entière et il n'est de machine au monde qui puisse en épuiser les permutations, car la Torah est déjà en soi le résultat d'une permutation avec répétitions des vingt-sept lettres, et l'art de la Temurah ne te dit pas que tu dois permuter les vingt-sept lettres de l'alphabet mais tous les signes de la Torah, où chaque signe vaut à l'instar d'une lettre à part, même s'il apparaît un nombre infini d'autres fois dans d'autres pages, comme pour dire que les deux *he* du nom de Ihvh valent comme deux lettres différentes. A telle enseigne que, si tu voulais calculer les permutations possibles de tous les signes de la Torah entière, tous les zéros du monde ne te suffiraient pas. Essaie, essaie avec ta misérable petite machine pour experts-comptables. La Machine existe, certes, mais elle n'a pas été produite dans ta vallée de la silicone, c'est la sainte Kabbale ou Tradition, et les rabbins font depuis des siècles ce qu'aucune machine ne pourra jamais faire et, espérons-le, ne fera jamais. Parce que, à supposer la combinatoire épuisée, le résultat devrait rester secret et, en tout cas, l'univers cesserait son cycle — et nous, nous resplendirions, oublieux, dans la gloire du grand Méta-tron.

— Amen », disait Jacopo Belbo.

Mais dès cette époque, Diotallevi le poussait vers ces vertiges, et j'aurais dû en tenir compte. Combien de fois n'avais-je pas vu Belbo, après les heures de bureau, tenter des programmes qui lui permissent de vérifier les calculs de Diotallevi, pour lui montrer qu'au moins son Abou lui disait la vérité en quelques secondes, sans devoir calculer à la main, sur des parchemins jaunis, avec des systèmes numériques prédiluviens qui, façon de parler, pouvaient bien même ne pas connaître le zéro ? En vain, Abou aussi répondait, jusqu'où il pouvait arriver, par notation exponentielle, et Belbo ne parvenait pas à humilier Diotallevi avec un écran qui se remplirait de zéros à l'infini, pâle imitation visuelle de la multiplication des univers combinatoires et de l'explosion de tous les mondes possibles...

Mais à présent, après tout ce qui était arrivé, et avec la gravure rose-croix sous le nez, impossible que Belbo n'eût pas repensé, dans sa recherche d'un password, à ces exercices sur le nom de Dieu. Il aurait dû cependant jouer sur des nombres tels que trente-six ou cent vingt, s'il s'avérait, comme je le conjecturais, qu'il était obsédé par ces chiffres. Et donc il ne pouvait avoir combiné les quatre lettres hébraïques parce que, il le savait, quatre pierres construisent seulement vingt-quatre maisons.

Il aurait pu jouer sur la transcription italienne, qui contient même deux voyelles. Avec six lettres il avait à sa disposition sept cent vingt permutations. Il aurait eu des répétitions : mais Diotallevi avait dit aussi que les deux *he* comptent pour deux lettres différentes. Il aurait pu choisir la trente-sixième ou la cent vingtième.

J'étais arrivé chez lui vers onze heures, il était une heure. Il fallait que je compose un programme par anagrammes de six lettres, et il suffisait de modifier celui qui était déjà prêt pour quatre.

J'avais besoin d'une goulée d'air. Je descendis dans la rue, m'achetai de quoi manger et une autre bouteille de whisky.

Je remontai, abandonnai les sandwiches dans un coin, passai tout de suite au whisky, mis le disque-système Basic, composai le programme pour les six lettres — avec les erreurs habituelles, et il me fallut une bonne demi-heure, mais vers deux heures et demie le programme tournait et l'écran faisait défiler devant mes yeux les sept cent vingt noms de Dieu.

iahveh	iahvhe	iahevh	iahehv	iahhve	iahhev	iavheh	iavhhe
iavehh	iavehh	iavhhe	iavheh	iaehvh	iaehhv	iaevhh	iaevhh
iaehhv	iaehvh	iahhve	iahhev	iahvhe	iahveh	iahehv	iahevh
ihaveh	ihavhe	ihaevh	ihaehv	ihahve	ihahev	ihvaeh	ihvahe
ihveah	ihveha	ihvhae	ihvhea	iheavh	iheahv	ihevah	ihevha
ihehav	ihehva	ihhave	ihhaev	ihhvae	ihhvea	ihheav	ihheva
ivaheh	ivahhe	ivaehh	ivaehh	ivahhe	ivaheh	ivhaeh	ivhahe
ivheah	ivheha	ivhhae	ivhhea	iveahh	iveahh	ivehah	ivehha
ivehah	ivehha	ivhahe	ivhaeh	ivhhae	ivhhea	ivheah	ivheha
ieahvh	ieahhv	ieavhh	ieavhh	ieahhv	ieahvh	iehavh	iehahv
iehvah	iehvha	iehhav	iehhva	ievahh	ievahh	ievhah	ievhha
ievhah	ievhha	iehahv	iehavh	iehhav	iehhva	iehvah	iehvha
ihahve	ihahev	ihavhe	ihaveh	ihaehv	ihaevh	ihhave	ihhaev
ihhvae	ihhvea	ihheav	ihheva	ihvahe	ihvaeh	ihvhae	ihvhea
ihveah	ihveha	iheahv	iheavh	ihehav	ihehva	ihevah	ihevha
aihveh	aihvhe	aihevh	aihehv	aihhve	aihhev	aivheh	aivhhe
aivehh	aivehh	aivhhe	aivheh	aiehvh	aiehhv	aievhh	aievhh
aiehhv	aiehvh	aihhve	aihhev	aihvhe	aihveh	aihehv	aihevh
ahiveh	ahivhe	ahievh	ahiehv	ahihve	ahihev	ahvieh	ahvihe
ahveih	ahvehi	ahvhie	ahvhei	aheivh	aheihv	ahevih	ahevhi
ahehiv	ahehvi	ahhive	ahhiev	ahhvie	ahhvei	ahheiv	ahhevi
aviheh	avihhe	aviehh	aviehh	avihhe	aviheh	avhieh	avhihe
avheih	avhehi	avhhie	avhhei	aveihh	aveihh	avehih	avehhi
avehih	avehhi	avhihe	avhieh	avhhie	avhhei	avheih	avhehi
aeihvh	aeihhv	aeivhh	aeivhh	aeihhv	aeihvh	aehivh	aehihv
aehvih	aehvhi	aehhiv	aehhvi	aevihh	aevihh	aevhih	aevhhi
aevhih	aevhhi	aehihv	aehivh	aehhiv	aehhvi	aehvih	aehvhi
ahihve	ahihev	ahivhe	ahiveh	ahiehv	ahievh	ahhive	ahhiev
ahhvie	ahhvei	ahheiv	ahhevi	ahvihe	ahvieh	ahvhie	ahvhei
ahveih	ahvehi	aheihv	aheivh	ahehiv	ahehvi	ahevih	ahevhi
hiaveh	hiavhe	hiaevh	hiaehv	hiahve	hiahev	hivaeh	hivahe
hiveah	hiveha	hivhae	hivhea	hieavh	hieahv	hievah	hievha
hiehav	hiehva	hihave	hihaev	hihvae	hihvea	hiheav	hiheva
haiveh	haivhe	haievh	haiehv	haihve	haihev	havieh	havihe
haveih	havehi	havhie	havhei	haeivh	haeihv	haevih	haevhi
haehiv	haehvi	hahive	hahiev	hahvie	hahvei	haheiv	hahevi
hviaeh	hviahe	hvieah	hvieha	hvihae	hvihea	hvaieh	hvaihe
hvaeih	hvaehi	hvahie	hvahei	hveiah	hveiha	hveaih	hveahi
hvehia	hvehai	hvhiae	hvhiea	hvhaie	hvhaei	hvheia	hvheai

heiavh	heiahv	heivah	heivha	heihav	heihva	heaivh	heaihv
heavih	heavhi	heahiv	heahvi	heviah	heviha	hevaih	hevahi
hevhia	hevhai	hehiav	hehiva	hehaiv	hehavi	hehvia	hehvai
hhiave	hhiaev	hhivae	hhivea	hhieav	hhieva	hhaive	hhaiev
hhavie	hhavei	hhaeiv	hhaevi	hhviae	hhviea	hhvaie	hhvaei
hhveia	hhveai	hheiav	hheiva	hheaiv	hheavi	hhevia	hhevai
viaheh	viahhe	viaehh	viaehh	viahhe	viaheh	vihaeh	vihahe
viheah	viheha	vihhae	vihhea	vieahh	vieahh	viehah	viehha
viehah	viehha	vihahe	vihaeh	vihhae	vihhea	viheah	viheha
vaiheh	vaihhe	vaiehh	vaiehh	vaihhe	vaiheh	vahieh	vahihe
vaheih	vahehi	vahhie	vahhei	vaeihh	vaeihh	vaehih	vaehhi
vaehih	vaehhi	vahihe	vahieh	vahhie	vahhei	vaheih	vahehi
vhiaeh	vhiahe	vhieah	vhieha	vhihae	vhihea	vhaieh	vhaihe
vhaeih	vhaehi	vhahie	vhahei	vheiah	vheiha	vheaih	vheahi
vhehia	vhehai	vhhiae	vhhiea	vhhaie	vhhaei	vhheia	vhheai
veiahh	veiahh	veihah	veihha	veihah	veihha	veaihh	veaihh
veahih	veahhi	veahih	veahhi	vehiah	vehiha	vehaih	vehahi
vehhia	vehhai	vehiah	vehiha	vehaih	vehahi	vehhia	vehhai
vhiahe	vhiaeh	vhihae	vhihea	vhieah	vhieha	vhaihe	vhaieh
vhahie	vhahei	vhaeih	vhaehi	vhhiae	vhhiea	vhhaie	vhhaei
vhheia	vhheai	vheiah	vheiha	vheaih	vheahi	vhehia	vhehai
eiahvh	eiahhv	eiavhh	eiavhh	eiahhv	eiahvh	eihavh	eihahv
eihvah	eihvha	eihhav	eihhva	eivahh	eivahh	eivhah	eivhha
eivhah	eivhha	eihahv	eihavh	eihhav	eihhva	eihvah	eihvha
eaihvh	eaihhv	eaivhh	eaivhh	eaihhv	eaihvh	eahivh	eahihv
eahvih	eahvhi	eahhiv	eahhvi	eavihh	eavihh	eavhih	eavhhi
eavhih	eavhhi	eahihv	eahivh	eahhiv	eahhvi	eahvih	eahvhi
ehiavh	ehiahv	ehivah	ehivha	ehihav	ehihva	ehaivh	ehaihv
ehavih	ehavhi	ehahiv	ehahvi	ehviah	ehviha	ehvaih	ehvahi
ehvhia	ehvhai	ehhiav	ehhiva	ehhaiv	ehhavi	ehhvia	ehhvai
eviahh	eviahh	evihah	evihha	evihah	evihha	evaihh	evaihh
evahih	evahhi	evahih	evahhi	evhiah	evhiha	evhaih	evhahi
evhhia	evhhai	evhiah	evhiha	evhaih	evhahi	evhhia	evhhai
ehiahv	ehiavh	ehihav	ehihva	ehivah	ehivha	ehaihv	ehaivh
ehahiv	ehahvi	ehavih	ehavhi	ehhiav	ehhiva	ehhaiv	ehhavi
ehhvia	ehhvai	ehviah	ehviha	ehvaih	ehvahi	ehvhia	ehvhai
hiahve	hiahev	hiavhe	hiaveh	hiaehv	hiaevh	hihave	hihaev
hihvae	hihvea	hiheav	hiheva	hivahe	hivaeh	hivhae	hivhea
hiveah	hiveha	hieahv	hieavh	hiehav	hiehva	hievah	hievha
haihve	haihev	haivhe	haiveh	haiehv	haievh	hahive	hahiev
hahvie	hahvei	haheiv	hahevi	havihe	havieh	havhie	havhei
haveih	havehi	haeihv	haeivh	haehiv	haehvi	haevih	haevhi
hhiave	hhiaev	hhivae	hhivea	hhieav	hhieva	hhaive	hhaiev
hhavie	hhavei	hhaeiv	hhaevi	hhviae	hhviea	hhvaie	hhvaei
hhveia	hhveai	hheiav	hheiva	hheaiv	hheavi	hhevia	hhevai
hviahe	hviaeh	hvihae	hvihea	hvieah	hvieha	hvaihe	hvaieh
hvahie	hvahei	hvaeih	hvaehi	hvhiae	hvhiea	hvhaie	hvhaei

```
hvheia  hvheai  hveiah  hveiha  hveaih  hveahi  hvehia  hvehai
heiahv  heiavh  heihav  heihva  heivah  heivha  heaihv  heaivh
heahiv  heahvi  heavih  heavhi  hehiav  hehiva  hehaiv  hehavi
hehvia  hehvai  heviah  heviha  hevaih  hevahi  hevhia  hevhai
```

Je pris dans mes mains les feuillets de l'imprimante, sans les détacher, comme si je consultais le rouleau de la Torah originelle. J'essayai avec le nom numéro trente-six. Le noir complet. Une dernière gorgée de whisky et puis, les doigts hésitants, je tentai avec le nom numéro cent vingt. Rien.

J'aurais voulu mourir. Et pourtant j'étais désormais Jacopo Belbo et Jacopo Belbo devait avoir pensé comme je pensais moi maintenant. Je devais avoir commis une erreur, une erreur tout à fait idiote, une erreur de rien du tout. J'étais à un pas de la solution, peut-être Belbo, pour des raisons qui m'échappaient, avait-il compté en partant du bas ?

Casaubon, imbécile — me dis-je. Bien sûr, du bas. Autrement dit, de droite à gauche. Belbo avait mis dans le computer le nom de Dieu translittéré en lettres latines, avec les voyelles, certes, mais puisque le mot était hébreu, il l'avait écrit de droite à gauche. Son input n'avait pas été IAHVEH — comment n'y avoir pas pensé plus tôt — mais bien HEVHAI. Normal, alors, que l'ordre des permutations s'invertît.

Je devais donc compter du bas. J'essayai de nouveau l'un et l'autre nom.

Il ne se passa rien.

Je m'étais trompé de bout en bout. Je m'étais entêté sur une hypothèse élégante mais fausse. Cela arrive aux meilleurs savants.

Non, pas aux meilleurs savants. A tous. N'avions-nous pas observé, juste un mois avant, que, ces derniers temps, trois romans au moins étaient sortis, où le protagoniste cherchait dans le computer le nom de Dieu ? Belbo n'aurait pas été aussi banal. Et puis, allons ! quand on choisit un mot de passe on choisit quelque chose qu'on se rappelle facilement, qui se tape spontanément au clavier, presque d'instinct. Pensez donc, IHVHEA ! Il aurait dû ensuite faire prévaloir le Notarikon sur la Temurah, et inventer un acrostiche pour se rappeler le mot. Que sais-je : Imelda, Héroïque, Venge Hiram Éhontément Assassinée...

Et puis pourquoi Belbo devait-il penser dans les termes kabbalistiques de Diotallevi ? Il était obsédé par le Plan, et nous avions mis tant d'autres composantes dans le Plan, les Rose-Croix, la Synarchie, les Homuncules, le Pendule, la Tour, les Druides, l'Ennoïa...

L'Ennoïa... Je songeai à Lorenza Pellegrini. J'allongeai la main et retournai la photographie que j'avais censurée. Je cherchai à refouler une pensée importune, le souvenir de ce soir-là, dans le Piémont... J'approchai la photo et lus la dédicace. Qui disait : « Car je suis la première et la dernière. Je suis l'honorée et l'abhorrée. Je suis la prostituée et la sainte. Sophia. »

Cela s'était sans doute passé après la fête chez Riccardo. Sophia, six lettres. Mais pourquoi donc fallait-il les anagrammer ? C'était moi qui pensais de façon alambiquée. Belbo aime Lorenza, il l'aime justement parce qu'elle est comme elle est, et elle est Sophia — et en songeant qu'elle, à ce moment-là, va savoir... Non, au contraire, Belbo pense de façon beaucoup plus alambiquée. Me revenaient en mémoire les paroles de Diotallevi : « Dans la deuxième sefira, l'Aleph ténébreux se change en l'Aleph lumineux. Du Point Obscur jaillissent les lettres de la Torah, le corps ce sont les consonnes, le souffle les voyelles, et elles accompagnent ensemble la cantilène du dévot. Quand la mélodie des signes se meut, se meuvent avec elle les consonnes et les voyelles. Il en surgit Hokhma, la Sagesse, la Science, l'idée primordiale où tout est contenu comme dans un écrin, prêt à se déployer dans la création. Dans Hokhma est contenue l'essence de tout ce qui suivra... »

Et qu'était Aboulafia, avec sa réserve secrète de *files ?* L'écrin de ce que Belbo savait, ou croyait savoir, sa Sophia. Il choisit un nom secret pour pénétrer dans les profondeurs d'Aboulafia, l'objet avec quoi il fait l'amour (l'unique) mais ce faisant, il pense simultanément à Lorenza, il voudrait pénétrer dans le cœur de Lorenza et comprendre, de même qu'il peut pénétrer dans le cœur d'Aboulafia, il veut qu'Aboulafia soit impénétrable à tous les autres de même que Lorenza lui est impénétrable, il s'imagine garder, connaître et conquérir le secret de Lorenza de même qu'il possède celui d'Aboulafia...

J'étais en train d'inventer une explication et je m'imaginais qu'elle était vraie. Comme pour le Plan : je prenais mes désirs pour la réalité.

Mais comme j'étais ivre, je me remis au clavier et tapai SOPHIA. La machine me redemanda poliment : « Tu as le mot de passe ? » Machine idiote, même à la pensée de Lorenza tu n'es pas saisie d'émotion.

— 6 —

Judá León se dio a permutaciones
De letras y a complejas variaciones
Y alfin pronunció el Nombre que es la Clave,
La Puerta, el Eco, el Huésped y el Palacio...

J. L. Borges, *El Golem.*

Alors, par haine envers Aboulafia, à l'énième obtuse demande (« Tu as le mot de passe ? ») je répondis : « Non. »

L'écran commença à se remplir de mots, de lignes, d'indices, d'une cataracte de propos.

J'avais violé le secret d'Aboulafia.

J'étais si excité par ma victoire que je ne me suis pas même demandé pourquoi Belbo avait précisément choisi ce mot. A présent je le sais, et je sais que lui, en un moment de lucidité, avait compris ce que je comprends à présent. Mais jeudi je ne pensai qu'à une chose : j'avais gagné.

Je me mis à danser, à battre des mains, à chanter une chanson de corps de garde. Puis je m'arrêtai et allai dans la salle de bains pour me laver la figure. Je revins et mis à l'impression en premier lieu le dernier *file,* celui que Belbo avait écrit avant sa fuite à Paris. Ensuite, tandis que l'imprimante craquetait, implacable, je me mis à manger comme un goinfre, et à boire encore.

Lorsque l'imprimante s'arrêta, je lus, et j'en fus bouleversé, et je n'étais pas encore capable de décider si je me trouvais devant des révélations extraordinaires ou le témoignage d'un délire. Que savais-je, au fond, de Jacopo Belbo ? Qu'avais-je compris de lui au cours des deux années où j'avais été à ses côtés presque chaque jour ? De quelle confiance pouvais-je créditer le journal d'un homme qui, de son propre aveu, écrivait en des circonstances exceptionnelles, obnubilé par l'alcool, par le tabac, par la terreur, pendant trois jours coupé de tout contact avec le monde ?

La nuit était tombée désormais, la nuit du vingt et un juin. Mes yeux pleuraient. Depuis le matin je fixais cet écran et la fourmilière de points produite par l'imprimante. Que fût vrai ou faux ce que j'avais lu, Belbo avait dit qu'il téléphonerait le matin suivant. Je devais l'attendre ici. La tête me tournait.

J'allai en vacillant dans la chambre à coucher et me laissai tomber tout habillé sur le lit encore défait.

Je me réveillai vers huit heures d'un sommeil profond, visqueux, et au début je ne me rendais pas compte où j'étais. Heureusement, il était resté une boîte de café, et je m'en fis plusieurs tasses. Le téléphone ne sonnait pas, je n'osais pas descendre pour acheter quelque chose, craignant que Belbo n'appelât juste à ce moment-là.

Je revins à la machine et commençai à imprimer les autres disques, dans l'ordre chronologique. Je trouvai des jeux, des exercices, des comptes rendus d'événements dont j'étais au courant mais, réfractés par la vision privée de Belbo, ces événements aussi m'apparaissaient maintenant dans une lumière différente. Je trouvai des morceaux de journal intime, de confessions, d'ébauches de tentatives romanesques enregistrées avec la susceptibilité amère de celui qui les sait déjà vouées à l'insuccès. Je trouvai des notes, des portraits de personnes que je me rappelais aussi mais qui à présent prenaient une autre physionomie — je voudrais dire plus sinistre, ou était-ce seulement mon regard qui se faisait plus sinistre, ma façon de recomposer des allusions fortuites en une terrible mosaïque finale ?

Et surtout j'ai trouvé un *file* entier qui ne rassemblait que des citations. Tirées des lectures les plus récentes de Belbo, je les reconnaissais à première vue, et combien de textes analogues n'avions-nous pas lus ces mois-là... Elles étaient numérotées : cent vingt. Le nombre n'était pas fortuit, ou bien la coïncidence était inquiétante. Mais pourquoi celles-ci et pas d'autres ?

Maintenant je ne peux relire les textes de Belbo, et l'histoire entière qu'ils me remettent en esprit, qu'à la lumière de ce *file*. J'égrène ces excerpta comme les grains d'un chapelet hérétique, et cependant je m'aperçois que certains d'entre eux auraient pu constituer, pour Belbo, une alarme, une piste de sauvegarde.

Ou est-ce moi qui ne parviens plus à distinguer le bon conseil de la dérive du sens ? Je cherche à me convaincre que ma relecture est la bonne, mais pas plus tard que ce matin quelqu'un m'a pourtant dit, à moi et pas à Belbo, que j'étais fou.

La lune monte lentement à l'horizon, au-delà du Bricco. La grande maison est habitée par d'étranges bruissements, peut-être des vers rongeurs, des rats, ou le fantôme d'Adelino Canepa... Je n'ose parcourir le couloir, je suis dans le bureau de l'oncle Carlo, et je regarde par la fenêtre. De temps en temps je vais sur la terrasse, pour surveiller si quelqu'un s'approche en montant la colline. J'ai l'impression d'être dans un film, quelle peine : « Ils vont venir... »

Et pourtant la colline est si calme, cette nuit, désormais nuit d'été.

Combien plus aventureuse, incertaine, démente, la reconstitution que je tentais, pour tromper le temps, et pour me garder bien vivant, l'autre soir, de cinq à dix heures, droit dans le périscope, tandis que pour me faire circuler le sang je bougeais lentement et mollement les jambes, comme si je suivais un rythme afro-brésilien.

Repenser aux dernières années en m'abandonnant au roulis ensorceleur des « atabaques »... Peut-être pour accepter la révélation que nos divagations, commencées comme un ballet mécanique, maintenant, dans ce temple de la mécanique, se seraient transformées en rite, possession, apparition et domination de l'Exu ?

L'autre soir, dans le périscope, je n'avais aucune preuve que ce que m'avait révélé l'imprimante était vrai. Je pouvais encore me défendre par le doute. D'ici minuit je m'apercevrais que j'étais venu à Paris, que je m'étais caché comme un voleur dans un inoffensif musée de la technique, pour la seule raison que je m'étais introduit sottement dans une macumba organisée pour les touristes et laissé prendre par l'hypnose des perfumadores, et par le rythme des pontos...

Et ma mémoire tentait tour à tour le désenchantement, la pitié et le soupçon, en recomposant la mosaïque ; et ce climat mental, cette même oscillation entre illusion fabulatoire et pressentiment d'un piège, je voudrais les conserver à présent, alors qu'avec l'esprit bien plus lucide je suis en train de réfléchir sur ce que je pensais alors, recomposant les documents lus avec frénésie la veille, et le matin même à l'aéroport et pendant le voyage vers Paris.

Je cherchais à y voir plus clair dans la façon irresponsable dont Belbo, Diotallevi et moi étions arrivés à récrire le monde et — Diotallevi me le dirait — à redécouvrir les parties du Livre qui avaient été gravées au feu blanc, dans les interstices laissés par ces insectes au feu noir qui peuplaient, et semblaient rendre explicite, la Torah.

Je suis ici, à présent, après avoir atteint — j'espère — la sérénité et l'Amor Fati, pour reproduire l'histoire que je reconstituais, plein d'inquiétude — et d'espoir qu'elle fût fausse — dans le périscope, il y a deux soirs, l'ayant lue deux jours avant dans l'appartement de Belbo et l'ayant vécue, en partie sans en prendre conscience, au cours des dix dernières années, entre le whisky de Pilade et la poussière des éditions Garamond.

3

BINA

— 7 —

N'attendez pas trop de la fin du monde.

Stanislaw J. Lec, *Aforyzmy. Fraszki,*
Kraków, Wydawnictwo Literackie, 1977,
« Myśli Nieuczesane ».

Entrer à l'université deux ans après 68, c'est comme arriver à Paris le 14 juillet 90. On a l'impression d'avoir raté l'année de sa naissance. D'autre part, Jacopo Belbo, qui avait au moins quinze ans de plus que moi, me convainquit plus tard qu'il s'agissait là d'une sensation qu'éprouvent toutes les générations. On naît toujours sous un signe erroné, et être dignement au monde veut dire corriger jour après jour son horoscope.

Je crois que l'on devient ce que notre père nous a enseigné dans les temps morts, quand il ne se souciait pas de nous éduquer. On se forme sur des déchets de sagesse. J'avais dix ans et je voulais que mes parents m'abonnent à un certain hebdomadaire qui publiait en BD les chefs-d'œuvre de la littérature. Mon père tendait à se dérober, non pas par pingrerie mais par suspicion à l'égard des bandes dessinées. « Le but de cette revue, décrétai-je alors, citant l'enseigne de la série, car j'étais un garçon malin et persuasif, est au fond d'éduquer avec plaisir. » Mon père, sans lever les yeux de son journal, dit : « Le but de ton journal est le but de tous les journaux : vendre le plus d'exemplaires possible. »

Ce jour-là, je commençai à devenir incrédule.

En somme, je me repentis d'avoir été crédule. Je m'étais laissé prendre par une passion de l'esprit. Telle est la crédulité.

Ce n'est pas que l'incrédule ne doive croire à rien. Il ne croit pas à tout. Il croit à une chose à la fois, et à une deuxième dans la seule mesure où, de quelque façon, elle émane de la première. Il procède en myope, avec méthode, il ne se hasarde pas aux horizons. Quand deux choses ne vont pas ensemble, croire à toutes les deux, et avec l'idée que quelque part il en existe une troisième, occulte, qui les unit, c'est ça la crédulité.

L'incrédulité n'exclut pas la curiosité, elle la conforte. Me méfiant des chaînes d'idées, des idées j'aimais la polyphonie. Il suffit de ne pas y croire, et deux idées — l'une et l'autre fausses — peuvent s'entrechoquer, créant un bon intervalle ou un *diabolus in musica.* Je ne respectais pas les idées sur lesquelles d'autres pariaient leur vie, mais deux ou trois idées que je ne respectais pas pouvaient faire mélodie. Ou rythme, jazz si possible.

Plus tard, Lia devait me dire : « Tu vis de surfaces. Quand tu as l'air profond c'est parce que tu en encastres beaucoup, et que tu combines l'apparence d'un solide — un solide qui, à supposer qu'il fût solide, ne pourrait se tenir debout.

— Tu es en train de me dire que je suis superficiel ?

— Non, m'avait-elle répondu, ce que les autres appellent profondeur n'est qu'un hypercube, un cube tétradimensionnel. Tu entres d'un côté, tu sors de l'autre, et tu te trouves dans un univers qui ne peut pas coexister avec le tien. »

(Lia, je ne sais pas si je te reverrai, maintenant qu'Ils sont entrés par le mauvais côté et ont envahi ton univers, et par ma faute : je leur ai fait croire qu'il y avait des abîmes, comme Ils voulaient, par faiblesse.)

Qu'est-ce que je pensais vraiment, il y a quinze ans ? Conscient de ne pas croire, je me sentais coupable parmi ceux, si nombreux, qui croyaient. Puisque je sentais qu'ils étaient dans le vrai, je me suis décidé à croire, comme on prend une aspirine. Ça ne fait pas de mal, et on devient meilleur.

Je me suis trouvé au milieu de la Révolution, ou, du moins, de la plus étonnante simulation qu'on en ait jamais faite, cherchant une foi honorable. J'ai jugé honorable de participer aux assemblées et aux défilés, j'ai crié avec les autres « fascistes, bourgeois, encore quelques mois ! », je n'ai pas lancé des cubes de porphyre ou des billes de métal parce que j'ai toujours eu peur que les autres me fassent à moi ce que je leur faisais à eux, mais j'éprouvais une sorte d'excitation morale à fuir le long des rues du centre, quand la police chargeait. Je rentrais chez moi avec le sentiment d'avoir accompli un certain devoir. Dans les assemblées je n'arrivais pas à me passionner pour les opinions contrastées qui divisaient les différents groupes : je soupçonnais qu'il aurait suffi de trouver la bonne citation pour passer de l'un à l'autre. Je m'amusais à trouver les bonnes citations. Je modulais.

Comme il m'était arrivé parfois, dans les défilés, de me mettre à la queue sous une banderole ou une autre pour suivre une fille qui troublait mon imagination, j'en tirai la conclusion que pour beaucoup de mes camarades l'activité de militant politique était une expérience sexuelle — et le sexe était une passion. Pour ma part, je ne voulais avoir que de la curiosité. Il est vrai qu'au cours de mes lectures sur les Templiers, et à propos des atrocités variées qu'on leur avait attribuées, j'étais tombé sur l'affirmation de Carpocrate selon quoi, pour se libérer de la tyrannie des anges, seigneurs du cosmos, il faut perpétrer toutes sortes d'ignominies, en s'affranchissant des dettes contractées avec l'univers et avec son propre corps, et ce n'est qu'en commettant toutes les actions que l'âme peut se délier de ses passions et retrouver sa pureté originelle. Tandis que nous inventions le Plan, je découvris que de nombreux drogués du mystère, pour trouver l'illumination, suivent cette voie-là. Mais Aleister Crowley, qu'on a défini comme l'homme le plus pervers de tous les temps, et qui faisait donc tout ce qu'il pouvait faire avec des dévots des deux sexes, n'eut, selon ses biographes, que des femmes très laides (j'imagine que les hommes aussi, d'après ce qu'ils écrivaient, n'étaient pas mieux), et je garde le soupçon qu'il n'a jamais fait pleinement l'amour.

Cela doit dépendre d'un rapport entre la soif de pouvoir et l'impotentia coeundi. Marx m'était sympathique parce que j'étais sûr qu'avec sa Jenny il faisait l'amour dans la gaieté. On le sent à travers la respiration paisible de sa prose, et son humour. Une fois, par contre, dans les couloirs de l'université, j'ai dit qu'à force de coucher toujours avec la Krupskaïa on finissait par écrire un méchant livre comme *Matérialisme et empiriocriticisme*. J'ai manqué être tabassé à coups de barre de fer et ils dirent que j'étais un fasciste. C'est un grand flandrin qui le dit, avec des moustaches à la tartare. Je m'en souviens très bien, aujourd'hui il est complètement rasé et appartient à une communauté où on tresse des paniers.

J'évoque les humeurs de l'époque seulement pour retracer dans quel état d'esprit j'ai pris contact avec les éditions Garamond et sympathisé avec Jacopo Belbo. J'y suis arrivé comme quelqu'un qui affronte les discours sur la vérité pour se préparer à en corriger les épreuves. Je pensais que le problème fondamental, si on cite « Je suis celui qui est », était de décider où placer le signe de ponctuation, à l'intérieur ou à l'extérieur des guillemets ?

Raison pour quoi mon choix politique fut la philologie. L'université de Milan était, en ces années-là, exemplaire. Alors que dans tout le reste du pays on envahissait les amphithéâtres et assaillait les professeurs, leur demandant qu'ils ne parlent que de la science prolétaire, chez nous, sauf quelques incidents, était en vigueur un pacte constitutionnel, autrement dit un compromis territorial. La révolution installait ses garnisons dans la zone extérieure, le grand amphi et les grands couloirs, tandis que la Culture officielle s'était retirée, protégée et garantie, dans les couloirs intérieurs et aux étages supérieurs, et poursuivait son discours comme si de rien n'était.

Je pouvais ainsi passer la matinée en bas à discuter de la science prolétarienne et les après-midi en haut à pratiquer un savoir aristocratique. Je vivais à l'aise dans ces deux univers parallèles et je ne me sentais pas le moins du monde en contradiction. Je croyais moi aussi qu'une société d'égaux s'apprêtait à faire son entrée, mais je me disais que dans cette société, les trains devraient marcher (mieux qu'avant), par exemple, et les sans-culottes qui m'entouraient étaient bien loin d'apprendre à doser le charbon dans la chaudière, à actionner les aiguillages, à établir un horaire des chemins de fer. Il fallait bien que quelqu'un se tînt prêt pour les trains.

Non sans quelque remords, je me sentais comme un Staline qui rit dans ses moustaches et pense : « Faites, faites donc, pauvres bolcheviques, moi, pendant ce temps, j'étudie au séminaire de Tiflis et puis je me chargerai moi d'établir le plan quinquennal. »

Sans doute parce que je vivais le matin dans l'enthousiasme, l'après-midi j'identifiais le savoir avec la méfiance. Ainsi voulus-je étudier quelque chose qui me permît de dire ce qu'on pouvait affirmer en se fondant sur des documents, pour le distinguer de ce qui demeurait matière de foi.

Pour des raisons quasi fortuites, je m'agrégeai à un séminaire d'histoire médiévale et choisis une thèse sur le procès des Templiers. L'histoire des Templiers m'avait fasciné, dès l'instant où j'avais jeté un œil sur les premiers documents. A cette époque où on luttait contre le pouvoir, m'indignait généreusement l'histoire du procès, qu'il est indulgent de dire fondé sur des présomptions, au bout duquel on avait envoyé les Templiers au bûcher. Mais je ne fus pas long à découvrir que, depuis le temps où ils avaient été envoyés au bûcher, une foule de chasseurs de mystères avait cherché à les retrouver partout, et sans jamais produire la moindre preuve. Ce gaspillage visionnaire irritait mon incrédulité, et je décidai de ne pas perdre mon temps avec les chasseurs de mystères, et de m'en tenir strictement aux sources de l'époque. Les Templiers étaient un ordre de moines-chevaliers, qui existait en tant qu'il était reconnu par l'Église. Si l'Église avait dissous l'ordre, et l'avait fait il y a sept siècles de cela, les Templiers ne pouvaient plus exister, et s'ils existaient, ce n'étaient pas des Templiers. Ainsi avais-je mis en fiches au moins cent livres, mais à la fin je n'en lus qu'une trentaine.

J'entrai en contact avec Jacopo Belbo justement à cause des Templiers, chez Pilade, quand je travaillais déjà à ma thèse, vers la fin de l'année 1972.

— 8 —

Venu de la lumière et des dieux, me voici en exil, séparé d'eux.

Fragment de *Turfa'n M7.*

Le bar Pilade était à cette époque le port franc, la taverne galactique où les étrangers d'Ophiuchus, qui assiégeaient la Terre, se rencontraient sans friction avec les hommes de l'Empire qui patrouillaient dans les ceintures de van Allen. C'était un vieux bar au bord des Navigli, ces canaux séculaires qui encerclent Milan, avec son zinc, son billard, et les traminots et les artisans du quartier qui venaient au point du jour se jeter un petit blanc. Autour de 68, et dans les années suivantes, Pilade était devenu un Rick's Café où, à la même table, le militant du Mouvement pouvait jouer aux cartes avec le journaliste du quotidien patronal, qui allait se jeter un baby après bouclage du numéro, tandis que déjà les premiers camions partaient pour distribuer dans les kiosques les mensonges du système. Mais chez Pilade le journaliste aussi se sentait prolétaire exploité, producteur de plus-value enchaîné au débit idéologique, et les étudiants l'absolvaient.

Entre onze heures du soir et deux heures du matin, passaient le fonctionnaire d'édition, l'architecte, le chroniqueur des faits divers qui guignait la page culturelle, les peintres de l'académie de Brera, quelques écrivains plutôt médiocres, et des étudiants comme moi.

Un minimum d'excitation alcoolique était de rigueur et le vieux Pilade, gardant ses jéroboams de blanc pour les traminots et les clients les plus aristocratiques, avait remplacé le soda et l'amer Ramazzotti par une petite moustille AOC, pour les intellectuels démocrates, et du Johnnie Walker pour les révolutionnaires. Je pourrais écrire l'histoire politique de ces années-là en enregistrant les temps et les manières dont l'on passa graduellement de l'étiquette rouge au Ballantine de douze ans d'âge et enfin au malt.

Avec l'arrivée du nouveau public, Pilade avait laissé tomber le vieux billard, où peintres et traminots se lançaient des défis à coups de boules, mais il avait installé aussi un flipper.

Une bille durait très peu avec moi et au début je croyais que c'était par distraction, ou par insuffisante agilité manuelle. Et puis j'ai compris la vérité des années après, en voyant jouer Lorenza Pellegrini. D'abord, je ne l'avais pas remarquée, mais je l'ai azimutée un soir en suivant le regard de Belbo.

Belbo avait une façon d'être au bar comme s'il se trouvait là de passage (il y était chez lui depuis au moins dix ans). Il intervenait souvent dans les conversations, au zinc ou à une table, mais presque toujours pour lancer une boutade qui gelait les enthousiasmes, quel que fût le sujet de la discussion. Il les gelait aussi par une autre technique, en posant une question. Quelqu'un racontait un fait, entraînant à fond la compagnie, et Belbo regardait l'interlocuteur de ses yeux glauques, toujours un peu distraits, tenant son verre à la hauteur de sa hanche, comme s'il avait depuis longtemps oublié de boire, et il demandait : « Mais vraiment, c'est arrivé comme ça ? » Ou bien : « Mais, sans plaisanter, il a dit ça ? » Je ne sais ce qui se passait alors, mais chacun se prenait à douter de l'histoire, y compris le conteur. Ce devait être sa cadence piémontaise qui rendait interrogatives ses affirmations, et moqueuses ses interrogations. Chez Belbo, cette façon de parler sans trop regarder l'interlocuteur dans les yeux, sans pour autant le fuir du regard, trahissait le Piémontais. Le regard de Belbo n'éludait pas le dialogue. Se déplaçant simplement, fixant à l'improviste des convergences de parallèles à quoi vous n'aviez pas prêté attention, en un point imprécis de l'espace, il vous donnait la sensation que, jusqu'alors, vous aviez fixé, obtus, l'unique point insignifiant.

Mais ce n'était pas rien que son regard. D'un geste, d'une seule interjection, Belbo avait le pouvoir de vous placer ailleurs. En somme, supposons que vous vous escrimiez pour démontrer que Kant avait réellement accompli la révolution copernicienne de la philosophie moderne, et que vous jouiez votre destin sur cette affirmation. Belbo, assis devant vous, pouvait tout à coup se regarder les mains, ou fixer son genou, ou entrefermer les paupières en ébauchant un sourire étrusque, ou rester quelques secondes bouche ouverte, les yeux au plafond, et puis, avec un léger balbutiement : « Certes, certes ce Kant... » Ou bien, s'il s'engageait plus explicitement dans un attentat au système entier de l'idéalisme transcendantal : « Euh ! Au fond aura-t-il vraiment voulu foutre un tel bordel... » Puis il vous observait avec sollicitude, comme si vous, et non lui, aviez rompu le charme, et il vous encourageait : « Mais dites, dites.

Car derrière tout ça, certes, il y a... il y a quelque chose qui... L'homme avait du talent. »

Parfois, quand il était au comble de l'indignation, il réagissait avec inconvenance. Et comme la seule chose qui pût l'indigner c'était l'inconvenance d'autrui, en retour son inconvenance était tout intérieure, et régionale. Il serrait les lèvres, levait d'abord les yeux au ciel, puis baissait lentement son regard, et la tête, et il disait à mi-voix : « Mais *gavte la nata.* » Pour qui ne connaîtrait pas cette expression piémontaise, quelquefois il expliquait : « Mais gavte la nata, ôte ton bouchon. On le dit de qui est enflé de soi-même. On suppose qu'il tient dans cette condition à la posture anormale grâce à la pression d'un bouchon enfoncé dans le derrière. S'il se l'enlève, pffffiiisk, il revient à son humaine condition. »

Ces interventions avaient la propriété de vous faire percevoir la vanité du tout, et j'en étais fasciné. Mais j'en tirais une leçon erronée, car je les choisissais comme modèle de suprême mépris pour la banalité des vérités d'autrui.

A présent seulement, après que j'ai violé, avec les secrets d'Aboulafia, l'âme de Belbo, je sais que ce qui me semblait à moi désenchantement, et que j'érigeais en principe de vie, était pour lui une forme de la mélancolie. Son libertinisme intellectuel déprimé cachait une soif désespérée d'absolu. Difficile de le comprendre à première vue, parce que Belbo compensait les moments de fuite, hésitation, détachement, par des moments de conversation affable et détendue où il s'amusait à produire des alternatives absolues, avec hilare mécréance. C'était l'époque où il construisait avec Diotallevi des manuels de l'impossible, des mondes à l'envers, des tératologies bibliographiques. Et de le voir ainsi, d'une loquacité si enthousiaste dans la construction de sa Sorbonne rabelaisienne, empêchait de comprendre combien le tourmentait son exil de la faculté de théologie, la vraie.

Je le compris après en avoir effacé moi-même l'adresse, tandis que lui l'avait perdue, et ne s'en consolait pas.

Dans les *files* d'Aboulafia j'ai trouvé quantité de pages d'un pseudo-journal intime que Belbo avait confié au secret des disquettes, sûr ainsi de ne pas trahir sa vocation, tant de fois réitérée, de simple spectateur du monde. Certaines portent une date reculée, où il avait évidemment transcrit d'anciennes notes, par nostalgie, ou bien parce qu'il pensait les recycler d'une manière ou d'une autre.

D'autres appartiennent à ces dernières années, depuis l'époque où il avait eu Abou entre les mains. Il écrivait par jeu mécanique, pour réfléchir en solitaire sur ses propres erreurs, il s'imaginait ne pas « créer » parce que la création, même si elle produit l'erreur, se donne toujours pour l'amour de quelqu'un qui n'est pas nous. Mais Belbo, sans s'en apercevoir, était en train de passer de l'autre côté de la sphère. Il créait, et il eût mieux valu qu'il ne l'ait jamais fait : son enthousiasme pour le Plan est né de ce besoin d'écrire un Livre, fût-il seulement, exclusivement, férocement fait d'erreurs intentionnelles. Tant que vous vous contractez dans votre vide, vous pouvez encore penser être en contact avec l'Un, mais dès que vous patrouillez de la glaise, fût-elle électronique, vous voilà déjà devenu un démiurge, et qui s'engage à faire un monde s'est déjà compromis avec l'erreur et avec le mal.

FILENAME : *TROIS FEMMES AUTOUR DU CŒUR*

C'est comme ça : toutes les femmes que j'ai rencontrées se dressent aux horizons — avec les gestes piteux et les regards tristes des sémaphores sous la pluie...

Tu vises haut, Belbo. Premier amour, la Très Sainte Vierge. Maman qui chante en me tenant dans son giron comme si elle me berçait quand désormais je n'ai plus besoin de berceuses mais je demandais qu'elle chantât parce que j'aimais sa voix et le parfum de lavande de son sein : « Ô ma Reine de l'Empyrée — toute pure, toute belle — toi épouse, servante, pucelle — toi la mère du Rédempteur. »

Normal : la première femme de ma vie ne fut pas mienne — comme du reste elle ne fut à personne, par définition. Je suis tombé tout de suite amoureux de l'unique femme capable de faire tout sans moi.

Puis Marilena (Marylena ? Mary Lena ?). Décrire lyriquement le crépuscule, les cheveux d'or, le grand nœud bleu, moi dressé le nez en l'air devant le banc, elle qui marche en équilibre sur le rebord du dossier, les bras ouverts pour faire balancier à ses oscillations (délicieuses extra-systoles), la jupe qui volette, légère, autour de ses cuisses roses. Tout en haut, impossible à atteindre.

Esquisse : le soir même ma mère qui est en train de saupoudrer de talc les chairs roses de ma sœur, moi qui demande quand lui sortira enfin son robinet, ma mère qui révèle que le robinet ne sort pas aux filles, qui restent comme ça. Moi tout à coup je revois Mary Lena, et le blanc de ses culottes qu'on apercevait sous la jupe bleue qui flottait, et je comprends qu'elle est blonde et altière et inaccessible parce qu'elle est différente. Aucun rapport possible, elle appartient à une autre race.

Troisième femme aussitôt perdue dans l'abîme où elle sombre. Elle vient de mourir dans le sommeil, pâle Ophélie au milieu des fleurs de son cercueil virginal, tandis que le prêtre récite les prières des défunts, soudain elle se dresse droite sur le catafalque, l'air renfrogné, blanche, vengeresse, le doigt tendu, la voix caverneuse : « Père, ne priez pas pour moi. Cette nuit, avant de m'endormir, j'ai conçu une pensée impure, la seule de ma vie, et maintenant je suis damnée. » Retrouver le livre de la première communion. Il y avait l'illustration ou j'ai tout fait tout seul ? Certes, elle était morte en pensant à moi, la pensée impure c'était moi qui désirais Mary Lena intouchable parce que d'une autre espèce, d'un autre destin. Je suis coupable de sa damnation, je suis coupable de la damnation de quiconque se damne, juste que je n'aie pas eu les trois femmes : c'est la punition pour les avoir voulues.

Je perds la première car elle est au paradis, la deuxième car elle envie au purgatoire le pénis qu'elle n'aura jamais, et la troisième parce qu'en enfer. Théologiquement parfait. Déjà écrit.

Mais il y a l'histoire de Cecilia et Cecilia est sur la terre. Je pensais à elle avant de m'endormir, je montais sur la colline pour aller chercher le lait à la ferme et, tandis que les partisans tiraient de la colline d'en face sur le poste de contrôle, je me voyais accourir pour la sauver, la libérant d'une nuée de brigands noirs qui la poursuivaient, la mitraillette brandie... Plus blonde que Mary Lena, plus inquiétante que la jeune fille du sarcophage, plus pure et servante que la vierge. Cecilia vivante et inaccessible, il suffisait d'un rien et j'aurais pu même lui parler, j'avais la certitude qu'elle pouvait aimer quelqu'un de ma race, c'est si vrai qu'elle l'aimait, il s'appelait Papi, avait des cheveux blonds hirsutes sur un crâne minuscule, un an de plus que moi, et un saxophone. Et moi pas même une trompette. Je ne les avais jamais vus ensemble, mais tous à l'oratoire chuchotaient entre coups de coude et petits rires qu'ils faisaient l'amour. Ils mentaient sûrement, ces petits paysans lascifs comme des chèvres. Ils voulaient me faire comprendre qu'elle (reine, servante, épouse, pucelle) était tellement accessible que quelqu'un y avait eu accès. En tout cas — quatrième cas — moi hors jeu.

On écrit un roman sur une histoire de ce genre ? Peut-être devrais-je l'écrire sur les femmes qui fuient parce que je n'ai pas pu les avoir. Ou j'aurais pu. Les avoir. Ou c'est la même histoire.

Bref, quand on ne sait même pas de quelle histoire il s'agit, mieux vaut corriger les livres de philosophie.

— 9 —

Dans la main droite, elle serrait une trompette d'or.

Johann Valentin ANDREAE, *Die Chymische Hochzeit des Christian Rosencreutz*, Strassburg, Zetezner, 1616, 1.

Je trouve dans ce *file* la mention d'une trompette. Avant-hier, dans le périscope, je ne savais pas encore combien c'était important. Je n'avais qu'une référence, fort pâle et marginale.

Au cours des longs après-midi aux éditions Garamond, Belbo, accablé par un manuscrit, levait parfois les yeux des feuillets et cherchait à me distraire moi aussi, qui pouvais être en train de mettre en page sur la table d'en face de vieilles gravures de l'Exposition universelle, et il se laissait aller à quelque nouvelle évocation — prenant soin de faire tomber le rideau, à peine il soupçonnait que je le prenais trop au sérieux. Il évoquait son propre passé, mais seulement à titre d'exemplum, pour châtier une vanité quelconque. « Je me demande vers quelle fin nous allons, avait-il dit un jour.

— Vous parlez du déclin de l'Occident ?

— Il décline ? Après tout c'est son métier, qu'en dites-vous ? Non, je parlais de ces gens qui écrivent. Troisième manuscrit en une semaine, un sur le droit byzantin, un sur le Finis Austriae et le troisième sur les sonnets de Baffo. Ce sont des choses bien différentes, ne dirait-on pas ?

— On dirait.

— Bien, l'auriez-vous dit que dans tous les trois apparaissent à un certain point le Désir et l'Objet d'Amour ? C'est une mode. Je le comprends encore pour Baffo l'érotique, mais le droit byzantin...

— Jetez donc au panier.

— Mais non, ce sont des travaux déjà complètement financés par le CNR, et puis ils ne sont pas mal. Tout au plus j'appelle ces trois-là et je leur demande s'ils peuvent faire sauter ces lignes. Ils ont l'air malin eux aussi.

— Et quel peut être l'objet d'amour dans le droit byzantin ?

— Oh, il y a toujours moyen de le faire entrer. Naturellement si dans le droit byzantin il y avait un objet d'amour, ce n'est pas celui que dit le type. Ce n'est jamais celui-là.

— Celui-là lequel ?

— Celui qu'on croit. Une fois, je devais avoir cinq ou six ans, j'ai rêvé que j'avais une trompette. Dorée. Vous savez, un de ces rêves où l'on sent couler le miel dans ses veines, une sorte de pollution nocturne, comme peut en avoir un impubère. Je ne crois pas avoir jamais été aussi heureux que dans ce rêve. Jamais plus. Au réveil, naturellement je me suis aperçu qu'il n'y avait pas de trompette et je me suis mis à pleurer comme un veau. J'ai pleuré toute la journée. Vrai, ce monde de l'avant-guerre, ce devait être en 38, était un monde pauvre. Aujourd'hui, si j'avais un fils et que je le voyais aussi désespéré je lui dirais allons, je t'achète une trompette — il s'agissait d'un jouet, il ne devait pas coûter une fortune. Ça n'a même pas effleuré l'esprit de mes parents. Dépenser, à l'époque, était une chose sérieuse. Et c'était une chose sérieuse que d'éduquer les gamins à ne pas avoir tout ce qu'on veut. Je n'aime pas la soupe au chou, disais-je — et c'était vrai, mon Dieu, les choux dans la soupe me dégoûtaient. Ils ne disaient pas d'accord, pensez-vous, pour aujourd'hui tu sautes la soupe et tu ne prends que le plat de résistance (nous n'étions pas pauvres, nous avions entrée, plat principal et fruit). Nenni monsieur, on mange ce qu'il y a sur la table. Comme solution de compromis, grand-mère se mettait plutôt à enlever les petits choux de mon assiette, un par un, vermisseau par vermisseau, bavochure par bavochure, et il me fallait alors manger la soupe épurée, plus dégueulasse qu'avant, et c'était déjà une concession que mon père désapprouvait.

— Mais la trompette ? »

Il m'avait regardé, hésitant : « Pourquoi la trompette vous intéresse-t-elle tant ?

— Moi, non. C'est vous qui m'avez parlé de trompette à propos de l'objet d'amour qui à la fin n'est pas le bon...

— La trompette... Ce soir-là devaient arriver mon oncle et ma tante de ***, ils n'avaient pas d'enfant et j'étais leur neveu préféré. Ils me voient pleurer sur ce fantôme de trompette et disent qu'ils vont tout arranger, eux, le lendemain nous irions au Monoprix où il y avait tout un présentoir de jouets, une merveille, et j'y trouverais la trompette que je voulais. J'ai passé la nuit sans dormir, et j'ai piaffé toute la matinée suivante. L'après-midi nous allons au Monoprix, et il y avait au moins trois types de trompettes, ce devaient être des bricoles en fer-blanc mais qui à moi me semblaient des cuivres dignes d'une fosse d'orchestre. Il y avait un cornet militaire, un trombone à coulisse et une pseudo-trompette, parce qu'elle avait une embouchure et qu'elle était en or tout en étant munie des touches du saxophone. Je ne savais laquelle choisir et j'y ai mis peut-être trop de temps. Je les voulais toutes et j'ai donné l'impression de n'en vouloir aucune. Pendant ce temps je crois que mon oncle et ma tante avaient regardé les étiquettes des prix. Ils n'étaient pas radins, mais j'ai eu l'impression qu'ils trouvaient moins chère une clarinette en bakélite, toute noire, avec des clefs en argent. “ Tu n'aimerais pas plutôt celle-ci ? ” m'ont-ils demandé. Je l'ai essayée, elle bêlait de manière raisonnable, je faisais tout pour me convaincre qu'elle était très belle, mais en vérité je me prenais à penser que si mon oncle et ma tante voulaient que je choisisse la clarinette, c'était parce qu'elle coûtait moins cher, la trompette devait valoir les yeux de la tête et je ne pouvais pas leur imposer ce sacrifice. On m'avait toujours appris que quand on t'offre une chose qui te plaît tu dois aussitôt dire non merci, et pas qu'une fois, ne pas dire non merci et tendre tout de suite la main, mais attendre que le donateur insiste, qu'il dise je t'en prie. Alors seulement l'enfant bien élevé cède. Ainsi j'ai dit que je ne savais pas si je voulais la trompette, que peut-être la clarinette serait aussi bien, si eux préféraient. Et je les observais par en dessous, espérant qu'ils insisteraient. Ils n'ont pas insisté, Dieu ait leur âme. Ils furent très heureux de m'acheter la clarinette, vu — dirent-ils — que je la préférais. Il était trop tard pour revenir en arrière. J'ai eu ma clarinette. »

Il m'avait regardé avec soupçon : « Vous voulez savoir si j'ai encore rêvé à la trompette ?

— Non, dis-je, je veux savoir quel était l'objet d'amour.

— Ah, dit-il en se remettant à feuilleter le manuscrit, voyez-vous, vous aussi vous êtes obsédé par cet objet d'amour. Ces histoires on peut les manipuler comme on veut. Ma foi... Et si en fin de compte j'avais eu ma trompette ? Aurais-je été vraiment heureux ? Qu'en dites-vous, Casaubon ?

— Vous auriez sans doute rêvé à la clarinette.

— Non, avait-il conclu d'un ton sec. La clarinette, je l'ai seulement eue. Je ne crois pas en avoir jamais touché les clefs.

— Les clefs du songe ou les clefs du son ?

— Du son », dit-il en scandant les mots et, je ne sais pourquoi, j'eus l'impression d'être un petit plaisantin.

— 10 —

Et enfin on n'infère kabbalistiquement rien d'autre de vinum *que VIS NUMerorum, et de ces nombres dépend cette Magie.*

Cesare DELLA RIVIERA, *Il Mondo Magico degli Eroi*, Mantova, Osanna, 1603, pp. 65-66.

Mais je parlais de ma première rencontre avec Belbo. Nous nous connaissions de vue, deux ou trois boutades échangées chez Pilade, je ne savais pas grand-chose de lui, sauf qu'il travaillait chez Garamond, et des livres Garamond j'en avais eu quelques-uns entre les mains à l'université. Petit éditeur, mais sérieux. Un jeune homme qui va mettre un point final à sa thèse est toujours attiré par quelqu'un qui travaille pour une maison d'édition culturelle.

« Et vous, qu'est-ce que vous faites ? » m'avait-il demandé un soir que nous nous étions tous les deux appuyés à l'extrême bout du comptoir de zinc, pressés par la foule des grandes occasions. C'était l'époque où tout le monde se tutoyait, les étudiants disaient tu aux professeurs et les professeurs aux étudiants. Sans parler de la population de Pilade : « Paie-moi à boire », disait l'étudiant en duffle-coat au rédacteur en chef du grand quotidien. On avait l'impression de se trouver à Saint-Pétersbourg aux temps du jeune Sklovski. Tous des Maïakovski et pas un Jivago. Belbo ne se dérobait pas au tu généralisé, mais il était évident qu'il en faisait un usage comminatoire, par mépris. Il tutoyait pour montrer qu'il répondait à la vulgarité par la vulgarité, mais qu'il existait un abîme entre traiter en familier et être un familier. Je le vis tutoyer avec affection, ou avec passion, peu de fois et peu de personnes, Diotallevi, quelques femmes. S'il estimait quelqu'un, sans le connaître depuis longtemps, il le vouvoyait. C'est ce qu'il fit avec moi pendant tout le temps que nous travaillâmes ensemble, et j'appréciai le privilège.

« Et vous, qu'est-ce que vous faites ? m'avait-il demandé avec, je le sais maintenant, sympathie.

— Dans la vie ou au théâtre ? dis-je en faisant allusion au plateau Pilade.

— Dans la vie.

— Je fais des études.

— Vous faites l'université ou des études ?

— Vous ne le croirez pas mais les deux choses ne se contredisent pas. Je suis en train d'achever une thèse sur les Templiers.

– Oh, la sale affaire, dit-il. N'est-ce pas une histoire pour fous ?

– J'étudie les vrais. Les documents du procès. Mais vous, que savez-vous sur les Templiers ?

– Moi je travaille dans une maison d'édition et dans une maison d'édition convergent sages et fous. Le métier du conseiller éditorial est de reconnaître d'un coup d'œil les fous. Quand quelqu'un remet les Templiers sur le tapis, c'est presque toujours un fou.

— Ne m'en parlez pas. Leur nom est légion. Mais les fous ne parleront tout de même pas tous des Templiers. Les autres comment les reconnaissez-vous ?

— Le métier. Je vais vous expliquer, vous qui êtes jeune. A propos, quel est votre nom ?

— Casaubon.

— N'était-ce pas un personnage de *Middlemarch ?*

— Je l'ignore. En tout cas c'était aussi un philologue de la Renaissance, je crois. Mais nous ne sommes pas parents.

— Ce sera pour une autre fois. Vous remettez ça ? Deux autres, Pilade, merci. Donc. Au monde il y a les crétins, les imbéciles, les stupides et les fous.

— Il ne va pas rester grand-chose !

— Si, nous deux, par exemple. Ou au moins, sans vouloir offenser, moi. Mais en somme, quiconque, à y regarder de près, participe de l'une de ces catégories. Chacun de nous de temps à autre est crétin, imbécile, stupide ou fou. Disons que la personne normale est celle qui mêle en une mesure raisonnable toutes ces composantes, ces types idéaux.

— Idealtypen.

— Bravo ! Vous savez aussi l'allemand ?

— Je le baragouine pour les bibliographies.

— De mon temps, qui savait l'allemand ne passait plus sa licence. Il passait sa vie à savoir l'allemand. Je crois que c'est ce qui arrive avec le chinois aujourd'hui.

— Moi je ne le sais pas suffisamment, comme ça je passe licence et maîtrise. Mais revenez à votre typologie. Le génie, c'est quoi, Einstein, par exemple ?

— Le génie, c'est celui qui fait jouer une composante de façon vertigineuse, en la nourrissant avec les autres composantes. » Il but.

Il dit : « Bonsoir bellissima. Tu as encore fait une tentative de suicide ?

— Non, répondit la passante, à présent je suis dans un collectif.

— Parfait », lui dit Belbo. Il revint à moi : « On peut organiser aussi des suicides collectifs, qu'en pensez-vous ?

— Mais les fous ?

— J'espère que vous n'avez pas pris ma théorie pour de l'argent comptant. Je ne suis pas en train de mettre l'univers en ordre. Je m'explique sur ce qu'est un fou pour une maison d'édition. La théorie est ad hoc, d'accord ?

— D'accord. A présent c'est moi qui paie.

— D'accord. Pilade, s'il vous plaît moins de glace. Sinon elle ne va pas tarder à se mettre de la partie. Alors. Le crétin ne parle même pas, il bave, il est spastique. Il plante son sorbet sur son front, par manque de coordination. Il prend la porte-tambour en sens contraire.

— Comment fait-il ?

— Lui il y arrive. Raison pour quoi il est crétin. Il ne nous intéresse pas, vous le reconnaissez tout de suite, et il ne vient pas dans les maisons d'édition. Laissons-le à son sort.

— Laissons-le.

— Être imbécile est plus complexe. C'est un comportement social. L'imbécile est celui qui parle toujours hors de son verre.

— Dans quel sens ?

— Comme ça. » Il pointa l'index à pic hors de son verre, indiquant le comptoir. « Lui il veut parler de ce qu'il y a dans son verre, mais sans savoir comment ni pourquoi, il parle en dehors. Si vous voulez, en termes communs, c'est celui qui fait des gaffes, qui demande des nouvelles de sa charmante épouse au type que sa femme vient de larguer. Je rends l'idée ?

— Vous la rendez. J'en connais.

— L'imbécile est fort demandé, surtout dans les occasions mondaines. Il met tout le monde dans l'embarras, mais ensuite il offre matière à commentaires. Dans sa forme positive, il devient diplomate. Il parle hors de son verre quand ce sont les autres qui ont fait une gaffe, il fait dévier les propos. Mais il ne nous intéresse pas, il n'est jamais créatif, c'est du rapporté, il ne vient donc pas offrir de manuscrits dans les maisons d'édition. L'imbécile ne dit pas que le chat aboie, il parle du chat quand les autres parlent du chien. Il se mêle les pinceaux dans les règles de la conversation et quand il se les mêle bien il est sublime. Je crois que c'est une race en voie d'extinction, c'est un porteur de vertus éminemment bourgeoises. Il faut un salon Verdurin, ou carrément une famille Guermantes. Vous lisez encore ces choses-là, les étudiants ?

— Moi oui.

— L'imbécile, c'est Mac-Mahon qui passe en revue ses officiers et en voit un, couvert de décorations, de la Martinique. « Vous êtes nègre ? » lui demande-t-il. Et l'autre : « Oui mon général ! » Et Mac-Mahon : « Bravo, bravo, continuez ! » Et ainsi de suite. Vous me suivez ? Excusez-moi mais ce soir je fête une décision historique de ma vie. J'ai arrêté de boire. Un autre ? Ne répondez pas, vous me faites sentir coupable. Pilade !

— Et le stupide ?

— Ah. Le stupide ne se trompe pas dans son comportement. Il se trompe dans son raisonnement. C'est celui qui dit que tous les chiens sont des animaux domestiques et que tous les chiens aboient, mais que les chats aussi sont des animaux domestiques et donc qu'ils aboient. Ou encore, que tous les Athéniens sont mortels, tous les habitants du Pirée sont mortels, et donc tous les habitants du Pirée sont athéniens.

— Ce qui est vrai.

— Oui, mais par hasard. Le stupide peut même dire une chose juste, mais pour des raisons erronées.

— On peut dire des choses erronées, il suffit que les raisons soient justes.

— Parbleu. Autrement pourquoi tant peiner pour être des animaux rationnels ?

— Tous les grands singes anthropomorphes descendent de formes de vie inférieures, les hommes descendent de formes de vie inférieures, donc tous les hommes sont de grands singes anthropomorphes.

— Pas si mal. Nous sommes déjà sur le seuil où vous soupçonnez que quelque chose ne cadre pas, mais il faut un certain travail pour démontrer quoi et pourquoi. Le stupide est des plus insidieux. L'imbécile, on le reconnaît tout de suite (sans parler du crétin), tandis que le stupide raisonne presque comme vous et moi, sauf un écart infinitésimal. C'est un maître ès paralogismes. Il n'y a pas de salut pour le conseiller éditorial, il devrait y passer une éternité. On publie beaucoup de livres de stupides parce que, de prime abord, ils nous convainquent. Le lecteur d'une maison d'édition n'est pas tenu de reconnaître le stupide. L'Académie des sciences ne le fait pas, pourquoi l'édition devrait-elle le faire ?

— La philosophie ne le fait pas. L'argument ontologique de saint

Anselme est stupide. Dieu doit exister parce que je peux le penser comme l'être qui a toutes les perfections, y compris l'existence. Il confond l'existence dans la pensée et l'existence dans la réalité.

— Oui, mais la réfutation de Gaunilon est stupide elle aussi. Je peux penser à une île dans la mer même si cette île n'existe pas. Il confond la pensée du contingent et la pensée du nécessaire.

— Une lutte entre stupides.

— Certes, et Dieu s'amuse comme un fou. Il s'est voulu impensable rien que pour démontrer qu'Anselme et Gaunilon étaient stupides. Quel but sublime pour la création, que dis-je, pour l'acte même en vertu duquel Dieu se veut. Tout finalisé pour la dénonciation de la stupidité cosmique.

— Nous sommes entourés de stupides.

— Pas d'issue. Tout le monde est stupide, sauf vous et moi. Mieux encore, sans vouloir offenser, sauf vous.

— J'ai dans l'idée que la preuve de Gödel a quelque chose à voir là-dedans.

— Je ne sais pas, je suis crétin. Pilade !

— Mais c'est ma tournée.

— On partagera après. Épiménide, crétois, dit que tous les Crétois sont menteurs. S'il le dit, lui qui est Crétois et connaît bien les Crétois, c'est vrai.

— C'est stupide.

— Saint Paul. Lettre à Titus. Et maintenant ceci : tous ceux qui pensent qu'Épiménide est un menteur ne peuvent que se fier aux Crétois, mais les Crétois ne se fient pas aux Crétois, par conséquent aucun Crétois ne pense qu'Épiménide est un menteur.

— C'est stupide ou pas ?

— A vous de voir. Je vous ai dit qu'il est difficile d'identifier le stupide. Un stupide peut obtenir même le prix Nobel.

— Laissez-moi réfléchir... Certains de ceux qui ne croient pas que Dieu a créé le monde en sept jours ne sont pas des fondamentalistes, mais certains fondamentalistes croient que Dieu a créé le monde en sept jours, par conséquent personne qui ne croit que Dieu a créé le monde en sept jours n'est fondamentaliste. C'est stupide ou pas ?

— Mon Dieu — c'est le cas de le dire... je ne saurais. Et selon vous ?

— Ça l'est dans tous les cas, même si c'était vrai. Ça viole une des lois du syllogisme. On ne peut tirer de conclusions universelles de deux propositions particulières.

— Et si le stupide c'était vous ?

— Je serais en bonne et séculaire compagnie.

— Eh oui, la stupidité nous entoure. Et peut-être par un système différent du nôtre, notre stupidité est leur sagesse. Toute l'histoire de la logique consiste à définir une notion acceptable de stupidité. Trop immense. Tout grand penseur est le stupide d'un autre.

— La pensée comme forme cohérente de stupidité.

— Non. La stupidité d'une pensée est l'incohérence d'une autre pensée.

— Profond. Il est deux heures, d'ici peu de temps Pilade va fermer et nous ne sommes pas arrivés aux fous.

— J'y viens. Le fou, on le reconnaît tout de suite. C'est un stupide qui ne connaît pas les trucs. Le stupide, sa thèse il cherche à la démontrer, il a une logique biscornue mais il en a une. Le fou par contre ne se soucie pas d'avoir une logique, il procède par courts-circuits. Tout pour lui démontre tout. Le fou a une idée fixe, et tout ce qu'il trouve lui va pour la confirmer. Le fou, on le reconnaît à la liberté qu'il prend par rapport au devoir de preuve, à sa disponibilité à trouver des illuminations. Et ça vous paraîtra bizarre, mais le fou, tôt ou tard, met les Templiers sur le tapis.

— Toujours ?

— Il y a aussi les fous sans Templiers, mais les fous à Templiers sont les plus insidieux. Au début vous ne les reconnaissez pas, ils ont l'air de parler normalement, et puis, tout à coup... » Il ébaucha un signe pour commander un autre whisky, changea d'avis et demanda l'addition. « Mais à propos des Templiers. L'autre jour un type m'a laissé un manuscrit dactylographié sur le sujet. J'ai tout lieu de croire que c'est un fou, mais à visage humain. Le manuscrit commence sur un ton calme. Voulez-vous y jeter un coup d'œil ?

— Volontiers. Je pourrais y trouver quelque chose qui me serve.

— Je ne pense vraiment pas. Mais si vous avez une demi-heure de libre, faites un saut chez nous. Au 1 de la via Sincero Renato. Ça me servira plus à moi qu'à vous. Vous me direz tout de suite si ce travail mérite, selon vous, d'être pris en considération.

— Pourquoi me faites-vous confiance ?

— Qui vous a dit que je vous faisais confiance ? Mais si vous venez, j'aurai confiance. J'ai confiance en la curiosité. »

Un étudiant entra, le visage décomposé : « Camarades, les fascistes sont au bord du Naviglio, avec des chaînes !

— A coups de barre, je vais y aller », dit celui qui portait des moustaches à la tartare et qui m'avait menacé à propos de Lénine. « Allons, camarades ! » Ils sortirent tous.

« Qu'est-ce qu'on fait ? On y va ? demandai-je, culpabilisé.

— Non, dit Belbo. C'est le genre d'alarme que Pilade fait circuler pour déblayer son troquet. Pour le premier soir où j'arrête de boire, je me sens altéré. Ce doit être la crise d'abstinence. Tout ce que j'ai dit, jusqu'à cet instant compris, est faux. Bonne nuit, Casaubon. »

— 11 —

Sa stérilité était infinie. Elle participait de l'extase

E.M. Cioran, *Le mauvais démiurge,*
Paris, Gallimard, 1969, « Pensées étranglées ».

La conversation chez Pilade m'avait offert le visage extérieur de Belbo. Un bon observateur aurait pu deviner la nature mélancolique de son sarcasme. Je ne peux pas dire que c'était un masque. Le masque, c'étaient peut-être les confidences auxquelles il s'abandonnait en secret. Son sarcasme donné en représentation publique révélait au fond sa mélancolie la plus vraie, qu'en secret il cherchait à se cacher à lui-même, sous le masque d'une mélancolie maniérée.

Je vois à présent ce *file* où, au fond, il tentait de romancer ce qu'il me dirait de son métier, le lendemain, chez Garamond. J'y retrouve son extrême rigueur, sa passion, sa déception de conseiller éditorial qui écrit par personne interposée, sa nostalgie d'une force créatrice jamais accomplie, sa fermeté morale qui l'obligeait à se punir parce qu'il désirait ce à quoi il ne sentait pas qu'il avait droit, donnant de son désir une image pathétique et oléographique. Je n'ai jamais rencontré quelqu'un qui sût se plaindre avec un tel mépris.

FILENAME : *JIM DE LA PAPAYE*

Voir demain le jeune Cinti.

1. Belle monographie, rigoureuse, sans doute un peu trop académique.

2. Dans la conclusion, la comparaison entre Catulle, les *poetae novi* et les avant-gardes contemporaines est la chose la plus géniale.

3. Pourquoi pas en introduction ?

4. Le convaincre. Il dira que ces coups de tête ne se font pas dans une collection philologique. Il est conditionné par son maître, il risque de se voir sucrer la préface et de jouer sa carrière. Une idée brillante dans les deux dernières pages passe inaperçue, mais au début on ne la rate pas, et cela peut irriter les mandarins.

5. Cependant il suffit de la mettre en italiques, sous la forme d'un exposé détaillé, en dehors de la recherche proprement dite, de

sorte que l'hypothèse reste seulement une hypothèse et ne compromet pas le sérieux du travail. Mais les lecteurs seront tout de suite conquis, ils affronteront le livre dans une perspective différente.

Suis-je vraiment en train de le pousser à un geste de liberté, ou est-ce que je l'utilise pour écrire mon livre ?

Transformer les livres avec deux mots. Démiurge sur l'œuvre d'autrui. Au lieu de prendre de la glaise molle et de la modeler, des petits coups à la glaise durcie où quelqu'un d'autre a déjà sculpté la statue. Moïse, lui donner le bon coup de marteau, et le voilà qui se met à parler.

Recevoir Guillaume S.

— J'ai vu votre travail, pas mal du tout. Il y a de la tension, de l'imagination, de l'intensité dramatique. C'est la première fois que vous écrivez ?

— Non, j'ai déjà écrit une autre tragédie, c'est l'histoire de deux amants véronais qui...

— Mais parlons de ce travail, monsieur S. Je me demandais pourquoi vous le situez en France. Pourquoi pas au Danemark ? Façon de parler, et il n'en faut pas beaucoup, il suffit de changer deux ou trois noms, le château de Châlons-sur-Marne qui devient, disons, le château d'Elseneur... C'est que dans un cadre nordique, protestant, où flotte l'ombre de Kierkegaard, toutes ces tensions existentielles....

— Vous avez peut-être raison.

— Je crois vraiment. Et puis votre travail aurait besoin de quelques raccourcis stylistiques, une très légère révision pas davantage, comme quand le coiffeur donne les dernières retouches avant de vous placer le miroir derrière la nuque... Par exemple, le spectre paternel. Pourquoi à la fin ? Moi je le placerais au début. De façon que la mise en garde du père domine tout de suite le comportement du jeune prince et le mette en conflit avec sa mère.

— Cela me semble une bonne idée, il s'agit seulement de déplacer une scène.

— Précisément. Et enfin le style. Prenons un passage au hasard, voilà, ici où le garçon vient sur le devant de la scène et commence sa méditation sur l'action et sur l'inaction. Le morceau est beau, vraiment, mais je ne le sens pas suffisamment nerveux. « Agir ou ne pas agir ? Telle est ma question angoissée ! Dois-je souffrir les offenses d'une atroce fortune, ou bien... » Pourquoi ma question angoissée ? Moi je lui ferais dire : c'est la question, c'est le problème, vous comprenez, pas son problème individuel mais la question fondamentale de l'existence. L'alternative entre l'être et le non-être, pour ainsi dire...

Peupler le monde d'une progéniture qui circulera sous un autre nom, et personne ne saura qu'il s'agit de tes rejetons. Comme être Dieu en civil. Tu es Dieu, tu flânes dans la ville, tu entends les gens qui parlent de toi, et Dieu par-ci et Dieu par-là, et quel admirable univers que le nôtre, et que d'élégance dans la gravitation universelle, et toi tu souris dans tes moustaches (il faut se promener avec une fausse barbe, ou non, sans barbe, parce que c'est à la barbe qu'on reconnaît tout de suite Dieu), et tu te dis en toi-même (le solipsisme de Dieu est dramatique) : « Voilà, c'est ce que je suis et eux ne le savent pas. » Et un quidam te heurte dans la rue, va jusqu'à t'insulter, et toi, humble, tu dis pardon, et tu passes, aussi bien tu es Dieu et si tu voulais, un claquement de doigts et le monde serait cendres. Mais tu es si infiniment puissant que tu peux te permettre d'être bon.

Un roman sur Dieu incognito. Inutile, si l'idée m'est venue à moi, elle doit être déjà venue à quelqu'un d'autre.

Variante. Tu es un auteur, de quelle envergure tu ne le sais pas encore, celle que tu aimais t'a trahi, la vie pour toi n'a plus de sens et un jour, pour oublier, tu fais un voyage sur le Titanic qui coule à pic dans les mers du Sud ; une pirogue d'indigènes te recueille (unique survivant) et tu passes de longues années ignoré de tous, sur une île habitée seulement par des Papous, avec les filles qui te chantent des chansons d'une intense langueur, en agitant leurs seins à peine recouverts par le collier de fleurs de poua. Tu commences à t'habituer, on t'appelle Jim, comme ils font avec les Blancs, une fille à la peau ambrée s'introduit une nuit dans ta cabane et te dit : « Moi à toi, moi avec toi. » Au fond c'est beau, la nuit, de rester allongé sur la véranda à regarder la Croix du Sud tandis qu'elle, elle te caresse le front.

Tu vis selon le cycle des aubes et des couchants, et tu ne sais rien d'autre. Un jour arrive un bateau à moteur avec des Hollandais, tu apprends que dix ans sont passés, tu pourrais partir avec eux, mais tu hésites, tu préfères échanger des noix de coco contre d'autres denrées, tu promets que tu pourrais t'occuper de la récolte de la papaye, les indigènes travaillent pour toi, tu commences à naviguer d'îlot en îlot, tu es devenu pour tous Jim de la Papaye. Un aventurier portugais ravagé par l'alcool vient travailler avec toi et se rachète, tout le monde parle désormais de toi dans ces mers de la Sonde, tu donnes des conseils au sultan de Brunei pour une campagne contre les Dayak du fleuve, tu réussis à réactiver un vieux canon des temps de Tippu Sahib, chargé de grenaille de clous, tu entraînes une équipe de Malais dévoués, aux dents noircies par le bétel. Dans un combat tout près de la Grande Barrière, le vieux Sampan, les dents noircis de bétel, te fait un bouclier de son corps « Je suis content de mourir pour toi, Jim de la Papaye. — Mon vieux, mon vieux Sampan, mon ami. »

Maintenant, tu es célèbre dans tout l'archipel entre Sumatra et Port-au-Prince, tu traites avec les Anglais, à la capitainerie du port de Darwin tu es enregistré sous le nom de Kurtz, et désormais tu es Kurtz pour tout le monde — Jim de la Papaye pour les indigènes. Mais une nuit, alors que la fille te caresse sur la véranda et que la Croix du Sud brille comme jamais, aïe combien différente de l'Ourse, tu comprends : tu voudrais revenir. Seulement pour peu de temps, pour voir ce qui est resté de toi, là-bas.

Tu prends le bateau à moteur, tu atteins Manille, de là un avion à hélices te transporte à Bali. Ensuite Samoa, les îles de l'Amirauté, Singapour, Tananarive, Tombouctou, Alep, Samarkand, Basra, Malte et tu es à la maison.

Dix-huit ans sont passés, la vie t'a marqué, ta face est cuivrée par les alizés, tu es plus âgé, peut-être plus beau. Et voilà qu'à peine arrivé tu découvres que les librairies étalent tous tes livres, en rééditions critiques, il y a ton nom sur le fronton de la vieille école où tu as appris à lire et à écrire. Tu es le Grand Poète Disparu, la conscience de la génération. Des jeunes filles romantiques se tuent sur ta tombe vide.

Et puis je te rencontre toi, mon amour, avec tant de rides autour des yeux, et le visage encore beau qui se consume de souvenir et de tendre remords. Je t'ai presque effleurée sur le trottoir, je suis là à deux pas, et tu m'as regardé comme tu regardes tous les autres, cherchant un autre au-delà de leur ombre. Je pourrais parler, effacer le temps. Mais dans quel but ? N'ai-je pas déjà eu ce que je voulais ? Je suis Dieu, la même solitude, la même gloriole, la même désespérance pour n'être pas l'une de mes créatures comme tout le monde. Tout le monde qui vit dans ma lumière et moi qui vis dans le scintillement de ma ténèbre.

Va, va de par le monde, Guillaume S. ! Tu es célèbre, tu passes à côté de moi et tu ne me reconnais pas. Je murmure en moi être ou ne pas être et je me dis bravo Belbo, bon travail. Va vieux Guillaume S., prendre ta part de gloire : tu n'as fait que créer, moi je t'ai refait.

Nous, qui faisons enfanter les enfantements des autres, comme les acteurs nous ne devrions pas être ensevelis en terre consacrée. Mais les acteurs feignent que le monde, tel qu'il est, va de façon différente, tandis que nous, nous feignons, de l'infini univers et des mondes, la pluralité des compossibles...

Comment la vie peut-elle être aussi généreuse, qui procure une compensation si sublime à la médiocrité ?

— 12 —

Sub umbra alarum tuarum, Jehova.

Fama Fraternitatis, in *Allgemeine und general Reformation*,
Cassel, Wessel, 1614, fin.

Le lendemain, je me rendis aux éditions Garamond. Le numéro 1 de la via Sincero Renato s'ouvrait sur un passage poussiéreux, d'où on entrevoyait une cour avec l'atelier d'un cordier. En entrant à droite, il y avait un ascenseur qui aurait pu faire son effet dans un pavillon d'archéologie industrielle, et, lorsque j'essayai de le prendre, il eut quelques fortes secousses suspectes, sans se déterminer à partir. Par prudence, je descendis et fis deux volées d'un escalier quasiment à vis, en bois, couvert de poussière. Comme je l'appris plus tard, monsieur Garamond aimait cette maison parce qu'elle lui rappelait une maison d'édition parisienne. Sur le palier une plaque annonçait « Éditions Garamond, s.p.a. », et une porte ouverte donnait sur un vestibule sans standardiste ni aucune sorte de gardien. Mais on ne pouvait entrer sans être aperçu d'un petit bureau situé en face, et je fus aussitôt abordé par une personne de sexe probablement féminin, d'âge incertain, et de stature qu'un euphémiste aurait qualifiée d'inférieure à la moyenne.

Cette personne m'agressa en une langue qu'il me semblait avoir déjà entendue quelque part, jusqu'au moment où je compris que c'était un italien privé de presque toutes ses voyelles. Je demandai Belbo. Après que j'eus attendu quelques secondes, elle me conduisit le long du couloir dans un bureau vers le fond de l'appartement.

Belbo m'accueillit avec gentillesse : « Alors vous êtes une personne sérieuse, vous. Entrez. » Il me fit asseoir en face de sa table, vieille comme le reste, surchargée de manuscrits, comme les étagères aux parois.

« J'espère que vous n'avez pas eu peur de Gudrun, me dit-il.

— Gudrun ? La... dame ?

— Demoiselle. Elle ne se nomme pas Gudrun. Nous l'appelons ainsi pour son allure nibelungenique et parce qu'elle parle d'une manière vaguement teutonne. Elle veut dire tout tout de suite, et elle économise sur les voyelles. Mais elle a le sens de la justitia aequatrix :

quand elle tape à la machine elle économise sur les consonnes.

— Qu'est-ce qu'elle fait ici ?

— Tout, malheureusement. Voyez-vous, dans chaque maison d'édition il y a un type qui est indispensable parce que c'est l'unique personne en mesure de retrouver les choses dans le désordre qu'elle crée. Mais au moins, quand on perd un manuscrit, on sait à qui est la faute.

— Elle perd même les manuscrits ?

— Pas plus que les autres. Dans une maison d'édition, tout le monde perd les manuscrits. Je crois que c'est l'activité principale. Mais il faut bien avoir un bouc émissaire, vous ne pensez pas ? Je lui reproche seulement de ne pas perdre ceux que moi je voudrais qu'elle perde. Incidents déplaisants pour ce que le bon Bacon appelait *The advancement of learning*.

— Mais où les perd-on ? »

Il écarta les bras : « Excusez-moi, mais vous rendez-vous compte à quel point votre question est idiote ? Si on savait où, ils ne seraient pas perdus.

— Logique, dis-je. Mais autre chose : quand je vois en circulation les livres Garamond, j'ai l'impression d'éditions très soignées et vous avez un catalogue assez riche. Vous faites tout là-dedans ? Vous êtes combien ?

— En face, il y a une énorme pièce avec les techniciens, ici à côté, mon collègue Diotallevi. Mais lui il s'occupe des manuels, des ouvrages de longue durée, longs à faire et longs à vendre, dans le sens qu'ils se vendent longtemps. Les éditions universitaires, c'est ma partie. Mais il ne faut pas croire, ce n'est pas un travail gigantesque. Mon Dieu, je me passionne pour certains livres, il faut que je lise les manuscrits, mais en général c'est tout du travail déjà garanti, économiquement et scientifiquement. Publications de l'Institut Truc et Machin, ou bien actes de colloques, dont l'édition est préparée et financée par un organisme universitaire. Si l'auteur est un débutant, le maître fait la préface et c'est à lui qu'incombe la responsabilité. L'auteur corrige au moins deux jeux d'épreuves, il contrôle citations et notes, et il ne touche pas de droits. Ensuite le livre est adopté, on en vend mille ou deux mille exemplaires en quelques années, les frais sont couverts... Pas de surprise, chaque livre est en actif.

— Et alors vous, qu'est-ce que vous faites ?

— Beaucoup de choses. Avant tout, il faut choisir. Et puis, certains livres, nous les publions à nos frais, presque toujours des traductions d'auteurs prestigieux, pour rehausser le niveau du catalogue. Et enfin, il y a les manuscrits qui arrivent comme ça, apportés par un isolé. Rarement dignes d'être pris en considération, mais il faut les voir, on ne sait jamais.

— Vous vous amusez ?

— Si je m'amuse ? C'est la seule chose que je sais bien faire. »

Nous fûmes interrompus par un type d'une quarantaine d'années qui portait une veste trop grande de plusieurs tailles, avait de rares cheveux blond clair qui lui retombaient sur deux sourcils touffus, tout aussi jaunes. Il parlait d'un ton moelleux, comme s'il faisait l'éducation d'un enfant.

« Ce *Vademecum du Contribuable* m'a proprement lessivé. Il faudrait que je le récrive tout entier et je n'en ai pas envie. Je dérange ?

— C'est Diotallevi », dit Belbo, et il nous présenta.

« Ah, vous êtes venu voir les Templiers ? Le pauvre. Écoute, j'en ai une bonne : Urbanisme Tzigane.

— Jolie, dit Belbo avec admiration. Moi je pensais à Hippisme Aztèque.

— Sublime. Mais celle-ci tu la mets dans la Potiosection ou dans les Adynata ?

— Il faut voir à présent », dit Belbo. Il farfouilla dans le tiroir et en retira des feuillets. « La Potiosection... » Il me regarda, notant ma curiosité. « La Potiosection, comme bien vous le savez, est l'art de couper le bouillon. Mais non, dit-il à Diotallevi, la Potiosection n'est pas un département, c'est une matière, comme l'Avunculogratulation Mécanique et la Pilocatabase, tous dans le département de Tétrapiloctomie.

— Qu'est-ce que la tétralo... hasardai-je.

— C'est l'art de couper un cheveu en quatre. Ce département comprend l'enseignement des techniques inutiles, par exemple l'Avunculogratulation Mécanique enseigne à construire des machines pour saluer sa tante. Le problème est de savoir s'il faut laisser dans ce département la Pilocatabase, qui est l'art de s'en sortir au poil près, et cela ne paraît pas tout à fait inutile. Non ?

— Je vous en prie, à présent dites-moi qu'est ce que c'est que cette histoire... implorai-je.

— C'est que Diotallevi, et moi-même, nous projetons une réforme du savoir. Une Faculté de l'Insignifiance Comparée, où on peut étudier des matières inutiles ou impossibles. La faculté tend à reproduire des chercheurs en mesure d'augmenter à l'infini le nombre des matières insignifiantes.

— Et combien y a-t-il de départements ?

— Quatre pour le moment, mais ils pourraient déjà contenir tout le savoir. Le département de Tétrapiloctomie a une fonction propédeutique, il tend à éduquer au sentiment de l'insignifiance. Un département important est celui d'Adynata ou Impossibilia. Par exemple Urbanisme Tzigane et Hippisme Aztèque... L'essence de la discipline est la compréhension des raisons profondes de son insignifiance, et, dans le département d'Adynata, de son impossibilité aussi. Voici par conséquent Morphématique du Morse, Histoire de l'Agriculture Antarctique, Histoire de la Peinture dans l'Ile de Pâques, Littérature Sumérienne Contemporaine, Institutions de Docimologie Montessorienne, Philatélie Assyro-Babylonienne, Technologie de la Roue dans les Empires Précolombiens, Iconologie Braille, Phonétique du Film Muet...

— Que dites-vous de Psychologie des Foules dans le Sahara ?

— Bon, dit Belbo.

— Bon, dit Diotallevi avec conviction. Vous devriez collaborer. Le jeune homme a de l'étoffe, n'est-ce pas Jacopo ?

— Oui, je l'ai compris tout de suite. Hier soir il a élaboré des raisonnements stupides avec beaucoup de finesse. Mais poursuivons, vu que le projet vous intéresse. Qu'est-ce qu'on avait mis dans le département d'Oxymorique, je n'arrive plus à retrouver la note ? »

Diotallevi tira de sa poche un bout de feuillet et me fixa avec sentencieuse sympathie : « Dans Oxymorique, comme dit le mot même, c'est l'autocontradictoirité de la discipline qui compte. Voilà pourquoi Urbanisme Tzigane, selon moi, devrait finir ici...

— Non, dit Belbo, seulement si c'était Urbanisme Nomadique. Les Adynata concernent une impossibilité empirique, l'Oxymorique une contradiction dans les termes.

— Nous verrons. Mais qu'est-ce que nous avions mis dans l'Oxymorique ? Voilà, Institutions de Révolution, Dynamique Parménidienne, Statique Héraclitienne, Spartanique Sybaritique, Institutions d'Oligarchie Populaire, Histoire des Traditions Innovatrices, Dialectique Tautologique, Éristique Booléienne... »

Maintenant je me sentais mis au défi de montrer de quelle trempe j'étais : « Je peux vous suggérer une Grammaire de la Déviance ?

— Bon, bon ! » dirent-ils l'un et l'autre, et ils se mirent à prendre note.

« Il y a un hic, dis-je.

— Lequel ?

— Si vous rendez public votre projet, un tas de gens se présenteront avec des publications dignes d'intérêt.

— Je te l'ai dit que c'est un garçon subtil, Jacopo, dit Diotallevi. Mais vous savez que c'est précisément là notre problème ? Sans le vouloir, nous avons tracé le profil idéal d'un savoir réel. Nous avons démontré la nécessité du possible. Par conséquent il faudra se taire. Mais à présent, je dois y aller.

— Où ? demanda Belbo.

— On est vendredi après-midi.

— Oh ! très saint Jésus », dit Belbo. Puis à moi : « Là, en face, il y a deux ou trois maisons habitées par des Juifs orthodoxes, vous savez ceux avec le chapeau noir, la longue barbe et la mèche frisottée. Ils ne sont pas nombreux à Milan. Aujourd'hui, c'est vendredi et au couchant commence le samedi. Alors, dans l'appartement d'en face, débutent les grands préparatifs : on fait briller le chandelier, cuire la nourriture ; ils disposent les choses de façon que le lendemain ils n'aient aucun feu à allumer. Le téléviseur aussi reste branché toute la nuit, sauf qu'ils sont obligés de choisir tout de suite leur chaîne. Notre Diotallevi a une petite lunette d'approche et, ignominieusement, il épie par la fenêtre, et il se régale, rêvant qu'il se trouve de l'autre côté de la rue.

— Et pourquoi ? demandai-je.

— Parce que notre Diotallevi s'obstine à soutenir qu'il est juif.

— Comment je m'obstine ? demanda Diotallevi piqué au vif. Je suis juif. Vous avez quelque chose contre, Casaubon ?

— Quelle idée.

— Diotallevi, dit Belbo avec décision, tu n'es pas juif.

— Ah non ? Et mon nom ? Comme Graziadio, Diosiacontè, autant de traductions de l'hébreu, noms de ghetto, comme Schalom Aleichem.

— Diotallevi est un nom de bon augure, souvent donné par les officiers de l'état civil aux enfants trouvés. Et ton grand-père était un enfant trouvé.

— Un enfant trouvé juif.

— Diotallevi, tu as la peau rose, une voix de gorge et tu es pratiquement albinos.

— Il y a des lapins albinos, il doit bien y avoir aussi des Juifs albinos.

— Diotallevi, on ne peut pas décider de devenir juif comme on décide de devenir philatéliste ou témoin de Jéhovah. On naît juif. Résigne-toi, tu es un gentil comme tout le monde.

— Je suis circoncis.

— Allons ! N'importe qui peut se faire circoncire par hygiène. Il suffit d'un docteur avec son thermocautère. A quel âge tu t'es fait circoncire ?

— N'ergotons pas.

— Ergotons, au contraire. Un Juif ergote.

— Personne ne peut démontrer que mon grand-père n'était pas juif.

— Bien sûr, c'était un enfant trouvé. Mais il aurait aussi bien pu être l'héritier du trône de Byzance, ou un bâtard des Habsbourg.

— Personne ne peut démontrer que mon grand-père n'était pas juif, et il a été justement trouvé près du Portique d'Octavie.

— Mais ta grand-mère n'était pas juive, et la descendance, là-bas, se fait par la voie maternelle...

— ... et au-dessus des raisons d'état civil, parce qu'on peut aussi lire les registres municipaux au-delà de la lettre, il y a les raisons du sang, et mon sang dit que mes pensées sont exquisément talmudiques, et tu ferais preuve de racisme si tu soutenais qu'un gentil peut être aussi exquisément talmudique que je me trouve être moi. »

Il sortit. Belbo me dit : « N'y faites pas attention. Cette discussion a lieu presque chaque jour, sauf que chaque jour j'essaie d'apporter un argument nouveau. Le fait est que Diotallevi est un fidèle de la Kabbale. Mais il y avait aussi des kabbalistes chrétiens. Et puis écoutez, Casaubon, si Diotallevi veut être juif, je ne peux quand même pas m'y opposer.

— Je ne crois pas. Nous sommes démocrates.

— Nous sommes démocrates. »

Il alluma une cigarette. Je me rappelai pourquoi j'étais venu. « Vous m'aviez parlé d'un manuscrit sur les Templiers, dis-je.

— C'est vrai... Voyons. Il était dans un classeur en simili-cuir... » Il fouillait dans une pile de manuscrits et cherchait à en extraire un, placé au milieu, sans déplacer les autres. Opération risquée. De fait la pile s'écroula en partie sur le sol. Belbo tenait dans sa main le classeur en simili-cuir.

Je parcourus la table des matières et l'introduction. « Cela concerne la capture des Templiers. En 1307, Philippe le Bel décide d'arrêter tous les Templiers de France. Or, une légende dit que deux jours avant que Philippe fasse partir ses ordres d'arrestation, une charrette de foin, tirée par des bœufs, quitte l'enclos du Temple, à Paris, pour une destination inconnue. On dit qu'il s'agit d'un groupe de chevaliers guidés par un certain Aumont, qui devaient se réfugier en Écosse, s'unissant à une loge de maçons à Kilwinning. La légende veut que les chevaliers se soient identifiés avec les compagnies de maçons qui se transmettaient les secrets du Temple de Salomon. Ça, je le prévoyais. Encore un qui prétend retrouver l'origine de la franc-maçonnerie dans cette fuite des Templiers en Écosse... Une histoire rabâchée depuis deux siècles, fondée sur des inventions. Aucune preuve, je peux vous mettre sur la table une cinquantaine de brochures qui racontent la même histoire, toutes pompées les unes dans les autres. Regardez là, j'ai ouvert au hasard : " La preuve de l'expédition écossaise est dans le fait qu'aujourd'hui encore, à six cent cinquante ans de distance, il existe toujours de par le monde des ordres secrets qui se réclament de la Milice du Temple. Sinon comment expliquer la continuité de cet héritage ? " Vous comprenez ? Comment est-il possible que le marquis de Carabas n'existe pas vu que même le Chat botté dit qu'il est à son service ?

— J'ai compris, dit Belbo. Éliminé. Mais votre histoire des Templiers m'intéresse. Pour une fois que j'ai sous la main un expert, je ne veux pas qu'il m'échappe. Pourquoi tout le monde parle des Templiers et pas des chevaliers de Malte ? Non, ne me le dites pas maintenant. Il s'est fait tard, Diotallevi et moi devons aller d'ici peu à un dîner avec monsieur Garamond. Mais nous devrions avoir fini vers dix heures et demie. Si je peux, je persuade aussi Diotallevi de faire un saut chez Pilade — lui, d'habitude, va se coucher tôt et il ne boit pas. On se retrouve là-bas ?

— Et où donc, sinon ? J'appartiens à une génération perdue, et je me retrouve seulement quand j'assiste en compagnie à la solitude de mes semblables. »

— 13 —

Li frere, li mestre du Temple
Qu'estoient rempli et ample
D'or et d'argent et de richesse
Et qui menoient tel noblesse,
Où sont-ils ? que sont devenu ?

Chronique à la suite du roman de Favel.

Et in Arcadia ego. Ce soir-là Pilade était l'image de l'âge d'or. Une de ces soirées où vous sentez que non seulement la Révolution se fera, mais qu'elle sera sponsorisée par l'Union des industriels. On ne pouvait voir que chez Pilade le propriétaire d'une filature de coton, en duffle-coat et barbe, jouer au quatre-vingt-et-un avec un futur accusé en cavale, en costume croisé et cravate. Nous étions à l'aube d'un grand renversement de paradigme. Au début des années soixante, la barbe était encore fasciste — mais il fallait en dessiner le contour en la rasant sur les joues, à la Italo Balbo —, en soixante-huit elle avait été contestataire, et à présent elle devenait neutre et universelle, choix de liberté. La barbe a toujours été un masque (on se met une barbe postiche pour ne pas être reconnu), mais en ce début des années soixante-dix on pouvait se camoufler derrière une vraie barbe. On pouvait mentir en disant la vérité, mieux, en rendant la vérité énigmatique et fuyante, car face à une barbe on ne pouvait plus en déduire l'idéologie du barbu. Mais ce soir-là, la barbe resplendissait même sur les visages glabres de ceux qui, tout en ne la portant pas, laissaient comprendre qu'ils auraient pu la cultiver et n'y avaient renoncé que par défi.

Je divague. A un moment donné arrivèrent Belbo et Diotallevi, se murmurant à tour de rôle, la mine défaite, d'âcres commentaires sur leur très récent dîner. Plus tard seulement, j'apprendrais ce qu'étaient les dîners de monsieur Garamond.

Belbo passa tout de suite à ses distillats préférés, Diotallevi réfléchit un bon moment, hébété, et se décida pour un tonique sans alcool. Nous trouvâmes une table au fond, à peine laissée libre par deux traminots qui, le lendemain matin, devaient se lever tôt.

« Alors, alors, dit Diotallevi, ces Templiers...

— Non, à présent s'il vous plaît ne me mettez pas dans l'embarras... Ce sont des choses que vous pouvez lire partout...

— Nous sommes pour la tradition orale, dit Belbo.

— Elle est plus mystique, dit Diotallevi. Dieu a créé le monde en parlant, que l'on sache il n'a pas envoyé un télégramme.

— Fiat lux, stop. Lettre suit, dit Belbo.

— Aux Thessaloniciens, j'imagine, dis-je.

— Les Templiers, demanda Belbo.

— Donc, dis-je.

— On ne commence jamais par donc », objecta Diotallevi.

Je fis le geste de me lever. J'attendis qu'ils m'implorent. Ils n'en firent rien. Je m'installai et me mis à parler.

« Non, je veux dire que l'histoire tout le monde la connaît. Il y a la première croisade, d'accord ? Godefroy qui le grand sépulcre adore et délie le vœu ; Baudouin devient le premier roi d'une Jérusalem délivrée. Un royaume chrétien en Terre sainte. Mais une chose est de tenir Jérusalem, une autre chose le reste de la Palestine, les Sarrasins ont été battus mais pas éliminés. La vie dans ces contrées n'est pas facile, ni pour les nouveaux intronisés, ni pour les pèlerins. Et voici qu'en 1118, sous le règne de Baudouin II, arrivent neuf personnages guidés par un certain Hugues de Payns, qui constituent le premier noyau d'un Ordre des Pauvres Chevaliers du Christ : un ordre monastique, mais avec épée et armure. Les trois vœux classiques, pauvreté, chasteté, obéissance, plus celui de la défense des pèlerins. Le roi, l'évêque, tous, à Jérusalem, leur donnent aussitôt des aides en argent, les logent, les installent dans le cloître du vieux Temple de Salomon. Et voilà comment ils deviennent Chevaliers du Temple.

— Qui sont-ils ?

— Hugues et les huit premiers sont probablement des idéalistes, conquis par la mystique de la croisade. Mais par la suite ce seront des cadets en quête d'aventures. Le nouveau royaume de Jérusalem est un peu la Californie de l'époque, on peut y faire fortune. Chez eux ils n'ont pas tellement de perspectives, et il y en a, parmi eux, qui en auront fait pis que pendre. Moi je pense à cette affaire en termes de légion étrangère. Que faites-vous si vous êtes dans le pétrin ? Vous vous faites Templier, on voit des horizons nouveaux, on s'amuse, on se flanque des raclées, on vous nourrit, on vous habille et à la fin, en sus, vous sauvez votre âme. Certes, il fallait être suffisamment désespéré, parce qu'il s'agissait d'aller dans le désert, et de dormir sous la tente, et de passer des jours et des jours sans voir âme qui vive sauf les autres Templiers et quelques têtes de Turcs, et de chevaucher sous le soleil, et de souffrir de la soif, et d'étriper d'autres pauvres diables... »

Je m'arrêtai un instant. « Je fais peut-être trop dans le western. Il y a probablement une troisième phase : l'Ordre est devenu puissant, on cherche à en faire partie même si on a une bonne position dans sa patrie. Mais alors là, être Templier ne veut pas dire travailler nécessairement en Terre sainte, on est Templier même chez soi. Histoire complexe. Tantôt ils donnent l'impression d'une soldatesque, tantôt ils se montrent non dénués d'une certaine sensibilité. On ne peut pas dire, par exemple, qu'ils étaient racistes : ils combattaient les musulmans, ils étaient là pour ça, mais avec l'esprit chevaleresque, et ils s'admiraient à tour de rôle. Lorsque l'ambassadeur de l'émir de Damas visite Jérusalem, les Templiers lui attribuent une petite mosquée, naguère transformée en église chrétienne, pour qu'il puisse faire ses dévotions. Un jour entre un Franc qui s'indigne en voyant un musulman dans un lieu sacré, et il le maltraite. Mais les Templiers chassent l'intolérant et présentent leurs excuses au musulman. Cette fraternité d'armes avec l'ennemi finira par les mener à la ruine, car au procès on les accusera aussi d'avoir eu des rapports avec des sectes ésotériques musulmanes. Et c'est sans doute vrai, c'est un peu comme ces aventuriers du siècle passé qui attrapent le mal d'Afrique, ils n'avaient pas une éducation monastique régulière, ils n'étaient pas si subtils qu'ils pussent saisir les différences théologiques, imaginez-les comme autant de Lawrence d'Arabie qui, petit à petit, s'habillent comme des cheiks... Mais au fond, il est difficile d'évaluer leurs actions, parce que souvent les historiographes chrétiens, tel Guillaume de Tyr, ne perdent aucune occasion de les dénigrer.

— Pourquoi ?

— Parce qu'ils deviennent trop puissants et trop vite. Tout arrive avec saint Bernard. Vous l'avez présent à l'esprit, saint Bernard, non ? Grand organisateur, il réforme l'ordre bénédictin, élimine les décorations des églises ; quand un collègue lui chatouille un peu trop les nerfs, tel Abélard, il l'attaque à la McCarthy, et, s'il pouvait, il le ferait monter sur le bûcher. Comme il ne le peut pas, il fait brûler ses livres. Puis il prêche la croisade, armons-nous et partez...

— Il ne vous est pas sympathique, observa Belbo.

— Non, je ne peux pas le souffrir, s'il ne tenait qu'à moi il finissait dans un des vilains cercles dantesques, et pas saint pour un sou. Mais c'était un bon press-agent de lui-même, voyez le service que lui rend Dante, il le nomme chef de cabinet de la Madone. Il devient saint sur-le-champ parce qu'il s'est maquereauté avec les gens qu'il fallait. Mais je parlais des Templiers. Bernard a aussitôt l'intuition qu'il faut cultiver l'idée, et appuyer ces neuf aventuriers en les transformant en une Militia Christi, disons même que les Templiers, dans leur version héroïque, c'est lui qui les invente. En 1128, il fait convoquer un concile à Troyes précisément pour définir ce que sont ces nouveaux moines soldats, et quelques années plus tard il écrit un éloge de cette Milice du Christ, et il prépare une règle de soixante-douze articles, amusante à lire parce qu'on y trouve de tout. Messe chaque jour, ils ne doivent pas fréquenter des chevaliers excommuniés, cependant, si l'un d'eux sollicite son admission au Temple, il faut l'accueillir chrétiennement, et vous voyez que j'avais raison quand je parlais de légion étrangère. Ils porteront des manteaux blancs, simples, sans fourrures, à moins qu'elles ne soient d'agneau ou de mouton, interdit de porter, selon la mode, de fines chaussures à bec, on dort en chemise et caleçons, une paillasse, un drap et une couverture...

— Avec cette chaleur, Dieu sait ce qu'ils devaient puer..., dit Belbo.

— Quant à leur puanteur, on en reparlera. La règle a d'autres rudesses : une même écuelle pour deux, on mange en silence, viande trois fois par semaine, pénitence le vendredi, on se lève à l'aube, si le travail a été pénible on accorde une heure de sommeil en plus, mais en échange on doit réciter treize Pater au lit. Il y a un maître, toute une kyrielle de hiérarchies inférieures, jusqu'aux sergents, aux écuyers, aux servants et valets. Tout chevalier aura trois chevaux et un écuyer, aucune décoration de luxe aux brides, selle et éperons, des armes simples, mais bonnes, la chasse est interdite, sauf la chasse au lion, bref, une vie de pénitence et de bataille. Sans parler du vœu de chasteté, sur lequel on insiste particulièrement car ces gens qui ne demeuraient pas au couvent mais faisaient la guerre, vivaient au milieu du monde, si on peut appeler monde le grouillement de vermine que devait être la Terre sainte en ces temps-là. En somme, la règle dit que la compagnie d'une femme est des plus dangereuses et qu'on ne peut embrasser que sa mère, sa sœur et sa tante. »

Belbo se montra perplexe : « Eh bien moi, pour la tante, j'aurais pourtant fait un peu plus attention... Mais, d'après mes souvenirs, les Templiers n'ont-ils pas été accusés de sodomie ? Il y a ce livre de Klossowski, *Le Baphomet*. Qui était Baphomet, une de leurs divinités diaboliques, non ?

— J'y viens. Mais raisonnez un instant. Ils menaient la vie du marin, des mois et des mois dans le désert. Vous voilà qui créchez au diable, il fait nuit, vous vous allongez sous la tente avec le type qui a mangé dans la même écuelle que vous, vous avez sommeil froid soif peur et voudriez votre mère. Que faites-vous ?

— Amour viril, légion thébaine, suggéra Belbo.

— Mais pensez quelle vie d'enfer, au milieu d'autres hommes d'armes qui n'ont pas prononcé le vœu ; quand ils envahissent une ville, ils violent la Maurette, ventre ambré et yeux de velours ; que fait le Templier, au milieu des arômes des cèdres du Liban ? Laissez-lui le petit Maure. Maintenant vous comprenez pourquoi se répand le dicton " boire et jurer comme un Templier ". C'est un peu l'histoire de l'aumônier dans les tranchées, il avale de la gnôle et sacre avec ses soldats analphabètes. Et si c'était tout. Leur sceau les représente toujours deux par deux, l'un serre contre le dos de l'autre, sur un même cheval. Pourquoi, vu que la règle leur autorise trois chevaux chacun ? Ça a dû être une idée de Bernard, pour symboliser la pauvreté, ou la duplicité de leur rôle de moine et de chevalier. Mais convenez qu'au regard de l'imagination populaire c'était une autre paire de manches : que dire de ces moines qui galopent à se rompre le cou, l'un avec la panse contre le cul de l'autre ? On n'a sans doute pas dû manquer de les calomnier...

— ... mais ils l'auront bien cherché, commenta Belbo. Se pourrait-il que ce saint Bernard fût stupide ?

— Non, il n'était pas stupide, mais il était moine lui aussi, et en ces temps-là le moine avait une étrange idée du corps... Il y a un instant, je croyais avoir un peu trop tiré mon histoire du côté du western, mais à y bien repenser, écoutez ce qu'en dit Bernard, de ses chevaliers chéris, j'ai sur moi la citation parce que ça vaut la peine : " Ils évitent et abominent les mimes, les magiciens et les jongleurs, les chansons lestes et les soties, ils se coupent les cheveux ras, sachant de par l'apôtre que soigner sa chevelure est une ignominie pour un homme. On ne les voit jamais peignés, rarement lavés, la barbe hirsute, puants de poussière, maculés par le haubert et la chaleur. "

— Je n'aurais pas voulu séjourner dans leurs quartiers », dit Belbo.

Diotallevi décréta : « Ça a toujours été typique de l'ermite de cultiver une saine crasse, pour humilier son corps. C'était bien saint Macaire qui vivait sur une colonne et, quand les vers se détachaient de lui et tombaient, il les recueillait et les remettait sur son corps pour que, eux aussi, créatures de Dieu, ils aient leur festin ?

— Le stylite en question était saint Siméon, dit Belbo, et, à mon avis, il se trouvait sur la colonne pour cracher sur le crâne de ceux qui passaient dessous.

— Je hais l'esprit des Lumières, dit Diotallevi. En tout cas, Macaire ou Siméon, il y avait un stylite grouillant de vers comme je le dis, mais je ne suis pas une autorité en la matière parce que je ne m'occupe pas des folies des gentils.

— Ils étaient propres, tes rabbins de Gérone, dit Belbo.

— Ils vivaient dans des bouges dégoûtants parce que vous, les gentils, les parquiez dans le ghetto. Les Templiers, par contre, se souillaient par goût.

— Ne dramatisons pas, dis-je. Avez-vous jamais vu un peloton de jeunes recrues après une marche ? Mais je vous ai raconté ces choses pour vous faire comprendre les contradictions du Templier. Il doit être mystique, ascétique, ne pas manger, ne pas boire, ne pas baiser, mais il parcourt le désert, coupe la tête des ennemis du Christ, plus il en coupe plus il gagne de coupons pour le paradis, il pue, devient hirsute à chaque jour qui passe, et puis Bernard prétendait qu'après avoir conquis une ville il ne se jette pas sur quelque fillette ou petite vieille n'importe, et que dans les nuits sans lune, quand le fameux simoun souffle sur le désert, son compagnon d'armes favori ne lui rende pas quelque petit service. Comment faire pour être moine et spadassin, vous étripez et récitez l'ave maria, vous ne devez pas regarder en face votre cousine et puis vous entrez dans une ville, après des jours de siège, les autres croisés tringlent la femme du calife sous vos yeux, des Sulamites merveilleuses ouvrent leur corset et disent prends-moi prends-moi mais laisse-moi la vie... Et le Templier non, il devrait rester raide, puant, hirsute comme le voulait saint Bernard, et réciter complies... D'ailleurs, il suffit de lire les Retraits...

— Qu'est-ce que c'était ?

— Des statuts de l'Ordre, une rédaction assez tardive, disons de l'époque où l'Ordre est déjà en pantoufles. Il n'y a rien de pire qu'une armée qui s'ennuie parce que la guerre est finie. Par exemple, à un moment donné, on prohibe les rixes, les blessures infligées à un chrétien par vengeance, le commerce avec une femme, la calomnie de son frère. On ne doit pas perdre un esclave, se mettre en colère et dire « je m'en irai chez les Sarrasins ! », égarer un cheval par incurie, faire don d'un animal à l'exception de chiens et de chats, partir sans permission, briser le sceau du maître, quitter la commanderie de nuit, prêter de l'argent de l'Ordre sans autorisation, jeter, de rage, son habit par terre.

— D'un système d'interdits on peut comprendre ce que les gens font d'habitude, dit Belbo, et on peut en tirer des ébauches de vie quotidienne.

— Considérons, dit Diotallevi, un Templier, irrité pour qui sait ce que ses frères lui avaient dit ou fait ce soir-là, sortant de nuit sans permission, à cheval, avec un joli petit Sarrasin pour escorte et trois chapons pendus à la selle : il se rend chez une fille de mœurs indécentes et, lui laissant les chapons en hoirie, il en tire occasion d'illicite déduit... Puis, pendant la ribote, le petit Maure s'enfuit avec le cheval et notre Templier, plus sale de sueur et hirsute que de coutume, revient à la maison la queue entre les jambes et, cherchant à ne pas se faire voir, il refile de l'argent (du Temple) à l'habituel usurier juif qui attend tel un vautour sur son tabouret...

— Tu l'as dit, Caïphe, observa Belbo.

— Allons, allons, on avance par stéréotypes. Le Templier cherche à récupérer sinon le Maure, du moins un semblant de cheval. Mais un co-Templier s'aperçoit de la trouvaille ingénieuse et, le soir venu (on le sait, dans ces communautés l'envie est à demeure), quand arrive la viande dans la satisfaction générale, il fait de lourdes allusions. Le capitaine est pris de soupçons, le suspect s'embrouille, rougit, dégaine son poignard et se jette sur son compère...

— Sur son sycophante.

— Sur son sycophante, bien dit, il se jette sur le misérable, lui balafrant le visage. L'autre met la main à son épée, ils se rentrent indignement dans le mou, le capitaine tente de les calmer à coups de plats, les frères ricanent...

— Buvant et jurant comme des Templiers... dit Belbo.

— Sacrédié, nom de Dieu, tudieu, vingt dieux, sang de Dieu ! dramatisai-je.

— Sans nul doute, notre Templier s'altère, il se... comment diable fait un Templier quand il s'altère ?

— Il devient rouge jusqu'aux oreilles, suggéra Belbo.

— Voilà, comme tu dis, il devient rouge, ôte son habit et le jette par terre...

— “ Vous pouvez le garder ce froc de merde, vous et votre Temple de malheur ! ” proposai-je. Bien mieux, il donne un coup d'épée au sceau, le brise et crie que lui il s'en va avec les Sarrasins.

— Il a violé au moins huit préceptes d'un seul coup. »

Afin de mieux illustrer ma thèse, je conclus : « Vous les imaginez, des types comme ça, qui disent moi je m'en vais avec les Sarrasins, le jour où le bailli du roi les arrête et leur fait voir les fers chauffés au rouge ? Parle félon, dis que vous vous l'enfiliez dans le derrière ! Nous ? Mais moi, vos tenailles me font rire, vous ne savez pas de quoi est capable un Templier, moi je vous l'enfile dans votre derrière à vous, au pape, et, s'il me tombe sous la main, au roi Philippe soi-même !

— Il a avoué, il a avoué ! Ça s'est passé comme ça, dit Belbo. Et hop ! dans les cachots, chaque jour une couche d'huile, pour qu'il grille mieux, à la fin.

— Comme des enfants, conclut Diotallevi »

Nous fûmes interrompus par une jeune fille, présentant une envie de fraise sur le nez et qui avait des feuillets à la main. Elle nous demanda si nous avions déjà signé pour les camarades argentins arrêtés. Belbo signa aussitôt, sans regarder la feuille. « Dans tous les cas, ils vivent plus mal que moi », dit-il à Diotallevi qui le regardait d'un air égaré. Puis il s'adressa à la fille : « Lui, il ne peut pas signer, il appartient à une minorité indienne qui interdit d'écrire son propre nom. Beaucoup d'entre eux sont en prison parce que le gouvernement les persécute. » La fille fixa Diotallevi avec compassion et me passa la feuille à moi. Diotallevi se détendit.

« Qui sont-ils ?

— Comment qui sont-ils ? Des camarades argentins.

— Oui, mais de quel groupe ?

— Tacuara, non ?

— Mais les Tacuara sont fascistes, hasardai-je, d'après ce que j'en savais.

— Fasciste », me siffla la fille pleine de ressentiment. Et elle s'en alla.

« Mais en somme, ces Templiers étaient des pauvres types alors ? demanda Diotallevi.

— Non, dis-je, c'est ma faute, je cherchais à donner plus de nerf à l'histoire. Ce que nous avons dit concerne la troupe, mais dès le début l'Ordre avait reçu d'immenses donations et peu à peu il avait construit des commanderies dans toute l'Europe. Pensez qu'Alphonse d'Aragon lui fait cadeau d'une région entière, mieux : il le couche sur son testament et lui laisse son royaume au cas où il devrait mourir sans héritiers. Les Templiers ne s'y fient pas et font une transaction, comme pour dire peu de ces maudits machins et aboulez tout de suite, mais ces peu de maudits machins sont une demi-douzaine de forteresses en Espagne. Le roi du Portugal lui donne une forêt, et vu qu'elle était encore occupée par les Sarrasins, les Templiers se jettent à l'assaut, chassent les Maures, puis, un exemple en passant, ils fondent Coïmbre. Et ce ne sont que des épisodes. En somme, une partie combat en Palestine, mais le gros de l'Ordre s'étend en métropole. Et qu'arrive-t-il ? Que si quelqu'un doit aller en Palestine et qu'il a besoin d'argent, et qu'il ne veut pas se risquer à voyager avec des bijoux et de l'or, il fait un versement aux Templiers en France, ou en Espagne, ou en Italie, il reçoit un bon, et il encaisse en Orient.

— C'est la lettre de crédit, dit Belbo.

— Bien sûr, ils ont inventé le chèque, et avant les banquiers florentins. Donc vous comprenez, entre donations, conquêtes à main armée et provisions sur les opérations financières, les Templiers deviennent une multinationale. Pour diriger une entreprise de ce genre, il fallait des gens avec la tête sur les épaules. Des gens qui réussissent à convaincre Innocent II de leur accorder des privilèges exceptionnels : l'Ordre peut garder pour lui tout le butin de guerre, et partout où il a des biens, il n'en répond ni au roi, ni aux évêques, ni au patriarche de Jérusalem, mais seulement au pape. Exemptés en tout lieu des dîmes, ils ont droit de les imposer eux-mêmes sur les terres qu'ils contrôlent... Bref, c'est une entreprise toujours en actif où personne ne peut fourrer le nez. On comprend pourquoi ils sont mal vus par évêques et souverains, sans toutefois qu'on puisse se passer d'eux. Les croisés sont brouillons, des gens qui partent sans savoir où ils vont et ce qu'ils vont trouver ; les Templiers, par contre, sont chez eux dans ces contrées, ils savent comment traiter avec l'ennemi, ils connaissent le terrain et l'art militaire. L'Ordre des Templiers est une chose sérieuse, même s'il s'appuie sur les rodomontades de ses troupes de choc.

— Mais étaient-ce des rodomontades ? demanda Diotallevi.

— Souvent, oui ; encore une fois on est stupéfait du décalage entre leur savoir politique et administratif, et leur style béret rouge : ils ne manquent pas d'estomac, à défaut de cervelle. Prenons l'histoire d'Ascalon...

— Prenons-la », dit Belbo, qui s'était distrait pour saluer avec ostentatoire luxure une certaine Dolorès.

Laquelle s'assit à côté de nous en disant : « Je veux entendre l'histoire d'Ascalon, je veux l'entendre.

— Donc, un jour le roi de France, l'empereur allemand, Baudouin III de Jérusalem et les deux grands maîtres des Templiers et des Hospitaliers décident d'assiéger Ascalon. Ils partent tous pour l'assaut, le roi, la cour, le patriarche, les prêtres avec les croix et les étendards, les archevêques de Tyr, de Nazareth, de Césarée, bref, une grande fête, avec les tentes dressées devant la ville ennemie, et les oriflammes, les grands pavois, les tambours... Ascalon était défendue par cent cinquante tours et ses habitants s'étaient préparés depuis longtemps au siège, chaque maison était percée de meurtrières, comme autant de forteresses dans la forteresse. A mon avis, les Templiers, qui étaient si forts, ces choses-là ils auraient dû les savoir. Mais pas du tout, ils s'excitent tous, se bâtissent des tortues et des tours en bois, vous savez ces constructions à roues qu'on pousse sous les murailles ennemies, et lancent du feu, des pierres, des flèches, alors que de loin les catapultes bombardent avec des blocs de roc... Les Ascalonites cherchent à incendier les tours, le vent leur est défavorable, les flammes s'attaquent aux murailles, qui, au moins en un point, s'écroulent. La brèche ! Alors tous les assiégeants s'y jettent comme un seul homme, et il arrive une chose étrange. Le grand maître des Templiers fait faire barrage, de manière que dans la ville n'entrent que les siens. Les malveillants disent qu'il agit ainsi afin que la mise à sac enrichisse uniquement les Templiers, les bienveillants suggèrent que, craignant un guet-apens, il voulait envoyer ses braves en reconnaissance. Dans tous les cas, je ne lui confierais pas la direction d'une école de guerre : quarante Templiers parcourent toute la ville à cent quatre-vingts à l'heure, se lancent contre le mur d'enceinte du côté opposé, freinent dans un grand nuage de poussière, se regardent dans les yeux, se demandent ce qu'ils font ici, rebroussent chemin et défilent à tombeau ouvert au milieu des Maures qui, par les fenêtres, les criblent de pierres et de viretons, les massacrent tous y compris le grand maître, colmatent la brèche, pendent aux murailles les cadavres et de leurs poings font la figue au milieu d'immondes ricanements.

— Le Maure est cruel, dit Belbo.

— Comme des enfants, répéta Diotallevi.

— Mais ils étaient vachement katangais tes Templiers, dit Dolorès tout excitée.

— Moi, ça me fait penser à Tom and Jerry », dit Belbo.

J'eus des regrets. Au fond, je vivais depuis deux ans avec les Templiers, et je les aimais. Pris dans le chantage au snobisme de mes interlocuteurs, je les avais présentés comme des personnages de dessin animé. Peut-être était-ce la faute de Guillaume de Tyr, historiographe peu fiable. Ils n'étaient pas comme ça, les chevaliers du Temple, mais barbus et flamboyants, avec la belle croix rouge sur leur manteau blanc, caracolant à l'ombre de leur drapeau blanc et noir, le Beaucéant, absorbés — et merveilleusement — par leur fête de mort et de hardiesse, et la sueur dont parlait saint Bernard était sans doute un éclat de bronze qui conférait une noblesse sarcastique à leur effrayant sourire, tandis qu'ils veillaient à fêter si cruellement l'adieu à la vie... Lions en guerre, comme disait Jacques de Vitry, agneaux pleins de douceur en paix, rudes dans la bataille, pieux dans la prière, féroces avec leurs ennemis, bienveillants pour leurs frères, marqués par le blanc et par le noir de leur étendard parce que pleins de candeur pour les amis du Christ, sombres et terribles pour ses adversaires...

Pathétiques champions de la foi, dernier exemple d'une chevalerie sur le déclin, pourquoi me comporter avec eux comme un Arioste quelconque, quand j'aurais pu être leur Joinville ? Me vinrent à l'esprit les pages que leur consacrait l'auteur de l'*Histoire de Saint Louis,* qui, avec Louis le Saint, était allé en Terre sainte, écrivain et combattant à la fois. Les Templiers existaient désormais depuis cent cinquante ans, on avait suffisamment fait de croisades pour harasser tout idéal. Disparues comme fantômes les figures héroïques de la reine Mélisende et de Baudouin le roi lépreux, consumées les luttes intestines de ce Liban ensanglanté dès alors, tombée une fois déjà Jérusalem, Barberousse noyé en Cilicie, Richard Cœur de Lion vaincu et humilié qui regagne sa patrie, déguisé, justement, en Templier, la chrétienté a perdu sa bataille, les Maures ont un sens bien différent de la confédération entre potentats autonomes mais unis dans la défense d'une civilisation — ils ont lu Avicenne, ils ne sont pas ignares comme les Européens, comment peut-on rester pendant deux siècles exposé à une culture tolérante, mystique et libertine, sans succomber à ses appâts, et avec la possibilité de la mesurer à la culture occidentale, grossière, balourde, barbare et germanique ? Jusqu'à ce que, en 1244, on ait la dernière et définitive chute de Jérusalem ; la guerre, commencée cent cinquante ans avant, est perdue, les chrétiens devront cesser de porter les armes dans une lande destinée à la paix et au parfum des cèdres du Liban, pauvres Templiers, à quoi a servi votre épopée ?

Tendresse, mélancolie, pâleur d'une gloire sénescente, pourquoi ne pas se mettre alors à l'écoute des doctrines secrètes des mystiques musulmans, à l'accumulation hiératique de trésors cachés ? C'est peut-être de là que naît la légende des chevaliers du Temple, qui encore hante les esprits pleins de déceptions et de désirs, l'histoire d'une puissance sans bornes laquelle, désormais, ne sait plus sur quoi s'exercer...

Et pourtant, quand le mythe déjà décline, arrive Louis, le roi saint, le roi qui a pour commensal Thomas d'Aquin ; lui, il y croit encore à la croisade, malgré deux siècles de rêves et de tentatives ratées à cause de la stupidité des vainqueurs, cela vaut-il la peine de tenter encore une fois ? Cela vaut la peine, dit Louis le Saint, les Templiers sont d'accord, ils le suivent dans la défaite, parce que c'est leur métier, comment justifier le Temple sans la croisade ?

Louis attaque Damiette par la mer, la rive ennemie reluit tout entière de piques et de hallebardes et d'oriflammes, de boucliers et de cimeterres, bien belles gens à voir, dit Joinville avec chevalerie, qui portent des armes d'or frappées par le soleil. Louis pourrait attendre, il décide au contraire de débarquer à tout prix. « Mes fidèles, inséparables dans notre charité, nous serons invincibles. Si nous sommes vaincus, nous serons des martyrs. Si nous triomphons, la gloire de Dieu en sera accrue. » Les Templiers n'y croient pas, mais ils ont été éduqués à être des chevaliers de l'idéal, et c'est là l'image qu'ils se doivent de donner d'eux-mêmes. Ils suivront le roi dans sa folie mystique.

Le débarquement incroyablement réussit, les Sarrasins incroyablement abandonnent Damiette, à telle enseigne que le roi hésite à y entrer car il ne croit pas à cette fuite. C'est pourtant vrai, la ville est sienne et siens en sont les trésors et les cent mosquées que Louis convertit sur-le-champ en églises du Seigneur. Maintenant, il s'agit de prendre une décision : marcher sur Alexandrie ou sur Le Caire ? La décision la plus sage eût été Alexandrie, pour enlever à l'Égypte un port vital. Mais il fallait compter avec le mauvais génie de l'expédition, le frère du roi, Robert d'Artois, mégalomane, ambitieux, assoiffé de gloire et tout de suite, comme tout cadet. Il conseille de se diriger sur Le Caire, cœur de l'Égypte. Le Temple, d'abord prudent, à présent ronge son frein. Le roi avait interdit les combats isolés, mais c'est le maréchal du Temple qui transgresse l'interdit. Il voit une troupe de mamelouks du sultan et crie : « Or à eux, de par Dieu, je ne pourrais supporter pareille honte ! »

A Mansourah, les Sarrasins se retranchent au-delà d'un fleuve, les Français cherchent à construire une digue pour créer un gué, et ils la protègent avec leurs tours roulantes, mais les Sarrasins ont appris des Byzantins l'art du feu grégeois. Le feu grégeois avait une pointe aussi grosse qu'une futaille, sa queue était comme un grand glaive, il arrivait ainsi que la foudre et ressemblait à un dragon qui volait à travers les airs. Et il jetait une telle lumière que dans le camp on y voyait comme en plein jour.

Tandis que le camp chrétien est tout entier une seule flamme, un bédouin félon indique un gué au roi, pour trois cents besants. Le roi décide d'attaquer, la traversée n'est pas facile, beaucoup se noient et sont entraînés par les eaux, sur la rive opposée trois cents Sarrasins a cheval attendent. Mais enfin le gros de la troupe touche terre et, selon les ordres, les Templiers chevauchent à l'avant-garde, suivis par le comte d'Artois. Les cavaliers musulmans prennent la fuite et les Templiers attendent le reste de l'armée chrétienne. C'est alors que le comte d'Artois bondit avec les siens à la poursuite des ennemis.

Or, pour ne pas être déshonorés, les Templiers aussi se jettent a l'assaut, mais ils arrivent juste derrière l'Artois, lequel a déjà pénétré dans le camp ennemi et a fait un massacre. Les musulmans prennent la fuite en direction de Mansourah. Invite on ne peut plus agréable pour l'Artois, qui s'apprête à se lancer à leur poursuite. Les Templiers tentent de l'arrêter, frère Gilles, grand commandant du Temple, le flatte en lui disant qu'il a déjà accompli une entreprise admirable, des plus grandes jamais réalisées en terre d'outre-mer. Mais l'Artois, muscadin assoiffé de gloire, accuse les Templiers de trahison, il ajoute même que, si Templiers et Hospitaliers l'avaient voulu, cette terre aurait déjà été conquise depuis beau temps, et lui avait donné une preuve de ce qu'on pouvait faire si on avait du sang dans les veines. C'en était trop pour l'honneur du Temple. Le Temple n'est à nul autre second, tous se précipitent vers la ville, y entrent, poursuivent les ennemis jusqu'aux murailles du côté opposé, et là, les Templiers s'aperçoivent qu'ils ont répété l'erreur d'Ascalon. Les chrétiens — Templiers compris — se sont attardés à mettre à sac le palais du sultan, les infidèles se regroupent, fondent sur cette nuée de vautours maintenant dispersée. Une fois de plus les Templiers se sont-ils laissé aveugler par l'avidité ? Mais d'autres rapportent qu'avant de suivre l'Artois dans la cité, frère Gilles lui avait dit avec un stoïcisme lucide : « Seigneur, mes frères et moi n'avons peur et vous suivrons. Mais sachez que nous doutons, et fort, que vous et moi puissions revenir. » En tout cas, l'Artois, grâce à Dieu, est occis, et avec lui beaucoup d'autres braves chevaliers, et deux cent quatre-vingts Templiers.

Pis qu'une défaite, une honte. Et pourtant on ne l'enregistre pas comme telle, pas même Joinville : ça s'est passé, c'est passé, c'est la beauté de la guerre.

Sous la plume du seigneur de Joinville, grand nombre de ces batailles, ou escarmouches comme on voudra, deviennent d'aimables ballets, avec quelques têtes qui roulent et moult implorations au bon Seigneur et quelques pleurs du roi pour un de ses féaux qui expire, mais tout comme tourné en couleurs, au milieu des caparaçons rouges, harnais dorés, éclairs de heaumes et d'épées sous le soleil jaune du désert, et face à la mer de turquoise, et qui sait si les Templiers ne vivaient pas ainsi leur boucherie quotidienne.

Le regard de Joinville se déplace de haut en bas ou de bas en haut, selon que lui-même tombe de cheval ou qu'il y remonte, et il cadre des scènes isolées, le plan de la bataille lui échappe, tout se résout en un duel individuel, dont il n'est pas rare que l'issue soit fortuite. Joinville se lance au secours du seigneur de Wanon, un Turc le touche de sa lance, le cheval tombe sur ses genoux, Joinville vole par-dessus la tête de l'animal, se relève l'épée à la main et messer Erars de Syverey (« que Dieus absoille ») lui fait signe de se réfugier dans une maison en ruine, ils sont littéralement piétinés par une troupe de Turcs, se relèvent indemnes, atteignent la maison, s'y barricadent, les Turcs les assaillent par le haut avec leurs lances. Messer Ferris de Loupey est touché aux épaules « et fu la plaie si large que li sans li venoit du cors aussi comme li bondons d'un tonnel » et Syverey est frappé du tranchant de l'épée en plein visage « si que li nez li cheoit sus le lèvre ». Et ainsi de suite, puis arrivent les secours, on sort de la maison, on se déplace sur une autre aire du champ de bataille, nouvelle scène, autres morts et sauvetages in extremis, prières à haute voix à messer saint Jacques. Et pendant ce temps le bon comte de Soissons crie, tout en frappant de taille, « seigneur de Joinville, lessons huer ceste chiennaille ; que par la Quoife Dieu ! encore en parlerons-nous, entre vous et moi, de ceste journée es chambres des dames ! ». Et le roi demande des nouvelles de son frère, le damné comte d'Artois, et frère Henry de Ronnay, prévôt de l'Hôpital, lui répond « que il en savoit bien nouvelles, car estoit certeins que ses frères li cuens d'Artois estoit en paradis ». Le roi dit que Dieu soit loué pour tout ce qu'il lui envoie, et de grosses larmes lui tombent des yeux.

Ce n'est pas toujours un ballet, pour angélique et sanguinaire qu'il soit. Meurt le grand maître Guillaume de Sonnac, brûlé vif par le feu grégeois ; l'armée chrétienne, grande puanteur des cadavres aidant et rareté des vivres, est frappée par le scorbut ; l'armée de Saint Louis est en déroute ; le roi est sucé par la dysenterie, au point qu'il doit couper, pour gagner du temps à la bataille, le fond de ses braies. Damiette est perdue, la reine doit traiter avec les Sarrasins et paie cinq cent mille livres tournois.

Mais les croisades se faisaient avec une théologale mauvaise foi. A Saint-Jean-d'Acre Louis est accueilli en triomphateur et toute la ville en procession se porte à sa rencontre, avec le clergé et les dames et les enfants. Les Templiers en savent plus long et cherchent à entrer en pourparlers avec Damas. Louis vient à le savoir, il ne supporte pas qu'on le devance, désavoue le nouveau grand maître en présence des ambassadeurs musulmans, et le grand maître ravale sa parole donnée aux ennemis, il s'agenouille devant le roi et lui demande pardon. On ne peut nier que les chevaliers s'étaient bien battus, et de façon désintéressée, mais le roi de France les humilie, pour réaffirmer son pouvoir — et pour réaffirmer son pouvoir, un demi-siècle après, son successeur Philippe les enverra au bûcher.

En 1291, Saint-Jean-d'Acre est enlevée par les Maures, tous les habitants sont immolés. C'est la fin du royaume chrétien de Jérusalem. Les Templiers sont plus riches, plus nombreux et plus puissants que jamais ; cependant, nés pour combattre en Terre sainte, en Terre sainte ils ne sont plus.

Ils vivent splendidement ensevelis dans les commanderies de toute l'Europe et dans le Temple de Paris, et ils rêvent encore de l'esplanade du Temple de Jérusalem aux temps de la gloire, avec la belle église de Sainte-Marie-de-Latran constellée de chapelles votives, bouquets de trophées, et une ferveur de forges, selleries, draperies, greniers, une écurie de deux mille chevaux, une caracole d'écuyers, servants, turcopoles, les croix rouges sur les manteaux blancs, les cottes brunes des affiliés, les envoyés du sultan aux grands turbans et aux heaumes dorés, les pèlerins, un carrefour de belles patrouilles et d'estafettes, et la joie des coffres-forts, le port d'où partaient ordres et dispositions et chargements pour les châteaux de la mère patrie, des îles, des côtes de l'Asie Mineure...

Tout est fini, mes pauvres Templiers.

Je m'aperçus ce soir-là, chez Pilade, maintenant à mon cinquième whisky, que Belbo me procurait d'autorité, que j'avais rêvé, avec sentiment (quelle honte), mais à voix haute, et je devais avoir raconté une histoire très belle, pleine de passion et de compassion, parce que Dolorès avait les yeux brillants, et Diotallevi, tombé dans l'insanité d'un deuxième tonique sans alcool, levait, séraphique, les yeux au ciel, autrement dit au plafond en rien sefirotique du bar, et il murmurait : « Et sans doute tout ça était des âmes perdues et des âmes saintes, palefreniers et chevaliers, banquiers et héros...

— Certes, ils étaient singuliers, résuma Belbo. Mais vous, Casaubon, vous les aimez ?

— Moi j'en fais ma thèse, quelqu'un qui fait sa thèse sur la syphilis finit même par aimer le spirochète pâle.

— Beau comme un film, dit Dolorès. Mais à présent il faut que je m'en aille, je regrette, je dois ronéoter des tracts pour demain matin. On fait les piquets de grève à l'usine Marelli.

— Tu en as de la chance toi qui peux te le permettre », dit Belbo. Il leva péniblement une main, lui caressa les cheveux. Il commanda, dit-il, le dernier whisky. « Il est presque minuit, observa-t-il. Je ne le dis pas pour les humains, mais pour Diotallevi. Cependant, finissons l'histoire, je veux savoir pour le procès. Quand, comment, pourquoi...

— Cur, quomodo, quando, acquiesça Diotallevi. Oui, oui. »

— 14 —

Il affirma qu'il avait vu, la veille, de ses yeux, conduire en voiture cinquante-quatre frères dudit Ordre pour être brûlés, parce qu'ils n'avaient pas voulu avouer les erreurs susdites, qu'il avait entendu dire qu'ils avaient été brûlés, et que lui-même, craignant de ne pas offrir une bonne résistance s'il était brûlé, avouerait et déposerait sous serment, par crainte de la mort, en présence desdits seigneurs commissaires et en présence de n'importe qui, s'il était interrogé, que toutes les erreurs imputées à l'Ordre étaient vraies et qu'il avouerait même avoir tué le Seigneur si on le lui demandait.

Déposition d'Aimery de Villiers-le-Duc,
13 mai 1310.

Un procès plein de silences, de contradictions, d'énigmes et de stupidités. Les stupidités étaient les plus voyantes, et, dans leur incompréhensibilité même, coïncidaient en règle générale avec les énigmes. En ces jours heureux, je croyais que la stupidité créait de l'énigme. L'autre soir, dans le périscope, je pensais que les énigmes les plus terribles, pour ne pas se révéler comme telles, prennent l'apparence de la folie. Mais à présent je pense que le monde est une énigme bienveillante, que notre folie rend terrible car elle prétend l'interpréter selon sa propre vérité.

Les Templiers étaient restés sans but. Autrement dit, ils avaient transformé les moyens en but, ils administraient leur immense richesse. Normal qu'un monarque centralisateur comme Philippe le Bel les vît d'un mauvais œil. Comment pouvait-on tenir sous contrôle un ordre souverain ? Le grand maître avait le rang d'un prince du sang, il commandait une armée, il administrait un patrimoine foncier gigantesque, il était élu comme l'empereur, et il avait une autorité absolue. Le trésor français n'était pas dans les mains du roi, mais il était gardé dans le Temple de Paris. Les Templiers étaient les dépositaires, les procureurs, les administrateurs d'un compte courant mis formellement au nom du roi. Ils encaissaient, payaient, jouaient sur les intérêts, se comportaient en grande banque privée, mais avec tous les privilèges et les franchises d'une banque d'État... Et le trésorier du roi était un Templier. Peut-on régner dans ces conditions-là ?

Si tu ne peux pas les battre, unis-toi à eux. Philippe demanda d'être fait Templier honoraire. Réponse négative. Offense dont un roi se souvient sans avoir à faire un nœud à son mouchoir. Alors il suggéra au pape de fusionner Templiers et Hospitaliers et de mettre le nouvel ordre sous le contrôle d'un de ses fils. Le grand maître du Temple, Jacques de Molay, arriva en grande pompe de Chypre, où désormais il résidait ainsi qu'un monarque en exil, et il présenta au pape un mémoire où il feignait d'analyser les avantages, mais en réalité il mettait en relief les désavantages, de la fusion. Sans pudeur, Molay observait, entre autres, que les Templiers étaient plus riches que les Hospitaliers, et que la fusion eût appauvri les uns pour enrichir les autres, ce qui aurait été un grave préjudice pour les âmes de ses chevaliers. Molay emporta cette première manche de la partie qui commençait, le dossier fut archivé.

Il ne restait que la calomnie, et là le roi avait beau jeu. Des bruits, sur les Templiers, il en circulait depuis longtemps déjà. Comment devaient apparaître ces « coloniaux » aux bons Français qui les voyaient autour d'eux en train de recueillir des dîmes sans rien donner en échange, pas même — désormais — leur sang de gardiens du Saint Sépulcre ? Des Français, eux aussi, mais pas tout à fait, presque des pieds-noirs, autrement dit, comme on les appelait alors, des poulains. Ils allaient peut-être jusqu'à afficher des habitudes exotiques, qui sait si entre eux ils ne parlaient pas la langue des Maures auxquels ils étaient accoutumés. C'étaient des moines, mais ils offraient le spectacle public de leurs usages rudes et gaillards, et déjà des années auparavant le pape Innocent III avait été amené à écrire une bulle *De insolentia Templariorum*. Ils avaient fait vœu de pauvreté, mais ils se présentaient avec le faste d'une caste aristocratique, l'avidité des nouvelles classes mercantiles, l'effronterie d'un corps de mousquetaires.

Il en faut peu pour passer aux rumeurs : homosexuels, hérétiques, idolâtres qui adorent une tête barbue dont on ignore la provenance, mais elle ne vient certes pas du panthéon des bons croyants ; peut-être partagent-ils les secrets des Ismaïliens, ont-ils commerce avec les Assassins du Vieux de la Montagne. Philippe et ses conseillers tirèrent en quelque sorte parti de ces racontars.

Dans l'ombre de Philippe agissent ses âmes damnées, Marigny et Nogaret. Marigny est celui qui, à la fin, mettra la main sur le trésor du Temple et l'administrera pour le compte du roi, en attendant qu'il passe aux Hospitaliers, et on ne sait pas trop clairement qui jouirait des intérêts. Nogaret, garde des sceaux du roi, avait été en 1303 le stratège de l'incident d'Anagni, quand Sciarra Colonna flanqua des gifles à Boniface VIII : et le pape en était mort d'humiliation, en l'espace d'un mois.

A un moment donné entre en scène certain Esquieu de Floyran. Il semble que, en prison pour des crimes imprécisés et au bord de la condamnation à la peine capitale, il rencontre un Templier renégat dans sa cellule, lui aussi en attente de la hart, et qu'il en recueille des confessions terribles. Floyran, en échange de la vie sauve et d'une bonne somme, vend tout ce qu'il sait. Ce qu'il sait et ce que maintenant tout le monde murmure. Mais voilà qu'on est passé des murmures à la déposition en instruction. Le roi communique les sensationnelles révélations de Floyran au pape, qui est à présent Clément V, celui qui a transporté le siège de la papauté à Avignon. Le pape y croit et n'y croit pas, et puis il sait qu'il n'est pas aisé de mettre le nez dans les affaires du Temple. Mais en 1307, il consent à ouvrir une enquête officielle. Molay en est informé, mais il se déclare tranquille. Il continue à participer, à côté du roi, aux cérémonies officielles, prince entre les princes. Clément V fait durer les choses, le roi soupçonne que le pape veut donner aux Templiers le temps de s'éclipser. Rien de plus faux, les Templiers boivent et jurent dans leurs commanderies sans rien savoir de tout ce qui se trame. Et c'est la première énigme.

Le 14 septembre 1307, le roi envoie des messages scellés à tous les baillis et les sénéchaux du royaume, ordonnant l'arrestation en masse des Templiers et la confiscation de leurs biens. Entre l'envoi de l'ordre et l'arrestation, qui a lieu le 13 octobre, un mois s'écoule. Les Templiers ne soupçonnent rien. Le matin de l'arrestation, ils tombent tous dans le filet et — autre énigme — ils se rendent sans coup férir. Et il faut noter que, au cours des jours qui ont précédé, les officiers du roi, pour être sûrs que rien ne serait soustrait à la confiscation, avaient fait une manière de recensement du patrimoine du Temple, sur tout le territoire national, avec des excuses administratives puériles. Et les Templiers rien, je vous en prie, bailli, entrez, regardez où vous voulez, faites comme chez vous.

Le pape, en apprenant l'arrestation, tente de protester, mais il est trop tard. Les commissaires royaux ont déjà commencé à les travailler de fer et de corde, et de nombreux chevaliers, sous la torture, se sont mis à avouer. A ce point, on ne peut que les passer aux inquisiteurs, qui n'utilisent pas encore le feu, mais il n'en faut pas tant. Ceux qui ont avoué confirment.

Et c'est là le troisième mystère : il est vrai qu'il y a eu torture, et vigoureuse, si trente-six chevaliers en meurent, mais parmi ces hommes de fer, habitués à tenir tête au Turc cruel, aucun ne tient tête aux baillis. A Paris, seuls quatre chevaliers sur cent trente-huit refusent d'avouer. Les autres avouent tous, y compris Jacques de Molay.

« Mais qu'avouent-ils ? demanda Belbo.

— Ils avouent exactement ce qui était déjà écrit dans l'ordre d'arrestation. Avec de très rares variantes dans les dépositions, du moins en France et en Italie. Par contre, en Angleterre, où personne ne veut vraiment les poursuivre en justice, dans les dépositions apparaissent les accusations canoniques, mais attribuées à des témoins étrangers à l'Ordre, qui ne parlent que par ouï-dire. Bref, les Templiers avouent seulement là où l'on veut qu'ils avouent et seulement ce qu'on veut qu'ils avouent.

— Procès inquisitorial normal. On en a vu d'autres, observa Belbo.

— Et pourtant le comportement des accusés est bizarre. Les chefs d'accusation sont que les chevaliers, pendant leurs rites d'initiation, reniaient trois fois le Christ, crachaient sur le crucifix, étaient mis à nu et recevaient un baiser *in posteriori parte spine dorsi,* c'est-à-dire sur le derrière, sur le nombril et puis sur la bouche, *in humane dignitatis opprobrium ;* enfin ils s'adonnaient au concubinat réciproque, dit le texte, l'un avec l'autre. L'orgie. Ensuite, on leur montrait la tête d'une idole barbue, et ils devaient l'adorer. Or, que répondent les accusés quand ils sont mis devant ces notifications ? Geoffroy de Charnay, celui qui par la suite mourra sur le bûcher avec Molay, dit que oui, que ça lui est arrivé, il a renié le Christ, mais avec la bouche, pas avec le cœur, et il ne se rappelle pas s'il a craché sur le crucifix parce que ce soir-là on était pressé. Quant au baiser sur le derrière, cela lui est arrivé aussi, et il a entendu le précepteur d'Auvergne dire qu'au fond il valait mieux s'unir avec les frères que se compromettre avec une femme, mais lui n'a cependant jamais commis de péchés charnels avec d'autres chevaliers. Par conséquent, oui, mais c'était presque un jeu, personne n'y prêtait vraiment foi, les autres le faisaient, moi pas, j'en étais par éducation. Jacques de Molay, le grand maître, non le dernier de la bande, dit que quand on lui a donné le crucifix pour cracher dessus, lui il a fait semblant et il a craché par terre. Il admet que les cérémonies d'initiation étaient de ce genre-là, mais — pur hasard ! — il ne saurait le dire avec exactitude parce que lui, au cours de sa carrière, il avait initié très peu de frères. Un autre dit qu'il a donné un baiser au maître, mais pas sur le cul, seulement sur la bouche, cependant le maître l'avait embrassé lui sur le cul. Certains avouent plus qu'il n'est nécessaire, non seulement ils reniaient le Christ mais ils affirmaient que c'était un criminel, ils niaient la virginité de Marie, sur le crucifix ils y avaient même uriné, non seulement le jour de leur initiation, mais aussi pendant la Semaine sainte, ils ne croyaient pas aux sacrements, ils ne se limitaient pas à adorer le Baphomet, ils allaient jusqu'à adorer le diable sous la forme d'un chat... »

Aussi grotesque, encore que moins incroyable, le ballet qui débute à ce moment-là entre le roi et le pape. Le pape veut prendre l'affaire en main, le roi préfère mener à terme tout seul le procès, le pape voudrait supprimer l'Ordre seulement de façon provisoire, en condamnant les coupables, et puis en le restaurant dans sa pureté première, le roi veut que le scandale fasse tache d'huile, que le procès compromette l'Ordre dans son ensemble et le conduise au démembrement définitif, politique et religieux, certes, mais surtout financier.

A un moment donné apparaît un document qui est un chef-d'œuvre. Des maîtres en théologie établissent qu'on ne doit pas octroyer de défenseur aux condamnés, pour empêcher qu'ils ne se rétractent : vu qu'ils ont avoué, il n'est même pas besoin d'instruire un procès, le roi doit procéder d'office, on fait un procès quand le cas est douteux, et ici il n'y a pas l'ombre d'un doute. « Pourquoi alors leur donner un défenseur si ce n'est pour défendre leurs erreurs avouées, étant donné que l'évidence des faits rend le crime notoire ? »

Mais comme il y a risque que le procès échappe au roi et passe dans les mains du pape, le roi et Nogaret mettent sur pied une affaire retentissante où trempe l'évêque de Troyes, accusé de sorcellerie sur délation d'un mystérieux agitateur, certain Noffo Dei. Par la suite, on découvrira que Dei avait menti — et il sera pendu — mais en attendant sur le pauvre évêque se sont déversées des accusations publiques de sodomie, sacrilège, usure. Précisément les fautes des Templiers. Peut-être le roi veut-il montrer aux fils de France que l'Église n'a pas le droit de juger les Templiers, car elle n'est pas exempte de leurs taches, ou bien il lance simplement un avertissement au pape. C'est une sombre histoire, un jeu de polices et de services secrets, d'infiltrations et de délations... Le pape est au pied du mur et consent à interroger soixante-douze Templiers, lesquels confirment les aveux rendus sous la torture. Cependant le pape tient compte de leur repentir et joue la carte de l'abjuration, pour pouvoir leur pardonner.

Mais là, il se produit quelque chose d'autre — qui constituait un point à résoudre pour ma thèse, et j'étais déchiré entre deux sources contradictoires : le pape n'avait pas plus tôt obtenu, et avec peine, et enfin, la garde des chevaliers, qu'aussitôt il les restituait au roi. Je n'ai jamais compris ce qui s'était passé. Molay rétracte ses aveux, Clément lui offre l'occasion de se défendre et lui envoie trois cardinaux pour l'interroger, Molay, le 26 novembre 1309, prend dédaigneuse défense de l'Ordre et de sa pureté, allant jusqu'à menacer les accusateurs, puis un envoyé du roi l'approche, Guillaume de Plaisans, qu'il croit ami, il reçoit quelques obscurs conseils et le 28 du même mois il fait une déposition très timide et vague, il dit qu'il est un chevalier pauvre et sans culture, et il se limite à énumérer les mérites (désormais bien lointains) du Temple, les aumônes qu'il a faites, le tribut de sang donné en Terre sainte et ainsi de suite. Par-dessus le marché arrive Nogaret, qui raconte comment le Temple a eu des contacts, plus qu'amicaux, avec Saladin : on en vient à l'insinuation d'un crime de haute trahison. Les justifications de Molay sont affligeantes, dans cette déposition ; l'homme, maintenant éprouvé par deux ans de prison, a l'air d'une loque, mais loque il était apparu même tout de suite après son arrestation. A une troisième déposition, en mars de l'année suivante, Molay adopte une autre stratégie : il ne parlera que devant le pape.

Coup de théâtre, et cette fois on passe au drame épique. En avril 1310, cinq cent cinquante Templiers demandent d'être entendus pour la défense de l'Ordre, ils dénoncent les tortures auxquelles avaient été soumis ceux qui ont avoué, ils nient et démontrent que toutes les accusations étaient inconcevables. Mais le roi et Nogaret connaissent leur métier. Certains Templiers se rétractent ? Encore mieux : ils doivent donc être considérés comme récidivistes et parjures, autrement dit *relapsi* — terrible accusation en ces temps-là — parce qu'ils nient avec arrogance ce qu'ils avaient d'abord admis. On peut à la rigueur pardonner qui avoue et se repent, mais pas celui qui ne se repent pas parce qu'il rétracte ses aveux et dit, en se parjurant, n'avoir rien dont il doive se repentir. Cinquante-quatre rétractations d'accusés, autant de condamnations à mort de parjures.

Il est facile de penser à la réaction psychologique des autres Templiers arrêtés. Qui avoue reste vivant en prison, et qui vivra verra. Qui n'avoue pas, ou, pis, se rétracte, va sur le bûcher. Les cinq cents qui se sont rétractés et sont encore en vie rétractent leur rétractation.

Les repentis avaient fait un bon calcul, parce qu'en 1312, ceux qui n'avaient pas avoué furent condamnés à la prison perpétuelle tandis que ceux qui avaient avoué furent pardonnés. Ce n'est pas un massacre qui intéressait Philippe, il voulait seulement démembrer l'Ordre. Les chevaliers libérés, désormais détruits dans leur corps et dans leur esprit après quatre ou cinq ans de prison, refluent en silence dans d'autres ordres, ils veulent seulement qu'on les oublie, et cette disparition, cet effacement pèseront longtemps sur la légende de la survivance clandestine de l'Ordre.

Molay continue à demander d'être entendu par le pape. Clément ordonne un concile à Vienne, en 1311, mais il ne convoque pas Molay. Il entérine la suppression de l'Ordre et en assigne les biens aux Hospitaliers, même si pour le moment c'est le roi qui les administre.

Il s'écoule encore trois années, à la fin on parvient à un accord avec le pape, et le 19 mars 1314, sur le parvis de Notre-Dame, Molay se voit condamné à perpétuité. En écoutant cette sentence, Molay a un sursaut de dignité. Il avait attendu que le pape lui permît de se disculper, il se sent trahi. Il sait très bien que s'il se rétracte encore une fois, il sera lui aussi parjure et récidiviste. Qu'advient-il dans son cœur, après sept années passées dans l'attente d'un jugement ? Retrouve-t-il le courage de ses aînés ? Décide-t-il que, détruit maintenant, avec la perspective de finir ses jours muré vif et déshonoré, autant vaut affronter une belle mort ? Il proteste de son innocence et de l'innocence de ses frères. Les Templiers n'ont commis qu'un crime, dit-il : par lâcheté ils ont trahi le Temple. Lui ne marche pas.

Nogaret se frotte les mains : à crime public, condamnation publique, et définitive, avec procédure d'urgence. Même comportement que Molay chez le précepteur de Normandie, Geoffroy de Charnay. Le roi décide dans la journée même : on érige un bûcher à la pointe de l'île de la Cité. Au coucher du soleil, Molay et Charnay sont brûlés.

La tradition veut que le grand maître, avant de mourir, ait prophétisé la ruine de ses persécuteurs. En effet, le pape, le roi et Nogaret mourront dans l'année. Quant à Marigny, après la disparition du roi, il sera soupçonné de malversations. Ses ennemis l'accuseront de sorcellerie et le feront pendre. Beaucoup commencent à penser à Molay comme à un martyr. Dante se fera l'écho de l'indignation nombreuse pour la persécution des Templiers.

Ici finit l'histoire et commence la légende. Un de ses chapitres veut qu'un inconnu, le jour où Louis XVI est guillotiné, monte sur l'échafaud et crie : « Jacques de Molay, tu as été vengé ! »

Voilà plus ou moins l'histoire que, interrompu à chaque instant, je racontai ce soir-là chez Pilade.

Belbo me demandait : « Mais êtes-vous bien sûr de n'avoir pas lu tout ça chez Orwell ou chez Koestler ? » Ou bien : « Allons donc, c'est pas l'affaire... comment s'appelle cette affaire de la Révolution culturelle ?... » Alors Diotallevi intervenait, sentencieux, chaque fois : « Historia magistra vitae. » Belbo lui disait : « Voyons, un kabbaliste ne croit pas à l'histoire. » Et lui, invariablement : « Justement, tout se répète en cercle, l'histoire est une école de vie parce qu'elle nous enseigne qu'elle n'existe pas. Mais l'important ce sont les permutations. »

« Mais en somme, dit Belbo à la fin, qui étaient les Templiers ? D'abord, vous nous les avez présentés comme des sergents d'un film de John Ford, puis comme des malpropres, ensuite comme les chevaliers d'une miniature, puis encore comme des banquiers de Dieu qui se concoctaient leurs bien louches affaires, puis encore comme une armée en déroute, et puis comme des adeptes d'une secte luciférienne, enfin comme des martyrs de la libre pensée... Qui étaient-ils ?

— Il doit bien y avoir une raison pour laquelle ils sont devenus un mythe. Ils étaient probablement toutes ces choses à la fois. Qu'est-ce qu'a été l'Église catholique, pourrait se demander un historien martien du troisième millénaire, ceux qui se faisaient manger par les lions ou ceux qui trucidaient les hérétiques ? Tout ça à la fois.

— Mais à la fin, ces choses, ils les ont faites ou pas ?

— Le plus amusant c'est que leurs disciples, je veux dire les néotemplaristes d'époques différentes, disent que oui. Les justifications sont nombreuses. Première thèse, il s'agissait de rites goliardiques : tu veux devenir Templier, montre que tu as une paire de couilles comme ça, crache sur le crucifix et voyons un peu si Dieu te foudroie, dès lors que tu entres dans cette milice tu dois te livrer poings et pieds liés aux frères, fais-toi donner un baiser au cul. Deuxième thèse, on les invitait à renier le Christ pour voir comment ils s'en tireraient quand les Sarrasins les prendraient. Explication idiote, parce qu'on n'apprend pas à quelqu'un à résister à la torture en lui faisant faire, fût-ce symboliquement, ce que le tourmenteur lui demandera. Troisième thèse : en Orient les Templiers étaient entrés en contact avec les hérétiques manichéens qui méprisaient la croix, car c'était l'instrument de la torture du Seigneur, et ils prêchaient qu'il faut renoncer au monde et décourager le mariage et la procréation. Vieille idée, typique de nombreuses hérésies des premiers siècles, qui passera aux Cathares — et il existe toute une tradition qui veut les Templiers imprégnés de catharisme. On comprendrait alors le pourquoi de la sodomie, même purement symbolique. Supposons que les chevaliers soient entrés en contact avec ces hérétiques : ils n'étaient certes pas des intellectuels, un peu par ingénuité, un peu par snobisme et par esprit de corps, ils se créent un folklore bien à eux, qui les distingue des autres croisés. Ils pratiquent des rites comme des gestes de reconnaissance, sans s'inquiéter de ce qu'ils signifient.

— Mais le fameux Baphomet ?

— Voyez-vous, dans nombre de dépositions on parle d'une *figura Baffometi,* mais il pourrait s'agir d'une erreur du premier scribe et, si les procès-verbaux sont manipulés, la première erreur se serait reproduite dans tous les documents. Dans d'autres cas, on a parlé de Mahomet *(istud caput vester deus est, et vester Mahumet),* ce qui voudrait dire que les Templiers avaient créé une liturgie syncrétiste à eux. Dans certaines dépositions, on dit aussi qu'ils furent invités à invoquer « yalla », qui devait être Allah. Mais les musulmans ne vénéraient pas d'images de Mahomet, et alors par qui donc auraient été influencés les Templiers ? Les dépositions racontent que beaucoup ont vu ces têtes, parfois au lieu d'une tête c'est une idole entière, en bois, avec les cheveux crépus, couverte d'or, et elle a toujours une barbe. Il semble que les enquêteurs trouvent ces têtes et les montrent à ceux qu'on soumet à l'enquête, mais au bout du compte, des têtes il n'en reste pas trace, tous les ont vues, personne ne les a vues. Comme l'histoire du chat : qui l'a vu gris, qui l'a vu roux, qui l'a vu noir. Mais imaginez un interrogatoire avec le fer chauffé au rouge : tu as vu un chat pendant l'initiation ? Et comment donc, une ferme templière, avec toutes les récoltes à sauver des rats, devait être remplie de chats. En ces temps-là, en Europe, le chat n'était pas très commun en tant qu'animal domestique, tandis qu'en Égypte si. Qui sait, les Templiers avaient peut-être des chats sous leur propre toit, contre les usages des braves gens, qui les considéraient comme des animaux suspects. Et il en va ainsi pour la tête de Baphomet, peut-être étaient-ce des reliquaires en forme de tête, on en utilisait à l'époque.

Naturellement, il y a ceux qui soutiennent que le Baphomet était une figure alchimique.

— L'alchimie y est toujours pour quelque chose, dit Diotallevi avec conviction, il est probable que les Templiers connaissaient le secret de la fabrication de l'or.

— Bien sûr qu'ils le connaissaient, dit Belbo. On attaque une cité sarrasine, on égorge femmes et enfants, on rafle tout ce qui tombe sous la main. La vérité, c'est que toute cette histoire est un grand bordel.

— Et ils avaient peut-être un bordel dans la tête, vous comprenez, que leur importaient les débats doctrinaux ? L'Histoire est pleine de ces corps d'élite qui créent leur style, un peu fier-à-bras, un peu mystique, eux-mêmes ne savaient pas ce qu'ils faisaient. Naturellement, il y a aussi l'interprétation ésotérique, ils étaient parfaitement au courant de tout, en adeptes des mystères orientaux, et même le baiser sur le cul avait une signification initiatique.

— Expliquez-moi voir la signification initiatique du baiser sur le derrière, dit Diotallevi.

— Certains ésotéristes modernes estiment que les Templiers se référaient à des doctrines indiennes. Le baiser sur le cul aurait servi à réveiller le serpent Kundalinî, une force cosmique qui réside dans la racine de la colonne vertébrale, dans les glandes sexuelles, lequel, une fois réveillé, rejoint la glande pinéale...

— Celle de Descartes ?

— Je crois, et là il devrait ouvrir dans le front un troisième œil, celui de la vision directe dans le temps et dans l'espace. Raison pour quoi on recherche encore le secret des Templiers.

— Philippe le Bel aurait dû brûler les ésotéristes modernes, pas ces pauvres diables.

— Oui, mais les ésotéristes modernes n'ont pas le sou.

— Mais voyez-moi ça, les histoires qu'il faut entendre, conclut Belbo. A présent je comprends pourquoi ces Templiers obsèdent tant de mes fous.

— Je crois que c'est un peu votre histoire de l'autre soir. Toutes leurs vicissitudes ne sont qu'un syllogisme contourné. Comporte-toi en stupide et tu deviendras impénétrable pour l'éternité. Abracadabra, Manel Tekel Pharès, Papè Satan Papè Satan Aleppè, le vierge, le vivace et le bel aujourd'hui, chaque fois qu'un poète, un prédicateur, un chef, un mage ont émis d'insignifiants borborygmes, l'humanité met des siècles à déchiffrer leur message. Les Templiers restent indéchiffrables à cause de leur confusion mentale. C'est pour ça que tant de gens les vénèrent.

— Explication positiviste, dit Diotallevi.

— Oui, dis-je, sans doute suis-je un positiviste. Avec une bonne opération chirurgicale à la glande pinéale, les Templiers auraient pu devenir des Hospitaliers, autrement dit des gens normaux. La guerre corrompt les circuits cérébraux, ce doit être le bruit des canonnades, ou du feu grégeois.... Voyez les généraux. »

Il était une heure du matin. Diotallevi, soûlé par son tonique sans alcool, dodelinait. Nous nous saluâmes. Je m'étais amusé. Et eux aussi. Nous ne savions pas encore que nous commencions à jouer avec le feu grégeois, qui brûle, et consume.

— 15 —

Erars de Syverey me dist : « Sire, se vous cuidiés que je ne mi hoir n'eussions reprouvier, je vous iroie querre secours au conte d'Anjou, que je voi là en mi les chans. » Et je li dis : « Messires Erars, il me semble que vous feriés vostre grant honour, se vous nous aliés querre aide pour nos vies sauver, car la vostre est bien en avanture. »

JOINVILLE, *Histoire de Saint Louis*, 46, 226.

Après la journée des Templiers, je n'eus avec Belbo que des conversations fugaces au bar, où je me rendais de plus en plus rarement, car je travaillais à ma thèse.

Un jour il y avait un grand cortège contre les complots néo-fascistes, qui devait partir de l'université, et auquel avaient été invités, comme cela se faisait alors, tous les intellectuels antifascistes. Fastueux déploiement de police, mais il semblait que l'accord fût de laisser courir. Typique de ces temps-là : cortège non autorisé, mais si rien de grave ne se passait, la force publique se contenterait de regarder et de contrôler (à l'époque les compromis territoriaux étaient nombreux) que la gauche ne transgresse aucune des frontières idéales qui avaient été tracées dans le centre de Milan. A l'intérieur d'une aire délimitée se déployait la contestation, au-delà du largo Augusto et dans toute la zone de la piazza San Babila stationnaient les fascistes. Si quelqu'un passait la frontière, c'était l'incident, mais pour le reste il ne se passait rien, comme entre dompteur et lion. Nous croyons d'ordinaire que le dompteur est assailli par le lion, très féroce, et qu'ensuite il le dompte en levant haut son fouet ou en tirant un coup de pistolet. Erreur : le lion est déjà rassasié et drogué lorsqu'il entre dans la cage et il ne désire agresser personne. Comme tous les animaux, il a une aire de sécurité, au-delà de quoi il peut arriver ce que vous voulez, et lui se tient tranquille. Quand le dompteur met le pied dans l'aire du lion, le lion rugit ; alors le dompteur lève son fouet, mais en réalité il recule d'un pas (comme s'il allait prendre son élan pour faire un bond en avant), et le lion se calme. Une révolution simulée doit avoir ses règles propres.

J'étais allé au défilé, mais je ne m'étais pas placé dans l'un des groupes. Je me tenais sur les bords, piazza Santo Stefano, où circulaient journalistes, conseillers éditoriaux, artistes venus manifester leur solidarité. Le bar Pilade au complet.

Je me trouvai à côté de Belbo. Il était avec une femme que j'avais souvent vue au bar près de lui, et je pensais qu'il s'agissait de sa compagne (elle disparut plus tard — je sais même à cause de quoi maintenant, pour avoir lu l'histoire dans le *file* sur le docteur Wagner).

« Vous aussi ? demandai-je.

— Que voulez-vous, sourit-il embarrassé. Il faut bien sauver son âme. Crede firmiter et pecca fortiter. Elle ne vous rappelle rien, cette scène ? »

Je regardai autour de moi. C'était un après-midi de soleil, un de ces jours où Milan est belle, avec les façades jaunes des maisons et un ciel doucement métallique. En face de nous, la police : cataphractaire dans ses heaumes et ses boucliers de plastique, qui paraissaient renvoyer des lueurs d'acier, tandis qu'un commissaire en civil, mais ceint d'un tricolore criard, caracolait sur toute la longueur du front de ses troupes. Je regardai derrière moi, la tête du défilé : la foule bougeait, mais en marquant le pas, les rangs étaient ordonnés mais irréguliers, presque serpentineux, la masse semblait hérissée de piques, étendards, banderoles, bâtons. Des formations impatientes entonnaient par moments des slogans rythmés ; sur les flancs du défilé caracolaient les katangais, avec des foulards rouges sur le visage, des chemises multicolores, des ceintures cloutées sur leurs jeans qui avaient connu toutes les pluies et tous les soleils ; même les armes de fortune qu'ils empoignaient, masquées par des drapeaux enroulés, apparaissaient comme des éléments d'une palette, je pensai à Dufy et à son allégresse. Par association, de Dufy je passai à Guillaume Dufay. J'eus l'impression de vivre dans une miniature, j'entrevis au milieu de la petite foule, de chaque côté des troupes, quelques dames, androgynes, qui attendaient la grande fête de prouesse qui leur avait été promise. Mais tout me traversa l'esprit en un éclair, je sentis que je revivais une autre expérience, mais sans la reconnaître.

« N'est-ce pas la prise d'Ascalon ? demanda Belbo.

— Par le seigneur saint Jacques, mon bon seigneur, lui dis-je, c'est vraiment l'estour des croisés ! Je tiens pour assuré que ce soir certains d'entre eux sièges auront en paradis !

— Oui, dit Belbo, mais le problème est de savoir de quel côté se trouvent les Sarrasins.

— La police est teutonique, observai-je, à telle enseigne que nous, nous pourrions être les hordes d'Alexandre Nevski, mais je confonds sans doute mes textes. Regardez là-bas ce groupe, ce doivent être les amés et féaux du comte d'Artois, ils frémissent de livrer bataille, car ils ne peuvent supporter l'outrage et déjà se dirigent vers le front ennemi, et le provoquent avec des cris de menace ! »

Ce fut à ce moment-là qu'arriva l'incident. Je ne me souviens pas bien, le défilé avait avancé, un groupe d'activistes, avec des chaînes et des passe-montagnes, avait commencé à forcer les formations de la police pour se diriger vers la piazza San Babila, en lançant des slogans agressifs. Le lion se déplaça, et avec une certaine détermination. Le premier rang de la formation s'ouvrit et apparurent les lances à eau. Des avant-postes du défilé partirent les premières billes, les premières pierres, un groupe de policiers s'élança, décidé, frappant avec violence, et le défilé se mit à ondoyer. A cet instant, au loin, vers le fond de la via Laghetto, on entendit une détonation. Ce n'était peut-être que l'éclatement d'un pneu, peut-être un pétard, peut-être un vrai coup de pistolet d'avertissement de la part de ces groupes qui, d'ici quelques années, utiliseraient régulièrement le P 38.

Ce fut la panique. La police commença à montrer les armes, on entendit les sonneries de trompette de la charge, le défilé se divisa entre les pugnaces, qui acceptaient le combat, et les autres, qui considéraient leur devoir terminé. Je me pris à fuir par la via Larga, avec la peur folle d'être atteint par n'importe quel corps contondant, manœuvré par n'importe qui. Soudain, je me trouvai à côté de Belbo et de sa compagne. Ils couraient assez vite, mais sans panique.

Au coin de la via Rastrelli, Belbo me saisit par un bras : « Par ici, jeune homme », me dit-il. Je tentai de demander pourquoi, via Larga m'avait l'air plus confortable et habitée, et je fus pris de claustrophobie dans le dédale de venelles, entre la via Pecorari et l'archevêché. Il me semblait que, là où Belbo m'emmenait, il me serait plus difficile de me camoufler si la police, d'un lieu quelconque, avançait sur nous. Il me fit signe de me taire, tourna deux ou trois coins de rues, décéléra graduellement, et nous nous retrouvâmes en train de marcher, sans courir, juste derrière le Dôme, où la circulation était normale et où ne parvenaient pas les échos de la bataille qui se déroulait à moins de deux cents mètres. Toujours en silence, nous contournâmes le Dôme, et nous tombâmes devant la façade, du côté de la Galerie. Belbo acheta un sachet de graines et se mit à nourrir les pigeons avec une séraphique gaieté. Nous étions complètement fondus dans la foule du samedi, Belbo et moi en veste et cravate, la femme en uniforme de dame milanaise, un gros pull ras du cou et un rang de perles, qu'elles fussent de culture ou pas. Belbo me la présenta : « C'est Sandra, vous vous connaissez ?

— De vue. Salut.

— Vous voyez, Casaubon, me dit alors Belbo, on ne s'enfuit jamais en ligne droite. Sur l'exemple des Savoie à Turin, Napoléon III a fait éventrer Paris, transformant la ville en un réseau de boulevards, que tout le monde admire comme un chef-d'œuvre de science urbaine. Mais les voies droites servent à mieux contrôler les foules en révolte. Quand cela est possible, voyez les Champs-Élysées, il faut que même les rues latérales soient larges et droites. Quand on ne l'a pas pu, comme dans les ruelles du Quartier latin, alors c'est là que Mai 68 a donné le meilleur de lui-même. Lorsqu'on s'enfuit on entre dans les venelles. Aucune force publique ne peut toutes les contrôler, et les policiers mêmes n'y pénètrent pas sans crainte en groupes isolés. Si vous en rencontrez deux tout seuls, ils ont plus peur que vous, et, d'un commun accord, vous vous mettez à fuir dans des directions opposées. Lorsqu'on participe à un rassemblement de masse, si on ne connaît pas bien la zone, la veille on fait une reconnaissance des lieux, et puis on se place à l'endroit d'où partent les petites rues.

— Vous avez suivi un cours en Bolivie ?

— Les techniques de survie s'apprennent seulement quand on est enfant, à moins qu'adulte on ne s'enrôle dans les Bérets rouges. Moi j'ai passé une sale époque, celle de la guerre des partisans, à *** », et il me nomma un bourg entre Montferrat et les Langhe. « Évacués de la ville en 1943, un calcul admirable : le bon coin et la bonne époque pour profiter de tout, les rafles, les SS, les fusillades sur les routes... Je me rappelle un soir, je grimpais sur la colline pour aller chercher du lait frais dans une ferme, et j'entends un bruit au-dessus de ma tête, entre les cimes des arbres : frr, frr. Je me rends compte que d'une colline éloignée, devant moi, ils sont en train de mitrailler la ligne du chemin de fer, qui est en aval, derrière moi. Le premier mouvement est de fuir, ou de se jeter à terre. Moi je commets une erreur, je cours vers la vallée, et à un certain point j'entends dans les champs autour de moi un tchiacc tchiacc tchiacc. C'étaient les tirs trop courts, qui tombaient avant d'arriver à la voie ferrée. Je comprends que s'ils tirent de l'amont, très en haut, loin vers la vallée, il faut s'enfuir en montant : plus vous montez, plus les projectiles vous passent haut au-dessus de la tête. Ma grand-mère, pendant un échange de coups de feu entre fascistes et partisans qui s'affrontaient des deux bouts d'un champ de maïs, eut une idée sublime : puisque de quelque côté qu'elle se fût enfuie elle risquait de ramasser une balle perdue, elle s'est jetée à terre au milieu du champ, juste entre les deux lignes de tir. Elle est restée dix minutes comme ça, face contre terre, en espérant qu'une des deux bandes n'avancerait pas trop. Ça lui a réussi. Vous voyez, quand quelqu'un apprend ces choses-là dans un âge tendre, elles restent dans ses circuits nerveux.

— Ainsi vous avez fait la Résistance, comme on dit.

— En spectateur », dit-il. Et je perçus un léger embarras dans sa voix. « En 43, j'avais onze ans ; à la fin de la guerre, j'en avais à peine treize. Trop tôt pour prendre parti, assez tôt pour tout suivre, avec une attention que je qualifierai de photographique. Mais que pouvais-je faire ? Je restais là à regarder. Et à m'enfuir, comme aujourd'hui.

— Maintenant vous pourriez raconter, au lieu de corriger les livres des autres.

— Tout a déjà été raconté, Casaubon. Si à l'époque j'avais eu vingt ans, vers les années cinquante j'aurais donné dans la poésie de la mémoire. Heureusement, je suis né trop tard, quand j'aurais pu écrire il ne me restait plus qu'à lire les livres déjà écrits. Par ailleurs, j'aurais pu aussi finir avec une balle dans la tête, sur la colline.

— De quel côté ? demandai-je, puis je me sentis gêné. Pardon, c'était une boutade.

— Non, ce n'était pas une boutade. Bien sûr, aujourd'hui je le sais, mais je le sais aujourd'hui. Le savais-je alors ? Vous savez qu'on peut être hanté par le remords toute sa vie, non pas pour avoir choisi l'erreur, dont au moins on peut se repentir, mais pour s'être trouvé dans l'impossibilité de se prouver à soi-même qu'on n'aurait pas choisi l'erreur... Moi j'ai été un traître potentiel. Quel droit aurais-je désormais d'écrire quelque vérité que ce soit et de l'enseigner aux autres ?

— Excusez, dis-je, mais potentiellement vous pouviez aussi devenir Jack l'Éventreur, or vous ne l'êtes pas devenu. C'est de la névrose. Ou est-ce que votre remords s'appuie sur des indices concrets ?

— Qu'est-ce qu'un indice dans ce genre de choses ? Et à propos de névrose, ce soir il y a un dîner avec le docteur Wagner. Je vais prendre un taxi piazza della Scala. On y va, Sandra ?

— Le docteur Wagner ? demandai-je, tout en les saluant. En personne ?

— Oui, il est à Milan pour quelques jours et je vais peut-être le convaincre de nous donner un de ses essais inédits pour en faire un petit volume. Ce serait un beau coup. »

A cette époque Belbo était donc déjà en contact avec le docteur Wagner. Je me demande si ce fut ce soir-là que Wagner (prononcer Wagnère) psychanalysa Belbo gratis, et sans qu'aucun des deux le sût. Ou peut-être est-ce arrivé après.

En tout cas, ce fut la première fois, ce jour-là, que Belbo toucha deux mots de son enfance à ***. Curieux que ce fût le récit de certaines fuites — presque glorieuses, dans la gloire du souvenir, et qui, pourtant, réaffleuraient à sa mémoire après que, avec moi mais devant moi, sans gloire, mais avec sagesse, de nouveau il s'était enfui.

— 16 —

Ensuite, frère Étienne de Provins, amené en présence desdits seigneurs commissaires et interrogé par eux s'il voulait défendre l'Ordre, dit qu'il ne voulait pas, et que si les maîtres voulaient le défendre, qu'ils le fassent, mais lui avant l'arrestation avait été dans l'Ordre pendant neuf mois seulement.

Déposition du 27.11.1309.

J'avais trouvé sur Aboulafia le récit d'autres fuites. Et j'y songeais l'autre soir dans le périscope, tandis que dans le noir je percevais une succession de bruissements, craquements, grincements — et je me disais de garder mon calme, car c'était la manière dont les musées, les bibliothèques, les antiques palais parlent dans leur barbe, la nuit, ce ne sont que de vieilles armoires qui cherchent leur équilibre, des corniches qui réagissent à l'humidité vespérale, des plâtres qui s'écaillent, avares, un millimètre par siècle, des murailles qui bâillent. Tu ne peux t'enfuir, me disais-je, parce que tu es justement ici pour savoir ce qui est arrivé à quelqu'un qui a cherché de mettre fin à une série de fuites par un acte de courage insensé (ou désespéré), peut-être pour accélérer cette rencontre tant de fois renvoyée avec la vérité.

FILENAME : *CANALETTO*

Je me suis enfui devant une charge de police ou de nouveau devant l'histoire ? Et c'est différent ? Je suis allé au défilé par choix moral ou pour me mettre encore une fois à l'épreuve devant l'Occasion ? D'accord, j'ai manqué les grandes occasions parce que j'arrivais trop tôt, ou trop tard, mais la faute en était à l'état civil. J'aurais voulu être dans ce pré pour tirer, même au risque de toucher ma grand-mère. Je n'étais pas absent par lâcheté, mais à cause de mon âge. D'accord. Et au défilé ? J'ai fui de nouveau pour des raisons de génération, ce combat ne me regardait pas. Mais j'aurais pu risquer, même sans enthousiasme, pour prouver qu'alors, dans le pré, j'aurais su choisir. Cela a-t-il un sens de choisir la mauvaise Occasion pour se convaincre qu'on aurait choisi la bonne Occasion ? Qui sait combien de ceux qui aujourd'hui ont accepté l'affrontement ont agi ainsi. Mais une fausse occasion n'est pas la bonne Occasion.

Peut-on être veule parce que le courage des autres vous paraît disproportionné à la vacuité des circonstances ? Alors la sagesse rend veule. Et on manque donc la bonne Occasion quand on passe sa vie à guetter l'Occasion et à y réfléchir. L'Occasion, on la choisit d'instinct, et sur le moment tu ne sais pas que c'est l'Occasion. Peut-être l'ai-je saisie une fois et je ne l'ai jamais su ? Comment peut-on toujours se sentir visé et lâche simplement parce qu'on est né dans la mauvaise décennie ? Réponse : tu te sens lâche parce qu'une fois tu as été lâche.

Et si cette fois-là aussi tu avais évité l'Occasion parce que tu la sentais inadéquate ?

Décrire la maison de ***, isolée sur la colline au milieu des vignes — ne dit-on pas les collines en forme de mamelles ? — et puis la route qui menait à l'orée du bourg, à l'entrée de la dernière allée habitée — ou la première (certes tu ne le sauras jamais si tu ne choisis pas le point de vue). Le petit réfugié qui abandonne le cocon familial et pénètre dans l'habitat tentaculaire, le long de l'allée côtoie et, envieux, redoute le Sentier.

Le Sentier était le lieu de rassemblement de la bande du Sentier. Petits gars de la campagne, sales, gueulards. J'étais trop citadin, mieux valait les éviter. Mais pour rejoindre la place, et le kiosque, et la papeterie, à moins de tenter un périple presque équatorial et peu digne, il ne restait plus qu'à passer par le Canaletto. Les gars du Sentier étaient de petits gentilshommes par rapport à ceux de la bande du Canaletto, du nom d'un ex-torrent devenu puant canal d'écoulement, qui traversait encore la partie la plus pauvre de l'agglomération. Ceux du Canaletto étaient vraiment crasseux, sous-prolétaires et violents.

Ceux du Sentier ne pouvaient pas traverser la zone du Canaletto sans être assaillis et frappés. Au début, je ne savais pas que j'étais du Sentier, j'étais à peine arrivé, mais ceux du Canaletto m'avaient déjà identifié comme ennemi. Je passais dans leurs parages avec un illustré ouvert devant les yeux, je marchais en lisant, et eux me repérèrent. Je me mis à courir, et eux à mes trousses me lancèrent des cailloux, dont un traversa l'illustré, que je continuais à tenir ouvert devant moi tout en courant, pour me donner une contenance. Je sauvai ma vie mais perdis mon illustré. Le lendemain, je décidai de m'enrôler dans la bande du Sentier.

Je me présentai à leur sanhédrin, accueilli par des ricanements. A cette époque j'avais beaucoup de cheveux, naturellement dressés sur la tête, comme dans la réclame des crayons Presbitero. Les modèles que m'offraient le cinéma, la publicité, la promenade du dimanche après la messe, étaient des jeunes hommes à veste croisée aux épaules larges, petites moustaches et cheveux pommadés adhérant au crâne, luisants. La coiffure en arrière s'appelait alors, dans le peuple, la mascagna. Je voulais la mascagna.

J'achetais sur la place du marché, le lundi, pour des sommes dérisoires par rapport à la situation de la Bourse des valeurs, mais énormes pour moi, des boîtes de brillantine rêche comme du miel en rayon, et je passais des heures à me l'enduire sur les cheveux jusqu'à les laminer ainsi qu'une seule calotte de plomb, un bonnet papal. Puis je mettais un filet pour les garder comprimés. Ceux du Sentier m'avaient déjà vu passer avec le filet, et ils avaient lancé des quolibets dans leur très âpre dialecte, que je comprenais mais ne parlais pas. Ce jour-là, après être resté deux heures chez moi avec le filet, je l'enlevai, vérifiai l'effet superbe dans le miroir, et m'acheminai pour rencontrer ceux à qui j'allais jurer fidélité. Je m'approchai d'eux quand désormais la brillantine du marché avait terminé son office glutineux, et que mes cheveux commençaient à se remettre en position verticale, mais au ralenti. Enthousiasme de ceux du Sentier, en cercle autour de moi, qui se donnaient des coups de coude. Je demandai d'être admis.

Malheureusement, je m'exprimais en italien : j'étais un marginal. Le chef s'avança, Martinetti, qui alors me sembla se dresser comme une tour, flamboyant avec ses pieds nus. Il décida que j'aurais à subir cent coups de pied dans le derrière. Peut-être devaient-ils réveiller le serpent Kundalinî. J'acceptai. Je me mis contre le mur, tenu aux bras par deux adjudants, et je subis cent coups de pied nu. Martinetti accomplissait sa tâche avec force, avec entrain, avec méthode, frappant de plante et non de pointe, pour ne pas se faire mal aux orteils. Le chœur des bandits rythmait le rite. Ils comptaient en dialecte. Ensuite ils décidèrent de m'enfermer dans un clapier, pendant une demi-heure, tandis qu'eux s'entretenaient dans leur parler guttural. Ils me firent sortir quand je me plaignis d'un fourmillement aux jambes. J'étais fier parce que j'avais su me conformer à la liturgie sauvage d'un groupe sauvage, avec dignité. J'étais un homme appelé cheval.

En ces temps-là, il y avait à *** les chevaliers teutoniques, pas très vigilants parce que les partisans ne s'étaient pas encore manifestés — nous étions vers la fin 43, ou au tout début 44. Une de nos premières gestes fut de nous introduire dans une baraque, tandis que certains d'entre nous faisaient la cour au soldat de garde, un grand Lombard qui mangeait un énorme sandwich au saucisson et — nous sembla-t-il : nous en fûmes horripilés — à la confiture. L'équipe de diversion flattait l'Allemand, louant ses armes, et nous autres, dans la baraque (pénétrable par l'arrière, délabré) nous volions quelques pains de T.N.T. Je ne crois pas que par la suite on ait jamais utilisé le T.N.T., mais il se serait agi, selon les plans de Martinetti, de le faire exploser en pleine campagne, dans un but pyrotechnique, et avec des méthodes qu'à présent je sais très grossières et impropres. Plus tard, aux Allemands succédèrent ceux de la dixième patrouille antisubmersibles, la Decima Mas, qui constituèrent un poste de contrôle le long du fleuve, juste au carrefour où, à six heures du soir, les filles du collège de Marie Auxiliatrice descendaient de l'allée. Il s'agissait de convaincre ceux de la Decima (ils ne devaient pas avoir plus de dix-huit ans) de lier des grenades allemandes pour en faire un bouquet, de celles qui avaient un long manche, et de les dégoupiller pour les faire exploser à ras de l'eau au moment précis où arrivaient les filles. Martinetti savait bien ce qu'il fallait faire, et comment calculer les temps. Il l'expliquait aux antisubmersibles, et l'effet était prodigieux : une colonne d'eau s'élevait sur la grève, au milieu d'un tonnerre fracassant, au moment précis où les filles tournaient le coin de l'allée. Fuite générale dans des cris perçants, et nous et les antisubmersibles de nous bidonner. Ils s'en souviendraient de ces jours de gloire, après le bûcher de Molay, les rescapés du camp de concentration de Coltano où on avait enfermé les vaincus de la République de Salò.

Le grand amusement des gars du Sentier était de ramasser les douilles et le matériel varié qui, après le 8 septembre, ne manquaient pas : vieux casques, gibernes, musettes, parfois des balles vierges. Pour utiliser une balle encore bonne, on procédait ainsi : en tenant la douille dans la main, on introduisait le projectile dans le trou d'une serrure, et on faisait force ; la balle sortait et allait rejoindre la collection spéciale. On vidait la douille de la poudre (il s'agissait parfois de fines lamelles de balistite), qu'on disposait ensuite en des formes serpentines, à quoi on mettait le feu. La douille, d'autant plus prisée si l'amorce était intacte, venait enrichir l'Armée. Le bon collectionneur en avait beaucoup, et les alignait selon leur facture, leur couleur, leur forme et hauteur. Il y avait les divisions de fantassins, les douilles du mitra et du sten, fusils mitrailleurs, puis les porte-étendards et les chevaliers — mousqueton à baïonnette, fusil quatre-vingt-onze (le Garand à répétition nous le verrions seulement avec les Américains) — et, aspiration suprême, grands maîtres dominateurs, les douilles de mitrailleuse.

Alors que nous étions absorbés par ces jeux de paix, un soir Martinetti nous dit que l'heure était venue. Le cartel avait été envoyé à la bande du Canaletto, qui releva le défi. Le combat était prévu en territoire neutre, derrière la gare. Le soir même, à neuf heures.

Ce fut une fin d'après-midi, estivale et accablée, de grande excitation. Chacun de nous se prépara avec les dépouilles paraphernales les plus terrorisantes, cherchant des morceaux de bois qui pussent être agilement empoignés, remplissant ses gibernes et sa musette de cailloux de différente grosseur. Quelqu'un, de la bretelle d'un mousqueton, s'était fait un fouet, redoutable entre les mains de qui le maniait avec résolution. Au moins, en ces heures vespérales, nous sentions-nous tous des héros, moi plus que tous. C'était l'excitation avant l'assaut, âcre, douloureuse, splendide — adieu ma belle adieu, rude, douce peine d'être un homme d'armes, nous allions immoler notre jeunesse, comme on nous l'avait enseigné à l'école avant le 8 septembre.

Le plan de Martinetti était sagace : nous traverserions plus au nord le talus de la voie ferrée, contre toute attente, les prenant par-derrière, et déjà pratiquement vainqueurs. Puis assaut décidé, et point de quartier.

C'est ainsi qu'au crépuscule nous coupâmes l'escarpement du talus, progressant péniblement par raidillons et pentes abruptes, chargés que nous étions de pierres et de gourdins. A pic sur l'escarpement, nous les vîmes, déjà à l'affût derrière les latrines de la gare. Ils nous virent parce qu'ils regardaient vers le haut, soupçonnant que nous arriverions de ce côté-là. Il ne restait plus qu'à descendre sans leur laisser le temps de s'étonner de l'évidence de notre manœuvre.

Personne ne nous avait pourvus de gnôle avant l'assaut, mais nous nous précipitâmes également, en hurlant. Et l'événement eut lieu à cent mètres de la gare. Là commençaient à s'élever les premières maisons qui, encore que dispersées, formaient déjà un réseau de ruelles. Il se passa que le groupe le plus hardi se jeta en avant, sans peur, tandis que moi et — par chance pour moi — quelques autres, nous ralentîmes notre allure et nous postâmes derrière les angles des maisons, observant de loin.

Si Martinetti nous avait organisés en avant-garde et arrière-garde, nous aurions fait notre devoir, mais ce fut une sorte de distribution spontanée. Ceux qui avaient de l'estomac en avant, ceux qui avaient les foies en arrière. Et depuis notre planque, la mienne plus reculée que celle des autres, nous observâmes l'engagement. Qui n'eut pas lieu.

Arrivés à quelques mètres les uns des autres, les deux groupes se firent front, en grinçant des dents, puis les chefs s'avancèrent et se mirent à parlementer. Ce fut un Yalta, ils décidèrent de se partager les zones d'influence et de respecter les passages occasionnels, comme il advenait entre chrétiens et musulmans en Terre sainte. La solidarité entre les deux chevaleries l'emporta sur l'inéluctable de la bataille. Chacun avait donné bonne preuve de soi. En bonne harmonie ils se retirèrent sur deux bandes de terrain opposées. En bonne harmonie les bandes se retirèrent sur deux bandes de terrain opposées. Ils se retirèrent sur deux côtés opposés.

A présent je me dis que je ne suis pas allé à l'attaque parce que j'avais envie de rire. Mais à l'époque je ne me le dis pas. Je me sentis lâche et c'est tout.

A présent, plus lâchement encore, je me dis que si je m'étais jeté en avant avec les autres, je n'aurais rien risqué, et j'aurais mieux vécu les années à venir. J'ai manqué l'Occasion, à douze ans. Comme manquer l'érection la première fois, c'est l'impuissance pour toute la vie.

Un mois après, quand, pour un franchissement de frontière fortuit, le Sentier et le Canaletto se trouvèrent face à face dans un champ, et que commencèrent à voler des mottes de terre, peut-être rassuré par la dynamique de l'événement passé ou aspirant au martyre, je m'exposai en première ligne. Ce ne furent pas des volées de pierres sanglantes, sauf pour moi. Une motte, qui évidemment cachait un cœur de pierre, m'atteignit à la lèvre et la fendit. Je m'enfuis en pleurant à la maison, et ma mère dut jouer de la pince à épiler pour m'enlever la terre de la fente qui s'était formée à l'intérieur de ma bouche. Le fait est qu'il m'est resté un nodule, qui correspond à la canine droite inférieure, et, quand je fais passer ma langue dessus, je sens une vibration, un frisson.

Cependant ce nodule ne m'absout pas, parce que je me le suis procuré par inconscience, non par courage. Je passe ma langue contre mes lèvres, et que fais-je ? J'écris. Mais la mauvaise littérature ne rachète pas.

Après la journée du défilé, je ne vis plus Belbo pendant environ un an. J'étais tombé amoureux d'Amparo et je n'allais plus chez Pilade, ou bien les rares fois que j'y étais passé avec Amparo, Belbo n'y était pas. Et Amparo n'aimait pas ce lieu. Sa rigueur morale et politique — qui n'avait d'égale que sa grâce, et sa splendide fierté — lui faisait sentir Pilade comme un club pour dandys démocratiques, et le dandysme démocratique était pour elle une des trames, la plus subtile, du complot capitaliste. Ce fut une année de grand engagement, de grand sérieux et de grande douceur. Je travaillais avec goût mais avec calme à ma thèse.

Un jour, je rencontrai Belbo au bord des Navigli, pas très loin de chez Garamond. « Tiens tiens, me dit-il avec joie, mon Templier préféré ! On vient de m'offrir un distillat d'inénarrable vétusté. Pourquoi ne faites-vous pas un saut en haut, chez moi ? J'ai des verres en papier et l'après-midi libre.

— C'est un zeugme, observai-je.

— Non, un bourbon mis en bouteille, je crois, avant la chute d'Alamo. »

Je le suivis. Mais nous avions à peine commencé de déguster que Gudrun entra et vint annoncer qu'il y avait un monsieur. Belbo se frappa au front. Il avait oublié ce rendez-vous, mais le hasard a le goût du complot, me dit-il. S'il avait bien compris, ce type voulait présenter un livre qui concernait aussi les Templiers. « Je l'expédie tout de suite, dit-il, mais soutenez-moi avec des objections subtiles. »

Cela avait été certainement un hasard. Et c'est ainsi que je fus pris dans les mailles du filet.

— 17 —

Ainsi disparurent les chevaliers du Temple avec leur secret dans l'ombre duquel palpitait un bel espoir de la cité terrestre. Mais l'Abstrait auquel était enchaîné leur effort poursuivit dans les régions inconnues sa vie inaccessible... et plus d'une fois, au cours des temps, il laissa fluer son inspiration en des esprits capables de l'accueillir.

Victor Émile MICHELET,
Le secret de la Chevalerie, 1930, 2.

Il avait une tête des années Quarante. A en juger d'après les vieilles revues que j'avais trouvées dans la cave de notre maison, ils avaient tous une tête de ce genre dans les années Quarante. Ce devait être la faim des temps de guerre : elle creusait le visage sous les pommettes et rendait l'œil vaguement fiévreux. C'était une tête que j'avais vue dans les scènes de peloton d'exécution, du côté du mur et du côté des fusils. En ces temps-là, des hommes avec la même tête se fusillaient entre eux.

Notre visiteur portait un complet bleu avec une chemise blanche et une cravate gris perle, et d'instinct je me demandai pourquoi il s'était mis en civil. Ses cheveux, d'une couleur noire peu naturelle, étaient tirés en arrière le long des tempes en deux bandes pommadées, avec mesure cependant, et laissaient au sommet du crâne, brillant, une calvitie sillonnée de rayures fines et régulières comme des fils de télégraphe, qui filaient à vue du haut du front. Le visage était bronzé, marqué, et pas seulement par les rides — explicitement coloniales. Une cicatrice pâle lui traversait la joue gauche, de la lèvre à l'oreille, et comme il portait des moustaches noires et longues, à la Adolphe Menjou, sa moustache gauche en était imperceptiblement entaillée là où, sur moins d'un millimètre, la peau s'était ouverte et puis refermée. *Mensur* ou blessure par balle en séton ?

Il se présenta : colonel Ardenti, tendit la main à Belbo, me fit un simple signe de la tête quand Belbo me désigna comme son collaborateur. Il s'assit, croisa les jambes, tira ses pantalons sur le genou, découvrant deux chaussettes amarante — courtes.

« Colonel... en activité ? » demanda Belbo.

Ardenti découvrit quelques prothèses de prix : « Disons à la retraite. Ou, si vous voulez, de réserve. On ne le dirait peut-être pas, mais je suis un homme âgé.

— On ne dirait pas, dit Belbo.

— Et pourtant j'ai fait quatre guerres.

— Alors vous avez dû commencer avec Garibaldi.

— Non. Lieutenant, volontaire, en Éthiopie. Capitaine, volontaire, en Espagne. Commandant, de nouveau en Afrique, jusqu'à l'abandon du quatrième rivage. Médaille d'argent. En 43... disons que j'ai choisi le côté des vaincus : et j'ai tout perdu, fors l'honneur. J'ai eu le courage de recommencer du début. Légion étrangère. École de hardiesse. En 46, sergent, en 58, colonel, avec Massu. Toujours le côté perdant. Avec l'arrivée au pouvoir du sinistre de Gaulle, je me suis retiré et je suis allé vivre en France. J'avais noué de bonnes connaissances à Alger et j'ai installé une entreprise d'import-export, à Marseille. Cette fois-là, j'ai choisi le côté gagnant, je crois, étant donné que maintenant je vis de mes rentes, et que je peux m'occuper de mon hobby — on dit comme ça, aujourd'hui, n'est-ce pas ? Et, au cours de ces dernières années, j'ai rédigé les résultats de mes recherches. Voici... » Il tira d'une serviette de cuir un classeur volumineux, qui alors me sembla rouge.

« Donc, dit Belbo, un livre sur les Templiers ?

— Les Templiers, concéda le colonel. Une passion presque juvénile. Eux aussi étaient des officiers de fortune qui cherchaient la gloire en traversant la Méditerranée.

— Monsieur Casaubon s'occupe des Templiers, dit Belbo. Il connaît le sujet mieux que moi. Racontez-nous.

— Les Templiers m'ont toujours intéressé. Une poignée de généreux qui apportent la lumière de l'Europe au milieu des sauvages, des deux Tripoli...

— Les adversaires des Templiers n'étaient pas aussi sauvages que ça, dis-je d'un ton conciliant.

— Vous n'avez jamais été capturé par les rebelles du Maghreb ? me demanda-t-il avec sarcasme.

— Pas encore », dis-je.

Il me fixa et je fus heureux de ne pas avoir servi dans ses sections. Il parla directement à Belbo. « Excusez-moi, je suis d'une autre génération. » Puis il me regarda, avec un air de défi : « Nous sommes ici pour subir un procès ou pour...

— Nous sommes ici pour parler de votre travail, mon colonel, dit Belbo. Parlez-nous-en, je vous en prie.

— Je veux tout de suite clarifier une chose, dit le colonel en posant une main sur son classeur. Je suis disposé à contribuer aux frais de publication, je ne vous propose rien à perte. Si vous cherchez des garanties scientifiques, je vous les ferai avoir. Il y a à peine deux heures, j'ai rencontré un expert en la matière, venu exprès de Paris. Il peut écrire une préface qui fera autorité... » Il devina la question de Belbo et fit un signe, voulant dire que, pour le moment, il valait mieux rester dans le vague, vu la délicatesse de la chose.

« Monsieur Belbo, dit-il, j'ai, ici, dans ces pages, la matière pour une histoire. Vraie. Pas banale. Mieux que les romans noirs américains. J'ai trouvé quelque chose, et de très important, mais ce n'est qu'un début. Je veux dire à tout le monde ce que je sais, de façon que si quelqu'un est en mesure de compléter ce jeu d'assemblage, qu'il lise, et se manifeste. J'entends lancer un appât. Et par ailleurs il faut que je le fasse tout de suite. Celui qui savait, avant moi, ce que je sais, a été probablement tué, justement pour qu'il ne le divulguât pas. Si ce que je sais, je le dis à deux mille lecteurs, personne n'aura plus intérêt à m'éliminer. » Il fit une pause : « Vous êtes un peu au courant de l'arrestation des Templiers...

— Monsieur Casaubon m'en a parlé, et j'ai été frappé de ce que cette arrestation se passe sans coup férir, et que les chevaliers soient cueillis au dépourvu... »

Le colonel sourit, avec commisération. « En effet. Il est puéril d'imaginer que des gens puissants au point de faire peur au roi de France ne fussent pas en mesure de savoir à l'avance que quatre gredins poussaient le roi et que le roi poussait le pape. Allons ! Il faut penser à un plan. A un plan sublime. Supposez que les Templiers avaient un projet de conquête du monde, et qu'ils connaissaient le secret d'une immense source de pouvoir, un secret tel que pour le préserver il valait la peine de sacrifier dans sa totalité le quartier du Temple à Paris, les commanderies répandues dans tout le royaume, et en Espagne, au Portugal, en Angleterre et en Italie, les châteaux de la Terre sainte, les dépôts monétaires, tout... Philippe le Bel le soupçonne, autrement on ne comprend pas pourquoi il aurait déchaîné la persécution, jetant le discrédit sur la fine fleur de la chevalerie française. Le Temple comprend que le roi a compris et tentera de le détruire, il ne sert de rien d'opposer une résistance frontale, le plan demande encore du temps, le trésor ou ce qui en tient lieu doit être encore définitivement localisé, ou il faut l'exploiter lentement... Et le directoire secret du Temple, dont tous désormais reconnaissent l'existence...

— Tous ?

— Certes. Il n'est pas pensable qu'un Ordre aussi puissant ait pu survivre longtemps sans l'existence d'une règle secrète.

— L'argument ne fait pas un pli, dit Belbo en me jetant un regard de côté.

— D'où, dit le colonel, les conclusions tout aussi évidentes. Le grand maître fait certes partie du directoire secret, mais il doit en être la couverture extérieure. Gauthier Walther, dans *la Chevalerie et les aspects secrets de l'histoire,* dit que le plan templier pour la conquête du pouvoir envisage comme terme final l'an deux mille ! Le Temple décide de passer à la clandestinité, et pour pouvoir le faire il faut qu'aux yeux de tout le monde l'Ordre disparaisse. Ils se sacrifient, voilà ce qu'ils font, grand maître compris. Certains se laissent tuer, ils ont probablement été tirés au sort. D'autres se soumettent, se fondent dans la masse. Où finissent les hiérarchies mineures, les frères laïques, les maîtres charpentiers, les verriers ?... C'est la naissance de la corporation des libres maçons, qui se répand à travers le monde, et c'est une histoire connue. Mais que se passe-t-il en Angleterre ? Le roi résiste aux pressions du pape, et les met tous à la retraite, pour qu'ils finissent tranquillement leur vie dans les commanderies de l'Ordre. Et eux, sans souffler mot, qui filent droit. Vous gobez ça ? Moi non. Et en Espagne, l'Ordre décide de changer de nom, il devient ordre de Montesa. Mes bons messieurs, c'étaient là des gens qui pouvaient convaincre un roi, ils avaient tant de lettres de change à lui dans leurs coffres-forts, qu'ils pouvaient lui faire faire banqueroute en une semaine. Même le roi du Portugal pactise : faisons comme ça, chers amis, dit-il, vous ne vous appelez plus chevaliers du Temple mais chevaliers du Christ, et pour moi ça ira. Et en Allemagne ? De rares procès, une abolition purement formelle de l'Ordre, mais là chez eux ils ont l'ordre frère, les Teutoniques, qui, à cette époque, font quelque chose de plus que de créer un État dans l'État : ils sont l'État, ils ont rassemblé un territoire grand comme celui des pays qui sont aujourd'hui sous le talon des Russes, et de ce pas ils avancent jusqu'à la fin du XVe siècle, parce qu'à ce moment-là arrivent les Mongols — mais ça c'est une autre histoire, car les Mongols nous les avons encore à nos portes... mais ne nous égarons pas...

— Non, s'il vous plaît, dit Belbo. Continuons.

— Donc. Comme tout le monde le sait, deux jours avant que Philippe ne fasse partir l'ordre d'arrestation, et un mois avant qu'il ne soit exécuté, une charrette de foin, tirée par des bœufs, quitte l'enclos du Temple pour une destination inconnue. Même Nostradamus en parle dans une de ses centuries... » Il chercha une page de son manuscrit :

Souz la pasture d'animaux ruminant
par eux conduits au ventre herbipolique
soldats cachés, les armes bruit menant...

« La charrette de foin est une légende, dis-je, et je ne prendrais pas Nostradamus comme une autorité en matière historiographique...

— Des personnes plus âgées que vous, monsieur Casaubon, ont prêté foi à de nombreuses prophéties de Nostradamus. D'autre part, je ne suis pas assez ingénu pour croire à l'histoire de la charrette. C'est un symbole. Le symbole du fait, évident et établi, qu'en vue de son arrestation Jacques de Molay passe le commandement et les instructions secrètes à son neveu, le comte de Beaujeu, qui devient le chef occulte du Temple dorénavant occulte.

— Il existe des documents historiques ?

— L'histoire officielle, sourit amèrement le colonel, est celle qu'écrivent les vainqueurs. Selon l'histoire officielle, les hommes comme moi n'existent pas. Non, sous l'épisode de la charrette il y a autre chose. Le noyau secret se transfère dans un centre tranquille et de là commence à constituer son réseau clandestin. C'est de cette évidence que moi je suis parti. Depuis des années, avant la guerre encore, je me demandais toujours où avaient fini ces frères en héroïsme. Quand je me suis retiré dans le privé, j'ai enfin décidé de chercher une piste. Parce qu'en France s'était passée la fuite de la charrette, en France je devais trouver le lieu de la réunion originelle du noyau clandestin. Où ? »

Il avait le sens du théâtre. Belbo et moi voulions maintenant savoir où. Nous ne trouvâmes rien de mieux à dire que : « Dites.

— Je vous le dis. Où naissent les Templiers ? D'où vient Hugues de Payns ? De la Champagne, près de Troyes. Et en Champagne, Hugues de Champagne gouverne, qui les rejoindra quelques années après, en 1125, à Jérusalem. Puis il revient chez lui et il semble bien qu'il se mette en contact avec l'abbé de Cîteaux, et qu'il l'aide à commencer dans son monastère la lecture et la traduction de certains textes hébreux. Pensez un peu, les rabbins de la haute Bourgogne se voient invités à Cîteaux, par les bénédictins blancs, et de qui ? de saint Bernard, pour étudier Dieu sait quels textes que Hugues a trouvés en Palestine. Et Hugues offre aux moines de saint Bernard une forêt, à Bar-sur-Aube, où s'élèvera Clairvaux. Et que fait saint Bernard ?

— Il devient le défenseur des Templiers, dis-je.

— Et pourquoi ? Mais savez-vous qu'il rend les Templiers plus puissants que les bénédictins ? Qu'il interdit aux bénédictins de recevoir des terres et des maisons en cadeau et que les terres et les maisons, il les fait donner aux Templiers ? Avez-vous jamais vu la Forêt d'Orient près de Troyes ? Une chose immense, une commanderie après l'autre. Et pendant ce temps, en Palestine les chevaliers ne combattent pas, vous le savez ? Ils s'installent dans le Temple, et au lieu de tuer les musulmans ils se lient d'amitié avec eux. Ils prennent contact avec leurs initiés. Bref, saint Bernard, avec l'appui économique des comtes de Champagne, constitue un ordre qui, en Terre sainte, entre en rapport avec les sectes secrètes arabes et juives. Une direction inconnue planifie les croisades pour faire vivre l'Ordre, et non le contraire, et forme un réseau de pouvoir qui se soustrait à la juridiction royale... Moi je ne suis pas un homme de science, je suis un homme d'action. Au lieu de faire trop de conjectures, j'ai fait ce que tant de chercheurs, trop verbeux, n'ont jamais fait. Je suis allé là où les Templiers venaient et où ils avaient leur base depuis deux siècles, où ils pouvaient nager comme des poissons dans l'eau...

— Le président Mao dit que le révolutionnaire doit être au milieu du peuple comme un poisson dans l'eau, dis-je.

— Calé, votre président. Les Templiers, qui préparaient une révolution bien plus grande que celle de vos communistes à col Mao...

— Ils n'ont plus de col.

— Non ? Tant pis pour eux. Les Templiers, disais-je, ne pouvaient pas ne pas chercher refuge en Champagne. A Payns ? A Troyes ? Dans la Forêt d'Orient ? Non. Payns était un bourg avec quatre maisons qui se couraient après, et, au maximum à l'époque, peut-être un château. Troyes était une ville, trop de gens du roi alentour. La forêt, templière par définition, était le premier endroit où les gardes du roi seraient allés les chercher, comme ils le firent. Non : Provins, me dis-je. S'il y avait un lieu, ce devait être Provins ! »

— 18 —

Si de l'œil nous pouvions pénétrer et voir l'intérieur de la terre, de pôle à pôle, ou de nos pieds jusqu'aux antipodes, nous apercevrions avec horreur une masse épouvantablement percée de fissures et creusées de cavernes.

T. Burnet, *Telluris Theoria Sacra*,
Amsterdam, Wolters, 1694, p. 38.

« Pourquoi Provins ?

— Jamais été à Provins ? Lieu magique, même aujourd'hui on le sent, allez-y, vous verrez. Lieu magique, encore tout parfumé de secrets. En attendant, au XIe siècle c'est le siège du comte de Champagne, et il reste zone franche où le pouvoir central ne peut fourrer le nez. Les Templiers y sont chez eux, aujourd'hui encore une rue porte leur nom. Églises, demeures, une forteresse qui domine toute la plaine, et de l'argent, les passages des marchands, les foires, la confusion où l'on peut se confondre. Mais surtout, et depuis les temps préhistoriques, des galeries. Un réseau de galeries qui s'étend sous toute la colline, véritables catacombes qu'on peut aujourd'hui encore en partie visiter. Des endroits où, si on se réunit en secret, et s'il y a incursion des ennemis, les conjurés peuvent s'éparpiller en quelques secondes, et Dieu sait où, et, s'ils ont une bonne connaissance des conduits, ils sont déjà sortis par on ne sait quel côté, ils sont rentrés du côté opposé, à pas feutrés comme des chats, et ils sont arrivés dans le dos des envahisseurs, et ils les liquident dans le noir. Mon Dieu, je vous l'assure, mes bons messieurs, ces galeries semblent faites pour les commandos, rapides et invisibles, on s'y glisse dans la nuit, poignard entre les dents, deux grenades aux poings, et les autres, pris dans la ratonnade, on les crève, bon Dieu ! »

Ses yeux brillaient. « Vous comprenez quelle cache fabuleuse peut être Provins ? Un noyau secret qui se réunit dans le sous-sol, et tous les gens du lieu qui se taisent s'ils voient. Les hommes du roi arrivent aussi à Provins, certes, ils arrêtent les Templiers qui se montrent à la surface, et les emmènent à Paris. Reynaud de Provins subit la torture mais ne parle pas. Selon le plan secret, c'est clair, il devait se faire arrêter pour laisser croire que Provins avait été amendée, mais il devait en même temps lancer un signal : Provins ne mollit pas. Provins, le lieu des nouveaux Templiers souterrains... Des galeries qui mènent d'édifice à édifice, on fait semblant d'entrer dans un dépôt de blé ou dans un entrepôt et on sort par une église. Des galeries construites avec piliers et voûtes en maçonnerie, chaque maison de la ville haute possède encore aujourd'hui une cave avec des voûtes en ogive, et il doit y en avoir plus de cent, chaque cave, que dis-je, chaque salle souterraine était l'entrée d'un de leurs conduits.

— Conjectures, fis-je.

— Non, monsieur Casaubon. Preuves. Vous n'avez pas vu les galeries de Provins. Des salles et des salles, au cœur de la terre, pleines de graffiti. Qui se trouvent, pour la plupart, dans ce que les spéléologues appellent alvéoles latérales. Ce sont des représentations hiératiques, d'origine druidique. Graffitées avant l'arrivée des Romains. César passait dessus, et c'est ici que se tramaient la résistance, le sortilège, le piège. Et il y a les symboles des Cathares, oui messieurs, les Cathares ne se trouvaient pas seulement dans le Midi, ceux du Midi ont été détruits, ceux de la Champagne ont survécu en secret et se réunissaient ici, dans ces catacombes de l'hérésie. Cent quatre-vingt-trois d'entre eux furent brûlés à la surface, et les autres survécurent ici. Les chroniques les taxaient de bougres et manichéens — quelle coïncidence ! les bougres étaient les bogomiles, Cathares d'origine bulgare, et le mot « bougre » ne vous dit rien ? Au départ il voulait dire sodomite, parce qu'on disait que les Cathares bulgares avaient ce petit vice... » Il émit un petit rire embarrassé. « Et qui se voit accusé de ce même petit vice ? Eux, les Templiers... Curieux, n'est-ce pas ?

— Jusqu'à un certain point, dis-je ; en ces temps-là, si on voulait liquider un hérétique, on l'accusait de sodomie...

— Certes, et ne pensez pas que je pense moi que les Templiers... Allons donc, c'étaient des hommes d'armes, et nous, hommes d'armes, nous aimons les belles femmes ; même s'ils avaient prononcé leurs vœux, l'homme est homme. Mais je rappelle cela parce que je ne crois pas que ce soit un hasard si, dans un milieu templier, ont trouvé refuge des hérétiques cathares, et en tout cas c'est d'eux que les Templiers avaient appris comment se servir des souterrains.

— Mais au bout du compte, dit Belbo, vous n'avancez jusque-là que des hypothèses...

— Hypothèses de départ. Je vous ai dit les raisons pour lesquelles je me suis mis à explorer Provins. Venons-en maintenant à l'histoire proprement dite. Au centre de Provins il y a un grand édifice gothique, la Grange-aux-Dîmes, et vous savez qu'un des points forts des Templiers était qu'ils recueillaient directement les dîmes sans devoir rien à l'État. Dessous, comme partout, un réseau de souterrains, aujourd'hui en très mauvais état. Bien ; alors que je fouillais dans les archives de Provins, il me tombe entre les mains un journal local de l'année 1894. On y raconte que deux dragons, les cavaliers Camille Laforgue de Tours et Édouard Ingolf de Pétersbourg (exactement : de Pétersbourg), visitaient quelques jours auparavant la Grange avec le gardien, et ils étaient descendus dans une des salles souterraines, au deuxième étage sous la surface du sol, quand le gardien, pour démontrer qu'il existait d'autres étages sous-jacents, frappa du pied par terre et des échos et des résonances se firent entendre. Le chroniqueur loue les hardis dragons qui se munissent de lanternes et de cordes, pénètrent dans Dieu sait quelles galeries comme des enfants dans une carrière, en rampant sur les coudes, et se glissent par de mystérieux conduits. Et ils arrivent, dit le journal, dans une grande salle, avec une belle cheminée, et un puits au milieu. Ils font descendre une corde avec une pierre au bout et découvrent que le puits a une profondeur de onze mètres... Ils reviennent une semaine après avec des cordes plus solides, et tandis que les deux autres tiennent la corde, Ingolf descend dans le puits et découvre une grande pièce aux murs de pierre, dix mètres sur dix, et d'une hauteur de cinq. A tour de rôle, les deux autres aussi descendent, et ils se rendent compte qu'ils sont au troisième étage sous la surface du sol, à trente mètres de profondeur. Ce que ces trois hommes font et voient dans cette salle, on l'ignore. Le chroniqueur avoue que quand il s'est rendu sur place pour vérifier, il n'a pas eu la force de suivre le même chemin dans le puits. L'histoire m'excita, et il me vint l'envie de visiter l'endroit. Mais de la fin du siècle passé à aujourd'hui, beaucoup de souterrains s'étaient écroulés, et si même ce puits avait jamais existé, qui sait où il se trouvait maintenant. Il me passa par l'esprit que les dragons avaient déniché quelque chose au troisième sous-sol. J'avais lu, et précisément ces jours-là, un livre sur le secret de Rennes-le-Château, encore une histoire où, d'une certaine manière, les Templiers sont de la partie. Un curé sans le sou et sans avenir s'avise d'effectuer la restauration d'une vieille église dans un petit bourg de deux cents âmes, il soulève une pierre du pavement du chœur et trouve un étui avec des manuscrits fort anciens, qu'il dit. Uniquement des manuscrits ? On ne sait trop ce qui se passe, mais dans les années qui suivent le curé devient immensément riche, brûle la chandelle par les deux bouts, vit dans la dissipation, subit un procès devant les tribunaux ecclésiastiques... Et si à l'un des dragons ou à tous les deux il était arrivé quelque chose de semblable ? Ingolf descend le premier, il trouve un objet précieux de dimensions réduites, le cache sous son blouson, remonte, ne dit rien aux deux autres... Bref, je suis têtu, et s'il n'en avait pas toujours été ainsi, j'aurais eu une vie différente. » De ses doigts il avait effleuré sa balafre. Puis il avait porté les mains à ses tempes, et, dans un mouvement vers sa nuque, il s'était assuré que ses cheveux adhéraient comme il faut.

« Je vais à Paris, aux téléphones de la poste centrale, et recherche systématiquement dans les Bottin de la France entière une famille Ingolf. J'en trouve une seule, à Auxerre, et j'écris en me présentant comme un chercheur dans le domaine archéologique. Deux semaines plus tard, je reçois la réponse d'une vieille sage-femme : c'est la fille de cet Ingolf, et elle est curieuse de savoir pourquoi je m'intéresse à lui, et même elle me demande si, pour l'amour de Dieu, je sais quelque chose au sujet de son père... Je le disais bien que derrière tout ça il y avait un mystère. Je me précipite à Auxerre, la demoiselle Ingolf vit dans une maisonnette toute recouverte de lierre, avec un petit portail de bois fermé par une ficelle et un clou. Une vieille demoiselle bien proprette, gentille, peu cultivée. Elle me demande aussitôt ce que je sais sur son père et je lui dis que je sais seulement qu'un jour il est descendu dans un souterrain, à Provins, et que je suis en train d'écrire un essai historique sur cette région. Elle tombe des nues, elle n'a jamais su que son père était allé à Provins. Il avait été dans les dragons, certes, mais il avait quitté le service en 95, avant sa naissance à elle. Il avait acheté cette maisonnette à Auxerre, et, en 98, il avait épousé une fille du coin, qui avait un petit pécule. Elle avait cinq ans quand sa mère était morte, en 1915. Quant à son père, il avait disparu en 1935. Littéralement disparu. Il était parti pour Paris, comme il le faisait au moins deux fois par an, et il n'avait plus donné de nouvelles. La gendarmerie locale avait télégraphié à Paris : volatilisé. Déclaration de mort présumée. Et comme ça notre demoiselle était restée seule et elle s'était mise à travailler, car l'héritage paternel n'allait pas très loin. Évidemment elle n'avait pas trouvé de mari, et, d'après les soupirs qu'elle poussa, il devait y avoir eu une histoire, la seule de sa vie, qui s'était mal terminée. " Et toujours avec cette angoisse, avec ce remords continuel, monsieur Ardenti, de ne rien savoir de mon pauvre papa, pas même où est sa tombe, si toutefois elle existe quelque part. " Elle avait envie de parler de lui : si tendre, si tranquille, méthodique et si cultivé. Il passait ses journées dans son petit studio, là-haut dans la mansarde, à lire et à écrire. Pour le reste, un petit coup de pioche dans le jardin et il taillait une petite bavette avec le pharmacien — désormais mort lui aussi. De temps en temps, comme elle l'avait dit, un voyage à Paris, pour affaires, c'était son expression. Mais il revenait toujours avec un paquet de livres. Son studio en était encore plein, elle voulut me les faire voir. Nous sommes montés. Une chambrette ordonnée et propre, que la demoiselle Ingolf époussetait encore une fois par semaine : pour sa maman, elle pouvait apporter des fleurs au cimetière ; pour son pauvre papa, c'était la seule chose qu'elle pouvait faire. Tout comme il l'avait laissée, lui ; elle aurait aimé avoir poursuivi des études afin de pouvoir lire ces livres, mais c'étaient des choses en ancien français, en latin, en allemand, même en russe, parce que le papa était né et avait passé son enfance là-bas, il était le fils d'un fonctionnaire de l'ambassade de France. La bibliothèque contenait une centaine de volumes, la plupart (et j'exultai) sur le procès des Templiers, par exemple les *Monumens historiques relatifs à la condamnation des chevaliers du Temple,* de Raynouard, imprimé en 1813, une pièce d'antiquaire. Beaucoup de volumes sur des écritures secrètes, une véritable collection de cryptologue, quelques livres de paléographie et de diplomatique. Il y avait un registre avec de vieux comptes, et en le feuilletant j'ai trouvé une note qui m'a fait sursauter : elle concernait la vente d'un étui, sans autres précisions, et sans le nom de l'acquéreur. Point de chiffres mentionnés, mais la date était de l'année 1895, et, sitôt après, suivaient des comptes précis, le grand-livre d'un monsieur prudent qui administrait avec discernement son magot. Quelques notes sur l'acquisition de livres chez des antiquaires parisiens. La mécanique de l'histoire me devenait claire : Ingolf trouve dans la crypte un étui d'or incrusté de pierres précieuses, il n'hésite pas un instant, l'enfile dans son blouson, remonte et ne souffle mot à ses compagnons. Chez lui, il en extrait un parchemin, cela me paraît évident. Il va à Paris, contacte un antiquaire, un usurier, un collectionneur, et avec la vente de l'étui, même au rabais, il devient pour le moins aisé. Mais il fait davantage, il abandonne le service, se retire à la campagne et commence à acheter des livres et à étudier le parchemin. Sans doute y a-t-il déjà en lui le chercheur de trésors, autrement il ne serait pas descendu dans les souterrains à Provins, et il a probablement assez de culture pour décider qu'il peut déchiffrer tout seul ce qu'il a trouvé. Il travaille, tranquille, sans soucis, en bon monomane, durant plus de trente ans. Parle-t-il à quelqu'un de ses découvertes ? Qui sait. Le fait est qu'en

1935 il doit penser avoir bien avancé ou bien, au contraire, être arrivé à un point mort, parce qu'il décide de s'adresser à quelqu'un, soit pour lui dire ce qu'il sait soit pour se faire dire ce qu'il ne sait pas. Mais ce qu'il sait doit être si secret, et terrible, que le quelqu'un à qui il s'adresse le fait disparaître... Revenons à la mansarde. Pour l'instant, il fallait voir si Ingolf avait laissé quelque piste. J'ai dit à la bonne demoiselle que, peut-être, en examinant les livres de son père, je trouverais trace de sa découverte de Provins, et que dans mon essai je donnerais de lui un ample témoignage. Elle en fut enthousiaste, ah ! son pauvre papa, elle me dit que je pouvais rester tout l'après-midi et revenir le lendemain si c'était nécessaire, elle m'apporta un café, m'alluma les lampes et s'en retourna dans le jardin, me laissant maître de la place. La chambre avait des murs lisses et blancs, elle ne présentait pas de coffres, d'écrins, d'anfractuosités où je pusse fouiller, mais je n'ai rien négligé, j'ai regardé dessus, dessous et dedans les rares meubles, dans une armoire quasi vide avec quelques vêtements garnis seulement de naphtaline, j'ai retourné les trois ou quatre tableaux, des gravures de paysages. Je vous épargne les détails, je ne vous dis que ça : j'ai bien travaillé, le rembourrage des divans, on ne doit pas uniquement le tâter, il faut aussi y enfiler des aiguilles pour sentir si on ne rencontre pas de corps étrangers... »

Je compris que le colonel n'avait pas fréquenté que des champs de bataille.

« Il me restait les livres, dans tous les cas il était bon que je relève les titres, et vérifie s'il n'y avait pas d'annotations dans les marges, des mots soulignés, quelques indices... Enfin, voilà que je prends maladroitement un vieux volume à la lourde reliure, il tombe : un feuillet écrit à la main en sort. D'après le type de papier quadrillé et d'après l'encre, il ne paraissait pas très vieux, il pouvait avoir été écrit dans les dernières années de vie d'Ingolf. Je le parcourus à peine, assez pour y lire une annotation en marge : “ Provins 1894 ”. Vous imaginerez mon émotion, la vague de sentiments qui m'a assailli... Je compris qu'Ingolf était allé à Paris avec le parchemin original, mais ce feuillet en constituait la copie. Je n'ai pas hésité. La demoiselle Ingolf avait épousseté ces livres pendant des années, mais elle n'avait jamais repéré ce feuillet, sinon elle m'en aurait parlé. Bien, elle continuerait à l'ignorer. Le monde se divise entre vaincus et vainqueurs. J'avais eu pour ma part mon compte de défaites, je devais maintenant saisir la victoire par les cheveux. Je fis glisser le feuillet dans ma poche. Je pris congé de la demoiselle en lui disant que je n'avais rien trouvé d'intéressant mais que je citerais son père, si j'écrivais quelque chose, et elle me bénit. Messieurs, un homme d'action, et brûlé par une passion comme celle qui me brûlait, ne doit pas se faire trop de scrupules devant la grisaille d'un être que le destin a désormais condamné.

— Ne vous justifiez pas, dit Belbo. Vous l'avez fait. A présent, dites.

— A présent, je vous montre à vous, messieurs, ce texte. Vous me permettrez de produire une photocopie. Non par défiance. Pour ne pas soumettre l'original à l'usure.

— Mais Ingolf ne détenait pas l'original, dis-je. C'était sa copie d'un présumé original.

— Monsieur Casaubon, quand les originaux n'existent plus, la dernière copie est l'original.

— Mais Ingolf pourrait avoir mal transcrit.

— Vous ne savez pas, vous, s'il en est ainsi. Et moi je sais que la transcription d'Ingolf dit la vérité, car je ne vois pas comment la vérité pourrait être différente. Par conséquent la copie d'Ingolf est l'original. Nous sommes d'accord sur ce point, ou on se met à faire des petits jeux d'intellectuels ?

— Je ne peux pas les souffrir, dit Belbo. Voyons votre copie originale. »

— 19 —

Depuis Beaujeu l'Ordre n'a jamais cessé un instant de subsister et nous connaissons depuis Aumont une suite ininterrompue des Grands Maîtres de l'Ordre jusqu'à nos jours et, si le nom et la résidence du véritable Grand Maître et des vrais Supérieurs, qui régissent l'Ordre et dirigent ses sublimes travaux aujourd'hui, est un mystère qui n'est connu que des vrais Illuminés, tenu à cet égard en secret impénétrable, c'est parce que l'heure de l'Ordre n'est pas encore venue et le temps n'est pas accompli...

Manuscrit de 1760, in G.A. SCHIFFMANN,
Die Entstehung der Rittergrade in der Freimauerei um die Mitte des XVIII Jahrhunderts,
Lipsia, Zechel, 1882, pp. 178-190.

Ce fut notre premier, lointain contact avec le Plan. Ce jour-là j'aurais pu être ailleurs. Si ce jour-là je n'avais pas été dans le bureau de Belbo, maintenant je serais... à Samarcande en train de vendre des graines de sésame, éditeur d'une collection en braille, directeur de la First National Bank sur la Terre de François-Joseph ? Les conditionnels contrefactuels sont toujours vrais parce que la prémisse est fausse. Mais ce jour j'étais là, et c'est pour cela qu'à présent je suis où je suis.

D'un geste théâtral, le colonel nous avait montré le feuillet. Je l'ai encore ici, au milieu de mes papiers, dans une chemise de plastique, plus jaune et délavé qu'il n'était alors, avec ce papier thermique qu'on utilisait dans ces années-là. Il y avait en réalité deux textes, le premier, serré, qui occupait la première moitié de la page, et le second, espacé dans ses versiculets mutilés...

Le premier texte était une sorte de litanie démoniaque, une parodie de langue sémitique :

Kuabris Defrabax Rexulon Ukkazaal Ukzaab Urpaefel Taculbain Habrak Hacoruin Maquafel Tebrain Hmcatuin Rokasor Himesor Argaabil Kaquaan Docrabax Reisaz Reisabrax Decaiquan Oiquaquil Zaitabor Qaxaop Dugraq Xaelobran Disaeda Magisuan Raitak

Huidal Uscolda Arabaom Zipreus Mecrım Cosmae Duquifas, Rocarbis

« Ce n'est pas évident, observa Belbo.

— Non, n'est-ce pas ? acquiesça avec malice le colonel. Et j'y aurais perdu ma vie si un jour, presque par hasard, je n'avais trouvé sur l'éventaire d'un bouquiniste un livre consacré à Trithème et si mes yeux n'étaient tombés sur un de ses messages en chiffre : « Pamersiel Oshurmy Delmuson Thafloyn... » Je tenais une piste, je l'ai suivie jusqu'au bout. Trithème était pour moi un inconnu, mais je retrouvai à Paris une édition de sa *Steganographia, hoc est ars per occultam scripturam animi sui voluntatem absentibus aperiendi certa,* Francfort 1606. L'art d'ouvrir à travers une écriture occulte son esprit aux personnes éloignées. Personnage fascinant, ce Trithème. Abbé bénédictin de Spannheim, vivant entre le XVe et le XVIe siècle, un érudit, qui connaissait l'hébreu et le chaldéen, les langues orientales comme le tartare, en contact avec des théologiens, des kabbalistes, des alchimistes, certainement avec le grand Cornelius Agrippa de Nettesheim et peut-être avec Paracelse... Trithème masque ses révélations sur les écritures secrètes avec des fumisteries nécromantiques, il dit qu'il faut envoyer des messages chiffrés du type de celui que vous avez sous les yeux, et puis le destinataire devra évoquer des anges tels Pamersiel, Padiel, Dorothiel et ainsi de suite, qui l'aideront à comprendre le vrai message. Mais les exemples qu'il fournit sont souvent des messages militaires, et le livre est dédié au comte palatin et duc de Bavière Philippe, et il constitue un des premiers exemples de travail cryptographique sérieux, dignes de services secrets.

— Pardon, demandai-je, mais si j'ai bien compris, Trithème a vécu au moins cent ans après la rédaction du manuscrit qui nous intéresse...

— Trithème était affilié à une Sodalitas Celtica, où on s'occupait de philosophie, d'astrologie, de mathématique pythagoricienne. Vous saisissez le rapport ? Les Templiers sont un ordre initiatique qui remonte aussi à la science des anciens Celtes, c'est désormais amplement prouvé. Par une voie quelconque, Trithème apprend les mêmes systèmes cryptographiques utilisés par les Templiers.

— Impressionnant, fit Belbo. Et la transcription du message secret, qu'est-ce qu'elle dit ?

— Du calme, messieurs. Trithème présente quarante cryptosystèmes majeurs et dix mineurs. J'ai eu de la chance, ou bien les

Templiers de Provins ne s'étaient pas trop creusé les méninges, sûrs que personne ne devinerait leur clef. J'ai tout de suite essayé avec le premier des quarante cryptosystèmes majeurs et j'ai fait l'hypothèse que dans ce texte comptent seules les initiales. »

Belbo demanda le feuillet et le parcourut : « Mais même comme ça il en sort une suite de lettres sans signification : kdruuuth...

— Normal, dit avec condescendance le colonel. Les Templiers ne s'étaient pas trop creusé les méninges, mais ils n'étaient pas non plus trop paresseux. Cette première séquence est à son tour un autre message chiffré, et j'ai aussitôt pensé à la seconde série des dix cryptosystèmes. Vous voyez, pour cette seconde série Trithème utilisait des rotules, et voici celle du premier cryptogramme... »

Il tira de son classeur une autre photocopie, approcha sa chaise de la table et fit suivre sa démonstration en touchant les lettres de son stylo fermé.

« C'est le système le plus simple. Ne tenez compte que du cercle extérieur. Pour chaque lettre du message en clair, on substitue la lettre qui précède. Pour A on écrit Z, pour B on écrit A et ainsi de suite. Enfantin pour un agent secret, aujourd'hui, mais en ces temps-là c'était considéré comme de la sorcellerie. Naturellement, pour déchiffrer, on suit le chemin inverse, et on substitue à chaque lettre du message chiffré la lettre qui suit. J'ai essayé, et certes j'ai eu de la chance de réussir à la première tentative, mais voici la solution. » Il transcrivit : « *Les XXXVI inuisibles separez en six bandes*, les trente-six Invisibles séparés en six groupes.

— Et qu'est-ce que ça signifie ?

— A première vue, rien. Il s'agit d'une sorte d'en-tête, de constitution d'un groupe, écrit en langue secrète pour des raisons rituelles. Puis, pour le reste, certains qu'ils plaçaient leur message dans un recoin inviolable, nos Templiers se sont limités au français du XIVe siècle. En effet, voyons le second texte.

a la . . . Saint Jean
36 p charrete de fein
6 . . . entiers avec saiel
p . . . les blancs mantiax
r . . . s . . . chevaliers de Pruins pour la . . . j . nc .
6 foiz 6 en 6 places
chascune foiz 20 a . . . 120 a . . .
iceste est l'ordonation
al donjon li premiers
it li secunz joste iceus qui . . . pans
it al refuge
it a Nostre Dame de l'altre part de l'iau
it a l'ostel des popelicans
it a la pierre
3 foiz 6 avant la feste . . . la Grant Pute.

— Et ce serait là le message non chiffré ? demanda Belbo, déçu et amusé.

— Il est évident que dans la transcription d'Ingolf les petits points représentaient des mots illisibles, des espaces où le parchemin était consumé... Mais voici ma transcription finale où, par conjectures que vous me permettrez de qualifier de lucides et inattaquables, je restitue le texte dans son ancienne splendeur — comme on dit. »

Il retourna, d'un geste de prestidigitateur, la photocopie et nous montra ses notes à lui en caractères d'imprimerie.

LA (NUIT DE) SAINT JEAN
36 (ANS) P(OST) LA CHARRETTE DE FOIN
6 (MESSAGES) INTACTS AVEC SCEAU
P(OUR LES CHEVALIERS AUX) BLANCS MANTEAUX [LES TEMPLIERS]
R(ELAP)S DE PROVINS POUR LA (VAIN) JANCE [VENGEANCE]
6 FOIS 6 DANS 6 LOCALITÉS
CHAQUE FOIS 20 A(NS FAIT) 120 A(NS)
CECI EST LE PLAN
QUE LES PREMIERS AILLENT AU CHÂTEAU

IT(ERUM) [DE NOUVEAU APRÈS 120 ANS] QUE LES SECONDS REJOIGNENT CEUX (DU) PAIN
DE NOUVEAU AU REFUGE
DE NOUVEAU A NOTRE DAME AU-DELÀ DU FLEUVE
DE NOUVEAU A L'HOSTELLERIE DES POPELICANTS
DE NOUVEAU A LA PIERRE
3 FOIS 6 [666] AVANT LA FÊTE (DE LA) GRANDE PROSTITUÉE.

« Pire que d'avancer dans le noir, dit Belbo.

— Certes, c'est encore tout à interpréter. Mais Ingolf y était certainement arrivé, comme j'y suis arrivé moi. C'est moins obscur qu'il n'y paraît, pour qui connaît l'histoire de l'Ordre. »

Une pause. Il demanda un verre d'eau, et il continua à nous faire suivre le texte mot à mot.

« Alors : dans la nuit de la Saint-Jean, trente-six ans après la charrette de foin. Les Templiers destinés à la perpétuation de l'Ordre échappent à la capture en septembre 1307, sur une charrette de foin. En ces temps-là, l'année se calculait d'une Pâques à l'autre. 1307 finit donc vers ce qui, selon notre comput, serait la Pâques 1308. Essayez de calculer trente-six ans après la fin de l'année 1307 (qui est notre Pâques 1308) et nous arrivons à la Pâques 1344. Après les trente-six ans fatidiques, nous sommes en notre année 1344. Le message est déposé dans la crypte, à l'intérieur d'un réceptacle précieux, comme sceau, acte notarié de quelque événement qui s'est accompli dans ce lieu, après la constitution de l'Ordre secret, la nuit de la Saint-Jean, c'est-à-dire le 23 juin 1344.

— Pourquoi l'année 1344 ?

— Je pense que de 1307 à 1344 l'Ordre secret se réorganise et travaille au projet dont le parchemin ratifie la mise en marche. Il fallait attendre que les eaux se calment, que les fils se renouent entre les Templiers de cinq ou six pays. D'autre part, les Templiers ont attendu trente-six ans, pas trente-cinq ou trente-sept, parce que, évidemment, le nombre 36 avait pour eux des valeurs mystiques, comme vient nous le confirmer aussi le message chiffré. La somme interne de 36 donne neuf, et je n'ai pas besoin de vous rappeler les significations profondes de ce nombre.

— Je peux ? » C'était la voix de Diotallevi, qui s'était glissé derrière nous, à pas feutrés tel un Templier de Provins.

« De l'eau à ton moulin », dit Belbo. Qui le présenta rapidement ; le colonel ne parut pas excessivement dérangé, il donnait plutôt l'impression de désirer un auditoire nombreux et attentif. Il poursuivit son interprétation, et Diotallevi buvait du petit-lait numérologique. Pure Gematria.

« Nous en arrivons aux sceaux : six choses intactes avec un sceau. Ingolf trouve un étui, d'évidence fermé par un sceau. Par qui a été scellé cet étui ? Par les Manteaux Blancs, et donc par les Templiers. Or nous voyons dans le message un *r*, quelques lettres effacées, et un *s*. Moi je lis " relaps ". Pourquoi ? Parce que nous savons tous que les relaps étaient des accusés qui avaient avoué et se rétractaient, et les relaps ont joué un rôle non indifférent dans le procès des Templiers. Les Templiers de Provins assument orgueilleusement leur nature de relaps. Ce sont ceux qui se dissocient de l'infâme comédie du procès. Il est donc question des chevaliers de Provins, relaps, prêts pour quoi ? Les rares lettres à notre disposition suggèrent " vainjance ", pour la vengeance.

— Quelle vengeance ?

— Messieurs ! Toute la mystique templière, depuis le procès, tourne autour du projet de venger Jacques de Molay. Je ne tiens pas en grande estime les rites maçonniques, mais eux, caricature bourgeoise de la chevalerie templière, en sont quand même un reflet, pour dégénéré qu'il soit. Et un des grades de la maçonnerie de rite écossais est celui de Chevalier Kadosch, en hébreu chevalier de la vengeance.

— D'accord, les Templiers se préparent à la vengeance. Et puis ?

— Combien de temps devra prendre ce plan de vengeance ? Le message chiffré nous aide à comprendre le message traduit. Six chevaliers sont requis pour six fois en six lieux, trente-six divisés en six groupes. Ensuite il est dit " Chaque fois vingt ", et ici il y a quelque chose qui n'est pas clair, mais qui, dans la transcription d'Ingolf, semble être un *a*. J'en ai déduit : chaque fois vingt ans, par six fois, cent vingt ans. Si nous suivons le reste du message, nous trouvons une liste de six lieux ou de six tâches à accomplir. Il est question d'une " ordonation ", un plan, un projet, une marche à suivre. Et il est dit que les premiers doivent se rendre à un donjon ou château, les deuxièmes dans un autre endroit, et ainsi de suite jusqu'aux sixièmes. Par conséquent le document nous dit qu'il devrait y avoir six autres documents encore scellés, répartis dans des lieux différents, et il me semble évident qu'il faut briser les sceaux l'un après l'autre, et à distance de cent vingt ans l'un de l'autre...

— Mais pourquoi chaque fois vingt ans ? demanda Diotallevi.

— Ces chevaliers de la vengeance doivent accomplir une mission en un lieu déterminé tous les cent vingt ans. Il s'agit d'une forme de relais. Il est évident qu'après la nuit de l'an 1344, six chevaliers partent et chacun va dans un des six lieux prévus par le plan. Mais le gardien du premier sceau ne peut certes pas rester en vie pendant cent vingt ans. Il faut comprendre que chaque gardien de chaque sceau doit rester en charge vingt ans, et puis passer l'ordre à un successeur. Vingt années est un terme raisonnable, six gardiens par sceau, pendant vingt années chacun, donnent la garantie qu'à la cent vingtième année le détenteur du sceau puisse lire une instruction, mettons, et la passer au premier des gardiens du deuxième sceau. Voilà pourquoi le message s'exprime au pluriel, que les premiers aillent par ici, que les deuxièmes aillent par là... Chaque lieu est pour ainsi dire contrôlé, en l'espace de cent vingt ans, par six chevaliers. Faites le compte : du premier au sixième lieu il y a cinq passages, qui prennent six cents années. Ajoutez 600 à 1344 et vous obtiendrez 1944. Ce qui est aussi confirmé par la dernière ligne. Clair comme le jour.

— C'est-à-dire ?

— La dernière ligne précise “ trois fois six avant la fête (de la) Grande Prostituée ”. Là aussi un jeu numérologique, parce que la somme interne de 1944 donne précisément 18. Dix-huit, c'est trois fois six, et cette nouvelle, admirable coïncidence numérique suggère aux Templiers une autre très subtile énigme. 1944 est l'année où le plan doit parvenir à son terme. En vue de quoi ? Mais de l'an deux mille ! Les Templiers pensent que le deuxième millénaire marquera l'avènement de leur Jérusalem, une Jérusalem terrestre, l'Antéjérusalem. Ils sont persécutés en tant qu'hérétiques ? En haine de l'Église, ils s'identifient à l'Antéchrist. Vous savez que le 666 dans toute la tradition occulte est le nombre de la Bête. Le six cent soixante-six, année de la Bête, est l'an deux mille où triomphera la vengeance templière, l'Antéjérusalem est la Nouvelle Babylone dont parle l'Apocalypse ! La référence au 666 est une provocation, une bravade d'hommes d'armes. Une prise en charge de sa diversité, comme on dirait aujourd'hui. Belle histoire, n'est-ce pas ? »

Il nous regardait avec des yeux humides, des lèvres et des moustaches humides, tandis que de la main il caressait son classeur.

« D'accord, dit Belbo, on a là, dans leurs grandes lignes, les échéances d'un plan. Mais lequel ?

— Vous en demandez trop. Si je le savais, je n'aurais pas besoin de lancer mon appât. Mais je sais une chose. Qu'en cet espace de temps, il est arrivé un accident de parcours et le plan ne s'est pas accompli :

autrement, permettez, on le saurait. Et je peux même comprendre pourquoi : 1944 n'est pas une année facile, les Templiers ne pouvaient pas savoir qu'il y aurait eu une guerre mondiale rendant tout contact plus difficile.

— Excusez-moi si j'interviens, dit Diotallevi, mais si je comprends bien, une fois ouvert le premier sceau, la dynastie de vos gardiens ne s'éteint pas. Elle continue jusqu'à l'ouverture du dernier sceau, quand sera nécessaire la présence de tous les représentants de l'Ordre. Et par conséquent, chaque siècle, ou bien chaque cent vingt années, nous aurions toujours six gardiens pour chaque lieu, donc trente-six.

— Affirmatif, dit Ardenti.

— Trente-six chevaliers pour chacun des six endroits, cela fait 216, dont la somme intérieure fait 9. Et puisqu'il y a 6 siècles, multiplions 216 par 6 et nous avons 1296, dont la somme intérieure fait 18, c'est-à-dire 3 par 6, 666. » Diotallevi aurait peut-être procédé à la refonte arithmologique de l'histoire universelle si Belbo, d'un coup d'œil, ne l'avait arrêté, comme font les mères quand leur enfant commet une gaffe. Mais le colonel était en train de reconnaître en Diotallevi un illuminé.

« C'est magnifique ce que vous me montrez là, professeur ! Vous savez que neuf est le nombre des premiers chevaliers qui formèrent le noyau du Temple à Jérusalem !

— Le Grand Nom de Dieu, tel qu'il est exprimé dans le tétragrammaton, dit Diotallevi, est de soixante-douze lettres, et sept et deux font neuf. Mais je vous dirai davantage, si vous me le permettez. Selon la tradition pythagoricienne, que la Kabbale reprend (ou inspire), la somme des nombres impairs de un à sept donne seize, et la somme des nombres pairs de deux à huit donne vingt, et vingt plus seize ça fait trente-six.

— Mon Dieu, professeur, frémissait le colonel, je le savais, je le savais. Vous me réconfortez. Je suis près de la vérité. »

Je ne comprenais pas jusqu'à quel point Diotallevi faisait de l'arithmétique une religion ou de la religion une arithmétique, probablement faisait-il l'une et l'autre chose, et j'avais en face de moi un athée qui jouissait de son ravissement dans quelque ciel supérieur. Il pouvait devenir un dévot de la roulette (il l'eût mieux valu), et il s'était voulu rabbin mécréant.

A présent, je ne me rappelle pas exactement ce qui se passa, mais Belbo intervint avec son bon sens des gens du Pô et rompit le charme. Il restait au colonel d'autres lignes à interpréter et nous voulions tous savoir. Il était déjà six heures du soir. Six heures, pensai-je, qui sont aussi dix-huit heures.

« D'accord, dit Belbo. Trente-six par siècle, les chevaliers pas à pas s'apprêtent à découvrir la Pierre. Mais quelle est cette Pierre ?

— Allons ! Il s'agit naturellement du Graal. »

— 20 —

Le Moyen Age attendait le héros du Graal et que le chef du Saint Empire Romain devînt une image et une manifestation du « Roi du Monde » même... que l'Empereur invisible fût aussi le manifeste et l'Age du Milieu... eût aussi le sens d'un Age du Centre... Le centre invisible et inviolable, le souverain qui doit se réveiller, et jusqu'au héros vengeur et restaurateur, ne sont pas imaginations d'un passé mort plus ou moins romantique, mais bien la vérité de ceux qui, aujourd'hui, seuls, peuvent légitimement s'appeler vivants.

Julius EVOLA, *Il mistero del Graal*,
Roma, Edizioni Mediterranee, 1983, c. 23 et Épilogue.

« Vous dites qu'il y a aussi un rapport avec le Graal ? s'informa Belbo.

— Naturellement. Et ce n'est pas moi qui le dis. Sur ce qu'est la légende du Graal, je ne crois pas devoir m'étendre, je parle avec des personnes cultivées. Les chevaliers de la Table ronde, la recherche mystique de cet objet prodigieux qui, pour certains, serait la coupe où le sang de Jésus fut recueilli, transportée en France par Joseph d'Arimathie, pour d'autres une pierre aux pouvoirs mystérieux. Souvent le Graal apparaît comme une lumière fulgurante... Il s'agit d'un symbole, qui représente une force, une source d'immense énergie. Il nourrit, guérit des blessures, aveugle, foudroie... Un rayon laser ? On a aussi pensé à la pierre philosophale des alchimistes, mais même dans cette hypothèse, que fut la pierre philosophale si ce n'est le symbole de quelque énergie cosmique ? La littérature sur ce sujet est innombrable, mais on repère facilement certains signaux irréfutables. Si vous lisez le *Parzival* de Wolfram von Eschenbach, vous verrez que le Graal y apparaît comme gardé dans un château de Templiers ! Eschenbach était-il un initié ? Un imprudent qui a révélé quelque chose qu'il valait mieux taire ? Mais ce n'est pas tout. Ce Graal gardé par les Templiers est défini comme une pierre tombée du ciel : *lapis exillis.* On ne sait pas si cela signifie pierre du ciel (“ ex coelis ”) ou qui vient de l'exil. En tout cas c'est quelque chose qui vient de loin, et on a suggéré que cela pourrait être un météorite. En ce qui nous concerne, nous y sommes : une Pierre. Quoi que fût le Graal, pour les Templiers il symbolise l'objet ou le but du plan.

— Pardon, dis-je, selon la logique du document, au sixième rendez-vous les chevaliers devraient se trouver près d'une pierre ou dessus, mais pas trouver une pierre.

— Autre subtile ambiguïté, autre lumineuse analogie mystique ! Bien sûr que le sixième rendez-vous est sur une pierre, et nous verrons où, mais sur cette pierre, une fois achevée la transmission du plan et brisés les six sceaux, les chevaliers sauront où trouver la Pierre ! C'est en somme le jeu évangélique : tu es Pierre et sur cette pierre... Sur la pierre vous trouverez la Pierre.

— Il ne peut en être qu'ainsi, dit Belbo Je vous en prie, poursuivez. Casaubon, n'interrompez pas toujours. Nous sommes impatients de connaître le reste.

— Donc, dit le colonel, la référence évidente au Graal m'a longtemps fait penser que le trésor était un immense dépôt de matières radioactives, à la limite tombées d'autres planètes. Veuillez considérer, par exemple, dans la légende, la mystérieuse blessure du roi Amfortas... On dirait d'un radiologue qui s'est trop exposé... De fait, il ne faut pas le toucher. Pourquoi ? Songez à l'émotion que les Templiers doivent avoir éprouvée quand ils sont arrivés sur le rivage de la mer Morte : vous le savez, des eaux bitumeuses très lourdes où on flotte comme du liège, et qui ont des propriétés curatives... Ils pourraient avoir découvert en Palestine un dépôt de radium, d'uranium, qu'ils ont compris ne pas pouvoir exploiter sur-le-champ. Les rapports entre le Graal, les Templiers et les Cathares ont été scientifiquement étudiés par un valeureux officier allemand, je veux parler d'Otto Rahn, un Obersturmbannführer des SS qui a consacré sa vie à méditer avec rigueur sur la nature européenne et aryenne du Graal — je ne veux pas dire comment et pourquoi il a perdu la vie en 1939, mais il y en a qui affirment... eh, puis-je oublier ce qui est arrivé à Ingolf ?... Rahn nous montre les rapports entre la Toison d'or des Argonautes et le Graal... en somme, il est évident qu'il y a un lien entre le Graal mystique de la légende, la pierre philosophale (*lapis !*) et cette source de puissance immense que convoitaient les fidèles de Hitler à la veille de la guerre, et jusqu'à leur dernier souffle. Remarquez que dans une version de la légende les Argonautes voient une coupe, je dis bien une coupe, planer au-dessus de la Montagne du Monde avec l'Arbre de la Lumière. Les Argonautes trouvent la Toison d'or et leur navire est emporté par enchantement en pleine Voie Lactée, dans l'hémisphère Austral où, avec la Croix, le Triangle et l'Autel, il domine et affirme la nature lumineuse du Dieu éternel. Le triangle symbolise la Trinité divine, la croix le divin Sacrifice d'amour et l'autel est la Table de la Cène, qui portait la Coupe de la Résurrection. L'origine celtique et aryenne de tous ces symboles est évidente. »

Le colonel semblait pris par la même exaltation héroïque qui avait poussé au suprême sacrifice son... comment déjà ? obersturmund-drang, n'importe, diable de nom. Il fallait le ramener à la réalité.

« Conclusion ? demandai-je.

-- Monsieur Casaubon, elle ne vous crève pas les yeux ? On a parlé du Graal comme d'une Pierre Luciférienne, en le rapprochant de la figure du Baphomet. Le Graal est une source d'énergie, les Templiers étaient les gardiens d'un secret énergétique, et ils dressent leur plan. Où s'établirent les sièges inconnus ? Là, mes bons messieurs », et le colonel nous regarda d'un air complice, comme si nous conspirions ensemble, « moi j'avais une piste, erronée mais utile. Un auteur qui devait avoir eu vent de quelque secret, Charles-Louis Cadet-Gassicourt (quelle coïncidence, son œuvre figurait dans la minibibliothèque d'Ingolf) écrit en 1797 un livre, *Le tombeau de Jacques Molay ou le secret des conspirateurs à ceux qui veulent tout savoir,* et il soutient que Molay, avant de mourir, constitue quatre loges secrètes, à Paris, en Écosse, à Stockholm et à Naples. Ces quatre loges auraient dû exterminer tous les monarques et détruire la puissance du pape. D'accord, Gassicourt était un exalté, mais moi je suis parti de son idée pour établir où vraiment les Templiers pouvaient situer leurs sièges secrets. Je n'aurais pas pu comprendre les énigmes du message si je n'avais pas eu une idée guide, c'est normal. Mais j'en avais une, et c'était la conviction, fondée sur d'innombrables évidences, que l'esprit templier était d'inspiration celtique, druidique, était l'esprit de l'aryanisme nordique que la tradition identifie avec l'île d'Avalon, siège de la véritable civilisation hyperboréenne. Vous n'êtes pas sans savoir que différents auteurs ont identifié Avalon avec le jardin des Hespérides, avec la Dernière Thulé et avec la Colchide de la Toison d'or. Ce n'est pas un hasard si le plus grand ordre chevaleresque de l'histoire est la Toison d'or. A partir de quoi devient clair ce que cache l'expression " Château ". C'est le château hyperboréen où les Templiers gardaient le Graal, probablement le Montsalvat de la légende. »

Il fit une pause. Il voulait que nous soyons suspendus à ses lèvres. Suspendus, nous l'étions.

« Venons-en au deuxième ordre : les gardiens du sceau devront aller là où il y a ceux qui ont fait quelque chose avec le pain. En soi, l'indication était fort claire : le Graal est la coupe du sang du Christ, le pain est la chair du Christ, le lieu où on a mangé le pain est le lieu de la Dernière Cène, à Jérusalem. Impossible de penser que les Templiers, même après la reconquête sarrasine, n'eussent pas conservé une base secrète là-bas. Pour être franc, cet élément juif me gênait au début, dans un plan qui se trouve entièrement sous le signe d'une mythologie aryenne. Et puis j'ai changé d'avis, c'est nous qui continuons à voir en Jésus une expression de la religiosité juive, parce que c'est ce que nous répète l'Église de Rome. Les Templiers savaient très bien que Jésus est un mythe celtique. Tout le récit évangélique est une allégorie hermétique, résurrection après s'être dissous dans les entrailles de la terre et cetera et cetera. Le Christ n'est rien d'autre que l'Élixir des alchimistes. Par ailleurs, tout le monde sait que la trinité est une notion aryenne, et voilà pourquoi toute la règle templière, dictée par un druide comme saint Bernard, est dominée par le nombre trois. »

Le colonel avait bu une autre gorgée d'eau. Il était enroué. « Et venons-en à la troisième étape, le Refuge. C'est le Tibet.

— Et pourquoi le Tibet ?

— Mais, avant tout, parce que von Eschenbach raconte que les Templiers abandonnent l'Europe et transportent le Graal en Inde. Le berceau de la race aryenne. Le refuge est Agarttha. Vous avez dû entendre parler d'Agarttha, siège du roi du monde, la cité souterraine d'où les Seigneurs du Monde dominent et dirigent les vicissitudes de l'histoire humaine. Les Templiers ont constitué un de leurs centres secrets là, aux racines mêmes de leur spiritualité. Vous devez connaître les rapports entre le royaume d'Agarttha et la Synarchie...

— A dire vrai, non...

— Ça vaut mieux, il y a des secrets qui tuent. Ne nous égarons pas. En tout cas, tout le monde sait qu'Agarttha a été fondée il y a six mille ans, au début de l'époque du Kali-Yuga, dans laquelle nous vivons encore actuellement. La tâche des ordres chevaleresques a toujours été de maintenir le rapport avec ce centre secret, la communication active entre la sagesse d'Orient et la sagesse d'Occident. Alors, il est clair que le quatrième rendez-vous doit avoir lieu, et dans un autre des sanctuaires druidiques, la cité de la Vierge, c'est-à-dire la cathédrale de Chartres. Chartres, par rapport à Provins, se trouve de l'autre côté du fleuve principal de l'Ile-de-France, la Seine. »

Nous ne parvenions plus à suivre notre interlocuteur : « Mais que vient faire Chartres dans votre parcours celtique et druidique ?

— Mais d'où croyez-vous que sort l'idée de la Vierge ? Les premières vierges qui apparaissent en Europe sont les Vierges noires des Celtes. Le jeune saint Bernard était à genoux dans l'église de Saint-Voirles, devant une Vierge noire et celle-ci pressa de son sein trois gouttes de lait qui tombèrent sur les lèvres du futur fondateur des Templiers. D'où les romans du Graal, pour procurer une couverture aux croisades, et les croisades pour retrouver le Graal. Les bénédictins sont les héritiers des druides, tout le monde sait ça.

— Mais où sont-elles donc ces Vierges noires ?

— Ceux qui voulaient corrompre la tradition nordique et transformer la religiosité celtique en religiosité méditerranéenne, en inventant le mythe de Marie de Nazareth, les ont fait disparaître. Ou bien les ont déguisées, dénaturées, telles les si nombreuses madones noires qu'on expose encore au fanatisme des masses. Mais si on prend la peine de lire les images des cathédrales, comme a fait le grand Fulcanelli, on voit que cette histoire est racontée en lettres claires et en lettres claires est représenté le rapport liant les vierges celtiques à la tradition alchimique d'origine templière, qui fera de la Vierge noire le symbole de la matière première sur quoi travaillent les chercheurs de cette pierre philosophale laquelle, on l'a vu, n'est autre que le Graal. Et maintenant, réfléchissez : d'où est venue l'inspiration à cet autre grand initié par les druides, Mahomet ? Par la pierre noire de La Mecque. A Chartres, quelqu'un a muré la crypte qui met en communication avec le site souterrain où se trouve encore la statue païenne originelle, mais à bien chercher vous pouvez encore découvrir une Vierge noire, Notre-Dame du Pillier, sculptée par un chanoine odiniste. La statue serre dans sa main le cylindre magique des grandes prêtresses d'Odin, et à sa gauche est sculpté le calendrier magique où apparaissaient — je dis malheureusement apparaissaient, car ces sculptures n'ont pas été sauvées du vandalisme des chanoines orthodoxes — les animaux sacrés de l'odinisme, le chien, l'aigle, le lion, l'ours blanc et le loup-garou. Par ailleurs, il n'a échappé à aucun des spécialistes de l'ésotérisme gothique qu'à Chartres toujours se présente une statue qui porte dans sa main la coupe du Graal. Eh, mes bons messieurs, si on savait encore lire la cathédrale de Chartres, non pas selon les guides touristiques catholiques, apostoliques et romains, mais en sachant voir avec les yeux de la Tradition, la véritable histoire que cette forteresse d'Erec raconte...

— Et maintenant nous arrivons aux popelicans. Qui sont-ils ?

— Ce sont les Cathares. Une des appellations données aux

hérétiques était popelicans, a, n, s, ou popelicants, a, n, t, s. Les Cathares du Midi ont été détruits, et je ne serai pas ingénu au point de penser à un rendez-vous au milieu des ruines de Montségur, mais la secte n'est pas morte, il y a toute une géographie du catharisme occulte d'où naissent même Dante, les poètes du Dolce Stilnovo, la secte des Fidèles d'Amour. Le cinquième rendez-vous est quelque part dans l'Italie septentrionale ou dans la France méridionale.

— Et le dernier rendez-vous ?

— Mais quelle est la plus ancienne, la plus sacrée, la plus stable des pierres celtiques, le sanctuaire de la divinité solaire, l'observatoire privilégié d'où, parvenus à la fin du plan, les descendants des Templiers de Provins peuvent confronter, désormais réunis, les secrets cachés par les six sceaux et découvrir enfin la façon d'exploiter l'immense pouvoir accordé par la possession du Saint Graal ? Voyons ! C'est en Angleterre, c'est le cercle magique de Stonehenge ! Et quoi encore ?

— O basta là », dit Belbo. Seul un Piémontais peut comprendre l'esprit avec lequel on prononce cette expression de stupéfaction polie. Aucun de ses équivalents en d'autres langues ou dialectes (non mi dica, dis donc, are you kidding ?) ne peut rendre le souverain sentiment de désintérêt, le fatalisme avec lequel elle reconfirme l'indéfectible persuasion que les autres sont, et irrémédiablement, les enfants d'une divinité maladroite.

Mais le colonel n'était pas piémontais, et il eut l'air flatté de la réaction de Belbo.

« Eh oui. Voilà le plan, voilà l'ordonation, dans son admirable simplicité et cohérence. Et remarquez, si vous prenez une carte de l'Europe et de l'Asie, et que vous tracez la ligne de déroulement du plan, du nord, où se trouve le Château, à Jérusalem, de Jérusalem à Agarttha, d'Agarttha à Chartres, de Chartres aux bords de la Méditerranée et de là à Stonehenge, il en résultera un tracé, une rune à peu près de cette forme.

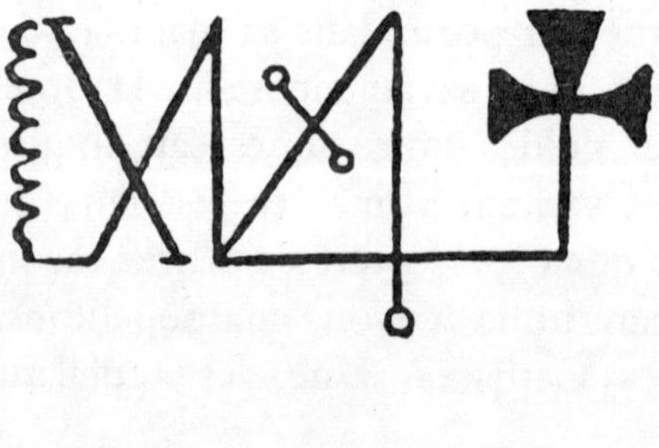

— Et alors ? demanda Belbo.

— Et alors, c'est la même rune qui relie idéalement certains des principaux centres de l'ésotérisme templier, Amiens, Troyes, royaume de saint Bernard, à l'orée de la Forêt d'Orient, Reims, Chartres, Rennes-le-Château et le Mont-Saint-Michel, lieu de très ancien culte druidique. Et ce même dessin rappelle la constellation de la Vierge !

— Je fais de l'astronomie en dilettante, dit timidement Diotallevi, et, autant qu'il m'en souvienne, la Vierge a un dessin différent et compte, me semble-t-il, onze étoiles... »

Le colonel sourit avec indulgence : « Messieurs, messieurs, vous le savez mieux que moi : tout dépend de la manière de tracer les lignes, et on peut avoir un chariot ou une ourse, à volonté, et vous savez comme il est difficile de décider si une étoile se trouve en dehors ou en dedans d'une constellation. Revoyez la Vierge, fixez l'Épi comme point inférieur, correspondant à la côte provençale, identifiez seulement cinq étoiles, et la ressemblance entre les tracés sera impressionnante.

— Il suffit de décider quelles étoiles écarter, dit Belbo.

— Précisément, confirma le colonel.

— Écoutez, dit Belbo, comment pouvez-vous exclure que les rencontres soient régulièrement advenues et que les chevaliers soient déjà au travail sans que nous le sachions ?

— Je n'en perçois pas les symptômes, et permettez-moi d'ajouter " malheureusement ". Le plan s'est interrompu et sans doute ceux qui devaient le porter à terme n'existent plus, les groupes des trente-six se sont dissous au cours de quelque catastrophe mondiale. Mais un groupe d'intrépides, qui aurait les bonnes informations, pourrait reprendre les fils de la trame. Ce quelque chose est encore là. Et moi je cherche les hommes qu'il faut. C'est pour cela que je veux publier le livre, pour stimuler des réactions. Et dans le même temps, je cherche à me mettre en contact avec des personnes qui puissent m'aider à chercher la réponse dans les méandres du savoir traditionnel. Aujourd'hui, j'ai voulu rencontrer la sommité en la matière. Mais hélas, bien qu'étant une lumière, il n'a rien su me dire, même s'il s'est beaucoup intéressé à mon histoire et m'a promis une préface...

— Excusez-moi, lui demanda Belbo, mais n'a-t-il pas été imprudent de confier votre secret à ce monsieur ? C'est vous qui nous avez parlé de l'erreur d'Ingolf...

— Je vous en prie, répondit le colonel, Ingolf était un homme sans défense. Moi j'ai pris contact avec un spécialiste au-dessus de tout soupçon. Une personne qui ne hasarde pas des hypothèses à l'étourdie. A telle enseigne qu'aujourd'hui il m'a demandé d'attendre encore avant de présenter mon œuvre à un éditeur, tant que je n'aurais pas éclairci tous les points controversés... Je ne voulais pas m'aliéner sa sympathie et je ne lui ai pas dit que je viendrais ici, mais vous comprendrez qu'arrivé à cette phase de mes travaux je sois justement impatient. Ce monsieur... oh ! allez, au diable la discrétion, je ne voudrais pas que vous pensiez que je me vante. Il s'agit du grand Rakosky... »

Il fit une pause, attendant nos réactions.

« Qui ? le déçut Belbo.

— Mais le grand Rakosky ! Une autorité dans les études traditionnelles, ex-directeur des *Cahiers du Mystère !*

— Ah, dit Belbo. Oui, oui, il me semble, Rakosky, bien sûr...

— Eh bien, je me réserve d'achever la rédaction de mon texte après avoir écouté encore les conseils de ce monsieur, mais j'entends brûler les étapes et si en attendant j'arrivais à un accord avec votre maison... Je le répète, j'ai hâte de susciter des réactions, de recueillir des renseignements... Ici et ailleurs de par le monde, il y a des gens qui savent et ne parlent pas... Messieurs, bien que Hitler se rende compte que la guerre est perdue, c'est précisément autour de l'année 44 qu'il commence à parler d'une arme secrète qui lui permettra de renverser la situation. Il est fou, dit-on. Et s'il n'avait pas été fou ? Vous me suivez ? » Il avait le front couvert de sueur et les moustaches presque hérissées, comme un félin. « Bref, dit-il, moi je lance l'appât. Nous verrons si quelqu'un se manifeste. »

D'après ce que je savais et pensais alors de lui, je m'attendais, ce jour-là, que Belbo le mît dehors avec quelques phrases de circonstance. Il dit au contraire : « Écoutez, colonel, la chose est d'un énorme intérêt, au-delà de savoir s'il est opportun de conclure avec nous ou avec d'autres. Vous pouvez rester encore une dizaine de minutes, n'est-ce pas colonel ? » Puis il s'adressa à moi : « Pour vous, il est tard, Casaubon, et je ne vous ai que trop retenu ici. Nous pourrons peut-être nous voir demain, non ? »

C'était un congé. Diotallevi me prit par le bras et dit qu'il s'en allait lui aussi. Nous saluâmes. Le colonel serra avec chaleur la main de Diotallevi et il me fit à moi un signe de la tête, accompagné d'un sourire froid.

Tandis que nous descendions les escaliers, Diotallevi me dit : « Vous devez sûrement vous demander pourquoi Belbo vous a invité à sortir. Ne le prenez pas pour une impolitesse. Il faudra que Belbo fasse au colonel une proposition d'édition très discrète. Discrétion, consigne de monsieur Garamond. Je m'en vais moi aussi, pour ne pas créer d'embarras. »

Comme je le compris par la suite, Belbo cherchait à jeter le colonel dans la gueule des éditions Manuzio.

J'entraînai Diotallevi chez Pilade, où moi je bus un Campari et lui un extrait de racines de rhubarbe. Ce « rabarbaro » lui semblait, dit-il, monacal, archaïque et quasiment templier.

Je lui demandai ce qu'il pensait du colonel.

« Dans les maisons d'édition, répondit-il, conflue toute la déficience du monde. Mais comme dans la déficience du monde resplendit la sapience du Très-Haut, le sage observe le sot avec humilité. » Puis il s'excusa, il devait s'en aller. « Ce soir j'ai un banquet, dit-il.

— Une fête ? » demandai-je.

Il parut déconcerté par ma frivolité. « *Zohar,* précisa-t-il, *Lekh Lekha.* Des pages encore complètement incomprises. »

— 21 —

Le Graal... est poids si pesant qu'aux créatures en proie au péché il n'est pas donné de le déplacer.

Wolfram VON ESCHENBACH, *Parzival*, IX, 477.

Le colonel ne m'avait pas plu mais il m'avait intéressé. On peut observer longuement, fasciné, même un lézard vert. J'étais en train de déguster les premières gouttes du poison qui nous mènerait tous à la perdition.

Je revins chez Belbo l'après-midi suivant, et nous parlâmes un peu de notre visiteur. Belbo dit qu'il lui avait fait l'impression d'un mythomane : « Vous avez vu comment il citait ce Rocoski ou Rostropovich comme s'il s'agissait de Kant ?

— Et puis ce sont de vieilles histoires, dis-je. Ingolf était un fou qui y croyait et le colonel est un fou qui croit à Ingolf.

— Peut-être y croyait-il hier et aujourd'hui il croit à quelque chose d'autre. Je vais vous dire : hier, avant de le quitter, je lui ai fixé pour ce matin un rendez-vous avec... avec un autre éditeur, une maison pas difficile, disposée à publier des livres autofinancés par l'auteur. Il paraissait enthousiaste. Eh bien, je viens d'apprendre qu'il n'y est pas allé. Et dire qu'il m'avait laissé ici la photocopie du message, regardez. Il sème à tous vents le secret des Templiers comme si de rien n'était. Ce sont des personnages qui sont faits comme ça. »

Ce fut à cet instant que le téléphone sonna. Belbo répondit : « Oui ? Ici Belbo, oui, maison d'édition Garamond. Bonjour, dites-moi... Oui, il est venu hier après-midi, pour me proposer un livre. Excusez-moi, il y a un problème de discrétion de ma part, si vous m'expliquiez... »

Il écouta pendant quelques secondes, puis il me regarda, pâle, et me dit : « On a tué le colonel, ou quelque chose comme ça. » Il revint à son interlocuteur : « Pardon, je l'annonçai à Casaubon, un de mes collaborateurs qui était présent hier à l'entretien... Donc, le colonel Ardenti est venu nous parler d'un de ses projets, une histoire que je considère fantaisiste, sur un supposé trésor des Templiers. C'étaient des chevaliers du Moyen Age... »

Instinctivement il couvrit le microphone de la main, comme pour isoler l'auditeur, puis il vit que je l'observais, il retira sa main et parla avec une certaine hésitation. « Non, monsieur le commissaire, ce monsieur a parlé d'un livre qu'il voulait écrire, mais toujours d'une manière vague... Comment ? Tous les deux ? Maintenant ? Je note l'adresse. »

Il raccrocha. Il garda le silence quelques secondes, tambourinant sur sa table. « Donc, Casaubon, excusez-moi, sans y penser je vous ai mis dans le coup vous aussi. J'ai été pris au dépourvu. C'était un commissaire, un certain De Angelis. Il paraît que le colonel habitait dans un meublé, et quelqu'un dit l'avoir trouvé mort hier, dans la nuit...

— Quelqu'un dit ? Et ce commissaire ne sait pas si c'est vrai ?

— Ça semble étrange, mais le commissaire ne le sait pas. Il paraît qu'ils ont trouvé mon nom et le rendez-vous d'hier marqués dans un carnet. Je crois que nous sommes leur unique piste. Que vous dire, allons-y. »

Nous appelâmes un taxi. Pendant le trajet Belbo me prit par le bras. « Casaubon, il s'agira sans doute d'une coïncidence En tout cas, mon Dieu, j'ai peut-être un esprit tordu, mais dans mon coin on dit " mieux vaut ne jamais donner de noms "... Il y avait une comédie de Noël, en dialecte, que j'allais voir quand j'étais gamin, une farce pieuse, avec les bergers dont on ne comprenait pas s'ils habitaient à Bethléem ou tout près de Turin... Arrivent les rois mages et ils demandent au valet du berger comment s'appelle son maître et lui, il répond Gelindo. Quand Gelindo l'apprend, il se met à donner du bâton au valet parce que, dit-il, on ne met pas un nom à la disposition de n'importe qui... En tout cas, si vous êtes d'accord. le colonel ne nous a rien dit d'Ingolf et du message de Provins.

— Nous ne voulons pas faire la même fin qu'Ingolf, dis-je en tentant de sourire.

— Je vous le répète, c'est une bêtise. Mais, de certaines histoires, il vaut mieux se tenir loin. »

Je me dis d'accord, mais je restai troublé. En fin de compte j'étais un étudiant qui participait à des défilés, et une rencontre avec la police me mettait mal à l'aise. Nous arrivâmes au meublé. Pas des plus reluisants, loin du centre. On nous orienta tout de suite vers l'appartement — ainsi le qualifiait-on — du colonel Ardenti. Des agents dans les escaliers. On nous introduisit au numéro 27 (sept et deux, neuf, pensai-je) : chambre à coucher, entrée avec une petite table, kitchenette, petite salle de bains avec douche, sans rideau, par la porte entrouverte on ne voyait pas s'il y avait un bidet, mais dans un meublé de ce genre c'était probablement la première et unique commodité que les clients exigeaient. Ameublement insignifiant, pas beaucoup d'effets personnels, mais tous en grand désordre, quelqu'un avait fouillé en hâte dans les armoires et dans les valises. Peut-être avait-ce été la police, entre agents en civil et agents en uniforme je comptai une dizaine de personnes.

Un individu assez jeune aux cheveux assez longs vint à notre rencontre. « Je suis De Angelis. Professeur Belbo ? Professeur Casaubon ?

— Je ne suis pas professeur, je n'ai pas fini mes études.

— Étudiez, étudiez. Si vous ne passez pas votre licence, vous ne pourrez pas vous présenter aux concours pour entrer dans la police et vous ne savez pas ce que vous perdez. » Il avait l'air agacé. « Excusez-moi, mais nous allons tout de suite commencer par les préliminaires nécessaires. Voilà, ça c'est le passeport qui appartenait à l'habitant de cette pièce, enregistré comme colonel Ardenti. Vous le reconnaissez ?

— C'est lui, dit Belbo, mais aidez-moi à m'y reconnaître. Au téléphone, je n'ai pas compris s'il est mort ou si...

— J'aimerais tant que vous me le disiez, vous, dit De Angelis en faisant une grimace. Mais j'imagine que vous avez le droit d'en savoir un peu plus. Donc, monsieur Ardenti, ou le colonel Ardenti s'il y tenait, était descendu ici depuis quatre jours. Vous avez dû vous apercevoir que ce n'est pas le Grand Hôtel. Il y a le portier, qui va se coucher à onze heures parce que les clients ont une clef de la porte d'entrée, une ou deux femmes de chambre qui viennent le matin pour faire les chambres, et un vieil alcoolo qui fait office de porteur et monte à boire dans les chambres quand les clients sonnent. Alcoolo, j'insiste, et artérioscléreux : l'interroger a été un supplice. Le portier soutient qu'il a la manie des fantômes et a déjà filé la trouille à quelques clients. Hier soir, vers dix heures, le portier voit rentrer Ardenti en compagnie de deux personnes qu'il fait monter dans sa chambre. Ici, ils ne font pas gaffe si un client fait monter une bande de travestis, alors deux personnes normales... même si, d'après le portier, ils avaient un accent étranger. A dix heures et demie, Ardenti appelle le vieux et se fait apporter une bouteille de whisky, une d'eau minérale et trois verres. Vers une heure ou une heure et demie, le vieux entend sonner de la chambre 27, par à-coups, dit-il. Mais d'après l'état où on l'a trouvé ce matin, à cette heure-là il devait avoir éclusé pas mal de petits verres de quelque chose, et de la raide. Le vieux monte, frappe à la porte, on ne répond pas ; il ouvre avec le passe-partout, trouve tout en désordre, tel que c'est à présent, et le colonel sur le lit, les yeux exorbités et un fil de fer serré autour du cou. Il se précipite dans les escaliers, réveille le portier, aucun des deux n'a envie de remonter, ils sautent sur le téléphone mais la ligne semble coupée. Ce matin il marchait très bien, mais accordons-leur crédit. Alors le portier court vers la petite place au coin où il y a un téléphone à jetons, pour appeler le commissariat de police, tandis que le vieux se traîne du côté opposé, où habite un docteur. Bref, ils y mettent vingt minutes, reviennent, attendent en bas, tout effrayés, dans l'intervalle le docteur s'est habillé et arrive presque en même temps que la voiture panthère de la police. Ils montent au 27, et sur le lit il n'y a personne.

— Comment personne ? demanda Belbo.

— Point de cadavre. Le médecin s'en retourne chez lui et mes collègues ne trouvent que ce que vous voyez. Ils interrogent vieux et portier, avec les résultats que je vous ai dits. Où étaient passés les deux messieurs montés avec Ardenti à dix heures ? Qui sait, ils pouvaient être sortis entre onze heures et une heure et personne ne s'en serait aperçu. Ils étaient encore dans la chambre quand le vieux est entré ? Qui sait, lui il y est resté une minute, et il n'a regardé ni dans la kitchenette ni dans les cabinets. Ils peuvent être sortis alors que ces deux malheureux allaient chercher de l'aide, et en emportant avec eux un cadavre ? Ça ne serait pas impossible, parce qu'il y a un escalier extérieur qui finit dans la cour, et là on pourrait sortir par la porte d'entrée qui donne sur une rue latérale. Mais surtout, y avait-il vraiment un cadavre, ou le colonel s'en était-il allé, disons à minuit, avec les deux types, et le vieux a eu des visions ? Le portier répète que ce n'est pas la première fois qu'il a la berlue, il y a des années il a dit qu'il était tombé sur une cliente pendue nue, et puis la cliente était rentrée une demi-heure plus tard fraîche comme une rose, et sur le lit de sangle du vieux on avait trouvé une revue sado-porno, il pouvait bien avoir eu la belle idée d'aller lorgner par le trou de la serrure la chambre de cette dame, et il avait vu un rideau qui s'agitait dans la pénombre. La seule donnée certaine, c'est que la chambre ne se trouve pas dans un état normal, et qu'Ardenti s'est volatilisé. Mais bon, j'ai trop parlé à présent. C'est votre tour, professeur Belbo. L'unique piste que nous ayons sous la main, c'est une feuille de papier qui était par terre, à côté de la petite table. Quatorze heures, Hôtel Principe e Savoia, M. Rakosky ; seize heures, Garamond, M. Belbo. Vous m'avez confirmé qu'il est venu chez vous. Dites-moi ce qui s'est passé. »

— 22 —

Les chevaliers du Graal ne voulaient plus qu'on leur fît de questions.

Wolfram VON ESCHENBACH, *Parzival*, XVI, 819

Belbo fut bref : il lui répéta tout ce qu'il lui avait déjà dit au téléphone, sans autres détails, sinon inessentiels. Le colonel avait raconté son histoire fumeuse, disant qu'il avait découvert les traces d'un trésor dans certains documents trouvés en France, mais il ne nous en avait pas dit beaucoup plus. Il paraissait penser qu'il possédait un secret dangereux, et il voulait le rendre public, tôt ou tard, pour ne pas en être l'unique dépositaire. Il avait touché deux mots du fait que d'autres avant lui, une fois découvert le secret, s'étaient mystérieusement volatilisés. Il montrerait les documents seulement si nous l'assurions d'un contrat, mais Belbo ne pouvait assurer aucun contrat si d'abord il ne voyait pas quelque chose, et ils s'étaient quittés sur un vague rendez-vous. Il avait mentionné une rencontre avec le dénommé Rakosky, et il avait dit que c'était le directeur des *Cahiers du Mystère*. Il voulait lui demander une préface. Il paraissait que Rakosky lui avait conseillé de surseoir à la publication. Le colonel ne lui avait pas dit qu'il viendrait chez Garamond. C'était tout

« Bien, bien, dit De Angelis. Quelle impression vous a-t-il faite ?

— Il avait l'air d'un exalté et il a fait allusion à un passé, comment dire, un peu nostalgique, et à une période dans la Légion étrangère.

— Il vous a dit la vérité, encore qu'incomplète. En un certain sens, on le tenait déjà à l'œil, mais sans trop insister. Des cas de ce genre, nous en avons tant... Donc, Ardenti n'était même pas son nom, mais il avait un passeport français en règle. Il avait fait des réapparitions en Italie, de temps à autre, depuis quelques années, et il a été identifié, sans certitude, comme un certain capitaine Arcoveggi, condamné à mort par contumace en 1945. Collaboration avec les SS pour envoyer un peu de monde à Dachau. En France on l'avait dans le collimateur, il avait subi un procès pour escroquerie et il s'en était tiré d'un cheveu. On présume, on présume, attention, que c'est la même personne qui, sous le nom de Fassotti, l'année dernière, a été dénoncée par un petit industriel de Peschiera Borromeo. Il l'avait convaincu que, dans le lac de Côme, se trouvait encore le trésor de Dongo, abandonné par Mussolini pendant sa dernière fuite, que, lui, il avait identifié l'endroit, qu'il suffisait de quelques dizaines de millions pour deux hommes-grenouilles et un canot à moteur... Une fois le fric empoché, il s'était volatilisé. A présent vous me confirmez qu'il avait la manie des trésors.

— Et ce Rakosky ? demanda Belbo.

— Déjà vérifié. Au Principe e Savoia est descendu un Rakosky, Wladimir, enregistré avec un passeport français. Description vague, monsieur distingué. La même description que le portier d'ici. Au comptoir de l'Alitalia il apparaît enregistré ce matin sur le premier vol pour Paris. J'ai mis l'Interpol dans le coup. Annunziata, est-il arrivé quelque chose de Paris ?

— Rien encore, patron.

— Voilà. Donc le colonel Ardenti, ou quel que soit son nom, arrive à Milan il y a quatre jours, nous ne savons pas ce qu'il fait les trois premiers, hier à deux heures il voit probablement Rakosky à l'hôtel, il ne lui dit pas qu'il ira chez vous, et ceci me semble intéressant. Le soir il vient ici, vraisemblablement avec Rakosky en personne et un autre type... après quoi tout devient imprécis. Même s'ils ne le tuent pas, il est sûr qu'ils perquisitionnent l'appartement. Qu'est-ce qu'ils cherchent ? Dans sa veste — ah oui, parce que même s'il sort, il sort en manches de chemise, sa veste avec son passeport reste dans la chambre, mais ne croyez pas que ça simplifie les choses, parce que le vieux dit qu'il était allongé sur le lit avec sa veste, mais ce pouvait bien être une veste d'intérieur, mon Dieu, là j'ai l'impression de tourner en rond dans une cage aux fous — je disais, dans sa veste il avait encore pas mal d'argent, trop même... Par conséquent, ils cherchaient autre chose. Et l'unique bonne idée me vient de vous. Le colonel avait des documents. A quoi ressemblaient-ils ?

— Il avait à la main un classeur marron, dit Belbo.

— Moi, il m'a semblé rouge, dis-je.

— Marron, insista Belbo, mais je me trompe peut-être.

— Rouge ou marron, peu importe, dit De Angelis, il n'est pas ici. Les messieurs d'hier soir l'ont emporté avec eux. C'est donc autour de ce classeur qu'on doit tourner. Selon moi, Ardenti ne voulait pas du tout publier de livre. Il avait rassemblé quelques données pour faire chanter Rakosky et il cherchait à mettre en avant des contacts éditoriaux comme élément de pression. Ce serait dans son style. Et là on pourrait faire des hypothèses. Les deux autres s'en vont en le menaçant, Ardenti prend peur et s'enfuit dans la nuit en abandonnant tout, le classeur sous le bras. Et même, pour qui sait quelle raison, il fait croire au vieux qu'il a été assassiné. Mais ce serait trop romanesque, et ça n'expliquerait pas la chambre en désordre. D'autre part, si les deux types le liquident et volent le classeur, pourquoi voler aussi le cadavre ? Nous verrons. Excusez-moi, je suis obligé de vous demander vos coordonnées. »

Il retourna deux fois dans ses mains ma carte d'étudiant. « Étudiant en philosophie, hein ?

— On est nombreux, dis-je.

— Trop même. Et vous faites des études sur ces Templiers... Si je devais me faire une culture sur ces gens, qu'est-ce qu'il faudrait que je lise ? »

Je lui suggérai deux livres de vulgarisation, mais assez sérieux. Je lui dis qu'il trouverait des informations dignes de foi jusqu'au procès et qu'après ce n'étaient que divagations.

« Je vois, je vois, dit-il. Même les Templiers, à présent. Un groupuscule que je ne connaissais pas encore. »

Arriva le dénommé Annunziata avec un télex : « Voilà la réponse de Paris, patron. »

Il lut. « Excellent. A Paris ce Rakosky est inconnu, et de toute façon le numéro de son passeport correspond à celui de papiers d'identité volés il y a deux ans. Parfait, tout se précise. Monsieur Rakosky n'existe pas. Vous dites qu'il était directeur d'une revue... comment s'appelait-elle ? » Il prit note. « Nous essaierons, mais je parie que nous découvrirons que la revue non plus n'existe pas, ou qu'elle a cessé de paraître depuis belle lurette. Bien, messieurs. Merci pour votre collaboration, je vous dérangerai peut-être encore quelques fois. Oh, une dernière question. Cet Ardenti a-t-il laissé entendre qu'il avait des rapports avec un groupe politique quelconque ?

— Non, dit Belbo. Il paraissait avoir abandonné la politique pour les trésors.

— Et pour l'abus d'incapable. » Il s'adressa à moi : « J'imagine qu'il ne vous a pas plu, à vous.

— Les types comme lui ne me plaisent pas, dis-je. Quant à me mettre à les étrangler avec un fil de fer, non. Si ce n'est idéalement.

— Normal. Trop pénible. N'ayez crainte, monsieur Casaubon, je ne suis pas de ceux qui croient que tous les étudiants sont des criminels. Soyez tranquille. Tous mes vœux pour votre thèse. »

Belbo demanda : « Pardon, monsieur le commissaire, mais rien que pour comprendre. Vous êtes de la criminelle ou de la politique ?

— Bonne question. Mon collègue de la criminelle est venu cette nuit. Après qu'ils ont découvert dans les archives quelque chose de plus sur les écarts de notre Ardenti, il m'a passé l'affaire à moi. Je suis de la politique. Mais je ne sais vraiment pas si je suis la personne qu'il faut. La vie n'est pas aussi simple que dans les polars.

— Je le supposais », dit Belbo en lui tendant la main.

Nous nous en allâmes, et je n'étais pas tranquille. Pas à cause du commissaire, qui m'était apparu comme un brave type, mais je m'étais trouvé, pour la première fois de ma vie, au centre d'une sombre histoire. Et j'avais menti. Et Belbo avec moi.

Je le quittai sur le seuil des éditions Garamond et l'un et l'autre nous étions gênés.

« Nous n'avons rien fait de mal, dit Belbo d'un ton coupable. Que le commissaire soit au courant d'Ingolf ou des Cathares, ça ne fait pas beaucoup de différence. Ce n'étaient que des divagations. Ardenti a été contraint, pourquoi pas ? à s'éclipser pour d'autres raisons, et il y en avait mille. Rakosky est, pourquoi pas ? des services secrets israéliens et il a réglé de vieux comptes. C'était, pourquoi pas ? un compagnon d'armes dans la Légion étrangère avec de vieilles rancœurs. C'était, pourquoi pas ? un tueur algérien. L'histoire du trésor templier n'était, pourquoi pas ? qu'un épisode secondaire dans la vie de notre colonel. Oui, je sais, rouge ou marron, il manque le classeur. Vous avez bien fait de me contredire, il était clair comme ça que nous l'avions juste entr'aperçu... »

Je me taisais, et Belbo ne savait pas comment conclure.

« Vous me direz que j'ai fui de nouveau, comme dans la via Larga.

— Vétille. Nous avons bien fait. Au revoir. »

J'éprouvais de la pitié pour lui, parce qu'il se sentait lâche. Moi pas ; on m'avait appris à l'école qu'avec la police il faut mentir. Par principe. Mais c'est ainsi, la mauvaise conscience corrompt l'amitié.

A dater de ce jour, je ne le vis plus. J'étais son remords, il était le mien.

Mais j'eus alors la conviction qu'étudiant, on est toujours plus suspect que diplômé. Je travaillai encore un an et remplis deux cent cinquante feuillets sur le procès des Templiers. C'étaient les années ou présenter sa thèse prouvait une loyale adhésion aux lois de l'État, et on se voyait traité avec indulgence.

Au cours des mois qui suivirent, certains étudiants commencèrent à se servir d'armes à feu ; l'époque des grandes manifs à ciel ouvert touchait à sa fin.

J'étais à court d'ideaux. J'avais un alibi car, en aimant Amparo, je faisais l'amour avec le Tiers Monde. Amparo était belle, marxiste, brésilienne, enthousiaste, désenchantée, elle avait une bourse d'études et un sang splendidement mêlé. Tout à la fois.

Je l'avais rencontrée à une fête et j'avais agi sous le coup de l'impulsion : « Pardon, mais je voudrais faire l'amour avec toi.

— Tu es un cochon de machiste.

— Je n'ai rien dit.

— Tu l'as dit. Je suis une cochonne de féministe. »

Elle était sur le point de rentrer dans son pays et je ne voulais pas la perdre. Ce fut elle qui me mit en contact avec une université de Rio où on cherchait un lecteur d'italien. J'obtins le poste pour deux années, renouvelables. Vu que je me sentais à l'étroit en Italie, j'acceptai.

Et puis, dans le Nouveau Monde, me disais-je, je ne rencontrerais pas les Templiers.

Illusion, pensais-je samedi soir dans le périscope. En montant les escaliers des éditions Garamond, je m'étais introduit dans le Palais. Diotallevi disait : Bina est le palais que Hokhma se construit en s'étendant à partir du point primordial. Si Hokhma est la source, Bina est le fleuve qui en découle, se divisant ensuite en ses différents bras, jusqu'à ce que tous se jettent dans la grande mer de la dernière sefira — et en Bina toutes les formes sont déjà préformées.

4

HÉSÉD

— 23 —

L'analogie des contraires, c'est le rapport de la lumière à l'ombre, de la saillie au creux, du plein au vide. L'allégorie, mère de tous les dogmes, est la substitution des empreintes aux cachets, des ombres aux réalités. C'est le mensonge de la vérité et la vérité du mensonge.

Eliphas LEVI, *Dogme de la haute magie*,
Paris, Baillère, 1856, XXII, 22.

J'étais arrivé au Brésil pour l'amour d'Amparo, j'y étais resté pour l'amour du pays. Je n'ai jamais compris pourquoi cette descendante de Hollandais qui s'étaient installés à Recife et s'étaient mélangés avec des indios et des nègres soudanais, au visage de Jamaïcaine et à la culture de Parisienne, avait un nom espagnol. Je ne suis jamais venu à bout des noms propres brésiliens. Ils défient tout dictionnaire onomastique et n'existent que là-bas.

Amparo me disait que, dans leur hémisphère, quand l'eau est aspirée par le tuyau d'écoulement du lavabo, le mouvement tourbillonnaire va de droite à gauche, alors que chez nous il va dans le sens contraire — ou vice versa. Je n'ai pas pu vérifier si c'était vrai. Non seulement parce que dans notre hémisphère personne n'a jamais regardé de quel côté va l'eau, mais aussi parce qu'après différentes expériences au Brésil je m'étais rendu compte qu'il est très difficile de le comprendre. L'aspiration est trop rapide pour qu'on puisse la suivre, et probablement sa direction dépend de la force et de l'obliquité du jet, de la forme du lavabo ou de la baignoire. Et puis, si c'était vrai, qu'est-ce qui se passerait à l'équateur ? L'eau coulerait peut-être à pic, sans tournoyer, ou elle ne coulerait pas du tout ?

A cette époque, je ne dramatisai pas trop le problème, mais samedi soir je pensais que tout dépendait des courants telluriques et que le Pendule en cachait le secret.

Amparo était ferme dans sa foi. « Peu importe ce qui arrive dans le cas empirique, me disait-elle, il s'agit d'un principe idéal, à vérifier dans des conditions idéales, et donc jamais. Mais c'est vrai. »

A Milan, Amparo m'était apparue désirable pour son désenchantement. Là-bas, réagissant aux acides de sa terre, elle devenait quelque chose de plus insaisissable, lucidement visionnaire et capable de rationalités souterraines. Je la sentais agitée par des passions antiques ; elle veillait à les brider, pathétique dans son ascétisme qui lui commandait d'en refuser la séduction.

Je mesurai ses splendides contradictions en la voyant discuter avec ses camarades. C'étaient des réunions dans des maisons mal installées, décorées avec de rares posters et beaucoup d'objets folkloriques, des portraits de Lénine et des terres cuites nordestines qui célébraient le cangaceiro, ou des fétiches amérindiens. Je n'étais pas arrivé à un des moments politiquement les plus limpides et j'avais décidé, après l'expérience vécue dans mon pays, de me tenir éloigné des idéologies, surtout là-bas, où je ne les comprenais pas. Les propos des camarades d'Amparo augmentèrent mon incertitude, mais ils stimulèrent chez moi de nouvelles curiosités. Ils étaient naturellement tous marxistes, et à première vue ils parlaient presque comme tout marxiste européen, mais ils parlaient d'une chose différente, et soudain, au cours d'une discussion sur la lutte des classes, ils parlaient de « cannibalisme brésilien » ou du rôle révolutionnaire des cultes afro-américains.

Alors, entendant parler de ces cultes, j'acquis la conviction que là-bas même l'aspiration idéologique va dans le sens contraire. Ils m'ébauchaient un panorama de migrations pendulaires internes, avec les déshérités du nord qui descendaient vers le sud industriel, se sous-prolétarisaient dans des métropoles immenses, asphyxiés par des nuages de smog, retournaient, désespérés, dans le nord, pour reprendre un an après la fuite vers le sud ; mais au cours de cette oscillation, beaucoup s'enlisaient dans les grandes villes et, absorbés par une pléiade d'Églises autochtones, ils s'adonnaient au spiritisme, à l'évocation de divinités africaines... Et là, les camarades d'Amparo se divisaient : pour certains, cela démontrait un retour aux racines, une opposition au monde des Blancs ; pour d'autres, les cultes étaient la drogue avec quoi la classe dominante refrénait un immense potentiel révolutionnaire ; pour d'autres encore, c'était le creuset où Blancs, indios et nègres se fondaient, en dessinant des perspectives encore vagues et à la destinée incertaine. Amparo était décidée, les religions ont toujours été l'opium des peuples et à plus forte raison les cultes pseudo-tribaux. Puis je la tenais par la taille dans les « escolas de samba », quand j'entrais moi aussi dans les serpents de danseurs qui traçaient des sinusoïdes rythmées par le battement insoutenable des tambours, et je me rendais compte qu'elle adhérait à ce monde avec les muscles de l'abdomen, avec le cœur, avec la tête, avec les narines... Et puis nous sortions encore, et elle était la première à m'anatomiser avec sarcasme et rancœur la religiosité profonde, orgiastique, de ce lent don de soi, semaine après semaine, mois après mois, au rite du carnaval. Aussi tribal et ensorcelé, disait-elle avec haine révolutionnaire, que les rites du football qui voient les déshérités dépenser leur énergie combative, et leur sens de la révolte, pour pratiquer incantations et maléfices, et obtenir des dieux de tous les mondes possibles la mort de l'arrière adverse, en oubliant la domination qui les voulait extatiques et enthousiastes, condamnés à l'irréalité.

Lentement je perdis le sentiment de la différence. De même que je m'habituais peu à peu à ne pas chercher à reconnaître les races, dans cet univers de visages qui racontaient des histoires centenaires d'hybridations incontrôlées. Je renonçai à établir où se trouvait le progrès, où la révolte, où le complot — comme disaient les camarades d'Amparo — du Capital. Comment pouvais-je encore penser européen, quand j'apprenais que les espoirs de l'extrême gauche étaient entretenus par un évêque du Nordeste, soupçonné d'avoir sympathisé avec le nazisme dans sa jeunesse, lequel, avec une foi intrépide, tenait bien haut le flambeau de la révolte, mettant sens dessus dessous le Vatican effrayé et les barracudas de Wall Street, enflammant de liesse l'athéisme des mystiques prolétaires conquis par l'étendard menaçant et très doux d'une Belle Dame qui, transpercée de sept douleurs, contemplait les souffrances de son peuple ?

Un matin, sorti avec Amparo d'un séminaire sur la structure de classe du Lumpenproletariat, nous parcourions en voiture une route littorale. Je vis, le long de la plage, des offrandes votives, des bougies, des corbeilles blanches. Amparo me dit qu'elles étaient offertes à Yemanjá, la déesse des eaux. Elle descendit de la voiture, se rendit avec componction sur la ligne de brisement des vagues, demeura quelques instants en silence. Je lui demandai si elle y croyait. Elle me demanda avec rage comment je pouvais le croire. Puis elle ajouta : « Ma grand-mère m'emmenait ici, sur cette plage, et elle invoquait la déesse pour que je puisse grandir belle et bonne et heureuse. Qui est ce philosophe à vous qui parlait des chats noirs, et des cornes de corail, et a dit “ ce n'est pas vrai, mais j'y crois ” ? Bien, moi je n'y crois pas, mais c'est vrai. » Ce fut ce jour-là que je décidai d'épargner sur nos salaires, et de tenter un voyage à Bahia.

Mais ce fut aussi alors, je le sais, que je commençai à me laisser bercer par le sentiment de la ressemblance : tout pouvait avoir de mystérieuses analogies avec tout.

Lorsque je revins en Europe, je transformai cette métaphysique en une mécanique — et c'est pour cela que je donnai tête la première dans le piège où je me trouve maintenant. Mais, à l'époque, j'agis dans un crépuscule où s'annulaient les différences. Raciste, je pensai que les croyances d'autrui sont pour l'homme fort des occasions d'amènes rêveries.

J'appris des rythmes, des manières de laisser aller le corps et l'esprit. Je me le disais l'autre soir dans le périscope, tandis que pour lutter contre le fourmillement de mes membres je les bougeais comme si je frappais encore l'agogõ. Tu vois, me disais-je, pour te soustraire au pouvoir de l'inconnu, pour te montrer à toi-même que tu n'y crois pas, tu en acceptes les charmes. Comme un athée qui avoue l'être, qui de nuit verrait le diable, et raisonnerait de la sorte : lui, certes, n'existe pas, et c'est là une illusion de mes sens excités, cela dépend sans doute de ma digestion, mais lui ne le sait pas, et il croit en sa théologie à l'envers. Sûr qu'il est d'exister, qu'est-ce qui lui ferait donc peur ? Vous faites le signe de la croix et lui, crédule, disparaît dans une explosion de soufre.

C'est ce qui m'est arrivé à moi comme à un ethnologue pédant qui, pendant des années, aurait étudié le cannibalisme et, pour défier l'esprit borné des Blancs, raconterait à tout le monde que la chair humaine a une saveur délicate. Irresponsable, parce qu'il sait qu'il n'aura jamais l'occasion d'en goûter. Jusqu'à ce que quelqu'un, anxieux de savoir la vérité, veuille essayer sur lui. Et, tandis qu'il est dévoré morceau par morceau, il ne saura plus qui a raison, et espère presque que le rite est bon, pour justifier du moins sa propre mort. Ainsi, l'autre soir, devais-je croire que le Plan était vrai, sinon au cours de ces deux dernières années j'aurais été l'architecte omnipuissant d'un cauchemar malin. Mieux valait que le cauchemar fût réalité, si une chose est vraie elle est vraie, et vous, vous n'y êtes pour rien.

— 24 —

Sauvez la faible Aischa des vertiges de Nahash, sauvez la plaintive Héva des mirages de la sensibilité, et que les Khérubs me gardent.

Joséphin PÉLADAN, *Comment on devient Fée*, Paris, Chamuel, 1893, p. XIII.

Tandis que je m'avançais dans la forêt des ressemblances, je reçus la lettre de Belbo.

Cher Casaubon,

Je ne savais pas, jusqu'à l'autre jour, que vous étiez au Brésil, j'avais complètement perdu trace de vous, je ne savais même pas que vous étiez diplômé (compliments), mais chez Pilade j'ai trouvé quelqu'un qui m'a fourni vos coordonnées. Il me semble opportun de vous mettre au courant de certains faits nouveaux qui concernent la malheureuse histoire du colonel Ardenti. Plus de deux années ont passé, me semble-t-il, et il faut encore m'excuser car c'est moi qui vous ai mis dans le pétrin, ce matin-là, sans le vouloir.

J'avais presque oublié cette sale affaire, mais il y a deux semaines je suis allé me promener dans le Montefeltro et je suis tombé sur la forteresse de San Leo. Il paraît qu'elle était sous domination pontificale au XVIIIe siècle, et que le pape y a fait enfermer Cagliostro, dans une cellule sans porte (on entrait, pour la première et dernière fois, par une trappe située au plafond) et avec un soupirail par où le condamné ne pouvait voir que les deux églises du village. Sur le bat-flanc où Cagliostro dormait et où il est mort, j'ai vu un bouquet de roses, et on m'a expliqué qu'il y a encore beaucoup de fidèles qui vont en pèlerinage sur le lieu du martyre. On m'a raconté que parmi les pèlerins les plus assidus il y avait les membres de Picatrix, un cénacle milanais d'études mystériosophiques, qui publie une revue — appréciez l'imagination — appelée *Picatrix*.

Vous savez que je suis curieux de ces bizarreries, et à Milan je me suis procuré un numéro de *Picatrix*, où j'ai appris qu'on devait célébrer d'ici quelques jours une évocation de l'esprit de Cagliostro. J'y suis allé.

Les murs étaient damassés d'étendards couverts de signes cabalistiques, grande débauche de hiboux et chouettes, scarabées et ibis, divinités orientales de provenance incertaine. Sur le fond il y avait une estrade, avec une avant-scène de torches ardentes sur des supports de billots mal dégrossis ; en arrière-plan, un autel avec retable triangulaire et deux statuettes d'Isis et Osiris. Autour, un amphithéâtre de figures d'Anubis, un portrait de Cagliostro (de qui sinon, vous ne croyez pas ?), une momie dorée format Chéops, deux candélabres à cinq branches, un gong soutenu par deux serpents rampants, un lutrin sur un socle recouvert de cotonnette imprimée de hiéroglyphes, deux couronnes, deux trépieds, une mallette mini-sarcophage, un trône, un fauteuil style XVIIe, quatre chaises dépareillées genre banquet chez le shérif de Nottingham, chandelles, bougies, cierges, toute une ardeur très spirituelle.

Enfin, sept enfants de chœur entrent, soutane rouge et torche, et puis le célébrant, qu'on dit être le directeur de Picatrix — et il s'appelait Brambilla, les dieux le lui pardonnent — avec des ornements rose et olive, et puis la pupille, ou médium, et puis six acolytes tout de blanc vêtus qui semblent autant de Ninetto Davoli mais avec infule, celle du dieu, si vous vous rappelez nos poètes.

Brambilla se coiffe d'un trirègne orné d'une demi-lune, s'empare d'une flamberge rituelle, trace sur la scène des figures magiques, évoque quelques esprits angéliques avec la finale en « el », et c'est alors que me viennent vaguement à l'esprit ces diableries pseudo-sémitiques du message d'Ingolf, mais c'est l'affaire d'un instant et puis ça me sort de l'esprit. Parce que c'est alors aussi qu'il se passe quelque chose de singulier : les micros de la scène sont reliés à un dispositif de syntonisation, qui devrait recueillir des ondes errant dans l'espace, mais l'opérateur, avec infule, doit avoir commis une erreur, et on entend d'abord de la disco-music et puis entre en ondes Radio Moscou. Brambilla ouvre le sarcophage, en extrait un grimoire, sabre l'air d'un encensoir et crie « Ô seigneur que ton règne arrive » et il semble obtenir quelque chose parce que Radio Moscou se tait, mais au moment le plus magique elle reprend sur un chant de cosaques avinés, de ceux qui dansent avec le derrière à ras de terre. Brambilla invoque la Clavicula Salomonis, brûle un parchemin sur un trépied au risque d'allumer un bûcher, évoque quelques divinités du temple de Karnak, demande avec impertinence d'être placé sur la pierre cubique d'Esod, et appelle avec insistance un certain Familier 39, qui doit être très familier au public car un frémissement se répand dans la salle. Une spectatrice tombe en transe, les yeux en l'air, on ne voit plus que le blanc, les gens s'écrient un docteur un docteur, à ce moment Brambilla fait appel au Pouvoir des Pentacles et la pupille, qui s'était entre-temps assise dans le fauteuil faux XVIIe, commence à s'agiter, à gémir, Brambilla se penche sur elle en l'interrogeant avec anxiété, autrement dit en interrogeant le Familier 39, qui, je le devine maintenant, est Cagliostro soi-même.

Et voici que commence la partie inquiétante parce que la jeune fille fait vraiment de la peine et souffre sérieusement, transpire, tremble, brame, commence à prononcer des phrases tronquées, parle d'un temple, d'une porte à ouvrir, dit qu'est en train de se créer un tourbillon de force, qu'il faut monter vers la Grande Pyramide, Brambilla s'agite sur la scène en percutant le gong et en appelant Isis à gorge déployée, moi je jouis du spectacle, quand soudain j'entends que la fille, entre un soupir et un gémissement, parle de six sceaux, de cent vingt ans d'attente et de trente-six invisibles. Il n'y a plus de doute, elle parle du message de Provins. Tandis que je suis prêt à en entendre davantage, la fille s'affaisse, épuisée, Brambilla la caresse au front, bénit l'assistance de son encensoir et dit que le rite est fini.

D'un côté j'étais impressionné, d'un autre côté je voulais comprendre, et je cherche à m'approcher de la fille, qui, pendant ce temps, est revenue à elle, s'est enfilé un manteau mi-saison plutôt moche et s'apprête à sortir par-derrière. Je suis sur le point de la toucher à l'épaule et je sens qu'on me prend par un bras. Je me retourne, c'est le commissaire De Angelis qui me dit de laisser tomber, de toute façon il sait où la trouver. Il m'invite à boire un café. Je le suis, comme s'il m'avait pris en faute, et en un certain sens c'était ça, et au bar il me demande pourquoi j'étais ici et pourquoi je cherchais à aborder la fille. Je m'énerve, je lui réponds que nous ne vivons pas sous une dictature, et que je peux aborder qui je veux. Lui s'excuse et m'explique : les enquêtes sur Ardenti étaient allées au ralenti, mais ils avaient essayé de reconstituer la façon dont il avait passé ses deux jours à Milan avant de rencontrer les gens de chez Garamond et le mystérieux Rakosky. Au bout d'un an, par un coup de chance, on avait su que quelqu'un avait vu Ardenti sortir du siège de Picatrix, avec la sensitive. Par ailleurs, la sensitive l'intéressait parce qu'elle vivait avec un individu qui n'était pas inconnu à la brigade des narcotiques.

Je lui dis que j'étais là par pur hasard, et que m'avait frappé le fait que la fille avait dit une phrase sur six sceaux que j'avais entendue dans la bouche du colonel. Lui me fait observer qu'il est étrange que je me rappelle si bien à deux années de distance ce qu'avait dit le colonel, vu que le lendemain j'avais seulement fait allusion à de vagues propos sur le trésor des Templiers. Moi je lui dis que le colonel avait parlé justement d'un trésor protégé par quelque chose comme six sceaux, mais je n'avais pas pensé que ce fût un détail important, parce que tous les trésors sont protégés par sept sceaux et des scarabées d'or. Et lui d'observer qu'il ne voit pas pourquoi les paroles de la médium auraient dû me frapper, vu que tous les trésors sont protégés par des scarabées d'or. Je lui demande de ne pas me traiter comme un repris de justice, et il change de ton et se met à rire. Il dit qu'il ne trouve pas bizarre que la fille ait dit ce qu'elle a dit, parce que, d'une façon ou d'une autre, Ardenti devait lui avoir parlé de ses lubies, peut-être même en cherchant à l'utiliser comme intermédiaire pour quelque contact astral, comme on dit dans ce milieu. La sensitive est une éponge, une plaque photographique, elle doit avoir un inconscient aux allures de luna-park — m'a-t-il dit — ceux de Picatrix lui font probablement un lavage de cerveau toute l'année, il n'est pas invraisemblable qu'en état de transe — parce que la fille y va pour de bon, elle ne fait pas semblant, et elle est un peu dérangée du cerveau — aient réaffleuré en elle des images qui l'avaient impressionnée longtemps auparavant.

Mais, deux jours plus tard, De Angelis débarque dans mon bureau et me dit que c'est quand même bizarre, le lendemain il est allé chercher la fille : elle était absente. Il demande aux voisins, personne ne l'a vue, plus ou moins depuis l'après-midi précédant le soir du rite fatal ; lui, le soupçon lui monte au nez, il entre dans l'appartement, le trouve tout en désordre, draps par terre, oreillers dans un coin, journaux piétinés, tiroirs vides. Disparus, elle et son protecteur ou amant ou concubin comme on voudra.

Il me dit que si je sais quelque chose de plus il vaut mieux que je parle parce qu'il est étrange que la fille se soit volatilisée et il y a deux raisons à cela : ou quelqu'un s'est aperçu que lui, De Angelis, l'avait à l'œil, ou ils ont remarqué qu'un certain Jacopo Belbo tentait de lui parler. Et donc ce qu'elle avait dit en transe se référait à quelque chose de sérieux, et Eux-mêmes, quels qu'ils fussent, ne s'étaient jamais rendu compte qu'elle en savait tant. « Et puis, mettons qu'il vienne à l'esprit d'un de mes collègues que c'est vous qui l'avez assassinée, a ajouté De Angelis avec un beau sourire, vous voyez qu'il convient de marcher unis. » J'allais perdre mon calme, Dieu sait que ça ne m'arrive pas souvent, je lui ai demandé pourquoi donc une personne qu'on ne trouve pas chez elle devrait avoir été assassinée, et lui m'a demandé si je me souvenais de l'histoire du colonel. Je lui ai dit qu'en tout cas, si on l'avait assassinée ou enlevée, ç'avait été l'autre soir quand je me trouvais avec lui, et lui m'a demandé comment je faisais pour être si sûr de moi, parce que nous nous étions quittés vers minuit et après il ne savait pas ce qui s'était passé, je lui ai demandé s'il parlait sérieusement, lui m'a demandé si je n'avais jamais lu de roman noir et ne savais pas que la police doit soupçonner par principe quiconque n'a pas un alibi aussi lumineux que Hiroshima, et qu'il faisait don de sa tête pour une transplantation, tout de suite même, si j'avais un alibi pour le temps écoulé entre une heure et le matin d'après.

Que vous dire, Casaubon, peut-être aurais-je bien fait de lui raconter la vérité, mais du côté de chez moi on est têtu et on n'arrive jamais à faire marche arrière.

Je vous écris parce que, si j'ai trouvé votre adresse, De Angelis pourrait aussi la trouver : s'il se met en contact avec vous, sachez au moins la ligne à laquelle je me suis tenu. Mais vu que cette ligne ne me semble vraiment pas très droite, si vous croyez bien faire, dites tout. J'ai honte, pardonnez-moi, je me sens complice de quelque chose, et je cherche une raison, à peine teintée de noblesse, pour me justifier, et ne la trouve pas. Ce doivent être mes origines paysannes, dans nos campagnes nous sommes de vilaines gens.

Toute une histoire — comme on dit en allemand — *unheimlich*.

Votre Jacopo Belbo.

— 25 —

... ces mystérieux Initiés devenus nombreux, hardis et conspirateurs ; Jésuitisme, magnétisme, Martinisme, pierre philosophale, somnambulisme, éclectisme, tout est de leur ressort.

C.-L. Cadet-Gassicourt, *Le tombeau de Jacques de Molay,* Paris, Desenne, 1797, p. 91.

La lettre me troubla. Non de crainte d'être recherché par De Angelis, allons donc, dans un autre hémisphère, mais pour des raisons plus imperceptibles. A ce moment-là, je pensai que je m'irritais de ce que me revînt là-bas par ricochet un monde que j'avais quitté. A présent, je comprends que ce qui me perturbait, c'était un énième complot de la ressemblance, le soupçon d'une analogie. Ma réaction instinctive fut de penser que retrouver Belbo avec son éternelle conscience d'écorché vif m'agaçait. Je décidai de tout refouler et ne fis pas mention de la lettre à Amparo.

Je fus aidé par la seconde lettre, que Belbo m'envoya deux jours après, et pour me rassurer.

L'histoire de la sensitive s'était terminée de façon raisonnable. Un indicateur de la police avait raconté que l'amant de la fille était impliqué dans un règlement de comptes pour un stock de drogue qu'il avait vendu au détail au lieu de le consigner à l'honnête grossiste qui l'avait déjà payé. Choses qui, dans le milieu, sont très mal vues. Pour sauver sa peau, il s'était volatilisé. Clair qu'il avait emmené avec lui sa maîtresse. Puis, en épluchant les journaux restés dans leur appartement, De Angelis avait trouvé des revues genre *Picatrix* avec une série d'articles visiblement soulignés en rouge. L'un concernait le trésor des Templiers, un autre les Rose-Croix qui vivaient dans un château ou dans une caverne ou quoi diable d'autre, où était écrit « post 120 annos patebo », et ils avaient été définis comme Trente-Six Invisibles. Pour De Angelis tout était donc clair. La sensitive se nourrissait de cette littérature (qui était la même dont se nourrissait le colonel) et puis elle la rendait quand elle était en transe. L'affaire était close, elle passait à la brigade des narcotiques.

La lettre de Belbo ruisselait de soulagement. L'explication de De Angelis apparaissait comme la plus économique.

L'autre soir, dans le périscope, je me disais qu'au contraire il en était peut-être allé bien différemment : la sensitive avait, oui, cité quelque chose entendu dans la bouche d'Ardenti, mais quelque chose que les revues n'avaient jamais dit, et que personne ne devait connaître. Dans le milieu de Picatrix il existait quelqu'un qui avait fait disparaître le colonel pour le réduire au silence, ce quelqu'un s'était aperçu que Belbo entendait interroger la sensitive, et l'avait éliminée. Puis, pour brouiller les pistes de l'enquête, il avait éliminé aussi son amant, et instruit un indic afin qu'il racontât l'histoire de la fuite.

Tellement simple, s'il y avait eu un Plan. Mais y en avait-il un, vu que nous l'aurions inventé, nous, et bien après ? Est-il possible que non seulement la réalité dépasse la fiction, mais la précède, autrement dit prenne une bonne avance pour réparer les dommages que la fiction engendrera ?

Et pourtant alors, au Brésil, telles ne furent pas les pensées que fit naître en moi la lettre. De nouveau, je sentis plutôt que quelque chose ressemblait à quelque chose d'autre. Je pensais au voyage à Bahia, et consacrai un après-midi à visiter des magasins de livres et objets de culte, que, jusqu'à ce jour, j'avais négligés. Je découvris des petites boutiques presque secrètes, et des bazars surchargés de statues et d'idoles. J'achetai des perfumadores d'encens de Yemanjá, et d'autres petites pyramides fumigènes, anti-moustiques celles-ci, au parfum poivré, des baguettes d'encens, des atomiseurs de spray douceâtre baptisés Sacré-Cœur de Jésus, des amulettes de deux sous. Et je trouvai beaucoup de livres, certains pour les fidèles, d'autres pour qui étudiait les fidèles, tous mêlés, formulaires d'exorcismes, *Como adivinhar o futuro na bola de cristal,* et manuels d'anthropologie. Et une monographie sur les Rose-Croix.

Tout s'amalgama d'un coup. Rites sataniques et mauresques dans le Temple de Jérusalem, féticheurs africains pour sous-prolétaires nordestins, le message de Provins avec ses cent vingt années, et les cent vingt années des Rose-Croix.

Étais-je devenu un shaker ambulant, bon seulement à mélanger des mixtures de liqueurs différentes, ou avais-je provoqué un court-circuit en me prenant les pieds dans un enchevêtrement de fils multicolores qui s'embrouillaient tout seuls, et depuis longtemps ? Je me procurai le livre sur les Rose-Croix. Puis je me dis qu'à rester, fût-ce quelques heures, dans ces librairies, des colonels Ardenti et des sensitives j'en aurais rencontré au moins dix.

Je revins à la maison et communiquai officiellement à Amparo que le monde était plein de dénaturés. Elle me promit réconfort et nous achevâmes la journée selon nature.

Nous touchions à la fin de l'année 1975. Je décidai d'oublier les ressemblances et de consacrer toute mon énergie à mon travail. En fin de compte il me fallait enseigner la culture italienne, pas les Rose-Croix.

Je me consacrai à la philosophie de l'Humanisme et découvris que, tout juste sortis des ténèbres du Moyen Age, les hommes de la modernité laïque n'avaient rien trouvé de mieux que de s'adonner à la Kabbale et à la magie.

Après deux années de fréquentation d'humanistes qui récitaient des formules pour convaincre la nature de faire des choses qu'elle n'avait pas l'intention de faire, je reçus des nouvelles d'Italie. Mes anciens camarades, ou du moins certains d'entre eux, tiraient dans la nuque de ceux qui ne partageaient pas leurs opinions, pour convaincre les gens de faire des choses qu'ils n'avaient pas l'intention de faire.

Je ne comprenais pas. Je décidai que désormais je faisais partie du Tiers Monde, et je me résolus à visiter Bahia. J'emportai sous le bras une histoire de la culture à l'époque de la Renaissance et le livre sur les Rose-Croix, qui était resté sur une étagère, non coupé.

— 26 —

Toutes les traditions de la Terre ne peuvent se regarder que comme les traditions d'une nation-mère et fondamentale qui, dès l'origine, avait été confiée à l'homme coupable et à ses premiers rejetons.

Louis-Claude de SAINT-MARTIN, *De l'esprit des choses,*
Paris, Laran, 1800, II,
« De l'esprit des traditions en général ».

Et je vis Salvador, Salvador da Bahia de Todos os Santos, la « Rome nègre » et ses trois cent soixante-cinq églises qui se profilent sur la ligne des collines, se carrent le long de la baie, et où on honore les dieux du panthéon africain.

Amparo connaissait un artiste naïf, qui peignait de grands tableaux sur bois envahis de visions bibliques et apocalyptiques, éclatants comme les miniatures médiévales, avec des éléments coptes et byzantins. Il était naturellement marxiste, il parlait de la révolution imminente, passait ses journées à rêver dans les sacristies du sanctuaire de Nosso Senhor do Bomfim, triomphe de l'horror vacui, écailleuses d'ex-voto qui pendaient du plafond et incrustaient les murs, un assemblage mystique de cœurs en argent, prothèses de bois, jambes, bras, images de téméraires sauvetages au gros de rutilantes tempêtes, trombes marines, maelströms. Il nous conduisit dans la sacristie d'une autre église, pleine de grands meubles tout odorants de jacaranda. « Ce tableau représente qui, demanda Amparo au sacristain, saint Georges ? »

Le sacristain nous regarda avec complicité : « On l'appelle saint Georges, et il vaut mieux l'appeler comme ça, sinon le curé pique une colère, mais c'est Oxossi. »

Le peintre nous fit visiter deux jours durant des nefs et des cloîtres, à l'abri de façades décorées comme des plats en argent désormais noircis et usés. Nous étions accompagnés par des serviteurs mal dégrossis et claudicants, les sacristies étaient malades d'or et d'étain, de lourds caissons, de cadres précieux. Dans des châsses de cristal trônaient le long des murs des images de saints grandeur nature, ruisselants de sang, avec leurs plaies ouvertes semées de gouttes de rubis, des Christ tordus de souffrance avec leurs jambes rouges d'hémorragie. Dans l'éclair d'or d'un baroque tardif, je vis des anges au visage étrusque, des griffons romans et des sirènes orientales qui faisaient des apparitions sur les chapiteaux.

J'allais par des rues anciennes, sous le charme de leurs noms qui semblaient des chansons, Rua da Agonia, Avenida dos Amores, Travessa de Chico Diabo... J'étais tombé à Salvador à l'époque où le gouvernement, ou qui en faisait office, assainissait la vieille ville pour en expulser les milliers de bordels, mais on était encore à mi-chemin. Au pied de ces églises désertes et lépreuses, empêtrées dans leur faste, s'étendaient encore des ruelles malodorantes où grouillaient des prostituées nègres de quinze ans, de vieilles marchandes de sucreries africaines, accroupies le long des trottoirs avec leurs casseroles sur le feu, des bancs de maquereaux qui dansaient entre les rigoles des eaux usées au son des transistors du bar voisin. Les anciens palais des colonisateurs, surmontés d'armoiries maintenant illisibles, étaient devenus des maisons de tolérance.

Le troisième jour, nous accompagnâmes notre guide au bar d'un hôtel de la ville haute, dans la partie déjà restructurée, au milieu d'une rue pleine d'antiquaires de luxe. Il devait rencontrer un monsieur italien, nous avait-il dit, qui allait acheter, et sans discuter le prix, un de ses tableaux de trois mètres sur deux, où de pullulantes troupes angéliques s'apprêtaient à livrer une bataille finale contre les autres légions.

Ce fut ainsi que nous connûmes monsieur Agliè. Impeccablement vêtu d'un costume trois pièces bleu à fines raies blanches, malgré la chaleur, lunettes à monture d'or sur un visage au teint rosé, cheveux argentés. Il baisa la main d'Amparo, comme qui ne connaîtrait pas d'autre manière de saluer une dame, et commanda du champagne. Le peintre devait s'en aller, Agliè lui remit une liasse de traveller's cheques, dit de lui envoyer l'œuvre à l'hôtel. Nous restâmes à converser, Agliè parlait correctement le portugais, mais comme quelqu'un qui l'aurait appris à Lisbonne, ce qui lui donnait encore plus l'allure d'un gentilhomme d'autrefois. Il s'enquit de nous, fit quelques réflexions sur la possible origine genevoise de mon nom, se montra curieux de l'histoire familiale d'Amparo mais, qui sait comment, il avait déjà déduit que ses origines étaient de Recife. Quant à la sienne, d'origine, il demeura dans le vague. « Je suis comme un d'ici, dit-il, d'innombrables races se sont accumulées dans mes gènes... Mon nom est italien, d'une vieille propriété d'un ancêtre. Oui, sans doute noble, mais qui y prête attention au jour d'aujourd'hui. Je suis au Brésil par curiosité. Toutes les formes de la Tradition me passionnent. »

Il avait une belle bibliothèque de sciences religieuses, me dit-il, à Milan, où il vivait depuis quelques années. « Venez me trouver à votre retour, j'ai beaucoup de choses intéressantes, depuis les rites afro-brésiliens jusqu'aux cultes d'Isis dans le Bas-Empire.

— J'adore les cultes d'Isis, dit Amparo, qui souvent, par orgueil, aimait à jouer les poseuses. Vous savez tout sur les cultes d'Isis, j'imagine. »

Agliè répondit avec modestie : « Seulement le peu que j'en ai vu. »

Amparo chercha à regagner du terrain : « N'était-ce pas il y a deux mille ans ?

— Je ne suis pas jeune comme vous, sourit Agliè.

— Comme Cagliostro, plaisantai-je. N'est-ce pas lui que, passant une fois devant un crucifix, on entendit s'adresser en murmurant à son valet : " Je le lui avais bien dit à ce Juif d'être sur ses gardes, ce soir-là, mais il n'a pas voulu me prêter attention " ? »

Agliè se raidit, je craignis que la plaisanterie ne fût lourde. Je fis mine de m'excuser, mais notre hôte m'interrompit d'un sourire conciliant : « Cagliostro était un mystificateur, parce qu'on sait fort bien quand et où il était né, et il n'a même pas été capable de vivre longtemps. Il se vantait.

— Je le crois sans mal.

— Cagliostro était un mystificateur, répéta Agliè, mais cela ne veut pas dire que des personnages privilégiés ayant pu traverser de nombreuses vies n'aient pas existé et n'existent pas. La science moderne en sait si peu sur les processus de sénescence, qu'il n'est pas impensable que la mortalité soit un simple effet d'une mauvaise éducation. Cagliostro était un mystificateur, mais pas le comte de Saint-Germain, et quand il disait avoir appris certains de ses secrets chimiques auprès des anciens Égyptiens, il ne se vantait peut-être pas. Mais lorsqu'il citait ces épisodes, personne ne le croyait, alors, par courtoisie envers ses interlocuteurs, il faisait semblant de plaisanter.

— Mais vous, vous faites semblant de plaisanter pour nous prouver que vous dites la vérité, dit Amparo.

— Non seulement vous êtes belle, vous êtes extraordinairement perceptive, dit Agliè. Mais je vous conjure de ne pas me croire. Si je vous apparaissais dans l'éclat poussiéreux de mes siècles, votre beauté en fanerait tout d'un coup, et je ne pourrais me le pardonner. »

Amparo était conquise, et moi j'éprouvai une pointe de jalousie. J'amenai la conversation sur les églises, et sur le saint Georges-Oxossi que nous avions vu. Agliè dit que nous devions absolument assister à un candomblé. « N'allez pas où on vous demande de l'argent. Les lieux vrais sont ceux où on vous accueille sans rien vous demander, pas même de croire. D'assister avec respect, ça oui, avec la même tolérance de toutes les croyances qui leur fait aussi accepter votre mécréance. Certains *pai* ou *mãe-de-santo*, à les voir semblent à peine sortis de la cabane de l'oncle Tom, mais ils ont la culture d'un théologien de la Gregoriana. »

Amparo posa une main sur la sienne. « Vous nous y emmenez ! dit-elle, j'y suis allée une fois, il y a des années, dans une tente de umbanda, mais j'ai des souvenirs confus, je me rappelle seulement un grand trouble... »

Agliè parut gêné par le contact, mais il ne s'y déroba pas. Seulement, comme je le vis faire par la suite dans ses moments de réflexion, de l'autre main il tira de son gilet une boîte en or et argent, peut-être une tabatière ou une boîte à pilules, au couvercle orné d'une agate. Sur la table du bar brûlait une petite chandelle de cire, et Agliè, comme par hasard, en approcha la boîte. Je vis qu'à la chaleur l'agate ne se discernait plus, et à sa place apparaissait une miniature, très fine, vert bleu et or, qui représentait une bergère avec une corbeille de fleurs. Il la retourna entre ses doigts avec une dévotion distraite, comme s'il égrenait un rosaire. Il s'aperçut de mon intérêt, sourit, et reposa l'objet.

« Trouble ? Je ne voudrais pas, ma douce dame, qu'en plus de réceptive vous fussiez exagérément sensible. Qualité exquise, lorsqu'elle s'associe à la grâce et à l'intelligence, mais dangereuse, pour qui va en de certains lieux sans savoir quoi chercher et ce qu'il trouvera... Et, par ailleurs, ne me confondez pas l'umbanda et le candomblé. Celui-ci est complètement autochtone, afro-brésilien, comme on dit d'habitude, tandis que celui-là est une fleur très tardive, née de la greffe des rites indigènes sur la culture ésotérique européenne, sur une mystique que je dirais templière... »

Les Templiers m'avaient de nouveau retrouvé. Je dis à Agliè que j'avais travaillé sur eux. Il me regarda avec intérêt. « Curieuse conjoncture, mon jeune ami. Ici, sous la Croix du Sud, trouver un jeune Templier...

— Je ne voudrais pas que vous me considériez comme un adepte...

— Par pitié, monsieur Casaubon. Si vous saviez quelle canaillerie il y a dans ce domaine.

— Je sais, je sais.

— Et alors. Mais il faut nous revoir, avant que vous ne repartiez. » Nous nous donnâmes rendez-vous pour le lendemain : nous voulions tous les trois explorer le petit marché couvert le long du port.

Là-bas nous nous retrouvâmes en effet le matin suivant, et c'était un marché aux poissons, un souk arabe, une fête patronale qui aurait proliféré avec la virulence d'un cancer, une Lourdes envahie par les forces du mal, où les magiciens de la pluie pouvaient faire bon ménage avec des capucins extatiques et stigmatisés, au milieu de sachets propitiatoires avec prières cousues dans la doublure, menottes en pierre dure qui faisaient la figue, cornes de corail, crucifix, étoiles de David, symboles sexuels de religions pré-judaïques, hamacs, tapis, sacs, sphinx, sacrés-cœurs, carquois bororo, colliers de coquillages. La mystique dégénérée des conquérants européens se fondait avec la science qualitative des esclaves, de même que la peau de chaque personne présente racontait une histoire de généalogies perdues.

« Voilà, dit Agliè, une image de ce que les manuels d'ethnologie nomment le syncrétisme brésilien. Mot laid, selon la science officielle. Mais dans son sens le plus haut, le syncrétisme est la reconnaissance d'une unique Tradition, qui traverse et nourrit toutes les religions, tous les savoirs, toutes les philosophies. Le sage n'est pas celui qui discrimine, c'est celui qui réunit les lambeaux de lumière d'où qu'ils proviennent... Et donc ils sont plus sages ces esclaves, ou descendants d'esclaves, que ne le sont les ethnologues de la Sorbonne. Vous me comprenez, au moins vous, ma belle dame ?

— Pas avec l'esprit, dit Amparo. Avec l'utérus. Je m'excuse, j'imagine que le comte de Saint-Germain ne s'exprimait pas de cette façon. Je veux dire que je suis née dans ce pays, et même ce que je ne sais pas me parle quelque part, ici, je crois... » Elle se toucha le sein.

« Comment dit-il, ce soir-là, le cardinal Lambertini à la dame parée d'une splendide croix de diamants sur son décolleté ? Quelle joie de mourir sur ce calvaire. Et ainsi aimerais-je écouter ces voix. A présent, il faut que vous m'excusiez, et tous les deux. Je viens d'une époque où l'on se serait damné pour rendre hommage aux charmes. Vous voudrez rester seuls. Nous garderons contact. »

« Il pourrait être ton père, dis-je à Amparo alors que je l'entraînais au milieu des étalages de marchandises.

— Et même mon bisaïeul. Il nous a fait comprendre qu'il avait au moins mille ans. Tu es jaloux de la momie du pharaon ?

— Je suis jaloux de qui te fait allumer une petite lampe dans ta tête.

— Que c'est beau, ça c'est de l'amour. »

— 27 —

Racontant un jour qu'il avait beaucoup connu Ponce Pilate à Jérusalem, il décrivait minutieusement la maison de ce gouverneur romain, et il disait les plats qu'on avait servis sur sa table un soir qu'il avait soupé chez lui. Le cardinal de Rohan, croyant n'entendre là que des rêveries, s'adressa au valet de chambre du comte de Saint-Germain, vieillard aux cheveux blancs, à la figure honnête : « Mon ami, lui dit-il, j'ai de la peine à croire ce que dit votre maître. Qu'il soit ventriloque, passe ; qu'il fasse de l'or, j'y consens ; mais qu'il ait deux mille ans et qu'il ait vu Ponce Pilate, c'est trop fort. Étiez-vous là ? — Oh non, monseigneur, répondit ingénument le valet de chambre, il n'y a guère que quatre cents ans que je suis au service de M. le comte. »

Collin de PLANCY, *Dictionnaire infernal*,
Paris, Mellier, 1844, p. 434.

Dans les jours qui suivirent, je fus pris par Salvador. Je passai peu de temps à l'hôtel. En feuilletant l'index du livre sur les Rose-Croix, je trouvai une référence au comte de Saint-Germain. Voyez-vous ça, me dis-je, tout se tient.

De lui, Voltaire écrivait « c'est un homme qui ne meurt jamais et qui sait tout », mais Frédéric de Prusse lui répondait que « c'est un comte pour rire ». Horace Walpole en parlait comme d'un Italien, ou Espagnol, ou Polonais, qui avait fait une grande fortune au Mexique et qui ensuite s'était réfugié à Constantinople, avec les bijoux de sa femme. Les choses les plus sûres à son sujet, on les apprend dans les mémoires de madame de Hausset, dame de chambre de la Pompadour (la belle référence, disait Amparo, intolérante). Circulant sous différents noms, il s'était fait passer pour Surmont à Bruxelles, Welldone à Leipzig, marquis d'Aymar, de Bedmar, ou de Belmar, comte Soltikoff. Arrêté à Londres, en 1745, où il brillait comme musicien en jouant du violon et du clavecin dans les salons ; trois ans après, à Paris, il offre ses services à Louis XV comme expert en teintures, en échange d'une résidence dans le château de Chambord. Le roi l'emploie pour des missions diplomatiques en Hollande, où il s'attire quelques ennuis et s'enfuit de nouveau à Londres. En 1762, nous le trouvons en Russie, puis de nouveau en Belgique. Là, Casanova le rencontre, qui relate comment il avait changé une monnaie en or. En 1776, il est à la cour de Frédéric II à qui il présente différents projets chimiques, huit ans après il meurt dans le Schleswig, chez le landgrave de Hesse, où il mettait au point une fabrique de couleurs.

Rien d'exceptionnel, la carrière typique de l'aventurier du XVIIIe siècle, avec moins d'amours que Casanova et des escroqueries moins théâtrales que celles de Cagliostro. Au fond, à part quelques incidents, il jouit d'un certain crédit auprès des puissants, à qui il promet les merveilles de l'alchimie mais avec un profit industriel à la clef. Sauf que, autour de lui, et bien sûr orchestrée par lui, prend forme la rumeur de son immortalité. On l'entend dans les salons citer avec désinvolture des événements lointains comme s'il en avait été le témoin oculaire, et il cultive sa légende avec grâce, presque en sourdine.

Mon livre citait aussi un passage de *Gog*, de Giovanni Papini, où est décrite une rencontre nocturne, sur le pont d'un paquebot, avec le comte de Saint-Germain : oppressé par son passé millénaire, par les souvenirs qui se bousculent dans son esprit, avec des accents de désespoir qui rappellent Funes, « el memorioso » de Borges, à part que le texte de Papini est de 1930. « N'allez pas imaginer que notre sort soit digne d'envie, dit le comte à Gog. Au bout de deux siècles, un spleen incurable s'empare des malheureux immortels. Le monde est monotone, les hommes n'apprennent rien et retombent à chaque génération dans les mêmes erreurs, les mêmes horreurs ; les événements ne se répètent pas mais ils se ressemblent... finies les nouveautés, les surprises, les révélations. Je peux vous l'avouer à vous, maintenant que seule la mer Rouge nous écoute : mon immortalité m'ennuie. La terre n'a plus de secrets pour moi et je n'ai plus d'espoir en mes semblables. »

« Curieux personnage, commentai-je. Il est clair que notre Agliè joue à l'incarner. Gentilhomme mûr, un peu faisandé, avec du fric à claquer, du temps libre pour voyager, et une propension au surnaturel.

— Un réactionnaire cohérent, qui a le courage d'être décadent. Au fond, je le préfère aux bourgeois démocrates, dit Amparo.

— Women power, women power, et puis tu tombes en extase pour un baisemain.

— Vous nous avez éduquées comme ça, des siècles durant. Laissez-nous nous libérer peu à peu. Je n'ai pas dit que je voudrais l'épouser.

— Encore heureux. »

La semaine suivante, ce fut Agliè qui me téléphona. Ce soir-là, nous serions accueillis dans un terreiro de candomblé. Nous ne serions pas admis au rite, parce que la Ialorixà se méfiait des touristes, mais c'est elle-même qui nous recevrait avant le début, et nous montrerait le cadre.

Il vint nous prendre en voiture, et roula à travers les favelas, au-delà de la colline. L'édifice devant lequel nous nous arrêtâmes avait un aspect modeste, genre bâtisse industrielle, mais sur le seuil un vieux nègre nous accueillit en nous purifiant avec des fumigations. Plus loin, dans un jardinet dépouillé, nous trouvâmes une sorte de corbeille immense, faite de grandes feuilles de palmier sur lesquelles apparaissaient quelques gourmandises tribales, les *comidas de santo.*

A l'intérieur, nous vîmes une grande salle aux murs recouverts de tableaux, surtout des ex-voto, de masques africains. Agliè nous expliqua la disposition du décor : au fond, les bancs pour les non-initiés ; auprès, l'estrade pour les instruments, et les chaises pour les Ogã. « Ce sont des personnes de bonne condition, pas nécessairement croyantes, mais respectueuses du culte. Ici, à Bahia, le grand Jorge Amado est Ogã dans un terreiro. Il a été élu par Iansã, reine de la guerre et des vents...

— Mais d'où viennent ces divinités ? demandai-je.

— C'est une histoire compliquée. Avant tout, il y a une branche soudanaise, qui s'impose dans le nord depuis les débuts de l'esclavagisme, et de cette souche provient le candomblé des orixás, c'est-à-dire des divinités africaines. Dans les États du sud, on a l'influence des groupes bantous et à partir de là commencent les commixtions en chaîne. Tandis que les cultes du nord restent fidèles aux religions africaines originelles, dans le sud la macumba primitive évolue vers l'umbanda, qui est influencée par le catholicisme, le kardécisme et l'occultisme européen...

— Par conséquent, ce soir, les Templiers n'ont rien à y voir.

— Les Templiers étaient une métaphore. En tout cas, ils n'ont rien à y voir. Mais le syncrétisme a une mécanique fort subtile. Avez-vous remarqué de l'autre côté de la porte, près des comidas de santo, une statuette en fer, une sorte de petit diable avec sa fourche et quelques offrandes votives à ses pieds ? C'est l'Exu, très puissant dans l'umbanda, mais pas dans le candomblé. Et pourtant le candomblé aussi l'honore, le considère comme un esprit messager, une manière de Mercure dégénéré. Dans l'umbanda on est possédé par l'Exu, pas ici. Cependant on le traite avec bienveillance, on ne sait jamais. Vous voyez là-bas sur le mur... » Il me montra la statue polychrome d'un Indio nu et celle d'un vieil esclave nègre habillé de blanc, assis à fumer la pipe : « Ce sont un *caboclo* et un *preto velho*, esprits de trépassés qui, dans les rites umbanda, comptent énormément. Que font-ils ici ? On leur rend hommage, on ne les utilise pas parce que le candomblé n'établit de rapports qu'avec les orixás africains, mais on ne les renie pas pour autant.

— Mais que reste-t-il en commun, de toutes ces églises ?

— Disons que tous les cultes afro-brésiliens sont de toute façon caractérisés par le fait que, pendant le rite, les initiés sont possédés, comme en transe, par un être supérieur. Dans le candomblé ce sont les orixás, dans l'umbanda ce sont des esprits de trépassés...

— J'avais oublié mon pays et ma race, dit Amparo. Mon Dieu, un peu d'Europe et un peu de matérialisme historique m'avaient fait tout oublier, et pourtant ces histoires je les écoutais chez ma grand-mère...

— Un peu de matérialisme historique ? sourit Agliè. Il me semble en avoir entendu parler. Un culte apocalyptique pratiqué chez le type de Trier, n'est-ce pas ? »

Je serrai le bras d'Amparo. « No pasarán, mon amour.

– Bon Dieu », murmura-t-elle.

Agliè avait suivi sans intervenir notre bref dialogue à mi-voix. « Les puissances du syncrétisme sont infinies, ma chère. Si vous voulez, je peux offrir la version politique de toute cette histoire. Les lois du XIXe siècle restituent la liberté aux esclaves, mais dans la tentative d'abolir les stigmates de l'esclavage on brûle toutes les archives du marché esclavagiste. Les esclaves deviennent formellement libres mais sans passé. Et alors ils cherchent à reconstruire une identité collective, à défaut d'identité familiale. Ils reviennent aux racines. C'est leur façon de s'opposer, comme vous dites, les jeunes, aux forces dominantes.

— Mais vous venez de me dire que ces sectes européennes s'en mêlent... dit Amparo.

— Ma chère, la pureté est un luxe, et les esclaves prennent ce qu'il y a. Mais ils se vengent. Aujourd'hui, ils ont capturé plus de Blancs que vous ne pensez. Les cultes africains originels avaient la faiblesse de toutes les religions, ils étaient locaux, ethniques, myopes. En contact avec les mythes des conquérants, ils ont reproduit un ancien miracle : ils ont redonné vie aux cultes mystériques du IIe et du IIIe siècle de notre ère, dans le bassin méditerranéen, entre Rome qui se délitait petit à petit et les ferments qui venaient de la Perse, de l'Égypte, de la Palestine pré-judaïque... Dans les siècles du Bas Empire, l'Afrique reçoit les influences de toute la religiosité méditerranéenne, et s'en fait l'écrin, le condensateur. L'Europe se voit corrompue par le christianisme de la raison d'État, l'Afrique conserve des trésors de savoir, comme déjà elle les avait conservés et répandus au temps des Égyptiens, les offrant aux Grecs, qui en ont fait du gâchis. »

— 28 —

Il y a un corps qui enveloppe tout l'ensemble du monde : représente-toi donc ce corps lui aussi comme de forme circulaire, car telle est la forme du Tout... Représente-toi maintenant que, sous le cercle de ce corps, on été placés les 36 décans, au milieu entre le cercle total et le cercle du zodiaque, séparant l'un de l'autre ces deux cercles et pour ainsi dire supportant le cercle du Tout et délimitant le zodiaque, transportés le long du zodiaque avec les planètes... Changements de rois, soulèvements de cités, famines, pestes, reflux de la mer, tremblements de terre, rien de tout cela n'a lieu sans l'influence des décans...

Corpus Hermeticum, Stobaeus, excerptum VI.

« Mais quel savoir ?

— Vous rendez-vous compte comme a été grande l'époque entre le IIe et le IIIe siècle après Jésus-Christ ? Non pas pour les fastes de l'Empire, à son déclin, mais pour ce qui fleurissait pendant ce temps dans le Bassin méditerranéen. A Rome, les prétoriens égorgeaient leurs empereurs, et dans la Méditerranée fleurissait l'époque d'Apulée, des mystères d'Isis, de ce grand retour de spiritualité que furent le néo-platonisme, la gnose... Temps bénis, quand les chrétiens n'avaient pas encore pris le pouvoir et envoyé à la mort les hérétiques. Époque splendide, habitée par le Nous, sillonnée d'extases, peuplée de présences, émanations, démons et cohortes angéliques. C'est un savoir diffus, décousu, vieux comme le monde, qui remonte à Pythagore, aux brahmanes de l'Inde, aux Hébreux, aux magiciens, aux gymnosophistes, et même aux barbares de l'extrême nord, aux druides des Gaules et des îles Britanniques. Les Grecs considéraient que les barbares étaient tels parce qu'ils ne savaient pas s'exprimer, avec ces langages qui, à leurs oreilles trop bien éduquées, retentissaient comme des aboiements. Et au contraire, à notre époque, on décide que les barbares en savaient beaucoup plus que les Hellènes, et précisément parce que leur langage était impénétrable. Vous croyez que ceux qui vont danser ce soir savent le sens de tous les chants et noms magiques qu'ils prononceront ? Non, heureusement, car le nom inconnu fonctionnera comme exercice de respiration, vocalisation mystique. L'époque des Antonins... Le monde était plein de merveilleuses correspondances, de ressemblances subtiles, il fallait les pénétrer, s'en laisser pénétrer, à travers le rêve, l'oracle, la magie, qui permet d'agir sur la nature et sur les forces faisant mouvoir le semblable avec le semblable. La sapience est insaisissable, volatile, elle échappe à toute mesure. Voilà pourquoi à cette époque le dieu vainqueur a été Hermès, inventeur de toutes les astuces, dieu des carrefours, des voleurs, mais créateur de l'écriture, cet art de l'illusion et de la différence, de la navigation, qui mène vers la fin de tous confins, où tout se confond à l'horizon, des grues pour soulever les pierres du sol, et des armes, qui changent la vie en mort, et des pompes à eau, qui font lever la matière pesante, de la philosophie, qui produit des illusions et des leurres... Et vous savez où se trouve aujourd'hui Hermès ? Ici, vous l'avez vu sur le seuil, on l'appelle Exu, ce messager des dieux, médiateur, commerçant, ignorant la différence entre le bien et le mal. »

Il nous observa avec une défiance amusée. « Vous croyez que, comme Hermès avec les marchandises, je suis trop leste dans ma redistribution des dieux. Regardez ce petit livre, que j'ai acheté ce matin dans une librairie populaire du Pelourinho. Magies et mystères du saint Cyprien, recettes de charmes pour obtenir un amour, ou pour faire mourir son ennemi, invocations aux anges et à la Vierge. Littérature populaire, pour ces mystiques de couleur noire. Mais il s'agit de saint Cyprien d'Antioche, sur qui il existe une immense littérature des siècles d'argent. Ses géniteurs veulent qu'il soit instruit sur tout et qu'il sache ce qu'il y a sur la terre, dans l'air et dans l'eau de la mer, et ils l'envoient dans les pays les plus lointains pour apprendre tous les mystères, pour qu'il connaisse la génération et la corruption des herbes et les vertus des plantes et des animaux, non pas celles de l'histoire naturelle, mais celles de la science occulte ensevelie au plus profond des traditions archaïques et lointaines. Et Cyprien, à Delphes, se voue à Apollon et à la dramaturgie du serpent, il connaît les mystères de Mithra ; à quinze ans, sur le mont Olympe, sous la conduite de quinze hiérophantes, il assiste à des rites d'évocation du Prince de Ce Monde, pour en dominer les trames ; à Argos, il est initié aux mystères d'Héra ; en Phrygie, il apprend la mantique de l'hépatoscopie et il n'y a désormais rien dans la terre, dans la mer et dans l'air qu'il ne connût, ni fantôme, ni objet de savoir, ni artifice d'aucune sorte, pas même l'art de changer par sortilège les écritures. Dans les temples souterrains de Memphis, il apprend comment les démons communiquent avec les choses terrestres, les lieux qu'ils abhorrent, les objets qu'ils aiment, et comment ils habitent les ténèbres, et quelles résistances ils opposent dans certains domaines, et comment ils savent posséder les âmes et les corps, et quels effets ils obtiennent de connaissance supérieure, mémoire, terreur, illusion, et l'art de produire des commotions terrestres et d'influencer les courants du sous-sol... Puis, hélas, il se convertit ; mais quelque chose de son savoir reste, se transmet, et à présent nous le retrouvons ici, dans la bouche et dans l'esprit de ces pouilleux que vous taxez d'idolâtres. Mon amie, il y a un instant vous me regardiez comme si j'étais un ci-devant. Qui vit dans le passé ? Vous qui voudriez offrir à ce pays les horreurs du siècle ouvrier et industriel, ou moi qui veux que notre pauvre Europe retrouve le naturel et la foi de ces enfants d'esclaves ?

— Bon Dieu, siffla Amparo, mauvaise, vous le savez, vous aussi, que c'est une façon de les garder bien sages...

— Pas sages. Encore capables de cultiver l'attente. Sans le sentiment de l'attente il n'existe pas même de paradis, ne nous l'avez-vous pas enseigné vous, Européens ?

— Moi, je serais l'Européenne ?

— Ce n'est pas la couleur de la peau qui compte, c'est la foi dans la Tradition. Pour redonner le sentiment de l'attente à un Occident paralysé par le bien-être, ceux-là paient, ils souffrent peut-être, mais ils connaissent encore le langage des esprits de la nature, des airs, des eaux, des vents...

— Vous nous exploitez encore une fois.

— Encore ?

— Oui, vous devriez l'avoir appris en 89, comte. Quand cela nous lasse, zac ! » Et en souriant comme un ange elle s'était passé la main tendue, très belle, sous la gorge. D'Amparo, je désirais même les dents.

« Dramatique, dit Aglié en tirant de son gousset sa tabatière et en la caressant à mains jointes. Vous m'avez donc reconnu ? Mais en 89, ce ne sont pas les esclaves qui ont fait rouler les têtes, mais bien ces braves bourgeois que vous devriez détester. Et puis, le comte de Saint-Germain, en l'espace de tant de siècles, des têtes il en a vu rouler tant, et tant revenir sur leur cou. Mais voici qu'arrive la mãe-de-santo, la Ialorixá. »

La rencontre avec l'abbesse du terreiro fut calme, cordiale, populaire et cultivée. C'était une grande négresse au sourire éclatant. A première vue, on l'aurait prise pour une ménagère ; quand nous commençâmes à parler, je compris pourquoi des femmes de ce genre pouvaient dominer la vie culturelle de Salvador.

« Mais ces orixás sont des personnes ou des forces ? » lui demandai-je. La mãe-de-santo répondit que c'étaient des forces, certes, eau, vent, feuilles, arc-en-ciel. Pourtant, comment empêcher les simples de les voir comme des guerriers, des femmes, des saints des églises catholiques ? Vous aussi, dit-elle, n'adorez-vous pas, peut-être, une force cosmique sous la forme de tant de vierges ? L'important c'est de vénérer la force, l'apparence doit s'adapter aux possibilités de compréhension de chacun.

Ensuite, elle nous invita à sortir dans le jardin de derrière, pour visiter les chapelles, avant le début du rite. Dans le jardin se trouvaient les maisons des orixás. Une ribambelle de fillettes nègres, en costume de Bahia, se pressaient gaiement pour les derniers préparatifs.

Les maisons des orixás étaient disposées dans le jardin comme les chapelles d'un Sacro Monte, et montraient à l'extérieur l'image du saint correspondant. A l'intérieur hurlaient les couleurs crues des fleurs, des statues, des nourritures cuites depuis peu et offertes aux dieux. Blanc pour Oxalá, bleu et rose pour Yemanjá, rouge et blanc pour Xangõ, jaune et or pour Ogun... Les initiés s'agenouillaient en baisant le seuil et en se touchant sur le front et derrière l'oreille.

Mais alors, demandai-je, Yemanjá est ou n'est pas Notre-Dame de la Conception ? Et Xangõ est ou n'est pas Jérôme ?

« Ne posez pas de questions embarrassantes, me conseilla Agliè. Dans l'umbanda, c'est encore plus compliqué. A la ligne d'Oxalá appartiennent saint Antoine et les saints Côme et Damien. A la ligne de Yemanjá appartiennent les sirènes, les ondines, les caboclas de la mer et des fleuves, les marins et les étoiles-guides. A la ligne d'Orient appartiennent les Hindous, les médecins, les hommes de science, les Arabes et les Marocains, les Japonais, les Chinois, les Mongols, les Égyptiens, les Aztèques, les Incas, les Caraïbes et les Romains. A la ligne d'Oxossi appartiennent le soleil, la lune, le caboclo des cascades et le caboclo des Noirs. A la ligne d'Ogun appartiennent Ogun Beira-Mar, Rompe-Mato, Iara, Megé, Narueé... En somme, ça dépend.

— Bon Dieu, dit encore Amparo.

— On dit Oxalá, lui susurrai-je en lui effleurant l'oreille. T'inquiète, no pasarán. »

La Ialorixá nous montra une série de masques que des acolytes portaient au temple. C'étaient des masques-heaumes en paille, ou des capuchons, dont devraient se couvrir les médiums au fur et à mesure qu'ils entraient en transe, proie de la divinité. C'est une forme de pudeur, nous dit-elle, dans certains terreiros les élus dansent le visage nu, exposant leur passion aux assistants. Mais l'initié doit être protégé, respecté, soustrait à la curiosité des profanes, ou de ceux qui, de toute façon, n'en peuvent appréhender la jubilation intérieure et la grâce. C'était la coutume de ce terreiro, nous dit-elle, et donc on n'admettait pas volontiers les étrangers. Mais peut-être un jour, qui sait, commenta-t-elle. Ce n'était pour nous qu'un au revoir.

Cependant elle ne voulait pas nous laisser aller avant de nous avoir offert, non pas prises dans les corbeilles, qui devaient rester intactes jusqu'à la fin du rite, mais dans sa cuisine, quelques échantillons des comidas de santo. Elle nous emmena derrière le terreiro, et ce fut un festin polychrome de mandioca, pimenta, coco, amendoim, gemgibre, moqueca de siri mole, vatapá, efó, caruru, haricots noirs avec farofa, dans une odeur molle de denrées africaines, saveurs tropicales douceâtres et fortes, que nous goûtâmes avec componction, sachant que nous participions au repas des anciens dieux soudanais. Justement, nous dit la Ialorixá, parce que chacun de nous, sans le savoir, était l'enfant d'un orixá, et souvent on pouvait dire de qui. Je demandai hardiment de qui j'étais le fils. La Ialorixá d'abord esquiva, dit qu'on ne pouvait pas l'établir avec certitude, puis elle consentit à m'examiner la paume de la main, y passa le doigt, me regarda dans les yeux, et dit : « Tu es un enfant d'Oxalá. »

J'en fus fier. Amparo, maintenant détendue, suggéra qu'on découvrît de qui Agliè était le fils, mais il dit qu'il préférait ne pas le savoir.

De retour dans notre chambre, Amparo me dit : « Tu as regardé sa main ? Au lieu d'une ligne de vie, il a une série de lignes brisées. Comme un ruisseau qui rencontre une pierre et recommence à couler un mètre plus loin. La ligne de quelqu'un qui devrait être mort de nombreuses fois.

— Le champion international de métempsycose en longueur.

— No pasarán », rit Amparo.

— 29 —

Car en ce qu'ils changent & transposent leurs noms, en ce qu'ils desguisent leurs années, en ce que, par leur confession mesme, ils viennent sans se faire cognoistre, il n'y a Logicien qui puisse nyer que necessairement il faut qu'ils soient en nature.

Heinrich NEUHAUS, *Pia et ultimissima admonestatio de Fratribus Roseae-Crucis, nimirum : an sint ? quales sint ? unde nomen illud sibi asciverint,*
Dantzig, Schmidlin, 1618 — éd. fr. 1623, p. 5.

Diotallevi disait que Héséd est la sefira de la grâce et de l'amour, feu blanc, vent du sud. L'autre soir, dans le périscope, je pensais que les derniers jours vécus à Bahia avec Amparo se plaçaient sous ce signe.

Je me rappelais — comme on se souvient, tandis qu'on attend des heures et des heures dans l'obscurité — un des derniers soirs. Nous avions mal aux pieds à force de parcourir les ruelles et les places, et nous étions mis tôt au lit, mais sans envie de dormir. Amparo s'était pelotonnée contre l'oreiller, en position fœtale, et faisait semblant de lire entre ses genoux légèrement écartés un de mes petits manuels sur l'umbanda. Par moments, elle s'étendait sur le dos, indolemment, les jambes ouvertes et le livre sur le ventre, et elle restait à m'écouter alors que je lisais le livre sur les Rose-Croix et tentais de l'entraîner dans mes découvertes. Le soir était doux mais, comme l'aurait écrit Belbo dans ses *files,* harassé de littérature, les souffles de la nuit ne flottaient pas sur Galgala. Nous nous étions offert un bon hôtel, par la fenêtre on apercevait la mer et dans la cuisine encore éclairée je voyais un panier de fruits tropicaux achetés ce matin-là au marché, qui me réconfortait.

« Il raconte qu'en 1614 paraît en Allemagne un écrit anonyme, *Allgemeine und general Reformation,* ou *Réforme générale et commune de l'univers entier, suivie de la Fama Fraternitatis de la Très Louable Confrérie de la Rose-Croix, à l'adresse de tous les savants et souverains d'Europe, accompagnée d'une brève réponse du Seigneur Haselmeyer qui pour ce motif a été jeté en prison par les*

Jésuites et mis aux fers dans une galère. Aujourd'hui donnée à imprimer et portée à la connaissance de tous les cœurs sincères. Édité à Cassel par Wilhelm Wessel.

— Ce n'est pas un peu long ?

— Il semble qu'au XVIIe siècle les titres étaient tous comme ça. C'est Lina Wertmüller qui les écrivait. C'est un ouvrage satirique, une fable sur une réforme générale de l'humanité, et de surcroît copiée en partie dans *les Nouvelles du Parnasse* de Trajan Boccalini. Mais il contient un opuscule, un libelle, un manifeste, d'une douzaine de petites pages, la *Fama Fraternitatis,* qui sera publié à part l'année suivante, en même temps qu'un autre manifeste, cette fois en latin, la *Confessio fraternitatis Roseae Crucis, ad eruditos Europae.* Dans l'un et l'autre la Confrérie des Rose-Croix se présente et parle de son fondateur, un mystérieux C.R. Après seulement, et par d'autres sources, on s'assurera ou on décidera qu'il s'agit d'un certain Christian Rosencreutz.

— Pourquoi n'y a-t-il pas le nom complet ?

— Regarde, c'est une vraie débauche d'initiales, ici personne n'est nommé en entier, ils s'appellent tous G.G.M.P.I. et ceux qui sont vraiment affublés d'un sobriquet affectueux s'appellent P.D. On raconte les années de formation de C.R., qui commence par visiter le Saint-Sépulcre, puis fait voile vers Damas, passe ensuite en Égypte, et de là à Fez, qui, à l'époque, devait être un des sanctuaires de la sagesse musulmane. Là-bas notre Christian, qui déjà savait le grec et le latin, apprend les langues orientales, la physique, la mathématique, les sciences de la nature, et accumule toute la sagesse millénaire des Arabes et des Africains, jusqu'à la Kabbale et la magie, allant jusqu'à traduire en latin un mystérieux *Liber M,* et il connaît ainsi tous les secrets du macro et du microcosme. Depuis deux siècles tout ce qui est oriental est à la mode, surtout si on ne comprend pas ce que ça veut dire.

— Ils font toujours comme ça. Affamés, cinglés, saignés ? Demandez la coupe du mystère ! Tiens... » Et elle m'en roulait une. « C'est de la bonne.

— Tu vois que tu veux perdre la mémoire, toi aussi.

— Mais moi je sais que c'est chimique, et voilà tout. Il n'y a pas de mystère, même ceux qui ne savent pas l'hébreu déraillent. Viens ici.

— Attends. Ensuite Rosencreutz passe en Espagne et là aussi il fait son miel des doctrines les plus occultes, et il dit qu'il s'approche de plus en plus de plus en plus du Centre de tout savoir. Et au cours de ces voyages qui, pour un intellectuel de l'époque, représentaient vraiment un trip de sagesse totale, il comprend qu'il faut fonder en Europe une société qui mette les gouvernants sur les voies de la science et du bien.

— Une idée originale. Cela valait la peine de tant étudier. Je veux de la mamaia fraîche.

— Elle est au frigo. Sois gentille, vas-y toi, moi je travaille.

— Si tu travailles tu es fourmi et si tu es fourmi fais la fourmi, par conséquent va aux provisions.

— La mamaia est volupté, par conséquent c'est la cigale qui y va. Sinon j'y vais moi et tu lis toi.

— Bon Dieu non. Je hais la culture de l'homme blanc. J'y vais. »

Amparo allait vers le coin-cuisine, et j'aimais la désirer à contre-jour. Et pendant ce temps C.R. revenait en Allemagne, et au lieu de se vouer à la transmutation des métaux, comme désormais son immense savoir le lui aurait permis, il décidait de se consacrer à une réforme spirituelle. Il fondait la Confrérie en inventant une langue et une écriture magique, qui servirait de fondement à la science des frères à venir.

« Non, je vais salir le livre, mets-la-moi dans la bouche, non — ne fais pas l'idiote — comme ça, voilà. Dieu qu'elle est bonne la mamaia, rosencreutzlische Mutti-ja-ja... Mais tu sais que ce que les premiers Rose-Croix écrivirent dans les premières années aurait pu éclairer le monde anxieux de vérité ?

— Et qu'est-ce qu'ils ont écrit ?

— Là est l'entourloupe, le manifeste ne le dit pas, il te laisse avec l'eau à la bouche. C'est une chose tellement importante, mais tellement importante qu'elle doit demeurer secrète.

— Quelles putes.

— Non, non, aïe, arrête. Quoi qu'il en soit, et comme ils se multiplient, les Rose-Croix décident de se disséminer aux quatre coins du monde, avec l'engagement de soigner gratuitement les malades, de ne pas porter des vêtements qui les fassent reconnaître, de jouer à fond le mimétisme toujours selon les coutumes de chaque pays, de se rencontrer une fois l'an, et de rester secrets pendant cent ans.

— Mais excuse-moi, quelle réforme voulaient-ils faire si on venait d'en faire une ? Et c'était quoi, Luther, du caca ?

— Mais tout ça se passait avant la réforme protestante. Ici, en note, il est dit que d'une lecture attentive de la *Fama* et de la *Confessio* on déduit...

— Qui déduit ?

— Quand on déduit on déduit. Peu importe qui. C'est la raison, le bon sens... Eh là, mais t'es quoi ? On parle des Rose-Croix, une chose sérieuse...

— Tu parles.

— Alors, comme on le déduit, Rosencreutz est né en 1378 et meurt en 1484, au bel âge de cent six ans et il n'est pas difficile de deviner que la confrérie secrète a contribué d'une façon non négligeable à cette Réforme qui, en 1615, fêtait son centenaire. C'est si vrai que dans les armoiries de Luther il y a une rose et une croix.

— La belle imagination.

— Tu voulais que Luther mette dans ses armoiries une girafe en flammes ou une montre liquéfiée ? Chacun est le fils de son temps. J'ai compris de qui je suis le fils moi, tais-toi, laisse-moi continuer. Vers 1604, alors qu'ils restaurent une partie de leur palais ou château secret, les Rose-Croix trouvent une large pierre où était fiché un grand clou. Ils extraient le clou, un morceau du mur tombe, apparaît une porte sur laquelle est écrit en grandes lettres POST CXX ANNOS PATEBO... »

Je l'avais déjà appris dans la lettre de Belbo, mais je ne pus m'empêcher de réagir : « Mon Dieu...

— Qu'est-ce qui arrive ?

— C'est comme un document des Templiers que... C'est une histoire que je ne t'ai jamais racontée, d'un certain colonel...

— Et alors ? Les Templiers ont copié sur les Rose-Croix.

— Mais les Templiers viennent avant.

— Et alors, les Rose-Croix ont copié sur les Templiers.

— Mon amour, sans toi je ferais un court-circuit.

— Mon amour, cet Agliè t'a détraquée. Tu attends la révélation.

— Moi ? Moi je n'attends rien du tout !

— Encore heureux, attention à l'opium des peuples.

— El pueblo unido jamás será vencido.

— Ris, ris bien, toi. Continue, que j'entende ce que disaient ces crétins.

— Ces crétins ont tout appris en Afrique, tu n'as pas entendu ?

— Eux, en Afrique, ils commençaient déjà à nous emballer et à nous envoyer ici.

— Remercie le ciel. Tu pouvais naître à Pretoria. » Je l'embrassais et poursuivais. « Derrière la porte on découvre un sépulcre à sept côtés et sept angles, prodigieusement éclairé par un soleil artificiel. Au milieu, un autel de forme circulaire, orné de différentes devises ou emblèmes, du genre NEQUAQUAM VACUUM...

— Né coua coua ? Signé Donald Duck ?

— C'est du latin, je ne sais pas si tu vois ? Ça veut dire le vide n'existe pas.

— Encore heureux, ce serait d'une horreur.

— Tu voudrais bien me brancher le ventilateur, animula vagula blandula ?

— Mais on est en hiver.

— Pour vous, du mauvais hémisphère, mon amour. Nous sommes en juillet, qu'y pouvons-nous, branche le ventilateur, pas parce que je suis le mâle, c'est qu'il est de ton côté. Merci. Bref, sous l'autel on trouve le corps intact du fondateur. Dans la main il tient un *Livre I,* débordant d'infinie sapience, et dommage que le monde ne le puisse connaître — dit le manifeste — autrement gulp, wow, brr, sguisssch !

— Aïe.

— Je disais. Le manifeste se termine en promettant un immense trésor encore tout à découvrir et de surprenantes révélations sur les rapports entre macrocosme et microcosme. N'allez pas croire que nous sommes des alchimistes de quatre sous et que nous allons vous enseigner à produire de l'or. C'est affaire de fripouilles et nous, nous voulons mieux et visons plus haut, dans tous les sens. Nous sommes en train de diffuser cette *Fama* en cinq langues, pour ne rien dire de la *Confessio,* prochainement sur cet écran. Attendons réponses et jugements de doctes et d'ignorants. Écrivez-nous, téléphonez, dites-nous vos noms, voyons si vous êtes dignes d'avoir part à nos secrets, dont nous ne vous avons donné qu'un pâle avant-goût. *Sub umbra alarum tuarum Iehova.*

— Qu'est-ce qu'il dit ?

— C'est la phrase de congé. Bien reçu. Terminé. En somme, il semble que les Rose-Croix ne peuvent s'empêcher de faire savoir ce qu'ils ont appris, et qu'ils attendent seulement de trouver le bon interlocuteur. Mais pas un mot sur ce qu'ils savent.

— Comme ce type avec sa photo, cette annonce dans la revue qu'on a feuilletée en avion : si vous m'envoyez dix dollars, je vous enseigne le secret pour devenir millionnaire.

— Mais lui ne ment pas. *Lui,* le secret, il l'a découvert. Comme moi.

— Écoute, il vaut mieux que tu continues à lire. On dirait que tu ne m'as jamais vue avant ce soir.

— C'est toujours comme si c'était la première fois.

— Pire. Je ne permets pas de familiarités au premier venu. Mais est-il possible que tu les déniches tous toi ? D'abord les Templiers, ensuite les Rose-Croix, mais t'as lu, je sais pas moi, Pletchanov ?

— Non, j'attends d'en découvrir le tombeau, dans cent vingt ans. Si Staline ne l'a pas enterré avec les caterpillars.

— Quel idiot. Je vais dans la salle de bains. »

— 30 —

Et déjà la fameuse fraternité des Rose-Croix déclare que dans tout l'univers circulent des vaticinations délirantes. En effet, à peine ce fantôme est apparu (bien que Fama *et* Confessio *prouvent qu'il s'agissait du simple divertissement d'esprits oisifs) il a aussitôt produit un espoir de réforme universelle, et a engendré des choses en partie ridicules et absurdes, en partie incroyables. Et ainsi des hommes probes et honnêtes de différents pays se sont prêtés à la raillerie et à la dérision pour faire parvenir leur franc parrainage, ou pour se persuader qu'ils auraient pu se manifester à ces frères... à travers le Miroir de Salomon ou d'autre façon occulte.*

Christoph VON BESOLD (?),
Appendice à Tommaso CAMPANELLA,
Von der Spanischen Monarchy, 1623.

Après venait le meilleur, et au retour d'Amparo j'étais déjà en mesure de lui annoncer des événements admirables. « C'est une histoire incroyable. Les manifestes sortent à une époque où les textes de ce genre pullulaient, tout le monde cherche un renouveau, un siècle d'or, un pays de cocagne de l'esprit. Qui farfouille dans les textes magiques, qui fait transpirer les fourneaux pour préparer des métaux, qui cherche à dominer les étoiles, qui élabore des alphabets secrets et des langues universelles. A Prague, Rodolphe II transforme la cour en un laboratoire alchimique, il invite Comenius et John Dee, l'astrologue de la cour d'Angleterre qui avait révélé tous les secrets du cosmos en quelques pages d'une *Monas Ierogliphica,* je te jure que c'est bien le titre, et *monas* n'indique pas ton sexe en vénitien mais signifie monade.

— J'ai dit quelque chose ?

— Le médecin de Rodolphe II est ce Michael Maier qui écrit un livre d'emblèmes visuels et musicaux, l'*Atalanta Fugiens,* une fête philosophale de l'œuf, des dragons qui se mordent la queue, des sphinx, rien n'est aussi lumineux que le chiffre secret, tout est hiéroglyphique de quelque chose d'autre. Tu te rends compte, Galilée jette des pierres de la tour de Pise, Richelieu joue au

Monopoly avec la moitié de l'Europe, et ici tous de circuler les yeux écarquillés pour lire les signatures du monde : vous m'en contez de belles, vous, il est bien question de la chute des corps, ci-dessous (mieux, ci-dessus) il y a bien autre chose. A présent, je vous le dis : *abracadabra.* Torricelli fabriquait le baromètre et eux faisaient des ballets, des jeux d'eau et des feux d'artifice dans l'Hortus Palatinus de Heidelberg. Et la guerre de Trente Ans était sur le point d'éclater.

— Qui sait comme elle était contente Mère Courage.

— Mais eux non plus ne se donnent pas toujours du bon temps. L'Électeur palatin, en 19, accepte la couronne de Bohême, je crois qu'il le fait parce qu'il meurt d'envie de régner sur Prague, ville magique, mais les Habsbourg, un an après, le clouent à la Montagne Blanche, à Prague on massacre les protestants, Comenius voit sa maison, sa bibliothèque brûler, on lui assassine sa femme et son fils, et il s'enfuit de cour en cour allant répétant comme elle était grande et pleine d'espoir l'idée des Rose-Croix.

— Et le pauvre lui aussi, tu voulais qu'il se console avec le baromètre ? Mais excuse-moi un instant, tu sais que nous les femmes ne saisissons pas tout tout de suite comme vous : qui a écrit les manifestes ?

— Le plus beau, c'est qu'on ne le sait pas. Laisse-moi comprendre, gratte-moi la rose-croix... non, entre les deux omoplates, non plus haut, non plus à gauche, voilà, là. Or donc, dans ce milieu allemand il y a des personnages incroyables. Voici Simon Studion qui écrit la *Naometria,* un traité occulte sur les mesures du Temple de Salomon ; Heinrich Khunrath qui écrit un *Amphitheatrum sapientiae aeternae,* plein d'allégories avec des alphabets hébreux, et des cavernes kabbalistiques qui doivent avoir inspiré les auteurs de la *Fama.* Ces derniers sont probablement des amis d'un de ces dix mille conventicules d'utopistes de la renaissance chrétienne. La rumeur publique veut que l'auteur soit un certain Johann Valentin Andreae, et l'année suivante il publiera *Les noces chimiques de Christian Rosencreutz,* mais il l'avait écrit dans sa jeunesse, donc l'idée des Rose-Croix lui trottait depuis longtemps dans la tête. Mais autour de lui, à Tübingen, il y avait d'autres enthousiastes, ils rêvaient de la république de Christianoples, peut-être se sont-ils mis tous ensemble. Mais il paraît qu'ils l'ont fait pour plaisanter, par jeu, ils ne pensaient pas du tout créer le pandémonium qu'ils ont créé. Andreae passera ensuite sa vie à jurer que ce n'était pas lui qui avait écrit les manifestes, que de toute façon c'était un *lusus,* un *ludibrium,* un coup de goliards, il y perd sa réputation académique, enrage, dit que les

Rose-Croix, si même ils existaient, étaient tous des imposteurs. Rien n'y fait. A peine les manifestes sortent, on dirait que les gens n'attendent que ça. Les doctes de toute l'Europe écrivent vraiment aux Rose-Croix, et, comme ils ne savent pas où les trouver, ils envoient des lettres ouvertes, des opuscules, des livres imprimés. Maier publie tout de suite la même année un *Arcana arcanissima* où il ne mentionne pas les Rose-Croix mais tout le monde est convaincu qu'il parle d'eux et en sait plus long que ce qu'il veut bien dire. Certains se vantent, ils disent qu'ils avaient déjà lu la *Fama* en manuscrit. Je ne crois pas que c'était une mince affaire que de préparer un livre à cette époque, parfois même avec des gravures, mais Robert Fludd en 1616 (et il écrit en Angleterre et imprime à Leyde, calcule aussi le temps des voyages pour les épreuves) fait circuler une *Apologia compendiaria Fraternitatem de Rosea Cruce suspicionis et infamiis maculis aspersam, veritatem quasi Fluctibus abluens et abstergens,* pour défendre les Rose-Croix et les libérer des soupçons, des « taches » dont ils ont été gratifiés — et cela veut dire qu'un débat furieux avait déjà lieu entre Bohême, Allemagne, Angleterre, Hollande, le tout avec des courriers à cheval et des érudits itinérants.

— Et les Rose-Croix ?

— Un silence de mort. Post cent vingt annos patebo mon œil. Ils observent du néant de leur palais. Je crois que c'est précisément leur silence qui échauffe les esprits. S'ils ne répondent pas, cela veut dire qu'ils sont vraiment là. En 1617, Fludd écrit un *Tractatus apologeticus integritatem societatis de Rosea Cruce defendens* et, dans un *De Naturae Secretis* de 1618, on dit qu'est venu le moment de dévoiler le secret des Rose-Croix.

— Et ils le dévoilent.

— Penses-tu. Ils le compliquent. Parce qu'ils découvrent que si l'on soustrait de 1618 les 188 années promises par les Rose-Croix, on obtient 1430 qui est l'année où est institué l'ordre de la Toison d'or.

— Quel rapport ?

— Je ne comprends pas les 188 années parce qu'il devrait y en avoir 120, mais quand tu veux faire des soustractions et des additions mystiques tu retombes toujours sur tes pieds. Quant à la Toison d'or, c'est celle des Argonautes, et j'ai appris de source sûre qu'elle a quelque chose à voir avec le Saint Graal, et donc, si tu permets, avec les Templiers. Mais ce n'est pas fini. Entre 1617 et 1619, Fludd, qui évidemment publiait encore plus que Barbara Cartland, fait imprimer quatre autres livres, parmi lesquels son *Utriusque Cosmi historia,* quelque chose comme de courts aperçus sur l'univers, illustré, tout rose et croix. Maier prend son courage à deux mains et publie son *Silentium post clamores* et soutient que la confrérie existe, que non seulement elle est liée à la Toison d'or mais aussi à l'ordre de la Jarretière. Lui, cependant, est une personne trop humble pour y être reçue. Pense un peu les doctes d'Europe. Si ces gens n'acceptent pas même Maier, il s'agit d'une chose vraiment exclusive. Et donc tous les demi-portions font de faux papiers pour être admis. Tous de dire que les Rose-Croix sont une réalité, tous d'avouer ne les avoir jamais vus, tous d'écrire comme pour fixer un rendez-vous, pour quémander une audience, personne n'a tout de même le culot de dire moi j'en suis, certains disent qu'il n'existent pas parce qu'ils n'ont pas été contactés, d'autres disent qu'ils existent justement pour être contactés.

— Et les Rose-Croix, muets.

— Comme des carpes.

— Ouvre la bouche. Il te faut de la mamaia.

— Un délice. En attendant débute la guerre de Trente Ans et Johann Valentin Andreae écrit une *Turris Babel* pour promettre que dans l'année l'Antéchrist sera vaincu, tandis qu'un certain Ireneus Agnostus écrit un *Tintinnabulum sophorum*...

— Super le tintinnabulum !

— ... où je ne comprends pas ce que foutre il dit, mais il est certain que Campanella ou quelqu'un à sa place intervient dans la *Monarchie Espagnole* et dit que toute l'histoire rose-croix est un divertissement d'esprits corrompus... Et puis ça suffit, entre 1621 et 1623 ils arrêtent tous.

— Comme ça ?

— Comme ça. Ils se sont lassés. Comme les Beatles. Mais seulement en Allemagne. Parce qu'on dirait l'histoire d'un nuage toxique. Il se déplace en France. Par une belle matinée de l'an 1623, apparaissent sur les murs de Paris des manifestes rose-croix qui avertissent les bons citoyens que les députés du collège principal de la confrérie se sont transférés là-bas et sont prêts à ouvrir les inscriptions. Cependant, selon une autre version, les manifestes disent clair et net qu'il s'agit de trente-six invisibles dispersés de par le monde en groupes de six, et qui ont le pouvoir de rendre invisibles leurs adeptes... Crénom, de nouveau les trente-six...

— Lesquels ?

— Ceux de mon document des Templiers.

— Des gens sans imagination. Et puis ?

— Et puis il en découle une folie collective ; qui les défend, qui veut les connaître, qui les accuse de diabolisme, alchimie et hérésie, avec Astaroth qui intervient pour les rendre riches, puissants, capables de voler en un clin d'œil d'un lieu à un autre, bref, le scandale du jour.

— Rusés, ces Rose-Croix. Il n'y a rien de tel qu'un lancement à Paris pour devenir à la mode.

— On dirait que tu as raison, parce que écoute un peu ce qui se passe, mamma mia quelle époque. Descartes, lui en personne, au cours des années précédentes s'était rendu en Allemagne et les avait cherchés, mais son biographe dit qu'il ne les avait pas trouvés car, nous le savons, ils circulaient sous des apparences trompeuses. Quand il revient à Paris, après l'apparition des manifestes, il apprend que tout le monde le considère comme un Rose-Croix. Par les temps qui couraient, ce n'était pas une belle renommée, et ça ennuyait aussi son ami Mersenne qui, contre les Rose-Croix, tempêtait déjà en les traitant de misérables, subversifs, magiciens, kabbalistes, dont la seule intention était de semer des doctrines perverses. Et alors, qu'est-ce qu'il va te combiner, le Descartes ? Il se fait voir à droite et à gauche, partout où il peut. Et puisque tout le monde le voit, et c'est incontestable, c'est signe qu'il n'est pas invisible, donc pas Rose-Croix.

— Ça c'est de la méthode.

— Il ne suffisait certes pas de nier. Ils avaient fait les choses de telle sorte que, si un type venait à ta rencontre et te disait bonsoir, je suis un Rose-Croix, c'était signe qu'il ne l'était pas. Le Rose-Croix qui se respecte ne le dit pas. Mieux, il le nie à voix bien haute.

— Mais on ne peut pas dire que celui qui affirme n'être pas un Rose-Croix l'est forcément, parce que moi je dis que je ne le suis pas, et ce n'est pas pour ça que je le suis.

— Mais le nier est déjà un indice suspect.

— Non. Car que fait le Rose-Croix quand il a compris que les gens ne croient pas ceux qui disent l'être et soupçonnent ceux qui disent ne l'être pas ? Il commence à dire qu'il l'est pour faire croire qu'il ne l'est pas.

— Diable. Alors dorénavant tous ceux qui disent être Rose-Croix mentent, et par conséquent ils le sont vraiment ! Ah non non, Amparo, ne tombons pas dans leur piège. Eux, ils ont des espions partout, jusque sous ce lit , et donc ils savent désormais que nous savons. Donc ils disent qu'ils ne le sont pas.

— Mon amour, à présent j'ai peur.

— Sois calme, mon amour ; je suis ici moi qui suis stupide, quand ils disent qu'ils ne le sont pas, moi je crois qu'ils le sont, et comme ça je les démasque tout de suite. Le Rose-Croix démasqué devient inoffensif, et tu le fais sortir par la fenêtre en agitant le journal.

— Et Agliè ? Lui il tente de nous faire croire qu'il est le comte de Saint-Germain. Évidemment afin que nous pensions qu'il ne l'est pas. Donc il est Rose-Croix. Ou non ?

— Ecoute Amparo, on dort ?

— Ah ! non, maintenant je veux entendre la fin.

— Bouillie générale. Tous Rose-Croix. En 27 paraît la *Nouvelle Atlantide* de Bacon et les lecteurs pensent qu'il parlait du pays des Rose-Croix, même s'il ne les nommait jamais. Le pauvre Johann Valentin Andreae meurt en continuant à se parjurer : ou ça n'avait pas été lui ou si ç'avait été lui c'était pour rire, mais maintenant la chose est faite. Avantagés par leur non-être, les Rose-Croix sont partout.

— Comme Dieu.

— A présent que tu m'y fais penser... Voyons, Matthieu, Luc, Marc et Jean sont une bande de joyeux compères qui se réunissent quelque part et décident de faire un concours, inventent un personnage, établissent un petit nombre de faits essentiels et puis allez, pour le reste chacun est libre et puis on voit qui a mieux fait. Après quoi les quatre récits finissent dans les mains d'amis qui commencent à pontifier, Matthieu est assez réaliste mais il insiste trop avec cette affaire du messie, Marc n'est pas mal mais un peu désordonné, Luc est élégant, il faut bien l'admettre, Jean exagère avec la philosophie... mais en somme les livres plaisent, circulent de main en main, et, quand les quatre hommes se rendent compte de ce qui se passe, il est trop tard, Paul a déjà rencontré Jésus sur le chemin de Damas, Pline commence son enquête sur ordre de l'empereur soucieux, une légion d'apocryphes font semblant d'en savoir long eux aussi... toi, apocryphe lecteur, mon semblable, mon frère... Pierre se monte la tête, se prend au sérieux, Jean menace de dire la vérité, Pierre et Paul le font capturer, on l'enchaîne dans l'île de Patmos et le pauvret commence à avoir des visions, il voit les sauterelles sur le montant de son lit, faites taire ces trompettes, d'où vient tout ce sang... Et les autres de dire qu'il boit, que c'est l'artériosclérose... Et si ça s'était vraiment passé comme ça ?

— Ça s'est passé comme ça. Lis Feuerbach au lieu de tes vieux bouquins.

— Amparo, c'est l'aube.

— On est fous.

— L'aurore aux doigts de rosecroix caresse doucement l'onde...

— Oui, fais comme ça. C'est Yemanjá, écoute, elle vient.

— Fais-moi des ludibria...

— Oh le Tintinnabulum !

— Tu es mon Atalanta Fugiens...

— Oh la Turris Babel...

— Je veux les Arcana Arcanissima, la Toison d'or, pâle et rose comme un coquillage marin...

— Chuuut... Silentium post clamores », dit-elle.

— 31 —

Il est probable que la plupart des prétendus Rose-Croix, communément désignés comme tels, ne furent véritablement que des Rosicruciens... On peut même être assuré qu'ils ne l'étaient point, et cela du seul fait qu'ils faisaient partie de telles associations, ce qui peut sembler paradoxal et même contradictoire à première vue, mais est pourtant facilement compréhensible...

René GUÉNON, *Aperçu sur l'initiation*,
Paris, Éditions Traditionnelles, 1981, XXXVIII, p. 241.

Nous revînmes à Rio et je repris mon travail. Un jour, dans une revue illustrée, je vis qu'il existait dans la ville un Ordre de la Rose-Croix Ancien et Accepté. Je proposai à Amparo d'aller donner un coup d'œil, et elle me suivit à contrecœur.

Le siège se trouvait dans une rue secondaire, à l'extérieur il y avait une vitrine avec des statuettes en plâtre qui reproduisaient Chéops, Néfertiti, le Sphinx.

Séance plénière justement cet après-midi-là : « Les Rose-Croix et l'Umbanda ». Orateur, un certain professeur Bramanti, Référendaire de l'Ordre en Europe, Chevalier Secret du Grand Prieuré In Partibus de Rhodes, Malte et Thessalonique.

Nous décidâmes d'entrer. L'endroit était plutôt mal arrangé, décoré de miniatures tantriques qui représentaient le serpent Kundalinî, celui que les Templiers voulaient réveiller avec leur baiser sur le derrière. Je me dis qu'en fin de compte cela ne valait pas la peine de traverser l'Atlantique pour découvrir le Nouveau Monde, étant donné que j'aurais pu voir la même chose au siège de la Picatrix.

Derrière une table recouverte d'un drap rouge, et devant un parterre plutôt clairsemé et assoupi, se trouvait Bramanti, un monsieur corpulent que, n'eût été sa masse, on aurait pu taxer de tapir. Il avait déjà commencé à parler, avec rondeur oratoire, mais pas depuis longtemps parce qu'il s'entretenait des Rose-Croix au temps de la XVIIIe dynastie, sous le règne d'Ahmôsis Ier.

Quatre Seigneurs Voilés veillaient sur l'évolution de la race qui, vingt-cinq mille ans avant la fondation de Thèbes, avait donné naissance à la civilisation du Sahara. Le pharaon Ahmôsis, influencé par eux, avait fondé une Grande Fraternité Blanche, gardienne de cette sagesse prédiluvienne que les Égyptiens possédaient sur le bout des doigts. Bramanti soutenait qu'il avait des documents (naturellement inaccessibles aux profanes) qui remontaient aux sages du Temple de Karnak et à leurs archives secrètes. Le symbole de la rose et de la croix avait été ensuite conçu par le pharaon Akhenaton. Quelqu'un a le papyrus, disait Bramanti, mais ne me demandez pas qui.

Dans la ruchée de la Grande Fraternité Blanche, s'étaient formés Hermès Trismégiste, dont l'influence sur la Renaissance italienne était aussi irréfutable que son influence sur la Gnose de Princeton, Homère, les druides des Gaules, Salomon, Solon, Pythagore, Plotin, les esséniens, les thérapeutes, Joseph d'Arimathie qui a apporté le Graal en Europe, Alcuin, le roi Dagobert, saint Thomas, Bacon, Shakespeare, Spinoza, Jacob Bœhme et Debussy, Einstein. Amparo me murmura qu'il lui semblait ne manquer que Néron, Cambronne, Géronimo, Pancho Villa et Buster Keaton.

En ce qui concerne l'influence des Rose-Croix originaires sur le christianisme, Bramanti relevait, pour qui n'aurait pas encore fait le rapprochement, que ce n'était pas un hasard si la légende voulait que Jésus fût mort sur la croix.

Les sages de la Grande Fraternité Blanche étaient les mêmes qui avaient fondé la première loge maçonnique aux temps du roi Salomon. Que Dante fût Rose-Croix et maçon — comme d'autre part saint Thomas — c'était inscrit en toutes lettres dans son œuvre. Dans les chants XXIV et XXV du Paradis, on trouve le triple baiser du prince rose-croix, le pélican, les tuniques blanches, les mêmes que celles des vieillards de l'Apocalypse, les trois vertus théologales des chapitres maçonniques (Foi, Espérance et Charité). En effet, la fleur symbolique des Rose-Croix (la rose blanche des chants XXX et XXXI) a été adoptée par l'Église de Rome comme figure de la Mère du Sauveur — d'où la *Rosa Mystica* des litanies.

Et que les Rose-Croix eussent traversé les siècles médiévaux était proclamé non seulement par leur infiltration chez les Templiers, mais par des documents beaucoup plus explicites. Bramanti citait un certain Kiesewetter qui, à la fin du siècle passé, avait démontré que les Rose-Croix du Moyen Âge avaient fabriqué quatre quintaux d'or pour le prince électeur de Saxe, preuve en main la page précise du *Theatrum Chemicum* publié à Strasbourg en 1613. Cependant, rares sont ceux qui ont remarqué les références templières dans la légende de Guillaume Tell : Tell taille sa flèche dans une branche de gui, plante de la mythologie aryenne, et atteint la pomme, symbole du troisième œil activé par le serpent Kundalinî — et on sait que les Aryens venaient de l'Inde, où iront se cacher les Rose-Croix lorsqu'ils abandonnent l'Allemagne.

Quant aux différents mouvements qui prétendent renouer, fût-ce avec beaucoup de puérilité, avec la Grande Fraternité Blanche, Bramanti reconnaissait par contre comme assez orthodoxe le Rosicrucian Fellowship de Max Heindel, mais seulement parce que dans ce milieu s'était formé Allan Kardec. Tout le monde sait que Kardec a été le père du spiritisme, et que c'est à partir de sa théosophie, qui envisage le contact avec les âmes des trépassés, que s'est formée la spiritualité umbanda, gloire du très noble Brésil. Dans cette théosophie, Aum Bhandà est une expression sanscrite qui désigne le principe divin et la source de la vie (« Ils nous ont de nouveau trompés, murmura Amparo, même umbanda n'est pas un mot à nous, d'africain il n'a que le son. »)

La racine est Aum ou Um, qui de fait est le Om bouddhiste et le nom de Dieu dans la langue adamique. *Um* est une syllabe qui, prononcée exactement, se tranforme en un puissant mantra et provoque des courants fluidiques d'harmonie dans la psyché à travers la *siakra* ou Plexus Frontal.

« C'est quoi le plexus frontal ? demanda Amparo. Un mal incurable ? »

Bramanti précisa qu'il fallait distinguer entre les vrais Rose-Croix, héritiers de la Grande Fraternité Blanche, évidemment secrets, comme l'Ordre Ancien et Accepté qu'indignement il représentait, et les « rosicruciens », c'est-à-dire tous ceux qui, pour des raisons d'intérêt personnel, s'inspireraient de la mystique rose-croix sans y avoir droit. Il recommanda au public de ne prêter foi à aucun rosicrucien qui se qualifierait de Rose-Croix.

Amparo observa que tout Rose-Croix est le rosicrucien de l'autre.

Un imprudent au milieu du public se leva et lui demanda comment il se faisait que son ordre prétendait à l'authenticité, alors qu'il violait la règle du silence, caractéristique de tout véritable adepte de la Grande Fraternité Blanche.

Bramanti se leva à son tour et dit : « Je ne savais pas que même ici s'infiltraient des provocateurs à la solde du matérialisme athée. Dans ces conditions, je ne parle plus. » Et il sortit, non sans une certaine majesté.

Ce soir-là Agliè téléphona, demandant de nos nouvelles et nous avertissant que le lendemain nous serions enfin invités à un rite. En attendant, il me proposait de boire quelque chose. Amparo avait une réunion politique avec ses amis ; je me rendis seul au rendez-vous.

— 32 —

Valentiniani... nihil magis curant quam occultare quod praedicant : si tamen praedicant, qui occultant... Si bona fide quaeres, concreto vultu, suspenso supercilio — altum est — aiunt. Si subtiliter tentes, per ambiguitates bilingues communem fidem affirmant. Si scire te subostendas, negant quidquid agnoscunt... Habent artificium quo prius persuadeant, quam edoceant.

TERTULLIEN, *Adversus Valentinianos.*

Agliè m'invita à visiter un endroit où on faisait encore une *batida* comme seuls savent les faire des hommes sans âge. Nous sortîmes, en quelques pas, de la civilisation de Carmen Miranda, et je me retrouvai dans un lieu obscur, où des natifs du pays fumaient un tabac gras comme une saucisse, roulé en cordes de vieux marin. On manipulait les câbles avec le bout des doigts, on en obtenait des feuilles larges et transparentes, et on les roulait dans des papiers de paille huileuse. Il fallait rallumer souvent, mais on comprenait ce qu'était le tabac quand le découvrit sir Walter Raleigh.

Je lui racontai mon aventure de l'après-midi.

« Les Rose-Croix aussi, maintenant ? Votre désir de savoir est insatiable, mon ami. Mais ne prêtez pas l'oreille à ce que disent ces fous. Ils parlent tous de documents irréfutables, mais personne ne les a jamais montrés. Ce Bramanti, je le connais. Il habite à Milan, sauf qu'il va de par le monde pour répandre son verbe. Il est inoffensif, mais il croit encore à Kiesewetter. Des légions de rosicruciens s'appuient sur cette page du *Theatrum Chemicum.* Mais si vous allez le consulter — et, en toute modestie, il fait partie de ma petite bibliothèque milanaise — la citation ne s'y trouve pas.

— Un rigolo, ce monsieur Kiesewetter.

— Des plus cités. C'est que les occultistes du XIXe siècle aussi ont été victimes de l'esprit du positivisme : une chose n'est vraie que si on peut la prouver. Voyez le débat sur le *Corpus Hermeticum.* Quand il fut introduit en Europe, au XVe siècle, Pic de La Mirandole, Ficin et bien d'autres personnes de grande sagesse, virent la vérité : ce devait être l'œuvre d'une très ancienne sapience, antérieure aux Égyptiens, antérieure à Moïse lui-même, parce qu'on y trouve déjà des idées que plus tard énonceraient Platon et Jésus.

— Comment plus tard ? Ce sont les mêmes arguments de Bramanti sur Dante maçon. Si le *Corpus* répète les idées de Platon et de Jésus, cela signifie qu'il a été écrit après eux !

— Vous voyez ? Vous aussi. Et en effet ce fut l'argument des philologues modernes, qui y ajoutèrent aussi de fumeuses analyses linguistiques pour montrer que le *Corpus* avait été écrit entre le IIe et le IIIe siècle de notre ère. Comme qui dirait que Cassandre était née après Homère parce qu'elle savait déjà que Troie serait détruite. C'est une illusion moderne de croire que le temps est une succession linéaire et orientée, qui va de A vers B. Il peut aussi aller de B vers A, et l'effet produit la cause... Qu'est-ce que cela veut dire venir avant et venir après ? Votre splendide Amparo vient avant ou après ses ancêtres confus ? Elle est trop belle — si vous permettez un jugement sans passion à qui pourrait être son père. Elle vient donc avant. Elle est l'origine mystérieuse de ce qui a contribué à la créer.

— Mais à ce point...

— C'est le concept de « ce point » qui est erroné. Les points sont placés par la science, après Parménide, pour établir d'où à où quelque chose se meut. Rien ne se meut, et il y a un seul point, le point d'où s'engendrent en un même instant tous les autres points. L'ingénuité des occultistes du XIXe siècle, et de ceux de notre temps, c'est de démontrer la vérité de la vérité avec les méthodes du mensonge scientifique. Il ne faut pas raisonner selon la logique du temps, mais selon la logique de la Tradition. Tous les temps se symbolisent entre eux, et donc le Temple invisible des Rose-Croix existe et a existé en tout temps, indépendamment des flux de l'histoire, de votre histoire. Le temps de la révélation dernière n'est pas le temps des horloges. Ses liens s'établissent dans le temps de « l'histoire subtile » où les avant et les après de la science comptent fort peu.

— Mais en somme, tous ceux qui soutiennent l'éternité des Rose-Croix...

— Des bouffons scientistes parce qu'ils cherchent à prouver ce qu'on doit au contraire savoir, sans démonstration. Vous croyez que les fidèles que nous verrons demain soir savent ou sont en mesure de démontrer tout ce que leur a dit Kardec ? Ils savent parce qu'ils sont disposés à savoir. Si nous avions tous gardé cette sensibilité au secret, nous serions éblouis de révélations. Il n'est pas nécessaire de vouloir, il suffit d'être disposé.

— Mais en somme, et je m'excuse si je suis banal, les Rose-Croix existent ou pas ?

— Que signifie exister ?
— A vous l'honneur.
— La Grande Fraternité Blanche, que vous les appeliez Rose-Croix, que vous les appeliez chevalerie spirituelle dont les Templiers sont une incarnation occasionnelle, est une cohorte de sages, peu, très peu d'élus, qui voyage à travers l'histoire de l'humanité pour préserver un noyau de sapience éternelle. L'histoire ne se développe pas au hasard. Elle est l'œuvre des Seigneurs du Monde, auxquels rien n'échappe. Naturellement, les Seigneurs du Monde se défendent par le secret. Et donc, chaque fois que vous rencontrerez quelqu'un qui se dit Seigneur, ou Rose-Croix, ou Templier, celui-là mentira. Il faut les chercher ailleurs.
— Mais alors cette histoire continue à l'infini ?
— C'est ainsi. Et c'est l'astuce des Seigneurs.
— Mais qu'est-ce qu'ils veulent que les gens sachent ?
— Qu'il y a un secret. Autrement pourquoi vivre, si tout était ainsi qu'il apparaît ?
— Et quel est le secret ?
— Ce que les religions révélées n'ont pas su dire. Le secret se trouve au-delà. »

— 33 —

Les visions sont blanc, bleu, blanc rouge clair ; enfin elles sont mixtes ou toutes blanches, couleur de flamme de bougie blanche, vous verrez des étincelles, vous sentirez la chair de poule par tout votre corps, tout cela annonce le principe de la traction que la chose fait avec celui qui travaille.

PAPUS, *Martines de Pasqually*, Paris, Chamuel, 1895, p. 92.

Vint le soir promis. Comme à Salvador, c'est Agliè qui passa nous chercher. La tente où se déroulerait la session, ou *gira*, était dans une zone plutôt centrale, si on peut parler de centre dans une ville qui étend ses langues de terre au milieu de ses collines, jusqu'à lécher la mer, si bien que vue d'en haut, éclairée dans le soir, elle a l'air d'une chevelure avec des plaques sombres d'alopécie.

« Vous vous souvenez, ce soir il s'agit d'umbanda. On n'aura pas de possession de la part des orixás mais des eguns, qui sont des esprits de trépassés. Et puis de la part de l'Exu, l'Hermès africain que vous avez vu à Bahia, et de sa compagne, la Pomba Gira. L'Exu est une divinité yoruba, un démon enclin au maléfice et à la plaisanterie, mais il existait un dieu facétieux dans la mythologie amérindienne aussi.

— Et les trépassés, qui sont-ils ?

— *Pretos velhos* et *caboclos.* Les pretos velhos sont de vieux sages africains qui ont guidé leur gent au temps de la déportation, comme Rei Congo ou Pai Agostinho... Ils sont le souvenir d'une phase mitigée de l'esclavagisme, quand le nègre n'est plus un animal et devient un ami de la famille, un oncle, un grand-père. Les caboclos sont par contre des esprits indios, des forces vierges, la pureté de la nature originelle. Dans l'umbanda les orixás africains restent à l'arrière-plan, désormais tout à fait syncrétisés avec les saints catholiques, et n'interviennent que ces entités. Ce sont elles qui produisent la transe : le médium, le *cavalo,* à un certain point de la danse sent qu'il est pénétré par une entité supérieure et perd la conscience de soi. Il danse, tant que l'entité divinité ne l'a pas abandonné, et après il se sentira mieux, limpide et purifié.

— Les bienheureux, dit Amparo.

— Bienheureux oui, dit Agliè. Ils entrent en contact avec la terre mère. Ces fidèles ont été déracinés, jetés dans l'horrible creuset de la ville et, comme disait Spengler, l'Occident mercantile, au moment de la crise, s'adresse de nouveau au monde de la terre. »

Nous arrivâmes. De l'extérieur la tente avait l'air d'un édifice ordinaire : là aussi on entrait par un jardinet, plus modeste que celui de Bahia, et devant la porte du *barracão,* une sorte de magasin, nous trouvâmes la statuette de l'Exu, déjà entourée d'offrandes propitiatoires.

Tandis que nous entrions, Amparo me tira de côté : « Moi j'ai déjà tout compris. Tu n'as pas entendu ? Le tapir de la conférence parlait d'époque aryenne, celui-ci parle du déclin de l'Occident, *Blut und Boden,* sang et terre, c'est du pur nazisme.

— Ce n'est pas aussi simple, mon amour, nous sommes sur un autre continent.

— Merci pour l'information. La Grande Fraternité Blanche ! Elle vous a conduit à manger votre Dieu.

— Ça, ce sont les catholiques, mon amour, ce n'est pas la même chose.

— C'est la même chose, tu n'as pas entendu. Pythagore, Dante, la Vierge Marie et les maçons. Toujours pour nous posséder nous. Faites l'umbanda, ne faites pas l'amour.

— Alors la syncrétisée c'est toi. Allons voir, allons. Ça aussi c'est de la culture.

— Il n'y a qu'une seule culture : pendre le dernier prêtre avec les boyaux du dernier Rose-Croix. »

Agliè nous fit signe d'entrer. Si l'extérieur s'avérait modeste, l'intérieur éclatait en une flambée de couleurs violentes. C'était une salle quadrangulaire, avec une partie réservée à la danse des cavalos, l'autel au fond, protégée par une grille derrière laquelle se dressait l'estrade des tambours, les atabaques. L'espace rituel était encore vide, tandis que par-delà la grille s'agitait déjà une foule composite : fidèles, curieux, Blancs et Noirs mélangés, d'entre lesquels se détachaient les médiums et leurs assistants, les cambonos, habillés de blanc, certains les pieds nus, d'autres avec des tennis. L'autel me frappa aussitôt : pretos velhos, caboclos aux plumes multicolores, des saints qui auraient pu ressembler à des pains de sucre, n'eussent été leurs dimensions pantagruéliques, saint Georges avec sa cuirasse scintillante et le manteau écarlate, les saints Côme et Damien, une Vierge transpercée d'épées, et un Christ impudiquement hyperréaliste, les bras ouverts comme le rédempteur de Corcovado, mais en couleur. Manquaient les orixás, mais on en ressentait la présence dans les visages des assistants et dans les effluves douceâtres de canne et de nourritures cuites, dans l'odeur âcre de tant de transpirations dues à la chaleur et à l'excitation pour la gira imminente.

Le pai-de-santo s'avança, qui s'assit près de l'autel et accueillit quelques fidèles, et les hôtes ; les perfumant avec les expirations denses de son cigare, les bénissant et leur offrant une tasse de liqueur, comme pour un rapide rite eucharistique. Je m'agenouillai, avec mes compagnons, et je bus : je remarquai, en voyant un cambono qui versait le liquide d'une bouteille, que c'était du Dubonnet, mais je m'obligeai à le boire à petites gorgées comme s'il s'agissait d'un élixir de longue vie. Sur l'estrade, les atabaques faisaient déjà du bruit, à coups sourds, alors que les initiés entonnaient un chant propitiatoire à l'Exu et à la Pomba Gira : *Seu Tranca Ruas é Mojuba ! É Mojuba, é Mojuba ! Sete Encruzilhadas é Mojuba ! É Mojuba, é Mojuba ! Seu Marabœ é Mojuba ! Seu Tiriri, é Mojuba ! Exu Veludo, é Mojba ! A Pomba Gira é Mojuba !*

Commencèrent à s'exhaler les lourdes fumées d'un encens indien que le pai-de-santo faisait sortir d'un encensoir, en prononçant des oraisons particulières à Oxalà et à Nossa Senhora.

Les atabaques accélérèrent le rythme, et les cavalos envahirent l'espace devant l'autel, cédant peu à peu à la fascination des pontos. La plupart étaient des femmes, et Amparo ironisa sur la faiblesse de son sexe (« nous sommes plus sensibles, n'est-ce pas ? »).

Parmi les femmes, il y avait quelques Européennes. Agliè nous indiqua une blonde, une psychologue allemande, qui suivait les rites depuis des années. Elle avait tout essayé, mais si on n'est pas prédisposé, et préféré, c'est inutile : la transe n'arrivait jamais pour elle. Elle dansait les yeux perdus dans le vide ; tandis que les atabaques ne laissaient pas de répit à ses nerfs et aux nôtres, d'aigres fumigations envahissaient la salle et étourdissaient les pratiquants et l'assistance, prenant tout le monde — je crois, et moi en tout cas — à l'estomac. Mais ça m'était arrivé aussi aux « escolas de samba », à Rio ; je savais la puissance psychagogique de la musique et du bruit, celle-là même à laquelle sont soumis nos fiévreux du samedi soir dans les discothèques. L'Allemande dansait, les yeux écarquillés, elle demandait l'oubli dans chaque mouvement de ses membres hystériques. Petit à petit, les autres filles de santo tombaient en extase, renversaient la tête en arrière, s'agitaient comme liquides, naviguaient dans une mer d'amnésie, et elle, tendue, pleurante presque, bouleversée, tel qui cherche désespérément d'atteindre l'orgasme, et se démène, et s'essouffle, et ne décharge pas ses humeurs. Elle cherchait à perdre le contrôle et elle le retrouvait à chaque instant, pauvre Teutonne malade de clavecins bien tempérés.

Les élus accomplissaient pendant ce temps-là le saut dans le vide, leur regard devenait atone, leurs membres se roidissaient, leurs mouvements se faisaient de plus en plus automatiques, mais non fortuits, parce qu'ils révélaient la nature de l'entité qui les visitait : moelleux certains, avec les mains qui bougeaient de côté, paumes baissées, comme nageant ; d'autres voûtés et avec des mouvements lents ; et les cambonos recouvraient d'un lin blanc, pour les soustraire à la vision de la foule, ceux qu'avait touchés un esprit excellent...

Certains cavalos secouaient violemment le corps et les possédés par des pretos velhos émettaient des sons sourds — *hum hum hum* — remuant le corps incliné en avant, tel un vieux qui s'appuierait à une canne, avançant la mâchoire, prenant des physionomies amaigries et édentées. Les possédés par les caboclos émettaient au contraire des cris stridents de guerriers — *hiahou!!* — et les cambonos s'escrimaient à soutenir ceux qui ne résistaient pas à la violence du don.

Les tambours battaient, les pontos s'élevaient dans l'air épais de fumées. Je donnais le bras à Amparo et soudain je sentis ses mains transpirer, son corps trembler ; elle avait les lèvres entrouvertes. « Je ne me sens pas bien, dit-elle, je voudrais sortir. »

Agliè se rendit compte de l'incident et m'aida à l'accompagner dehors. Dans l'air du soir elle se remit. « Ce n'est rien, dit-elle, je dois avoir mangé quelque chose. Et puis ces parfums, et la chaleur...

— Non, dit le pai-de-santo qui nous avait suivis, c'est que vous avez des qualités médiumniques, vous avez bien réagi aux pontos, je vous observais.

— Suffit ! » cria Amparo, et elle ajouta quelques mots dans une langue que je ne connaissais pas. Je vis le pai-de-santo pâlir, ou devenir gris, comme on disait dans les romans d'aventures quand pâlissaient les hommes à la peau noire. « Ça suffit, j'ai la nausée, j'ai mangé quelque chose que je ne devais pas... S'il vous plaît, laissez-moi ici prendre une bouffée d'air ; rentrez. Je préfère rester seule, je ne suis pas une invalide. »

Nous la contentâmes ; mais au moment où je rentrai, après l'interruption en plein air, les parfums, les tambours, la sueur maintenant envahissante qui imprégnait chaque corps, et l'air même vicié, agirent comme une gorgée d'alcool sur qui se remet à boire après une longue abstinence. Je me passai une main sur le front, et un vieux m'offrit un agogõ, un petit instrument doré, une sorte de triangle muni de clochettes, qu'on percutait avec une baguette. « Montez sur l'estrade, dit-il, jouez, ça vous fera du bien. »

Il y avait de la sapience homéopathique dans ce conseil. Je frappais sur l'agogõ, cherchant à me mettre au rythme des tambours, et peu à peu j'entrais dans l'événement, y participant je le dominais, je déchargeais ma tension par les mouvements de mes jambes et de mes pieds, je me libérais de ce qui m'entourait en le provoquant et en l'encourageant. Plus tard, Agliè me parlerait de la différence entre qui connaît et qui pâtit.

Au fur et à mesure que les médiums entraient en transe, les cambonos les conduisaient sur le pourtour du local, les faisaient asseoir, leur offraient cigares et pipes. Les fidèles exclus de la possession couraient s'agenouiller à leurs pieds, leur parlaient à l'oreille, écoutaient leur conseil, recevaient leur influx bénéfique, se répandaient en confessions, en tiraient soulagement. Certains donnaient les signes d'un début de transe, que les cambonos encourageaient avec modération, les reconduisant ensuite au milieu de la foule, maintenant plus détendus.

Sur l'aire des danseurs se remuaient encore beaucoup de candidats à l'extase. L'Allemande, on ne peut moins naturelle, s'agitait en attendant d'être agitée, mais en vain. Certains avaient été pris par l'Exu et exhibaient une expression mauvaise, sournoise, rusée, se déplaçant par saccades désarticulées.

Ce fut à cet instant que je vis Amparo.

A présent je sais que Héséd n'est pas seulement la sefira de la grâce et de l'amour. Comme le rappelait Diotallevi, c'est aussi le moment de l'expansion de la substance divine qui se répand vers son infinie périphérie. Elle est soin des vivants envers les morts, mais quelqu'un doit bien avoir dit qu'elle est aussi soin des morts envers les vivants.

Frappant l'agogõ, je ne suivais plus ce qui se passait dans la salle, occupé comme je l'étais à contrôler mes gestes et à me laisser guider par la musique. Amparo devait être rentrée depuis une dizaine de minutes, et elle avait certainement éprouvé le même effet que moi peu auparavant. Mais personne ne lui avait donné un agogõ, et sans doute n'en aurait-elle plus voulu. Hélée par des voix profondes, elle s'était dépouillée de toute volonté de défense.

Je la vis se jeter d'un coup au milieu de la danse, s'arrêter, le visage anormalement tendu vers le haut, le cou presque rigide, puis s'abandonner sans mémoire à une sarabande lascive, avec ses mains qui suggéraient l'offrande de son propre corps. « A Pomba Gira, a Pomba Gira ! » s'écrièrent quelques-uns, heureux du miracle, parce que ce soir-là la diablesse ne s'était pas encore manifestée : *O seu manto é de veludo, rebordado todo em ouro, o seu garfo é de prata, muito grande é seu tesouro... Pomba Gira das Almas, vem toma cho cho...*

Je n'osai pas intervenir. Peut-être accélérai-je les battements de ma verge de métal pour m'unir charnellement à ma maîtresse, ou à l'esprit chthonien qu'elle incarnait.

Les cambonos prirent soin d'elle ; ils lui firent revêtir la robe rituelle, la soutinrent tandis qu'elle terminait sa transe, brève mais intense. Ils l'accompagnèrent s'asseoir quand désormais elle était moite de sueur et respirait péniblement. Elle refusa d'accueillir ceux qui accouraient mendier des oracles, et elle se mit à pleurer.

La gira touchait à sa fin ; j'abandonnai l'estrade et me précipitai auprès d'elle ; Agliè était déjà en train de lui masser légèrement les tempes.

« Quelle honte, disait Amparo, moi qui n'y crois pas, moi qui ne voulais pas, mais comment ai-je pu ?

— Ça arrive, ça arrive, lui disait Agliè avec douceur.

— Mais alors, il n'y a point de rédemption, pleurait Amparo, je suis encore une esclave. Va-t'en, toi, me dit-elle avec rage, je suis une sale pauvre négresse, donnez-moi un maître, je le mérite !

— Ça arrivait aussi aux blonds Achéens, la réconfortait Agliè. C'est la nature humaine... »

Amparo demanda qu'on la conduisît aux toilettes. Le rite se terminait. Seule au milieu de la salle l'Allemande dansait encore, après avoir suivi d'un regard envieux ce qui était arrivé à Amparo. Mais elle remuait maintenant avec une obstination résignée.

Amparo revint après une dizaine de minutes, alors que nous prenions déjà congé du pai-de-santo, qui se réjouissait pour la splendide réussite de notre premier contact avec le monde des morts.

Agliè roula en silence dans la nuit désormais bien avancée ; il fit le geste de nous saluer quand il s'arrêta devant notre hôtel. Amparo dit qu'elle préférait monter seule. « Pourquoi ne vas-tu pas faire deux pas, me dit-elle, reviens quand je serai déjà endormie. Je prendrai un comprimé. Excusez-moi tous les deux. Je vous l'ai dit, je dois avoir mangé quelque chose de mauvais. Toutes ces filles avaient mangé et bu quelque chose de mauvais. Je hais mon pays. Bonne nuit. »

Agliè comprit mon malaise et me proposa d'aller nous asseoir dans un bar de Copacabana, ouvert toute la nuit.

Je me taisais. Agliè attendit que je commence à siroter ma batida, puis il rompit le silence, et la gêne.

« La race, ou la culture, si vous voulez, constituent une part de notre inconscient. Et une autre part est habitée par des figures archétypiques, égales pour tous les hommes et pour tous les siècles. Ce soir, le climat, l'atmosphère, ont affaibli notre vigilance à tous ; vous l'avez éprouvé sur vous-même. Amparo a découvert que les orixás, qu'elle croyait avoir détruits dans son cœur, habitaient encore dans son ventre. Ne croyez pas que ce fait soit positif à mes yeux. Vous m'avez entendu parler avec respect de ces énergies surnaturelles qui vibrent autour de nous dans ce pays. Mais ne croyez pas que je voie avec une sympathie particulière les pratiques de possession. Être un initié et être un mystique, ce n'est pas la même chose. L'initiation, la compréhension intuitive des mystères que la raison ne peut expliquer, est un processus abyssal, une lente transformation de l'esprit et du corps, qui peut amener à l'exercice de qualités supérieures et jusqu'à la conquête de l'immortalité, mais c'est quelque chose d'intime, de secret. Elle ne se manifeste pas à l'extérieur, elle est pudique, et surtout elle est faite de lucidité et de détachement. C'est pour cela que les Seigneurs du Monde sont des initiés, mais ils ne s'abandonnent pas à la mystique. Le mystique est pour eux un esclave, le lieu d'une manifestation du numineux, à travers lequel on épie les symptômes d'un secret. L'initié encourage le mystique, il s'en sert comme vous vous servez d'un téléphone, pour établir des contacts à distance, comme le chimiste se sert du papier tournesol pour savoir qu'en un certain lieu agit une substance. Le mystique est utile parce qu'il est théâtral, il s'exhibe. Les initiés, par contre, se reconnaissent seulement entre eux. L'initié contrôle les forces dont pâtit le mystique. En ce sens, il n'y a pas de différence entre la possession des cavalos et les extases de sainte Thérèse d'Avila ou de san Juan de la Cruz. Le mysticisme est une forme dégradée de contact avec le divin. L'initiation est le fruit d'une longue ascèse de l'esprit et du cœur. Le mysticisme est un phénomène démocratique, sinon démagogique, l'initiation est aristocratique.

— Un fait mental et non charnel ?

— En un certain sens. Votre Amparo surveillait férocement son esprit et ne se gardait pas de son corps. Le laïc est plus faible que nous. »

Il était très tard. Aglié me révéla qu'il s'apprêtait à quitter le Brésil. Il me laissa son adresse à Milan.

Je rentrai à l'hôtel et trouvai Amparo endormie. Je m'allongeai en silence à côté d'elle, dans le noir, et je passai une nuit sans sommeil. Avec l'impression d'avoir contre moi un être inconnu.

Le matin suivant, Amparo me dit, d'un ton sec, qu'elle allait à Petropolis rendre visite à une amie. Nous nous saluâmes avec gêne.

Elle partit, un sac de toile à la main, et un volume d'économie politique sous le bras.

Pendant deux mois elle ne donna pas de nouvelles, et je ne la cherchai pas. Puis elle m'écrivit une courte lettre, très évasive. Elle me disait qu'elle avait besoin d'une période de réflexion. Je ne lui répondis pas.

Je n'éprouvai ni passion, ni jalousie, ni nostalgie. Je me sentais vide, lucide, propre et limpide comme une casserole d'aluminium.

Je restai encore un an au Brésil, mais en me sentant désormais sur le départ. Je ne vis plus Aglié, je ne vis plus les amis d'Amparo, je passais des heures très longues sur la plage à prendre le soleil.

Je faisais voler les cerfs-volants, qui, là-bas, sont très beaux.

5

GÉBURA

— 34 —

Beydelus, Demeymes, Adulex, Metucgayn, Atine, Ffex, Uquizuz, Gadix, Sol, Veni cito cum tuis spiritibus.

Picatrix, Ms. SLOANE 1305, 152, verso.

Le Bris des Vases. Diotallevi nous parlerait souvent du kabbalisme tardif d'Isaac Luria, où se perdait l'articulation ordonnée des sefirot. La création, disait-il, est un processus d'inspiration et d'expiration divines, comme une haleine anxieuse, ou l'action d'un soufflet.

« Le Grand Asthme de Dieu, glosait Belbo.

— Essaie, toi, de créer à partir de rien. C'est une chose qu'on ne fait qu'une seule fois dans sa vie. Dieu, pour souffler le monde comme on souffle une fiole de verre, a besoin de se contracter en lui-même, pour prendre sa respiration, et puis il émet le long sifflement lumineux des dix sefirot.

— Sifflement ou lumière ?

— Dieu souffle et la lumière fut.

— Multimédia.

— Mais il est nécessaire que les lumières des sefirot soient recueillies dans des récipients capables de résister à leur splendeur. Les vases destinés à accueillir Kétér, Hokhma et Bina résistèrent à leur éclat, tandis qu'avec les sefirot inférieurs, depuis Héséd jusqu'à Yesod, lumière et soupir se dégagèrent d'un seul coup et avec trop de vigueur, et les vases se brisèrent. Les fragments de la lumière se dispersèrent à travers l'univers, et il en naquit la matière grossière. »

Le bris des vases est une catastrophe sérieuse, disait Diotallevi soucieux, rien de moins vivable qu'un monde avorté. Il devait y avoir un défaut dans le cosmos dès les origines, et les rabbins les plus savants n'avaient pas réussi à l'expliquer tout à fait. Peut-être qu'au moment où Dieu expire et se vide, il reste dans le récipient originaire des gouttes d'huile, un résidu matériel, le *reshimu*, et Dieu déjà se propage en même temps que ce résidu. Ou bien quelque part les coquilles, les *qelippot*, les principes de la ruine attendaient, sournois, à l'affût.

« Gens visqueux, les *qelippot,* disait Belbo, agents du diabolique docteur Fu Manchu... Et puis ? »

Et puis, expliquait, patient, Diotallevi, à la lumière du Jugement Sévère, de Gébura, dite aussi Pachad, ou Terreur, la sefira où, selon Isaac l'Aveugle, le Mal s'exhibe, les coquilles prennent une existence réelle.

« Elles sont parmi nous, disait Belbo.

— Regarde autour de toi, disait Diotallevi.

— Mais on en sort ?

— On rentre, plutôt, disait Diotallevi. Tout émane de Dieu, dans la contraction du *tsimtsum.* Notre problème, c'est de réaliser le retour, la réintégration de l'Adam Qadmon. Alors nous reconstruirons le tout dans la structure équilibrée des *partsufim,* les visages, autrement dit les formes qui prendront la place des sefirot. L'ascension de l'âme, tel un cordon de soie, permet à l'intention dévote de trouver comme à tâtons, dans l'obscurité, le chemin vers la lumière. Ainsi le monde à chaque instant, combinant les lettres de la Torah, s'efforce de retrouver la forme naturelle qui le fasse sortir de son effroyable confusion. »

Et c'est ce que je suis en train de faire moi, à présent, en pleine nuit, dans le calme innaturel de ces collines. Mais l'autre soir dans le périscope, je me trouvais encore enveloppé de la bave visqueuse des coquilles, que je sentais autour de moi, imperceptibles escargots incrustés dans les vasques de cristal du Conservatoire, confondues au milieu des baromètres et des roues rouillées d'horloges en sourde hibernation. Je pensais que, si bris des vases il y eut, la première fêlure se forma sans doute ce soir-là, à Rio, durant le rite, mais ce fut à mon retour au pays que se produisit l'explosion. Lente, sans fracas, si bien que nous nous trouvâmes tous pris dans la boue de la matière grossière, où des créatures vermineuses éclosent par génération spontanée.

J'étais revenu du Brésil sans plus savoir qui j'étais. J'approchais désormais de la trentaine. A cet âge mon père était père, il savait qui il était et où il vivait.

J'étais resté trop loin de mon pays, alors que s'y passaient de grands événements, et j'avais vécu dans un univers gonflé d'incroyable, où même les affaires italiennes parvenaient avec un halo de légende. Peu avant de quitter l'autre hémisphère, tandis que j'achevais mon séjour en m'offrant un voyage aérien au-dessus des forêts de l'Amazonie, il me tomba sous les yeux un quotidien local embarqué pendant une halte à Fortaleza. En première page s'étalait la photo de quelqu'un que je reconnus pour l'avoir vu siroter des petits blancs pendant des années chez Pilade. La légende disait : « O homen que matou Moro. »

Naturellement, comme je l'appris à mon retour, ce n'est pas lui qui avait assassiné Moro. Lui, devant un pistolet chargé, il se serait tiré dans l'oreille pour vérifier s'il marchait. Il avait seulement été présent au moment où la police politique faisait irruption dans un appartement : quelqu'un y avait caché trois pistolets et deux pains d'explosif sous le lit. Lui il se trouvait sur le lit, extatique, parce que c'était l'unique meuble de cette pièce unique qu'un groupe de rescapés de 68 louait en société, pour satisfaire les besoins de la chair. Si l'ameublement ne s'était pas réduit à une affiche des Inti Illimani, on aurait pu l'appeler une garçonnière. Un des locataires était lié à un groupe armé, et les autres ignoraient qu'ils lui finançaient une planque. Ainsi avaient-ils tous fini en cabane, pendant un an.

De l'Italie des dernières années, j'avais compris bien peu de chose. Je l'avais quittée au bord de grands changements, me sentant presque en faute parce que je m'enfuyais au moment de la reddition des comptes. Quand j'étais parti, je savais reconnaître l'idéologie de quelqu'un au ton de sa voix, à la tournure de ses phrases, à ses citations canoniques. Je revenais, et je ne comprenais plus qui était avec qui. On ne parlait plus de révolution, on citait le Désir ; qui se disait de gauche mentionnait Nietzsche et Céline ; les revues de droite célébraient la révolution du Tiers Monde.

Je revins chez Pilade, mais je me sentis en terre étrangère. Restait le billard ; il y avait plus ou moins les mêmes peintres ; mais la faune juvénile était changée. J'appris que certains des vieux habitués avaient désormais ouvert des écoles de méditation transcendantale et des restaurants macrobiotiques. Je demandai si quelqu'un avait déjà ouvert une tente de umbanda. Non, sans doute étais-je en avance, j'avais acquis des compétences inédites.

Pour complaire au noyau historique, Pilade hébergeait encore un flipper modèle ancien, de ceux qui paraissaient maintenant copiés de Lichtenstein et avaient été achetés en masse par les antiquaires. Mais à côté, prises d'assaut par les plus jeunes, s'alignaient d'autres machines à écran fluorescent, où planaient en escouades faucons boulonnés, kamikazes de l'Espace Extérieur, ou une grenouille qui sautait du coq à l'âne en émettant des borborygmes en japonais. Pilade clignotait désormais de lumières sinistres, et peut-être que devant l'écran de Galactica étaient aussi passés les messagers des Brigades Rouges en mission d'enrôlement. Mais ils avaient certainement dû abandonner le flipper parce qu'on ne peut pas y jouer en gardant un pistolet dans sa ceinture.

Je m'en rendis compte quand je suivis le regard de Belbo qui se fixait sur Lorenza Pellegrini. Je compris de manière imprécise ce que Belbo avait compris avec une plus grande lucidité, et que j'ai trouvé dans un de ses *files.* Lorenza n'est pas nommée, mais il est évident qu'il s'agit d'elle : elle seule jouait au flipper de cette façon.

FILENAME : *FLIPPER*

On ne joue pas au flipper qu'avec les mains, mais aussi avec le pubis. Au flipper, le problème n'est pas d'arrêter la bille avant qu'elle soit avalée à l'embouchure, ni de la reprojeter à mi-terrain avec la fougue d'un arrière droit, mais de l'obliger à s'attarder en amont, où les cibles lumineuses sont plus abondantes, en rebondissant de l'une à l'autre, en circulant déboussolée et démente, mais de sa propre volonté. Et ça, on l'obtient non pas à force de coups à la bille, mais en transmettant des vibrations à la caisse portante, et d'une manière douce, afin que le flipper ne s'en rende pas compte et ne fasse pas tilt. On ne peut le faire qu'avec le pubis, mieux : avec un jeu de hanches, de façon que plus que donner des coups le pubis frotte, et toujours on se retient en deçà de l'orgasme. Et plus que le pubis, si la hanche se meut selon nature, ce sont les fesses qui donnent le coup en avant, mais avec grâce, de sorte qu'au moment où l'élan arrive au pubis il est déjà amorti ; comme pour l'homéopathie : plus on a imposé de succussions à la solution, et la substance s'est désormais presque dissoute dans l'eau qu'on ajoute au fur et à mesure, jusqu'à presque complètement disparaître, plus l'effet médicamenteux est puissant. Et voici que du pubis un courant infinitésimal se transmet à la caisse et que le flipper obéit sans se névroser, la bille roule contre nature, contre l'inertie, contre la gravité, contre les lois de la dynamique, contre l'astuce du constructeur qui la voulait fugace, et elle s'enivre de vis movendi, reste en jeu pendant des temps mémorables et immémoriaux. Mais il faut un pubis de femme, qui n'interpose pas de corps caverneux entre l'ilion et la machine, et qu'il n'y ait pas de matière érectile au milieu, mais seulement peau nerfs os, moulés par une paire de jeans, et une fureur érotique sublimée, une frigidité malicieuse, une adaptabilité désintéressée à la sensibilité du partner, un goût d'en attiser le désir sans souffrir de l'excès du sien propre : l'amazone doit rendre fou le flipper et jouir d'avance du fait qu'ensuite elle l'abandonnera.

Je crois que Belbo est tombé amoureux de Lorenza Pellegrini à ce moment-là, lorsqu'il a senti qu'elle pourrait lui promettre un bonheur impossible. Mais je crois qu'à travers elle il commençait à éprouver le caractère érotique des univers automatiques, la machine comme métaphore du corps cosmique, et le jeu mécanique comme évocation talismanique. Il était déjà en train de se droguer avec Aboulafia et peut-être était-il, dès cette époque, entré dans l'esprit du projet Hermès. Il avait certainement déjà vu le Pendule. Que Lorenza Pellegrini, je ne sais par quel court-circuit, lui promettait.

Les premiers temps, j'avais eu de la peine à me réadapter à Pilade. Peu à peu, et pas tous les soirs, au milieu d'une foule de visages étrangers je redécouvrais ceux, familiers, des survivants, même brouillés par l'effort de la reconnaissance : qui copywriter dans une agence publicitaire, qui conseiller fiscal, qui vendeur de livres à crédit — mais si, avant, ils plaçaient les œuvres du Che, maintenant ils offraient de l'herboristerie, du bouddhisme, de l'astrologie. Je les revis, un peu blèses, quelques fils blancs dans les cheveux, un verre de whisky entre les mains, et j'eus l'impression que c'était le même baby qu'il y avait dix ans, qu'ils l'avaient dégusté avec lenteur, une goutte par semestre.

« Qu'est-ce que tu deviens, pourquoi tu ne te fais plus voir chez nous ? me demanda l'un d'entre eux.

— Qui vous êtes, *vous*, à présent ? »

Il me regarda comme si j'avais été absent pendant cent ans : « Va pour département de la culture, non ? »

J'avais manqué trop de répliques.

Je me décidai à m'inventer un travail. Je m'étais aperçu que je savais beaucoup de choses, toutes sans lien entre elles, mais que j'étais en mesure de les relier en quelques heures, au prix de deux ou trois visites dans une bibliothèque. J'étais parti quand il fallait avoir une théorie, et je souffrais de ne pas en avoir une. A présent, il suffisait de posséder des notions, tous en étaient friands, et tant mieux si elles étaient inactuelles. A l'université aussi, où j'avais remis les pieds pour voir si je pouvais me placer quelque part. Les amphis étaient calmes, les étudiants glissaient dans les couloirs comme des fantômes, se prêtant à tour de rôle des bibliographies bâclées. Moi je savais faire une bonne bibliographie.

Un jour, un étudiant en dernière année de licence me prenant pour un professeur (les enseignants avaient désormais le même âge que les enseignés, ou vice versa) me demanda ce qu'avait écrit ce Lord

Chandos dont on parlait dans un cours sur les crises cycliques en économie. Je lui dis que c'était un personnage de Hofmannsthal, pas un économiste.

Ce même soir j'étais à une fête de vieux amis et je reconnus un quidam qui travaillait pour une maison d'édition. Il y était entré après que la maison avait cessé de publier des romans de collaborationnistes français pour se consacrer à des textes politiques albanais. Je découvris qu'on faisait encore de l'édition politique, mais dans l'aire gouvernementale. Sans toutefois négliger quelques bons livres de philosophie. D'un genre classique, me précisa-t-il.

« A propos, me dit-il, toi qui es philosophe...

— Merci, malheureusement pas.

— Allez, tu étais quelqu'un qui savait tout à ton époque. Aujourd'hui je revoyais la traduction d'un texte sur la crise du marxisme, quand je suis tombé sur une citation d'un certain Anselm of Canterbury. Qui est-ce ? Je ne l'ai pas même trouvé dans le Dictionnaire des Auteurs. » Je lui dis qu'il s'agissait d'Anselme d'Aoste, seulement les Anglais l'appellent comme ça parce qu'ils veulent toujours se distinguer des autres.

J'eus une illumination : j'avais un métier. Je décidai de mettre sur pied une agence d'informations culturelles.

Comme une espèce de flic du savoir. Au lieu de fourrer le nez dans les bars de nuit et dans les bordels, je devais écumer les librairies, bibliothèques, couloirs d'instituts universitaires. Et puis rester dans mon bureau, les pieds sur la table et un verre en carton avec du whisky monté dans un sac en papier par l'épicier du coin. Un type te téléphone et te dit : « Je suis en train de traduire un livre et je me heurte à un certain — ou des — Motocallemin. Je n'arrive pas à en venir à bout. »

Toi, tu n'as pas la réponse, mais peu importe : tu demandes deux jours de temps. Tu vas feuilleter quelques fichiers en bibliothèque, tu offres une cigarette au bonhomme du bureau de consultation, tu tiens une piste. Le soir tu invites un assistant ès islamisme au bar, tu lui paies une bière, deux, il relâche son contrôle, te donne l'information que tu cherches, pour rien. Ensuite, tu appelles le client : « Donc, les motocallemins étaient des théologiens radicaux musulmans des temps d'Avicenne, ils affirmaient que le monde était, comment dire, un poudroiement d'accidents, et se coagulait en formes seulement par un acte instantané et provisoire de la volonté divine. Il suffisait que Dieu soit distrait un moment et l'univers tombait en morceaux. Pure anarchie d'atomes sans signification. Ça suffira ? J'y ai travaillé trois jours, faites votre prix. »

J'eus la chance de trouver deux pièces plus coin cuisine dans un vieux bâtiment de la périphérie, qui devait avoir été une fabrique, avec une aile pour les bureaux. Les appartements qu'on en avait tirés s'ouvraient tous sur un long couloir : je me trouvais entre une agence immobilière et l'atelier d'un empailleur d'animaux (A. Salon — Taxidermiste). On avait l'impression d'être dans un gratte-ciel américain des années trente ; il m'aurait suffi d'avoir la porte vitrée et je me serais pris pour Marlowe. J'installai un divan-lit dans la seconde pièce, et le bureau dans l'entrée. Je plaçai sur deux rayonnages des atlas, des encyclopédies, des catalogues que j'achetais petit à petit. Au début, je dus pactiser avec ma conscience et écrire aussi des mémoires pour les étudiants désespérés. Ce n'était pas difficile : il suffisait d'aller copier ceux de la décennie précédente. Et puis mes amis éditeurs m'envoyèrent des manuscrits et des livres étrangers en lecture, naturellement les plus ingrats et pour rétribution modique.

Mais j'accumulais des expériences, des notions, et je ne jetais jamais rien. Je fichais tout. Je ne pensais pas à tenir mes fiches sur un computer (ils entraient dans le commerce juste à cette époque, et Belbo serait un pionnier), je procédais avec des moyens artisanaux, mais je m'étais créé une sorte de mémoire faite de petits rectangles de carton tendre, avec des références croisées. Kant... nébuleuse... Laplace, Kant... Kœnigsberg... les sept ponts de Kœnigsberg... théorèmes de la topologie... Un peu comme ce jeu qui vous met au défi d'aller de saucisse à Platon en cinq passages, par association d'idées. Voyons : saucisse-cochon-soie-pinceau-maniérisme-Idée-Platon. Facile. Même le manuscrit le plus invertébré me faisait gagner vingt fiches pour mon chapelet informatique. Mon critère était rigoureux, et je crois que c'est le même qui est suivi par les services secrets : il n'y a pas d'informations meilleures les unes que les autres, le pouvoir c'est de toutes les ficher, et puis de chercher les rapports. Les rapports existent toujours, il suffit de vouloir les trouver.

Après environ deux ans de ce travail, j'étais satisfait de moi-même. Ça m'amusait. Et, entre-temps, j'avais rencontré Lia.

— 35 —

Quiconque mon nom demande le sache :
je suis Lia, et je m'en vais à la ronde
mouvant mes belles mains à me faire guirlande.

Purgatoire, XXVII, 100-102.

Lia. A présent, je désespère de la revoir ; mais je pourrais ne l'avoir jamais rencontrée, et c'eût été pire. Je voudrais qu'elle soit ici, pour me tenir la main, tandis que je reconstitue les étapes de ma ruine. Parce qu'elle me l'avait dit, elle. Mais elle doit rester en dehors de cette histoire, elle et l'enfant. J'espère qu'ils retarderont leur retour, qu'ils arriveront quand les choses seront finies, quelle que soit la façon dont elles finiront.

C'était le 16 juillet 1981. Milan se dépeuplait, la salle de lecture de la bibliothèque était presque vide.

« Je te fais remarquer que le tome 109, j'allais le prendre moi.

— Et alors pourquoi tu l'as laissé sur l'étagère ?

— J'étais allé à la table contrôler une note.

— Ce n'est pas une excuse. »

Obstinée, elle avait rejoint la table avec son tome. Je m'étais assis en face d'elle, et je cherchais à apercevoir son visage.

« Comment tu fais pour lire, ce n'est pas du braille ? » avais-je demandé.

Elle avait levé la tête, et vraiment je ne comprenais pas si c'était le visage ou la nuque. « Comment ? avait-elle demandé. Ah, je vois très bien à travers. » Mais pour le dire, elle avait soulevé sa touffe de cheveux, et ses yeux étaient verts.

« Tu as les yeux verts, lui avais-je dit.

— Je crois. Pourquoi ? C'est mal ?

— Tu parles. Il s'en faut. »

Ça a commencé comme ça. « Mange, tu es maigre comme un clou », m'avait-elle dit au dîner. A minuit nous étions encore dans le restaurant grec, à côté de chez Pilade, avec la bougie presque liquéfiée sur le col de la bouteille, en train de tout nous raconter.

Nous faisions quasi le même métier : elle revoyait des articles d'encyclopédie.

J'avais l'impression de devoir lui dire une chose. A minuit et demi elle avait déplacé sa touffe pour mieux me regarder, moi j'avais pointé mon index sur elle en tenant le pouce levé et je lui avais fait : « Poum. »

« C'est étrange, avait-elle dit, moi aussi. »

Ainsi étions-nous devenus chair d'une seule chair, et depuis ce soir-là, pour elle j'avais été Poum.

Nous ne pouvions pas nous permettre un nouveau domicile, je dormais chez elle, et elle restait souvent avec moi au bureau, ou partait à la chasse, parce qu'elle était plus forte que moi pour suivre nos pistes, et elle savait me suggérer des connexions précieuses.

« Il me semble que nous avons une fiche à moitié vide sur les Rose Croix, me disait-elle.

— Il faut que je la reprenne un jour ou l'autre, ce sont des notes du Brésil...

— Bon, alors mets un croisement avec Yeats

— Et quel rapport avec Yeats ?

— Le rapport ? Je lis ici qu'il était affilié à une société rose-croix qui s'appelait Stella Matutina.

— Que ferais-je sans toi ? »

Je m'étais remis à hanter Pilade car c'était comme une place des affaires, j'y trouvais des commandes.

Un soir, je revis Belbo (au cours des années précédentes, il devait y être rarement venu, et puis il y était retourné après avoir rencontré Lorenza Pellegrini). Toujours le même, peut-être un peu plus grisonnant, légèrement amaigri, très légèrement.

Ce fut une rencontre cordiale, dans les limites de son expansivité. Quelques boutades sur le bon vieux temps, de sobres réticences sur le dernier événement qui nous avait vus complices et sur ses retombées épistolaires. Le commissaire De Angelis ne s'était plus manifesté. Affaire classée, qui peut savoir.

Je lui parlai de mon travail et il eut l'air intéressé. « Au fond, c'est ce que j'aimerais faire, le Sam Spade de la culture, vingt dollars par jour plus les frais.

— Mais aucune femme mystérieuse et fascinante ne pousse ma porte, et personne ne vient me parler du faucon maltais, dis-je.

— On ne sait jamais. Vous vous amusez ?

— Si je m'amuse ? » lui demandai-je. Et, le citant : « C'est la seule chose qu'il me semble pouvoir bien faire.

— *Good for you* », répondit-il.

Nous nous vîmes d'autres fois, je lui racontai mes expériences brésiliennes, mais je le trouvai toujours un peu distrait, plus que d'habitude. Quand Lorenza Pellegrini n'était pas là, il fixait la porte des yeux, quand elle était là il dirigeait avec nervosité son regard à travers le bar, et il suivait ses mouvements. Un soir, c'était déjà vers l'heure de fermeture, il me dit en regardant ailleurs : « Écoutez, nous pourrions avoir besoin de vous, mais pas pour une consultation intermittente. Vous pourriez nous consacrer, disons, quelques après-midi par semaine ?

— On peut voir. De quoi s'agit-il ?

— Une entreprise sidérurgique nous a commandé un livre sur les métaux. Quelque chose qui serait raconté principalement par images. Plutôt grand public, mais sérieux. Vous voyez le genre : les métaux dans l'histoire de l'humanité, depuis l'âge du fer jusqu'aux alliages pour les vaisseaux spatiaux. Nous avons besoin de quelqu'un qui fasse les bibliothèques et les archives pour trouver de belles images, de vieilles miniatures, des gravures de livres du XIXe siècle, que sais-je encore, sur la fusion ou le paratonnerre.

— D'accord, je passe demain chez vous. »

Lorenza Pellegrini s'approcha de lui. « Tu m'accompagnes chez moi ?

— Pourquoi moi, ce soir ? demanda Belbo.

— Parce que tu es l'homme de ma vie. »

Il rougit, comme il pouvait rougir lui, en regardant encore plus ailleurs. Il lui dit : « Il y a un témoin. » Et à moi : « Je suis l'homme de sa vie. Lorenza.

— Ciao.

— Ciao. »

Il se leva et lui murmura quelque chose à l'oreille.

« Ça n'a rien à voir ! dit-elle. Je t'ai demandé si tu veux m'accompagner chez moi avec ta voiture.

— Ah, dit-il. Excusez-moi, Casaubon, je dois faire le taxi driver pour la femme de la vie de je ne sais qui.

— Idiot », dit-elle avec tendresse, et elle lui donna un baiser sur la joue.

— 36 —

Permettez-moi en attendant de donner un conseil à mon futur ou actuel lecteur, qui serait effectivement mélancolique : il ne doit pas lire les symptômes et les pronostics dans la partie qui suit, pour n'en point rester troublé et en retirer enfin plus de mal que de bien, appliquant ce qu'il lit à lui-même... comme fait la majeure partie des mélancoliques.

R. Burton, *Anatomy of Melancholy*,
Oxford, 1621, Introduction.

On voyait bien que Belbo était lié de quelque façon à Lorenza Pellegrini. Je ne comprenais pas avec quelle intensité ni depuis quand. Pas même les *files* d'Aboulafia ne m'ont aidé à reconstituer l'histoire.

Par exemple, pas de date au *file* sur le dîner avec le docteur Wagner. Le docteur Wagner, Belbo le connaissait avant mon départ, et il aurait eu des rapports avec lui même après le début de ma collaboration aux éditions Garamond, tant et si bien que je l'ai approché moi aussi. Par conséquent, le dîner pourrait précéder ou suivre la soirée que je me rappelle. S'il la précède, je comprends l'embarras de Belbo, son désespoir retenu.

Le docteur Wagner — un Autrichien qui, depuis des années, professait à Paris, d'où la prononciation « Wagnère » pour qui voulait faire l'habitué — depuis environ dix ans était régulièrement invité à Milan par deux groupes révolutionnaires de l'immédiat après-68. Ils se le disputaient, et chaque groupe donnait bien sûr une version radicalement alternative de sa pensée. Comment et pourquoi cet homme célèbre avait accepté de se faire sponsoriser par les extra-parlementaires, je ne l'ai jamais compris. Les théories de Wagner n'avaient, pour ainsi dire, pas de couleur, et il pouvait, s'il le voulait, se faire inviter par les universités, par les cliniques, par les académies. Je crois qu'il avait accepté l'invitation des deux groupes parce qu'il était au fond un épicurien, et exigeait des remboursements de frais princiers. Les privés pouvaient rassembler plus d'argent que les institutions, et pour le docteur Wagner cela signifiait voyage en première classe, hôtel de luxe, plus les honoraires pour conférences et séminaires, calculés selon son barème de thérapeute.

Quant à savoir pourquoi les deux groupes trouvaient une source d'inspiration idéologique dans les théories de Wagner, c'était une autre histoire. Mais, en ces années-là, la psychanalyse de Wagner avait l'air assez déconstructive, diagonale, libidinale, pas cartésienne, au point de suggérer des occasions théoriques à l'activité révolutionnaire.

Faire digérer ça aux ouvriers paraissait compliqué, et c'est peut-être la raison pour quoi les deux groupes, à un moment donné, furent contraints de choisir entre les ouvriers et Wagner, et ils choisirent Wagner. L'idée fut élaborée que le nouveau révolutionnaire n'était pas le prolétaire mais le déviant.

« Au lieu de faire dévier les prolétaires, mieux vaut prolétariser les déviants, et c'est plus facile, vu les prix du docteur Wagner », me dit un jour Belbo.

La révolution des wagnériens fut la plus coûteuse de l'histoire.

Les éditions Garamond, financées par un institut de psychologie, avaient traduit un recueil d'essais mineurs de Wagner, très techniques, mais désormais introuvables, et donc très demandés par les fidèles. Wagner était venu à Milan pour la présentation, et, en cette circonstance, avait commencé sa relation avec Belbo.

FILENAME : *DOKTOR WAGNER*

Le diabolique doktor Wagner
Vingt-sixième épisode

Qui, en cette grise matinée du

Au débat je lui avais adressé une objection. Le satanique vieillard en fut certes irrité mais il ne le laissa pas diviner. Mieux, il répondit comme s'il avait voulu me séduire.

On aurait dit Charlus avec Jupien, abeille et fleur. Un génie ne supporte pas de ne pas être aimé et il lui faut aussitôt séduire qui n'est pas d'accord, afin que ce dernier l'aime ensuite. Il a réussi, je l'ai aimé.

Mais il ne devait pas m'avoir pardonné, parce que ce soir du divorce il m'a assené un coup mortel. Sans le savoir, d'instinct : sans le savoir il avait cherché à me séduire et sans le savoir il a décidé de me punir. Au méprix de la déontologie, il m'a psychanalysé gratis. L'inconscient mord même ses gardiens.

Histoire du marquis de Lantenac dans *Quatrevingt-treize*. Le bateau des Vendéens vogue dans la tempête au large des côtes bretonnes ; soudain, un canon se détache de sa gournable et, alors que le navire roule et tangue, commence une course folle d'une bordée à l'autre et cette énorme bête risque de défoncer bâbord et tribord. Un canonnier (las ! justement celui dont l'incurie a fait que le canon n'était pas assuré comme il fallait), avec un courage sans égal, une chaîne à la main, se jette presque sous le monstre qui va le broyer, et l'immobilise, le gournable, le ramène à sa mangeoire, sauvant le navire, l'équipage, la mission. Avec une sublime liturgie, le terrible Lantenac fait mettre les hommes en rangs sur le pont, loue le hardi marin, ôte de son cou une importante décoration, la lui remet, lui donne l'accolade, tandis que l'équipage crie au ciel ses hourras.

Puis Lantenac, inébranlable, rappelle que lui, le décoré, il est le responsable de l'accident, et il donne l'ordre qu'il soit fusillé.

Splendide Lantenac, virtuose, juste et incorruptible ! C'est ce que fit avec moi le docteur Wagner, il m'honora de son amitié, et il me tua en me donnant la vérité

et il me tua en me révélant ce que je voulais vraiment

et il me révéla ce dont, le voulant, j'avais peur.

Histoire qui commence dans les petits bistrots. Besoin de tomber amoureux.

Certaines choses tu les sens venir, ce n'est pas que tu tombes amoureux parce que tu tombes amoureux, tu tombes amoureux parce que, dans cette période, tu avais un besoin désespéré de tomber amoureux. Dans les périodes où tu sens l'envie de tomber amoureux, tu dois faire attention où tu mets les pieds : comme avoir bu un philtre, de ceux qui te font tomber amoureux du premier être que tu rencontres. Ce pourrait être un ornithorynque.

Parce que j'en éprouvais le besoin justement en cette période, car depuis peu j'avais cessé de boire. Rapport entre foie et cœur. Un nouvel amour est un bon motif pour se remettre à boire. Quelqu'un avec qui aller de petit bar en petit bar. Se sentir bien.

Le petit bar est bref, furtif. Il te permet une longue douce attente durant tout le jour, jusqu'à ce que tu ailles te cacher dans la pénombre au fond des fauteuils de cuir, à six heures de l'après-midi il n'y a personne, la clientèle sordide viendra dans la soirée, avec le pianiste. Choisir un american bar équivoque vide en fin d'après-midi, le serveur ne vient que si tu l'appelles trois fois, et qu'il a déjà prêt l'autre martini.

Le martini est essentiel. Pas le whisky : le martini. Le liquide est blanc, tu lèves ton verre et tu la vois derrière l'olive. Différence entre regarder l'aimée à travers le martini cocktail où le verre à pied triangulaire est trop petit et la regarder à travers le gin martini on the rocks, verre large, son visage se décompose dans le cubisme transparent du glaçon, l'effet redouble si vous approchez les deux verres, chacun avec le front contre le froid des verres et entre front et front les deux verres — avec le verre à pied, impossible.

L'heure brève du petit bar. Après, tu attendras en tremblant un autre jour. Il n'y a pas le chantage de la certitude.

Qui tombe amoureux dans les petits bars n'a pas besoin d'une femme toute à lui. Quelqu'un vous prête l'un à l'autre.

Sa figure à lui. Il lui accordait beaucoup de liberté, il était toujours en voyage. Libéralité suspecte : je pouvais téléphoner même à minuit, lui il était là et toi pas, lui me répondait que tu étais dehors, mieux : vu que tu téléphones, tu ne saurais pas par hasard où elle est ? Les seuls moments de jalousie. Mais même de cette façon j'arrachais Cecilia au joueur de saxo. Aimer ou croire aimer comme l'éternel prêtre d'une antique vengeance.

Les choses s'étaient compliquées avec Sandra : cette fois-là elle s'était rendu compte que l'histoire me prenait trop, la vie à deux était devenue plutôt tendue. Il faut nous quitter ? Alors quittons-nous. Non, attends, reparlons-en. Non, on ne peut plus continuer comme ça. En somme, le problème était Sandra.

Quand tu fais les petits bars, le drame passionnel n'est pas avec qui tu trouves mais avec qui tu quittes.

Intervient alors le dîner avec le docteur Wagner. A la conférence, il avait tout juste donné à un provocateur une définition de la psychanalyse : — La psychanalyse ? C'est qu'entre l'homme et la femme... chers amis... ça ne colle pas.

On discutait sur le couple, sur le divorce comme illusion de la Loi. Pris par mes problèmes, je participais à la conversation avec chaleur. Nous nous laissâmes entraîner par des jeux dialectiques, tandis que Wagner se taisait, ludiquement nous parlions, oublieux de cette présence de l'oracle parmi nous. Et ce fut d'un air absorbé

et ce fut d'un air sournois

et ce fut avec un désintérêt mélancolique

et ce fut comme s'il se glissait dans la conversation en jouant hors sujet que Wagner dit (je cherche à me rappeler ses paroles exactes, mais elles se sont sculptées dans mon esprit, impossible que je me sois trompé) :

— Dans tout le cours de mon activité, je n'ai jamais eu

un patient névrosé par son propre divorce. La cause du malaise était toujours dans le divorce de l'Autre.

Le docteur Wagner, même quand il parlait, disait toujours Autre avec un A majuscule Le fait est que je sursautai, comme mordu par un aspic

le vicomte sursauta comme mordu par un aspic

une sueur glacée perlait à son front

le baron le fixait à travers les paresseuses volutes de fumée de ses fines cigarettes russes

— Vous entendez par là, demandai-je, qu'on entre en crise non à cause du divorce de son propre partner mais à cause du possible ou impossible divorce de la tierce personne qui a mis en crise le couple dont on est membre ?

Wagner me regarda avec la perplexité du laïc qui rencontre pour la première fois une personne mentalement dérangée. Il me demanda ce que je voulais dire.

En vérité, quoi que j'eusse voulu dire, je l'avais mal dit. J'essayai de rendre concret mon raisonnement. Je pris sur la table le couteau et le mis à côté de la fourchette : — Voilà, ça c'est moi, Couteau, marié à elle, Fourchette. Et là il y a un autre couple, elle Pelle à Tarte mariée à Tranchelard ou Mackie Messer. Or moi Couteau je crois souffrir parce qu'il faudra que j'abandonne ma Fourchette, et je ne voudrais pas, j'aime Pelle à Tarte mais j'accepte volontiers qu'elle soit avec son Tranchelard. Mais en vérité, vous me dites, docteur Wagner, que je vais mal parce que Pelle à Tarte ne se sépare pas de Tranchelard. C'est bien ça ?

Wagner répondit à un autre commensal qu'il n'avait jamais dit pareille chose.

— Comment, vous ne l'avez pas dit ? Vous avez dit que vous n'avez jamais trouvé quelqu'un de névrosé par son propre divorce mais toujours par le divorce de l'autre.

— Possible, je ne m'en souviens pas, dit alors Wagner, ennuyé.

— Et si vous l'avez dit, vous ne vouliez pas entendre ce que moi j'ai entendu ?

Wagner se tut pendant quelques minutes

Tandis que les commensaux attendaient sans même déglutir, Wagner fit signe qu'on lui versât un verre de vin, observa avec attention le liquide à contre-jour et enfin il parla.

— Si vous avez entendu ça c'est parce que vous vouliez entendre ça.

Puis il se tourna d'un autre côté, dit qu'il faisait chaud, ébaucha un air d'opéra en agitant un gressin comme s'il dirigeait un orchestre lointain, bâilla, se concentra sur une tarte à la crème, et enfin, après une nouvelle crise de mutisme, il demanda qu'on le reconduisît à son hôtel.

Les autres me regardèrent comme quelqu'un qui a saboté un symposium d'où auraient pu sortir des Paroles définitives.

En vérité j'avais entendu parler la Vérité.

Je te téléphonai. Tu étais chez toi, et avec l'Autre. Je passai une nuit blanche. Tout était clair : je ne pouvais pas supporter que tu vives avec lui. Sandra n'y était pour rien.

Suivirent six mois dramatiques, où j'étais sur tes talons, souffle sur le cou, pour fliquer ton ménage, te disant que je te voulais toute à moi, et te persuadant que tu haïssais l'Autre. Tu commenças à te disputer avec l'Autre, l'Autre commença à devenir exigeant, jaloux, il ne sortait pas le soir, quand il se trouvait en voyage, il téléphonait deux fois par jour, et en pleine nuit. Un soir il te gifla. Tu me demandas du fric parce que tu voulais t'enfuir, je rassemblai le peu que j'avais à la banque. Tu abandonnas la couche nuptiale, tu partis à la montagne avec quelques amis, sans laisser d'adresse. L'Autre me téléphonait désespéré, me demandant si je savais où tu étais, moi je ne le savais pas, et j'avais l'air de mentir parce que tu lui avais dit que tu le quittais pour moi.

Lorsque tu revins, tu m'annonças, radieuse, que tu lui avais écrit une lettre d'adieu. C'est alors que je me demandai ce qu'il adviendrait entre moi et Sandra, mais tu ne me laissas pas le temps de m'inquiéter. Tu me dis que tu avais connu un type, avec une cicatrice sur la joue et un appartement très bohème. Tu irais vivre avec lui. — Tu ne m'aimes plus ? — Au contraire, tu es le seul homme de ma vie, mais après ce qui est arrivé j'ai besoin de vivre cette expérience, ne sois pas puéril, tâche de me comprendre, au fond j'ai abandonné mon mari pour toi, laisse les gens vivre à leur rythme.

— A leur rythme ? Tu es en train de me dire que tu t'en vas avec un autre.

— Tu es un intellectuel, et de gauche, ne te conduis pas comme un mafieux. A bientôt.

Je dois tout au docteur Wagner.

— 37 —

Quiconque réfléchit sur quatre choses, mieux vaudrait qu'il ne soit jamais né : ce qui est dessus, ce qui est dessous, ce qui est avant et ce qui est après.

Talmud, Hagigah 2.1.

Je donnai signe de vie chez Garamond précisément le matin où ils installaient Aboulafia, alors que Belbo et Diotallevi se perdaient dans leur dissertation critique sur les noms de Dieu, et que Gudrun observait, soupçonneuse, les hommes qui intégraient cette nouvelle inquiétante présence au milieu des piles, de plus en plus poussiéreuses, de manuscrits.

« Asseyez-vous, Casaubon, voici les projets de notre histoire des métaux. » Nous restâmes seuls, et Belbo me fit voir des tables des matières, des ébauches de chapitres, des maquettes de mise en page. Pour ma part, je devais lire les textes et trouver les illustrations. Je nommai quelques bibliothèques milanaises qui me paraissaient bien fournies.

« Ça ne suffira pas, dit Belbo. Il faudra visiter d'autres endroits. Par exemple, au musée de la Science de Munich, il y a une photothèque merveilleuse. A Paris, il y a le Conservatoire des Arts et Métiers. Je voudrais y retourner moi aussi, si j'avais le temps.

— Il est beau ?

— Inquiétant. Le triomphe de la machine dans une église gothique... » Il hésita, remit en ordre des papiers sur sa table. Puis, comme craignant de donner une excessive importance à sa révélation : « Il y a le Pendule, dit-il.

— Quel pendule ?

— Le Pendule. Il s'appelle pendule de Foucault. »

Il m'expliqua le Pendule tel que je l'ai vu samedi — et tel je l'ai vu samedi sans doute parce que Belbo m'avait préparé à cette vision. Sur le moment, je ne dus pas montrer un trop grand enthousiasme, et Belbo me regarda comme qui, devant la chapelle Sixtine, demande si c'est rien que ça.

« C'est peut-être l'atmosphère de l'église, mais je vous assure qu'on éprouve une sensation très forte. L'idée que tout s'écoule et que là seulement, en haut, existe l'unique point immobile de l'univers... Pour qui n'a pas la foi, c'est une façon de retrouver Dieu, et sans mettre en question sa propre mécréance, parce qu'il s'agit d'un Pôle Néant. Vous savez, pour les gens de ma génération, qui ont avalé des désillusions au déjeuner et au dîner, ce peut être réconfortant.

— La mienne, de génération, a avalé plus de désillusions.

— Présomptueux. Non, pour vous ça n'a été qu'une saison, vous avez chanté la Carmagnole et puis vous vous êtes retrouvés en Vendée. Ça passera vite. Pour nous ç'a été différent. D'abord le fascisme, même si nous l'avons vécu dans notre enfance, tel un roman d'aventures, mais les destins immortels étaient un point immobile. Ensuite, le point immobile de la Résistance, surtout pour ceux qui, comme moi, l'ont regardée de l'extérieur, et en ont fait un rite de végétation, le retour du printemps, un équinoxe, ou un solstice, je confonds toujours... Puis, pour certains, Dieu et pour d'autres la classe ouvrière, et pour beaucoup les deux. Il était consolant pour un intellectuel de penser qu'il y avait l'ouvrier, beau, sain, fort, prêt à refaire le monde. Et puis, vous l'avez vu vous aussi, l'ouvrier existait encore, mais pas la classe. Ils ont dû l'assassiner en Hongrie. Et vous êtes arrivés vous. Pour vous, Casaubon, ç'a été naturel, peut-être, et ç'a été une fête. Pas pour ceux de mon âge : c'était la reddition des comptes, le remords, le repentir, la régénération. Nous avions fait défaut et vous arriviez à porter l'enthousiasme, le courage, l'autocritique. Pour nous qui avions alors trente-cinq ou quarante ans ç'a été un espoir, humiliant, mais un espoir. Nous devions redevenir comme vous, quitte à recommencer du début. Nous ne portions plus la cravate, nous jetions le trench-coat aux orties pour nous acheter un duffle-coat usé ; il en est qui ont démissionné de leur travail pour ne pas servir les patrons... »

Il alluma une cigarette et feignit de feindre de la rancœur, pour se faire pardonner son abandon.

« Et vous avez cédé sur tous les fronts. Nous, avec nos pèlerinages pénitentiaux sur les lieux où les Allemands ont massacré antifascistes et juifs, nos catacombes Ardéatines, nous refusions d'inventer un slogan pour Coca-Cola, parce que nous étions antifascistes. Nous nous contentions de quatre sous chez Garamond parce que le livre au moins est démocratique, lui. Et vous, à présent, pour vous venger des bourgeois que vous n'avez pas réussi à pendre, vous leur vendez vidéocassettes et fanzines, les crétinisez avec le zen l'entretien de la motocyclette. Vous nous avez imposé au prix de souscription votre exemplaire des pensées de Mao et avec le fric vous êtes allés vous acheter des pétards pour les fêtes de la nouvelle créativité. Sans honte. Nous, nous avons passé notre vie à avoir honte. Vous nous avez trompés, vous ne représentiez aucune pureté, ce n'était qu'une poussée d'acné juvénile. Vous nous avez donné l'impression que nous étions des vers parce que nous n'avions pas le courage d'affronter à visage découvert la gendarmerie bolivienne, et puis vous avez tiré dans le dos de malheureux qui passaient par les avenues. Il y a dix ans, il nous est arrivé de mentir pour vous sortir de prison, et vous, vous avez menti pour envoyer vos amis en prison. Voilà pourquoi j'aime cette machine : elle est stupide, elle ne croit pas, elle ne me fait pas croire, elle fait ce que je lui dis, stupide moi, stupide elle — ou lui. C'est un rapport honnête.

— Moi...

— Vous, vous êtes innocent, Casaubon. Vous avez fui au lieu de lancer des pierres, vous avez passé votre licence, vous n'avez pas tiré. Et pourtant, il y a quelques années, je me sentais soumis à un chantage exercé par vous aussi. Notez bien, rien de personnel. Des cycles générationnels. Et quand j'ai vu le Pendule, l'année dernière, j'ai tout compris.

— Tout quoi ?

— Presque tout. Vous voyez, Casaubon, même le Pendule est un faux prophète. Vous le regardez, vous croyez que c'est l'unique point immobile dans le cosmos, mais si vous le décrochez de la voûte du Conservatoire et allez le suspendre dans un bordel, il marche aussi bien. Il y a d'autres pendules, l'un est à New York au palais de l'ONU, un autre à San Francisco au musée de la Science, et qui sait combien d'autres encore. Le pendule de Foucault reste immobile avec la terre qui tourne sous lui en quelque endroit qu'il se trouve. Tout point de l'univers est un point immobile, il suffit d'y accrocher le Pendule.

— Dieu est en tout lieu ?

— En un certain sens, oui. C'est pour cela que le Pendule me dérange. Il me promet l'infini, mais il me laisse à moi la responsabilité de décider où je veux l'avoir. Ainsi ne suffit-il pas d'adorer le Pendule là où il est, il faut prendre de nouveau une décision, et chercher le point le meilleur. Et pourtant...

— Et pourtant ?

— Et pourtant — vous n'allez pas me prendre au sérieux, n'est-ce pas Casaubon ? Non, je peux être tranquille, nous sommes des gens qui ne prennent pas au sérieux... Et pourtant, disais-je, reste la sensation qu'un quidam dans sa vie a accroché le Pendule un peu partout, et qu'il n'a jamais marché, et que là-bas, dans le Conservatoire, il marche si bien... Et si, dans l'univers, il y avait des points privilégiés ? Ici, au plafond de cette pièce ? Non, personne n'y croirait. Il faut l'atmosphère. Je ne sais pas, peut-être sommes-nous toujours en train de chercher le bon point, peut-être est-il près de nous, mais nous ne le reconnaissons pas, et pour le reconnaître faudrait-il y croire... Bref, allons voir monsieur Garamond.

— Pour accrocher le Pendule ?

— Ô sottise. Nous allons faire des choses sérieuses. Pour vous payer j'ai besoin que le patron vous voie, vous touche, et dise si vous faites l'affaire. Venez vous faire toucher par le patron, son toucher guérit des écrouelles. »

— 38 —

Maître Secret, Maître Parfait, Maître par Curiosité, Intendant des Bâtiments, Maître Élu des Neuf, Chevalier de Royale Arche de Salomon ou Maître de la Neuvième Arche, Grand Écossais de la Voûte Sacrée, Chevalier d'Orient ou de l'Épée, Prince de Jérusalem, Chevalier d'Orient et d'Occident, Prince Chevalier de Rose-Croix et Chevalier de l'Aigle et du Pélican, Grand Pontife ou Sublime Écossais de la Jérusalem Céleste, Vénérable Grand Maître de Toutes les Loges ad Vitam, Chevalier Prussien et Patriarche Noachite, Chevalier de Royale Hache ou Prince du Liban, Prince du Tabernacle, Chevalier du Serpent d'Airain, Prince de Mercy ou de Grâce, Grand Commandeur du Temple, Chevalier du Soleil ou Prince Adepte, Chevalier de Saint-André d'Écosse ou Grand Maître de la Lumière, Grand Élu Chevalier Kadosh et Chevalier de l'Aigle Blanc et Noir.

Hauts grades de la Maçonnerie
de Rite Écossais Antique et Accepté.

Nous parcourûmes le couloir, montâmes trois marches et passâmes par une porte aux vitres dépolies. D'un seul coup nous entrâmes dans un autre univers. Si les locaux que j'avais vus jusqu'à présent étaient sombres, poussiéreux, lépreux, ceux-ci donnaient l'impression de la petite salle vip d'un aéroport. Musique diffuse, murs bleus, une salle d'attente confortable avec des meubles signés, les murs ornés de photographies où on entrevoyait des messieurs à tête de député qui remettaient une Victoire ailée à des messieurs à tête de sénateur. Sur une table basse, jetées avec désinvolture, comme dans la salle d'attente d'un dentiste, quelques revues au papier glacé, *L'Artifice Littéraire, L'Athanor Poétique, La Rose et l'Épine, Parnasse Œnotrien, Le Vers Libre.* Je ne les avais jamais vues en circulation, et je sus après pourquoi : elles n'étaient distribuées qu'auprès des clients des éditions Manuzio.

Si d'abord j'avais cru être entré dans la zone directoriale des éditions Garamond, je dus aussitôt me raviser. Nous étions dans les bureaux d'une autre maison d'édition. Dans le hall des éditions

Garamond il y avait une petite vitrine sombre et ternie, contenant les derniers livres publiés ; mais les livres Garamond étaient modestes, avec les pages encore à couper et une sobre couverture grisâtre — ils devaient rappeler les éditions universitaires françaises, avec ce papier qui devenait jaune en peu d'années, de manière à suggérer que l'auteur, surtout s'il était jeune, avait publié de longue date. Ici, il y avait une autre petite vitrine, éclairée de l'intérieur, qui accueillait les livres de la maison d'édition Manuzio, certains ouverts sur des pages aérées : couvertures blanches, légères, recouvertes de plastique transparent, très élégant, et un papier genre Japon avec de beaux caractères bien nets.

Les collections Garamond avaient des noms sérieux et méditatifs, tels Études Humanistes ou Philosophia. Les collections des éditions Manuzio avaient des noms délicats et poétiques : La Fleur que je N'ai pas Cueillie (poésie), La Terre Inconnue (fiction), L'Heure de l'Oléandre (publiait des titres du genre *Journal d'une jeune fille malade*), L'Ile de Pâques (il me sembla s'agir d'essais variés), Nouvelle Atlantide (le dernier ouvrage publié était *Kœnigsberg Rachetée — Prolégomènes à toute métaphysique future qui se présenterait comme double système transcendantal et science du noumène phénoménal*). Sur toutes les couvertures, la marque de la maison, un pélican sous un palmier, avec la devise « J'ai ce que j'ai donné ».

Belbo fut vague et synthétique : monsieur Garamond possédait deux maisons d'édition, voilà tout. Au cours des jours suivants, je me rendis compte que le passage entre les éditions Garamond et les éditions Manuzio était tout à fait privé et confidentiel. De fait, l'entrée officielle de Manuzio se trouvait dans la via Marchese Gualdi et dans la via Gualdi l'univers purulent de la via Sincero Renato laissait place à des façades propres, des trottoirs spacieux, des entrées avec ascenseur en aluminium. Personne n'aurait pu soupçonner qu'un appartement d'un vieil immeuble de la via Sincero Renato communiquât, grâce seulement à trois marches de dénivellation, avec un immeuble de la via Gualdi. Pour obtenir l'autorisation, monsieur Garamond devait avoir fait des pieds et des mains, je crois qu'il avait demandé l'appui d'un de ses auteurs, fonctionnaire du génie civil.

Nous avions été reçus tout de suite par madame Grazia, doucement matronale, foulard de marque et tailleur de la même couleur que les murs, qui nous avait introduits avec un sourire prévenant dans la salle de la mappemonde.

La salle n'était pas immense, mais elle rappelait le salon mussolinien du Palazzo Venezia, avec son globe terraqué à l'entrée, et le bureau d'acajou de monsieur Garamond là-bas au fond, qui paraissait le regarder avec des jumelles renversées. Garamond nous avait fait signe de nous approcher, et je m'étais senti intimidé. Plus tard, à l'arrivée de De Gubernatis, Garamond irait à sa rencontre, et ce geste de cordialité lui conférerait encore plus de charisme parce que le visiteur le verrait lui d'abord qui traversait la salle, et puis il la traverserait au bras de l'hôte, et l'espace, presque par magie, redoublerait.

Garamond nous fit asseoir en face de son bureau, et il fut brusque et cordial. « Monsieur Belbo m'a dit grand bien de vous, monsieur Casaubon. Nous avons besoin de collaborateurs de valeur. Comme vous l'aurez compris, il ne s'agit pas d'un embauchage, nous ne pouvons nous le permettre. Vous serez rétribué proportionnellement à votre assiduité, à votre dévouement, si vous me permettez, parce que notre travail est une mission. »

Il me dit un chiffre forfaitaire fondé sur les heures de travail présumées, qui, pour l'époque, me sembla raisonnable.

« Parfait, cher Casaubon. » Il avait éliminé le « monsieur », du moment que j'étais devenu un subordonné. « Cette histoire des métaux doit devenir splendide, je dirais plus, très belle. Populaire, accessible, mais scientifique. Elle doit frapper l'imagination du lecteur, mais scientifiquement. Je vous donne un exemple. Je lis dans les premières esquisses qu'il existait cette sphère, comment elle s'appelle, de Magdebourg, deux hémisphères rapprochés dans lesquels on a fait le vide pneumatique. On leur attache deux paires de chevaux normands, une d'un côté et une de l'autre, et tire d'un côté et tire de l'autre, les deux hémisphères ne se séparent pas. Bien, ça c'est une nouvelle scientifique. Mais vous, vous devez me la repérer, au milieu de toutes les autres moins pittoresques. Et, une fois repérée, vous devez me trouver l'image, la fresque, l'huile, quelle qu'elle soit. D'époque. Et puis nous la balançons en pleine page, en couleurs.

— Il existe une gravure, dis-je, je la connais.

— Vous voyez ? Bravo. En pleine page, en couleurs.

— Si c'est une gravure, elle sera en noir et blanc, dis-je.

— Oui ? Très bien, alors en noir et blanc. L'exactitude est l'exactitude. Mais sur fond or, elle doit frapper le lecteur, elle doit le faire sentir présent, le jour où on a fait l'expérience. C'est clair ? Scientificité, réalisme, passion. On peut se servir de la science et prendre le lecteur aux tripes. Y a-t-il quelque chose de plus théâtral, de plus dramatique, que madame Curie qui rentre chez elle le soir et dans l'obscurité voit une lumière phosphorescente, mon Dieu que sera-ce donc... C'est l'hydrocarbure, la golconde, le phlogistique ou comment diable il s'appelait et voilà, Marie Curie a inventé les rayons X. Dramatiser. Dans le respect de la vérité.

— Mais les rayons X font partie des métaux ? demandai-je.

— Le radium n'est pas un métal ?

— Je crois que si.

— Et alors ? Du point de vue des métaux, on peut focaliser l'univers entier du savoir. Comment avons-nous décidé d'intituler le livre, Belbo ?

— Nous pensions à une chose sérieuse, comme *Les métaux et la culture matérielle.*

— Et sérieuse elle doit l'être. Mais avec ce rappel en plus, ce petit rien qui dit tout, voyons... Voilà, *Histoire universelle des métaux.* Il y a aussi les Chinois ?

— Les Chinois aussi.

— Et alors universelle. Ce n'est pas un truc publicitaire, c'est la vérité. Mieux : *La merveilleuse aventure des métaux.* »

Ce fut à ce moment-là que madame Grazia annonça le commandeur De Gubernatis. Monsieur Garamond hésita un instant, me regarda, dubitatif, Belbo lui fit un signe, comme pour lui dire que désormais il pouvait avoir confiance. Garamond donna l'ordre qu'on fît entrer l'hôte et il alla à sa rencontre. De Gubernatis était en costume croisé, il avait une rosette à la boutonnière, un stylo plume à la pochette, un quotidien replié dans la poche de sa veste, une serviette sous le bras.

« Cher commandeur, prenez place, notre très cher ami De Ambrosiis m'a parlé de vous, une vie passée au service de l'État. Et une veine poétique secrète, n'est-ce pas ? Faites, faites voir ce trésor que vous tenez entre vos mains... Je vous présente deux de mes directeurs généraux. »

Il le fit asseoir devant le bureau encombré de manuscrits, et il caressa de ses mains vibrantes d'intérêt la couverture de l'ouvrage qu'on lui présentait : « Ne dites rien, je sais tout. Vous venez de Vipiteno, grande et noble cité. Une vie dédiée au service des Douanes. Et, dans le secret, jour après jour, nuit après nuit, ces pages agitées par le démon de la poésie. La poésie... Elle a brûlé la jeunesse de Sapho, et elle a nourri la canitie de Goethe... Pharmakon — disaient les Grecs — poison et médecine. Naturellement, nous devrons la lire, cette vôtre créature ; au minimum j'exige trois rapports de lecture, un interne et deux des conseillers extérieurs (anonymes, je regrette, ce sont des personnes très exposées), les éditions Manuzio ne publient pas de livres qu'elles ne soient sûres de leur qualité, et la qualité, vous le savez mieux que moi, est une chose impalpable, il faut la découvrir avec un sixième sens, parfois un livre a des imperfections, des chevilles — même Svevo écrivait mal, je ne vous l'apprends pas — mais diantre, on sent une idée, un rythme, une force. Je le sais, ne me le dites pas, à peine ai-je jeté un coup d'œil sur l'incipit de vos pages que j'ai senti quelque chose, pourtant je ne veux pas être le seul juge, quand bien même tant de fois — ô combien — les rapports de lecture étaient tièdes, mais moi je me suis obstiné car on ne peut condamner un auteur sans être entré, comment dire, en syntonie avec lui, voici, par exemple, j'ouvre au hasard ce texte de votre plume et mes yeux tombent sur un vers, “ comme en automne, le talus amaigri ” — bien, je ne sais comment est le reste, mais je sens un souffle, je cueille une image, parfois on part ainsi avec un texte, une extase, un ravissement... Cela dit, cher ami, ah diantre, si l'on pouvait faire ce qu'on veut ! Seulement l'édition aussi est une industrie, la plus noble d'entre les industries, mais une industrie. Mais vous savez ce que coûte aujourd'hui la typographie, et le papier ? Regardez, regardez dans le journal de ce matin, à combien est montée la *prime rate* à Wall Street. Ça ne nous concerne pas, dites-vous ? Au contraire, ça nous concerne. Vous savez qu'on nous taxe même le stock ? Si je ne vends pas, ils me taxent les retours. Je paie même l'insuccès, le calvaire du génie que les Philistins ne reconnaissent pas. Ce papier vélin — permettez, il est très fin, et à ce que vous avez tapé le texte sur un papier aussi fin, on reconnaît le poète ; n'importe quel filou se serait servi d'un papier extra-strong, pour éblouir l'œil et confondre l'esprit, mais ça c'est de la poésie écrite avec le cœur, eh, les mots sont des pierres et ils bouleversent le monde — ce papier vélin me coûte à moi comme du papier-monnaie. »

Le téléphone sonna. Plus tard, j'apprendrais que Garamond avait appuyé sur un bouton placé sous son bureau, et que madame Grazia lui avait passé une communication bidon.

« Cher Maître ! Comment ? Merveilleux ! Grande nouvelle, fête carillonnée ! Un nouveau livre de vous est un événement. Comment donc, les éditions Manuzio sont fières, émues, je dirais plus, heureuses de vous compter au nombre de leurs auteurs. Vous avez vu ce qu'ont écrit les journaux sur votre dernier poème épique. De quoi avoir le Nobel. Hélas, vous êtes en avance sur l'époque. Nous avons peiné pour vendre trois mille exemplaires... »

Le commandeur De Gubernatis pâlissait : trois mille exemplaires étaient pour lui un résultat inespéré.

« Ils n'ont pas couvert les coûts de production. Allez voir derrière la porte vitrée combien j'ai de personnes dans la rédaction. Aujourd'hui, pour que j'amortisse le prix d'un livre, il faut que j'en distribue au moins dix mille exemplaires, et par chance pour beaucoup j'en vends même davantage, mais ce sont des écrivains, comment dire, avec une vocation différente, Balzac était grand et il vendait ses livres comme des petits pains, Proust était aussi grand et il a publié à ses frais. Vous, vous finirez dans les anthologies scolaires mais pas dans les kiosques des gares, c'est arrivé aussi à Joyce, qui a publié à compte d'auteur, comme Proust. Des livres comme les vôtres, je peux m'en permettre un tous les deux ou trois ans. Donnez-moi trois années de temps... » Suivit une longue pause. Sur le visage de Garamond se peignit un douloureux embarras.

« Comment ? A vos frais ? Non, non, ce n'est pas pour la somme, la somme on peut la limiter... C'est que les éditions Manuzio ne sont pas habituées... Certes, vous le savez mieux que moi, Joyce et Proust aussi... Certes, je comprends... »

Autre pause tourmentée. « D'accord, parlons-en. Moi j'ai été sincère, vous vous êtes impatient, faisons ce qu'on appelle une *joint venture,* les Américains le savent mieux que nous. Passez demain, et nous nous attellerons aux comptes... Mes respects et mon admiration. »

Garamond parut sortir d'un rêve, et il se passa une main sur les yeux, puis il fit mine de se rappeler tout à coup la présence de son hôte. « Excusez-moi. C'était un Écrivain, un vrai écrivain, sans doute un Grand. Et pourtant, justement pour ça... Parfois on se sent humilié, en faisant ce métier. S'il n'y avait pas la vocation. Mais revenons à vous. Nous nous sommes tout dit, je vous écrirai, disons dans un mois. Votre texte reste ici, en de bonnes mains. »

Le commandeur De Gubernatis était sorti sans souffler mot. Il avait mis le pied dans les forges de la gloire.

— 39 —

Chevalier des Planisphères, Prince du Zodiaque, Sublime Philosophe Hermétique, Suprême Commandeur des Astres, Sublime Pontife d'Isis, Prince de la Colline Sacrée, Philosophe de Samothrace, Titan du Caucase, Enfant de la Lyre d'Or, Chevalier du Vrai Phénix, Chevalier du Sphinx, Sublime Sage du Labyrinthe, Prince Brahmane, Mystique Gardien du Sanctuaire, Grand Architecte de la Tour Mystérieuse, Sublime Prince de la Courtine Sacrée, Interprète des Hiéroglyphes, Docteur Orphique, Gardien des Trois Feux, Gardien du Nom Incommunicable, Sublime Œdipe des Grands Secrets, Pasteur Aimé de l'Oasis des Mystères, Docteur du Feu Sacré, Chevalier du Triangle Lumineux.

Grades du Rite Antique
et Primitif de Memphis-Misraïm.

Manuzio était une maison d'édition par ACA.

Un ACA, dans le jargon Manuzio, était — mais pourquoi est-ce que j'utilise l'imparfait ? les ACA existent encore, là-bas tout continue comme si de rien n'était, c'est moi qui désormais projette tout dans un passé terriblement antérieur, car ce qui est arrivé l'autre soir a marqué comme une déchirure dans le temps, dans la nef de Saint-Martin-des-Champs l'ordre des siècles a été bouleversé... ou peut-être est-ce parce que tout d'un coup, depuis l'autre soir, j'ai vieilli de plusieurs décennies, ou que la crainte qu'Eux me rejoignent me fait parler comme si désormais j'établissais la chronique d'un empire écroulé, allongé dans le balneum, les veines coupées, en attendant de me noyer dans mon sang...

Un ACA est un Auteur à Compte d'Auteur et Manuzio est une de ces entreprises que, dans les pays anglo-saxons, on appelle « vanity press ». Chiffre d'affaires très élevé, dépenses de gestion nulles. Garamond, madame Grazia, le comptable dit aussi directeur administratif dans le cagibi du fond, et Luciano, l'expéditionnaire mutilé, dans le vaste magasin du sous-sol.

« Je n'ai jamais compris comment Luciano réussit à empaqueter les livres avec un seul bras, m'avait dit Belbo, je crois qu'il s'aide de ses dents. D'ailleurs, il n'empaquette pas grand-chose : les expéditionnaires des maisons d'édition normales expédient des livres aux libraires alors que Luciano n'expédie des livres qu'aux auteurs. Les éditions Manuzio ne s'intéressent pas aux lecteurs... L'important, dit monsieur Garamond, c'est que les auteurs ne nous trahissent pas, sans lecteurs on peut survivre. »

Belbo admirait monsieur Garamond. Il le voyait investi d'une force qui lui avait été refusée à lui.

Le système Manuzio était très simple. Peu d'annonces dans les quotidiens locaux, les revues professionnelles, les publications littéraires de province, surtout celles qui ne durent que quelques numéros. Des espaces publicitaires de moyenne grandeur, avec photo de l'auteur et deux ou trois lignes incisives : « une très haute voix de notre poésie », ou bien « la nouvelle gageure romanesque de l'auteur de *Floriana et ses sœurs* ».

« C'est alors que le filet est tendu, expliquait Belbo, et les ACA y tombent par grappes, si dans un filet on peut tomber par grappes, mais la métaphore incongrue est typique des auteurs de Manuzio et j'en ai pris la coquetterie, excusez-moi.

— Et puis ?

— Prenez le cas de De Gubernatis. Dans un mois, tandis que déjà notre retraité macère dans l'anxiété, un coup de fil de monsieur Garamond l'invite à dîner avec quelques écrivains. Rendez-vous dans un restaurant russe, très fermé, sans enseigne à l'extérieur : on appuie sur une sonnette et on dit son nom à un judas. Intérieur luxueux, lumières diffuses, musiques slaves. Garamond serre la main au chef, tutoie les serveurs et renvoie les bouteilles parce que l'année ne le convainc pas, ou bien il dit excuse-moi mon cher, mais ce n'est pas là le varénikis qu'on mange en Lituanie. De Gubernatis est présenté au commissaire X, tous les services aéroportuaires sous son contrôle, mais surtout l'inventeur, l'apôtre du Cosmorant, le langage pour la paix universelle, dont on discute à l'Unesco. Puis le professeur Y, fort tempérament de narrateur, prix Petruzzellis della Gattina 1980, mais aussi un astre de la science médicale. Combien d'années a enseigné le professeur ? Autres temps, alors oui, les études étaient une chose sérieuse. Et notre exquise poétesse, l'aimable Odolinda Mezzofanti Sassabetti, l'auteur de *Chastes palpitations*, que vous avez dû lire, bien sûr. »

Belbo me confia qu'il s'était longtemps demandé pourquoi tous les ACA de sexe féminin signaient avec deux patronymes, Lauretta Solimeni Calcanti, Dora Ardenzi Fiamma, Carolina Pastorelli

Cefalù. Pourquoi les femmes écrivains importantes ont un seul patronyme sauf Ivy Compton-Burnett, et certaines pas même un patronyme, comme Colette, et une ACA s'appelle Odolinda Mezzofanti Sassabetti ? Parce qu'un véritable écrivain écrit par amour de son œuvre, et peu lui importe d'être connu sous un pseudonyme, voir Nerval, tandis qu'un ACA veut être reconnu par ses voisins, par les habitants de son quartier, et du quartier où il habitait avant. A l'homme, son nom suffit ; pas à la femme parce qu'il y a ceux qui la connaissent sous son nom de jeune fille et ceux qui la connaissent en tant que femme mariée. C'est pour cela qu'elle utilise deux noms.

« Bref, soirée dense d'expériences intellectuelles. De Gubernatis aura l'impression de boire un cocktail de LSD. Il écoutera les cancans des commensaux, l'anecdote savoureuse sur le grand poète notoirement impuissant, et qui même comme poète ne vaut pas grand-chose, il jettera des regards brillants d'émotion sur la nouvelle édition de l'*Encyclopédie des Italiens Illustres* que Garamond fera apparaître à l'improviste, en montrant la page au commissaire (vous avez vu, mon cher, vous aussi vous êtes entré dans le Panthéon, oh, pure justice). »

Belbo m'avait montré l'encyclopédie. « Il y a une heure, je vous ai secoué les puces : mais personne n'est innocent. L'encyclopédie, c'est notre exclusivité, à Diotallevi et moi. Je vous jure cependant que ce n'est pas pour arrondir notre salaire. C'est une des choses les plus amusantes au monde, et chaque année il faut préparer la nouvelle édition mise à jour. La structure est plus ou moins de ce type : un article se réfère à un écrivain célèbre, un article à un ACA, et le problème est de bien calibrer l'ordre alphabétique, et de ne pas gaspiller de l'espace pour les écrivains célèbres. Voyez par exemple la lettre L. »

LAMPEDUSA, Giuseppe Tomasi di (1896-1957). *Écrivain sicilien. Il a vécu longtemps ignoré et devint célèbre après sa mort pour son roman* Le guépard.

LAMPUSTRI, Adeodato (1919-). *Écrivain, éducateur, combattant (une médaille de bronze en Afrique Orientale), penseur, romancier et poète. Sa figure se dresse comme celle d'un géant dans la littérature italienne de notre siècle. Lampustri s'est révélé dès 1959 avec le premier volume d'une trilogie de grande envergure,* Les frères Carmassi, *histoire dessinée avec réalisme cru et haut souffle poétique d'une famille de pêcheurs de Lucanie. A cette œuvre, qui fut distinguée en 1960 par le prix Petruzzellis della Gattina, s'ajoutèrent dans les années suivantes* Les congédiés bien remerciés *et* La panthère aux yeux sans cils, *qui peut-être davantage que la première œuvre donnent la mesure de la vigueur épique, de l'étincelante imagination plastique, du souffle lyrique de cet incomparable artiste. Diligent fonctionnaire ministériel, Lampustri est estimé dans son milieu comme une personne d'une impeccable intégrité, père et époux exemplaire, très subtil orateur.*

« De Gubernatis, expliqua Belbo, en viendra à désirer avoir sa place dans l'encyclopédie. Il l'avait toujours dit, que la cote des très célèbres était truquée, une conspiration de critiques complaisants. Mais surtout il comprendra qu'il est entré dans une famille d'écrivains qui sont en même temps directeurs d'institutions publiques, cadres supérieurs dans une banque, aristocrates, magistrats. D'un seul coup, il aura élargi le cercle de ses connaissances, et, s'il doit demander un service, il saura maintenant à qui s'adresser. Monsieur Garamond a le pouvoir de faire sortir De Gubernatis de sa province, de le projeter au sommet. Vers la fin du dîner, Garamond lui dira à l'oreille de passer le lendemain matin chez lui.

— Et le lendemain matin il vient.

— Vous pouvez en jurer. Il passera une nuit sans sommeil en rêvant la grandeur de Adeodato Lampustri.

— Et puis ?

— Puis, le lendemain matin, Garamond lui dira : hier soir je n'ai pas osé en parler pour ne pas humilier les autres, quelle chose sublime, je ne vous dis pas les rapports de lecture enthousiastes, je dirai plus, positifs, mais moi-même en personne j'ai passé une nuit sur vos pages. Livre pour prix littéraire. Grandiose, grandiose. Il reviendra à son bureau, frappera de la paume sur le manuscrit — maintenant froissé, usé par le regard amoureux d'au moins quatre lecteurs — froisser les manuscrits est la tâche de madame Grazia — et il fixera l'ACA d'un air perplexe. Alors que faisons-nous ? Alors que faisons-nous ? demandera De Gubernatis. Et Garamond dira que sur la valeur de l'œuvre il n'y a pas à discuter une seconde, mais qu'il est clair que c'est une chose en avance sur notre temps, et quant aux exemplaires on n'ira pas au-delà des deux mille, deux mille cinq au maximum. Pour De Gubernatis, deux mille exemplaires suffiraient à couvrir toutes les personnes qu'il connaît, l'ACA ne pense pas en termes planétaires, ou bien sa planète est faite de visages connus, de camarades d'école, de directeurs de banque, de collègues enseignants du même collège, de colonels à la retraite. Toutes personnes que l'ACA veut faire entrer dans son monde poétique, y compris ceux qui ne voudraient pas, comme le charcutier ou le préfet... Devant le risque que Garamond se rétracte, après que tout le monde chez lui, dans son gros bourg, au bureau, sait qu'il a présenté son manuscrit à un grand éditeur de Milan, De Gubernatis alignera des chiffres. Il pourrait vider son compte en banque, faire un emprunt à son employeur, demander un prêt, vendre ses rares bons du Trésor, Paris vaut bien une messe. Il offre timidement de participer aux frais. Garamond se montrera troublé, ce n'est pas l'usage chez Manuzio, et puis allez — affaire conclue, vous m'avez convaincu, au fond Proust et Joyce ont dû se plier à la dure nécessité, les coûts sont de tant, nous en imprimons deux mille exemplaires pour le moment, mais le contrat sera pour un maximum de dix mille. Calculez que deux cents exemplaires vous reviennent, en hommage, pour les envoyer à qui vous voulez, deux cents sont pour le service de presse parce que nous voulons faire un battage digne de l'Angélique des Golon, et nous en distribuons mille six cents dans les librairies. Et sur ces exemplaires, vous le comprenez, aucun droit pour vous, mais si le livre marche, nous réimprimons et là vous avez le douze pour cent. »

Par la suite, j'avais vu le contrat type que De Gubernatis, désormais en plein trip poétique, devait signer sans même le lire, tandis que l'administrateur se plaindrait que monsieur Garamond avait mis trop bas la barre des frais. Dix pages de clauses en corps 8, traductions étrangères, droits annexes, adaptations pour le théâtre, la radio et le cinéma, éditions pour les aveugles, en braille, cession du résumé au *Reader's Digest*, garanties en cas de procès en diffamation, droit de l'auteur d'approuver les changements de conseillers d'édition, compétence du tribunal de Milan en cas de litige... L'ACA devait arriver épuisé, l'œil maintenant perdu dans des rêves de gloire, aux clauses délétères, où il est dit que le livre est tiré au maximum à dix mille sans que soit mentionnée une quantité minimum, que la somme à payer n'est pas liée aux exemplaires tirés, dont il n'a été qu'oralement question, et surtout que dans un an l'éditeur a le droit d'envoyer au pilon les invendus, à moins que l'auteur ne les reprenne à la moitié du prix de couverture. Signature.

Le lancement devait être satrapique. Communiqué de presse de dix pages, avec biographie et essai critique. Aucune pudeur, aussi bien dans les rédactions des journaux on le jetterait au panier. Impression effective : mille exemplaires en feuillets volants dont seulement trois cent cinquante reliés. Deux cents à l'auteur, une cinquantaine à des librairies secondaires et réunies en consortium, cinquante aux revues de province, une trentaine aux journaux pour conjurer le mauvais sort, au cas où il leur resterait une ligne dans la rubrique des livres reçus. Leur exemplaire, ils l'enverraient en cadeau aux hôpitaux ou aux prisons — et on comprend pourquoi les premiers ne guérissent pas et les secondes ne rachètent pas.

Dans le courant de l'été arriverait le prix Petruzzellis della Gattina, créature de Garamond. Coût total : gîte et couvert pour le jury, deux jours, et Nike de Samothrace en vermeil. Télégrammes de félicitations des auteurs Manuzio.

Viendrait enfin l'heure de vérité, un an et demi après. Garamond lui écrirait : Mon cher ami, je l'avais prévu, vous êtes sorti avec cinquante ans d'avance. Des recensions, vous avez vu, à la pelle, prix et applaudissements de la critique, ça va sans dire. Mais fort peu d'exemplaires vendus, le public n'est pas prêt. Nous sommes contraints de désencombrer le magasin, selon les termes du contrat (ci-inclus). Ou au pilon, ou vous les achetez à la moitié du prix de couverture, comme vous en avez le privilège.

De Gubernatis devient fou de douleur, ses parents le consolent, les gens ne te comprennent pas, pour sûr si tu faisais partie de leur clan, si tu refilais des dessous-de-table, à cette heure même le Corriere t'aurait fait un article, tout ça c'est une mafia, faut résister. Des exemplaires en hommage, il n'en reste plus que cinq, et il y a encore tant de personnes importantes à enrichir spirituellement, tu ne peux permettre que ton œuvre aille au pilon pour faire du papier hygiénique, voyons combien on peut gratter, ce sont des sous bien dépensés, on ne vit qu'une fois, disons qu'on peut en acheter cinq cents exemplaires et pour le reste sic transit gloria mundi.

Chez Manuzio 650 exemplaires sont restés, en feuillets volants ; monsieur Garamond en relie 500 et les envoie contre remboursement. Bilan : l'auteur a payé généreusement les coûts de production de 2000 exemplaires, les éditions Manuzio en ont imprimé 1000 et en ont relié 850, dont 500 ont été payés une seconde fois. Une cinquantaine d'auteurs par an, et les éditions Manuzio arrêtent toujours leur bilan avec de fortes sommes portées à l'actif.

Et sans remords : elles distribuent du bonheur.

— 40 —

Les lâches meurent maintes fois avant de mourir.

SHAKESPEARE, *Julius Caesar*, II, 2

J'avais toujours perçu une contradiction entre le dévouement avec lequel Belbo travaillait sur ses respectables auteurs Garamond, cherchant à en tirer des livres dont il fût fier, et la piraterie avec laquelle non seulement il collaborait à circonvenir les pauvres types des éditions Manuzio, mais envoyait via Gualdi ceux qu'il jugeait imprésentables chez Garamond — comme je l'avais vu essayer de le faire avec le colonel Ardenti.

Je m'étais souvent demandé, en travaillant avec lui, pourquoi il acceptait cette situation. Pas pour de l'argent, je crois. Il connaissait suffisamment bien son métier pour trouver un travail mieux payé.

J'avais cru pendant longtemps qu'il le faisait parce qu'il pouvait ainsi parfaire ses études sur la bêtise humaine, et d'un observatoire exemplaire. Ce qu'il appelait stupidité, le paralogisme imprenable, l'insidieux délire déguisé en argumentation impeccable, le fascinait — et il ne faisait que le répéter. Mais c'était là aussi un masque. C'était Diotallevi qui s'y trouvait par jeu, peut-être dans l'espoir qu'un livre Manuzio, un jour, lui offrirait une combinaison inédite de la Torah. Et par jeu, par pur divertissement, et moquerie, et curiosité, je m'y étais trouvé moi, surtout après que Garamond avait lancé le Projet Hermès.

Pour Belbo, l'histoire était différente. Je ne m'en suis clairement rendu compte qu'après avoir fouillé dans ses *files*.

FILENAME :
VENGEANCE TERRIBLE VENGEANCE

Elle arrive comme ça. Même s'il y a des gens au bureau, elle me saisit par le col de ma veste, tend son visage et me donne un baiser. Comme dans la chanson des années soixante : Anna qui pour donner un baiser se met sur la pointe des pieds. Elle le fait comme si elle jouait au flipper.

Elle le sait que ça me gêne. Mais elle m'exhibe.

Elle ne ment jamais.

— Je t'aime.

— On se voit dimanche ?

— Non, je passe le week-end avec un ami...

— Une amie, tu veux dire.

— Non, un ami, tu le connais, c'est celui qui était au bar avec moi l'autre semaine. J'ai promis, tu ne veux pas que je fasse marche arrière ?

— Ne fais pas marche arrière, mais ne viens pas me faire... Je t'en prie, je dois recevoir un auteur.

— Un génie à lancer ?

— Un misérable à détruire.

Un misérable à détruire.

J'étais venu te chercher chez Pilade. Tu n'y étais pas. Je t'ai longuement attendue, puis j'y suis allé tout seul, sinon j'aurais trouvé la galerie fermée. J'ai fait semblant de regarder les tableaux — aussi bien l'art est mort depuis les temps de Hölderlin, me dit-on. J'ai mis vingt minutes pour dénicher le restaurant, parce que les galeristes choisissent toujours ceux qui deviendront célèbres seulement le mois d'après.

Tu étais là, au milieu des têtes habituelles, et tu avais auprès de toi l'homme à la cicatrice. Tu n'as pas eu un instant de trouble. Tu m'as regardé avec complicité et — comment fais-tu, en même temps ? — une pointe de défi, comme pour dire : et alors ? L'intrus à la cicatrice m'a dévisagé comme un intrus. Les autres, au courant de tout, en attente. J'aurais dû trouver un prétexte pour chercher querelle. Je m'en serais bien tiré, même si c'était lui qui m'avait flanqué une raclée. Ils savaient tous que tu étais là avec lui pour me provoquer moi. Que j'eusse provoqué ou non, mon rôle était assigné. De toute façon, je me donnais en spectacle.

Spectacle pour spectacle, j'ai choisi la comédie légère, j'ai pris part avec amabilité à la conversation, en espérant que quelqu'un admire mon self-control.

L'unique à m'admirer, c'était moi.

On est lâche quand on se sent lâche.

Le vengeur masqué. Comme Clark Kent je prends soin des jeunes génies incompris et comme Superman je punis les vieux génies justement incompris. Je collabore à l'exploitation de ceux qui n'ont pas eu mon courage, et n'ont pas su se limiter au rôle de spectateur.

Possible ? Passer sa vie à punir ceux qui ne sauront jamais qu'ils ont été punis ? Tu as voulu devenir Homère ? Tiens, mendigot, et crois-y.

Je hais qui tente de me vendre une illusion de passion.

— 41 —

Si nous nous remémorons que Daath est situé au Point où l'Abîme sépare le Pilier du Milieu, que sur ce Pilier du Milieu existe le Sentier de la Flèche... que là aussi gît Kundalinî, nous voyons qu'en Daath est contenu le mystère de la génération et de la régénération, la clef de la manifestation de toutes choses, par leur différenciation en Paires d'Opposés et leur Union dans le Troisième Terme.

Dion FORTUNE, *The mystical Qabalah*, London, Fraternity of the Inner Light, 1957, 7.19.

Quoi qu'il en fût, je ne devais pas m'occuper des éditions Manuzio, mais de la merveilleuse aventure des métaux. Je commençai mes explorations des bibliothèques milanaises. Je partais des manuels, j'en fichais la bibliographie, et de là je remontais aux originaux plus ou moins anciens, où je pouvais trouver des illustrations décentes. Il n'y a rien de pire que d'illustrer un chapitre sur les voyages spatiaux avec une photo de la dernière sonde américaine. Monsieur Garamond m'avait appris qu'au minimum il faut un ange de Gustave Doré.

Je fis une moisson de reproductions curieuses, mais elles n'étaient pas suffisantes. Quand on prépare un livre illustré, pour choisir une bonne image il faut en écarter au moins dix autres.

J'obtins la permission de me rendre à Paris, pour quatre jours. Bien peu pour faire le tour de toutes les archives. J'étais parti avec Lia, j'étais arrivé un jeudi et mon train de retour était réservé pour le lundi soir. Je commis l'erreur de programmer le Conservatoire pour le lundi, et le lundi je découvris que le Conservatoire restait fermé précisément ce jour-là. Trop tard, je m'en revins Gros-Jean comme devant.

Belbo en fut contrarié, mais j'avais recueilli beaucoup de choses intéressantes et nous les soumîmes à monsieur Garamond. Il feuilletait les reproductions que j'avais rapportées, nombre desquelles en couleurs. Puis il regarda la facture et il émit un sifflement : « Cher, cher. C'est une mission que la nôtre, on travaille pour la culture, ça va sans dire, mais nous ne sommes pas la Croix-Rouge, je dirai plus, nous ne sommes pas l'Unicef. Était-il bien nécessaire d'acheter tout ce matériel ? En somme, je vois ici un monsieur en caleçon avec des moustaches, on dirait d'Artagnan, entouré d'abracadabras et de capricornes, mais qu'est-ce que c'est, Mandrake ?

— Origines de la médecine. Influence du zodiaque sur les différentes parties du corps, avec les herbes salutaires correspondantes. Et les minéraux, métaux compris. Doctrine des signatures cosmiques. C'étaient les temps où les frontières entre magie et science étaient encore minces.

— Intéressant. Mais ce frontispice, qu'est-ce qu'il dit ? Philosophia Moysaica. Que vient faire Moïse ici, n'est-il pas trop primordial ?

— C'est la dispute sur l'*unguentum armarium,* autrement dit sur le *weapon salve.* Des médecins illustres discutent pendant cinquante ans pour savoir si cet onguent, dont on enduirait l'arme qui a frappé, peut guérir la blessure.

— Des histoires de fous. Et c'est de la science ?

— Pas dans le sens où nous l'entendons nous. Mais ils discutaient de cette affaire car depuis peu on avait découvert les merveilles de l'aimant, et on avait acquis la conviction qu'il peut y avoir action à distance. Comme disait aussi la magie. Et alors, action à distance pour action à distance... Vous comprenez, ceux-là se trompent, mais Volta et Marconi ne se tromperont pas. Que sont électricité et radio sinon action à distance ?

— Voyez-moi ça, voyez-moi ça. Fortiche, notre Casaubon. Science et magie qui vont bras dessus bras dessous, eh ? Grande idée. Et alors allons-y, enlevez-moi un peu de ces dynamos dégoûtantes, et mettez davantage de Mandrake. Quelques évocations démoniaques, je ne sais pas, sur fond or.

— Je ne voudrais pas exagérer. Il s'agit de la merveilleuse aventure des métaux. Les bizarreries sont les bienvenues seulement quand elles tombent à propos.

— La merveilleuse aventure des métaux doit être surtout l'histoire de ses erreurs. On met la belle bizarrerie et puis dans la légende on dit qu'elle est fausse. En attendant elle est là, et le lecteur se passionne parce qu'il voit que les grands hommes aussi déraisonnaient comme lui. »

Je racontai une étrange expérience que j'avais faite près de la Seine, pas très loin du quai Saint-Michel. J'étais entré dans une librairie qui, dès ses deux vitrines symétriques, célébrait sa schizophrénie. D'un côté des ouvrages sur les computers et sur le futur de l'électronique, de l'autre rien que des sciences occultes. Même chose à l'intérieur : Apple et Kabbale.

« Incroyable, dit Belbo.

— Évident, dit Diotallevi. Ou du moins, tu es le dernier qui devrait s'étonner, Jacopo. Le monde des machines cherche à retrouver le secret de la création : lettres et nombres. »

Garamond ne souffla mot. Il avait joint les mains, comme s'il priait, et gardait les yeux levés au ciel. Puis il frappa ses paumes : « Tout ce que vous avez dit aujourd'hui me confirme dans une pensée qui, depuis quelques jours... Mais chaque chose en son temps, je dois encore y réfléchir. Allez donc de l'avant. Bravo, Casaubon, nous reverrons aussi votre contrat, vous êtes un collaborateur précieux. Et mettez, mettez beaucoup de Kabbale et de computers. On fait les computers avec du silicium. Ou je me trompe ?

— Mais le silicium n'est pas un métal, c'est un métalloïde.

— Et vous voulez pinailler sur les désinences ? Et encore quoi, rosa rosarum ? Computers. Et Kabbale.

— Qui n'est pas un métal », insistai-je.

Il nous reconduisit à la porte. Sur le seuil il me dit : « Casaubon, l'édition est un art, pas une science. Ne jouons pas les révolutionnaires, le temps est passé. Mettez la Kabbale. Ah, à propos de votre note de frais, je me suis permis d'en défalquer la couchette. Pas par avarice, j'espère que vous m'en faites crédit. Mais c'est que la recherche tire profit, comment dire, d'un certain esprit spartiate. Autrement, on n'y croit plus. »

Il nous reconvoqua quelques jours après. Il avait dans son bureau, dit-il à Belbo, un visiteur qu'il désirait nous faire connaître.

Nous y allâmes. Garamond s'entretenait avec un monsieur gras, à tête de tapir, deux petites moustaches blondes sous un grand nez animal, et sans menton. Il me semblait le reconnaître, puis je me souvins, c'était le professeur Bramanti que j'avais écouté à Rio, le référendaire ou quel que fût son titre, de cet ordre Rose-Croix.

« Le professeur Bramanti, dit Garamond, soutient que ce serait le moment, pour un éditeur avisé, et sensible au climat culturel de ces années, de mettre en route une collection de sciences occultes.

— Pour... les éditions Manuzio, suggéra Belbo.

— Et pour qui d'autre ? fit avec un sourire rusé monsieur Garamond. Le professeur Bramanti qui, entre autres, m'a été recommandé par un ami cher, le docteur De Amicis, l'auteur de ce splendide *Chroniques du zodiaque,* que nous avons publié cette année, déplore que les collections éparses existantes en la matière — presque toujours l'œuvre d'éditeurs dépourvus de sérieux et de fiabilité, notoirement superficiels, malhonnêtes, incorrects, je dirai plus, imprécis — ne rendent pas du tout justice à la richesse, à la profondeur de ce champ d'études...

— Les temps sont mûrs pour cette revalorisation de la culture de l'inactualité, après les échecs des utopies du monde moderne, dit Bramanti.

— Saintes paroles, professeur. Mais il faut que vous pardonniez notre — mon Dieu, je ne dirai pas ignorance, mais du moins notre flottement à ce sujet : à quoi pensez-vous, personnellement, quand vous parlez de sciences occultes ? Spiritisme, astrologie, magie noire ? »

Bramanti fit un geste de découragement : « Oh par pitié ! Mais ce sont là les sornettes qu'on donne à avaler aux ingénus. Moi je parle de science, fût-elle occulte. Certes, l'astrologie aussi, s'il le faut, mais pas pour dire à la dactylo si dimanche prochain elle va rencontrer le jeune homme de sa vie. Ce sera plutôt une étude sérieuse sur les Décans, par exemple.

— Je vois. Scientifique. La chose est dans notre ligne, bien sûr, mais pourriez-vous être un peu plus précis ? »

Bramanti se détendit dans son fauteuil et balaya la pièce de ses yeux, comme pour chercher des inspirations astrales. « On pourrait donner des exemples, certes. Je dirais que le lecteur idéal d'une collection de ce genre devrait être un adepte Rose-Croix, et donc un expert *in magiam, in necromantiam, in astrologiam, in geomantiam, in pyromantiam, in hydromantiam, in chaomantiam, in medicinam adeptam,* pour citer le livre d'Azoth — celui qui fut donné par une jeune fille mystérieuse au Staurophore, comme on raconte dans le *Raptus philosophorum.* Mais la connaissance de l'adepte embrasse d'autres champs, il y a la physiognosie, qui concerne physique occulte, statique, dynamique et cinématique, astrologie ou biologie ésotérique, et l'étude des esprits de la nature, zoologie hermétique et astrologie biologique. Ajoutez la cosmognosie, qui étudie l'astrologie mais sous l'aspect astronomique, cosmologique, physiologique, ontologique, ou l'anthropognosie, qui étudie l'anatomie homologique, les sciences divinatoires, la physiologie fluidique, la psycurgie, l'astrologie sociale et l'hermétisme de l'histoire. Puis il y a les mathématiques qualitatives, c'est-à-dire, vous le savez mieux que moi, l'arithmologie... Mais les connaissances préliminaires postuleraient la cosmographie de l'invisible, magnétisme, auras, sommeils, fluides, psychométrie et voyance — et en général l'étude des cinq autres sens hyperphysiques — pour ne rien dire de l'astrologie horoscopique, qui est déjà une dégénérescence du savoir quand elle n'est pas menée avec les précautions d'usage — et puis physiognomonie, lecture de la pensée, arts divinatoires (tarots, clef des songes) jusqu'aux degrés supérieurs comme prophétie et extase. On demandera des informations suffisantes sur les maniements fluidiques, alchimie, spagirie, télépathie, exorcisme, magie cérémonielle et évocatoire, théurgie de base. Pour l'occultisme véritable, je conseillerais des explorations dans les champs de la Kabbale primitive, brahmanisme, gymnosophie, hiéroglyphiques de Memphis...

— Phénoménologie templière », insinua Belbo.

Bramanti s'illumina : « Sans nul doute. Mais j'oubliais, d'abord quelques notions de nécromancie et sorcellerie des races non blanches, onomancie, fureurs prophétiques, thaumaturgie volontaire, suggestion, yoga, hypnotisme, somnambulisme, chimie mercurielle... Wronski, pour la tendance mystique, conseillait de ne pas oublier les techniques des possédées de Loudun, des convulsionnaires de Saint-Médard, les breuvages mystiques, vin d'Égypte, élixir de vie et acqua-toffana. Pour le principe du mal, mais je comprends qu'ici on arrive à la section la plus réservée d'une collection possible, je dirais qu'il faut se familiariser avec les mystères de Belzébuth comme autodestruction, et de Satan comme prince détrôné, d'Eurinomius, de Moloch, incubes et succubes. Pour le principe positif, mystères célestes de saint Michel, Gabriel et Raphaël et des agathodémons. Puis mystères d'Isis, de Mithra, de Morphée, de Samothrace et d'Éleusis et les mystères naturels du sexe viril, phallus, Bois de Vie, Clef de Science, Baphomet, maillet, les mystères naturels du sexe féminin, Cérès, Ctéis, Patère, Cybèle, Astarté. »

Monsieur Garamond se pencha en avant avec un sourire insinuant : « Vous n'allez pas négliger les gnostiques...

— Mais bien sûr que non, bien que sur ce sujet spécifique beaucoup de pacotille circule, et tout ça est peu sérieux. Quoi qu'il en soit tout occultisme sain est une Gnose.

— C'est bien ce que je disais, dit Garamond.

— Et tout cela suffirait », dit Belbo d'un ton doucement interrogatif.

Bramanti gonfla les joues, se changeant d'un seul coup de tapir en hamster. « Cela suffirait... initialement, pas pour les initiés — pardonnez-moi le jeu de mots. Mais déjà avec une cinquantaine de volumes vous pourriez, messieurs, mesmériser un public de milliers de lecteurs, qui n'attendent rien d'autre qu'une parole assurée… Avec un investissement de quelques centaines de millions — je viens précisément chez vous, professeur Garamond, parce que je vous sais disposé aux aventures les plus généreuses — et un modeste pourcentage pour moi, comme directeur de la collection… »

Bramanti en avait dit assez et il perdait tout intérêt aux yeux de Garamond. Il fut en effet congédié en hâte et non sans de grandes promesses. L'immuable comité de conseillers pèserait attentivement la proposition.

— 42 —

Mais sachez que nous sommes tous d'accord, quoi que nous disions.

Turba Philosophorum.

Quand Bramanti fut sorti, Belbo observa qu'il aurait dû ôter son bouchon. Monsieur Garamond ne connaissait pas l'expression et Belbo s'essaya à quelques respectueuses paraphrases, mais sans succès.

« En tout cas, dit Garamond, ne faisons pas les difficiles. Ce monsieur n'avait pas dit plus de cinq mots et je savais déjà que ce n'était pas un client pour nous. Lui. Mais ceux dont il parlait, si, auteurs et lecteurs. Ce Bramanti est arrivé à conforter des réflexions que j'étais justement en train de faire depuis quelques jours. Voici, messieurs. » Et, théâtralement, il tira trois livres de son tiroir.

« Voici trois volumes sortis ces dernières années, et tous avec succès. Le premier est en anglais et je ne l'ai pas lu, mais l'auteur est un critique illustre. Et qu'est-ce qu'il a écrit ? Regardez le sous-titre, un roman gnostique. Et maintenant, regardez celui-ci : apparemment un roman à trame criminelle, un best-seller. Et de quoi parle-t-il ? D'une église gnostique aux environs de Turin. Vous, vous savez qui sont ces gnostiques... » Il nous arrêta d'un signe de la main : « Peu importe, il me suffit de savoir qu'ils sont une chose démoniaque... Je sais, je sais, je vais peut-être trop vite, mais je ne veux pas parler comme vous, je veux parler comme ce Bramanti. En ce moment, je suis éditeur et non pas professeur de gnoséologie comparée ou de ce que vous voulez. Qu'est-ce que j'ai vu de lucide, de prometteur, d'attirant, je dirai plus, de curieux, dans les propos de Bramanti ? Cette extraordinaire capacité à tout rassembler ; lui il n'a pas dit gnostiques, mais vous avez vu qu'il aurait pu le dire, entre géomancie, gérovital et radhames au mercure. Et pourquoi j'insiste ? Parce qu'ici j'ai un autre livre, d'une journaliste célèbre : elle raconte des choses incroyables qui se passent à Turin, je dis bien Turin, la ville de l'automobile : jeteuses de sorts, messes noires, évocations du diable, et tout ça pour des gens qui paient, pas pour les tarentulées du Sud. Casaubon, Belbo m'a dit que vous venez du Brésil et que vous avez assisté à des rites sataniques de ces sauvages de là-bas... D'accord, vous me direz après exactement ce qu'ils étaient, mais c'est du pareil au même. Le Brésil est ici, messieurs. Je suis entré l'autre jour en personne dans cette librairie, comment elle s'appelle, n'importe, c'était une librairie qui, il y a six ou sept ans, vendait des textes anarchistes, révolutionnaires, tupamaros, terroristes, je dirai plus, marxistes... Eh bien ? Comment elle s'est recyclée ? Avec les choses dont parlait Bramanti. C'est vrai, nous sommes aujourd'hui à une époque de confusion et si vous entrez dans une librairie catholique, où naguère il n'y avait que le catéchisme, vous trouvez même à présent la revalorisation de Luther, mais du moins ils ne vendraient pas un livre où l'on dise que la religion n'est qu'une vaste filouterie. En revanche, dans ces librairies dont moi je parle, on vend l'auteur qui y croit et celui qui en dit pis que pendre, pourvu qu'ils touchent à un sujet, comment dire...

— Hermétique, suggéra Diotallevi.

— Voilà, je crois que c'est le mot juste. J'ai vu au moins dix livres sur Hermès. Et moi je veux vous parler d'un Projet Hermès. Où, messieurs, il faudra ramer.

— Avec le rameau d'or, dit Belbo.

— Pas exactement, dit Garamond, sans saisir la citation, mais c'est un filon d'or. Je me suis rendu compte que ces gens-là avalent tout, pourvu que ce soit hermétique, comme vous disiez, pourvu que ça dise le contraire de ce qu'ils ont trouvé dans leurs livres d'école. Et je crois que c'est aussi un devoir culturel : je ne suis pas un bienfaiteur par vocation, mais en ces temps si obscurs, offrir à quelqu'un une foi, un soupirail sur le surnaturel... Les éditions Garamond ont encore et toujours une mission scientifique... »

Belbo se raidit. « Il m'avait semblé que vous songiez à Manuzio.

— A toutes les deux. Écoutez-moi. J'ai farfouillé dans cette librairie, et puis je me suis rendu dans une autre, très sérieuse, qui avait pourtant son bon petit rayon de sciences occultes. Sur ces sujets, il y a des études de niveau universitaire, qui côtoient des livres écrits par des gens comme ce Bramanti-là. Maintenant, raisonnons : ce Bramanti-là n'a peut-être jamais rencontré les auteurs universitaires, mais il les a lus, et il les a lus comme s'ils étaient ses égaux. Ce sont des gens qui pensent que tout ce que vous leur dites se réfère à leur problème, comme l'histoire du chat que les deux conjoints se disputaient pour leur divorce et lui pensait qu'ils discutaient des abattis pour son déjeuner. Vous l'avez vu vous aussi, Belbo, vous avez balancé l'histoire de la chose templière, et lui, tout de suite : okay, les

Templiers aussi, et la Kabbale et le loto et le marc de café. Ils sont omnivores. Omnivores. Vous avez vu la tête de Bramanti : un rongeur. Un public immense, partagé en deux grandes catégories, je les vois déjà défiler devant mes yeux et ils sont légion. In primis ceux qui en écrivent, et la maison Manuzio est ici, bras ouverts Il suffit de les attirer en ouvrant une collection qui se fasse remarquer, qui pourrait s'intituler, voyons...

— La Tabula Smaragdina, dit Diotallevi.

— Quoi ? Non, trop difficile, à moi, par exemple, ça ne dit rien, il faut quelque chose qui rappelle quelque chose d'autre...

— Isis Dévoilée, dis-je.

— Isis Dévoilée ! Ça sonne bien, bravo Casaubon, il y a du Toutankhamon là-dedans, du scarabée des pyramides. Isis Dévoilée, avec une couverture légèrement ensorcelante, mais pas trop. Et poursuivons. Ensuite, il y a la deuxième troupe, ceux qui achètent. Bien, mes amis, vous me dites que Manuzio n'est pas intéressée par ceux qui achètent. C'est le médecin qui en a décidé ? Cette fois nous vendons les Manuzio, messieurs, ce sera un saut qualitatif ! Restent enfin les études de niveau scientifique, et là les éditions Garamond entrent en scène. A côté des études historiques et des autres collections universitaires, nous nous trouvons un conseiller sérieux et publions trois ou quatre livres par an, dans une collection sérieuse, rigoureuse, avec un titre explicite mais pas pittoresque...

— Hermetica, dit Diotallevi.

— Excellent. Classique, digne. Vous allez me demander pourquoi dépenser du fric avec Garamond quand nous pouvons en gagner avec Manuzio. Mais la collection sérieuse sert d'appeau, attire des personnes sensées qui feront d'autres propositions, indiqueront des pistes, et puis elle attire les autres, les Bramanti, qui seront déviés sur Manuzio Le Projet Hermès me paraît un projet parfait, une opération propre, rentable, qui renforce le flux idéal entre les deux maisons... Messieurs, au travail. Visitez des librairies, établissez des bibliographies, demandez des catalogues, voyez ce qui se fait dans les autres pays... Et puis qui sait combien de gens se sont succédé devant vous, qui portaient des trésors d'un certain type, et vous les avez liquidés parce que ça ne nous servait pas. Et j'y tiens, Casaubon, dans l'histoire des métaux aussi mettons un peu d'alchimie. L'or est un métal, je veux l'espérer. Les commentaires à plus tard, vous savez que je suis ouvert aux critiques, suggestions, contestations, comme il est d'usage entre personnes de culture. Le projet devient exécutoire à partir de cet instant. Madame Grazia, faites entrer ce monsieur qui patiente depuis deux heures, on ne traite pas ainsi un Auteur ! » dit-il en nous ouvrant la porte et en cherchant à se faire entendre jusque dans la salle d'attente.

— 43 —

Des gens que l'on rencontre dans la rue... se livrent en secret aux opérations de la Magie noire, se lient ou essaient du moins de se lier avec les Esprits de Ténèbres, pour assouvir leurs désirs d'ambition, de haine, d'amour, pour faire, en un mot, le Mal.

J. K. Huysmans, Préface à J. Bois, *Le satanisme et la magie*, 1895, pp. VIII-IX.

J'avais cru que le Projet Hermès était une idée à peine ébauchée. Je ne connaissais pas encore monsieur Garamond. Tandis qu'au cours des jours suivants je m'attardais dans les bibliothèques pour chercher les illustrations sur les métaux, chez Manuzio ils étaient déjà au travail.

Deux mois plus tard, je trouvai sur la table de Belbo un numéro, fraîchement imprimé, du *Parnasse Œnotrien*, avec un long article, « Renaissance de l'occultisme », où l'hermétiste bien connu, le docteur Moebius — pseudonyme flambant neuf de Belbo, qui avait ainsi gagné ses premiers deniers sur le Projet Hermès — parlait de la miraculeuse renaissance des sciences occultes dans le monde moderne et annonçait que les éditions Manuzio entendaient se lancer dans cette voie avec la nouvelle collection Isis Dévoilée.

Pendant ce temps-là, monsieur Garamond avait écrit une série de lettres aux différentes revues d'hermétisme, astrologie, tarots, ovnilogie, signant d'un nom quelconque, et demandant des informations sur la nouvelle collection annoncée par les éditions Manuzio. Au sujet de quoi les rédacteurs des revues en question lui avaient téléphoné pour demander des informations et lui il avait fait le mystérieux, disant qu'il ne pouvait encore révéler les dix premiers titres, qui étaient par ailleurs en fabrication. De façon que l'univers des occultistes, certainement fort agité par les incessants roulements de tam-tam, était désormais au courant du Projet Hermès.

« Déguisons-nous en fleur, nous disait monsieur Garamond, qui venait de nous convoquer dans la salle de la mappemonde, et les abeilles viendront. »

Mais ce n'était pas tout. Garamond voulait nous montrer le dépliant (« dèppliante », comme il l'appelait lui — mais c'est ainsi qu'on dit dans les maisons d'édition milanaises, comme on dit « Cìtroenn » et « Rénaull ») : une chose simple, quatre pages, mais sur papier glacé. La première page reproduisait ce que devait être le schéma de la couverture de la série, une sorte de sceau en or (c'est le Pentacle de Salomon, expliquait Garamond) sur fond noir, le bord de la page souligné par une frise qui évoquait un entrelacs de svastikas (la svastika asiatique, précisait Garamond, celle qui va dans le sens du soleil, pas la nazie qui va dans le sens des aiguilles d'une montre). En haut, à la place du titre des volumes, une inscription : « il y a plus de choses dans le ciel et sur la terre... ». Dans les pages intérieures, on célébrait les gloires des éditions Manuzio au service de la culture ; puis, avec quelques slogans efficaces, on touchait au fait que le monde contemporain requiert des certitudes plus profondes et lumineuses que celles que peut donner la science : « De l'Égypte, de la Chaldée, du Tibet, une sapience oubliée — pour la renaissance spirituelle de l'Occident. »

Belbo lui demanda à qui étaient destinés les dépliants, et Garamond sourit comme sourit, aurait dit Belbo, l'âme damnée de Rocambole. « Je me suis fait envoyer de France l'annuaire de toutes les sociétés secrètes existant aujourd'hui dans le monde, et ne me demandez pas comment il peut y avoir un annuaire public des sociétés secrètes ; il existe, le voici, éditions Henri Veyrier, avec adresse, numéro de téléphone, code postal. Plutôt, vous Belbo, vous allez le voir et éliminer les sociétés qui n'ont pas d'intérêt pour nous, car je m'aperçois qu'il y a aussi les jésuites, l'Opus Dei, les Carbonari et le Rotary Club, mais cherchez toutes celles qui sont teintées d'occultisme, j'en ai déjà coché quelques-unes. »

Il feuilletait : « Voilà : Absolutistes (qui croient en la métamorphose), Aetherius Society en Californie (relations télépathiques avec Mars), Astara de Lausanne (jurement de grand secret absolu), Atlanteans en Grande-Bretagne (recherche du bonheur perdu), Builders of the Adytum en Californie (alchimie, kabbale, astrologie), Cercle E.B. de Perpignan (consacré à Hator, déesse de l'amour et gardienne de la Montagne des Morts), Cercle Eliphas Levi de Maule (je ne sais pas qui est ce Levi, ce doit être cet anthropologue français, ou comme on veut bien le qualifier), Chevaliers de l'Alliance Templière de Toulouse, Collège Druidique des Gaules, Convent Spiritualiste de Jéricho, Cosmic Church of Truth en Floride, Séminaire Traditionaliste d'Ecône en Suisse, Mormons (ceux-là je les ai même trouvés une fois dans un polar, mais peut-être n'y en a-t-il plus), Église de Mithra à Londres et à Bruxelles, Église de Satan à Los

Angeles, Église Luciférienne Unifiée de France, Église Rosicrucienne Apostolique à Bruxelles, Enfants des Ténèbres ou Ordre Vert en Côte-de-l'Or (peut-être pas ceux-là, qui sait en quelle langue ils écrivent), Escuela Hermetista Occidental de Montevideo, National Institute of Kabbalah de Manhattan, Central Ohio Temple of Hermetic Science, Tetra-Gnosis de Chicago, Frères Anciens de la Rose-Croix de Saint-Cyr-sur-Mer, Fraternité Johannite pour la Résurrection Templière à Kassel, Fraternité Internationale d'Isis à Grenoble, Ancient Bavarian Illuminés de San Francisco, The Sanctuary of the Gnosis de Sherman Oaks, Grail Foundation of America, Sociedade do Graal do Brasil, Hermetic Brotherhood of Luxor, Lectorium Rosicrucianum en Hollande, Mouvement du Graal à Strasbourg, Ordre d'Anubis à New York, Temple of Black Pentacle à Manchester, Odinist Fellowship en Floride, Ordre de la Jarretière (il doit y avoir là-dedans jusqu'à la reine d'Angleterre), Ordre du Vril (maçonnerie néo-nazie, sans adresse), Militia Templi de Montpellier, Ordre Souverain du Temple Solaire à Monte-Carlo, Rose-croix de Harlem (vous comprenez, même les nègres, maintenant), Wicca (association luciférienne d'obédience celtique, ils invoquent les 72 génies de la Kabbale)... en somme, dois-je continuer ?

— Elles existent vraiment toutes ? demanda Belbo.

— Et davantage encore. Au travail, faites la liste définitive et puis nous expédions. Même s'il s'agit d'étrangers. Entre ces gens-là, les nouvelles voyagent. Maintenant, il ne reste plus qu'une chose à faire. Il faut circuler dans les bonnes librairies et parler non seulement avec les libraires mais aussi avec les clients. Laisser tomber dans vos propos qu'il existe une collection avec telles ou telles caractéristiques. »

Diotallevi lui fit remarquer qu'ils ne pouvaient pas, eux, s'exposer de la sorte, il fallait trouver des démarcheurs banalisés, et Garamond dit de les chercher : « Pourvu qu'ils soient gratis. »

Belle prétention, commenta Belbo une fois qu'ils furent revenus dans leur bureau. Mais les dieux du sous-sol nous protégeaient. Juste à cet instant Lorenza Pelligrini entra, plus solaire que jamais ; Belbo devint radieux ; elle vit les dépliants, qui piquèrent sa curiosité.

Quand elle sut le projet de la maison d'à côté, son visage s'illumina : « Magnifique, j'ai un ami super sympa, un ex-tupamaro uruguayen, qui travaille dans une revue appelée *Picatrix*, il m'emmène toujours aux séances de spiritisme. Je me suis liée d'amitié avec un ectoplasme fabuleux, désormais il me demande toujours, à peine il se matérialise ! »

Belbo regarda Lorenza comme pour savoir quelque chose, puis il y renonça. Je crois qu'il avait pris l'habitude de s'attendre de la part de Lorenza aux fréquentations les plus inquiétantes, mais qu'il avait décidé de s'inquiéter seulement de celles qui pouvaient jeter une ombre sur leur rapport d'amour (l'aimait-il ?). Et dans cette allusion à *Picatrix*, davantage que le fantôme du colonel, il avait entrevu celui de l'Uruguayen trop sympathique. Mais Lorenza parlait déjà d'autre chose et nous révélait comment elle fréquentait beaucoup de ces petites librairies où on vend les livres qu'Isis Dévoilée aurait voulu publier.

« Elles sont à voir, vous savez, était-elle en train d'expliquer. J'y trouve des herbes médicamenteuses, et les instructions pour faire l'homunculus, exactement comme Faust avec Hélène de Troie, oh, Jacopo faisons-le, j'aimerais tant un homunculus de toi, et puis nous le gardons comme un basset. C'est facile ; ce livre disait qu'il suffit de recueillir dans une fiole un peu de semence humaine, ça ne te sera pas difficile, j'espère, ne rougis pas idiot, ensuite tu le mélanges avec de l'hippomane, qui serait, paraît-il, un liquide... secrété... sécreté... comment on dit ?...

— Sécrété, suggéra Diotallevi.

— Possible ? En somme, ce que produisent les juments grosses par sécrétion, je comprends que ça c'est plus difficile, si j'étais une jument grosse je ne voudrais pas qu'on vienne me recueillir l'hippomane, surtout si ce sont des inconnus, mais je crois qu'on peut en trouver tout préparé, comme les agarbatties. Et puis tu mets le tout dans un vase et tu laisses macérer pendant quarante jours et petit à petit tu vois se former une figurine, un mini-fœtus, qui en deux autres mois devient un homunculus super gracieux, il sort et se met à ton service — je crois qu'ils ne meurent jamais, pense un peu il ira même t'apporter des fleurs sur ta tombe quand tu seras mort !

— Et qui d'autre vois-tu dans ces librairies ? demanda Belbo.

— Des gens fantastiques, des gens qui parlent avec les anges, qui font de l'or, et puis des magiciens professionnels avec une tête de magicien professionnel...

— Comment c'est une tête de magicien professionnel ?

— Ils ont d'habitude le nez aquilin, les sourcils comme un Russe et des yeux d'aigle ; ils portent les cheveux sur le cou, comme les peintres d'autrefois, et la barbe, mais pas drue, avec quelques plaques entre le menton et les joues · et leurs moustaches retombent en avant et descendent sur la lèvre en touffes, et par force, parce que la lèvre est très soulevée sur les dents, les pauvres, et leurs dents débordent, se chevauchant toutes un peu. Ils ne le devraient pas avec ces dents-là, mais ils sourient avec douceur, cependant que leurs yeux (je vous ai dit qu'ils étaient d'aigle, non ?) vous regardent d'une manière inquiétante.

— Facies hermetica, commenta Diotallevi.

— Oui ? Vous voyez, donc. Quand il entre quelqu'un pour demander un livre, mettons, avec des prières contre les esprits du mal, ils suggèrent aussitôt au libraire le titre juste, et qui est celui que le libraire n'a pas. Mais si tu crées un lien d'amitié avec eux et que tu demandes si c'est un livre efficace, ils sourient de nouveau avec compréhension comme s'ils parlaient d'enfants et te disent que devant ce genre de chose il faut se méfier. Puis ils te citent des cas de diables qui ont fait des trucs horribles à leurs amis, toi tu prends peur et eux te rassurent en disant que bien des fois c'est seulement de l'hystérie. Bref, on ne sait jamais s'ils y croient ou pas. Souvent les libraires me font cadeau de baguettes d'encens ; un, une fois, il m'a donné une petite main en ivoire contre le mauvais œil.

— Alors, à l'occasion, lui avait dit Belbo, quand tu te balades par là-bas, demande s'ils sont au courant de cette nouvelle collection Manuzio, et tu pourrais même faire voir le dépliant. »

Lorenza s'en alla avec une dizaine de dépliants. J'imagine que dans les semaines qui ont suivi, elle a dû bien travailler elle aussi, mais je ne croyais pas que les choses pussent avancer si vite. Au bout de quelques mois madame Grazia n'arrivait déjà plus à faire front devant les diaboliques, comme nous avions défini les ACA avec des intérêts occultistes. Et, ainsi que le voulait leur nature, ils furent légion.

— 44 —

Invoque les forces de la Table de l'Union en suivant le Suprême Rituel du Pentagramme, avec l'Esprit Actif et Passif, avec Eheieh et Agla. Retourne à l'autel et récite la suivante Invocation aux Esprits Énochiens : Ol Sonuf Vaorsag Goho Iad Balt, Lonsh Calz Vonpho, Sobra Z-ol Ror I Ta Nazps, od Graa Ta Malprg... Ds Hol-q Qaa Nothoa Zimz, Od Commah Ta Nopbloh Zien...

Israël Regardie, *The Original Account of the Teachings, Rites and Ceremonies of the Hermetic Order of the Golden Dawn,* Ritual for Invisibility, St. Paul, Llewellyn Publications, 1986, p. 423.

Nous fûmes vernis, et nous eûmes un premier entretien de très haute qualité, du moins en vue de notre initiation.

Pour l'occasion le trio était au complet, Belbo, Diotallevi et moi, et il s'en fallut de peu qu'à l'entrée de notre hôte nous ne poussions un cri de surprise. Il avait la *facies hermetica* décrite par Lorenza Pellegrini, et par-dessus le marché il était vêtu de noir.

Il entra en regardant autour de lui avec circonspection et se présenta (professeur Camestres). A la question « professeur de quoi ? » il fit un geste vague, comme pour nous inviter à la réserve. « Veuillez m'excuser, nous dit-il, je ne sais pas si vous vous occupez du problème d'un point de vue purement technique, commercial, ou si vous êtes liés à quelque groupe initiatique... »

Nous le rassurâmes. « Ce n'est point excès de prudence de ma part, dit-il, mais je n'aurais pas envie d'avoir des rapports avec quelqu'un de l'OTO. » Puis, devant notre perplexité : « Ordo Templi Orientis, le conventicule des derniers prétendus fidèles d'Aleister Crowley... Je vois que vous êtes étrangers, messieurs, à... Mieux vaut ainsi, il n'y aura pas de préjugés de votre part. » Il accepta de s'asseoir. « Car, voyez-vous, l'œuvre que je voudrais maintenant vous présenter s'oppose courageusement à Crowley. Nous tous, moi compris, sommes encore fidèles aux révélations du *Liber AL vel legis,* qui, comme sans doute vous le savez, fut dicté à Crowley en 1904, au Caire, par une intelligence supérieure nommée Aiwaz. Et c'est à ce texte que s'en tiennent les partisans de l'OTO, aujourd'hui encore, et à ses quatre éditions, la première desquelles précéda de neuf mois le début de la guerre dans les Balkans, la deuxième de neuf mois le début de la première guerre mondiale, la troisième de neuf mois la guerre sino-japonaise, la quatrième de neuf mois les massacres de la guerre civile espagnole... »

Je ne pus m'empêcher de croiser les doigts. Il s'en aperçut et sourit, funèbre : « Je comprends votre hésitation. Vu que ce que je vous apporte, maintenant, est la cinquième proposition de ce livre, qu'arrivera-t-il dans neuf mois ? Rien, rassurez-vous, car ce que je repropose est le *Liber legis* augmenté, étant donné que j'ai eu la fortune d'être visité non point par une simple intelligence supérieure, mais par Al lui-même, principe suprême, autrement dit Hoor-paar-Kraat, qui serait le double ou le jumeau mystique de Ra-Hoor-Khuit. Mon unique préoccupation, ne serait-ce que pour empêcher des influences néfastes, c'est que mon ouvrage puisse être publié pour le solstice d'hiver.

— C'est envisageable, dit Belbo, encourageant.

— J'en suis vraiment heureux. Le livre fera du bruit dans les milieux initiatiques, parce que, comme vous pouvez le comprendre, ma source mystique est plus sérieuse et digne de crédit que celle de Crowley. Je ne sais comment Crowley pouvait mettre en œuvre les rituels de la Bête sans tenir compte de la Liturgie de l'Épée. Ce n'est qu'en dégainant l'épée que l'on comprend ce qu'est le Mahapralaya, autrement dit le Troisième œil de Kundalinî. Et puis, dans son arithmologie entièrement fondée sur le Nombre de la Bête, il n'a pas considéré 93, 118, 444, 868 et 1 001, les Nouveaux Nombres.

— Que signifient-ils ? demanda Diotallevi aussitôt excité.

— Ah, dit le professeur Camestres, comme on le disait déjà dans le premier *Liber legis*, chaque nombre est infini, et il n'y a pas de différence !

— Je comprends, dit Belbo. Mais ne pensez-vous pas que tout cela est un peu obscur pour le lecteur moyen ? »

Camestres sursauta presque sur sa chaise. « Mais c'est absolument indispensable. Qui comprendrait ces secrets sans la préparation obligée chuterait dans l'Abîme ! Déjà, à les rendre publics de façon voilée, je cours des risques, croyez-moi. J'évolue dans le domaine de l'adoration de la Bête, mais de manière plus radicale que Crowley, vous verrez mes pages sur le *congressus cum daemone*, les prescriptions pour les objets du temple et l'union charnelle avec la Femme Écarlate et la Bête qu'Elle Chevauche. Crowley s'était arrêté au congrès charnel dit contre nature, moi je cherche à porter le rituel au-delà du Mal tel que nous le concevons, j'effleure l'inconcevable, la pureté absolue de la Goetia, le seuil extrême du Bas-Aumgn et du Sa-Ba-Ft... »

Il ne restait plus à Belbo qu'à sonder les possibilités financières de Camestres. Il le fit avec de longues circonlocutions, et à la fin il apparut que notre homme, comme déjà Bramanti, n'avait aucune intention de s'autofinancer. Commençait alors la phase de largage, avec demande enveloppée de garder le manuscrit dactylographié en examen pendant une semaine, et puis on verrait. A ces mots, Camestres avait serré le manuscrit contre sa poitrine en affirmant qu'on ne l'avait jamais traité avec pareille défiance, et il était sorti en laissant comprendre qu'il avait des moyens peu communs pour nous faire regretter de l'avoir offensé.

En un court laps de temps, nous eûmes cependant une dizaine de manuscrits ACA bon teint. Il fallait un minimum de choix, vu que nous voulions aussi les vendre. Puisqu'il était exclu que nous puissions tout lire, nous consultions les tables des matières, en donnant un coup d'œil, puis nous nous communiquions nos découvertes.

— 45 —

De cela découle une extraordinaire question. Les Égyptiens connaissaient-ils l'électricité ?

Peter KOLOSIMO, *Terra senza tempo*, Milan, Sugar, 1964, p. 111.

« J'ai repéré un texte sur les civilisations disparues et les pays mystérieux, disait Belbo. Il paraît qu'au début existait un continent de Mu, du côté de l'Australie, et que de là se sont ramifiés les grands courants migratoires. L'un va dans l'île d'Avalon, un autre dans le Caucase et aux sources de l'Indus, puis il y a les Celtes, les fondateurs de la civilisation égyptienne et enfin l'Atlantide...

— Vieilles lunes : des messieurs qui écrivent des livres sur Mu, je vous en balance sur cette table autant que vous voulez, disais-je.

— Mais celui-ci paiera peut-être. Et puis il a aussi un très beau chapitre sur les migrations grecques dans le Yucatán, il parle du bas-relief d'un guerrier, à Chichén Itzá, qui ressemble à un légionnaire romain. Deux gouttes d'eau...

— Tous les casques du monde ont soit des plumes soit des crinières de cheval, dit Diotallevi. Ce n'est pas une preuve.

— Pour toi, pas pour lui. Lui il trouve des adorations du serpent dans toutes les civilisations et il en déduit qu'il y a une origine commune...

— Qui n'a pas adoré le serpent ? dit Diotallevi. Sauf, naturellement, le Peuple Élu.

— Ah oui, eux ils adoraient les veaux.

— Ce fut un moment de faiblesse. Moi, par contre, celui-ci je l'écarterais, même s'il paie. Celtisme et aryanisme, Kali-yuga, déclin de l'Occident et spiritualité SS. Il se peut que je sois paranoïaque, mais il me semble nazi.

— Pour Garamond, ce n'est pas nécessairement une contre-indication.

— Oui, mais il y a une limite à tout. En revanche, j'en ai vu un autre sur des gnomes, ondines, salamandres, elfes et sylphides, fées... Pourtant là aussi les origines de la civilisation aryenne entrent dans la danse. On dirait que les SS naissent des Sept Nains.

— Pas les Sept Nains, ce sont les Nibelungen.

— Mais ceux dont on parle, c'est le Petit Peuple irlandais. Et les méchantes sont les fées, les tout petits sont les bons, juste un peu taquins.

— Mets-le de côté. Et vous Casaubon, qu'est-ce que vous avez vu ?

— Seulement un texte curieux sur Christophe Colomb : il analyse sa signature et y trouve jusqu'à une référence aux pyramides. Son but était de reconstruire le Temple de Jérusalem, étant donné qu'il était grand maître des Templiers en exil. Comme il était notoirement un Juif portugais et donc expert kabbaliste, c'est avec des évocations talismaniques qu'il a calmé les tempêtes et dompté le scorbut. Je n'ai pas regardé les textes sur la Kabbale parce que j'imagine que Diotallevi les a vus.

— Tous avec des lettres hébraïques erronées, photocopiées dans les brochures à quatre sous sur la Clef des songes.

— Attention que nous sommes en train de choisir des textes pour Isis Dévoilée. Ne faisons pas de la philologie. Les diaboliques aiment peut-être les lettres hébraïques tirées de la Clef des songes. Pour toutes les contributions sur la maçonnerie, je reste dans l'incertitude. Monsieur Garamond m'a recommandé d'y aller mollo, il ne veut pas être pris dans les diatribes entre les différents rites. Je ne négligerais cependant pas celui-ci, sur le symbolisme maçonnique dans la grotte de Lourdes. Ni cet autre, superbe, sur l'apparition d'un gentilhomme, probablement le comte de Saint-Germain, intime de Franklin et de Lafayette, au moment de l'invention du drapeau des États-Unis. Sauf que s'il explique bien la signification des étoiles, il entre dans un état confusionnel à propos des bandes.

— Le comte de Saint-Germain ! dis-je. Voyez-moi ça !

— Pourquoi, vous le connaissez ?

— Si je vous dis que oui vous ne me croirez pas. Laissons tomber. Moi j'ai là une monstruosité de quatre cents pages contre les erreurs de la science moderne : L'atome, un mensonge judaïque, L'erreur d'Einstein et le secret mystique de l'énergie, L'illusion de Galilée et la nature immatérielle de la lune et du soleil.

— Si c'est pour ça, dit Diotallevi, ce que j'ai le plus aimé c'est ce passage en revue de sciences fortiennes.

— Et c'est quoi ?

— D'un certain Charles Hoy Fort, qui avait recueilli une immense collection de nouvelles inexplicables. Une pluie de grenouilles à Birmingham, des empreintes d'un animal fabuleux dans le Devon, des escaliers mystérieux et des empreintes de ventouses sur la croupe de certaines montagnes, des irrégularités dans la précession des équinoxes, des inscriptions sur des météorites, de la neige noire, des orages de sang, des êtres ailés à huit mille mètres dans le ciel de Palerme, des roues lumineuses dans la mer, des restes de géants, une cascade de feuilles mortes en France, des précipitations de matière vivante à Sumatra, et naturellement toutes les empreintes sur le Machupicchu et autres cimes de l'Amérique du Sud qui attestent l'atterrissage de puissants navires spatiaux à l'époque préhistorique. Nous ne sommes pas seuls dans l'univers.

— Pas mal, dit Belbo. Ce qui m'intrigue, moi, ce sont par contre ces cinq cents pages sur les pyramides. Vous le saviez, que la pyramide de Chéops est juste sur le trentième parallèle, celui qui traverse le plus grand nombre de terres émergées ? Que les rapports géométriques qu'on trouve dans la pyramide de Chéops sont les mêmes qu'on trouve à Pedra Pintada en Amazonie ? Que l'Égypte possédait deux serpents à plumes, un sur le trône de Toutankhamon et l'autre sur la pyramide de Sakkara, et que ceci renvoie à Quetzalcoatl ?

— Que vient faire Quetzalcoatl avec l'Amazonie, puisqu'il fait partie du panthéon mexicain ? demandai-je.

— Eh bien, j'ai sans doute perdu un chaînon. Par ailleurs, comment justifier que les statues de l'île de Pâques sont des mégalithes comme les celtiques ? Un des dieux polynésiens s'appelle Ya et c'est d'évidence le Iod des Juifs, comme l'ancien hongrois Io-v', le dieu grand et bon. Un ancien manuscrit mexicain montre la terre ainsi qu'un carré entouré par la mer et au centre de la terre il y a une pyramide portant sur sa base l'inscription Aztlan, qui ressemble à Atlas ou Atlantide. Pourquoi sur l'un et l'autre côté de l'Atlantique trouve-t-on des pyramides ?

— Parce qu'il est plus facile de construire des pyramides que des sphères. Parce que le vent produit les dunes en forme de pyramides et non de Parthénon.

— Je hais l'esprit des Lumières, dit Diotallevi.

— Je poursuis. Dans la religion égyptienne le culte de Râ n'apparaît pas avant le Nouvel Empire, par conséquent il vient des Celtes. Rappelez-vous saint Nicolas et sa luge. Dans l'Égypte préhistorique le navire solaire était une luge. Comme cette luge n'aurait pas pu glisser sur la neige en Égypte, son origine devait être nordique... »

Je ne lâchais pas pied : « Mais avant l'invention de la roue, on utilisait des luges sur le sable aussi.

— N'interrompez pas. Le livre dit qu'il faut d'abord identifier les analogies, et ensuite découvrir les raisons. Et là il dit que, en définitive, les raisons sont scientifiques. Les Égyptiens connaissaient l'électricité, autrement ils n'auraient pas pu faire ce qu'ils ont fait. Un ingénieur allemand, chargé de la construction des égouts de Bagdad, a mis au jour des piles électriques marchant encore et qui remontaient aux Sassanides. Dans les fouilles de Babylone on a extrait des accumulateurs fabriqués il y a quatre mille ans. Et enfin l'Arche d'alliance (qui aurait dû recueillir les Tables de la Loi, la verge d'Aaron et un vase rempli de manne du désert) était une espèce de coffre électrique capable de produire des décharges de l'ordre de cinq cents volts.

— Je l'ai déjà vu dans un film.

— Et alors ? Où croyez-vous qu'ils vont chercher leurs idées, les scénaristes ? L'Arche était faite en bois d'acacia, habillée d'or à l'intérieur et à l'extérieur — le même principe que les condensateurs électriques, deux conducteurs séparés par un isolant. Elle était entourée d'une guirlande, en or elle aussi. Elle était placée dans une zone sèche où le champ magnétique atteignait 500-600 volts par mètre vertical. On dit que Porsenna a libéré par l'électricité son royaume de la présence d'un terrible animal appelé Volt.

— C'est pour cela que Volta a choisi ce surnom exotique. Avant, il ne s'appelait que Szmrszlyn Krasnapolskij.

— Soyons sérieux. D'autant que j'ai là, outre les manuscrits, un éventail de lettres qui proposent des révélations sur les rapports entre Jeanne d'Arc et les Livres Sibyllins, Lilith démon talmudique et la grande mère hermaphrodite, le code génétique et l'écriture martienne, l'intelligence secrète des plantes, la renaissance cosmique et la psychanalyse, Marx et Nietzsche dans la perpective d'une nouvelle angélologie, le Nombre d'or et le marché aux puces de Clignancourt, Kant et l'occultisme, mystères d'Éleusis et jazz, Cagliostro et l'énergie atomique, homosexualité et gnose, Golem et lutte des classes, pour finir avec un ouvrage en huit volumes sur le Graal et le Sacré-Cœur.

— Qu'est-ce qu'il veut démontrer ? que le Graal est une allégorie du Sacré-Cœur ou que le Sacré-Cœur est une allégorie du Graal ?

— Je comprends la différence et l'apprécie, mais je crois que pour lui les deux font également l'affaire. Bref, à ce point je ne sais plus à quoi m'en tenir. Il faudrait entendre monsieur Garamond. »

Nous l'entendîmes. Lui il dit que par principe on ne devait rien jeter, et écouter tout le monde.

« Notez que la plus grande partie de tout ce qu'on a vu répète des choses qu'on trouve dans tous les kiosques des gares, dis-je. Les auteurs, même ceux qui se font imprimer, se pompent entre eux, l'un donne comme témoignage l'affirmation de l'autre, et tous utilisent comme preuve décisive une phrase de Jamblique.

— Et alors, dit Garamond. Vous ne voulez pas vendre aux lecteurs quelque chose qu'ils ignorent ? Il faut que les livres d'Isis Dévoilée parlent exactement des mêmes choses dont parlent les autres. Ils se confirment mutuellement, donc ils sont vrais. Méfiez-vous de l'originalité.

— D'accord, dit Belbo, mais il faudrait savoir ce qui est évident et ce qui ne l'est pas. Nous avons besoin d'un conseiller.

— De quel genre ?

— Je ne sais pas. Il faut qu'il soit plus blasé qu'un diabolique, mais il faut qu'il connaisse leur monde. Et puis il doit nous dire sur quoi nous devons miser pour Hermetica. Un spécialiste sérieux de l'hermétisme de la Renaissance...

— Bravo, lui dit Diotallevi, et puis la première fois que tu lui mets entre les mains le Graal et le Sacré-Cœur, il fout le camp en claquant la porte.

— Ce n'est pas dit.

— Je crois avoir l'homme qu'il nous faut, dis-je. C'est un type certainement érudit, qui prend suffisamment au sérieux ces choses-là, mais avec élégance, avec ironie, dirais-je. Je l'ai rencontré au Brésil, mais il devrait être à Milan maintenant. Je devrais avoir son téléphone quelque part.

— Contactez-le, dit Garamond. Avec circonspection, cela dépend du prix. Et puis tâchez aussi de l'utiliser pour la merveilleuse aventure des métaux. »

Agliè parut heureux de me réentendre. Il me demanda des nouvelles de la délicieuse Amparo, je lui fis timidement comprendre que c'était une histoire passée, il s'excusa, fit quelques observations polies sur la fraîcheur avec laquelle un jeune homme peut toujours ouvrir de nouveaux chapitres à sa vie. Je lui touchai un mot d'un projet d'édition. Il se montra intéressé, dit qu'il nous verrait volontiers, et nous fixâmes un rendez-vous chez lui.

De la naissance du Projet Hermès jusqu'à ce jour-là, je m'étais amusé avec insouciance aux dépens de la moitié du monde. Maintenant, ce sont Eux qui commençaient à présenter l'addition. J'étais moi aussi une abeille, et je filais vers une fleur, mais je l'ignorais encore.

— 46 —

Durant le jour tu t'approcheras nombre de fois de la grenouille et proféreras paroles d'adoration. Et tu lui demanderas d'accomplir les miracles que tu désires... en attendant, tu entailleras une croix sur quoi l'immoler.

Extrait d'un Rituel d'Aleister CROWLEY.

Agliè habitait du côté du piazzale Susa : une ruelle à l'écart, un petit hôtel particulier fin de siècle, de style sobrement floral. Un vieux valet de chambre en veste rayée nous ouvrit, qui nous introduisit dans un salon et nous pria d'attendre monsieur le comte.

« Alors il est comte, susurra Belbo.

— Je ne vous l'ai pas dit ? C'est Saint-Germain, ressuscité.

— Il ne peut pas être ressuscité puisqu'il n'est jamais mort, trancha Diotallevi. Ce ne serait pas des fois Ahasvérus, le Juif errant ?

— Selon certains, le comte de Saint-Germain a été aussi Ahasvérus.

— Vous voyez ? »

Agliè entra, toujours tiré à quatre épingles. Il nous serra la main et s'excusa : une réunion ennuyeuse, tout à fait imprévue, l'obligeait à demeurer encore une dizaine de minutes dans son cabinet de travail. Il dit à son valet de chambre de nous porter du café et nous pria de nous asseoir. Il sortit ensuite, en écartant une lourde portière de vieux cuir. Point de porte derrière et, tandis que nous prenions le café, des voix altérées nous parvenaient de la pièce d'à côté. D'abord, nous parlâmes en haussant le ton, pour ne pas écouter, puis Belbo observa que peut-être nous dérangions. Dans un instant de silence nous entendîmes une voix, et une phrase, qui suscitèrent notre curiosité. Diotallevi se leva de l'air d'admirer au mur une gravure du XVIIe siècle, juste à côté de la portière. C'était une caverne creusée dans une montagne, à laquelle quelques pèlerins accédaient en montant sept marches. Après un court laps de temps, nous faisions tous les trois semblant d'étudier la gravure.

Celui que nous avions entendu était certainement Bramanti, et il disait : « En somme, moi je n'envoie des diables chez personne ! »

Ce jour-là nous réalisâmes que Bramanti avait du tapir non seulement l'aspect mais aussi la voix.

L'autre voix était celle d'un inconnu, au fort accent marseillais, et au ton criard, presque hystérique. Par moments s'interposait dans le dialogue la voix d'Agliè, veloutée et conciliante.

« Allons, messieurs, disait maintenant Agliè, vous en avez appelé à mon verdict, et j'en suis honoré, mais dans ce cas-là il faut m'écouter. Avant tout, permettez-moi de le dire, cher Pierre, vous avez été pour le moins imprudent d'écrire cette lettre...

— L'affaire n'est pas compliquée, monsieur le comte, répondait la voix française, ce monsieur Bramanti, vé, il écrit un article, dans une revue que nous tous, peuchère, estimons, où il fait de l'ironie plutôt lourde sur certains lucifériens, qui voleraient des hosties sans même croire en la présence réelle, pour en tirer de l'argent et patati ! et patata ! Bon, à présent tout le monde sait que l'unique Église Luciférienne reconnue est celle dont je suis modestement Taurobo-liaste et Psychopompe et on le sait, vous savez, que mon Église, vé, ne fait pas du satanisme vulgaire et ne fait pas de la bouillabaisse avec les hosties, ni de la ratatouille d'ailleurs, comme celle du chanoine Docre à Saint-Sulpice. Moi, dans la lettre, j'ai dit que nous ne sommes pas des satanistes vieux jeu, adorateurs du Grand Tenancier du Mal, et que nous n'avons pas besoin, vé, de singer l'Église de Rome, avec tous ces ciboires et ces comment on dit chasubles... Nous sommes plutôt des Palladiens, vé, mais tout le monde le sait, pour nous Lucifer est le principe du bien, et si ça se trouve, c'est Adonaï, coquin de sort, qui est le principe du mal, parce que ce monde, c'est lui qui l'a créé, et Lucifer avait tenté de s'y opposer...

— D'accord, disait Bramanti, excité, je l'ai dit, je peux avoir péché par légèreté, mais ceci ne vous autorisait pas à me menacer d'un sortilège !

— Allons ! allons ! Ne confondons pas, ouvrez les esgourdes, j'ai fait une métaphore ! Plutôt, c'est vous qui en retour m'avez fait l'envoûtement !

— Eh ! Bien sûr, mes confrères et moi avons du temps à perdre pour envoyer les diablotins se promener ! Nous pratiquons, nous, Dogme et Rituel de la Haute Magie, nous ne sommes pas des jeteuses de sorts !

— Monsieur le comte, j'en appelle à vous. Notoirement, monsieur Bramanti a des rapports avé l'abbé Boutroux, et vous, vous savez bien que de ce prêtre on dit qu'il s'est fait tatouer sur la plante des pieds le crucifix afin, peuchère, de pouvoir marcher sur notre

Seigneur, autrement dit le sien... Bon, je rencontre, il y a sept jours de cela, ce prétendu abbé dans la librairie Du Sangreal, vous connaissez, lui me sourit, bien visqueux comme d'habitude, et il me dit bien bien, vé, on s'entendra un de ces soirs... Mais qu'est-ce que ça veut dire, un de ces soirs ? Ça veut dire, écoutez-moi bien, que, deux soirs après, commencent les visites : je suis sur le point d'aller au lit et, vé, je me sens frapper à la figure par des chocs fluidiques, vous savez que ce sont des émanations aisément reconnaissables.

— Vous avez dû frotter vos semelles sur la moquette.

— Ah oui ! Et alors, pourquoi, dites un peu, pourquoi ils volaient, les bibelots ; un de mes alambics m'atteint à la tête, mon Baphomet en plâtre tombe par terre, c'était un cadeau de mon pôvre père, et sur le mur, vé, apparaissent des écritures en rouge, des ordures que je n'ose pas redire ? Or, vous savez bien qu'il n'y a pas plus d'un an feu monsieur Gros avait accusé cet abbé-là de faire des cataplasmes avé de la matière fécale, pardonnez-moi, et l'abbé l'a condamné à mort — et deux semaines après, vé, le pôvre monsieur Gros mourait mystérieusement. Que ce Boutroux manipule des substances vénéneuses, même le jury d'honneur convoqué par les martinistes de Lyon l'a établi...

— Sur la base de calomnies... disait Bramanti.

— Holà, dites donc ! Un procès sur des sujets de cette sorte est toujours fondé sur des indices...

— Oui, mais que monsieur Gros fût un alcoolo avec une cirrhose au dernier stade, ça on ne l'a pas dit au tribunal.

— Mais ne faites pas l'enfant ! Mais la sorcellerie procède par des voies naturelles, si quelqu'un a une cirrhose, on le frappe dans l'organe malade, c'est le b a ba de la magie noire...

— Et alors tous ceux qui meurent de cirrhose, c'est le bon Boutroux, laissez-moi rire !

— Et alors racontez-moi ce qui s'est passé à Lyon pendant ces deux semaines, vé... Chapelle déconsacrée, hostie avé le tétragrammatòn, votre Boutroux dans une grande robe rouge avé la croix renversée, et madame Olcott, sa voyante personnelle, peuchère pour ne pas dire autre chose, qui lui apparaît le trident sur le front, et les calices vides qui se remplissent tout seuls de sang, et l'abbé qui crachouillait dans la bouche des fidèles... C'est vrai ou c'est pas vrai ?

— Mais vous avez trop lu Huysmans, mon cher ! riait Bramanti. Ce fut un événement culturel, une réévocation historique, comme les célébrations de l'école de Wicca et des collèges druidiques !

— Ouais, pécaïre ! le carnaval de Venise... »

Nous entendîmes un remue-ménage, comme si Bramanti allait se jeter sur son adversaire, et qu'Agliè le retînt avec peine. « Vous le voyez, vous le voyez, disait le Français de sa voix haut perchée. Mais faites attention, Bramanti, demandez à votre ami Boutroux ce qui lui est arrivé ! Vous, vous ne le savez pas encore, mais il est allongé à l'hôpital, demandez-lui un peu qui lui a cassé la figure ! Même si je ne pratique pas votre goethia là, j'en sais quelque chose moi aussi, et quand j'ai compris que ma maison était habitée, j'ai tracé sur le parquet le cercle de défense, je crois bien, et comme moi je n'y crois pas mais vos diablotins si, j'ai enlevé le scapulaire du Carmel, et je lui ai fait le contresigne, l'envoûtement retourné, ah oui. Votre abbé a passé un bien mauvais quart d'heure, ils te l'ont escagassé, va !

— Vous voyez, vous voyez ? haletait Bramanti, vous voyez que c'est lui qui fait les maléfices ?

— Messieurs, à présent ça suffit, dit Agliè, aimable mais ferme. A présent, vous allez m'écouter. Vous savez combien j'apprécie sur le plan cognitif ces revisitations de rituels désuets, et pour moi l'église luciférienne ou l'ordre de Satan sont également respectables au-delà des différences démonologiques. Vous savez mon scepticisme en la matière, mais enfin, nous appartenons cependant toujours à la même chevalerie spirituelle et je vous invite à un minimum de solidarité. Et puis, messieurs, mêler le Prince des Ténèbres à des dépits personnels ! Si c'était vrai, ce serait puéril. Allons, fables d'occultistes. Vous ne vous comportez pas mieux que de vulgaires francs-maçons. Boutroux est un dissident, soyons francs, et si l'occasion s'en présente, cher Bramanti, invitez-le à revendre à un brocanteur son bric-à-brac d'accessoiriste pour le Méphistophélès de Boïto...

— Ah ah, c'est bien dit ça, ricanait le Français, c'est de la brocanterie...

— Ramenons les faits à leurs justes proportions. Il y a eu un débat sur ce que nous appellerons des formalismes liturgiques, les esprits se sont enflammés, mais ne donnons pas corps aux ombres. Remarquez bien, cher Pierre, que je n'exclus pas du tout la présence d'entités étrangères dans votre maison, c'est la chose la plus normale du monde, mais un minimum de bon sens permettrait de tout expliquer avec un *poltergeist*...

— Ah, ça je ne l'exclus pas, dit Bramanti, la conjoncture astrale dans cette période...

— Et alors ! Allez, une poignée de main, et une accolade fraternelle. »

Nous entendîmes des murmures d'excuses réciproques. « Vous le savez bien, disait Bramanti, parfois, pour repérer qui attend vraiment l'initiation, il faut se prêter aussi au folklore. Même ces marchands du Grand Orient, qui ne croient à rien, ont un cérémonial.

— Bien entendu, le rituel, ah ça...

— Mais nous ne sommes plus aux temps de Crowley, compris ? dit Agliè. Je vous quitte à présent, j'ai d'autres hôtes. »

Nous regagnâmes rapidement le divan, et attendîmes Agliè avec dignité et désinvolture.

— 47 —

Or donc notre plus haut effort a été de trouver un ordre dans ces sept mesures, efficace, suffisant, distinct, et qui tienne toujours le sentiment éveillé et la mémoire percutée... Cette haute et incomparable collocation a non seulement la fonction de nous conserver ce qui nous a été confié de choses, paroles et arts... mais nous donne encore la vraie sapience...

Giulio Camillo DELMINIO,
Idea del Theatro, Firenze,
Torrentino, 1550, Introduction.

Au bout de quelques petites minutes, Agliè entrait. « Veuillez m'excuser, mes chers amis. Je sors d'une discussion désagréable, et c'est peu dire. Notre ami Casaubon le sait, je me considère comme un amateur d'histoire des religions, ce qui fait que certains, et ce n'est pas rare, recourent à mes lumières, peut-être plus à mon bon sens qu'à ma doctrine. Il est curieux, savez-vous, comme parmi les adeptes d'études sapientiales se trouvent parfois des personnalités singulières... Je ne parle pas des sempiternels chercheurs de consolations transcendantales ou des esprits mélancoliques, mais même des personnes de profond savoir, et de grande finesse intellectuelle, qui, pourtant, s'abandonnent à des chimères nocturnes et perdent le sentiment de la limite entre vérité traditionnelle et archipel de l'étonnant. Les personnes avec lesquelles j'avais une entrevue tantôt, disputaient sur des conjectures puériles. Las, cela arrive, comme on dit, dans les meilleures familles. Mais suivez-moi, je vous prie, dans mon petit cabinet de travail, où l'atmosphère pour converser sera plus confortable. »

Il souleva la portière de cuir, et nous fit passer dans l'autre pièce. Nous ne l'aurions pas taxée de petit cabinet, tant elle était vaste, et meublée d'exquises étagères anciennes, tapissées de livres bien reliés, certainement tous d'un âge vénérable. Ce qui me frappa, plus que les livres, ce furent quelques vitrines remplies d'objets incertains, des pierres, eûmes-nous l'impression, et de petits animaux, sans que nous pussions comprendre s'ils étaient empaillés ou momifiés ou finement reproduits. Le tout comme immergé dans une clarté diffuse et crépusculaire. Elle paraissait provenir d'une grande fenêtre bilobée au fond, des vitraux aux résilles de plomb en losanges filtrant une lumière d'ambre, mais la lumière de la fenêtre bilobée se fondait avec celle d'une large lampe posée sur une table d'acajou sombre, recouverte de papiers. C'était une de ces lampes qu'on trouve parfois sur les tables de lecture des vieilles bibliothèques, à l'abat-jour vert en coupole, qui pouvait jeter un ovale blanc sur les pages, laissant le reste de la salle dans une pénombre opalescente. Ce jeu de lumières différentes, aussi innaturelles les unes que les autres, d'une certaine façon ravivait cependant, au lieu de l'éteindre, la polychromie du plafond.

C'était un plafond en voûte, que la fiction décorative voulait soutenu aux quatre côtés par des colonnettes rouge brique avec de petits chapiteaux dorés, mais le trompe-l'œil des images qui l'envahissaient, réparties en sept zones, lui donnait des allures de voûte bohémienne, et toute la salle prenait le ton d'une chapelle mortuaire, impalpablement peccamineuse, mélancoliquement sensuelle.

« Mon petit théâtre, dit Agliè, dans le goût de ces fantaisies de la Renaissance où l'on disposait des encyclopédies visuelles, florilèges de l'univers. Plus qu'une habitation, une machine pour se rappeler. Il n'est d'image que vous voyez qui, se combinant dûment avec d'autres, ne révèle et ne résume un mystère du monde. Vous remarquerez cette théorie de figures, que le peintre a voulues similaires à celles du palais de Mantoue : ce sont les trente-six décans, seigneurs du ciel. Et pour faire un clin d'œil, et par fidélité à la tradition, depuis que j'ai découvert cette splendide reconstruction due à qui sait qui, j'ai souhaité que même les petites pièces qui correspondent, dans les vitrines, aux images du plafond, résumassent les éléments fondamentaux de l'univers : l'air, l'eau, la terre et le feu. Ce qui explique la présence de cette gracieuse salamandre, par exemple, chef-d'œuvre de taxidermie d'un ami cher, ou cette délicate reproduction en miniature, au vrai un peu tardive, de l'éolipile de Héron, dont l'air contenu dans la sphère, si j'activais ce petit fourneau à alcool qui lui sert de cuvette, se réchauffant et s'échappant par ces menus becs latéraux, provoquerait la rotation. Instrument magique, dont se servaient déjà les prêtres égyptiens dans leurs sanctuaires, comme nous le répètent tant de textes illustres. Eux ils l'utilisaient pour feindre un prodige, et les foules vénéraient ce prodige, mais le vrai prodige est dans la loi d'or qui en règle la mécanique secrète et simple, aérienne et élémentaire, air et feu. Et c'est là cette sapience, que possédèrent nos anciens, et les hommes de l'alchimie, et qu'ont perdue les constructeurs de cyclotrons. Ainsi tourné-je le regard vers mon théâtre de la mémoire, enfant d'un grand nombre d'autres, plus vastes, qui fascinèrent les grands esprits du passé, et je sais. Je sais, plus que les prétendus savants. Je sais que comme c'est en bas, de même c'est en haut. Et il n'y a rien d'autre à savoir. »

Il nous offrit des cigares cubains, de forme curieuse, pas droits, mais tordus, froissés, bien qu'épais et gras. Nous nous récriâmes d'admiration et Diotallevi s'approcha des étagères.

« Oh, disait Agliè, le minimum d'une petite bibliothèque, comme vous voyez, pas plus de deux centaines de volumes, j'ai mieux dans ma maison de famille. Mais modestement tous de quelque prix et rareté, certes pas disposés au hasard, et l'ordre des matières verbales suit celui des images et des objets. »

Diotallevi fit timidement mine de toucher les volumes. « Je vous en prie, dit Agliè, c'est l'*Œdypus Aegyptiacus* d'Athanasius Kircher. Vous le savez, il a été le premier, après Horapollon, qui tentât d'interpréter les hiéroglyphes. Homme fascinant, j'aimerais que ce fût ici comme son musée des merveilles, qu'à présent on voudrait dispersé, parce que celui qui ne sait pas chercher ne trouve pas... Très aimable conservateur. Il était si fier le jour où il découvrit que ce hiéroglyphe signifiait " les bénéfices du divin Osiris soient fournis par des cérémonies sacrées et par la chaîne des génies... " Puis vint cet homme plein de manigances, le très odieux Champollion, croyez-moi, d'une vanité infantile, et il affirma avec insistance que le signe correspondait seulement au nom d'un pharaon. Quelle ingéniosité chez les modernes pour avilir les symboles sacrés. L'ouvrage n'est pas si rare que ça : il coûte moins qu'une Mercedes. Regardez plutôt celui-ci, la première édition, 1595, de l'*Amphitheatrum sapientiae aeternae* de Khunrath. On dit qu'il n'y en a que deux exemplaires au monde. Voici le troisième. Et celui-ci, par contre, c'est la première édition du *Telluris Theoria Sacra* de Burnetius. Je ne puis pas en regarder les tables, le soir, sans éprouver une sensation de claustrophobie mystique. Les profondeurs de notre globe... Insoupçonnées, n'est-ce pas ? Je vois que monsieur Diotallevi est fasciné par ces caractères hébraïques du *Traicté des Chiffres* de Vigenère. Voyez alors ceci : c'est la première édition de la *Kabbala Denudata* de Knorr Christian von Rosenroth. Vous êtes sûrement au courant, ensuite le livre fut traduit, partiellement et mal, et divulgué en anglais au début de ce siècle par ce scélérat de McGregor Mathers... Vous devez savoir quelque chose sur ce scandaleux conventicule qui tant fascina les esthètes britanniques, la Golden Dawn. D'une pareille bande de falsificateurs de documents initiatiques, il ne pouvait que naître une série de dégénérations sans fin, depuis la Stella Matutina jusqu'aux églises sataniques d'Aleister

Crowley, qui évoquait les démons pour obtenir les grâces de certains gentilshommes fidèles au *vice anglais*. Si vous saviez, mes chers amis, combien de personnes douteuses, et c'est peu dire, il faut rencontrer quand on se consacre à ces études, vous le verrez vous-mêmes si vous commencez à publier dans ce domaine-là. »

Belbo saisit la perche que lui tendait Agliè pour entrer dans le vif du sujet. Il lui dit que les éditions Garamond désiraient publier chaque année quelques livres de caractère, dit-il, ésotérique.

« Oh, ésotérique, sourit Agliè, et Belbo rougit.

— Disons... hermétique ?

— Oh, hermétique, sourit Agliè.

— Bon, dit Belbo, j'utilise sans doute des termes erronés, mais vous comprenez certainement le genre.

— Oh, sourit encore Agliè, il n'y a pas de genre. C'est le savoir. Ce que vous voulez, mes chers amis, c'est publier un éventail du savoir non dégénéré. Ce ne sera peut-être pour vous qu'un choix éditorial, mais si je dois m'en occuper ce sera pour moi une recherche de vérité, une queste du Graal. »

Belbo l'avertit que, comme le pêcheur jette son filet et peut ramener aussi des coquilles vides et des sacs de plastique, chez Garamond arriveraient de nombreux manuscrits d'un sérieux discutable, et on cherchait un lecteur sévère qui triât le bon grain de l'ivraie, mais qui signalerait aussi les histoires bizarres car une maison d'édition amie apprécierait qu'on détournât vers elle des auteurs d'une moindre dignité... Naturellement, il s'agissait d'établir aussi des honoraires dignes de ce travail.

« Grâce au ciel, je suis ce qu'on appelle un rentier. Un rentier curieux et même avisé. Il me suffit, dans le cours de mes explorations, de trouver un autre exemplaire du Khunrath, ou une autre belle salamandre embaumée, ou une corne de narval (que j'aurais honte de posséder dans ma collection, mais que le trésor de Vienne va jusqu'à exhiber comme corne de licorne), et je gagne avec une brève et agréable transaction plus que vous ne pourriez me donner en dix ans de consultation. Je verrai vos manuscrits dans un esprit d'humilité. Je suis convaincu que même dans le texte le plus désolant, je découvrirai une étincelle, sinon de vérité, du moins de mensonge insolite, et souvent les extrêmes se touchent. Je ne m'ennuierai que sur l'évidence, et pour cet ennui vous me dédommagerez. Selon l'ennui que j'éprouverai, je me limiterai à communiquer en fin d'année une courte note, que je contiendrai dans les limites du symbolique. Si vous la jugez excessive, vous m'enverrez une caissette de vins de crus précieux. »

Belbo restait perplexe. Il était habitué à traiter avec des conseillers geignards et affamés. Il ouvrit la serviette qu'il avait apportée avec lui et en tira un volumineux manuscrit dactylographié.

« Je ne voudrais pas que vous vous fassiez des idées trop optimistes. Voyez par exemple ceci, qui me semble typique de la moyenne. »

Agliè feuilleta le manuscrit : « La langue secrète des Pyramides... Voyons voir la table des matières... Le Pyramidion... Mort de Lord Carnavon... Le témoignage d'Hérodote... » Il le referma. « Vous l'avez lu tous les trois ?

— Moi, rapidement, ces jours derniers », fit Belbo.

Il lui restitua l'objet. « Voilà, vous voudrez bien me dire si mon résumé est correct. » Il s'assit derrière son bureau, mit la main dans la poche de son gilet, en sortit la boîte à pilules que j'avais déjà vue au Brésil, la tourna et retourna entre ses doigts fins et fuselés qui, il y a un instant, caressaient ses livres chéris, leva les yeux vers les décorations du plafond, et me donna l'impression de réciter un texte qu'il connaissait depuis longtemps.

« L'auteur de ce livre devrait rappeler que Piazzi Smyth découvre les mesures sacrées et ésotériques des pyramides en 1864. Permettez-moi de citer seulement par nombres entiers, à mon âge la mémoire commence à faire défaut... Il est singulier que leur base soit un carré dont le côté mesure 232 mètres. A l'origine la hauteur était de 148 mètres. Si nous traduisons en coudées sacrées égyptiennes, nous avons une base de 366 coudées, c'est-à-dire le nombre de jours d'une année bissextile. Pour Piazzi Smyth, la hauteur multipliée par 10 à la puissance neuf donne la distance Terre-Soleil : 148 millions de kilomètres. Une bonne approximation pour ces temps-là, vu qu'aujourd'hui la distance calculée est de 149 millions et demi de kilomètres, et il n'est pas dit qu'ils aient raison, les modernes. La base divisée par la largeur d'une des pierres donne 365. Le périmètre de la base est de 931 mètres. Que l'on divise par le double de la hauteur et on a 3,14, le nombre π. Splendide, n'est-ce pas ? »

Belbo souriait, embarrassé. « Impossible ! Dites-moi comment vous faites pour...

— Ne coupe pas la parole à monsieur le comte, Jacopo », dit, empressé, Diotallevi.

Agliè le remercia d'un sourire poli. Il parlait en laissant errer son regard au plafond, mais il me sembla que son inspection n'était ni oiseuse ni fortuite. Ses yeux suivaient une piste, comme s'ils lisaient dans les images ce qu'il feignait d'exhumer de sa mémoire.

— 48 —

Or, du sommet à la base, les mesures de la Grande Pyramide, en pouces égyptiens, sont de 161 000 000. Combien d'âmes humaines ont vécu sur la terre depuis Adam jusqu'à ce jour ? Une bonne approximation donnerait quelque chose entre 153 000 000 et 171 000 000.

Piazzi SMYTH, *Our Inheritance in the Great Pyramid*, London, Isbister, 1880, p. 583.

« J'imagine que votre essayiste soutient que la hauteur de la pyramide de Chéops est égale à la racine carrée du nombre donné par la surface de chacun des côtés. Naturellement les mesures doivent être prises en pieds, plus proches de la coudée égyptienne et hébraïque, et pas en mètres, parce que le mètre est une mesure abstraite inventée dans les temps modernes. En pieds, la coudée égyptienne fait 1,728. Et puis, si nous n'avons pas les hauteurs précises, nous pouvons nous en remettre au pyramidion, qui était la petite pyramide placée au faîte de la grande pyramide pour en former la pointe. Or, prenez la hauteur du pyramidion, multipliez-la par la hauteur de la pyramide entière, multipliez le tout par dix à la puissance cinq et nous avons la longueur de la circonférence équatoriale. Mais ce n'est pas tout : si vous prenez le périmètre de la base et que vous le multipliez par vingt-quatre à la puissance trois divisé par deux, vous avez le rayon moyen de la terre. En outre, l'aire recouverte par la base de la pyramide multipliée par quatre-vingt-seize par dix à la puissance huit fait cent quatre-vingt-seize millions huit cent dix mille milles carrés qui correspondent à la surface de la terre. C'est bien ça ? »

Belbo aimait à manifester sa stupéfaction, d'habitude, par une expression qu'il avait apprise à la cinémathèque en voyant la version originale de *Yankee Doodle Dandy,* avec James Cagney : « I am flabbergasted ! » Et c'est ce qu'il dit. D'évidence, Agliè connaissait bien l'anglais familier aussi, car il ne parvint pas à cacher sa satisfaction, sans avoir honte de ce mouvement de vanité. « Mes chers amis, dit-il, quand un monsieur, dont j'ignore le nom, concocte une compilation sur le mystère des pyramides, il ne peut désormais dire que ce que savent même les enfants. J'eusse été étonné qu'il eût dit quelque chose de neuf.

— Donc, hésita Belbo, ce monsieur énonce simplement des vérités établies.

— Des vérités ? rit Agliè, en nous ouvrant de nouveau la boîte de ses cigares tordus et délicieux. Quid est veritas, comme disait une connaissance à moi d'il y a tant et tant d'années. Il s'agit en partie d'une accumulation de sottises. Pour commencer, si on divise la base exacte de la pyramide par le double exact de la hauteur, en calculant jusqu'aux décimales, on n'a pas le nombre π, mais bien 3,1417254. Petite différence, mais qui a son importance. Par ailleurs, un disciple de Piazzi Smyth, Flinders Petrie, qui fut aussi le mesureur de Stonehenge, dit avoir surpris un jour son maître en train de limer, pour ajuster ses comptes, les saillies granitiques de l'antichambre royale... Ragots, peut-être, mais Piazzi Smyth n'était pas homme à inspirer confiance, il suffisait de voir comment il faisait son nœud de cravate. Toutefois, au milieu de tant de sottises, il y a aussi d'incontestables vérités. Messieurs, voulez-vous me suivre à la fenêtre ? »

Il ouvrit tout grands et théâtralement les battants, nous invita à venir voir et nous montra, au loin, à l'angle de la ruelle et des avenues, un petit kiosque de bois où se vendaient probablement les billets de la loterie de Merano.

« Messieurs, dit-il, je vous invite à aller mesurer ce kiosque. Vous verrez que la longueur de l'éventaire est de 149 centimètres, c'est-à-dire un cent-milliardième de la distance Terre-Soleil. La hauteur postérieure divisée par la largeur de l'ouverture fait 176 : 56 = 3,14. La hauteur antérieure est de 19 décimètres, c'est-à-dire égale au nombre d'années du cycle lunaire grec. La somme des hauteurs des deux arêtes antérieures et des deux arêtes postérieures fait 190 × 2 + 176 × 2 = 732, qui est la date de la victoire de Poitiers. L'épaisseur de l'éventaire est de 3,10 centimètres et la largeur de l'encadrement de l'ouverture de 8,8 centimètres. En remplaçant les nombres entiers par la lettre alphabétique correspondante, nous aurons C_{10} H_8, qui est la formule de la naphtaline.

— Fantastique, dis-je, vous avez essayé ?

— Non, dit Agliè. Un certain Jean-Pierre Adam l'a fait sur un autre kiosque. J'imagine que tous les kiosques de la loterie ont plus ou moins les mêmes dimensions. Avec les nombres on peut faire ce qu'on veut. Si j'ai le nombre sacré 9 et que je veux obtenir 1314, date du bûcher de Jacques de Molay — date chère entre toutes, pour qui, comme moi, se déclare fidèle à la tradition chevaleresque templière — comment fais-je ? Je le multiplie par 146, date fatidique de la destruction de Carthage. Comment suis-je arrivé à ce résultat ? J'ai divisé 1314 par deux, par trois, et cetera, tant que je n'ai pas trouvé une date satisfaisante. J'aurais tout aussi bien pu diviser 1314 par 6,28, le double de 3,14, et j'eusse obtenu 209. Eh bien, c'est l'année où Attale Ier de Pergame entre dans la ligue antimacédonienne. Satisfaits ?

— Vous ne croyez donc à aucun genre de numérologie ? dit, déçu, Diotallevi.

— Moi ? J'y crois dur comme fer, je crois que l'univers est un concert admirable de correspondances numériques et que la lecture du nombre, et son interprétation symbolique, sont une voie de connaissance privilégiée. Mais si le monde, inférieur et supérieur, est un système de correspondances où tout se tient, il est naturel que kiosque et pyramide, l'un et l'autre œuvre humaine, aient inconsciemment reproduit dans leur structure les harmonies du cosmos. Ces prétendus pyramidologues découvrent avec des moyens incroyablement compliqués une vérité linéaire, et bien plus ancienne, et déjà connue. C'est la logique de la recherche et de la découverte qui est perverse, parce que c'est la logique de la science. La logique de la sapience n'a pas besoin de découvertes, parce qu'elle sait déjà. Pourquoi doit-on démontrer ce qui ne pourrait être autrement ? Si secret il y a, il est bien plus profond. Vos auteurs restent simplement à la surface. J'imagine que celui-ci rapporte toutes les fables sur les Égyptiens qui connaissaient l'électricité...

— Je ne vous demande pas comment vous avez fait pour deviner.

— Vous voyez ? Ils se contentent de l'électricité, comme n'importe quel ingénieur Marconi. L'hypothèse de la radioactivité serait moins puérile. C'est une intéressante conjecture qui, à la différence de l'hypothèse électrique, expliquerait la malédiction proclamée de Toutankhamon. Comment ont fait les Égyptiens pour soulever les blocs de pierre des pyramides ? On élève ces rocs au moyen de secousses électriques, on les fait voler avec la fission nucléaire ? Les Égyptiens avaient trouvé la manière d'éliminer la force de gravité, et ils possédaient le secret de la lévitation. Une autre forme d'énergie... On sait que les prêtres chaldéens actionnaient des machines sacrées par l'intermédiaire de purs sons, et que les prêtres de Karnak et de Thèbes pouvaient faire ouvrir grandes les portes d'un temple avec le son de leur voix — et à quoi d'autre se réfère, réfléchissez, la légende de Sésame ouvre-toi ?

— Et alors ? demanda Belbo.

— C'est là que je vous attends, mon ami. Électricité, radioactivité, énergie atomique, le vrai initié sait que ce sont des métaphores, des couvertures superficielles, des mensonges conventionnels, au mieux de piteux succédanés de quelque force ancestrale, et oubliée, que l'initié cherche, et un jour connaîtra. Nous devrions peut-être parler, et il hésita un instant, des courants telluriques.

— Comment ? » demanda je ne sais plus lequel de nous trois.

Agliè eut l'air déçu : « Vous voyez ? J'espérais déjà que parmi vos postulants était apparu quelqu'un qui pouvait me dire quelque chose de plus intéressant. Je m'aperçois qu'il s'est fait tard. Bien, mes amis, engagement est pris, et le reste, c'étaient des divagations de vieil homme d'étude. »

Tandis qu'il nous tendait la main, le valet de chambre entra et lui murmura quelque chose à l'oreille. « Oh, cette chère amie, dit Agliè, j'avais oublié. Faites-la attendre une minute... non, pas dans le salon, dans le boudoir turc. »

La chère amie devait avoir une certaine familiarité avec la maison, car elle se trouvait déjà sur le seuil du cabinet de travail, et, sans même nous regarder dans la pénombre du jour touchant désormais à sa fin, elle se dirigeait, sûre d'elle, vers Agliè, lui caressait le visage avec coquetterie et lui disait : « Simon, tu ne me feras pas faire antichambre ! » C'était Lorenza Pellegrini.

Agliè s'écarta légèrement, lui baisa la main, et lui dit en nous montrant : « Ma chère, ma douce Sophia, vous savez que vous êtes dans votre maison dans chaque maison que vous illuminez. Mais j'étais en train de prendre congé de mes hôtes. »

Lorenza s'aperçut de notre présence et fit un joyeux signe de salut — il ne me souvient pas de l'avoir jamais vue surprise ou embarrassée par quoi que ce fût. « Oh, c'est super, dit-elle, vous aussi vous connaissez mon ami ! Jacopo, ça va. » (Elle ne demanda pas comment il allait, elle le dit.)

Je vis Belbo pâlir. Nous saluâmes ; Agliè se dit heureux de cette connaissance commune. « Je considère que notre commune amie est une des créatures les plus pures que j'aie jamais eu la fortune de connaître. Dans sa fraîcheur elle incarne, permettez cette fantaisie d'un vieux savant, la Sophia exilée sur cette terre. Mais ma douce Sophia, je n'ai pas pu vous avertir à temps, la soirée promise a été retardée de quelques semaines. J'en suis désolé.

— Peu importe, dit Lorenza, j'attendrai. Vous allez au bar, vous ?

nous demanda-t-elle, ou plutôt nous intima-t-elle. Bien, moi je reste ici une demi-heure, je veux que Simon me donne un de ses élixirs, vous devriez les essayer, mais il dit qu'ils ne sont que pour les élus. Ensuite, je vous rejoins. »

Agliè sourit de l'air d'un oncle indulgent, la fit asseoir, nous accompagna vers la sortie.

Nous nous retrouvâmes dans la rue et nous dirigeâmes vers chez Pilade, avec ma voiture. Belbo était muet. Nous ne dîmes mot pendant tout le trajet. Mais au comptoir, il fallait rompre le charme.

« Je ne voudrais pas vous avoir conduits entre les mains d'un fou, dis-je.

— Non, dit Belbo. L'homme est pénétrant, et subtil. Seulement, il vit dans un monde différent du nôtre. » Puis il ajouta, ténébreux : « Ou presque. »

— 49 —

La Traditio Templi *postule de par elle-même la tradition d'une chevalerie* templière, *chevalerie spirituelle et initiatique...*

Henry CORBIN, *Temple et contemplation,*
Paris, Flammarion, 1980, p. 373.

« Je crois avoir compris votre Agliè, Casaubon », dit Diotallevi, qui, arrivé chez Pilade, avait demandé un blanc pétillant, tandis que nous craignions tous pour sa santé spirituelle. « C'est un curieux des sciences secrètes, qui se méfie des perroquets et des dilettantes. Mais, comme nous l'avons indûment entendu aujourd'hui, tout en les méprisant il les écoute, les critique, et ne se dissocie pas d'eux.

— Aujourd'hui ce monsieur, ce comte, ce margrave Agliè ou qui il peut bien être, a prononcé une expression clef, dit Belbo. Chevalerie spirituelle. Il les méprise mais se sent uni à eux par un lien de chevalerie spirituelle. Je crois le comprendre.

— Dans quel sens ? » demandâmes-nous.

Belbo en était à son troisième martini-gin (whisky le soir, soutenait-il, parce que ça calme et incline à la rêverie ; martini-gin en fin d'après-midi parce que ça excite et raffermit). Il commença à parler de son enfance à ***, ainsi qu'il l'avait déjà fait une fois avec moi.

« Nous étions entre l'année 1943 et l'année 1945, je veux dire dans la période de passage du fascisme à la démocratie, puis de nouveau à la dictature de la République de Salò, mais avec la guerre des partisans dans les montagnes. Au début de cette histoire, j'avais onze ans, et je vivais dans la maison de mon oncle Carlo. Nous habitions en ville, mais en 1943 les bombardements s'étaient faits plus denses et ma mère avait décidé que nous devions évacuer, comme on disait alors. A *** habitaient mon oncle Carlo et ma tante Caterina. Mon oncle Carlo venait d'une famille de cultivateurs, et il avait hérité de la maison de ***, avec des terres, données en métayage à un certain Adelino Canepa. Le métayer travaillait, moissonnait le blé, faisait du vin, et versait la moitié des gains au propriétaire. Situation de tension, évidemment : le métayer se considérait exploité, et tout autant le propriétaire parce qu'il ne percevait que la moitié des revenus de ses terres. Les propriétaires haïssaient les métayers et les métayers haïssaient les propriétaires. Mais ils cohabitaient, dans le cas de mon oncle Carlo. En 14, mon oncle Carlo s'était enrôlé volontaire dans les chasseurs alpins. Rude trempe de Piémontais, tout devoir et patrie, il était devenu d'abord lieutenant et puis capitaine. Bref, dans une bataille sur le Carso, il s'était trouvé à côté d'un soldat idiot qui s'était fait sauter une grenade entre les mains — autrement pourquoi les aurait-on appelées grenades à main ? En somme, on allait le jeter dans la fosse commune quand un infirmier s'était aperçu qu'il était encore en vie. On le transporta dans un hôpital de campagne, on lui enleva un œil, qui désormais pendouillait hors de l'orbite, on lui coupa un bras, et, selon les dires de ma tante Caterina, on lui inséra aussi une plaque de métal sous le cuir chevelu, parce qu'il avait perdu un morceau de boîte crânienne. En somme, un chef-d'œuvre de chirurgie, d'un côté, et un héros, de l'autre. Médaille d'argent, croix de chevalier de la Couronne d'Italie, et, après la guerre, une place assurée dans l'administration publique. Mon oncle Carlo finit directeur des impôts à ***, où il avait hérité de la propriété des siens, et il était allé habiter dans la maison ancestrale, à côté d'Adelino Canepa et de sa famille.

« Mon oncle Carlo, en tant que directeur des impôts, était un notable local. Et en tant que mutilé de guerre et chevalier de la Couronne d'Italie, il ne pouvait que sympathiser avec le gouvernement en place, qui, le hasard l'avait voulu, était la dictature fasciste. Il était fasciste, mon oncle Carlo ?

« Dans la mesure où, comme on disait en 68, le fascisme avait revalorisé les ex-combattants et les gratifiait de décorations et avancements de carrière, disons que mon oncle Carlo était modérément fasciste. Suffisamment pour se faire haïr par Adelino Canepa qui, en revanche, était antifasciste, pour des raisons très claires. Il devait se rendre chez lui chaque année pour se mettre d'accord sur sa déclaration de revenus. Il arrivait dans le bureau avec un air complice et plein d'assurance, après avoir essayé de séduire ma tante Caterina à l'aide de quelques douzaines d'œufs. Et il trouvait en face de lui mon oncle Carlo, qui non seulement en sa qualité de héros était incorruptible, mais qui connaissait mieux que quiconque combien Canepa lui avait volé au cours de l'année, et il ne lui pardonnait pas un centime. Adelino Canepa se jugea victime de la dictature, et il se mit à répandre des bruits calomnieux sur mon oncle Carlo. Ils logeaient l'un à l'étage noble et l'autre au rez-de-chaussée, ils se rencontraient matin et soir, mais ils ne se saluaient plus. Les contacts, c'était ma tante Caterina qui les gardait, et, après notre arrivée, ma mère — à laquelle Adelino Canepa exprimait toute sa sympathie et sa compréhension pour le fait qu'elle était la belle-sœur d'un monstre. Mon oncle rentrait, tous les soirs à six heures, avec son inévitable costume croisé gris, son chapeau mou et le journal *La Stampa* encore à lire. Il marchait droit, en chasseur alpin, l'œil gris fixant le sommet à conquérir. Il passait devant Adelino Canepa qui, à cette heure, prenait le frais sur un banc du jardin, et c'était comme s'il ne l'avait pas vu. Puis il croisait madame Canepa sur la porte, au rez-de-chaussée, et il ôtait cérémonieusement son chapeau. Ainsi tous les soirs, année après année. »

Il était huit heures, Lorenza ne revenait pas comme elle l'avait promis, Belbo en était à son cinquième martini-gin.

« Vint l'année 1943. Un matin, mon oncle Carlo entra chez nous, me réveilla avec un grand baiser et dit mon garçon tu veux savoir la nouvelle la plus considérable de l'année ? Ils ont balancé Mussolini. Je n'ai jamais compris si mon oncle Carlo en souffrait. C'était un citoyen très intègre et un serviteur de l'État. S'il souffrit, il n'en parla pas, et il continua à diriger les impôts pour le gouvernement Badoglio. Vint ensuite le 8 septembre, la zone où nous vivions tomba sous le contrôle de la République sociale d'un Mussolini libéré par les Allemands, et mon oncle Carlo s'aligna. Adelino Canepa, pendant ce temps, faisait parade de ses contacts avec les premières formations de partisans, là dans les montagnes, et il promettait des vengeances exemplaires. Nous, les gamins, nous ne savions pas encore qui étaient les partisans. Un tas d'histoires circulaient sur eux, mais personne ne les avait encore vus. On parlait d'un chef des monarchistes badogliens, un certain Terzi (un surnom, naturellement, comme il arrivait alors, et beaucoup disaient qu'il l'avait emprunté au Terzi des bandes dessinées, l'ami de Dick Fulmine), ex-adjudant des carabiniers, qui, dans les premiers combats contre les fascistes et les SS, avait perdu une jambe, et commandait toutes les brigades sur les collines autour de ***. Alors la sale affaire eut lieu. Un jour, les partisans se montrèrent dans le bourg. Ils étaient descendus des collines et ils parcouraient les rues de long en large, encore sans uniforme défini, avec des foulards bleus, tirant des rafales de mitraillette vers le ciel, pour dire qu'ils étaient là. La nouvelle se répandit, tout le monde s'enferma chez soi, on ne savait pas encore quelle espèce de gens ils étaient. Ma tante Caterina exprima quelques faibles préoccupations, au fond ils se disaient les amis d'Adelino Canepa, ou du moins

Adelino Canepa se disait leur ami, ils ne feraient tout de même pas de mal à mon oncle ? Ils en firent. Nous avons été informés qu'autour de onze heures une bande de partisans, mitraillettes pointées, étaient entrés dans le bureau des impôts et avaient arrêté mon oncle, l'emmenant vers une destination inconnue. Ma tante Caterina s'allongea sur son lit, commença à sécréter une écume blanchâtre par la bouche et déclara qu'on allait tuer mon oncle Carlo. Il suffisait d'un coup de crosse de mousquet, et, à cause de la plaque sous-cutanée, il mourrait sans faire ouf. Attiré par les cris de la tante, arriva Adelino Canepa suivi de sa femme et de ses enfants. Ma tante lui hurla qu'il était un Judas, que c'était lui qui avait dénoncé l'oncle aux partisans parce qu'il avait encaissé les contributions pour la République sociale ; Adelino Canepa jura sur ce qu'il avait de plus sacré que ce n'était pas vrai, mais on voyait qu'il se sentait responsable pour avoir trop parlé autour de lui. Ma tante le chassa. Adelino Canepa pleura, en appela à ma mère, rappela toutes les fois qu'il avait cédé un lapin ou un poulet pour un prix dérisoire, ma mère s'enferma dans un silence plein de dignité, ma tante Caterina continua d'émettre une écume blanchâtre. Moi je pleurais. Enfin, après deux heures de calvaire, nous entendîmes des cris, et mon oncle Carlo apparut sur une bicyclette, qu'il conduisait d'un seul bras : il semblait revenir d'une promenade. Il se rendit aussitôt compte du remue-ménage dans le jardin et il eut le culot de demander ce qui s'était passé. Il haïssait les drames, comme tous les gens de nos régions. Il monta, s'approcha du lit de douleur de ma tante Caterina, qui ruait encore de ses jambes amaigries, et il lui demanda pourquoi elle était si agitée.

— Que s'était-il passé ?

— Il s'était passé que probablement les partisans de Terzi avaient recueilli les murmures d'Adelino Canepa et ils avaient identifié mon oncle Carlo comme l'un des représentants locaux du régime, l'arrêtant pour donner une leçon à tout le bourg. Mon oncle Carlo avait été emmené dans un camion hors de l'agglomération et s'était trouvé en face de Terzi, flamboyant dans ses décorations de guerre, la mitraillette dans la main droite, la gauche appuyée à une béquille. Et mon oncle Carlo, mais je ne crois vraiment pas que ce fut une astuce, ç'avait été l'instinct, l'habitude, le rituel chevaleresque, avait claqué des talons et s'était mis au garde-à-vous, et il s'était présenté, commandant des chasseurs alpins Carlo Covasso, mutilé et grand invalide de guerre, médaille d'argent. Et Terzi avait claqué des talons, au garde-à-vous lui aussi, et il s'était présenté, adjudant Rebaudengo, des Carabiniers royaux, commandant de la brigade badoglienne Bettino Ricasoli, médaille de bronze. Où, avait demandé mon oncle Carlo ? Et Terzi, impressionné : Pordoï, mon commandant, cote 327. Nom de Dieu, avait dit mon oncle Carlo, moi j'étais à la cote 328, troisième régiment, Sasso di Stria ! La bataille du solstice ? La bataille du solstice. Et la canonnade sur les Cinque Dita ? Dieu du cul, si je m'en souviens ! Et cet assaut à la baïonnette, la veille de la Saint-Crépin ? Putain de Dieu ! En somme des choses de cet acabit. Puis, l'un avec un bras de moins, l'autre avec une jambe de moins, tel un seul homme ils avaient fait un pas en avant et s'étaient embrassés. Terzi lui avait dit voyez-vous chevalier, voyez-vous mon commandant, il appert que vous encaissez des contributions pour le gouvernement fasciste asservi à l'envahisseur. Voyez-vous, mon commandant, lui avait dit mon oncle Carlo, j'ai une famille et je reçois ma solde du gouvernement central, qui est ce qu'il est mais ce n'est pas moi qui l'ai choisi, que feriez-vous à ma place, vous ? Mon cher commandant, lui avait répondu Terzi, à votre place je ferais comme vous, mais voyez au moins à ralentir les affaires, prenez tout votre temps. Je verrai, lui avait dit mon oncle Carlo, je n'ai rien contre vous, vous aussi vous êtes des fils de l'Italie et de valeureux combattants. Je crois qu'ils se sont compris parce qu'ils disaient tous les deux Patrie avec un P majuscule. Terzi avait ordonné qu'on donnât une bicylette au commandant et mon oncle Carlo était revenu. Adelino Canepa ne se fit plus voir pendant quelques mois. Voilà, je ne saurais vous dire si la chevalerie spirituelle est précisément ça, mais il s'agit certes là de liens qui survivent au-dessus des parties. »

— 50 —

Parce que je suis la première et la dernière. Je suis l'honorée et l'abhorrée. Je suis la prostituée et la sainte.

Fragment de Nag HAMMADI 6, 2.

Lorenza Pellegrini entra. Belbo regarda le plafond et demanda un dernier martini. Il y avait de la tension dans l'air et je fis le geste de me lever. Lorenza me retint. « Non, venez tous avec moi, ce soir, au vernissage de la nouvelle exposition de Riccardo, il inaugure un nouveau style ! Il est génial, tu le connais toi, Jacopo. »

Je savais qui était Riccardo, il rôdait toujours chez Pilade, mais alors je ne compris pas pourquoi Belbo se concentra avec plus d'application encore sur le plafond. Après avoir lu les *files,* je sais que Riccardo était l'homme à la cicatrice, avec qui Belbo n'avait pas eu le courage d'en venir aux mains.

Lorenza insistait, la galerie n'était pas loin de chez Pilade, ils avaient organisé une véritable fête, mieux une orgie. Diotallevi en fut bouleversé et il dit aussitôt qu'il devait rentrer, moi je balançais, mais il était évident que Lorenza me voulait aussi, et cela aussi faisait souffrir Belbo, qui voyait s'éloigner le moment du dialogue entre quatre yeux. Mais je ne pus me soustraire à l'invitation et nous nous mîmes en route.

Pour ma part, je n'aimais pas beaucoup ce Riccardo. Au début des années soixante, il produisait des tableaux très ennuyeux, textures très fines de noirs et de gris, très géométriques, un peu optical, qui faisaient danser les yeux. Ils étaient intitulés *Composition 15, Parallaxe 17, Euclide X.* A peine 68 commencé, il exposait dans les maisons squattées, il venait de changer de palette, maintenant ce n'étaient que contrastes violents de noirs et blancs, la maille était plus large, et les titres étaient du genre *Ce n'est qu'un début, Molotov, Cent fleurs.* A mon retour à Milan, je l'avais vu exposer dans un cercle où on adorait le docteur Wagner, il avait éliminé les noirs, il travaillait sur des structures blanches, où les contrastes n'étaient donnés que par les reliefs du tracé sur un papier Fabriano poreux, de façon que les tableaux, expliquait-il, révèlent des profils différents selon l'incidence de la lumière. Ils avaient pour titres

Eloge de l'ambiguïté, *A/Travers*, *Ça*, *Bergsgasse* et *Dénégation 15*.

Ce soir-là, à peine nous fûmes entrés dans la nouvelle galerie, je compris que la poétique de Riccardo avait subi une profonde évolution. L'exposition s'intitulait *Megale Apophasis*. Riccardo était passé au figuratif, avec une palette éclatante. Il jouait des citations, et, puisque je ne crois pas qu'il sût dessiner, j'imagine qu'il travaillait en projetant sur sa toile la diapositive d'un tableau célèbre — ses choix oscillaient entre les pompiers fin de siècle et les symbolistes du tout début xxe. Sur le tracé original, il travaillait avec une technique pointillée, à travers des gradations infinitésimales de couleur, parcourant point à point tout le spectre, de façon à commencer toujours à partir d'un noyau très lumineux et flamboyant et à finir sur le noir absolu — ou vice versa, selon le concept mystique ou cosmologique qu'il voulait exprimer. Il y avait des montagnes d'où émanaient des rayons de lumière, décomposés en un poudroiement de sphères aux couleurs ténues ; on entrevoyait des ciels concentriques avec des ombres d'anges aux ailes transparentes, quelque chose de semblable au Paradis de Gustave Doré. Les titres étaient *Beatrix*, *Mystica Rosa*, *Dante Gabriele 33*, *Fidèles d'Amour*, *Athanor*, *Homunculus 666* — voilà d'où vient la passion de Lorenza pour les homoncules, me dis-je. Le tableau le plus grand s'intitulait *Sophia*, et il représentait une coulée d'anges noirs qui s'estompaient à la base, engendrant une créature blanche caressée par de grandes mains livides, calquées sur celle qu'on voit dressée contre le ciel dans *Guernica*. La combinaison était douteuse, et, de près, l'exécution apparaissait grossière ; mais, à deux ou trois mètres de distance, l'effet était très lyrique.

« Je suis un réaliste vieux jeu, me murmura Belbo, je ne comprends que Mondrian. Qu'est-ce que représente un tableau non géométrique ?

— Lui, avant, il était géométrique, dis-je.

— Ça n'était pas de la géométrie. C'était du carrelage pour salle de bains. »

Pendant ce temps Lorenza avait couru embrasser Riccardo, lui et Belbo avaient échangé un signe de salut. Il y avait foule, la galerie se présentait comme un loft de New York, tout blanc, et avec les tuyaux du chauffage, ou les conduites d'eau, à nu au plafond. Qui sait combien ils avaient dépensé pour l'antidater comme cela. Dans un coin, un système d'amplification étourdissait l'assistance avec des musiques orientales, des trucs avec un sitar, si mon souvenir est bon, de ceux dont on ne reconnaît pas la mélodie. Tout le monde passait, distrait, devant les tableaux, pour s'entasser aux tables du fond et attraper des verres en papier. La soirée était maintenant bien avancée, l'atmosphère s'appesantissait de fumée, quelques filles, de temps en temps, ébauchaient des mouvements de danse au centre de la salle, mais les gens étaient encore occupés à converser et à consommer le buffet, au vrai fort riche. Je m'assis sur un divan au pied duquel se trouvait une longue et large coupe de verre, encore à moitié pleine de macédoine. Je m'apprêtais à en prendre un peu, car je n'avais pas dîné, mais j'eus l'impression d'y apercevoir comme l'empreinte d'un pied, qui avait pressé au centre les petits cubes de fruits, les réduisant à un pavé homogène. Ce n'était pas impossible parce que le sol était à présent mouillé de flaques de vin blanc, et certains invités bougeaient déjà péniblement.

Belbo avait capturé un verre et se déplaçait avec indolence, sans but apparent, donnant de temps à autre une tape sur l'épaule de quelqu'un. Il essayait de retrouver Lorenza.

Mais rares étaient ceux qui restaient immobiles. La foule était prise dans une sorte de mouvement circulaire, comme un essaim d'abeilles à la recherche d'une fleur encore inconnue. Moi je ne cherchais rien, et pourtant je m'étais levé et je me déplaçais en suivant les impulsions que me communiquait le groupe. Je voyais à quelques pas de moi Lorenza qui errait en mimant des retrouvailles passionnelles avec l'un ou avec l'autre, la tête haute, le regard intentionnellement myope, les epaules et le sein figés et droits, une allure distraite de girafe.

A un moment donné, le flux naturel m'immobilisa dans un coin derrière une table, avec Lorenza et Belbo qui s'étaient enfin croisés, et me tournaient le dos, bloqués ensemble, peut-être par hasard. Je ne sais pas s'ils s'étaient aperçus de ma présence, mais, dans ce vacarme de fond, personne désormais n'entendait ce que disaient les autres. Ils se crurent ainsi isolés, et je fus obligé d'écouter leur conversation.

« Alors, disait Belbo, où l'as-tu connu, ton Agliè ?

— Mon ? C'est aussi le tien, d'après ce que j'ai vu aujourd'hui. Toi tu peux connaître Simon, et moi pas. Bravo.

— Pourquoi tu l'appelles Simon ? Pourquoi il t'appelle Sophia ?

— Mais c'est un jeu ! Je l'ai connu chez des amis, d'accord ? Et je le trouve fascinant. Il me baise la main comme si j'étais une princesse. Et il pourrait être mon père.

— Gaffe-toi, il pourrait devenir le père de ton fils. »

J'avais l'impression que c'était moi qui parlais, à Bahia, avec Amparo. Lorenza avait raison. Agliè savait comment on baise la main d'une jeune femme qui ignore ce rite.

« Pourquoi Simon et Sophia ? insistait Belbo. Il s'appelle Simon, lui ?

— C'est une histoire merveilleuse. Tu le savais, toi, que notre univers est le fruit d'une erreur et que c'est un peu de ma faute ? Sophia était la partie féminine de Dieu, parce qu'alors Dieu était davantage femelle que mâle, c'est vous, après, qui lui avez mis une barbe et l'avez appelé Lui. Moi j'étais sa bonne moitié. Simon dit que j'ai voulu engendrer le monde sans demander la permission, moi la Sophia, qui s'appelle aussi, attends, voilà, l'Ennoïa. Je crois que ma partie masculine ne voulait pas créer — peut-être n'en avait-elle pas le courage, peut-être était-elle impuissante — et moi, au lieu de m'unir avec lui, j'ai voulu faire le monde toute seule, je ne résistais pas, je crois que c'était par excès d'amour, c'est vrai, j'adore tout cet univers bordélique. C'est pour ça que je suis l'âme de ce monde. C'est Simon qui le dit.

— Comme il est gentil. Il dit ça à toutes ?

— Non, idiot, à moi seulement. Parce qu'il m'a comprise mieux que toi, il ne cherche pas à me réduire à son image. Il comprend qu'il faut me laisser vivre la vie à ma façon. Et c'est ce qu'a fait Sophia, elle s'est mise bille en tête à faire le monde. Elle s'est heurtée à la matière primordiale, qui était dégueulasse, je crois qu'elle n'utilisait pas de déodorants, et elle ne l'a pas fait exprès mais il paraît que c'est elle qui a fait le Dému... comment on dit ?

— Ce ne serait pas le Démiurge ?

— Voilà, lui. Je ne me souviens pas si ce Démiurge, c'est Sophia qui l'a fait ou bien s'il existait déjà et c'est elle qui l'a poussé, allez gros bêta, fais le monde, qu'on va s'en payer une tranche après. Le Démiurge devait être un bordélique et il ne savait pas faire le monde comme il faut, il n'aurait même jamais dû le faire, parce que la matière est mauvaise et qu'il n'était pas autorisé à y mettre la patte. Bref, il a combiné ce qu'il a combiné et Sophia est restée dedans. Prisonnière du monde. »

Lorenza parlait et buvait beaucoup. Toutes les deux minutes, tandis qu'un grand nombre de gens, les yeux fermés, s'étaient mis à osciller doucement au milieu de la salle, Riccardo passait devant elle et lui versait quelque chose dans son verre. Belbo tentait de l'interrompre, en disant que Lorenza avait déjà trop bu, mais Riccardo riait en secouant la tête, et elle se rebellait, en disant qu'elle tenait l'alcool mieux que Jacopo parce qu'elle était plus jeune, elle.

« Okay, okay, disait Belbo. N'écoute pas le pépé. Écoute Simon. Qu'est-ce qu'il t'a dit encore ?

— Tout ça, que je suis prisonnière du monde, plus précisément des anges mauvais... parce que, dans cette histoire, les anges sont mauvais et ils ont aidé le Démiurge à faire tout le bordel... les anges mauvais, je disais, me gardent parmi eux, ils ne veulent pas me laisser échapper, et ils me font souffrir. Mais de temps à autre, parmi les hommes, quelqu'un me reconnaît. Comme Simon. Il dit que ça lui était déjà arrivé une autre fois, il y a mille ans — parce que je ne te l'ai pas dit, mais Simon est pratiquement immortel, si tu savais tout ce qu'il a vu...

— Bien sûr, bien sûr. Mais à présent il ne faut plus boire.

— Chuuut... Une fois Simon m'a trouvée et j'étais prostituée dans un boxon de Tyr, et je m'appelais Hélène...

— C'est ce qu'il te raconte, ce monsieur ? Et toi tu es toute contente. Vous permettez que je vous baise la main, jolie petite putain de mon univers de merde... Quel gentilhomme.

— Si jolie petite putain il y a, c'était cette Hélène. Et puis quand on disait prostituée en ces temps-là, on voulait dire une femme libre, sans liens, une intellectuelle, une qui ne voulait pas être femme au foyer, tu le sais toi aussi qu'une prostituée était une courtisane, une qui tenait salon, aujourd'hui ce serait une femme qui s'occupe de relations publiques, tu appelles putain une femme qui s'occupe de relations publiques, comme si c'était une grosse pute, de celles qui allument des feux au bord des routes pour les camionneurs ? »

A cet instant-là Riccardo passa de nouveau à côté d'elle et la prit par un bras. « Viens danser », dit-il.

Ils étaient au milieu de la salle, ébauchant de légers mouvements un peu absents, comme s'ils battaient un tambour. Mais par moments Riccardo la tirait à lui, et lui posait, possessif, une main sur la nuque, et elle le suivait, les yeux fermés, le visage enflammé, la tête rejetée en arrière, avec ses cheveux qui tombaient plus bas que ses épaules, à la verticale. Belbo allumait une cigarette après l'autre.

Peu après, Lorenza saisit Riccardo à la taille et elle le fit bouger lentement, jusqu'à ce qu'ils fussent à un pas de Belbo. En continuant à danser, Lorenza lui enleva son verre des mains. Elle tenait Riccardo de la main gauche, le verre de la droite, dirigeait un regard un peu humide vers Jacopo, et on eût dit qu'elle pleurait, mais elle souriait... Et elle lui parlait.

« Et ne va pas croire que ç'a été l'unique fois, tu sais ?

— L'unique quoi ? demanda Belbo.

— Qu'il a rencontré Sophia. Bien des siècles plus tard, Simon a été aussi Guillaume Postel.

— C'était un type qui portait les lettres.

— Idiot. C'était un savant de la Renaissance, qui lisait le juif...

— L'hébreu.

— Et qu'est-ce que ça change ? Il le lisait comme les gamins lisent Mickey. A première vue. Eh bien, dans un hôpital de Venise il rencontre une servante vieille et analphabète, sa Joanne, il la regarde et dit, voilà, j'ai compris, elle est la nouvelle incarnation de la Sophia, de l'Ennoïa, elle est la Grande Mère du Monde descendue parmi nous pour racheter le monde entier qui a une âme féminine. C'est ainsi que Postel emmène Joanne avec lui, et tous le traitent de fou, mais lui rien, il l'adore, il veut la libérer de la prison des anges, et quand elle meurt lui il reste à fixer le soleil pendant une heure et des jours et des jours sans boire et sans manger, habité par Joanne qui n'est plus mais c'est comme si elle était présente, parce qu'elle est toujours ici, qu'elle habite le monde, et que de temps en temps elle affleure, comment dire, elle s'incarne... N'est-ce pas une histoire à faire pleurer ?

— Je fonds en larmes. Et toi, tu aimes tant que ça être Sophia ?

— Mais je le suis pour toi aussi, mon amour. Tu sais qu'avant de me connaître tu avais des cravates horribles et des pellicules sur les épaules ? »

Riccardo lui avait repris la nuque. « Je peux participer à la conversation ? avait-il dit.

— Toi, tais-toi et danse. Tu es l'instrument de ma luxure.

— Ça me va. »

Belbo poursuivait comme si l'autre n'existait pas : « Alors tu es sa prostituée, sa féministe qui s'occupe des RP, et lui c'est ton Simon.

— Moi je ne m'appelle pas Simon, dit Riccardo, la langue déjà pâteuse.

— On ne parle pas de toi », dit Belbo. Depuis quelques instants, j'étais mal à l'aise pour lui. Lui, d'habitude si jaloux de ses propres sentiments, était en train de mettre en scène sa querelle amoureuse devant un témoin, pis, un rival. Mais avec cette dernière réplique, je me rendis compte que, se mettant à nu devant l'autre — au moment où le véritable adversaire était un autre encore —, il réaffirmait, de la seule manière qui lui était permise, sa possession de Lorenza.

Pendant ce temps, Lorenza répondait, après avoir quémandé un autre verre à quelqu'un : « Mais par jeu. Mais c'est toi que j'aime.

— Encore heureux que tu ne me haïsses pas. Écoute, je voudrais rentrer à la maison, j'ai une crise de gastrite. Moi je suis encore prisonnier de la basse matière. A ma pomme Simon n'a rien promis. On s'en va ensemble ?

— Mais restons encore un peu. C'est si bon. Tu ne t'amuses pas ? Et puis je n'ai pas encore regardé les tableaux. Tu as vu que Riccardo en a fait un sur moi ?

— Que de choses j'aimerais faire sur toi, dit Riccardo.

— Tu es vulgaire. Écarte-toi. Je suis en train de parler avec Jacopo. Jacopo, bon Dieu, il n'y a que toi qui peux faire des jeux intellectuels avec tes amis, moi pas ? Qui est-ce qui me traite comme une prostituée de Tyr ? Toi.

— Je l'aurais parié. Moi. C'est moi qui te pousse dans les bras des vieux messieurs.

— Lui, il n'a jamais tenté de me prendre entre ses bras. Ce n'est pas un satyre. Ça t'embête qu'il n'ait pas envie de coucher avec moi mais me considère comme un partner intellectuel.

— Allumeuse.

— C'est vraiment pas ce que tu aurais dû dire. Riccardo, emmène-moi chercher quelque chose à boire.

— Non, attends, dit Belbo. A présent, tu vas me dire si tu le prends au sérieux, je veux comprendre si tu es folle ou pas. Et arrête de boire. Dis-moi si tu le prends au sérieux, nom de Dieu !

— Mais mon amour, c'est notre jeu, entre lui et moi. Et puis le plus beau de l'histoire c'est que quand Sophia comprend qui elle est, et se libère de la tyrannie des anges, elle peut évoluer, libre du péché...

— Tu as cessé de pécher ?

— Je t'en prie, reviens-y, dit Riccardo en la baisant pudiquement au front.

— Au contraire, répondit-elle à Belbo, sans regarder le peintre, toutes ces choses-là ne sont plus péché, on peut faire tout ce qu'on veut pour se libérer de la chair, on est au-delà du bien et du mal. »

Elle donna une poussée à Riccardo et l'éloigna d'elle. Elle proclama à haute voix : « Je suis la Sophia et pour me libérer des anges je dois perpétrer... perpétrer... per-pé-trer tous les péchés, même les plus délicieux ! »

Elle alla, en titubant légèrement, dans un coin où était assise une fille habillée de noir, les yeux bistrés, le teint pâle. Elle l'attira au centre de la salle et commença d'ondoyer avec elle. Elles étaient presque ventre contre ventre, les bras ballants le long des flancs. « Je peux aimer même toi », dit-elle. Et elle l'embrassa sur la bouche.

Les autres s'étaient avancés autour, en demi-cercle, un peu excités, et quelqu'un cria quelque chose. Belbo s'était assis, avec une expression impénétrable, et il regardait la scène comme un impresario assiste à un bout d'essai. Il était en transpiration et il avait un tic à l'œil gauche, que je ne lui avais jamais remarqué. Soudain, alors que Lorenza dansait depuis au moins cinq minutes, faisant, par ses mouvements, de plus en plus mine de s'offrir, il eut un sursaut : « Maintenant, viens ici. »

Lorenza s'arrêta, écarta les jambes, tendit les bras en avant et s'écria : « Je suis la prostituée et la sainte !

— Tu es la conne », dit Belbo en se levant. Il alla droit sur elle, la saisit avec violence par un poignet, et l'entraîna vers la porte.

« Arrête, cria-t-elle, tu n'as pas le droit... » Puis elle éclata en larmes et lui jeta les bras au cou. « Mon amour, mais moi je suis ta Sophia à toi, tu ne t'es pas mis en colère pour ça au moins... »

Belbo lui passa tendrement un bras autour des épaules, l'embrassa sur une tempe, lui arrangea les cheveux, après quoi il dit en direction de la salle : « Excusez-la, elle n'est pas habituée à boire autant. »

J'entendis quelques petits rires parmi l'assistance. Je crois que Belbo aussi les avait entendus. Sur le seuil il m'aperçut, et il fit quelque chose dont je n'ai jamais su si c'était pour moi, pour les autres, pour lui. Il le fit en sourdine, à mi-voix, quand désormais les autres ne s'intéressaient plus à eux.

En tenant toujours Lorenza par les épaules, il se retourna de trois quarts vers la salle et dit lentement, du ton de qui dit une évidence : « Cocorico. »

— 51 —

Quand doncques un Gros Cerveau Caballiste te veult dire quelque chose, ne pense qu'il te dit chose frivole, chose vulgaire, chose commune : mais un mystère, un oracle...

Thomaso GARZONI,
Il Theatro de vari e diversi cervelli mondani,
Venezia, Zanfretti, 1583, discours XXXVI.

Le matériel iconographique trouvé à Milan et à Paris ne suffisait pas. Monsieur Garamond m'autorisa à rester plusieurs jours à Munich, au Deutsches Museum.

Je passai quelques soirées dans les petits bars du Schwabing — et dans ces cryptes immenses où jouent de leurs instruments de vieux messieurs moustachus, en pantalons de cuir courts, et se sourient les amants dans une fumée dense de vapeurs porcines au-dessus des chopes de bière d'un litre, un couple à côté de l'autre — et les après-midi à feuilleter le fichier des reproductions. Par moments, je quittais les archives et me promenais à travers le musée, où on a reconstitué tout ce qu'un être humain peut avoir inventé, vous manœuvrez un poussoir et des dioramas pétroliers s'animent de trépans en action, vous entrez dans un vrai sous-marin, vous faites tourner les planètes, vous vous amusez à produire des acides et des réactions en chaîne — un Conservatoire moins gothique et complètement futurible, habité par des groupes scolaires galvanisés qui apprennent à aimer les ingénieurs.

Au Deutsches Museum, on saura tout sur les mines aussi : on descend un escalier et on pénètre dans une mine, avec tout ce qu'il faut, galeries, ascenseurs pour hommes et chevaux, boyaux où rampent des enfants (en cire j'espère) émaciés et exploités. On parcourt des couloirs ténébreux et interminables, on fait une pause sur le bord de puits sans fond, on sent le froid dans ses os, et on perçoit presque l'odeur du grisou. Échelle 1/1.

J'errais dans une galerie secondaire, désespérant de revoir la lumière du jour, et j'aperçus, penché sur l'abîme, quelqu'un qu'il me sembla reconnaître. La tête ne m'était pas étrangère, ridée et grise, cheveux blancs, regard de chouette, mais je sentais que l'habit aurait dû être différent, comme si j'avais déjà vu ce visage vissé sur quelque uniforme, comme si je retrouvais, après un long temps, un prêtre défroqué ou un capucin sans barbe. Lui aussi me regarda, lui aussi en hésitant. Ainsi qu'il advient dans ces cas-là, après une escrime de coups d'œil furtifs, il prit l'initiative et me salua en italien. C'est alors que je parvins à l'imaginer dans ses nippes : eût-il porté une houppelande jaunâtre, il aurait été monsieur Salon. A. Salon, taxidermiste. Il avait son atelier à quelques portes de mon bureau, un peu plus loin dans le couloir de la fabrique désaffectée où je jouais les Marlowe de la culture. Je l'avais parfois croisé dans les escaliers et nous avions échangé un signe de salut.

« Curieux, dit-il en me tendant la main, nous sommes colocataires depuis si longtemps et nous nous présentons dans les entrailles de la terre, à mille milles de distance. »

Nous prononçâmes quelques phrases de circonstance. J'eus l'impression qu'il savait parfaitement ce que je faisais, et ce n'était pas rien, étant donné que je ne le savais même pas moi avec exactitude. « Par quel hasard dans un musée de la technique ? Dans votre maison d'édition vous vous occupez de choses plus spirituelles, il me semble.

— Comment pouvez-vous le savoir ?

— Oh, il fit un geste vague, les gens parlent, je reçois beaucoup de visites...

— Quels gens viennent chez un empailleur, pardon, chez un taxidermiste ?

— Il en vient beaucoup. Vous me direz comme tout le monde que ce n'est pas un métier commun. Mais les clients ne manquent pas, et il y en a de tous les genres. Musées, collectionneurs privés.

— Il ne m'arrive pas souvent de voir des animaux empaillés dans les maisons, dis-je.

— Non ? Cela dépend des maisons que vous fréquentez... Ou des caves.

— On tient des animaux empaillés dans les caves ?

— Certains le font. Toutes les crèches ne sont pas à la lumière du soleil, ou de la lune. Je me méfie de ces clients, mais vous savez, le travail... Je me méfie des souterrains.

— C'est pour ça que vous vous promenez dans les souterrains ?

— Je contrôle. Je me méfie des souterrains mais je veux les comprendre. Ce n'est pas qu'il y ait beaucoup de possibilités. Les catacombes à Rome, me direz-vous. Il n'y a pas de mystère, elles sont pleines de touristes, et sous le contrôle de l'Église. Il y a les égouts de Paris... Vous y avez été ? On peut les visiter le lundi, le mercredi et le dernier samedi de chaque mois, en entrant par le pont de l'Alma. Ça aussi, c'est un parcours pour touristes. Naturellement à Paris il y a aussi les catacombes, et des caves profondes. Pour ne rien dire du métro. N'avez-vous jamais été au numéro 145 de la rue Lafayette ?

— J'avoue que non

— Un peu hors de portée, entre la gare de l'Est et la gare du Nord. Un édifice d'abord indiscernable. Seulement si vous l'observez mieux, vous vous rendez compte que les portes semblent en bois mais sont en fer peint, et que les fenêtres donnent sur des pièces inhabitées depuis des siècles. Jamais une lumière. Mais les gens passent et ne savent pas.

— Ne savent pas quoi ?

— Que c'est une fausse maison. C'est une façade, une enveloppe sans toit, sans rien à l'intérieur. Vide. Ce n'est que l'orifice d'une cheminée. Elle sert à l'aération ou à évacuer les émanations du RER. Et quand vous le comprenez, vous avez l'impression d'être devant la gueule des Enfers ; et que seulement si vous pouviez pénétrer dans ces murs, vous auriez accès au Paris souterrain. Il m'est arrivé de passer des heures et des heures devant ces portes qui masquent la porte des portes, la station de départ pour le voyage au centre de la terre. Pourquoi croyez-vous qu'ils ont fait ça ?

— Pour aérer le métro, vous avez dit.

— Les bouches d'aération suffisaient. Non, c'est devant ces souterrains que je commence à avoir des soupçons. Me comprenez-vous ? »

En parlant de l'obscurité il paraissait s'illuminer. Je lui demandai pourquoi il soupçonnait les souterrains.

« Mais parce qu'on y trouve les Seigneurs du Monde, ils ne peuvent qu'être dans le sous-sol : voilà une vérité que tous devinent mais que peu osent exprimer. Le seul, sans doute, qui se soit enhardi à le dire en toutes lettres a été Saint-Yves d'Alveydre. Vous connaissez ? »

Peut-être l'avais-je entendu nommer par l'un ou l'autre des diaboliques, mais mes souvenirs étaient imprécis.

« C'est celui qui nous a parlé d'Agarttha, le siège souterrain du Roi du Monde, le centre occulte de la Synarchie, dit Salon. Il n'a pas eu peur, il se sentait sûr de lui. Mais tous ceux qui l'ont publiquement suivi ont été éliminés, parce qu'ils en savaient trop. »

Nous commençâmes à nous déplacer dans les galeries, et monsieur Salon me parlait en jetant des regards distraits le long du chemin, à l'embouchure de nouvelles voies, à l'ouverture d'autres puits, comme s'il cherchait dans la pénombre la confirmation de ses soupçons.

« Ne vous êtes-vous jamais demandé pourquoi toutes les grandes métropoles modernes, au siècle dernier, se sont hâtées de construire les métropolitains ?

— Pour résoudre les problèmes de la circulation. Ou quoi ?

— Quand il n'y avait pas de trafic automobile et que seuls les fiacres circulaient ? D'un homme de votre esprit, je m'attendrais à une explication plus subtile !

— Vous en avez une, vous ?

— Peut-être », dit monsieur Salon, et il sembla le dire d'un air absorbé et absent. Mais c'était une façon de stopper la conversation. Et de fait il s'aperçut qu'il devait s'en aller. Puis, après m'avoir serré la main, il s'attarda encore une seconde, comme saisi par une pensée fortuite : « A propos, ce colonel... comment s'appelait-il, celui qui était venu il y a des années aux éditions Garamond vous parler d'un trésor des Templiers ? Vous n'en avez plus rien su ? »

Je fus comme fouetté par cette brutale et indiscrète ostentation de connaissances que je considérais réservées et enterrées. Je voulais lui demander comment il pouvait être au courant, mais j'eus peur. Je me limitai à lui dire, d'un air indifférent : « Oh, une vieille histoire, je l'avais oubliée. Mais à propos : pourquoi avez-vous dit " à propos " ?

— J'ai dit à propos ? Ah oui, bien sûr, il me semblait qu'il avait trouvé quelque chose dans un souterrain...

— Comment le savez-vous ?

— Je ne sais pas. Je ne me rappelle pas qui m'en a parlé. Peut-être un client. Mais moi ma curiosité est piquée quand entre en scène un souterrain. Manies de l'âge. Bonsoir. »

Il s'en alla, et je restai à réfléchir sur la signification de cette rencontre.

— 52 —

Dans certaines régions de l'Himalaya, parmi vingt-deux temples représentant les vingt-deux Arcanes d'Hermès et les vingt-deux lettres de certains alphabets sacrés, l'Agarttha forme le Zéro mystique, l'introuvable... Un échiquier colossal s'étendant sous terre à travers presque toutes les régions du Globe.

Saint-Yves D'ALVEYDRE, *Mission de l'Inde en Europe*, Paris, Calmann-Lévy, 1886, pp. 54 et 65.

A mon retour, j'en parlai à Belbo et à Diotallevi et nous fîmes différentes hypothèses. Salon, excentrique et cancanier, qui, en quelque sorte, se régalait de mystères, avait connu Ardenti, et tout s'arrêtait là. Ou bien : Salon savait quelque chose sur la disparition d'Ardenti et travaillait pour ceux qui l'avaient fait disparaître. Autre hypothèse : Salon était un indic...

Puis nous vîmes d'autres diaboliques, et Salon se confondit avec ses semblables.

Quelques jours plus tard, nous eûmes Agliè au bureau, pour son rapport sur quelques manuscrits que Belbo lui avait envoyés. Il les jugeait avec précision, sévérité, indulgence. Agliè était madré, il ne lui avait pas fallu longtemps pour comprendre le double jeu Garamond-Manuzio, et nous ne lui avions plus caché la vérité. Il paraissait comprendre et justifier. Il démolissait un texte en deux ou trois observations incisives, et puis il notait avec un cynisme poli que, pour Manuzio, ledit texte pouvait fort bien aller.

Je lui demandai ce qu'il pouvait me dire d'Agarttha et de Saint-Yves d'Alveydre.

« Saint-Yves d'Alveydre... dit-il. Un homme bizarre, sans nul doute, dès sa jeunesse il fréquentait les fidèles de Fabre d'Olivet. Ce n'était qu'un employé du ministère de l'Intérieur, mais d'une ambition... Nous ne portâmes certes pas un bon jugement sur lui lorsqu'il épousa Marie-Victoire... »

Agliè n'avait pas résisté. Il était passé à la première personne. Il évoquait des souvenirs. « Qui était Marie-Victoire ? J'adore les ragots, dit Belbo.

— Marie-Victoire de Risnitch, d'une grande beauté lorsqu'elle était l'intime de l'impératrice Eugénie. Mais quand elle rencontra Saint-Yves, elle avait la cinquantaine passée. Et lui, la trentaine. Mésalliance pour elle, cela va sans dire. Non seulement, mais pour lui donner un titre elle avait acheté je ne me rappelle plus quelle terre ayant appartenu à certains marquis d'Alveydre. Et ainsi notre désinvolte personnage put se parer de ce titre, et à Paris on chantait des couplets sur le « gigolo ». Pouvant vivre de rentes, il s'était consacré à son rêve. Il s'était mis en tête de trouver une formule politique capable de conduire à une société plus harmonieuse. Synarchie comme le contraire d'anarchie. Une société européenne, gouvernée par trois conseils qui représenteraient le pouvoir économique, les magistrats et le pouvoir spirituel, en somme les Églises et les hommes de science. Une oligarchie éclairée qui éliminerait la lutte des classes. On en a entendu de pires.

— Mais Agarttha ?

— Il disait qu'il avait reçu, un jour, la visite d'un mystérieux Afghan, un certain Hadji Scharipf, qui ne pouvait être afghan car son nom est carrément albanais... Et que ce dernier lui avait révélé le secret de la résidence du Roi du Monde — même si Saint-Yves n'a jamais utilisé cette expression, ce sont les autres, par la suite —, Agarttha, l'Introuvable.

— Mais où dit-on ces choses-là ?

— Dans *Mission de l'Inde en Europe.* Un ouvrage qui a beaucoup influencé la pensée politique contemporaine. Il existe à Agarttha des villes souterraines, sous elles et en allant vers le centre il y a cinq mille pundits qui la gouvernent — évidemment le chiffre de cinq mille rappelle les racines hermétiques de la langue védique, je ne vous l'apprends pas. Et chaque racine est un hiérogramme magique, lié à une puissance céleste et avec la sanction d'une puissance infernale. La coupole centrale d'Agarttha reçoit par en haut l'éclairage de sortes de miroirs qui ne laissent arriver la lumière qu'à travers la gamme enharmonique des couleurs, dont le spectre solaire de nos traités de physique ne constitue que le système diatonique. Les sages d'Agarttha étudient toutes les langues sacrées pour arriver à la langue universelle, le Vattan. Quand ils abordent des mystères trop profonds, ils s'élèvent de terre en forte lévitation et ils iraient se fracasser le crâne contre la voûte de la coupole si leurs confrères ne les retenaient pas. Ils préparent les foudres, orientent les courants cycliques des fluides interpolaires et intertropicaux, les dérivations interférentielles dans les différentes zones de latitude et de longitude de la terre. Ils sélectionnent les espèces, et ils ont créé des animaux petits mais aux vertus psychiques extraordinaires, avec un dos de tortue, une croix jaune sur le dos et un œil et une bouche aux deux extrémités. Des animaux polypodes qui peuvent se déplacer dans toutes les directions. C'est à Agarttha que se sont probablement réfugiés les Templiers après leur dispersion, et c'est là qu'ils exercent leurs tâches de surveillance. Quoi d'autre encore ?

— Mais... il parlait sérieusement ? demandai-je.

— Je crois que lui prenait l'histoire à la lettre. D'abord nous le considérâmes comme un exalté, ensuite nous nous rendîmes compte qu'il faisait allusion, peut-être sur le mode visionnaire, à une direction occulte de l'histoire. Ne dit-on pas que l'histoire est une énigme sanglante et insensée ? Ce n'est pas possible, il doit y avoir un dessein. Il faut qu'il y ait un Cerveau. C'est pour cela que des hommes, et pas des plus benêts, ont pensé, au cours des siècles, aux Seigneurs ou au Roi du Monde, peut-être pas une personne physique : un rôle, un rôle collectif, l'incarnation tour à tour provisoire d'une Intention Stable. Quelque chose avec quoi étaient certainement en contact les grands ordres sacerdotaux et chevaleresques disparus.

— Vous y croyez, vous ? demanda Belbo.

— Des personnes plus équilibrées que lui cherchent les Supérieurs Inconnus.

— Et les trouvent ? »

Agliè rit presque à part soi, avec bonhomie. « Quelle espèce de Supérieurs Inconnus seraient-ils, s'ils se laissaient découvrir par le premier venu ? Messieurs, au travail. J'ai encore un manuscrit, et, coïncidence, c'est précisément un traité sur les sociétés secrètes.

« Une bonne chose ? demanda Belbo

— Je vous le laisse à imaginer. Mais pour les éditions Manuzio, cela pourrait aller. »

— 53 —

Ne pouvant non plus diriger ouvertement les destinées terrestres, parce que les gouvernements s'y opposeraient, cette association mystérieuse ne peut agir autrement que par le moyen des sociétés secrètes... Ces sociétés secrètes, créées à mesure qu'on en a besoin, sont détachées par bandes distinctes et opposées en apparence, professant respectivement, et tour à tour, les opinions du jour les plus contraires, pour diriger séparément, et avec confiance, tous les partis politiques, religieux, économiques et littéraires, et elles sont rattachées, pour y recevoir une direction commune, à un centre inconnu où est caché le ressort puissant qui cherche ainsi à mouvoir invisiblement tous les sceptres de la terre.

J. M. HOENE-WRONSKI, cité par P. Sédir,
Histoire et doctrine des Rose-Croix,
Paris, Collection des Hermétistes, 1910, pp. 7-8.

Un jour, je vis monsieur Salon sur le seuil de son atelier. Soudain, entre chien et loup, je m'attendais qu'il poussât le cri de la chouette. Il me salua comme un vieil ami et me demanda comment ça allait là-bas. Je fis un geste vague, lui souris, et filai.

M'assaillit de nouveau la pensée d'Agarttha. De la manière dont me les avait exposées Agliè, les idées de Saint-Yves pouvaient apparaître fascinantes pour un diabolique, mais pas inquiétantes. Et pourtant, dans les paroles et dans le visage de Salon, à Munich, j'avais perçu de l'inquiétude.

Ainsi, en sortant, je décidai de faire un saut en bibliothèque et de chercher la *Mission de l'Inde en Europe*.

Il y avait l'habituelle cohue dans la salle des fichiers et au bureau de prêt. En jouant des coudes je m'emparai du tiroir que je cherchais, trouvai l'indication, remplis la fiche et la passai à l'employé. Il m'informa que le livre était en main et, ainsi qu'il arrive dans les bibliothèques, il paraissait en jouir. Mais, juste à cet instant, j'entendis une voix dans mon dos : « Permettez, il est bien ici, je viens de le rendre. » Je me retournai. C'était le commissaire De Angelis.

Je le reconnus, et lui aussi me reconnut — trop vite, dirais-je. Je l'avais vu en des circonstances qui, pour moi, étaient exceptionnelles ; lui, au cours d'une enquête de routine. Par ailleurs, à l'époque d'Ardenti j'avais une barbiche clairsemée et les cheveux un peu plus longs. Quel œil.

M'aurait-il tenu sous contrôle depuis mon retour ? Ou sans doute n'était-il qu'un bon physionomiste, les policiers doivent cultiver l'esprit d'observation, mémoriser les visages, et les noms...

« Monsieur Casaubon ! Et nous lisons les mêmes livres ! »

Je lui tendis la main : « Maintenant, je pourrais être professeur, depuis longtemps. Et même passer le concours pour entrer dans la police, comme vous-même me l'avez conseillé, un beau matin. Ainsi aurai-je les livres le premier.

— Il suffit d'arriver le premier, me dit-il. Mais à présent le livre est revenu, vous pourrez le récupérer un peu plus tard. Pour l'instant, laissez-moi vous offrir un café. »

L'invitation m'embarrassait, mais impossible de me dérober. Nous allâmes nous asseoir dans un bar du coin. Il me demanda comment il se faisait que je m'occupais de la mission de l'Inde, et je fus tenté de lui retourner sa question : pourquoi s'en occupait-il, lui ; mais je décidai de protéger d'abord mes arrières. Je lui dis que je poursuivais, à temps perdu, mes études sur les Templiers : les Templiers, selon von Eschenbach, quittent l'Europe et se rendent en Inde, et, selon certains, dans le royaume d'Agarttha. Maintenant, c'était à lui de se découvrir. « Plutôt, dites-moi : pourquoi donc ça vous intéresse vous aussi ?

— Oh, vous savez, répondit-il, depuis que vous m'avez conseillé ce livre sur les Templiers, j'ai commencé à me faire une culture sur le sujet. Vous savez mieux que moi que des Templiers on arrive automatiquement à Agarttha. » Touché. Puis il dit : « Je plaisantais. Je cherchais le livre pour d'autres raisons. C'est parce que... » Il hésita. « Bref, quand je ne suis pas en service, je fréquente les bibliothèques. Pour ne pas devenir une machine, ou pour ne pas rester un flic, je vous laisse le choix de la formule la plus aimable. Mais vous, racontez-moi. »

Je paradai dans un résumé autobiographique, jusqu'à la merveilleuse histoire des métaux.

Il me demanda : « Mais là, dans cette maison d'édition, et dans l'autre à côté, vous ne faites pas des livres de sciences mystérieuses ? »

Comment pouvait-il être au courant des éditions Manuzio ? Informations recueillies quand il tenait Belbo sous surveillance, des années auparavant ? Ou était-il encore sur les traces d'Ardenti ?

« Avec tous les types comme le colonel Ardenti qui se présentaient chez Garamond et que Garamond cherchait à refiler à Manuzio, dis-je, monsieur Garamond a décidé de cultiver le filon. Il paraît qu'il rapporte. Si vous cherchez des types comme le vieux colonel, là vous en trouvez à la pelle. »

Il dit : « Oui, mais Ardenti a disparu. Quant aux autres, j'espère que non.

— Pas encore, et j'ai envie de dire : malheureusement. Mais passez-moi une curiosité, commissaire. J'imagine que dans votre métier, des gens qui disparaissent, ou pire, ça vous arrive chaque jour. Vous consacrez à chacun un temps aussi... long ? »

Il me regarda d'un air amusé : « Et qu'est-ce qui vous fait penser que je consacre encore du temps au colonel Ardenti ? »

Bon, d'accord, il jouait et il avait relancé. Il me fallait le courage de voir, et il lui faudrait découvrir ses cartes. Je n'avais rien à perdre. « Allons, commissaire, dis-je, vous savez tout sur les éditions Garamond et sur les éditions Manuzio, vous êtes ici pour chercher un livre sur Agarttha...

— Pourquoi, à l'époque Ardenti vous avait parlé d'Agarttha ? »

Touché, de nouveau. En effet, Ardenti nous avait parlé aussi d'Agarttha, si j'avais bonne mémoire. Je m'en tirai bien : « Non, mais il avait une histoire sur les Templiers, s'il vous en souvient.

— Exact », dit-il. Puis il ajouta : « Mais il ne faut pas croire que nous, on suit un cas et un seul tant qu'il n'est pas résolu. Ça n'arrive qu'à la télévision. Être policier, c'est comme être dentiste : un patient se présente, on lui donne un coup de fraise, on lui met un pansement, il revient quinze jours après, et entre-temps on suit cent autres patients. Un cas comme celui du colonel peut moisir dans les archives pendant dix ans, et puis, au cours d'une autre enquête, en prenant les aveux d'un clampin quelconque, un indice refait surface, bang, court-circuit mental, et on y repense un certain temps... Jusqu'à ce que se déclenche un autre court-circuit, ou bien plus rien ne se déclenche, et bonsoir !

— Et vous, qu'avez-vous trouvé récemment qui vous a déclenché le court-circuit ?

— Question indélicate, ne pensez-vous pas ? Mais il n'y a pas de mystères, croyez-moi. Le colonel est revenu sur le tapis par hasard, nous avions à l'œil un mec, pour de tout autres raisons, et nous nous sommes rendu compte qu'il fréquentait le club Picatrix, vous avez dû en entendre parler...

— Non, je connais la revue, mais pas l'association. Qu'est-ce qui s'y passe ?

— Oh rien, rien, des gens tranquilles, peut-être un peu exaltés. Mais je me suis rappelé qu'Ardenti aussi y avait ses habitudes — toute l'habileté du policier consiste à se rappeler où il a déjà entendu un nom ou vu un visage, même à dix années de distance. C'est ainsi que je me suis demandé ce qui se passait chez Garamond. Tout simplement.

— Qu'est-ce qu'il a à voir, le club Picatrix, avec la police politique ?

— Ce doit être l'impudence d'une conscience sans tache, mais vous avez l'air d'être terriblement curieux.

— C'est vous qui m'avez invité à prendre un café.

— En effet, et nous sommes l'un et l'autre en dehors du service. Notez bien, d'un certain point de vue, en ce monde tout a quelque chose à voir avec tout. » C'était un beau philosophème hermétique, pensai-je. Mais aussitôt il ajouta : « Par là, je ne suis pas en train de vous dire que ces gens ont quelque chose à voir avec la politique, mais vous savez... Naguère nous allions chercher les brigadistes rouges dans les maisons squattées et les brigadistes noirs dans les clubs d'arts martiaux, aujourd'hui on pourrait arriver à l'inverse. Nous vivons dans un monde bizarre. Je vous l'assure, mon métier était plus facile il y a dix ans. Aujourd'hui, même entre les idéologies il n'y a plus de religion. Parfois, je voudrais passer aux stups. Au moins là, un qui écoule de l'héroïne écoule de l'héroïne et on ne discute pas. Des valeurs sûres, et ça roule ! »

Il demeura quelques instants en silence, indécis — je crois. Puis il sortit de sa poche un carnet qui avait l'air d'un livre de messe. « Écoutez Casaubon, vous fréquentez par métier des gens étranges, et vous allez chercher dans les bibliothèques des livres encore plus étranges. Aidez-moi. Que savez-vous de la synarchie ?

— Maintenant, grâce à vous, je vais avoir bonne mine. Presque rien. J'en ai entendu parler à propos de Saint-Yves, et c'est tout.

— Et qu'est-ce qu'on en dit autour de vous ?

— Si on en parle autour de moi, c'est à mon insu. A franchement parler, pour moi ça sent le fascisme.

— Et de fait, beaucoup de ces thèses sont reprises par l'Action française. Mais si les choses en restaient là, j'aurais le pied à l'étrier. Je trouve un groupe qui parle de synarchie et je réussis à lui donner une couleur. Mais je suis en train de me faire une culture sur le sujet, et j'apprends que, vers 1929, certains Vivian Postel du Mas et Jeanne

Canudo fondent le groupe Polaris qui s'inspire du mythe d'un Roi du Monde, et puis proposent un projet synarchique : service social contre profit capitaliste, élimination de la lutte des classes à travers des systèmes coopératifs... On dirait un socialisme de type fabian, un mouvement personnaliste et communautaire. Et de fait, aussi bien Polaris que les fabians irlandais, ils sont accusés d'être les émissaires d'un complot synarchique mené par les juifs. Et qui les accuse ? Une *Revue internationale des sociétés secrètes*, qui parlait d'un complot judéo-maçonnico-bolchevique. Nombre de ses collaborateurs sont liés à une société intégriste de droite, plus secrète encore, la Sapinière. Et ils disent que toutes les organisations politiques révolutionnaires ne sont que la façade d'un complot diabolique, ourdi par un cénacle occultiste. Vous me direz, d'accord, nous nous sommes trompés, Saint-Yves finit par inspirer des groupes réformistes, la droite fait flèche de tout bois et les voit tous comme des filiations démo-pluto-socialo-judaïques. Mussolini aussi faisait comme ça. Mais pourquoi les accuse-t-on d'être dominés par des cénacles occultistes ? Pour ce que j'en sais, allez voir le club Picatrix, ce sont là des gens qui pensent bien peu au mouvement ouvrier.

— C'est ce qu'il me semble à moi aussi, ô Socrate. Et alors ?

— Merci pour le Socrate, mais voici le plus drôle. Plus je lis sur le sujet et plus j'ai les idées confuses. Dans les années quarante naissent différents groupes qui se disent synarchistes, et ils parlent d'un nouvel ordre européen guidé par un gouvernement de sages au-dessus des partis. Et où finissent-ils par converger, ces groupes ? Dans les milieux collaborationnistes de Vichy. Alors, vous me dites, nous nous sommes trompés de nouveau, la synarchie est de droite. Halte-là. Après avoir tant lu, je me rends compte que sur un seul thème ils sont tous d'accord : la synarchie existe et gouverne secrètement le monde. Mais là vient le mais...

— Mais ?

— Mais le 24 janvier 1937, Dimitri Navachine, maçon et martiniste (j'ignore ce que veut dire martiniste, mais ça m'a l'air d'une de ces sectes), conseiller économique du Front populaire, après avoir été directeur d'une banque moscovite, est assassiné par une Organisation secrète d'action révolutionnaire et nationale, mieux connue sous le nom de Cagoule, financée par Mussolini. On dit alors que la Cagoule est dans les mains d'une synarchie secrète et que Navachine aurait été tué parce qu'il en avait découvert les mystères. Un document sorti des milieux de gauche dénonce, pendant l'occupation allemande, un Pacte synarchique de l'Empire, responsable de la défaite française, et le pacte serait la manifestation d'un fascisme latin de type portugais. Mais ensuite il ressort que le pacte aurait été rédigé par les dames du Mas et Canudo, et qu'il contient les idées qu'elles avaient publiées et publicisées partout. Rien de secret. Mais comme secrètes, mieux, archisecrètes, ces idées, un certain Husson les révèle en 1946, dénonçant un pacte synarchique révolutionnaire de gauche, et il l'écrit dans un *Synarchie, panorama de 25 années d'activité occulte*, en signant... attendez que je cherche, voilà, Geoffroy de Charnay.

— Ça c'est la meilleure, dis-je, de Charnay est le compagnon de Molay, le grand maître des Templiers. Ils meurent ensemble sur le bûcher. Nous avons ici un néo-Templier qui attaque la synarchie depuis la droite. Mais la synarchie naît à Agarttha, qui est le refuge des Templiers !

— Qu'est-ce que je vous disais ? Voilà que vous me donnez une piste de plus, voyez-vous. Malheureusement, elle ne sert qu'à augmenter la confusion. Par conséquent, à droite on dénonce un Pacte synarchique de l'Empire, socialiste et secret, qui n'a rien de secret, mais le même pacte synarchique secret, vous l'avez vu, est aussi dénoncé à gauche. Et maintenant, venons-en à une nouvelle interprétation : la synarchie est un complot jésuite pour renverser la Troisième République. Thèse exposée par Roger Mennevée, de gauche. Pour que je me la coule douce, mes lectures me disent aussi qu'en 1943, dans certains milieux militaires de Vichy, certes pétainistes mais anti-allemands, circulent des documents qui démontrent comment la synarchie est un complot nazi : Hitler est un Rose-Croix influencé par les maçons, lesquels, comme vous voyez ici, passent du complot judéo-bolchevique au complot impérial allemand.

— Et comme ça nous voilà bien.

— Et si c'était tout. Voici une autre révélation. La synarchie est un complot des technocrates internationaux. Un certain Villemarest le soutient en 1960, *Le 14ᵉ complot du 13 mai*. Le complot technosynarchique veut déstabiliser les gouvernements, et, pour ce faire, provoque des guerres, appuie et fomente des coups d'État, provoque des scissions internes dans les partis politiques en favorisant les luttes de courants... Vous reconnaissez ces synarques ?

— Mon Dieu, c'est l'E.I.M., l'État Impérialiste des Multinationales tel qu'en parlaient les Brigades rouges il y a quelques années...

— Réponse exacte ! Et à présent, que fait le commissaire De Angelis s'il trouve quelque part une référence à la synarchie ? Je le demande à monsieur Casaubon, expert ès Templiers.

— Moi je dis qu'il existe une société secrète avec des ramifications dans le monde entier, qui complote pour répandre la rumeur qu'il existe un complot universel.

— Vous plaisantez, mais moi...

— Je ne plaisante pas. Venez lire les manuscrits qui arrivent chez Manuzio. Mais si vous voulez une explication plus terre à terre, c'est comme l'histoire du bègue qui dit qu'on n'a pas voulu le prendre comme annonceur à la radio parce qu'il n'est pas inscrit au parti. Il faut toujours attribuer à quelqu'un ses propres échecs, les dictatures trouvent toujours un ennemi extérieur pour unir leurs partisans. Comme disait l'autre, pour chaque problème complexe il y a une solution simple, et elle est mauvaise.

— Et si moi je trouve dans un train une bombe enroulée dans une feuille ronéotée qui parle de synarchie, je me contente de dire que c'est une solution simple pour un problème complexe ?

— Pourquoi ? Vous avez trouvé des bombes dans les trains qui... Non, excusez-moi. Vraiment ça ne devrait pas être mes oignons. Mais alors pourquoi m'en parlez-vous ?

— Parce que j'espérais que vous en sauriez plus que moi. Parce que peut-être ça me soulage de voir que vous non plus vous ne vous y retrouvez plus. Vous dites que vous devez lire trop de fous, et vous le considérez comme une perte de temps. Moi pas, pour moi les textes de vos fous — je dis vos, ceux des gens normaux — sont des textes importants. Pour moi, le texte d'un dingue peut expliquer comment raisonne celui qui met la bombe dans le train. Ou vous avez peur de devenir un indic ?

— Non, parole d'honneur. Au fond, chercher des idées dans les fichiers, c'est mon métier. S'il me vient sous la main le bon renseignement, je me souviendrai de vous. »

Tandis qu'il se levait, il laissa tomber la dernière question : « Et, parmi vos manuscrits... vous n'avez jamais trouvé quelque allusion au Tres ?

— Qu'est-ce que c'est ?

— Je ne le sais pas. Ce doit être une association, ou quelque chose de ce genre, je ne sais même pas si ça existe vraiment. J'en ai entendu parler, et ça m'est venu à l'esprit à propos des fous. Saluez de ma part votre ami Belbo. Dites-lui que je ne suis pas en train de pister vos faits et gestes. C'est que je fais un sale boulot, et, par malheur, il me plaît. »

En revenant chez moi, je me demandais qui avait remporté le morceau. Lui, il m'avait raconté une quantité de choses, moi rien. A être soupçonneux, peut-être m'avait-il soutiré quelque chose sans que je m'en sois rendu compte. Mais à être soupçonneux on tombe dans la psychose du complot synarchique.

Lorsque je racontai l'épisode à Lia, elle dit : « A mon avis, il était sincère. Il voulait réellement dire ce qu'il avait sur le cœur. Tu crois qu'à la préfecture de police tu trouves quelqu'un qui lui prête l'oreille quand il se demande si Jeanne Canudo était de droite ou de gauche ? Lui, il voulait seulement comprendre si c'était lui qui ne comprenait pas, ou si l'histoire était vraiment trop difficile. Et toi, tu n'as pas su lui donner l'unique réponse vraie.

— Il y en a une ?

— Bien sûr. Qu'il n'y a rien à comprendre Que la synarchie c'est Dieu.

— Dieu ?

— Oui. L'humanité ne supporte pas la pensée que l'homme est né par hasard, par erreur, seulement parce que quatre atomes insensés se sont tamponnés sur l'autoroute mouillée. Et alors, il faut trouver un complot cosmique, Dieu, les anges ou les diables. La synarchie remplit la même fonction sur des dimensions plus réduites.

— Et alors, il fallait que je lui explique que les gens mettent des bombes dans les trains parce qu'ils sont à la recherche de Dieu ?

— Peut-être. »

— 54 —

Le prince des ténèbres est un gentilhomme.

SHAKESPEARE,
King Lear, III, 4, 135.

Nous étions en automne. Un matin je me rendis via Marchese Gualdi, car il fallait que je demande à monsieur Garamond l'autorisation pour passer commande à l'étranger des photos couleurs. J'aperçus Agliè dans le bureau de madame Grazia, penché sur le fichier des auteurs Manuzio. Je ne le dérangeai pas : j'étais déjà en retard à mon rendez-vous.

Notre conversation technique terminée, je demandai à Garamond ce que faisait Agliè au secrétariat.

« Lui, c'est un génie, me dit Garamond. C'est un homme d'une pénétration, d'un savoir extraordinaires. L'autre soir, je l'ai emmené dîner avec une poignée de nos auteurs, et il m'a fait faire excellente figure. Quelle conversation, quel style. Gentilhomme de vieille race, grand seigneur, on en a perdu le moule. Quelle érudition, quelle culture, je dirai plus, quelle information. Il a raconté des anecdotes savoureuses sur des personnages d'il y a cent ans, je vous jure, comme s'il les avait connus en personne. Et savez-vous quelle idée il m'a donnée, en revenant chez moi ? Au premier regard, il avait aussitôt photographié mes hôtes, désormais il les connaissait mieux que moi. Il m'a dit qu'il ne faut pas attendre que les auteurs pour Isis Dévoilée arrivent tout seuls. Peine perdue, et manuscrits à lire, et puis on ne sait pas s'ils sont disposés à contribuer aux frais. En revanche, nous avons une mine à exploiter : le fichier de tous les auteurs Manuzio des vingt dernières années ! Vous comprenez ? On écrit à ces vieux, glorieux auteurs à nous, ou du moins à ceux qui ont aussi acheté leurs rossignols, et on leur dit cher monsieur, savez-vous que nous avons lancé une collection sapientiale et traditionnelle de haute spiritualité ? Un auteur de votre finesse ne voudrait-il pas essayer de pénétrer dans cette terra incognita et cætera et cætera ? Un génie, je vous dis. Je crois qu'il nous veut tous avec lui dimanche soir. Il veut nous conduire dans un château, une forteresse, je dirai plus, une splendide villa dans le Turinois. Il paraît qu'il s'y passera des choses extraordinaires, un rite, une célébration, un sabbat, où quelqu'un fabriquera de l'or ou du vif-argent ou quelque chose de ce genre. Tout un monde à découvrir, mon cher Casaubon, même si vous savez que j'ai le plus grand respect pour cette science à laquelle vous vous consacrez avec tant de passion, et de plus je suis très, très satisfait de votre collaboration — je sais, il y a ce petit réajustement financier dont vous m'aviez touché un mot, je ne l'oublie pas, nous en parlerons en son temps. Agliè m'a dit qu'il y aura aussi cette dame, cette belle dame — peut-être pas une splendeur, mais un type, elle a quelque chose dans le regard —, cette amie de Belbo, comment elle s'appelle...

— Lorenza Pellegrini.

— Je crois. Il y a quelque chose entre elle et notre Belbo, eh ?

— Je pense qu'ils sont bons amis.

— Ah ! Voilà une réponse de gentilhomme. Parfait Casaubon. Mais ce n'était pas par curiosité, c'est que moi, pour vous tous, je me sens comme un père et... glissons, à la guerre comme à la guerre... Adieu, cher. »

Nous avions vraiment un rendez-vous avec Agliè, sur les collines du Turinois, me confirma Belbo. Double rendez-vous. Première partie de la soirée, une fête dans le château d'un Rose-Croix cossu ; et après, Agliè nous emmènerait à quelques kilomètres de là, où se déroulerait, à minuit bien entendu, un rite druidique sur lequel il avait été très vague.

« Mais je pensais, ajouta Belbo, que nous devrions aussi faire le point sur l'histoire des métaux, et ici nous sommes toujours trop dérangés. Pourquoi ne partons-nous pas samedi et nous passons deux jours dans ma vieille maison de *** ? C'est un bel endroit, vous verrez, les collines valent la peine. Diotallevi est d'accord, et Lorenza vient peut-être. Naturellement... venez avec qui vous voulez. »

Il ne connaissait pas Lia, mais il savait que j'avais une compagne. Je dis que je viendrais seul. L'avant-veille, je m'étais disputé avec Lia. Ç'avait été une bêtise, et de fait tout se serait arrangé en une semaine. Cependant je sentais le besoin de m'éloigner de Milan pendant deux jours.

Nous arrivâmes ainsi à ***, le trio Garamond et Lorenza Pellegrini. Il y avait eu un moment de tension au départ. Lorenza s'était trouvée au rendez-vous, mais, au moment de monter dans la voiture, elle avait dit : « Je vais peut-être rester, moi, comme ça vous,

vous travaillez en paix. Je vous rejoins plus tard avec Simon. »

Belbo, les mains sur le volant, avait raidi les bras et, en regardant fixement devant lui, dit avec lenteur : « Monte. » Lorenza était montée et, pendant tout le voyage, assise devant, elle avait gardé la main sur le cou de Belbo, qui conduisait en silence.

*** était encore le gros bourg que Belbo avait connu pendant la guerre. De rares maisons neuves, nous dit-il, une agriculture en déclin, parce que les jeunes s'étaient déplacés vers les villes. Il nous montra certaines collines, à présent en pâture, qui avaient été, autrefois, jaunes de blé. Le bourg apparaissait soudain, après un virage, au pied d'une colline, où se trouvait la maison de Belbo. La colline était basse et laissait entrevoir derrière elle l'étendue du Montferrat voilée d'une légère brume lumineuse. Tandis que nous montions, Belbo nous indiqua une petite colline en face, presque chauve, et, à son sommet, une chapelle flanquée de deux pins. « Le Bricco », dit-il. Puis il ajouta : « Ça ne fait rien si ça ne vous dit rien. On y emportait le goûter de l'Ange, le lundi de Pâques. Maintenant, en voiture, on y arrive en cinq minutes ; mais à l'époque, on y allait à pied, et c'était un pèlerinage. »

— 55 —

J'appelle théâtre [le lieu où] toutes les actions de mots et de pensées, et les détails d'un discours et d'arguments sont montrés comme dans un théâtre public, où l'on représente des tragédies et des comédies.

Robert FLUDD, *Utriusque Cosmi Historia,*
Tomi Secundi Tractatus Primi Sectio Secunda,
Oppenheim (?), 1620 (?), p. 55.

Nous arrivâmes à la villa. Villa, c'est une façon de parler : bâtisse de maître, mais qui avait au rez-de-chaussée les grandes caves où Adelino Canepa — le métayer irascible, celui qui avait dénoncé l'oncle aux partisans — faisait le vin des vignobles de la propriété des Covasso. On voyait qu'elle était inhabitée depuis longtemps

Dans une fermette à côté, il y avait encore une vieille, nous dit Belbo, la tante d'Adelino — les autres étaient désormais morts tous les deux, oncle et tante, les Canepa, il ne restait que la centenaire pour cultiver un petit potager, avec quatre poules et un cochon. Les terres étaient parties pour payer les droits de succession, les dettes, et puis qui sait quoi encore. Belbo alla frapper à la porte de la ferme ; la vieille s'avança sur le seuil ; elle mit quelque temps à reconnaître le visiteur, puis elle lui fit d'abondantes manifestations d'hommage. Elle voulait nous faire entrer chez elle, mais Belbo coupa court, après l'avoir embrassée et réconfortée.

Comme nous entrions dans la villa, Lorenza poussait des exclamations de joie au fur et à mesure qu'elle découvrait les escaliers, couloirs, pièces ombreuses au mobilier ancien. Belbo se tenait sur l'understatement, observant que chacun a le château de Sigognac qu'il peut, mais il était ému. Il venait ici de temps à autre, nous dit-il, mais plutôt rarement.

« Pourtant, on y travaille bien, l'été elle est fraîche et l'hiver elle a des murs épais pour la protéger du froid, et il y a des poêles partout. Naturellement, quand j'étais gamin, en réfugié, nous n'habitions que les deux pièces latérales, là-bas au fond du grand couloir. Maintenant j'ai pris possession de l'aile de mon oncle et de ma tante. Je travaille ici, dans le bureau de mon oncle Carlo. » Il y avait un de ces secrétaires qui laissent peu d'espace pour poser un feuillet mais beaucoup pour des tiroirs visibles et invisibles. « Là-dessus je ne réussirais pas à placer Aboulafia, dit-il. Mais les rares fois où je viens ici, j'aime écrire à la main, comme je le faisais autrefois. » Il nous montra une armoire majestueuse : « Voilà, quand je serai mort, rappelez-vous, il y a ici toute la production de ma jeunesse, les poésies que j'écrivais à seize ans, les ébauches de saga en six volumes que j'écrivais à dix-huit... et au fur et à mesure...

— On veut voir, on veut voir ! s'écria Lorenza en battant des mains, et puis en avançant, féline, vers l'armoire.

— On se calme, dit Belbo. Il n'y a rien à voir. Moi-même je n'y regarde plus. Et, en tout cas, après ma mort, je viendrai tout brûler.

— Ici, ça doit être un coin à fantômes, j'espère, dit Lorenza.

— Maintenant, oui. Du temps de mon oncle Carlo, non : c'était très gai. C'était géorgique. Maintenant j'y viens justement parce que c'est bucolique. C'est beau de travailler le soir tandis que les chiens aboient là-bas dans la vallée. »

Il nous fit voir les chambres où nous dormirions : à moi, à Diotallevi et à Lorenza. Lorenza regarda la pièce, toucha le vieux lit avec sa grande couverture blanche, flaira les draps, dit qu'on avait l'impression de se trouver dans un conte de la mère-grand parce qu'ils odoraient la lavande, Belbo observa que ce n'était pas vrai, ce n'était qu'une odeur d'humidité, Lorenza dit que peu importait et puis, s'appuyant au mur, poussant légèrement en avant les hanches et le pubis, comme si elle devait vaincre le flipper, elle demanda : « Mais moi je dors ici toute seule ? »

Belbo regarda d'un autre côté, mais de ce côté il y avait nous, il regarda d'un autre côté encore, puis il s'avança dans le couloir et dit : « Nous en reparlerons. Dans tous les cas, tu as ici un refuge tout à toi. » Diotallevi et moi nous éloignâmes et nous entendîmes Lorenza qui lui demandait s'il avait honte d'elle. Lui, il observait que s'il ne lui avait pas donné une pièce à elle, c'eût été elle qui aurait demandé où lui croyait qu'elle aurait dormi. « J'ai fait moi le premier mouvement, comme ça tu n'as pas le choix », disait-il. « L'Afghan rusé ! disait-elle, et moi alors je dors dans ma chambrette. » « Ça va, ça va, disait Belbo, mais eux ils sont ici pour travailler, allons sur la terrasse. »

Et ainsi nous travaillâmes sur une grande terrasse où était installée une pergola, devant des boissons fraîches et beaucoup de café. Alcool banni jusqu'au soir.

Depuis la terrasse on voyait le Bricco, et sous la petite colline du Bricco une grande construction nue, avec une cour et un terrain de foot. Le tout habité par des figurines multicolores, des enfants, me sembla-t-il. Belbo y fit une allusion une première fois : « C'est l'oratoire salésien. C'est là que don Tico m'a appris à souffler dans un instrument. A la fanfare. »

Je me souvins de la trompette que Belbo s'était refusée, la fois d'après le rêve. Je demandai : « Dans une trompette ou une clarinette ? »

Il eut un instant de panique : « Comment faites-vous pour... Ah, c'est vrai, je vous avais raconté le rêve et la trompette. Non, don Tico m'a appris à jouer de la trompette, mais dans la fanfare je jouais du génis.

— C'est quoi, le génis ?

— Vieilles histoires de gamins. A présent, au travail. »

Mais alors que nous travaillions, je vis qu'il jetait souvent des coups d'œil vers l'oratoire. J'eus l'impression que, pour pouvoir le regarder, il nous parlait d'autre chose. Par intervalles, il interrompait la discussion : « Là, en bas, il y a eu une des plus furieuses fusillades de la fin de la guerre. Ici, à ***, il s'était établi comme un accord entre fascistes et partisans. Vers le printemps, les partisans descendaient occuper le bourg, et les fascistes ne venaient pas chercher des noises. Les fascistes n'étaient pas du coin, les partisans étaient tous des gars de par ici. En cas d'accrochage, ils savaient comment se déplacer au milieu des rangées de maïs, des bosquets, des haies. Les fascistes se retranchaient dans la zone habitée, et ils ne partaient que pour les ratissages. L'hiver, il était plus difficile pour les partisans de rester dans la plaine, pas moyen de se cacher, on était vu de loin dans la neige, et avec une mitrailleuse vous écopiez même à un kilomètre. Alors les partisans montaient sur les collines les plus hautes. Et là, c'étaient eux, de nouveau, qui connaissaient les passages, les anfractuosités, les refuges. Et les fascistes venaient contrôler la plaine. Mais, ce printemps-là, nous étions à la veille de la Libération. Ici il y avait encore les fascistes, mais ils ne se risquaient pas, je crois, à retourner en ville, parce qu'ils subodoraient que le coup final serait assené là-bas, ce qui se passa de fait vers le 25 avril. Je crois que des accords avaient été passés, les partisans attendaient, ils ne voulaient pas d'engagement frontal, ils étaient sûrs désormais qu'il arriverait très vite quelque chose, la nuit Radio Londres donnait des nouvelles de plus en plus roboratives, les messages spéciaux pour les partisans badogliens de la formation Franchi, genre : demain il va pleuvoir encore, l'oncle Pierre a apporté le pain... peut-être que toi tu les as entendus, Diotallevi... Bref, il a dû y avoir un malentendu, les partisans sont descendus quand les fascistes n'avaient pas encore bougé. Un jour ma sœur était ici, sur la terrasse, et elle rentra pour nous dire qu'il y en avait deux qui jouaient à se poursuivre avec une mitraillette. Nous n'avons pas été étonnés, c'étaient des petits gars, les uns et les autres, qui trompaient l'ennui en jouant avec les armes ; une fois, pour rire, deux d'entre eux ont réellement tiré et la balle a été se planter dans le tronc d'un arbre de l'allée où s'appuyait ma sœur. Elle ne s'en était même pas aperçue, ce sont les voisins qui nous l'ont dit, et depuis lors on lui avait appris que quand elle en voyait deux jouer avec leur mitraillette, il fallait qu'elle déguerpisse. Ils sont encore en train de jouer, a-t-elle dit en rentrant, pour montrer qu'elle obéissait. Et c'est à cet instant que nous avons entendu une rafale. Seulement elle a été suivie par une deuxième, par une troisième, puis les rafales se multipliaient, on entendait les coups secs des mousquets, le ta-ta-ta des mitraillettes, quelques coups plus sourds, sans doute des grenades, et enfin la mitrailleuse. Nous avons compris qu'ils ne jouaient plus. Mais nous n'avons pas eu le temps d'en discuter parce que maintenant nous n'entendions plus nos voix. Pim poum bang ratatata. Nous nous sommes blottis sous l'évier, maman, ma sœur et moi. Puis est arrivé l'oncle Carlo, à quatre pattes le long du couloir, pour dire que de notre côté nous étions trop exposés, qu'il fallait les rejoindre. Nous nous sommes déplacés vers l'autre aile, où ma tante Caterina pleurait parce que grand-mère était dehors...

— C'est quand votre grand-mère s'est trouvée allongée dans un champ, face contre terre, prise entre deux feux...

— Et ça, comment le savez-vous ?

— Vous me l'avez raconté en 73, le lendemain de la manif.

— Dieu quelle mémoire. Avec vous, il faut faire attention à ce qu'on dit... Oui. Mais mon père aussi était dehors. Comme nous l'avons su après, il était dans le centre, il s'était protégé sous une porte cochère, et il ne pouvait pas sortir car les autres faisaient du tir à la cible d'un bout à l'autre de la rue ; et, du haut de la tour de la mairie, une poignée de Brigades noires balayaient la place avec la mitrailleuse. Sous la porte cochère, il y avait aussi l'ex-podestat fasciste. A un moment donné, il a dit qu'il réussirait à courir chez lui, il n'avait qu'à tourner l'angle. Il a attendu un peu en silence, il s'est précipité hors de la porte cochère, a atteint l'angle et il a été fauché dans le dos par la mitrailleuse de la mairie. La réaction émotive de mon père, qui s'était déjà tapé la première guerre mondiale, a été : mieux vaut rester sous la porte cochère.

— C'est là un endroit plein de bien doux souvenirs, observa Diotallevi.

— Tu n'y croiras pas, dit Belbo, mais ils sont très doux. Et ils sont l'unique chose vraie que je me rappelle. »

Les autres ne comprirent pas, moi je devinai — et à présent je sais. Surtout pendant ces mois où il naviguait au milieu du mensonge des diaboliques, et des années après qu'il avait pansé sa désillusion de mensonges romanesques, les jours de *** lui apparaissaient dans sa mémoire comme un monde où une balle est une balle, ou tu l'esquives ou tu la chopes, et les deux parties se détachaient nettement l'une en face de l'autre, repérables à leurs couleurs, le rouge et le noir, ou le kaki et le gris-vert, sans équivoque — ou du moins c'est ce qu'il lui semblait alors. Un mort était un mort était un mort était un mort. Non pas comme le colonel Ardenti, visqueusement disparu. Je pensai qu'il fallait peut-être lui parler de la synarchie, qui déjà était rampante en ces années-là. N'avait-elle peut-être pas été synarchique la rencontre entre son oncle Carlo et Terzi, l'un et l'autre poussés sur des fronts opposés par le même idéal chevaleresque ? Mais pourquoi enlever à Belbo son Combray ? Ses souvenirs étaient doux parce qu'ils lui parlaient de l'unique vérité qu'il avait connue, et après seulement avait commencé le doute. Sauf que, il me l'avait laissé entendre, même dans les jours de la vérité il était resté à regarder. Il regardait dans le souvenir le temps où il regardait naître la mémoire des autres, de l'Histoire, et de tant d'histoires que lui n'aurait pas écrites.

Ou bien y avait-il eu un moment de gloire et de choix ? Parce qu'il dit : « Et puis, ce jour-là, je fis l'acte d'héroïsme de ma vie.

— Mon John Wayne à moi, dit Lorenza. Dis-moi.

— Oh rien. Après avoir rampé chez mon oncle et ma tante, je m'obstinais à rester debout dans le couloir. La fenêtre est au fond, nous étions au premier étage, personne ne peut me toucher, disais-je. Et je me sentais comme le capitaine qui reste debout au milieu du carré quand sifflent les balles autour de lui. Puis mon oncle s'est mis en colère, il m'a tiré avec rudesse vers l'intérieur, j'allais me mettre à pleurer car l'amusement prenait fin, et en cet instant précis nous avons entendu trois coups, des vitres brisées et une sorte de rebond, comme si quelqu'un jouait dans le couloir avec une balle de tennis. Un projectile était entré par la fenêtre, avait touché un tuyau d'eau et ricoché, allant se planter en bas, juste à l'endroit où je me trouvais moi, un instant avant. Si j'avais été debout et le nez à l'air, il m'aurait estropié. Sans doute.

— Mon Dieu, je ne t'aurais pas voulu boiteux, dit Lorenza.

— Aujourd'hui, qui sait, je pourrais en être content », dit Belbo. De fait, même dans ce cas-là il n'avait pas choisi. Il s'était fait tirer à l'intérieur par son oncle.

Une petite heure plus tard, il eut un autre moment de distraction. « Ensuite, à un moment donné, Adelino Canepa est arrivé en haut. Il disait qu'on serait tous plus en sécurité dans la cave. Lui et mon oncle, ils ne se parlaient plus depuis des années, je vous l'ai raconté. Mais, au moment de la tragédie, Adelino était redevenu un être humain, et mon oncle a été jusqu'à lui serrer la main. Ainsi avons-nous passé une heure dans le noir au milieu des tonneaux et dans l'odeur de vendanges infinies qui montait un peu à la tête ; dehors, ça canardait. Puis les rafales se sont espacées, les coups nous arrivaient plus amortis. Nous avons compris que l'un des deux camps se retirait, mais nous ne savions pas encore lequel. Jusqu'à ce que d'une fenêtre au-dessus de nos têtes, qui donnait sur un sentier, nous ayons entendu une voix, en dialecte : “ Monssu, i'è d'la repubblica bele si ? ”

— Qu'est-ce que ça veut dire ? demanda Lorenza.

— A quelque chose près : gentleman, auriez-vous l'extrême courtoisie de m'informer s'il se trouve encore dans les parages des adeptes de la République Sociale Italienne ? En ces temps-là, république était un vilain mot. C'était un partisan qui interpellait un passant, ou quelqu'un à une fenêtre, et donc le sentier était redevenu praticable, les fascistes s'étaient en allés. La nuit commençait à tomber. Peu après sont arrivés aussi bien mon père que ma grand-mère, et de nous raconter chacun son aventure. Ma mère et ma tante ont préparé quelque chose à manger, tandis que mon oncle et Adelino Canepa cérémonieusement ne se resaluaient déjà plus. Pendant tout le reste de la soirée, nous avons entendu des rafales lointaines, vers les collines. Les partisans traquaient les fuyards. Nous avions gagné. »

Lorenza l'embrassa sur les cheveux et Belbo fit un ricanement du nez. Il savait qu'il avait gagné par brigade interposée. En réalité, il avait assisté à un film. Mais, pendant un moment, risquant de recevoir la balle par ricochet, il était entré dans le film. Tout juste et en quatrième vitesse, comme dans *Hellzapoppin'*, quand les pellicules se confondent et qu'un Indien arrive à cheval au cours d'un bal et demande où ils sont allés, quelqu'un lui dit « par là », et le cavalier disparaît dans une autre histoire.

— 56 —

Elle embouchа si puissamment sa belle trompette que la montagne en résonna jusqu'au fond.

Johann Valentin ANDREAE,
Die Chymische Hochzeit des Christian Rosencreutz,
Strassburg, Zetzner, 1616, 1, p. 4.

Nous en étions au chapitre sur les merveilles des conduits hydrauliques, et, dans une gravure du XVIe siècle tirée des *Spiritalia* de Héron, on voyait une espèce d'autel avec dessus un automate qui — en vertu d'un mécanisme complexe à vapeur — jouait de la trompette.

Je ramenai Belbo à ses souvenirs : « Mais alors, quelle était l'histoire de ce don Tycho Brahé ou comment il s'appelle, qui vous a appris la trompette ?

— Don Tico. Je n'ai jamais su si c'était un surnom ou son patronyme. Je ne suis plus retourné à l'oratoire. J'y étais arrivé par hasard : la messe, le catéchisme, quantité de jeux, et on gagnait une image du Bienheureux Domenico Savio, cet adolescent aux pantalons de drap rêche en accordéon, que les statues représentaient toujours dans la soutane de don Bosco, avec les yeux au ciel pour ne pas entendre ses camarades qui racontaient des blagues obscènes. Je découvris que don Tico avait formé une fanfare, toute de garçons entre dix et quatorze ans. Les plus petits jouaient de la clarinette, de l'octavin, du saxo soprano ; les plus grands supportaient le baryton et la grosse caisse. Ils portaient l'uniforme, blouson kaki et pantalon bleu, avec une casquette. Un rêve, et je voulus être des leurs. Don Tico dit qu'il avait besoin d'un génis. »

Il nous dévisagea avec supériorité et se mit à réciter : « Génis, dans l'argot de la fanfare, c'est une espèce de tout petit trombone qui, en réalité, s'appelle bugle contralto en mi bémol. C'est l'instrument le plus stupide de toute la fanfare. Il fait oumpa-oumpa-oumpa-oumpap quand la marche tombe sur un temps faible, et après le parapapa-pa-pa-pa-paaa il passe au temps fort et fait pa-pa-pa-pa-pa... Mais on apprend facilement, il appartient à la famille des cuivres, comme la trompette, et sa mécanique n'est pas différente de celle de la trompette. La trompette exige plus de souffle et une bonne conformation de la bouche — vous savez, cette sorte de cal circulaire qui se forme sur les lèvres, comme Armstrong. Avec une bonne conformation de la bouche tu épargnes ton souffle et le son sort limpide et net, sans qu'on t'entende souffler — d'autre part, on ne doit pas gonfler les joues, gare ! ça n'arrive que dans la fiction et dans les caricatures.

— Mais la trompette ?

— J'apprenais tout seul à en jouer, en ces après-midi d'été où il n'y avait personne à l'oratoire, et je me cachais dans le parterre du petit théâtre... Mais j'étudiais la trompette pour des raisons érotiques. Vous voyez là-haut cette petite villa, à un kilomètre de l'oratoire ? C'est là qu'habitait Cecilia, la fille de la bienfaitrice des salésiens. Alors, chaque fois que la fanfare s'exhibait, pour les fêtes d'obligation, après la procession, dans la cour de l'oratoire et surtout au théâtre, avant les représentations de la troupe d'amateurs, Cecilia, accompagnée de sa mère, était toujours au premier rang, à la place d'honneur, à côté du père prévôt de la cathédrale. Et, dans ces cas-là, la fanfare commençait par une marche qui s'appelait *Bon Début*, et la marche était ouverte par les trompettes, les trompettes en si bémol, d'or et d'argent, bien astiquées pour l'occasion. Les trompettes se mettaient debout et faisaient un solo. Puis ils s'asseyaient et la fanfare attaquait. Jouer de la trompette était l'unique façon de me faire remarquer par Cecilia.

— Autrement ? demanda Lorenza, attendrie.

— Il n'y avait pas d'autrement. D'abord, moi j'avais treize ans et elle treize et demi, et une fille à treize ans et demi est une femme ; un garçon, un morveux. Et puis elle aimait un saxo alto, un certain Papi, horrible et pelé, à ce qu'il me paraissait, et elle n'avait d'yeux que pour lui, qui bêlait, lascif, car le saxophone, quand ce n'est pas celui d'Ornette Coleman et qu'il joue dans une fanfare — et qu'il est joué par l'horrible Papi — est (où à ce qu'il me semblait alors) un instrument caprin et vulvaire, il a la voix, comment dire, d'une mannequin qui s'est mise à boire et à tapiner...

— Comment font-elles, les mannequins qui tapinent ? Qu'est-ce que tu en sais, toi ?

— En somme, Cecilia ne savait même pas que j'existais. Bien sûr, tandis que je trottais le soir sur la colline pour aller chercher le lait dans une ferme perchée, je m'inventais des histoires splendides, avec elle enlevée par les Brigades noires et moi qui courais la sauver sous les balles qui sifflaient à mes oreilles et faisaient tchiacc tchiacc en tombant dans les éteules ; je lui révélais ce qu'elle ne pouvait pas savoir, que sous de fausses apparences je dirigeais la Résistance dans tout le Montferrat, et elle m'avouait qu'elle l'avait toujours espéré, et à cet instant-là j'avais honte car je sentais comme une coulée de miel dans mes veines — je vous jure, pas même mon prépuce ne s'humectait, c'était une autre chose, bien plus terrible, grandiose — et, de retour à la maison, j'allais me confesser... Je crois que le péché, l'amour et la gloire c'est ça : quand tu descends à l'aide des draps tressés de la fenêtre de Villa Triste, elle qui se pend à ton cou, dans le vide, et te susurre qu'elle avait toujours rêvé de toi. Le reste n'est que sexe, copulation, perpétuation de la semence infâme. En somme, si j'étais passé à la trompette, Cecilia n'aurait pas pu m'ignorer, moi debout, éclatant, et le misérable saxo assis. La trompette est guerrière, angélique, apocalyptique, victorieuse, elle sonne la charge ; le saxophone fait danser les petits mecs des banlieues aux cheveux gras de brillantine, joue à joue avec des filles en sueur. Et moi j'étudiais la trompette, comme un fou, jusqu'au moment où je me suis présenté à don Tico et je lui ai dit écoutez-moi, et j'étais comme Oscar Levant quand il fait son premier bout d'essai à Broadway avec Gene Kelly. Et don Tico dit : tu es un trompette. Cependant...

— Comme c'est dramatique, dit Lorenza, raconte, ne nous tiens pas plus longtemps en haleine.

— Cependant il fallait que je trouve quelqu'un pour me remplacer au génis. Débrouille-toi, avait dit don Tico. Et je me suis débrouillé. Vous devez donc savoir, ô mes enfants, qu'en ces temps-là vivaient à *** deux misérables, mes camarades de classe bien qu'ils eussent deux ans de plus que moi, et cela vous en dit beaucoup sur leurs dispositions à l'étude. Ces deux brutes s'appelaient Annibale Cantalamessa et Pio Bo. Un : historique.

— Quoi donc ? » demanda Lorenza.

J'expliquai, complice : « Quand Salgari rapporte un fait vrai (ou que lui croyait vrai) — disons que Taureau Assis après Little Big Horn mange le cœur du général Custer — à la fin du récit il met une note en bas de page, qui dit : 1. Historique.

— Voilà. Et c'est historique qu'Annibale Cantalamessa et Pio Bo s'appelaient comme ça, et ce n'était pas leur plus mauvais côté. Ils étaient fainéants, voleurs de bandes dessinées au kiosque à journaux, ils volaient les douilles de ceux qui en avaient une belle collection et ils posaient leur sandwich au saucisson entre les pages du livre d'aventures sur terre et sur mer que vous veniez de leur prêter après qu'on vous l'avait offert pour Noël. Cantalamessa se disait communiste, Bo, fasciste ; ils étaient l'un et l'autre disposés à se vendre à l'adversaire pour un lance-pierres ; ils racontaient des histoires de cul, avec d'imprécises notions anatomiques, et ils pariaient à qui s'était masturbé le plus longtemps la veille au soir. C'étaient des individus prêts à tout, pourquoi pas au génis ? Ainsi ai-je décidé de les séduire. Je leur vantais l'uniforme des joueurs de la fanfare, les emmenais aux exécutions publiques, leur laissais entrevoir des succès amoureux avec les Filles de Marie... Ils tombèrent dans le panneau. Je passais les journées dans le petit théâtre, muni d'un long jonc, comme je l'avais vu dans les illustrations des opuscules sur les missionnaires, je leur donnais des coups de baguette sur les doigts quand ils faisaient une fausse note — le génis n'a que trois touches, pour l'index, le médius et l'annulaire, mais pour le reste c'est une question de bonne conformation de la bouche, je l'ai dit. Je ne vous ennuierai pas plus longtemps, mes petits auditeurs : le jour vint où je pus présenter deux génis à don Tico, je ne dirai pas parfaits mais, au moins pour une première répétition, préparée durant des après-midi sans repos, acceptables. Don Tico était convaincu, il les avait revêtus de l'uniforme, et il m'avait fait passer à la trompette. En l'espace d'une semaine, à la fête de Marie-Auxiliatrice, à l'ouverture de la saison théâtrale avec *Le Petit Parisien*, devant le rideau fermé, face aux autorités, j'étais debout, pour jouer le commencement de *Bon Début*.

— Oh splendeur, dit Lorenza, le visage ostensiblement inondé de tendre jalousie. Et Cecilia ?

— Elle n'était pas là. Peut-être était-elle malade. Que sais-je ? Elle n'y était pas. »

Il leva les yeux, et du regard il fit le tour du parterre, car, maintenant, il se sentait barde — ou baladin. Il marqua un temps d'arrêt calculé. « Deux jours après don Tico m'envoyait chercher et m'expliquait qu'Annibale Cantalamessa et Pio Bo avaient gâché la soirée. Ils ne gardaient pas la mesure, se distrayaient dans les pauses en se lançant plaisanteries et railleries, ils n'attaquaient pas au bon moment. “ Le génis, me dit don Tico, est l'ossature de la fanfare, il en est la conscience rythmique, l'âme. La fanfare est comme un troupeau, les instruments sont les brebis, le chef est le berger, mais le génis est le chien fidèle et grondant qui tient les brebis au pas. Le chef regarde avant tout le génis, et si le génis le suit, les brebis le suivront. Mon petit Jacopo je dois te demander un grand sacrifice, mais il faut que tu reviennes au génis, avec les deux autres. Toi, tu as le sens du rythme, il faut me les tenir au pas. Je te le jure, dès qu'ils deviendront autonomes, je te remets à la trompette. ” Je devais tout à don Tico.

J'ai dit oui. Et à la fête suivante les trompettes se sont encore levés et ont joué l'attaque de *Bon Début* devant Cecilia, revenue au premier rang. Moi j'étais dans l'ombre, génis au milieu des génis. Quant aux deux misérables, ils ne sont jamais devenus autonomes. Je ne suis plus revenu à la trompette. La guerre a pris fin, je suis retourné dans la ville, j'ai abandonné les cuivres ; et de Cecilia, je n'ai plus jamais rien su, pas même le nom.

— Pauvre chou, dit Lorenza en venant dans son dos pour l'embrasser. Mais moi je te reste.

— Je croyais que tu aimais les saxophones », dit Belbo. Puis il lui baisa la main, en tournant à peine la tête. Il redevint sérieux. « Au travail, dit-il. Nous devons faire une histoire du futur, pas une chronique du temps perdu. »

Le soir venu, on célébra abondamment la révocation du ban antialcoolique. Jacopo paraissait avoir oublié ses humeurs élégiaques, et il se mesura avec Diotallevi. Ils imaginèrent des machines absurdes, pour s'apercevoir à chaque trouvaille qu'elles avaient déjà été inventées. A minuit, après une journée bien remplie, tout le monde décida qu'il fallait expérimenter ce qu'on éprouve à dormir sur les collines.

Je me mis au lit dans la vieille chambre, avec des draps plus humides qu'ils n'étaient dans l'après-midi. Jacopo avait insisté pour que nous y placions de bonne heure le moine, cette sorte de bâti ovale qui tient soulevées les couvertures, et sur lequel on pose un réchaud avec sa braise — et c'était probablement pour nous faire goûter à tous les plaisirs de la vie dans une maison campagnarde. Cependant, lorsque l'humidité est cachée, le moine la révèle franchement, on sent une tiédeur délicieuse mais la toile semble mouillée. Patience. J'allumai un abat-jour à franges, où les éphémères battent leurs ailes avant de mourir, ainsi que veut le poète. Et j'essayai de trouver le sommeil en lisant le journal.

Mais, pendant environ une heure ou deux, j'entendis des pas dans le couloir, des portes s'ouvrir et se fermer, la dernière fois (la dernière que j'entendis) une porte claqua avec violence. Lorenza Pellegrini mettait les nerfs de Belbo à l'épreuve.

Le sommeil commençait à me gagner quand j'entendis gratter à la mienne, de porte. Difficile de comprendre s'il s'agissait d'un animal (mais je n'avais vu ni chien ni chat), et j'eus l'impression que c'était une invite, une demande, un appât. Lorenza faisait peut-être ça parce qu'elle savait que Belbo l'observait. Peut-être pas. J'avais jusqu'alors considéré Lorenza comme la propriété de Belbo — du moins par rapport à moi —, en outre, depuis que je me trouvais avec Lia, j'étais devenu insensible aux autres charmes. Les regards malicieux, souvent d'entente, que Lorenza me lançait parfois au bureau ou au bar, quand elle charriait Belbo, comme pour chercher un allié ou un témoin, faisaient partie — je l'avais toujours pensé — d'un jeu de société — et puis Lorenza Pellegrini avait la vertu de regarder quiconque de l'air de vouloir mettre au défi ses capacités amoureuses — mais d'une façon curieuse, comme si elle suggérait « je te veux, mais pour te montrer que tu as peur »... Ce soir-là, en entendant ce grattement, ces ongles qui rampaient sur le vernis du vantail, j'éprouvai une sensation différente : je me rendis compte que je désirais Lorenza.

Je mis la tête sous l'oreiller et pensai à Lia. Je veux faire un enfant avec Lia, me dis-je. Et à lui (ou à elle) je ferai tout de suite jouer de la trompette, à peine il saura souffler.

— 57 —

Tous les trois arbres et de chaque côté, était suspendue une lanterne. Toutes les lumières avaient déjà été allumées par une belle vierge vêtue de bleu, à l'aide d'une magnifique torche, spectacle merveilleux, conçu avec une maîtrise qui me retint plus qu'il ne fallait.

Johann Valentin ANDREAE,
Die Chymische Hochzeit des Christian Rosencreutz,
Strassburg, Zetzner, 1616, 2, p. 21.

Vers midi Lorenza nous rejoignit sur la terrasse, souriante, et elle annonça qu'elle avait trouvé un train magnifique qui passait par *** à douze heures trente, et avec un seul changement elle serait rendue à Milan dans l'après-midi. Elle demanda si nous l'accompagnions à la gare.

Belbo continua à feuilleter des notes et dit : « Il me semblait qu'Agliè t'attendait toi aussi, il me semblait même qu'il avait organisé toute l'expédition rien que pour toi.

— Tant pis pour lui, dit Lorenza. Qui m'accompagne ? »

Belbo se leva et nous dit : « J'en ai pour un instant et je reviens. Après, nous pouvons rester ici encore deux petites heures. Lorenza, tu avais un sac ? »

J'ignore s'ils se dirent autre chose pendant le trajet vers la gare. Belbo revint une vingtaine de minutes après et se remit à travailler sans faire d'allusion à l'incident.

A deux heures, nous trouvâmes un restaurant confortable sur la place du marché, et le choix des plats et des vins permit à Belbo d'évoquer encore d'autres événements de son enfance. Mais il parlait comme s'il citait la biographie d'un autre. Il avait perdu l'heureuse veine narrative de la veille. Au milieu de l'après-midi, nous prîmes la route pour rejoindre Agliè et Garamond.

Belbo conduisait vers le sud-ouest, tandis que le paysage changeait peu à peu, de kilomètre en kilomètre. Les coteaux de ***, même par un automne bien avancé, étaient petits et doux ; maintenant, par contre, au fur et à mesure que nous roulions, l'horizon devenait plus large, bien qu'à chaque tournant augmentassent les pics, où se retranchait quelque village. Mais entre un pic et un autre s'ouvraient des horizons infinis — au-dessus des étangs, au-dessus des vallées, comme observait Diotallevi, qui verbalisait judicieusement nos découvertes. Ainsi, tout en montant en troisième, on apercevait à chaque courbe de vastes étendues au profil ondulé et continu, qui, aux confins du plateau, s'estompait déjà en une brume presque hivernale. On eût dit d'une plaine modulée de dunes, et c'était de la moyenne montagne. Comme si la main d'un démiurge inhabile avait pressé les cimes qui lui avaient semblé excessives, les transformant en une gelée de coings tout en gibbosités, jusqu'à la mer, qui sait, ou jusque sur les pentes de chaînes plus âpres et tranchées.

Nous arrivâmes dans le village où, au bar de la place centrale, nous avions rendez-vous avec Agliè et Garamond. A la nouvelle que Lorenza n'était pas avec nous, Agliè, s'il en fut contrarié, ne le fit pas voir. « Notre exquise amie ne veut pas communiquer avec d'autres les mystères qui la définissent. Singulière pudeur, que j'apprécie », dit-il. Et ce fut tout.

Nous poursuivîmes notre route, en tête la Mercedes de Garamond et derrière la Renault de Belbo, par vaux et collines, jusqu'à ce que, tandis que la lumière du soleil déclinait, nous fussions en vue d'une étrange construction perchée sur un coteau, une manière de château XVIIIe, jaune, d'où se détachaient, ainsi me sembla-t-il de loin, des terrasses fleuries et arborées, luxuriantes malgré la saison.

Lorsque nous parvînmes au pied de la côte, nous nous trouvâmes sur une esplanade où étaient garées quantité de voitures. « C'est ici qu'on s'arrête, dit Agliè, et on poursuit à pied. »

Le crépuscule désormais devenait nuit. La montée nous apparaissait dans la lumière d'une multitude de torches allumées le long des pentes.

C'est curieux, mais de tout ce qui se passa, depuis ce moment-là jusque tard dans la nuit, j'ai des souvenirs à la fois limpides et confus. J'évoquais l'autre soir dans le périscope et je sentais un air de famille entre les deux expériences. Voilà, me disais-je, maintenant tu es ici, dans une situation qui n'est pas naturelle, étourdi par une imperceptible odeur de moisissure des vieux bois, pensant être dans une tombe, ou dans le ventre d'un vase où s'accomplit une transformation. Si seulement tu sortais la tête hors de la cabine, tu verrais dans la pénombre des objets, qui aujourd'hui te paraissaient immobiles, s'agiter comme des ombres éleusiennes au milieu des vapeurs d'un sortilège. Et il en était allé ainsi, le soir au château : les lumières, les surprises du parcours, les mots que j'entendais, et plus tard certainement les encens, tout conspirait à me faire croire que je rêvais un rêve, mais en une forme anormale, tel qui est proche du réveil quand il rêve qu'il rêve.

Je ne devrais rien me rappeler. En revanche, je me rappelle tout, comme si ce n'était pas moi qui l'avais vécu et que je me le sois fait raconter par un autre.

Je ne sais pas si tout ce dont je me souviens, avec une si confuse lucidité, est ce qui s'est passé ou ce que je désirai qu'il se passât, mais ce fut certainement ce soir-là que le Plan prit forme dans notre esprit, comme volonté de donner une forme quelconque à cette expérience informe, transformant en réalité imaginée cette imagination que quelqu'un avait voulue réelle.

« Le parcours est rituel, nous expliquait Agliè tandis que nous montions. Ce sont des jardins suspendus, les mêmes — ou presque — que Salomon de Caus avait conçus pour Heidelberg — je veux dire : pour l'Électeur palatin Frédéric V, au grand siècle rose-croix. Il y a peu de lumière, mais il doit en être ainsi, parce qu'il vaut mieux entrevoir que voir : notre amphitryon n'a pas reproduit avec fidélité le projet de Salomon de Caus, mais il l'a concentré dans un espace plus étroit. Les jardins de Heidelberg imitaient le macrocosme, mais qui les a reconstruits ici n'a fait qu'imiter le microcosme. Voyez cette grotte rocaille... Décorative, sans nul doute. Mais de Caus avait présent à l'esprit l'emblème de l'*Atalanta Fugiens* de Michael Maier où le corail est la pierre philosophale. De Caus savait qu'à travers la forme des jardins on peut influencer les astres, parce qu'il y a des caractères qui, par leur configuration, miment l'harmonie de l'univers...

— Prodigieux, dit Garamond. Mais comment fait un jardin pour influencer les astres ?

— Il est des signes qui ploient les uns vers les autres, qui se regardent les uns les autres et qui s'embrassent, et contraignent à l'amour. Et ils n'ont, ne doivent avoir, forme certaine et définie. Chacun, selon ce que dicte sa fureur ou l'élan de son esprit, expérimente des forces déterminées, comme il arrivait avec les hiéroglyphes des Égyptiens. Il ne peut y avoir de rapports entre nous et les êtres divins si ce n'est à travers des sceaux, des figures, des caractères et autres cérémonies. Pour la même raison, les divinités nous parlent par songes et énigmes. Et ainsi de ces jardins. Chaque aspect de cette terrasse reproduit un mystère de l'art alchimique, mais malheureusement nous ne sommes plus en mesure de le lire, et notre hôte pas davantage. Singulier dévouement au secret, vous en conviendrez, chez cet homme qui dépense tout ce qu'il a accumulé au cours de sa vie pour faire dessiner des idéogrammes dont il ne connaît plus le sens. »

Nous montions, et de terrasse en terrasse les jardins changeaient de physionomie. Certains avaient forme de labyrinthe, d'autres figure d'emblème, mais on ne pouvait voir le dessin des terrasses inférieures que des terrasses supérieures, si bien que j'aperçus d'en haut le contour d'une couronne et beaucoup d'autres symétries que je n'avais pas pu remarquer quand je les parcourais, et qu'en tout cas je ne savais pas déchiffrer. Chaque terrasse, pour qui se déplaçait au milieu des haies, par effet de perspective offrait certaines images mais, revue de la terrasse supérieure, procurait de nouvelles révélations, et même de sens opposé — et chaque degré de cette échelle parlait ainsi deux langues différentes au même moment.

Nous aperçûmes, au fur et à mesure que nous montions, de petites constructions. Une fontaine à la structure phallique, qui s'ouvrait sous une sorte d'arc ou petit portique, avec un Neptune piétinant un dauphin, une porte avec des colonnes vaguement assyriennes et un arc de forme imprécise, comme si on avait superposé triangles et polygones à des polygones, et chacun des sommets était surmonté par la statue d'un animal, un élan, un singe, un lion...

— Et tout ça révèle quelque chose ? demanda Garamond.

— Indubitablement ! Il suffirait de lire le *Mundus Symbolicus* de Picinelli, qu'Alciat avait anticipé avec une singulière fureur prophétique. Le jardin entier est lisible comme un livre, ou comme un sortilège, ce qui est au fond la même chose. Vous pourriez, si vous le saviez, prononcer à voix basse les mots que dit le jardin, et vous seriez capables de diriger une des innombrables forces qui agissent dans le monde sublunaire. Le jardin est un dispositif pour dominer l'univers. »

Il nous montra une grotte. Une maladie d'algues et de squelettes d'animaux marins, naturels, en plâtre, en pierre, je ne sais... On entrevoyait une naïade enlacée à un taureau à la queue écailleuse de grand poisson biblique, couché au fil d'une eau qui coulait de la coquille qu'un triton tenait à la manière d'une amphore.

« J'aimerais que vous saisissiez la signification profonde de ce qui, autrement, ne serait qu'un banal jeu hydraulique. De Caus savait bien que si l'on prend un vase, qu'on le remplit d'eau et qu'on ferme son ouverture, même si ensuite on fore un trou sur le fond, l'eau ne sort pas. Mais si on fait aussi un trou vers le haut, l'eau coule ou jaillit en bas.

— N'est-ce pas une évidence ? demandai-je. Dans le second cas l'air entre par le haut et pousse l'eau en bas.

— Explication scientiste typique, où l'on prend la cause pour l'effet, ou vice versa. Vous ne devez pas vous demander pourquoi l'eau sort dans le second cas. Vous devez vous demander pourquoi elle se refuse à sortir dans le premier.

— Et pourquoi elle se refuse ? demanda, anxieux, Garamond.

— Parce que si elle sortait, il resterait du vide dans le vase, et la nature a horreur du vide. *Nequaquam vacui,* c'était un principe rose-croix, que la science moderne a oublié.

— Impressionnant, dit Garamond. Casaubon, dans notre merveilleuse histoire des métaux, ces choses doivent apparaître, je vous en prie instamment. Et ne me dites pas que l'eau n'est pas un métal. De l'imagination, que diable !

— Excusez-moi, dit Belbo à Aglié, mais votre argument est *post hoc ergo ante hoc.* Ce qui vient après cause ce qui venait avant.

— Il ne faut pas raisonner selon des séquences linéaires. L'eau de ces fontaines ne le fait pas. La nature ne le fait pas, la nature ignore le temps. Le temps est une invention de l'Occident. »

Tout en montant, nous croisions d'autres invités. Pour certains d'entre eux, Belbo donnait un coup de coude à Diotallevi qui commentait à voix basse : « Eh oui, facies hermetica. »

Ce fut parmi les pèlerins à facies hermetica, un peu isolé, avec un sourire de sévère indulgence sur les lèvres, que je croisai monsieur Salon. Je lui souris, il me sourit.

« Vous connaissez Salon ? me demanda Aglié.

— Vous connaissez Salon ? lui demandai-je à mon tour. Pour moi c'est normal, j'habite dans son immeuble. Que pensez-vous de Salon ?

— Je le connais peu. Certains amis dignes de foi me disent que c'est un indicateur de la police. »

Voilà pourquoi Salon était au courant pour les éditions Garamond et pour Ardenti. Quelle connexion y avait-il entre Salon et De Angelis ? Mais je me limitai à demander à Aglié : « Et que fait un indicateur de la police dans une fête comme celle-ci ?

— Les indicateurs de la police, dit Aglié, vont partout. N'importe quelle expérience est utile pour inventer des renseignements. Pour la police on devient d'autant plus puissant qu'on sait plus de choses, ou qu'on fait mine de savoir. Et peu importe que ces choses soient vraies. L'important, rappelez-vous, c'est de posséder un secret.

— Mais pourquoi Salon est invité ici ? demandai-je.

— Mon ami, répondit Agliè, probablement parce que notre hôte suit cette règle d'or de la pensée sapientiale selon laquelle toute erreur peut être la porteuse méconnue de la vérité. Le véritable ésotérisme n'a pas peur des contraires.

— Vous êtes en train de me dire qu'à la fin ces gens sont tous d'accord entre eux.

— *Quod ubique, quod ab omnibus et quod semper.* L'initiation est la découverte d'une philosophia perennis. »

Ainsi philosophant, nous étions arrivés au sommet des terrasses, en empruntant un sentier au milieu d'un vaste jardin qui menait à l'entrée de la villa, ou castel comme on voudra. A la lumière d'une torche plus grande que les autres, nous vîmes, montée sur le faîte d'une colonne, une jeune fille enveloppée d'une robe bleue semée d'étoiles d'or, qui tenait à la main une trompette, de celles que sonnent les hérauts dans les opéras. Comme dans un de ces mystères médiévaux où les anges font parade de leurs plumes en papier vélin, la fille avait aux épaules deux grandes ailes blanches décorées de formes amygdaloïdes marquées en leur centre par un point et qui, avec un peu de bonne volonté, auraient pu passer pour des yeux.

Nous vîmes le professeur Camestres, un des premiers diaboliques qui nous avaient rendu visite chez Garamond, l'adversaire de l'Ordo Templi Orientis. Nous eûmes du mal à le reconnaître, parce qu'il s'était déguisé d'une façon qui nous parut bizarre, mais qu'Agliè définissait comme appropriée à l'événement : il était vêtu de lin blanc, les hanches ceintes d'un ruban rouge croisé sur la poitrine et derrière aux épaules, et un curieux chapeau de forme XVIIe, sur lequel il avait piqué quatre roses rouges. Il s'agenouilla devant la fille à la trompette et dit quelques mots.

« C'est bien vrai, murmura Garamond, il y a plus de choses dans le ciel et sur la terre... »

Nous franchîmes un portail historié, qui évoqua pour moi le cimetière Staglieno de Gênes. En haut, sur une complexe allégorie néo-classique, je vis ces mots sculptés : CONDELEO ET CONGRATULOR.

A l'intérieur, les invités étaient nombreux et animés, qui se pressaient à un buffet dans un vaste salon d'entrée, d'où partaient deux escaliers vers les étages supérieurs. J'aperçus d'autres têtes non inconnues, entre autres Bramanti et — surprise — le commandeur De Gubernatis, ACA déjà exploité par Garamond, mais sans doute pas encore placé devant l'horrible possibilité d'avoir tous les exemplaires de son chef-d'œuvre au pilon, parce qu'il s'avança à la rencontre de mon directeur en lui manifestant respect et reconnaissance. Agliè eut droit aux respects d'un type de taille menue qui se porta vers lui, avec des yeux exaltés. A son inconfondable accent marseillais, nous reconnûmes Pierre, celui que nous avions entendu accuser Bramanti de maléfice, derrière la portière du cabinet d'Agliè.

Je m'approchai du buffet. Il y avait des carafes remplies de liquides colorés, mais je ne parvins pas à les identifier. Je me versai une boisson jaune qui semblait du vin, ce n'était pas mauvais, avec un goût de vieux rossolis, mais c'était certainement bien alcoolisé. Il y avait peut-être quelque chose dedans : la tête commença à me tourner. Autour de moi se pressait une foule de facies hermeticae à côté de faces sévères de préfets à la retraite ; je saisissais des bribes de conversation...

« Au premier stade, tu devrais réussir à communiquer avec d'autres esprits, puis projeter en d'autres êtres des pensées et des images, charger les lieux avec des états émotifs, acquérir de l'autorité sur le règne animal. Dans un troisième temps, tu essaies de projeter un double de toi dans n'importe quel point de l'espace : bilocation, comme les yogis, tu devrais apparaître simultanément en plusieurs formes distinctes. Après, il s'agit de passer à la connaissance suprasensible des essences végétales. Enfin, tu essaies la dissociation, il s'agit d'investir l'assemblage tellurique du corps, de se dissoudre en un lieu et réapparaître en un autre, intégralement — je dis — et non pas dans son seul double. Dernier stade, la prolongation de la vie physique...

— Pas l'immortalite.

— Pas dans l'immédiat.

— Mais toi ?

— Il faut de la concentration. Je ne te cache pas que c'est pénible. Tu sais, je n'ai plus vingt ans... »

Je retrouvai mon groupe, au moment où il entrait dans une pièce aux murs blancs et aux angles arrondis. Sur le fond, comme dans un musée Grévin — mais l'image qui affleura à mon esprit ce soir-là fut celle de l'autel que j'avais vu à Rio dans la tente de umbanda —, deux statues presque grandeur nature, en cire, revêtues d'une matière scintillante qui me parut digne d'un très mauvais accessoiriste. L'une était une dame sur un trône, avec une robe immaculée, ou presque, constellée de paillettes. Au-dessus d'elle descendaient, suspendues à des fils, des créatures de forme imprécise, qui ressemblaient à ces poupées de Lenci, en feutre, servant d'ornement autrefois. Dans un coin, un amplificateur laissait parvenir un son lointain de trompettes, celui-ci de bonne qualité, sans doute un air de Gabrieli, et l'effet sonore était d'un goût plus sûr que l'effet visuel. Sur la droite, une autre figure féminine, habillée de velours cramoisi, ceinturée de blanc et coiffée d'une couronne de laurier, à côté d'une balance dorée. Agliè nous expliquait les diverses références, mais je mentirais en disant que j'y prêtais beaucoup d'attention. M'intéressait plutôt l'expression de nombreux invités, qui passaient d'un simulacre à l'autre avec un air révérencieux et ému.

« Ils ne sont pas différents de ceux qui vont dans un sanctuaire voir la Vierge noire aux robes brodées et recouvertes de cœurs en argent, dis-je à Belbo. Ils pensent peut-être que c'est là la mère du Christ en chair et en os ? Non, mais ils ne pensent pas non plus le contraire. Ils se plaisent à la similitude, ils sentent le spectacle comme vision, et la vision comme réalité.

— Oui, dit Belbo, mais le problème n'est pas de savoir si ces gens sont meilleurs ou pires que ceux qui vont au sanctuaire. J'étais en train de me demander qui nous sommes, nous. Nous qui croyons Hamlet plus vrai que notre concierge. Ai-je le droit de les juger, eux, moi qui rôde à la recherche de madame Bovary pour lui faire une scène ? »

Diotallevi hochait la tête et me disait à voix basse qu'on ne devrait pas reproduire d'images des choses divines, et que celles-ci étaient toutes des épiphanies du veau d'or. Mais ça l'amusait.

— 58 —

Par conséquent l'alchimie est une chaste prostituée, qui a beaucoup d'amants, mais elle les déçoit tous et ne concède son étreinte à aucun. Elle transforme les sots en fous, les riches en misérables, les philosophes en andouilles, et les trompés en de très loquaces trompeurs...

TRITHÈME, *Annalium Hirsaugensium Tomus II*,
S. Gallo, 1690, p. 225.

Soudain la salle tomba dans la pénombre et les murs s'illuminèrent. Je m'aperçus qu'ils étaient recouverts aux trois quarts d'un écran semi-circulaire où on allait projeter des images. Lorsqu'elles apparurent, je me rendis compte qu'une partie du plafond et du pavement était d'une matière réfléchissante, et réfléchissants étaient aussi certains des objets qui d'abord m'avaient frappé par leur grossièreté, les paillettes, la balance, un écu, quelques coupes en cuivre. Nous nous trouvâmes plongés dans un milieu liquoraqueux, où les images se multipliaient, se segmentaient, se fondaient avec les ombres des assistants, le pavement reflétait le plafond, le plafond le pavement, et tous ensemble, les figures qui apparaissaient sur les murs. Avec la musique, des odeurs subtiles se répandirent dans la salle, au début des encens indiens, puis d'autres, plus imprécis, par moments désagréables.

D'abord la pénombre s'anéantit en une obscurité absolue ; puis, alors qu'on entendait un gargouillement glutineux, un bouillonnement de lave, nous fûmes dans un cratère où une matière visqueuse et sombre tressaillait à la lueur intermittente de grandes flammes jaunes et bleuâtres.

Une eau grasse et gluante s'évaporait vers le haut pour redescendre sur le fond, telle une rosée ou une pluie ; et, alentour, flottait une odeur de terre fétide, un relent de moisi. J'inhalais le sépulcre, le Tartare, les ténèbres, et se répandait autour de moi un purin venimeux qui coulait entre des langues de fumier, terreau, poudre de charbon, boue, menstrues, fumée, plomb, excrément, écorce, écume, naphte, noir plus noir que le noir même, qui s'éclaircissait à présent pour laisser apparaître deux reptiles — l'un bleu clair et l'autre rougeâtre — enlacés en une sorte d'étreinte, se mordant réciproquement la queue et formant comme une unique figure circulaire.

C'était comme si j'avais bu de l'alcool en dépassant la mesure, je ne voyais plus mes compagnons, disparus dans la pénombre, je ne reconnaissais pas les figures qui glissaient à côté de moi et je les percevais tel qui voit des silhouettes décomposées et fluides... Ce fut alors que je me sentis saisir par une main. Je sais que ce n'était pas vrai, et pourtant je n'osai pas me retourner sur le moment pour ne pas découvrir que je m'étais trompé. Mais je distinguais le parfum de Lorenza et c'est alors seulement que je compris combien je la désirais. Ce devait être Lorenza. Elle était là, pour reprendre ce dialogue fait de frôlements, d'ongles rampant contre la porte, qu'elle avait laissé en suspens la veille au soir. Soufre et mercure paraissaient s'unir dans une chaleur humide qui me faisait palpiter l'aine, mais sans violence.

J'attendais le Rebis, l'enfant androgyne, le sel philosophal, le couronnement de l'œuvre au blanc.

J'avais l'impression de tout savoir. Peut-être des lectures des derniers mois réaffleuraient-elles à mon esprit, peut-être Lorenza me communiquait-elle son savoir à travers le toucher de sa main, dont je sentais la paume légèrement moite.

Et je me surprenais à murmurer des noms lointains, des noms qu'à coup sûr, je le savais, les Philosophes avaient donnés au Blanc, mais avec lesquels moi — peut-être — j'étais en train d'appeler anxieusement Lorenza — je ne sais, ou peut-être ne faisais-je que répéter en moi-même comme une litanie propitiatoire : Cuivre blanc, Agneau immaculé, Aibathest, Alborach, Eau bénite, Mercure purifié, Orpiment, Azoc, Baurac, Cambar, Caspa, Céruse, Cire, Chaia, Comerisson, Électre, Euphrate, Ève, Fada, Favonius, Fondements de l'Art, Pierre précieuse de Givinis, Diamant, Zibach, Ziva, Voile, Narcisse, Lys, Hermaphrodite, Hae, Hypostase, Hylé, Lait de Vierge, Pierre unique, Lune pleine, Mère, Huile vive, Légume, Œuf, Flegme, Point, Racine, Sel de la Nature, Terre feuillée, Tevos, Tincar, Vapeur, Étoile du Soir, Vent, Virago, Verre de Pharaon, Urine d'Enfant, Vautour, Placenta, Menstrue, Serviteur fugitif, Main gauche, Sperme des Métaux, Esprit, Étain, Suc, Soufre onctueux...

Dans la poix, maintenant grisâtre, se dessinait un horizon de roches et d'arbres secs, au-delà duquel se couchait un soleil noir. Puis il y eut une lumière à presque nous aveugler et apparurent des images étincelantes qui se reflétaient de partout, créant un effet kaléidoscopique. Les effluves étaient à présent liturgiques, religieux, je commençai à éprouver un mal de tête, une sensation de poids au front, j'entrevoyais une salle fastueuse couverte de tapisseries dorées, peut-être un banquet de noces, avec un époux princier et une épouse tout de blanc vêtue, puis un vieux roi et une reine sur le trône, à côté d'eux un guerrier, et un autre roi à la peau sombre. Devant le roi avait été dressé un petit autel portatif, où se trouvait un livre relié de velours noir et une lumière sur un chandelier d'ivoire. A côté du chandelier, un globe terrestre tournant sur lui-même et une horloge à sonnerie, surmontée d'une petite fontaine de cristal d'où jaillissait sans cesse une eau rouge sang. Sur la fontaine il y avait peut-être un crâne ; d'une orbite à l'autre rampait un serpent blanc...

Lorenza m'haleinait des mots à l'oreille. Mais je n'entendais pas sa voix.

Le serpent ondulait au rythme d'une musique triste et lente. Les vieux monarques portaient maintenant une robe noire et devant eux étaient six cercueils couverts. On entendit quelques sons sourds de basse-tuba, et apparut un homme encapuchonné de noir. Ce fut d'abord une exécution hiératique, comme si elle se déroulait au ralenti, et que le roi acceptait avec une joie dolente, inclinant, docile, le chef. Ensuite, l'encapuchonné abattit une hache, une lame, qui faucha l'air à l'allure d'un pendule, et l'impact de la lame se multiplia par chaque surface reflétante, et dans chaque surface par chaque surface, ce furent mille têtes qui roulèrent, et à partir de ce moment-là les images se succédèrent sans que je parvinsse à suivre l'événement. Je crois que peu à peu tous les personnages, y compris le roi à la peau sombre, étaient décapités et installés dans les cercueils, puis toute la salle se transforma en un rivage marin, ou rive lacustre, et nous vîmes accoster six vaisseaux illuminés où furent transportées les bières ; les vaisseaux s'éloignèrent sur le plan d'eau, s'évanouissant dans la nuit, et tout se déroula tandis que les encens s'étaient faits palpables sous forme de vapeurs denses ; un moment je craignis d'être parmi les condamnés, et autour de moi beaucoup murmuraient « les noces, les noces... ».

J'avais perdu le contact avec Lorenza, et c'est alors seulement que je m'étais retourné pour la chercher parmi les ombres.

A présent la salle était une crypte, ou un tombeau somptueux, à la voûte éclairée par unc escarboucle d'extraordinaire dimension.

Dans chaque angle apparaissaient des femmes en robes virginales, autour d'une chaudière à deux étages, un castel au soubassement de pierre dont le porche avait l'air d'un four, deux tours latérales d'où sortaient deux alambics qui se terminaient en une boule ovoïdale, et une troisième tour centrale, qui s'achevait en forme de fontaine...

Dans le soubassement du castel on apercevait les corps des décapités. Une des femmes apporta une cassette d'où elle tira un objet rond qu'elle déposa sur le soubassement, dans un arc de la tour centrale, et aussitôt, au sommet, la fontaine se prit à jaillir. J'eus le temps de reconnaître l'objet : c'était la tête du Maure, qui maintenant brûlait telle une souche, mettant en ébullition l'eau de la fontaine. Vapeurs, souffles, gargouillements...

Cette fois Lorenza posait sa main sur ma nuque, la caressait comme je l'avais vue faire, furtive, pour Jacopo, dans la voiture. La femme portait une sphère d'or, elle ouvrait un robinet dans le four du soubassement et faisait couler dans la sphère un liquide rouge et dense. Après quoi, la sphère fut ouverte et, au lieu du liquide rouge, elle contenait un œuf gros et beau, aussi blanc que neige. Les femmes le prirent et le posèrent à terre, dans un tas de sable jaune, jusqu'à ce que l'œuf s'ouvrît et qu'en sortît un oiseau, encore difforme et sanglant. Mais, abreuvé du sang des décapités, il commença à croître sous nos yeux, à devenir magnifique et resplendissant.

A présent, ils décapitaient l'oiseau et le réduisaient en cendres sur un petit autel. Certains pétrissaient la cendre, versaient la pâte ainsi obtenue dans deux moules, et plaçaient les moules à cuire dans un four, tout en soufflant sur le feu à l'aide de tuyaux. A la fin, les moules furent ouverts et apparurent deux figures pâles et gracieuses, presque transparentes, un jeune garçon et une jeune fille, pas plus hauts que quatre empans, doux et charnus comme des créatures vivantes, mais avec des yeux encore vitreux, minéraux. On les posa sur deux coussins et un vieux leur versa dans la bouche des gouttes de sang...

D'autres femmes arrivèrent en portant des trompettes dorées, décorées de couronnes vertes, et elles en tendirent une au vieillard qui l'approcha de la bouche des deux créatures encore suspendues entre une langueur végétale et un amène sommeil animal, et il commença à insuffler de l'âme dans leurs corps... La salle se remplit de lumière, la lumière s'atténua en pénombre, puis en une obscurité coupée par des éclairs orange, ensuite il y eut une immense clarté d'aube alors que quelques trompettes sonnaient hautes et retentissantes, et il y eut un éclat de rubis, insoutenable. A cet instant je perdis à nouveau Lorenza, et je compris que je ne la retrouverais plus.

Tout devint d'un rouge flamboyant, qui lentement s'estompa en indigo et violet, et l'écran s'éteignit. Ma douleur au front s'était faite insupportable.

« Mysterium Magnum, disait Agliè, maintenant à voix haute et tranquillement, à mes côtés. La renaissance de l'homme nouveau à travers la mort et la passion. Bonne exécution, dois-je dire, même si le goût allégorique a peut-être influé sur la précision des phases. Ce que vous avez vu était une représentation, c'est normal, mais qui parlait d'une Chose. Et notre hôte prétend que cette Chose il l'a produite. Venez, allons voir le miracle accompli. »

— 59 —

Et si s'engendrent de tels monstres, il faut penser qu'ils sont œuvre de nature, dussent-ils sembler différents de l'homme.

PARACELSE,
De Homunculis, in *Operum Volumen Secundum*,
Genevae, De Tournes, 1658, p. 475.

Il nous conduisit dehors, dans le jardin, et tout d'un coup je me sentis mieux. Je n'osais pas demander aux autres si Lorenza était vraiment revenue. J'avais rêvé. Mais après quelques pas nous entrâmes dans une serre, et de nouveau la chaleur suffocante m'étourdit. Au milieu des plantes, tropicales pour la plupart, se trouvaient six ampoules de verre en forme de poire — ou de larme — hermétiquement closes par un sceau, et pleines d'un liquide céruléen. A l'intérieur de chaque vase ondoyait un être haut d'une vingtaine de centimètres : nous reconnûmes le roi aux cheveux gris, la reine, le Maure, le guerrier et les deux adolescents couronnés de laurier, un bleu et l'autre rose... Ils évoluaient avec un mouvement natatoire gracieux, comme s'ils se mouvaient dans leur élément.

Il était difficile d'établir s'il s'agissait de modèles en plastique, en cire, ou d'êtres vivants, d'autant que la légère turbidité ne permettait pas de comprendre si le faible halètement qui les animait provenait d'un effet d'optique ou de la réalité.

« Il paraît qu'ils grandissent de jour en jour, dit Agliè. Chaque matin les vases sont ensevelis sous un tas de fumier de cheval frais, autrement dit chaud, qui fournit la température utile à leur croissance. C'est pour cela que chez Paracelse apparaissent des prescriptions où on dit qu'il faut faire grandir les homuncules à la température d'un ventre de cheval. Selon notre hôte, ces homuncules lui parlent, lui communiquent des secrets, émettent des vaticinations : qui lui révèle les vraies mesures du Temple de Salomon, qui la façon d'exorciser les démons... Honnêtement, moi je ne les ai jamais entendus parler. »

Ils avaient des visages très mobiles. Le roi regardait la reine avec tendresse et ses yeux étaient très doux.

« Notre hôte m'a dit qu'il avait trouvé un matin l'adolescent bleu, échappé qui sait comment à sa prison, alors qu'il cherchait à desceller le vase de sa compagne... Mais il était hors de son élément, il respirait avec peine, et on le sauva juste à temps, en le remettant dans son liquide.

— Terrible, dit Diotallevi. Je ne les aimerais pas comme ça. Il faut toujours transporter le vase avec soi et trouver ce crottin où que vous alliez. Que fait-on l'été ? On les laisse au concierge ?

— Mais peut-être, conclut Agliè, sont-ils seulement des ludions, des diables cartésiens. Ou des automates.

— Diable, diable, disait Garamond. Monsieur le comte, vous êtes en train de me révéler un nouvel univers. Nous devrions devenir tous plus humbles, mes chers amis. Il y a plus de choses dans le ciel et sur la terre... Mais enfin, à la guerre comme à la guerre... »

Garamond était tout bonnement foudroyé. Diotallevi gardait un air de cynisme curieux ; Belbo ne manifestait aucun sentiment.

Je voulais me libérer de tout doute et je lui dis : « Quel dommage que Lorenza ne soit pas venue, elle se serait bien amusée.

— Eh oui », répondit-il, absent.

Lorenza n'était pas venue. Et moi j'étais comme Amparo à Rio. J'étais mal à l'aise. Je me sentais comme frustré. On ne m'avait pas tendu l'agogõ.

Je quittai le groupe, rentrai dans l'édifice en me frayant un chemin à travers la foule, je passai par le buffet, pris quelque chose de frais, tout en craignant que cela ne contînt un philtre. Je cherchai des toilettes pour me mouiller les tempes et la nuque. Je les trouvai et me sentis soulagé. Mais, comme j'en sortais, je fus intrigué par un petit escalier à vis et ne sus renoncer à la nouvelle aventure. Peut-être, même si je croyais m'être ressaisi, cherchais-je encore Lorenza.

— 60 —

> *Pauvre fou ! Seras-tu ingénu au point de croire que nous t'enseignons ouvertement le plus grand et le plus important des secrets ? Je t'assure que celui qui voudra expliquer selon le sens ordinaire et littéral des mots ce qu'écrivent les Philosophes Hermétiques, il se trouvera pris dans les méandres d'un labyrinthe d'où il ne pourra pas s'enfuir, et il n'aura pas le fil d'Ariane qui le guide pour en sortir.*
>
> ARTEPHIUS.

J'aboutis dans une salle située au-dessous du niveau du sol, éclairée avec parcimonie, aux murs rocaille comme les fontaines du parc. Dans un angle j'aperçus une ouverture, semblable au pavillon d'une trompette encastré dans un mur, et déjà de loin j'entendis qu'en provenaient des bruits. Je m'approchai et les bruits se firent plus distincts, jusqu'à ce que je pusse saisir des phrases, claires et nettes comme si elles étaient prononcées à côté de moi. Une oreille de Denys !

L'oreille était évidemment reliée à l'une des salles supérieures et recueillait les propos de ceux qui passaient près de son ouverture.

« Madame, je vous dirai ce que je n'ai jamais dit à personne. Je suis las… J'ai travaillé sur le cinabre, et sur le mercure, j'ai sublimé des esprits, des ferments, des sels du fer, de l'acier et leurs écumes, et je n'ai pas trouvé la Pierre. Ensuite, j'ai préparé des eaux fortes, des eaux corrosives, des eaux ardentes, mais le résultat était toujours le même. J'ai utilisé les coquilles d'œufs, le soufre, le vitriol, l'arsenic, le sel ammoniac, le sel de verre, le sel alkali, le sel commun, le sel gemme, le salpêtre, le sel de soude, le sel attingat, le sel de tartre, le sel alembroth ; mais, croyez-moi, il faut vous en méfier. Il faut éviter les métaux imparfaits, rubifiés, autrement vous serez trompée comme je l'ai été moi-même. J'ai tout essayé : le sang, les cheveux, l'âme de Saturne, les marcassites, l'aes ustum, le safran de Mars, les écailles et l'écume du fer, la litharge, l'antimoine ; rien. J'ai travaillé pour tirer l'huile et l'eau de l'argent, j'ai calciné l'argent aussi bien avec un sel préparé que sans sel, et avec de l'eau-de-vie, et j'en ai tiré des huiles corrosives, un point c'est tout. J'ai employé le lait, le vin, la présure, le sperme des étoiles qui tombe sur la terre, la chélidoine, le placenta des fœtus ; j'ai mélangé le mercure aux métaux, les réduisant en cristaux ; j'ai cherché dans les cendres mêmes... Enfin..

— Enfin ?

— Il n'est rien au monde qui demande plus de prudence que la vérité. La dire, c'est comme se faire une saignée au cœur...

— Assez, assez, vous m'exaltez... »

« A vous seul, j'ose confier mon secret. Je ne suis d'aucune époque ni d'aucun lieu. Hors du temps et de l'espace je vis mon éternelle existence. Il y a des êtres qui n'ont plus d'anges gardiens : je suis l'un de ceux-là...

— Mais pourquoi m'avez-vous conduit ici ? »

Une autre voix : « Cher Balsamo, on est en train de jouer au mythe de l'immortel ?

— Imbécile ! L'immortalité n'est pas un mythe. C'est un fait. »

J'étais sur le point de m'en aller, ennuyé par ce caquetage, quand j'entendis Salon. Il parlait à voix basse, avec tension, comme s'il retenait quelqu'un par le bras. Je reconnus la voix de Pierre.

« Allons, allons, disait Salon, vous ne me direz pas que vous aussi vous êtes là pour cette bouffonnerie alchimique. Vous n'allez pas me dire que vous êtes venu prendre le frais dans les jardins. Vous savez que, après Heidelberg, de Caus a accepté une invitation du roi de France pour s'occuper de la propreté de Paris ?

— Les façades ?

— Il n'était pas Malraux. J'ai le soupçon qu'il s'agissait des égouts. Curieux, n'est-ce pas ? Ce monsieur inventait des orangeries et des vergers symboliques pour les empereurs, mais ce qui l'intéressait, c'étaient les souterrains de Paris. En ces temps-là, il n'existait pas, à Paris, un vrai réseau d'égouts. C'était une combinaison de canaux à fleur de terre et de conduits enterrés, dont on savait bien peu de chose. Les Romains, dès les temps de la République, savaient tout sur leur Cloaca Maxima ; mille cinq cents ans après, à Paris, on ne sait rien de ce qui se passe sous terre. Et de Caus accepte l'invitation du roi parce qu'il veut en savoir davantage. Que voulait-il savoir ? Après de Caus, Colbert, pour nettoyer les conduits recouverts — c'était là le prétexte, et remarquez que nous sommes à l'époque du Masque de fer —, y envoie des galériens ; ces derniers se mettent à naviguer dans les excréments, suivent le courant jusqu'à la Seine, et ils s'éloignent à bord d'un bateau, sans que personne ose affronter les redoutables créatures enveloppées d'une puanteur insupportable et de nuées de mouches... Alors Colbert place des gendarmes aux différentes sorties sur le fleuve, et les forçats moururent dans les boyaux. En trois siècles, à Paris, on a réussi à couvrir à peine trois kilomètres d'égouts. Mais au XVIIIe, on couvre vingt-six kilomètres, et précisément à la veille de la Révolution. Ça ne vous dit rien ?

— Oh, vous savez, cela...

— C'est qu'arrivent au pouvoir des gens nouveaux, qui savent quelque chose que les gens d'avant ne savaient pas. Napoléon envoie des équipes d'hommes pour avancer dans le noir, au milieu des déjections de la métropole. Qui a eu le courage de travailler là-bas, à cette époque, a trouvé beaucoup de choses. Des bagues, de l'or, des colliers, des bijoux, que n'était-il pas tombé de qui sait où dans ces couloirs. Des gens qui avaient le cœur d'avaler ce qu'ils trouvaient, pour sortir ensuite, prendre un laxatif, et devenir riches. Et on a découvert que nombre de maisons avaient un passage souterrain qui menait directement à l'égout.

— Ça, alors...

— A une époque où l'on jetait son vase de nuit par les fenêtres ? Et pourquoi trouva-t-on, dès ce temps-là, des égouts avec une sorte de trottoir latéral, et des anneaux de fer murés afin qu'on pût s'y accrocher ? Ces passages correspondent à ces tapis francs où le milieu — la pègre, comme on disait alors — se réunissait, et si la police arrivait on pouvait s'enfuir et réémerger d'un autre côté.

— Feuilleton, pardi...

— Ah oui ? Qui cherchez-vous à protéger, vous ? Sous Napoléon III, le baron Haussmann oblige par décret toutes les maisons de Paris à construire un réservoir autonome, et puis un couloir souterrain qui conduise aux égouts collecteurs... Une galerie de deux mètres trente de hauteur et d'un mètre trente de largeur. Vous rendez-vous compte ? Chaque maison de Paris reliée par un couloir souterrain aux égouts. Et vous savez quelle est la longueur des égouts de Paris, aujourd'hui ? Deux mille kilomètres, et sur différents strates ou niveaux. Et tout a commencé avec celui qui a projeté à Heidelberg ces jardins...

— Et alors ?

— Je vois que vous ne voulez vraiment pas parler. Et pourtant vous savez quelque chose que vous ne voulez pas me dire.

— Je vous en prie, laissez-moi, il est bien tard, vé, on m'attend pour une réunion. » Bruit de pas.

Je ne comprenais pas à quoi voulait en venir Salon. Je regardai autour de moi, serré que j'étais entre la rocaille et l'ouverture de l'oreille, et je me sentis dans le sous-sol, moi aussi sous une voûte, et j'eus l'impression que l'embouchure de ce canal phonurgique n'était autre que le début d'une descente dans des boyaux obscurs qui plongeaient vers le centre de la terre, grouillants de Nibelungen. Je sentis le froid. J'allais m'éloigner lorsque j'entendis encore une voix : « Venez. On va commencer. Dans la salle secrète. Appelez les autres. »

— 61 —

Un Dragon à trois têtes garde cette Toison d'or. La première tête est issue des eaux, la seconde de la terre, la troisième de l'air. Néanmoins, il faut que ces trois têtes n'en forment qu'une très puissante, qui dévorera tous les autres Dragons.

Jean D'ESPAGNET,
Arcanum Hermeticae Philosophiae Opus, 1623, 138.

Je retrouvai mon groupe et dis à Agliè que j'avais entendu quelqu'un parler à voix basse d'une réunion.

« Ah, dit Agliè, on est curieux ! Mais je vous comprends. Si vous vous enfoncez dans les mystères hermétiques, vous voudrez n'en rien ignorer. Eh bien, ce soir devrait avoir lieu, pour ce que j'en sais, l'initiation d'un nouveau membre de l'Ordre de la Rose-Croix Ancien et Accepté.

— On peut voir ? demanda Garamond.

— On ne peut pas. On ne doit pas. On ne devrait. On ne pourrait. Mais nous ferons comme ces personnages du mythe grec, qui virent ce qu'ils ne devaient pas, et nous affronterons l'ire des dieux. Je vous permets de glisser un regard. » Il nous fit monter par un escalier étroit jusqu'à un couloir sombre, écarta une tenture et, à travers une baie vitrée close, nous pûmes jeter un coup d'œil dans la salle en contrebas, éclairée par des braseros ardents. Les murs étaient tapissés de damas tissé de fleurs de lys, et au fond se dressait un trône surmonté d'un baldaquin doré. De chaque côté du trône, profilés en carton ou en matière plastique, posés sur deux trépieds, un soleil et une lune, d'une exécution plutôt grossière mais recouverts de feuilles d'étain ou de lames de métal, naturellement d'or et d'argent, et d'un certain effet car les deux astres étaient directement animés par les flammes d'un brasero. Au-dessus du baldaquin pendait du plafond une énorme étoile, étincelante de pierres précieuses, ou de lamelles de verre. Le plafond était tapissé de damas bleu constellé de grandes étoiles argentées.

Face au trône, une longue table que décoraient des palmes où était posée une épée, et, juste devant la table, un lion empaillé à la gueule grande ouverte. D'évidence quelqu'un lui avait disposé une petite lampe rouge à l'intérieur du crâne car ses yeux brillaient, incandescents, et sa gorge paraissait lancer des flammes. Je pensai qu'il devait y avoir la patte de monsieur Salon là-dessous, et je réalisai enfin à quels clients curieux il faisait allusion le jour où je le rencontrai dans la mine, à Munich.

A la table se trouvait Bramanti, attifé d'une tunique écarlate et de parements verts brodés, d'une chape blanche à frange d'or, d'une croix sur la poitrine, et d'un chapeau rappelant vaguement une mitre, orné d'un panache blanc et rouge. Devant lui, dans une attitude hiératique, une vingtaine de personnes, également en tunique écarlate, mais sans parements. Tous portaient sur la poitrine quelque chose de doré qu'il me sembla reconnaître. Je me souvins d'un portrait de la Renaissance, d'un grand nez des Habsbourg, de cet agneau bizarre aux pattes pendantes, pendu par la taille. Ces gens se paraient d'une imitation acceptable de la Toison d'or.

Bramanti était en train de parler, les bras levés, comme s'il psalmodiait une litanie, et les assistants répondaient par moments. Puis Bramanti leva l'épée et tous tirèrent de leur tunique un stylet, ou un coupe-papier, et ils le brandirent. Et ce fut à cet instant qu'Agliè laissa retomber la tenture. Nous en avions trop vu.

Nous nous éloignâmes (à l'allure de la Panthère rose, comme précisa Diotallevi, exceptionnellement informé sur les perversions du monde contemporain), et nous retrouvâmes dans le jardin, un peu essoufflés.

Garamond était abasourdi. « Mais ce sont des... maçons ?

— Oh, dit Agliè, que veut dire maçons ? Ce sont des adeptes d'un ordre chevaleresque, qui se réfère aux Rose-Croix et indirectement aux Templiers.

— Mais tout ça n'a rien à voir avec la maçonnerie ? demanda encore Garamond.

— S'il y a quelque chose en commun avec la maçonnerie, dans ce que vous avez vu, c'est que le rite de Bramanti aussi est un hobby pour les gens des professions libérales et les politiciens de province. Mais il en alla ainsi dès les débuts : la franc-maçonnerie fut une pâle spéculation sur la légende templière. Et celle-ci est la caricature d'une caricature. Sauf que ces messieurs le prennent terriblement au sérieux. Hélas ! Le monde grouille de rosicruciens et de templaristes comme ceux que vous avez vus ce soir. Ce n'est pas de ceux-là qu'il faudra attendre une révélation, même si c'est parmi eux qu'on pourrait rencontrer un initié digne de foi.

— Mais enfin, demanda Belbo, et sans ironie, sans défiance,

comme si la question le concernait personnellement, enfin, vous les fréquentez. A qui pouvez-vous... excusez-moi... pouviez-vous croire, vous, parmi tous ceux-là ?

— A aucun, naturellement. Ai-je l'air d'un individu crédule ? Je les regarde avec la froideur, la compréhension, l'intérêt avec quoi un théologien peut observer les foules napolitaines qui hurlent en attendant le miracle de saint Janvier. Ces foules témoignent une foi, un besoin profond, et le théologien rôde parmi ces gens bavant et suant parce qu'il pourrait y rencontrer le saint qui s'ignore, le porteur d'une vérité supérieure, capable un jour de jeter une nouvelle lumière sur le mystère de la Très Sainte Trinité. Mais la Très Sainte Trinité n'est pas saint Janvier. »

Il était insaisissable. Je ne savais comment définir son scepticisme hermétique, son cynisme liturgique, cette mécréance supérieure qui le portait à reconnaître la dignité de toute superstition qu'il méprisait.

« C'est simple, répondait-il à Belbo, si les Templiers, les vrais, ont laissé un secret et institué une continuité, il faudra bien aller à leur recherche, et dans les milieux où ils pourraient le plus facilement se camoufler, où peut-être eux-mêmes inventent rites et mythes pour agir inobservés, tel un poisson dans l'eau. Que fait la police quand elle cherche l'évadé sublime, le génie du mal ? Elle passe au peigne fin les bas-fonds, les bars mal famés que hantent d'habitude la canaille, les petites frappes, qui ne parviendront jamais à concevoir les crimes grandioses de la personne recherchée. Que fait le stratège de la terreur pour recruter ses futurs acolytes, et se rencontrer avec les siens, et les reconnaître ? Il déambule dans ces lieux de rendez-vous de pseudo-subversifs où beaucoup, qui ne seront jamais tels par manque de trempe, miment à découvert les comportements présumés de leurs idoles. On cherche la lumière perdue dans les incendies, ou dans ces sous-bois quand, après le flamboiement, les flammes ronflent sous les broussailles, la boue de feuilles et d'herbes, le feuillage à demi brûlé. Et où pourrait-il mieux se masquer, le vrai Templier, si ce n'est au milieu de la foule de ses caricatures ? »

— 62 —

Nous considérerons comme sociétés druidiques par définition les sociétés qui s'affirment druidiques dans leur appellation ou dans leurs buts et qui confèrent des initiations se réclamant du druidisme.

M. Raoult,
Les druides. Les sociétés initiatiques celtes contemporaines,
Paris, Rocher, 1983, p. 18.

Minuit approchait et, selon le programme d'Agliè, nous attendait la seconde surprise de la soirée. Nous quittâmes les jardins palatins et reprîmes le voyage à travers les collines.

Trois quarts d'heure plus tard, Agliè fit garer les deux voitures au bord d'un fourré. Il fallait traverser un maquis, dit-il, pour arriver à une clairière, et il n'y avait ni route ni sentier.

Nous avancions sur une pente légère, tout en piétinant dans le sous-bois : ce n'était pas mouillé, mais les chaussures glissaient sur un dépôt de feuilles pourries et de racines gluantes. De temps à autre, Agliè allumait une lampe de poche pour repérer des passages praticables, mais il l'éteignait aussitôt car — disait-il — il ne fallait pas signaler notre présence aux officiants. A un moment donné, Diotallevi hasarda un commentaire, dont j'ai un vague souvenir, peut-être évoqua-t-il le Petit Chaperon Rouge, mais Agliè, et avec une certaine tension, le pria de s'abstenir.

Alors que nous étions sur le point de sortir du maquis, nous commençâmes d'entendre des voix lointaines. Nous arrivâmes enfin à l'orée de la clairière qui nous apparut dès l'abord éclairée par des lumières douces, comme des torches, ou mieux, des lumignons qui ondoyaient presque à ras de terre, des lueurs faibles et argentées, comme si une substance gazeuse brûlait avec une froideur chimique en bulles de savon errant sur l'herbe. Agliè nous dit de nous arrêter où nous étions, encore à l'abri des buissons, et d'attendre, sans nous faire remarquer.

« D'ici peu arriveront les prêtresses. Les druidesses, plutôt. Il s'agit d'une invocation à la grande vierge cosmique Mikil — saint Michel en représente une adaptation populaire chrétienne, et ce n'est pas un hasard si saint Michel est un ange, donc androgyne, et s'il a pu prendre la place d'une divinité féminine...

— D'où viennent-elles ? chuchota Diotallevi.

— De différents endroits, de la Normandie, de la Norvège, de l'Irlande... L'événement est plutôt singulier et cette aire est propice au rite.

— Pourquoi ? demanda Garamond.

— Parce que certains lieux sont plus magiques que d'autres.

— Mais qui sont-elles... dans la vie ? demanda encore Garamond.

— Des personnes comme tout le monde. Des dactylos, des inspectrices, des poétesses. Des personnes que vous pourriez rencontrer demain sans les reconnaître. »

Maintenant nous entrevoyions une petite foule qui s'apprêtait à envahir le centre de la clairière. Je compris que les lumières froides que j'avais vues étaient de petites lampes que les prêtresses portaient à la main, et elles m'avaient semblé au ras de l'herbe parce que la clairière se trouvait au sommet d'un coteau, et de loin j'avais discerné dans le noir les druidesses qui, montant de la vallée, en émergeaient sur le bord extrême du petit plateau. Elles étaient vêtues de tuniques blanches qui flottaient dans le vent léger. Elles se disposèrent en cercle, et au centre se placèrent trois officiantes.

« Ce sont les trois *hallouines* de Lisieux, de Clonmacnois et de Pino Torinese », dit Agliè. Belbo demanda pourquoi précisément elles et Agliè haussa les épaules : « Silence, attendons. Je ne peux pas vous résumer en trois mots le rituel et la hiérarchie de la magie nordique. Contentez-vous de ce que je vous dis. Si je n'en dis pas plus, c'est parce que je n'en sais rien... ou que je ne peux rien en dire. Il faut que je respecte certains devoirs de réserve... »

J'avais remarqué, au milieu de la clairière, un tas de pierres qui rappelait, encore que de loin, un dolmen. La clairière avait été probablement choisie en raison de la présence de ces rocs. Une officiante monta sur le dolmen et souffla dans une trompette. On eût dit, plus encore que l'instrument que nous avions vu quelques heures auparavant, un buccin pour marche triomphale d'Aïda. Mais il en sortait un son feutré et nocturne, qui paraissait venir de très loin. Belbo me toucha le bras : « C'est le ramsinga, le ramsinga des thugs près du banian sacré... »

Je fus indélicat. Je ne me rendis pas compte qu'il plaisantait justement pour refouler d'autres analogies, et je retournai le couteau dans la plaie. « Certes, ce serait moins suggestif avec le génis », dis-je.

Belbo acquiesça d'un signe de tête. « Je suis ici précisément parce qu'ils ne veulent pas du génis », dit-il. Je me demande si ce ne fut pas ce soir-là qu'il commença d'entrevoir un lien entre ses songes et tout ce qui lui arrivait ces mois-là.

Agliè n'avait pas suivi nos propos mais il nous avait entendus chuchoter. « Il ne s'agit pas d'un avis, ni d'un appel, dit-il, il s'agit d'une sorte d'ultrason, pour établir le contact avec les ondes souterraines. Vous voyez, à présent les druidesses se tiennent toutes par la main, en cercle. Elles créent une sorte d'accumulateur vivant, pour recueillir et concentrer les vibrations telluriques. Maintenant devrait apparaître le nuage...

Quel nuage ? murmurai-je.

— La tradition l'appelle nuage vert. Attendez... »

Je ne m'attendais à aucun nuage vert. Pourtant, presque subitement, de la terre se leva une brume soyeuse — je l'aurais taxée de brouillard si elle avait été uniforme et massive. C'était une formation en flocons, qui s'agrégeait en un point et puis, mue par le vent, s'élevait par bouffées tel un écheveau de barbe à papa, se déplaçait en flottant dans l'air, allait se mettre en pelote dans un autre point de la clairière. L'effet était singulier : tantôt apparaissaient les arbres sur le fond, tantôt tout se confondait en une vapeur blanchâtre, tantôt le gros flocon non cardé devenait fumigène au centre de la clairière, nous dérobant la vue de ce qui se passait, et laissant dégagés les bords du plateau et le ciel, où continuait à resplendir la lune. Les mouvements des flocons étaient brusques, inattendus, comme s'ils obéissaient à l'impulsion d'un souffle capricieux.

Je pensai à un artifice chimique ; puis je réfléchis : à environ six cents mètres d'altitude, il était bien possible qu'il s'agît de véritables nuages. Prévus par le rite, évoqués ? Peut-être pas, mais les officiantes avaient calculé que sur cette hauteur, dans des circonstances favorables, pouvaient se former ces bancs erratiques à fleur de terre.

Il était difficile d'échapper à la fascination de la scène, d'autant que les robes des officiantes s'amalgamaient à la blancheur des fumées, et leurs silhouettes paraissaient sortir de cette obscurité laiteuse, et y rentrer, comme si elles étaient engendrées par elle.

Vint un moment où le nuage avait envahi tout le centre du pré et quelques floches, qui montaient en s'effilochant, cachaient presque totalement la lune, sans aller jusqu'à rendre livide la clairière, toujours claire sur ses bords. Alors nous vîmes une druidesse sortir du nuage et, en hurlant, courir vers le bois, les bras tendus en avant, si bien que je pensais qu'elle nous avait découverts et nous lançait des malédictions. Mais, à deux ou trois mètres de nous, elle bifurqua et se mit à courir en rond autour de la nébuleuse, disparut vers la gauche dans la blancheur pour réapparaître sur la droite quelques minutes après, de nouveau elle fut très près de nous, et je pus voir son visage. C'était une sibylle au grand nez dantesque sur une bouche aussi fine qu'une rhagade, s'ouvrant comme une fleur sous-marine, sans plus de dents, sauf deux uniques incisives et une canine asymétrique. Les yeux étaient mobiles, rapaces, vrillants. J'entendis, ou il me sembla entendre, ou je crois maintenant me rappeler avoir entendu — et je superpose à ce souvenir d'autres réminiscences —, avec une série de mots que je pris alors pour du gaélique, certaines évocations dans une sorte de latin, quelque chose comme « o pegnia (oh, é oh !, intus) et ééé ulama !!! », et d'un coup la brume disparut presque, la clairière redevint limpide, et je vis qu'elle avait été envahie par une troupe de cochons aux cous trapus entourés d'un collier de pommes vertes. La druidesse qui avait sonné de la trompette, toujours perchée sur le dolmen, brandissait à présent un couteau.

« Allons, dit Agliè, d'un ton sec. C'est fini. »

Je m'aperçus, en l'entendant, que le nuage se trouvait au-dessus de nous et autour de nous, et que je ne discernais presque plus mes voisins.

« Comment, c'est fini ? dit Garamond. Il me semble que le meilleur commence à présent !

— C'est fini, pour ce que vous pouviez voir, vous. Impossible. Respectons le rite. Allons. »

Il rentra dans le bois, aussitôt absorbé par l'humidité qui nous enveloppait. Nous avançâmes en frissonnant, glissant sur le terreau de feuilles pourries, haletants et désordonnés tels les soldats d'une armée en fuite. Nous nous retrouvâmes sur la route. Nous pourrions être à Milan en moins de deux heures. Avant de monter dans la voiture de Garamond, Agliè nous salua : « Pardonnez-moi si j'ai interrompu le spectacle. Je voulais vous faire connaître quelque chose, quelqu'un qui vit autour de nous, et pour qui, au fond, vous aussi désormais vous travaillez. Mais on ne pouvait en voir davantage. Lorsque j'ai été informé de cet événement, j'ai dû promettre que je ne troublerais pas la cérémonie. Notre présence eût négativement influencé les phases suivantes.

— Mais les cochons ? Et que se passe-t-il maintenant ? demanda Belbo.

— Ce que je pouvais dire, je l'ai dit »

— 63 —

« A quoi te fait penser ce poisson ?
— A d'autres poissons.
— A quoi te font penser les autres poissons ?
— A d'autres poissons. »

Joseph HELLER, *Catch 22*,
New York, Simon & Schuster, 1961, XXVII.

Je revins du Piémont bourrelé de remords. Mais, comme je revis Lia, j'oubliai tous les désirs qui m'avaient effleuré.

Toutefois, ce voyage m'avait fourni d'autres pistes, et je trouve à présent préoccupant de ne m'en être pas alors préoccupé. J'étais en train de mettre définitivement en ordre, chapitre après chapitre, l'iconographie pour l'histoire des métaux, et je ne parvenais plus à m'arracher au démon de la ressemblance, comme cela m'était déjà arrivé à Rio. Qu'est-ce qu'il y avait de différent entre ce poêle cylindrique de Réaumur, 1750, cette chambre chaude pour le couvage des œufs, et cet athanor XVIIe, ventre maternel, sombre utérus pour le couvage de qui sait quels métaux mystiques ? C'était comme si on avait installé le Deutsches Museum dans le château piémontais que j'avais visité une semaine auparavant.

Il me devenait de plus en plus difficile de faire le départ entre le monde de la magie et ce que nous appelons aujourd'hui l'univers de la précision. Je retrouvais des personnages que j'avais étudiés à l'école comme des porteurs de la lumière mathématique et physique au milieu des ténèbres de la superstition, et je découvrais qu'ils avaient travaillé un pied dans la Kabbale et un pied dans leur laboratoire. Se pouvait-il que je fusse en train de relire l'histoire entière à travers les yeux de nos diaboliques ? Mais enfin, je tombais sur des textes insoupçonnables qui me racontaient comment les physiciens positivistes, frais émoulus de l'université, allaient se frotter aux séances médiumniques et aux cénacles astrologiques, et comment Newton était arrivé aux lois de la gravitation universelle parce qu'il croyait à l'existence de forces occultes (je me rappelais ses explorations dans la cosmologie rose-croix).

Je m'étais fait un devoir scientifique d'incrédulité, mais à présent il fallait que je me méfie même des maîtres qui m'avaient appris à devenir incrédule.

Je me dis : je suis comme Amparo, on ne m'y prend pas mais je me laisse prendre. Et je me surprenais à réfléchir sur le fait qu'au fond la grande pyramide avait vraiment pour hauteur un milliardième de la distance terre-soleil, ou que se dessinaient vraiment des analogies entre mythologie celtique et mythologie amérindienne. Et je commençais à interroger tout ce qui m'entourait, les maisons, les enseignes des magasins, les nuages dans le ciel et les gravures dans les bibliothèques, pour qu'ils me racontent non pas leur histoire mais une autre histoire, que certainement ils cachaient mais qu'en définitive ils dévoilaient à cause et en vertu de leurs mystérieuses ressemblances.

C'est Lia qui me sauva, momentanément du moins.

Je lui avais tout raconté (ou presque) de ma visite au Piémont, et soir après soir je revenais à la maison avec de nouvelles données à ajouter à mon fichier des croisements. Elle commentait : « Mange, que tu es maigre comme un clou. » Un soir elle s'était assise à côté de mon bureau, elle avait tiré à droite et à gauche les mèches de son front pour me regarder droit dans les yeux ; elle s'était mis les mains sur son giron, comme fait une ménagère. Elle ne s'était jamais assise de cette façon, en écartant les jambes, la jupe tendue d'un genou à l'autre. Je pensai que c'était une pose disgracieuse. Et puis j'observai son visage, et il me paraissait plus lumineux, inondé d'une tendre couleur. Je l'écoutai — mais sans savoir encore pourquoi — avec respect.

« Poum, m'avait-elle dit, je n'aime pas la manière dont tu vis l'histoire des éditions Manuzio. Avant, tu recueillais des faits comme on recueille des coquillages. Maintenant, on dirait que tu coches des numéros sur les fiches du loto.

— C'est seulement parce que je m'amuse davantage, avec ces gens-là.

— Tu ne t'amuses pas, tu te passionnes, et c'est différent. Fais attention, ces gens-là sont en train de te rendre malade.

— N'exagérons pas à présent. Tout au plus, ce sont eux les malades. On ne devient pas fou en étant infirmier dans un asile d'aliénés.

— Ça, c'est encore à prouver.

— Tu sais que je me suis toujours méfié des analogies. Maintenant, je me trouve dans une fête d'analogies, une Coney Island, un

Premier Mai à Moscou, une Année Sainte d'analogies, je m'aperçois que certaines sont meilleures que d'autres et je me demande si par hasard il n'y aurait pas une vraie raison.

— Poum, m'avait dit Lia, j'ai vu tes fiches, parce que c'est moi qui les remets en ordre. Quoi que découvrent tes diaboliques, c'est déjà ici, regarde bien », et elle se tapait le ventre, les flancs, les cuisses et le front. Assise comme ça, les jambes écartées qui tendaient sa jupe, de face, elle donnait l'impression d'une nourrice solide et florissante — elle si fine et flexueuse — parce qu'une sagesse paisible l'illuminait d'autorité matriarcale.

« Poum, il n'y a pas d'archétypes, il y a le corps. Dans le ventre, c'est beau, parce que l'enfant y grandit, que s'y enfile, tout joyeux, ton oiseau et y descend la bonne nourriture pleine de saveur, et voilà pourquoi sont beaux et importants la caverne, l'anfractuosité, la galerie, le souterrain, et même le labyrinthe qui est fait à l'image de nos bonnes et saintes tripes, et quand quelqu'un doit inventer quelque chose d'important, il le fait venir d'ici, parce que tu es venu d'ici toi aussi le jour où tu es né, et la fertilité est toujours dans un trou, où quelque chose d'abord pourrit et puis voilà, un petit Chinois, un dattier, un baobab. Mais le haut est mieux que le bas, car si tu es la tête en bas le sang te monte à la tête, car les pieds puent et les cheveux moins, car il vaut mieux grimper sur un arbre pour cueillir des fruits que finir sous la terre pour engraisser les vers, car on se fait rarement mal en se cognant en l'air (ou alors il faut se trouver au grenier) et d'ordinaire on se fait mal en tombant par terre, et voilà pourquoi le haut est angélique et le bas diabolique. Mais comme ce que j'ai dit avant sur mon joli petit ventre est vrai aussi, l'une et l'autre chose sont vraies : le bas et le dedans sont beaux, en un sens, en un autre sens, le haut et l'extérieur sont beaux, et l'esprit de Mercure et la contradiction universelle n'ont rien à y voir. Le feu te tient chaud et le froid te donne une broncho-pneumonie, surtout si tu es un savant d'il y a quatre mille ans, et donc le feu a de mystérieuses vertus, d'autant qu'il te cuit un poulet. Mais le froid conserve le même poulet et le feu, si tu le touches, te fait pousser une ampoule grosse comme ça, par conséquent si tu penses à une chose qui se conserve depuis des millénaires, comme la sapience, il faut que tu la penses sur une montagne, en haut (et nous avons vu que c'est bien), mais dans une caverne (qui est aussi bien) et au froid éternel des neiges tibétaines (qui est excellent). Et puis si tu veux savoir pourquoi la sapience vient de l'Orient et non pas des Alpes suisses, c'est parce que le corps de tes ancêtres, le matin, quand il s'éveillait et qu'il faisait encore sombre, regardait à l'est en espérant que se lève le soleil et qu'il ne pleuve pas, nom d'un chien.

— Oui, maman.

— Bien sûr que oui, mon petit. Le soleil est bon parce qu'il fait du bien au corps, et parce qu'il a le bon sens de réapparaître chaque jour, par conséquent tout ce qui revient est bon, pas ce qui passe et s'en va et disparaît de la circulation. La meilleure façon de revenir d'où on est passé sans refaire deux fois le même chemin c'est d'avancer en cercle. Et comme l'unique bête qui fait la gimblette est le serpent, de là viennent tous ces cultes et ces mythes du serpent, parce qu'il est difficile de représenter le retour du soleil en faisant faire la gimblette à un hippopotame. Par ailleurs, si tu dois procéder à une cérémonie pour invoquer le soleil, tu as intérêt à te déplacer en cercle, parce que si tu te déplaces en ligne droite tu t'éloignes de chez toi et il faudrait que la cérémonie soit très courte ; sans compter que le cercle est la structure la plus pratique pour un rite, et même ceux qui crachent le feu sur les places le savent, parce qu'en cercle tout le monde voit également qui se tient au centre, tandis que si une tribu entière se mettait en ligne droite comme une escouade de soldats, les plus éloignés ne verraient pas, et voilà pourquoi le cercle et le mouvement rotatoire et le retour cyclique sont fondamentaux dans tout culte et dans tout rite.

— Oui, maman.

— Bien sûr que oui. Et maintenant, passons aux nombres magiques qui plaisent tant à tes auteurs. Un c'est toi qui n'es pas deux, un c'est ton petit machin là, une c'est ma petite machine ici et uns sont le nez et le cœur et donc tu vois combien de choses importantes sont un. Et deux sont les yeux, les oreilles, les narines, mes seins et tes épaules, les jambes, les bras et les fesses. Trois est le plus magique de tous parce que notre corps ne le connaît pas, nous n'avons rien qui soit trois choses, et ce devrait être un nombre très mystérieux, très, que nous attribuons à Dieu, où que nous vivions. Mais si tu y réfléchis, moi j'ai une seule petite chose et toi tu as un seul petit truc — tais-toi et ne fais pas le malin — et si nous mettons les deux ensemble, il sort un nouveau trucmuche et nous devenons trois. Mais alors, il faut vraiment un professeur agrégé de l'université pour découvrir que tous les peuples ont des structures ternaires, trinités et choses de ce genre ? Mais les religions, ils ne les faisaient tout de même pas avec un computer, c'étaient tous des gens très bien, qui baisaient comme il faut, et toutes les structures trinitaires ne sont pas un mystère, elles sont le récit de ce que tu fais toi, de ce qu'ils faisaient eux. Mais deux bras et deux jambes font quatre, et voilà que quatre est aussi un beau nombre, surtout si tu penses que les animaux ont quatre pattes et qu'à quatre pattes vont les petits enfants, comme le savait le Sphinx. Cinq, n'en parlons pas, ce sont les doigts de la main, et avec deux mains tu as cet autre nombre sacré qui est dix, et forcément même les commandements sont au nombre de dix, sinon, s'il y en avait douze, quand le prêtre dit un, deux, trois et montre ses doigts, arrivé aux deux derniers il faut qu'il se fasse prêter une main par le sacristain. A présent, prends le corps et compte toutes les choses qui poussent sur le tronc : avec les bras, les jambes, tête et pénis, il y en a six ; mais pour la femme sept, raison pour quoi il me semble que parmi tes auteurs le six n'est jamais pris au sérieux sauf comme le double de trois, parce qu'il ne marche que pour les hommes, lesquels n'ont aucun sept, et quand ce sont eux qui commandent ils préfèrent le voir comme un nombre sacré, oubliant que mes tétons aussi poussent à l'extérieur, mais patience. Huit — mon Dieu, nous n'avons aucun huit... non, attends, si bras et jambes ne comptent pas pour un mais pour deux, à cause du coude et du genou, nous avons huit grands os longs qui bringuebalent dehors ; tu prends ces huit plus le tronc et tu as neuf, dix si par-dessus le marché tu ajoutes la tête. Mais à toujours tourner autour du corps, tu en tires les nombres que tu veux ; pense aux trous.

— Aux trous ?

— Oui, combien de trous a ton corps ?

— Eh bien... Je me comptais. Yeux narines oreilles bouche cul, ça fait huit.

— Tu vois ? Une autre raison pour laquelle huit est un beau nombre. Mais moi j'en ai neuf ! Et avec le neuvième je te fais venir au monde, et voilà pourquoi neuf est plus divin que huit ! Mais tu veux une explication d'autres figures récurrentes ? Tu veux l'anatomie de tes menhirs, dont tes auteurs parlent sans arrêt ? On est debout le jour et allongé la nuit — même ton petit machin, non, ne me dis pas ce qu'il fait la nuit ; le fait est qu'il travaille droit et se repose étendu. Par conséquent, la station verticale est vie, et se trouve en rapport avec le soleil, et les obélisques se dressent en l'air comme les arbres, tandis que la station horizontale et la nuit sont sommeil et donc mort, et tous adorent les menhirs, pyramides, colonnes, et personne n'adore les balcons et balustrades. As-tu jamais entendu parler d'un culte archaïque de la rampe sacrée ? Tu vois ? Et c'est aussi que le corps ne te le permet pas : si tu adores une pierre verticale, même si vous êtes une multitude, tout le monde la voit ; si, par contre, tu adores une chose horizontale, seuls ceux qui sont au premier rang la voient, et les autres poussent en disant et moi et moi, et ce n'est pas un beau spectacle pour une cérémonie magique...

— Mais les fleuves...

— Les fleuves, ce n'est pas parce qu'ils sont horizontaux, mais parce qu'il y a de l'eau dedans, et tu ne veux tout de même pas que je t'explique le rapport entre l'eau et le corps... Bon, en somme nous sommes faits comme ça, avec ce corps, tous, et c'est pour ça que nous élaborons les mêmes symboles à des millions de kilomètres de distance et forcément tout se ressemble ; et alors tu vois que les personnes douées d'un brin de jugeote, si elles regardent le fourneau de l'alchimiste, tout fermé et chaud dedans, pensent au ventre de la mère qui fait son enfant : et seuls tes diaboliques, voyant la Vierge sur le point d'accoucher, pensent que c'est une allusion au fourneau de l'alchimiste. C'est ainsi qu'ils ont passé des milliers d'années à chercher un message, quand tout était déjà ici, il suffisait qu'ils se regardent dans leur miroir.

— Toi, tu me dis toujours la vérité. Tu es mon Moi, qui au fond est mon Soi vu par Toi. Je veux découvrir tous les archétypes secrets du corps. » Ce soir-là nous inaugurâmes l'expression « faire les archétypes » pour indiquer nos moments de tendresse.

Alors que déjà je m'abandonnais au sommeil, Lia me toucha l'épaule. « J'allais oublier, dit-elle. Je suis enceinte. »

J'aurais dû écouter Lia. Elle parlait avec la sagesse de qui sait où naît la vie. En nous engageant dans les souterrains d'Agarttha, dans la pyramide d'Isis Dévoilée, nous étions entrés dans Gébura, la sefira de la terreur, le moment où la colère se fait sentir dans le monde. Ne m'étais-je pas laissé séduire, ne fût-ce qu'un instant, par la pensée de Sophia ? Moïse Cordovéro dit que le Féminin est à gauche, et que toutes ses directions sont de Gébura... A moins que l'homme ne mette en œuvre ces tendances pour parer son Épouse, et, tout en l'attendrissant, ne la fasse marcher vers le bien. Comme pour dire que tout désir doit demeurer dans ses propres limites. Autrement Gébura devient la Sévérité, l'apparence obscure, l'univers des démons.

Discipliner le désir... Ainsi avais-je fait dans la tente de l'umbanda, j'avais joué de l'agogõ, j'avais pris part au spectacle du côté de l'orchestre, et je m'étais soustrait aux transes. Et ainsi avais-je fait avec Lia, j'avais réglé le désir dans l'hommage à l'Épouse, et j'avais été récompensé au creux de mes lombes, ma semence avait été bénie.

Mais je n'ai pas su persévérer. J'allais succomber à la beauté de Tif'érét.

6

TIF'ÉRÉT

— 64 —

Rêver d'habiter dans une ville nouvelle et inconnue signifie mourir dans peu de temps. En effet, les morts habitent ailleurs, et on ne sait pas où.

Jérôme CARDAN, *Somniorum Synesiorum*,
Bâle, 1562, 1, 58.

Si Gébura est la sefira du mal et de la peur, Tif'érét est la sefira de la beauté et de l'harmonie. Diotallevi disait : c'est la spéculation illuminante, l'arbre de vie, le plaisir, l'apparence purpurine. C'est l'accord de la Règle avec la Liberté.

Et cette année-là fut pour nous l'année du plaisir, de la subversion ludique du grand texte de l'univers, où se célébrèrent les épousailles de la Tradition et de la Machine Électronique. Nous créions, et en tirions des jouissances. Ce fut l'année où nous inventâmes le Plan.

Au moins pour moi, à coup sûr, ce fut une année heureuse. La grossesse de Lia se poursuivait sereinement, entre les éditions Garamond et mon agence je commençais à vivre sans difficultés pécuniaires, j'avais gardé mon bureau dans la vieille bâtisse de banlieue, mais nous avions restructuré l'appartement de Lia.

La merveilleuse aventure des métaux était désormais entre les mains des typographes et des correcteurs. Et c'est alors que monsieur Garamond avait eu son idée géniale : « Une histoire illustrée des sciences magiques et hermétiques. Avec le matériel qui nous arrive des diaboliques, avec les compétences que vous avez acquises, avec le conseil de cet homme incroyable qu'est Agliè, une petite année et vous serez en mesure de réunir un volume grand format, quatre cents pages tout illustrées, des tables en couleurs à couper le souffle. Grâce au recyclage d'une partie du matériel iconographique de l'histoire des métaux.

— Eh mais, objectais-je, le matériel est différent. Qu'est-ce que j'en fais, de la photo d'un cyclotron ?

— Qu'est-ce que vous en faites ? De l'imagination, Casaubon, de l'imagination ! Qu'est-ce qui arrive dans ces machines atomiques, dans ces positrons mégatroniques, passez-moi leurs noms ? La matière se réduit en bouillie, vous y mettez du gruyère et il en sort du quark, des trous noirs, de l'uranium centrifugé ou que sais-je encore ! La magie faite chose, Hermès et Alchermès — en somme, c'est vous qui devez me donner la réponse. Ici à gauche la gravure de Paracelse, l'Abracadabra avec ses alambics, sur fond or, et à droite les quasars, le mixeur d'eau lourde, l'anti-matière gravitationnelgalactique, en somme, c'est moi qui dois tout faire ? Celui qui ne comprenait goutte et tripatouillait avec des œillères n'est pas le magicien, c'est le scientifique qui a arraché les secrets occultes de la matière. Découvrir le merveilleux autour de nous, faire soupçonner qu'à Monte Palomar ils en savent plus que ce qu'ils disent... »

Pour m'encourager, il augmenta mes honoraires de façon presque sensible. Je me lançai à la découverte des miniatures du *Liber Solis* de Trismosin, du *Mutus Liber,* du Pseudo-Lulle. Je remplissais les classeurs de pentacles, arbres sefirotiques, décans, talismans. Je fréquentais les salles les plus oubliées des bibliothèques, j'achetais des dizaines de volumes chez ces libraires qui naguère vendaient la révolution culturelle.

Je frayais avec les diaboliques, désinvolte comme un psychiatre qui se prend d'affection pour ses patients et trouve balsamiques les brises qui soufflent au milieu du parc séculaire de sa clinique privée. Peu après il commence à écrire des pages sur le délire, puis des pages de délire. Il ne se rend pas compte que ses malades l'ont séduit : il croit qu'il est devenu un artiste. Ainsi naquit l'idée du Plan.

Diotallevi fut d'accord d'entrée de jeu parce que pour lui cela participait de la prière. Quant à Jacopo Belbo, je crus qu'il s'amusait autant que moi. A présent seulement je comprends qu'il n'en tirait nulle vraie jouissance. Il y participait comme quelqu'un se ronge les ongles.

Autrement dit, il jouait pour trouver au moins l'une des fausses adresses, ou la scène théâtrale sans rampe dont il parle dans le *file* appelé Rêve. Des théologies de remplacement pour un Ange qui ne serait jamais arrivé.

FILENAME : *RÊVE*

Je ne me souviens pas s'il m'est arrivé de faire ces rêves l'un dans l'autre, ou s'ils se succèdent dans le cours de la même nuit, ou si simplement ils alternent.

Je cherche une femme, une femme que je connais, avec qui j'ai eu des rapports intenses, à telle enseigne que je ne parviens pas à réaliser pourquoi je les ai relâchés — moi, par ma faute, en disparaissant de la circulation. Il me semble inconcevable que j'aie laissé passer tant de temps. C'est certainement elle que je cherche, mieux : elles au pluriel, il ne s'agit pas d'une seule femme, elles sont nombreuses, toutes perdues de la même manière, par inertie — et je suis pris d'incertitude, et une me suffirait, car ça je le sais : j'ai beaucoup perdu en les perdant. D'habitude je ne trouve pas, je n'ai plus, je n'arrive pas à me décider à ouvrir mon agenda où il y a le numéro de téléphone, et si même je l'ouvre c'est comme si j'étais presbyte, je n'arrive pas à lire les noms.

Je sais où elle se trouve, ou bien, je ne sais pas quel est le lieu, mais je sais comment il est, j'ai le souvenir précis d'un escalier, d'un porche, d'un palier. Je ne parcours pas la ville pour retrouver le lieu, je suis plutôt pris par une sorte d'angoisse, de blocage, je continue à me tourmenter sur la raison pour laquelle j'ai permis, ou voulu, que le rapport s'abolît — ne serait-ce qu'en posant un lapin au dernier rendez-vous. Je suis sûr qu'elle attend un appel de moi. Si seulement je savais quel est son nom, je sais parfaitement qui elle est, sauf que je ne parviens pas à reconstituer ses traits.

Parfois, dans le demi-sommeil qui suit, je conteste le rêve. Essaie de te souvenir, tu connais et te rappelles tout et tu as clos tes comptes avec tout, ou tu ne les as pas même ouverts. Il n'y a rien que tu ne saches localiser. Il n'y a rien.

Reste le soupçon d'avoir oublié quelque chose, de l'avoir laissé entre les plis de la sollicitude, comme on oublie un billet de banque, ou un billet avec un renseignement précieux dans une minipoche de ses pantalons ou dans une vieille veste, et ce n'est qu'à un certain point qu'on se rend compte que c'était la chose la plus importante, la décisive, l'unique.

De la ville, j'ai une image plus claire. C'est Paris, moi je suis sur la rive gauche, je sais qu'en traversant le fleuve je me trouverais sur une place qui pourrait être la place des Vosges... non, plus ouverte, parce que sur le fond se dresse une sorte de Madeleine. Passant la place, et tournant derrière le temple, je trouve une rue (il y a une librairie-antiquaire à l'angle) qui s'incurve vers la droite, dans une série de venelles, qui sont certainement dans le Barrio Gotico de Barcelone. On pourrait déboucher sur une rue, très large, pleine de lumières, et c'est dans cette rue, je m'en souviens avec une évidence eidétique, que sur la droite, au fond d'un cul-de-sac, il y a le Théâtre.

Ce qui se passe dans ce lieu de délices est incertain, à coup sûr quelque chose de légèrement et joyeusement louche, genre strip-tease (raison pour quoi je n'ose pas demander de renseignements), dont je sais déjà suffisamment pour vouloir y retourner, tout excité. Mais en vain ; vers Chatham Road les rues se confondent.

Je me réveille avec le goût de cette rencontre ratée. Je ne parviens pas à me résigner à ne pas savoir ce que j'ai perdu.

Parfois, je suis dans une grande maison de campagne. Elle est vaste, mais je sais qu'il y a une autre aile que je ne sais plus comment rejoindre, comme si les passages avaient été murés. Et, dans cette autre aile, il y a des pièces et des pièces, je ne les ai bien vues qu'une fois, il est impossible que je les aie rêvées dans un autre rêve, avec de vieux meubles et des gravures ternies, des consoles avec de petits théâtres XIXe en carton découpé à l'emporte-pièce, des divans à grandes courtepointes brodées, et des étagères couvertes de livres, toutes les années du Journal Illustré des Voyages et des Aventures sur Terre et sur Mer, ce n'est pas vrai qu'elles se sont délabrées à force de les avoir lues et relues, et que maman les a données à l'homme aux chiffons. Je me demande qui a brouillé les couloirs et les escaliers, parce que c'est là que j'aurais voulu me construire mon buen retiro, au milieu de cette odeur de friperie précieuse.

Pourquoi ne puis-je rêver au baccalauréat comme tout le monde ?

— 65 —

C'était un grand carré de six mètres de côté, installé au centre de la salle. Sa surface était faite de petits cubes de bois, de dimensions variables mais gros en moyenne comme un dé à coudre. Ils étaient reliés les uns aux autres par des fils très fins. Sur chaque face de ces cubes était collé un petit carré de papier où s'inscrivaient tous les mots de leur langue, à leurs différents modes, temps ou cas, mais sans aucun ordre... Chaque élève saisit au commandement du professeur une des quarante manivelles de fer disposées sur les côtés du châssis, et lui donna un brusque tour, de sorte que la disposition des mots se trouva complètement changée ; puis trente-six *d'entre eux eurent mission de lire à voix basse les différentes lignes telles qu'elles apparaissaient sur le tableau, et quand ils trouvaient trois ou quatre mots, qui, mis bout à bout, constituaient un élément de phrase, ils les dictaient aux quatre autres jeunes gens...*

J. Swift, *Gulliver's Travels*, III, 5.

Je crois qu'en brodant sur son rêve Belbo, une fois de plus, revenait à la pensée de l'occasion perdue, et à son vœu de renoncement, pour n'avoir pas su saisir — si jamais il avait existé — le Moment. Le Plan se mit en route parce qu'il s'était résigné à se construire des moments fictifs.

Je lui avais demandé je ne sais quel texte ; il avait farfouillé sur sa table, au milieu d'une pile de manuscrits périlleusement posés, et sans aucun critère de masse et de grandeur, les uns sur les autres. Il avait repéré le texte qu'il cherchait et tenté de le tirer, faisant s'écrouler le reste par terre. Les chemises s'étaient ouvertes et les feuillets s'étaient échappés de leurs minces classeurs.

« Ne pouviez-vous pas commencer en soulevant et en déplaçant la première moitié ? » demandai-je. Peine perdue : il faisait toujours comme ça.

Et il répondait invariablement : « Gudrun les ramassera ce soir. Il faut qu'elle ait une mission dans la vie, autrement elle va perdre son identité. »

Cependant, cette fois-là, j'étais personnellement intéressé à la sauvegarde des manuscrits parce que désormais je faisais partie de la maison : « Mais Gudrun n'est pas capable de les remettre en ordre, elle placera les feuillets qu'il ne faut pas dans les chemises qu'il ne faut pas.

— Si Diotallevi vous entendait, il exulterait. Il en sortira des livres différents, éclectiques, casuels. C'est dans la logique des diaboliques.

— Mais nous nous serons dans la situation des kabbalistes. Des millénaires pour trouver la bonne combinaison. Vous mettez simplement Gudrun à la place du singe qui tape pour l'éternité sur sa machine à écrire. La différence est seulement dans la durée En termes d'évolution nous n'aurions rien gagné. N'y a-t-il pas un programme qui permette à Aboulafia de faire ce travail ? »

Sur ces entrefaites, Diotallevi était entré.

« Bien sûr qu'il y en a un, avait dit Belbo, et en théorie il autorise l'insertion de deux mille données. Il suffit d'avoir envie de les écrire. Mettons que ce soient des vers de poésies possibles. Le programme vous demande la quantité de vers que doit avoir la poésie, et vous décidez, dix, vingt, cent. Après quoi le programme tire de l'horloge intérieure du computer le nombre de secondes, et il le randomise, bref il en tire une formule de combinaison toujours nouvelle. Avec dix vers vous pouvez obtenir des milliers et des milliers de poésies casuelles. Hier, j'ai introduit des vers du type *frémissent les frais tilleuls, j'ai les paupières épaisses, si l'aspidistra voulait, la vie voilà te donne* et choses sembables. Voici quelques résultats. »

Je compte les nuits, joue le sistre...
Mort, ta victoire
Mort, ta victoire...
Si l'aspidistra voulait...

Du cœur d'aube (oh cœur)
toi albatros sinistre
(si l'aspidistra voulait...)
Mort, ta victoire.

Frémissent les frais tilleuls,
je compte les nuits, joue le sistre,
la huppe désormais m'observe.
Frémissent les frais tilleuls.

« Il y a des répétitions, je ne suis pas arrivé à les éviter, il paraît que ça complique trop le programme. Mais même les répétitions ont un sens poétique.

— Intéressant, dit Diotallevi. Voilà qui me réconcilie avec ta machine. Donc, si je lui mettais dedans toute la Torah et puis lui disais — quel est le terme ? — de randomiser, elle ferait de la véritable Temura et elle recombinerait les versets du Livre ?

— Certes ; c'est une question de temps. Tu t'en tires en deux ou trois siècles. »

Je dis : « Mais si en revanche vous y mettez quelques dizaines de propositions prises dans les œuvres des diaboliques, par exemple que les Templiers ont fui en Écosse, ou que le Corpus Hermeticum est arrivé à Florence en 1460, plus quelques connectifs comme *il est évident que* ou *ceci prouve que*, nous pourrions obtenir des séquences révélatrices. Puis on comble les vides, ou on pèse les répétitions comme des vaticinations, insinuations et mises en garde. Au pire, nous inventons un chapitre inédit de l'histoire de la magie.

— Génial, dit Belbo, allons-y tout de suite.

— Non, il est sept heures. Demain.

— Moi je le fais ce soir. Aidez-moi rien qu'un instant, ramassez par terre une vingtaine de ces feuillets, au hasard, jetez un œil sur la première phrase que vous rencontrez, et celle-ci devient une donnée. »

Je me penchai et ramassai : « Joseph d'Arimathie porte le Graal en France.

— Excellent, noté. Poursuivez.

— D'après la tradition templière, Godefroy de Bouillon constitue à Jérusalem le Grand Prieuré de Sion. Debussy était un Rose-Croix.

— Excusez-moi, dit Diotallevi, mais il faut aussi insérer quelques données neutres, par exemple que le koala vit en Australie ou que Papin invente la cocotte-minute.

— Minnie est la fiancée de Mickey, suggérai-je.

— N'exagérons pas.

— Exagérons, au contraire. Si nous commençons à admettre la possibilité qu'il existe fût-ce une seule donnée, dans l'univers, qui ne revèle pas quelque chose d'autre, nous sommes déjà hors de la pensée hermétique.

— C'est vrai. Va pour Minnie. Et si vous permettez, je mettrai une donnée fondamentale : les Templiers y sont toujours pour quelque chose.

— Cela va sans dire », confirma Diotallevi.

Nous continuâmes pendant quelques dizaines de minutes. Ensuite, il se fit vraiment tard. Mais Belbo nous dit de ne pas nous inquiéter.

Il poursuivrait tout seul. Gudrun vint nous dire qu'elle fermait, Belbo lui annonça qu'il resterait travailler et il la pria de ramasser les feuillets tombés par terre. Gudrun émit certains sons qui pouvaient appartenir au latin sine flexione comme à la langue kérémis, exprimant indignation et désappointement dans l'une et l'autre, signe de la parenté universelle entre toutes les langues, qui proviennent d'une unique souche adamique. Elle s'exécuta, randomisant mieux qu'un computer.

Le lendemain matin, Belbo était radieux. « Ça marche, dit-il. Ça marche et ça produit des résultats inespérés. » Il nous tendit l'output imprimé.

Les Templiers y sont toujours pour quelque chose
Ce qui suit n'est pas vrai
Jésus a été crucifié sous Ponce Pilate
Le sage Ormus fonda en Égypte les Rose-Croix
Il y a des kabbalistes en Provence
Qui s'est marié aux noces de Cana ?
Minnie est la fiancée de Mickey
Il en découle que
Si
Les druides vénéraient les Vierges noires
Alors
Simon le Magicien identifie la Sophia à une prostituée de Tyr
Qui s'est marié aux noces de Cana ?
Les Mérovingiens se disent rois de droit divin
Les Templiers y sont toujours pour quelque chose

« Un peu confus, dit Diotallevi.

— Tu ne sais pas voir les connexions. Et tu ne donnes pas l'importance qu'il faut à cette interrogation qui revient par deux fois : qui s'est marié aux noces de Cana ? Les répétitions sont des clefs magiques. Naturellement, j'ai intégré, mais intégrer la vérité est le droit de l'initié. Voici mon interprétation : Jésus n'a pas été crucifié, et c'est pour ça que les Templiers reniaient le crucifix. La légende de Joseph d'Arimathie recouvre une vérité profonde : Jésus, et non pas le Graal, débarque en France chez les kabbalistes de Provence. Jésus est la métaphore du Roi du Monde, du fondateur réel des Rose-Croix. Et avec qui débarque Jésus ? Avec sa femme. Pourquoi ne dit-on pas dans les Évangiles qui s'est marié à Cana ? Mais parce que c'étaient les noces de Jésus, noces dont on ne pouvait parler parce qu'elles avaient lieu avec une pécheresse publique,

Marie-Madeleine. Voici pourquoi depuis lors tous les illuminés, depuis Simon le Magicien jusqu'à Postel, vont chercher le principe de l'éternel féminin dans un bordel. Par conséquent, Jésus est le fondateur de la lignée royale de France. »

— 66 —

Si notre hypothèse est exacte, le Saint Graal... était la souche et les descendants de Jésus, le « Sang réal » dont étaient gardiens les Templiers... Dans le même temps, le Saint Graal devait être, à la lettre, le réceptacle qui avait reçu et contenu le sang de Jésus. Autrement dit, il devait être le giron de Magdeleine.

M. Baigent, R. Leigh, H. Lincoln,
The Holy Blood and the Holy Grail,
1982, London, Cape, XIV.

« Eh ben, dit Diotallevi, personne ne te prendrait au sérieux.

— Au contraire, il vendrait quelques centaines de milliers d'exemplaires, dis-je assombri. L'histoire existe, elle a été écrite, avec des variations minimes. Il s'agit d'un livre sur le mystère du Graal et sur les secrets de Rennes-le-Château. Au lieu de ne lire que des manuscrits, vous devriez lire aussi ce qui se publie chez les autres éditeurs.

— Saints Séraphins, dit Diotallevi. Je l'avais bien dit. Cette machine ne raconte que ce que tout le monde sait déjà. » Et il s'en alla, inconsolé.

« Elle est utile, en revanche, dit Belbo piqué au vif. Il m'est venu une idée qui était déjà venue à d'autres ? Et alors ? Cela s'appelle polygénèse littéraire. Monsieur Garamond dirait que c'est la preuve que je dis la vérité. Ces messieurs doivent y avoir réfléchi pendant des années, alors que moi j'ai tout résolu en une soirée.

— Je suis avec vous, le jeu en vaut la chandelle. Mais je crois que la règle serait d'insérer beaucoup de données qui ne proviennent pas des diaboliques. Le problème n'est pas de trouver des relations occultes entre Debussy et les Templiers. Tout le monde le fait. Le problème c'est de trouver des relations occultes, par exemple, entre la Kabbale et les bougies de l'automobile. »

Je disais ça au hasard, mais j'avais fourni à Belbo un point de départ. Il m'en parla quelques matins après.

« Vous aviez raison, vous. N'importe quelle donnée devient importante si elle est en connexion avec une autre. La connexion change la perspective. Elle induit à penser que chaque aspect du monde, chaque voix, chaque mot écrit ou dit n'a pas le sens qui apparaît, mais nous parle d'un Secret. Le critère est simple : soupçonner, toujours soupçonner. On peut lire par transparence même un panneau de sens interdit.

— Certes. Moralisme cathare. Horreur de la reproduction. Le sens est interdit parce qu'il est duperie du Démiurge. Ce n'est pas par cette voie qu'on trouvera le Chemin.

— Hier soir il m'est tombé entre les mains le manuel pour le permis de conduire B. Était-ce à cause de la pénombre, ou de ce que vous m'aviez dit, toujours est-il que j'ai été pris du soupçon que ces pages disaient Quelque Chose d'Autre. Et si l'automobile n'existait que comme métaphore de la création ? Mais il ne faut pas se limiter à l'extérieur, ou à l'illusion du tableau de bord, il faut savoir regarder ce que seul voit l'Architecte, ce qui se trouve dessous. Ce qui est dessous est comme ce qui est dessus. C'est l'arbre des sefirot.

— Vous n'allez pas me dire ça.

— Ce n'est pas moi qui le dis. C'est lui qui se dit. Et d'abord, l'arbre moteur est un Arbre, comme l'indique le mot même. Eh bien, que l'on additionne le moteur à soupapes en tête, deux roues antérieures, l'embrayage, le changement de vitesse, deux joints, le différentiel et les deux roues postérieures. *Total :* dix articulations, comme les sefirot.

— Mais les positions ne coïncident pas.

— Qui l'a dit ? Diotallevi nous a expliqué que dans certaines versions Tif'érét n'était pas la sixième mais la huitième sefira, et qu'elle se trouvait sous Nétsah et Hod. Le mien, c'est l'arbre de Belboth, autre tradition.

— Fiat.

— Mais suivons la dialectique de l'Arbre. Au sommet le Moteur, Omnia Movens, dont nous parlerons, et qui est la Source Créative. Le Moteur communique son énergie créatrice aux deux Roues Sublimes — la Roue de l'Intelligence et la Roue de la Sapience.

— Oui, si la voiture est à traction avant...

— Le meilleur, dans l'arbre de Belboth, c'est qu'il supporte des métaphysiques alternatives. Image d'un cosmos spirituel avec la traction avant, où le moteur placé devant communique immédiatement ses volontés aux Roues Sublimes, tandis que dans la version matérialiste il est l'image d'un cosmos dégradé, où le Mouvement est imprimé par un Moteur Ultime aux deux Roues Infimes : du fond de l'émanation cosmique se libèrent les forces basses de la matière.

— Et avec moteur et traction arrière ?

— Satanique. Coïncidence du Supérieur et de l'Infime. Dieu s'identifie avec les mouvements de la matière grossière postérieure. Dieu comme aspiration éternellement frustrée à la divinité. Ça doit dépendre du Bris des Vases.

— Ne serait-ce pas le Bris du Pot d'échappement ?

— Oui dans les Cosmos Avortés, où le souffle vénéneux des Archontes se répand dans l'Éther Cosmique. Mais ne nous égarons pas en chemin. Après le Moteur et les deux Roues vient l'Embrayage, la sefira de la Grâce qui établit ou interrompt le courant de l'Amour liant le reste de l'Arbre à l'Énergie Supérieure. Un Disque, un mandala qui caresse un autre mandala. De là l'Écrin de la Mutation — ou du changement, comme disent les positivistes, qui est le principe du Mal parce qu'il permet à la volonté humaine de ralentir ou d'accélérer le processus continu de l'émanation. Raison pour quoi le changement de vitesse automatique coûte plus cher, parce qu'en ce cas c'est l'Arbre même qui décide selon l'Équilibre Souverain. Puis vient un Joint qui, quel hasard, prend le nom d'un magicien de la Renaissance, Cardan, et donc un Engrenage Conique — on remarquera l'opposition avec le quaterne de Cylindres dans le moteur — où il y a une Couronne (Kétér Mineure) qui transmet le mouvement aux roues terrestres. Et ici devient évidente la fonction de la sefira de la Différence, ou différentielle, qui, avec son sens majestueux de la Beauté, distribue les forces cosmiques sur les deux Roues de la Gloire et de la Victoire, lesquelles, dans un cosmos non avorté (à traction avant), suivent le mouvement dicté par les Roues Sublimes.

— La lecture est cohérente. Et le cœur du Moteur, siège de l'Un, Couronne ?

— Mais il suffit de lire avec des yeux d'initié. Le Moteur Souverain vit d'un mouvement d'Aspiration et Échappement. Une respiration divine complexe, où originairement les unités, dites les Cylindres (archétype géométrique évident), étaient deux, puis ils en engendrèrent un troisième, et enfin ils se contemplent et se meuvent par amour mutuel dans la gloire du quatrième. En cette respiration dans le Premier Cylindre (aucun d'eux n'est premier par hiérarchie, mais par admirable alternance de position et rapport), le Piston — étymologie : vient de *Pistis Sophia* — descend du Point Mort Haut au Point Mort Bas tandis que le Cylindre se remplit d'énergie à l'état pur. Je simplifie, car ici devraient entrer en jeu des hiérarchies angéliques, ou Médiateurs de la Distribution, qui, selon mon manuel, « permettent l'ouverture et la fermeture des Lumières mettant en communication l'intérieur des Cylindres avec les conduits d'aspiration du mélange "... Le siège intérieur du Moteur peut communiquer avec le reste du cosmos seulement à travers cette médiation, et là je crois que se révèle, peut-être, mais je ne voudrais pas dire d'hérésie, la limite originaire de l'Un, qui dépend en quelque sorte, pour créer, des Grands Excentriques. Il faudra donner une lecture plus attentive du Texte. En tout cas, quand le Cylindre se remplit d'Énergie, le Piston remonte au Point Mort Haut et réalise la Compression Maximum. C'est le *tsimtsum.* Et là, voici la gloire du Big Bang, l'Explosion et l'Expansion. Une Étincelle jaillit, le mélange resplendit et s'enflamme, et c'est, dit le manuel, l'unique Phase Active du Cycle. Et malheur, malheur si dans le Mélange se glissent les coquilles, les *qelippot,* gouttes de matière impure comme l'eau ou le Coca-Cola, l'Expansion n'a pas lieu, ou bien elle a lieu par saccades abortives...

— Shell ne voudrait pas dire *qelippot ?* Mais alors, il faut s'en méfier. Dorénavant, seulement du Lait de Vierge...

— Nous vérifierons. Ce pourrait être une machination des plus grandes compagnies pétrolières, les Sept Sœurs, principes inférieurs qui veulent contrôler la marche de la Création... En tout cas, après l'Expansion, voici le grand souffle divin, qui, dans les textes les plus anciens, est appelé l'Échappement. Le Piston remonte au Point Mort Haut et il expulse la matière informe désormais brûlée. Dans le seul cas où cette opération de purification réussit, recommence le Nouveau Cycle. Et à y bien penser, c'est aussi le mécanisme néoplatonicien de l'Exil et du Retour, admirable dialectique de la Voie Ascendante et de la Voie Descendante.

— *Quantum mortalia pectora caecae noctis habent !* Et les enfants de la matière qui ne s'en étaient jamais aperçus !

— C'est pour ça que les maîtres de la Gnose disent qu'il ne faut pas se fier aux Hyliques mais aux Pneumatiques.

— Pour demain, je prépare une interprétation mystique de l'annuaire du téléphone...

— Toujours ambitieux, notre Casaubon. Attention que là, vous aurez à résoudre le problème insondable de l'Un et du Multiple. Mieux vaut aller de l'avant avec calme. Examinez d'abord le mécanisme de la machine à laver.

— Lui, il parle tout seul. Transformation alchimique, de l'œuvre au noir à l'œuvre plus blanche que le blanc. »

— 67 —

Da Rosa, nada digamos agora...

SAMPAYO Bruno, *Os Cavaleiros do Amor*,
Lisboa, Guimarães, 1960, p. 155

Quand on se met dans un état de soupçon, on ne néglige plus aucune piste. Après les rêveries sur l'arbre moteur, j'étais disposé à voir des signes révélateurs dans tout objet qui me tomberait sous la main.

J'avais conservé des rapports avec mes amis brésiliens, et ces jours-là se tenait à Coïmbre un colloque sur la culture lusitaine. Plus par désir de me revoir que par hommage à mes compétences, les amis de Rio réussirent à me faire inviter. Lia ne vint pas, elle était au septième mois, sa grossesse avait à peine retouché sa ligne menue, la changeant en une frêle madone flamande, mais elle préférait ne pas affronter un voyage.

Je passai trois joyeuses soirées avec mes vieux camarades et, tandis que nous rentrions en autocar vers Lisbonne, s'éleva une discussion pour décider si on devait s'arrêter à Fatima ou à Tomar. Tomar était le château où les Templiers portugais s'étaient retranchés après que la bienveillance du roi et du pape les avait sauvés du procès et de la ruine, les transformant en l'ordre des Chevaliers du Christ. Je ne pouvais pas rater un château des Templiers, et par chance le reste du groupe ne se montrait pas enthousiaste pour Fatima.

Si je pouvais m'imaginer un château templier, tel était bien Tomar. On y monte le long d'une route fortifiée qui côtoie les bastions extérieurs, aux meurtrières en forme de croix, et dès les premiers instants on y respire un air de croisade. Les Chevaliers du Christ avaient prospéré des siècles durant dans ces lieux : la tradition veut qu'aussi bien Henri le Navigateur que Christophe Colomb aient été des leurs, et de fait ils s'étaient voués à la conquête des mers — faisant la fortune du Portugal. La longue et heureuse existence dont ils avaient joui là-bas a permis que fût reconstruit et agrandi le château au cours des siècles, si bien qu'à sa partie médiévale sont entées des ailes Renaissance et baroques. Je fus ému en entrant dans l'église des Templiers, avec sa rotonde octogonale qui reproduit celle du Saint-

Sépulcre. Je fus intrigué par le fait que dans l'église, selon la zone, les croix templières étaient de forme différente : problème que je m'étais déjà posé en regardant la brouillonne iconographie à ce sujet. Alors que la croix des chevaliers de Malte était restée plus ou moins la même, la templière paraissait avoir subi les influences du siècle ou de la tradition locale. Voilà pourquoi il suffit aux chasseurs de Templiers de trouver quelque part une croix quelconque pour découvrir une trace des Chevaliers.

Ensuite notre guide nous emmena voir la fenêtre manuéline, la *janela* par excellence, un chantournage, un collage de trouvailles marines et sous-marines, algues, coquilles, ancres, cordes et chaînes, destinées à célébrer les péripéties océanes des Chevaliers. Cependant, de chaque côté de la fenêtre, comme pour boucler dans une ceinture les deux tours qui l'encadraient, on voyait sculptés les insignes de la Jarretière. Que venait faire le symbole d'un ordre anglais dans ce monastère fortifié portugais ? Le guide ne sut pas nous le dire, mais peu après, sur un autre côté, le nord-est je crois, il nous montra les insignes de la Toison d'or. Je ne pus m'empêcher de songer au jeu subtil d'alliances qui unissait la Jarretière à la Toison d'or, celle-ci aux Argonautes, les Argonautes au Graal, le Graal aux Templiers. Je me rappelais les affabulations d'Ardenti et plus d'une page trouvée dans les manuscrits des diaboliques... Je sursautai quand notre guide nous fit visiter une salle secondaire au plafond serré dans quelques claveaux. C'étaient de petites rosettes, mais sur certaines je vis sculptée une face barbue et vaguement caprine. Baphomet...

Nous descendîmes dans une crypte. Après sept marches, une pierre nue mène à l'abside, où pourrait se dresser un autel ou un siège du grand maître. On y parvient en passant sous sept clefs de voûte, chacune en forme de rose, plus grande l'une que l'autre, et la dernière, plus ouverte, surplombe un puits. La croix et la rose, et dans un monastère templier, et dans une salle certainement construite avant les manifestes rose-croix... Je posai quelques questions au guide, qui sourit : « Si vous saviez le nombre de chercheurs en sciences occultes qui viennent là en pèlerinage... On dit qu'ici était la salle d'initiation... »

En pénétrant par hasard dans une salle non encore restaurée, aux rares meubles poussiéreux, je trouvai le pavement encombré de grosses caisses de carton. Je fouillai au petit bonheur, et me tombèrent sous les yeux des lambeaux de volumes en hébreu, probablement du XVIIe siècle. Qu'est-ce qu'ils faisaient à Tomar, les Juifs ? Le guide me dit que les Chevaliers entretenaient de bonnes relations avec la communauté juive locale. Il me fit mettre à la fenêtre et me montra un jardin à la française, structuré comme un petit, élégant labyrinthe. Œuvre, me dit-il, d'un architecte juif du XVIIIe siècle, Samuel Schwartz.

Le deuxième rendez-vous à Jérusalem... Et le premier au Château. N'est-ce pas ce que disait le message de Provins ? Bon Dieu, le Château de l'Ordonation trouvé par Ingolf n'était pas l'improbable Montsalvat des romans de chevalerie, Avalon l'Hyperboréenne. S'ils avaient dû fixer un premier lieu de réunion, qu'auraient pu choisir les Templiers de Provins, plus accoutumés à diriger des capitaineries qu'à lire des romans de la Table Ronde ? Mais Tomar, le château des Chevaliers du Christ, un lieu où les survivants de l'Ordre jouissaient d'une pleine liberté, de garanties inchangées, et où ils étaient en contact avec les agents du deuxième groupe !

Je repartis de Tomar et du Portugal avec l'esprit en flammes. Voilà que je prenais enfin au sérieux le message que nous avait exhibé Ardenti. Les Templiers, s'étant constitués en Ordre secret, élaborent un plan qui doit durer six cents ans et se réaliser à notre siècle. Les Templiers étaient des gens réfléchis. Par conséquent, s'ils parlaient d'un château, ils parlaient d'un lieu vrai. Le plan partait de Tomar. Et alors, quel aurait dû être le parcours idéal ? Quelle, la suite des cinq autres rendez-vous ? Des lieux où les Templiers pourraient compter sur des amitiés, des protections, des complicités. Le colonel parlait de Stonehenge, Avalon, Agarttha... Sottises. Le message était à relire tout entier.

Naturellement, me disais-je en rentrant chez moi, il ne s'agit pas de découvrir le secret des Templiers, mais de le construire.

Belbo paraissait contrarié à l'idée de revenir au document que le colonel lui avait laissé, et il le retrouva en fouillant à contrecœur dans le dernier tiroir de son bureau. Je remarquai, cependant, qu'il l'avait conservé. Nous relûmes ensemble le message de Provins. Après tant d'années.

Il débutait par la phrase chiffrée selon Trithème : *Les XXXVI inuisibles separez en six bandes.* Et puis :

a la ... Saint Jean
36 p charrete de fein
6 ... entiers avec saiel
p ... les blancs mantiax

r ... s ... chevaliers de Pruins pour la ... j. nc
6 foiz 6 en 6 places
chascune foiz 20 a ... 120 a ...
iceste est l'ordonation
al donjon li premiers
it li secunz joste iceus qui ... pans
it al refuge
it a Nostre Dame de l'altre part de l'iau
it a l'ostel des popelicans
it a la pierre
3 foiz 6 avant la feste ... la Grant Pute.

« Trente-six ans après la charrette de foin, la nuit de la Saint-Jean de l'an 1344, six messages scellés pour les chevaliers aux blancs manteaux, chevaliers relaps de Provins, pour la vengeance. Six fois six en six lieux, chaque fois vingt ans pour une totalité de cent vingt ans, ceci est le Plan. Les premiers au château, puis de nouveau chez ceux qui ont mangé le pain, de nouveau au refuge, de nouveau à Notre-Dame au-delà du fleuve, de nouveau à la maison des popelicans, et de nouveau à la pierre. Vous voyez, en 1344 le message dit que les premiers doivent aller au Château. Et en effet les chevaliers s'installeront à Tomar en 1357. Maintenant, il faut nous demander où doivent se rendre ceux du deuxième groupe. Allons : imaginez que vous êtes des Templiers en fuite, où filez-vous constituer le deuxième noyau ?

— Ben... S'il est vrai que ceux de la charrette se sont enfuis en Écosse... Mais pourquoi donc en Écosse auraient-ils dû manger du pain ? »

J'étais devenu imbattable sur les chaînes associatives. Il suffisait de partir d'un point quelconque. Écosse, Highlands, rites druidiques, nuit de la Saint-Jean, solstice d'été, feux de la Saint-Jean, Rameau d'or... Voilà une piste, fût-elle fragile. J'avais lu des choses sur les feux de la Saint-Jean dans *le Rameau d'Or* de Frazer.

Je téléphonai à Lia. « Rends-moi un service : prends *le Rameau d'Or* et regarde ce qui est dit des feux de la Saint-Jean. »

Lia était très forte pour ça. Elle trouva tout de suite le chapitre. « Qu'est-ce que tu veux savoir ? C'est un rite qui date de la nuit des temps, pratiqué dans presque tous les pays d'Europe. On célèbre le moment où le soleil est au zénith de sa course, saint Jean a été ajouté pour christianiser l'affaire...

— Ils mangent du pain, en Écosse ?

— Laisse-moi voir... Je n'ai pas l'impression... Ah, voilà, le pain ils ne le mangent pas à la Saint-Jean, mais dans la nuit du premier mai, la nuit des feux de Beltane, une fête d'origine druidique, surtout dans les Highlands écossais...

— Nous y sommes ! Pourquoi mangent-ils le pain ?

— Ils pétrissent une galette de blé et d'avoine, et ils la font griller sur la braise... Puis suit un rite qui rappelle les anciens sacrifices humains... Ce sont des fouaces qui s'appellent *bannock*...

— Comment ? Spelling, s'il te plaît ! » Elle épela, je la remerciai, lui dis qu'elle était ma Béatrice, ma fée Morgane et autres mots affectueux. J'essayai de me rappeler ma thèse. Le noyau secret, selon la légende, se réfugie en Écosse auprès du roi Robert the Bruce et les Templiers aident le roi à remporter la bataille de Bannock Burn. En récompense, le roi les nomme dans le nouvel ordre des Chevaliers de Saint-André d'Écosse.

Je descendis d'une étagère un gros dictionnaire d'anglais et cherchai : *bannok* en anglais médiéval (*bannuc* en vieux saxon, *bannach* en gaélique) est une sorte de tourte cuite sur la pierre ou au gril, composée d'orge, d'avoine ou d'autres céréales. *Burn* c'est le torrent. Il n'y avait plus qu'à traduire comme auraient traduit les Templiers français en envoyant des nouvelles de l'Écosse à leurs compatriotes de Provins, et il en résultait quelque chose comme le torrent de la fouace, ou de la miche, ou du pain. Qui a mangé le pain, c'est qui l'a emporté au torrent du pain, et c'est donc le noyau écossais, lequel, sans doute à cette époque, s'était déjà étendu à travers toutes les îles britanniques. Logique : du Portugal à l'Angleterre, c'est le chemin le plus court ; il est bien question d'un voyage du Pôle à la Palestine !

— 68 —

Que ton vêtement soit blanc... S'il fait nuit, allume beaucoup de lumières, jusqu'à ce que tout resplendisse... Maintenant, commence à combiner quelques lettres, ou un grand nombre, déplace-les et combine-les jusqu'à ce que ton cœur soit chaud. Fais attention au mouvement des lettres et à ce que tu peux produire en les mélangeant. Et quand tu sentiras que ton cœur est chaud, quand tu vois qu'à travers la combinaison des lettres tu saisis des choses que tu n'aurais pu connaître tout seul ou avec l'aide de la tradition, quand tu es prêt à recevoir l'influx de la puissance divine qui pénètre en toi, emploie alors toute la profondeur de ta pensée pour imaginer dans ton cœur le Nom et Ses anges supérieurs, comme s'ils étaient des êtres humains qui se trouvent à tes côtés.

ABOULAFIA, *Hayye ha-'Olam ha-Ba.*

« C'est impressionnant, dit Belbo. Et dans ce cas, quel serait le Refuge ?

— Les six groupes s'installent dans six lieux, mais un seul est appelé le Refuge. Curieux. Cela signifie que dans les autres lieux, le Portugal ou l'Angleterre, les Templiers peuvent vivre en toute tranquillité, fût-ce sous un autre nom, tandis que dans celui-ci ils se cachent. Je dirais que le Refuge est le lieu où se sont réfugiés les Templiers de Paris, après avoir abandonné le Temple. Et comme en plus il me semble élémentaire que le parcours aille de l'Angleterre vers la France, pourquoi ne pas penser que les Templiers aient constitué un refuge à Paris même, dans un endroit secret et protégé ? C'étaient de bons politiques et ils imaginaient qu'en deux cents ans les choses changeraient et qu'ils pourraient agir à la lumière du jour, ou presque.

— Va pour Paris. Et du quatrième lieu, qu'est-ce qu'on en fait ?

— Le colonel pensait à Chartres ; mais si nous avons mis Paris à la troisième place, nous ne pouvons pas mettre Chartres à la quatrième, car il est évident que le plan doit concerner tous les centres d'Europe. Et puis nous sommes en train d'abandonner la piste mystique pour établir une piste politique. Le déplacement paraît advenir selon une sinusoïde, raison pour quoi nous devrions remonter au nord de l'Allemagne. Or, au-delà du fleuve ou de l'eau, en somme au-delà du Rhin, en terre allemande il y a une ville de Notre-Dame, pas une église. Près de Danzig il y avait une ville de la Vierge, c'est-à-dire Marienburg.

— Et pourquoi un rendez-vous à Marienburg ?

— Parce que c'était la capitale des Chevaliers Teutoniques ! Entre Templiers et Teutoniques les rapports ne sont pas empoisonnés comme entre Templiers et Hospitaliers, qui sont là tels des vautours à attendre la suppression du Temple pour s'emparer de ses biens. Les Teutoniques ont été créés en Palestine par les empereurs allemands pour faire contrepoids aux Templiers, mais bien vite ils ont été appelés au nord, pour arrêter l'invasion des barbares prussiens. Et ils l'ont tellement bien fait que, en l'espace de deux siècles, ils sont devenus un État qui s'étend sur tous les territoires baltes. Ils se déploient entre Pologne, Lituanie et Livonie. Ils fondent Koenigsberg, sont défaits une seule fois par Alexandre Nevski en Estonie, et, à peu près au moment où les Templiers sont arrêtés à Paris, ils fixent la capitale de leur royaume à Marienburg. S'il y avait un plan de la chevalerie spirituelle pour la conquête du monde, Templiers et Teutoniques s'étaient partagé les zones d'influence.

— Vous savez quoi ? dit Belbo. Je marche. Au cinquième groupe maintenant. Où sont ces popelicans ?

— Je l'ignore, dis-je.

— Vous me décevez, Casaubon. Peut-être faudra-t-il le demander à Aboulafia.

— Pas question, monsieur, répondis-je piqué au vif. Aboulafia doit nous suggérer des connexions inédites. Mais les popelicans sont une donnée, pas une connexion, et les données sont l'affaire de Sam Spade. Donnez-moi quelques jours de temps.

— Je vous donne deux semaines, dit Belbo. Si dans deux semaines vous ne me livrez pas les popelicans, vous me livrez une bouteille de Ballantine 12 Years Old. »

Trop cher pour ma bourse. Au bout d'une semaine je livrais les popelicans à mes voraces compagnons.

« Tout est clair. Suivez-moi parce que nous devons remonter vers le IVe siècle, en territoire byzantin, tandis que dans l'aire méditerranéenne se sont déjà répandus différents mouvements d'inspiration manichéenne. Commençons par les archontiques, fondés en Arménie par Pierre de Cafarbarucha qui, vous l'admettrez avec moi, a un fort beau nom. Anti-judaïque, le diable s'identifie à Sabaoth, le dieu des Juifs, qui vit dans le septième ciel. Pour atteindre la Grande Mère de la Lumière dans le huitième ciel, il faut refuser et Sabaoth et le baptême. D'accord ?

— Refusons-les, dit Belbo.

— Mais les archontiques sont encore de braves garçons. Au Ve siècle apparaissent les messaliens qui, entre autres, survivront en Thrace jusqu'au XIe siècle. Les messaliens ne sont pas des dualistes, mais des monarchiques. Cependant ils sont à la tambouille avec les puissances infernales, tant et si bien que dans certains textes on les taxe de borborites, qui vient de *borboros*, boue, à cause des choses innommables qu'ils faisaient.

— Qu'est-ce qu'ils faisaient ?

— Les choses habituelles. Hommes et femmes levaient au ciel, recueillie dans la paume de leurs mains, leur propre ignominie, c'est-à-dire leur sperme ou leurs menstrues, et puis ils mangeaient ça en disant que c'était le corps du Christ. Et si par hasard ils mettaient leur femme enceinte, au bon moment ils lui enfonçaient la main dans le ventre, en arrachaient l'embryon, le balançaient dans un mortier, le broyaient avec du miel et du poivre, et mange que je te mange.

— C'est dégoûtant, dit Diotallevi, du miel avec du poivre !

— Eux ce sont donc les messaliens, que certains appellent stratiotiques et phibionites, et d'autres barbelites, composés de naassènes et de phémionites. Mais pour d'autres pères de l'Église, les barbelites étaient des gnostiques attardés, et donc des dualistes, ils adoraient la Grande Mère Barbelo, et leurs initiés appelaient borboriens les hyliques, c'est-à-dire les fils de la matière, distincts des psychiques, qui étaient déjà mieux, et des pneumatiques qui étaient vraiment les élus, le Rotary Club de toute l'affaire. Mais peut-être les stratiotiques n'étaient-ils rien que les hyliques des mithraïstes.

— Tout ça n'est-il pas un peu confus ? demanda Belbo.

— Forcément. Tous ces gens n'ont pas laissé de documents. Les seules et uniques choses que nous sachions sur eux nous viennent des ragots de leurs ennemis. Mais peu importe. C'est pour dire quel brouillamini était l'aire moyen-orientale en ce temps-là. Et c'est pour dire d'où sortent les pauliciens. Eux, ce sont les disciples d'un certain Paul, auxquels s'unissent des iconoclastes expulsés d'Albanie. A partir du VIIIe siècle, ces pauliciens augmentent à vive allure : de secte, ils deviennent communauté ; de communauté, bande ; de bande, pouvoir politique et les empereurs de Byzance commencent à se faire des cheveux et à les envoyer contre les armées impériales. Ils se répandent jusqu'aux confins du monde arabe, se déversent vers l'Euphrate, envahissent le territoire byzantin jusqu'à la mer Noire. Ils installent des colonies un peu partout, nous les trouvons encore au XVIIe siècle quand les jésuites entreprennent de les convertir, et il en existe encore quelques communautés dans les Balkans ou dans ces eaux-là. Or, à quoi est-ce qu'ils croient donc, ces pauliciens ? En Dieu, un et trin, sauf que le Démiurge s'est entêté à créer le monde, avec les résultats que nous voyons tous. Ils rejettent l'Ancien Testament, refusent les sacrements, méprisent la croix, et ils n'honorent pas la Vierge parce que le Christ s'est directement incarné au ciel et il est passé à travers Marie comme à travers un tuyau. Les bogomiles, qui s'inspireront d'eux en partie, diront que le Christ est entré, chez Marie, par une oreille et est sorti par l'autre, sans qu'elle-même s'en soit aperçue. Certains les accusent aussi d'adorer le soleil et le diable et de mêler le sang des enfants au pain et au vin eucharistiques.

— Comme tout le monde.

— C'étaient des temps où, pour un hérétique, aller à la messe devait être une souffrance. Autant se faire musulman. Mais c'étaient des gens comme ça. Et je vous en parle parce que, quand les hérétiques dualistes se seront répandus en Italie et en Provence, pour dire qu'ils sont comme les pauliciens on les appellera popelican, publicains, populicans, lesquels *gallice etiam dicuntur ab aliquis popelicant !*

— Les voici.

— En effet. Les pauliciens continuent au IXe siècle à rendre fous les empereurs de Byzance jusqu'au moment où l'empereur Basile jure que s'il met la main sur leur chef, Chrysocheir, qui avait envahi l'église de Saint-Jean-de-Dieu à Éphèse et abreuvé ses chevaux dans les bénitiers...

— ... toujours ce vice, dit Belbo.

— ... il lui planterait trois flèches dans la tête. Il envoie contre lui l'armée impériale, qui le capture, lui coupe la tête, l'expédie à l'empereur ; et celui-ci la met sur une table, sur un trumeau, sur une colonnette de porphyre et zac zac zac, il lui plante trois flèches, et j'imagine une dans chaque œil et la troisième dans la bouche.

— Des gens distingués, dit Diotallevi.

— Ils ne le faisaient pas par méchanceté, dit Belbo. C'étaient des questions de foi. Substance des choses espérées. Poursuivez, Casaubon, car notre Diotallevi ne comprend pas les finesses théologiques.

— Pour en finir : les croisés rencontrent les pauliciens. Ils les rencontrent près d'Antioche, au cours de la première croisade, où ceux-ci combattent aux côtés des Arabes, et ils les rencontrent à l'assaut de Constantinople où la communauté paulicienne de Philippopolis essaie de remettre la ville aux mains du tsar bulgare Johannis pour irriter les Français, et c'est Villehardouin qui le dit. Voilà le lien avec les Templiers et voilà résolue notre énigme. La légende voit les Templiers comme inspirés par les cathares. Ils ont rencontré les communautés pauliciennes au cours des croisades et ils ont établi avec elles de mystérieux rapports, de même qu'ils en avaient établi avec les mystiques et les hérétiques musulmans. Et, d'autre part, il suffit de suivre la piste de l'Ordonation. Elle ne peut que passer par les Balkans.

— Pourquoi ?

— Parce qu'il me semble clair que le sixième rendez-vous est à Jérusalem. Le message dit d'aller à la pierre. Et où y a-t-il une pierre qu'aujourd'hui les musulmans vénèrent, et si nous voulons la voir nous devons enlever nos chaussures ? Mais précisément au centre de la Mosquée d'Omar à Jérusalem, où jadis il y avait le Temple des Templiers. Je ne sais pas qui devait attendre à Jérusalem, peut-être un noyau de Templiers survivants et déguisés, ou bien des kabbalistes liés aux Portugais, mais il est certain que pour arriver à Jérusalem en venant de l'Allemagne, la route la plus logique est celle des Balkans, et là attendait le cinquième noyau, celui des pauliciens. Vous voyez comme alors le Plan devient limpide et élémentaire.

— Je vous dirai que vous me convainquez, dit Belbo. Mais en quel point des Balkans attendaient les popelicants ?

— A mon avis, les successeurs naturels des pauliciens étaient les bogomiles bulgares, mais les Templiers de Provins ne pouvaient encore savoir que, peu d'années après, la Bulgarie serait envahie par les Turcs et resterait sous leur domination pendant cinq siècles.

— Par conséquent, on peut penser que le Plan s'arrête lors du passage entre les Allemands et les Bulgares. Quand cela devrait-il arriver ?

— En 1824, dit Diotallevi.

— Pardon, mais pourquoi ? »

Diotallevi traça rapidement un diagramme.

PORTUGAL	ANGLETERRE	FRANCE	ALLEMAGNE	BULGARIE	JÉRUSALEM
1344	1464	1584	1704	1824	1944

« En 1344, les premiers grands maîtres de chaque groupe s'installent dans les six lieux prescrits. Au cours de cent vingt ans se succèdent dans chaque groupe six grands maîtres et, en 1464, le sixième maître de

Tomar rencontre le sixième maître du groupe anglais. En 1584, le douzième maître anglais rencontre le douzième maître français. La chaîne continue à ce rythme, et si le rendez-vous rate avec les pauliciens, il rate en 1824.

— Admettons qu'il rate, dis-je. Mais je ne comprends pas pourquoi des hommes si avisés, ayant eu entre les mains les quatre sixièmes du message final, n'ont pas été capables de le reconstituer. Ou bien pourquoi, si le rendez-vous avec les Bulgares a sauté, ils ne se sont pas mis en contact avec le noyau suivant.

— Casaubon, dit Belbo, mais vous croyez vraiment que les législateurs de Provins étaient des andouilles ? S'ils voulaient que la révélation reste occultée pendant six cents ans, ils ont dû prendre leurs précautions. Chaque maître d'un noyau sait où trouver le maître du noyau suivant, mais pas où trouver les autres, et aucun des autres ne sait où trouver les maîtres des noyaux précédents. Il suffit que les Allemands aient perdu les Bulgares et ils ne sauront jamais où trouver les hiérosolymitains, tandis que les hiérosolymitains ne sauront où trouver aucun des autres. Et quant à reconstruire un message à partir de fragments incomplets, tout dépend de la façon dont les fragments ont été divisés. Certes, pas en une suite logique. Il suffit qu'il manque un seul morceau et le message est incompréhensible, et qui a le morceau manquant ne sait qu'en faire.

— Songez donc, dit Diotallevi, si la rencontre n'a pas eu lieu, l'Europe est aujourd'hui le théâtre d'un ballet secret entre des groupes qui se cherchent et ne se trouvent pas, et chacun sait qu'il suffirait d'un rien pour devenir le souverain du monde. Comment s'appelle cet empailleur dont vous nous avez parlé, Casaubon ? Peut-être le complot existe-t-il vraiment, et l'histoire n'est-elle rien d'autre que le résultat de cette bataille pour reconstituer un message perdu. Nous, nous ne les voyons pas, et eux, invisibles, agissent autour de nous. »

A Belbo et à moi il nous vint évidemment la même idée, et nous commençâmes à parler ensemble. Mais il s'en fallait d'un rien pour opérer la bonne connexion. Nous avions aussi appris qu'au moins deux expressions du message de Provins, la référence à trente-six Invisibles séparés en six groupes, et le terme de cent vingt ans, apparaissaient aussi au cours du débat sur les Rose-Croix.

— Après tout, c'étaient des Allemands, dis-je. Je lirai les manifestes rose-croix.

— Mais vous avez dit vous-même qu'ils étaient faux, dit Belbo.

— Et alors ? Nous aussi nous sommes en train de bâtir un faux.

— C'est vrai, dit-il. J'allais l'oublier. »

— 69 —

Elles deviennent le Diable : débiles, timorées, vaillantes et à des heures exceptionnelles, sanglantes sans cesse, lacrymantes, caressantes, avec des bras qui ignorent les lois... Fi ! Fi ! Elles ne valent rien, elle sont faites d'un côté, d'un os courbe, d'une dissimulation rentrée... Elles baisent le serpent...

Jules BOIS, *Le satanisme et la magie,*
Paris, Chailley, 1895, p. 12.

Il l'oubliait, à présent je le sais. Et c'est sûrement à cette période qu'appartient ce *file,* bref et hébété.

FILENAME : *ENNOÏA*

Tu es arrivée à la maison, soudain. Tu avais cette herbe. Je ne voulais pas, parce que je ne laisse aucune substance végétale interférer sur le fonctionnement de mon cerveau (mais je mens, car je fume du tabac et je bois des distillats de céréales). Quoi qu'il en soit, les rares fois où, au début des années soixante, quelqu'un me poussait à participer à la ronde du joint, avec ce sale papier visqueux imprégné de salive, et la dernière bouffée avec l'épingle, j'avais envie de rire.

Mais hier, c'est toi qui me l'offrais, et j'ai pensé que c'était peut-être ta façon de t'offrir, et j'ai fumé avec foi. Nous avons dansé serrés l'un contre l'autre, comme on ne le fait plus depuis des années, et — la honte — tandis que tournait la Quatrième de Mahler. C'était une sensation, comme si entre mes bras se levait une créature antique, au visage doux et ridé de vieille chèvre, un serpent qui surgissait du plus profond de mes lombes, et je t'adorais ainsi qu'une tante très ancienne et universelle. Je continuais probablement à me remuer serré contre ton corps, mais je sentais aussi que tu t'élevais et prenais ton envol, tu te transformais en or, tu ouvrais des portes fermées, tu déplaçais les objets en l'air. Je pénétrais dans ton ventre obscur, Megale Apophasis. Prisonnière des anges.

N'est-ce pas toi que je cherchais ? Peut-être suis-je ici à t'attendre toujours toi. Chaque fois je t'ai perdue parce que je ne t'ai pas reconnue ? Chaque fois je t'ai perdue parce que je t'ai reconnue et n'ai pas osé ? Chaque fois je t'ai perdue parce qu'en te reconnaissant je savais que je devais te perdre ?

Mais où es-tu passée hier soir ? Je me suis réveillé ce matin, et j'avais mal à la tête.

— 70 —

Nous sûmes cependant garder en mémoire les allusions secrètes à une période de 120 années que frère A..., le successeur de D. et dernier de la deuxième génération — qui vécut avec nombre d'entre nous — confia à nous, représentants de la troisième génération...

Fama Fraternitatis, in *Allgemeine und general Reformation*, Cassel, Wessel, 1614.

Je me précipitai pour lire en entier les deux manifestes des Rose-Croix, la *Fama* et la *Confessio.* Et je donnai un coup d'œil aux *Noces Chimiques de Christian Rosencreutz,* de Johann Valentin Andreae, parce qu'Andreae était l'auteur présumé des manifestes.

Les deux manifestes avaient paru en Allemagne, entre 1614 et 1616. Une trentaine d'années après la rencontre de 1584 entre Français et Anglais, mais presque un siècle avant que les Français dussent faire la jonction avec les Allemands.

Je lus les manifestes avec le propos de ne pas croire à ce qu'ils disaient, mais de les voir en transparence, comme s'ils disaient autre chose. Je savais que pour leur faire dire autre chose, il fallait que je saute des passages, et que je considère certaines propositions comme plus importantes que d'autres. Mais c'était exactement ce que les diaboliques et leurs maîtres nous enseignaient. Si l'on évolue dans le temps subtil de la révélation, on ne doit pas suivre les chaînes minutieuses et obtuses de la logique et leurs monotones séquences. Par ailleurs, à les prendre à la lettre, les deux manifestes étaient une accumulation d'absurdités, d'énigmes, de contradictions.

Ils ne pouvaient donc pas dire ce qu'ils disaient en apparence, par conséquent ils n'étaient ni un appel à une profonde réforme spirituelle, ni l'histoire du pauvre Christian Rosencreutz. Ils étaient un message codé à lire en leur superposant une grille et une grille laisse libres certains espaces, en couvre d'autres. Comme le message chiffré de Provins, où comptaient seules les initiales. Moi je n'avais pas de grille, mais il suffisait d'en supposer une, et pour la supposer il fallait lire avec méfiance.

Que les manifestes aient parlé du Plan de Provins, c'était indubitable. Dans la tombe de C.R. (allégorie de la Grange-aux-Dîmes, la nuit du 23 juin 1344 !) avait été mis en réserve un trésor afin que le découvrît la postérité, un trésor « caché... pendant cent vingt ans ». Que ce trésor ne fût pas d'un genre pécuniaire, c'était tout aussi clair. Non seulement on polémiquait avec l'avidité ingénue des alchimistes, mais on disait ouvertement que ce qui avait été promis était un grand changement historique. Et si quelqu'un n'avait pas encore compris, le manifeste suivant répétait qu'on ne devait pas ignorer une offre qui concernait les *miranda sextae aetatis* (les merveilles du sixième et ultime rendez-vous !) et on réitérait : « Si seulement il avait plu à Dieu de porter jusqu'à nous la lumière de son sixième *Candelabrum*... si on pouvait lire tout dans un seul livre et si, le lisant, on comprenait et se rappelait ce qui a été... Comme ce serait plaisant si on pouvait transformer par le chant (du message lu à voix haute !) les roches (*lapis exillis !*) en perles et pierres précieuses... » Et on parlait encore d'arcanes secrets, et d'un gouvernement qui aurait dû être instauré en Europe, et d'un « grand œuvre » à accomplir...

On disait que C.R. était allé en Espagne (ou au Portugal ?) et qu'il avait montré aux doctes de là-bas « où puiser aux vrais *indicia* des siècles futurs », mais en vain. Pourquoi en vain ? Parce qu'un groupe templier allemand, au début du XVIIe siècle, mettait sur la place publique un secret très jalousement gardé, comme s'il fallait sortir à découvert pour réagir à quelque blocage du processus de transmission ?

Personne ne pouvait nier que les manifestes tentaient de reconstituer les phases du Plan telles que les avait synthétisées Diotallevi. Le premier frère dont on signalait la mort, ou le fait qu'il était parvenu au « terme », était le frère I.O. qui mourait en Angleterre. Quelqu'un était donc arrivé triomphalement au premier rendez-vous. Et on mentionnait une deuxième et une troisième génération. Et jusque-là tout aurait dû être régulier : la deuxième génération, l'anglaise, rencontre la troisième génération, la française, en 1584, et des gens qui écrivent au début du XVIIe peuvent parler seulement de ce qui est arrivé aux trois premiers groupes. Dans les *Noces chimiques*, écrites par le jeune Andreae, et donc avant les manifestes (même si elles paraissent en 1616), on mentionnait trois temples majestueux, les trois lieux qui auraient déjà dû être connus.

Cependant, je me rendais compte que les deux manifestes parlaient, certes, dans les mêmes termes, mais comme s'il s'était produit quelque chose d'inquiétant.

Par exemple, pourquoi tant insister sur le fait que le temps était venu, qu'était venu le moment, bien que l'ennemi eût mis en œuvre toutes ses ruses pour que l'occasion ne se concrétisât pas ? Quelle occasion ? On disait que le but final de C.R. était Jérusalem, mais qu'il n'avait pas pu y arriver. Pourquoi ? On louait les Arabes parce que eux, ils échangaient des messages, tandis qu'en Allemagne les doctes ne savaient pas s'aider les uns les autres. Et il était fait allusion à « un groupe plus grand qui veut accaparer toute la pâture pour soi ». Ici, non seulement on parlait de quelqu'un qui cherchait à renverser le Plan pour suivre un intérêt particulier, mais aussi d'un renversement effectif.

La *Fama* disait qu'au début quelqu'un avait élabore une écriture magique (mais bien sûr ! le message de Provins) « encore que l'horloge divine enregistre toutes les minutes et que nous ayons peine à sonner les heures pleines ». Qui avait manqué aux battements de l'horloge divine, qui n'avait pas su arriver à un certain point au bon moment ? On faisait allusion à un noyau originaire de frères qui auraient pu révéler une philosophie secrète, mais ils avaient décidé de se disperser à travers le monde.

Les manifestes dénonçaient un malaise, une incertitude, un sentiment de désarroi. Les frères des premières générations avaient fait en sorte d'être remplacés chacun « par un successeur digne », mais « ils avaient décidé de tenir caché... le lieu de leur sépulture, ce qui explique que nous l'ignorions encore aujourd'hui ».

A quoi faisait-on allusion ? Qu'est-ce qu'on ignorait ? De quel « sépulcre » n'avait-on pas l'adresse ? Il était évident que les manifestes avaient été écrits parce qu'une certaine information avait été perdue, et on faisait appel à qui, par hasard, la connaîtrait, afin qu'il se manifestât.

La fin de la *Fama* est sans équivoque : « Nous demandons de nouveau à tous les doctes en Europe... de mesurer d'un esprit réfléchi la prière que nous leur adressons... de nous communiquer le résultat de leurs réflexions... Car, même si pour l'heure nous n'avons pas encore révélé nos noms... quiconque nous fera parvenir son propre nom pourra s'entretenir avec nous de vive voix, ou — s'il existait quelque empêchement — par écrit. »

Exactement ce que se proposait de faire le colonel en publiant son histoire. Contraindre quelqu'un à sortir du silence.

Il y avait eu un saut, une pause, une parenthèse, une incohérence. Dans le sépulcre de R.C. il n'y avait pas écrit seulement *post 120 annos patebo*, pour rappeler le rythme des rendez-vous, mais aussi

Nequaquam vacuum. Non pas « le vide n'existe pas », mais bien « le vide ne devrait pas exister ». Et, en revanche, il s'était créé un vide qui devait être comblé !

Mais une fois encore je me demandais : pourquoi ces considérations étaient-elles faites en Allemagne où, tout au plus, la quatrième génération devait simplement attendre avec une sainte patience que vînt son tour ? Les Allemands ne pouvaient pas se désoler — en 1614 — d'un rendez-vous manqué à Marienburg, puisque le rendez-vous de Marienburg était prévu pour 1704 !

Seule une conclusion était possible : les Allemands protestaient que ne se fût pas produit le rendez-vous précédent !

Voilà la clef ! Les Allemands de la quatrième génération déploraient que les Anglais de la deuxième génération eussent manqué les Français de la troisième génération ! Mais bien sûr. On pouvait repérer dans le texte des allégories d'une transparence franchement puérile : on ouvre le tombeau de C.R. et on y découvre les signatures des frères du premier et du deuxième cercle, mais pas du troisième ! Portugais et Anglais sont là, mais où sont les Français ?

En somme, les deux manifestes rose-croix faisaient allusion, si on savait les lire, au fait que les Anglais avaient manqué les Français. Et selon ce que nous avions établi de notre côté, les Anglais étaient les seuls à savoir où ils auraient pu trouver les Français, et les Français les seuls à savoir où trouver les Allemands. Mais même si, en 1704, les Français avaient déniché les Allemands, ils se seraient présentés sans les deux tiers de ce qu'ils devaient remettre.

Les Rose-Croix sortent à découvert, risquant ce qu'ils risquent, car c'est là l'unique façon de sauver le Plan.

— 71 —

Nous ne savons donc pas avec certitude si les Frères de la deuxième génération ont possédé la même sapience que ceux de la première, et s'ils ont eu accès à tous les mystères.

Fama Fraternitatis, in *Allgemeine und general Reformation,* Cassel, Wessel, 1614.

Je le dis péremptoirement à Belbo et à Diotallevi : ils convinrent que le sens secret des manifestes était très ouvert, même pour un occultiste.

« A présent tout est clair, dit Diotallevi. Nous nous étions entêtés à penser que le Plan s'était bloqué dans le passage entre Allemands et pauliciens, et en revanche il s'était arrêté en 1584 dans le passage entre Angleterre et France.

— Mais pourquoi ? demanda Belbo. Avons-nous une bonne raison pour que, en 1584, les Anglais ne parviennent pas à concrétiser le rendez-vous avec les Français ? Les Anglais savaient où était le Refuge, mieux, ils étaient les seuls à le savoir. »

Il voulait la vérité. Et il activa Aboulafia. Il demanda, pour essayer, une connexion de deux données seulement. Et l'output fut :

Minnie est la fiancée de Mickey
Trente jours a novembre avec avril juin et septembre

« Comment interpréter ? demanda Belbo. Minnie a un rendez-vous avec Mickey, mais par erreur elle le lui donne le 31 septembre et Mickey...

— Arrêtez tous ! dis-je. Minnie aurait pu commettre une erreur seulement si elle avait donné son rendez-vous le 5 octobre de l'année 1582 !

— Et pourquoi ?

— La réformation grégorienne du calendrier ! Mais c'est normal. En 1582, entre en vigueur la réformation grégorienne qui corrige le calendrier julien, et, pour rétablir l'équilibre, elle abolit dix jours du mois d'octobre, du 5 au 14 !

— Mais le rendez-vous en France est pour l'année 1584, la nuit de la Saint-Jean, le 23 juin, dit Belbo.

— En effet. Mais si mes souvenirs sont bons, la réformation n'est pas entrée tout de suite en vigueur partout. » Je consultai le Calendrier Perpétuel que nous avions sur les étagères. « Voici, la réformation est promulguée en 1582, et on abolit les jours du 5 au 14 octobre, mais cela ne marche que pour le pape. La France adopte la réformation en 1583 et abolit les jours du 10 au 19 décembre. En Allemagne, un schisme a lieu et les religions catholiques adoptent la réformation en 1584, comme en Bohême, tandis que les religions protestantes l'adoptent en 1775, vous comprenez, presque deux cents ans après, pour ne rien dire de la Bulgarie — c'est là une donnée à tenir présente — qui l'adopte seulement en 1917. Voyons maintenant l'Angleterre... Elle passe à la réformation grégorienne en 1752 ! Normal, en haine des papistes, ces anglicans résistent eux aussi pendant deux siècles. Et alors vous comprenez ce qui s'est passé. La France abolit dix jours à la fin de l'année 1583 et pour le mois de juin 1584, tout le monde s'est habitué. Mais quand, en France, c'est le 23 juin 1584, en Angleterre c'est encore le 13 juin, et vous pouvez imaginer si un brave Anglais, tout templier qu'il soit, et surtout en ces temps où les informations allaient encore au ralenti, a tenu compte de cette histoire. Ils conduisent à gauche encore aujourd'hui et ils ignorent le système métrique décimal... Par conséquent, les Anglais se présentent au Refuge leur 23 juin, qui, pour les Français, est désormais le 3 juillet. A présent, supposez que le rendez-vous ne dût pas avoir lieu en fanfare, fût une rencontre furtive dans un coin précis et à une heure précise. Les Français vont sur place le 23 juin ; ils attendent un, deux, trois, sept jours, et puis ils s'en vont en pensant qu'il est arrivé quelque chose. Et peut-être renoncent-ils, désespérés, juste à la veille du 2 juillet. Les Anglais arrivent le 3 juillet et ne trouvent personne. Et peut-être attendent-ils eux aussi huit jours, et ils continuent à ne trouver personne. A ce point-là, les deux grands maîtres se sont perdus.

— Sublime, dit Belbo. Ça s'est passé comme ça. Mais pourquoi ce sont les Rose-Croix allemands qui se remuent, et pas les anglais ? »

Je demandai un jour de plus, fouillai dans mon fichier et revins au bureau rayonnant d'orgueil. J'avais trouvé une piste, apparemment minime, mais c'est ainsi que travaille Sam Spade, rien n'est insignifiant à son regard d'aigle. Vers 1584, John Dee, magicien et kabbaliste, astrologue de la reine d'Angleterre, est chargé d'étudier la réformation du calendrier julien !

« Les Anglais ont rencontré les Portugais en 1464. Après cette date, il semble que les îles britanniques sont saisies d'une ferveur kabbalistique. On travaille sur ce qu'on a appris, en se préparant à la prochaine rencontre. John Dee est le chef de file de cette renaissance magique et hermétique. Il se constitue une librairie personnelle de quatre mille volumes qui a l'air d'être organisée par les Templiers de Provins. Sa *Monas Ierogliphica* paraît directement inspirée de la *Tabula Smaragdina,* bible des alchimistes. Et que fait John Dee à partir de 1584 ? Il lit la *Steganographia* de Trithème ! Et il la lit sur manuscrit, parce qu'elle sortira pour la première fois imprimée dans les premières années du XVIIe seulement. Grand maître du noyau anglais qui a subi l'échec du rendez-vous manqué, Dee veut découvrir ce qui s'est passé, où l'erreur a eu lieu. Et comme il est aussi un bon astronome, il se frappe le front et dit quel imbécile j'ai été. Et il se met à étudier la réformation grégorienne, en obtenant un apanage d'Élisabeth, pour voir comment réparer l'erreur. Mais il se rend compte qu'il est trop tard. S'il ne sait pas avec qui prendre contact en France, il a des contacts avec l'aire mitteleuropéenne. La Prague de Rodolphe II est un laboratoire alchimique, et, de fait, c'est précisément dans ces années-là que Dee va à Prague et rencontre Khunrath, l'auteur de cet *Amphitheatrum sapientiae aeternae* dont les tables allégoriques inspireront aussi bien Andreae que les manifestes rose-croix. Quels rapports établit Dee ? Je l'ignore. Ravagé par le remords d'avoir commis une erreur irréparable, il meurt en 1608. N'ayez crainte : à Londres se met en branle une autre personnalité qui, désormais d'un consentement universel, a été un Rose-Croix et a parlé des Rose-Croix dans la *Nouvelle Atlantide.* Je veux dire Francis Bacon.

— Vraiment, Bacon en parle ? demanda Belbo.

— Pas vraiment, c'est un certain John Heydon qui récrit la *Nouvelle Atlantide* sous le titre de *The Holy Land,* et il y fait entrer les Rose-Croix. Mais pour nous c'est parfait comme ça. Même si Bacon n'en parle pas ouvertement, pour d'évidentes raisons de discrétion, c'est comme s'il en parlait.

— Et qui n'est pas d'accord, que la peste l'emporte.

— Exact. Et c'est justement sous l'inspiration de Bacon qu'on cherche à resserrer encore davantage les rapports entre milieu anglais et milieu allemand. En 1613, ont lieu les noces entre Élisabeth, fille de Jacques Ier qui est maintenant sur le trône, et Frédéric V, Électeur palatin du Rhin. Après la mort de Rodolphe II, Prague n'est plus le lieu approprié, et c'est Heidelberg qui le devient. Les noces du prince et de la princesse sont un triomphe d'allégories templières. Au cours des cérémonies londoniennes, c'est Bacon soi-même qui s'occupe de la mise en scène, où l'on représente une allégorie de la chevalerie mystique avec une apparition de Chevaliers au sommet d'un coteau. Il est clair que Bacon, ayant succédé à Dee, est dorénavant grand maître du noyau templier anglais...

— ... et comme il est d'évidence l'auteur des drames de Shakespeare, nous devrions relire aussi tout Shakespeare, qui certainement ne parlait de rien d'autre que du Plan, dit Belbo. Nuit de la Saint-Jean, songe d'une nuit d'été, de mi-été, plus précisément.

— Le 23 juin, c'est le tout début de l'été, pas le Midsummer.

— Une licence poétique de plus. Je me demande comment il se fait que personne n'ait jamais pensé à ces symptômes, à ces évidences. Tout me semble d'une clarté presque insupportable.

— Nous avons été égarés par la pensée rationaliste, fit Diotallevi je l'ai toujours dit.

— Laisse continuer Casaubon, il m'a l'air d'avoir fait de l'excellent travail.

— Quelques mots seulement. Après les fêtes londoniennes, débutent les festivités à Heidelberg, où Salomon de Caus avait construit pour l'Électeur les jardins suspendus dont nous avons vu une pâle évocation, un certain soir, dans le Piémont, comme vous vous en souviendrez. Au cours de ces réjouissances, surgit un char allégorique qui célèbre l'époux comme un Jason, et aux deux mâts du navire représenté sur le char apparaissent les symboles de la Toison d'or et de la Jarretière, et j'espère que vous n'avez pas oublié que Toison d'or et Jarretière apparaissent aussi sur les colonnes de Tomar... Tout coïncide. En l'espace d'un an paraissent les manifestes rose-croix, le signal que les Templiers anglais, se prévalant de l'aide de quelques amis allemands, lancent à travers toute l'Europe afin de renouer les fils du Plan interrompu.

— Mais où veulent-ils en venir ? »

— 72 —

Nos inuisibles pretendus sont (à ce que l'on dit) au nombre de 36, separez en six bandes.

Effroyables pactions faictes entre le diable & les pretendus Inuisibles, Paris, 1623, p. 6.

« Peut-être tentent-ils une double opération, d'un côté lancer un signal aux Français et de l'autre renouer les fils éparpillés du noyau allemand, qui a été probablement fragmenté par la Réforme luthérienne. Mais c'est justement en Allemagne qu'arrive le plus gros embrouillamini. De la sortie des manifestes jusqu'à 1621 environ, leurs auteurs reçoivent trop de réponses… »

Je citai quelques-unes des innombrables plaquettes qui avaient paru sur le sujet, celles avec lesquelles je m'étais amusé une nuit à Salvador avec Amparo. « Il est probable que dans le tas il y en a un qui sait quelque chose, mais il se confond au milieu d'une pléthore d'exaltés, d'enthousiastes qui prennent à la lettre les manifestes, de provocateurs peut-être, qui essaient d'empêcher l'opération, de cafouilleux… Les Anglais cherchent à intervenir dans le débat, à le régler ; ce n'est pas un hasard si Robert Fludd, autre templier anglais, en l'espace d'une année, écrit trois ouvrages pour suggérer la bonne interprétation des manifestes… Mais la réaction est désormais incontrôlable ; la guerre de Trente Ans a commencé ; l'Électeur palatin a été vaincu par les Espagnols ; le Palatinat et Heidelberg sont terre de pillage, la Bohême est en flammes… Les Anglais décident de se replier sur la France et d'essayer là-bas. Voilà pourquoi, en 1623, les Rose-Croix se manifestent avec leurs proclamations à Paris, et adressent aux Français plus ou moins les mêmes offres qu'ils avaient adressées aux Allemands. Et que lit-on dans l'un des libelles écrits contre les Rose-Croix à Paris, par quelqu'un qui se méfiait d'eux ou voulait troubler les eaux ? Qu'ils étaient des adorateurs du diable, évidemment, mais comme on ne parvient pas à gommer la vérité, même dans la calomnie, on insinue qu'ils se réunissaient dans le Marais.

— Et alors ?

— Mais vous ne connaissez pas Paris ? Le Marais, c'est le quartier du Temple et, le hasard fait bien les choses, le quartier du ghetto juif ! A part le fait que ces libelles disent que les Rose-Croix sont en contact avec une secte de kabbalistes ibériques, les Alumbrados ! Peut-être les pamphlets contre les Rose-Croix, sous couvert d'attaquer les trente-six Invisibles, cherchent-ils à favoriser leur identification... Gabriel Naudé, bibliothécaire de Richelieu, écrit des *Instructions à la France sur la vérité de l'histoire des Frères de la Rose-Croix*. Quelles instructions ? Est-ce un porte-parole des Templiers de la troisième génération, est-ce un aventurier qui s'introduit dans un jeu qui n'est pas le sien ? D'une part, on dirait qu'il veut faire lui aussi passer les Rose-Croix pour des diabolistes de quatre sous ; d'autre part, il lance des insinuations, il dit qu'il y a encore trois collèges rose-croix de par le monde, et ce serait vrai : après la troisième génération, il y en a encore trois. Il donne des indications qui touchent au fabuleux (l'un se trouve en Inde dans les îles flottantes), mais il suggère qu'un des collèges est situé dans les souterrains de Paris.

— Personnellement, vous croyez que tout ça explique la guerre de Trente Ans ? demanda Belbo.

— Sans aucun doute, dis-je, Richelieu tient de Naudé des informations privilégiées, il veut mettre la main à la pâte dans cette histoire, mais il rate tout, intervient militairement et brouille encore plus les cartes. Cependant, je ne négligerais pas deux autres faits. En 1619, se réunit le chapitre des Chevaliers du Christ, à Tomar, après quarante-six ans de silence. Il s'était réuni en 1573, peu d'années avant 1584, probablement pour préparer le voyage à Paris avec les Anglais, et, après l'affaire des manifestes rose-croix, il se réunit de nouveau pour décider quelle ligne suivre : s'associer à l'opération des Anglais ou tenter d'autres voies.

— Bien sûr, dit Belbo, ce sont désormais des gens égarés dans un labyrinthe : qui choisit une voie, qui en choisit une autre, on fait courir des bruits, on ne comprend pas si les réponses qu'on entend sont la voix de quelqu'un d'autre ou un écho de sa propre voix... Ils avancent tous à tâtons. Et que pourront bien faire, entre-temps, pauliciens et hiérosolymitains ?

— On aimerait bien le savoir, dit Diotallevi. Mais je ne négligerais pas le fait que c'est à cette époque que se répand la Kabbale luriane et qu'on commence à parler du Bris des Vases... Et à cette époque circule de plus en plus l'idée de la Torah comme message incomplet. Il existe un écrit assidien polonais qui dit : s'il s'était en revanche produit un autre événement, d'autres combinaisons de lettres seraient nées. Pourtant, bien entendu, les kabbalistes n'aiment pas que les Allemands aient voulu devancer les temps. La juste succession et l'ordre de la Torah sont restés cachés, et ils ne sont connus que du Saint, loué soit-Il. Mais ne me faites pas dire des folies. Si la sainte Kabbale aussi est impliquée dans le Plan...

— Si Plan il y a, il doit tout impliquer. Ou il est global ou il n'explique rien, dit Belbo. Mais Casaubon avait parlé d'un second indice.

— Oui. Et même, c'est une série d'indices. Encore avant que la rencontre de l'année 1584 ne rate, John Dee avait commencé à s'occuper d'études cartographiques et à organiser des expéditions navales. Et acoquiné avec qui ? Avec Pedro Nuñez, cosmographe royal du Portugal... Dee joue de son influence sur les voyages de découverte pour le passage au nord-est vers le Cathay ; il investit de l'argent dans l'expédition d'un certain Frobisher, qui pousse jusque vers le Pôle et en revient avec un Esquimau, que tout le monde prend pour un Mongol ; il aiguillonne Francis Drake et l'incite à faire son voyage autour du monde ; il veut qu'on voyage vers l'est parce que l'est est le principe de toute connaissance occulte, et, au départ de je ne sais plus quelle expédition, il évoque les anges.

— Et ça voudrait dire quoi ?

— Il me semble que Dee n'était pas vraiment intéressé à la découverte des lieux, mais à leur représentation cartographique, raison pour quoi il avait travaillé en contact avec Mercator et avec Ortelius, grands cartographes. C'est comme si, à partir des lambeaux de message qu'il tenait entre les mains, il avait compris que la reconstitution finale devait amener à la découverte d'une carte, et qu'il cherchait à y arriver pour son propre compte. Mieux, je serais tenté de dire plus, comme monsieur Garamond. Est-il possible qu'à un homme d'étude de son gabarit eût vraiment échappé la discordance entre les calendriers ? Et s'il l'avait fait exprès ? Dee a l'air de vouloir reconstituer le message tout seul, passant par-dessus les autres groupes. Je soupçonne qu'avec Dee l'idée fasse son chemin que le message puisse être restitué par des moyens magiques ou scientifiques, mais sans attendre que le Plan s'accomplisse. Syndrome d'impatience. Le bourgeois conquérant est en train de naître, et se corrompt le principe de solidarité sur quoi reposait la chevalerie spirituelle. Si telle était bien l'idée de Dee, que dire de Bacon ! A partir de ce moment, les Anglais s'emploient à la découverte du secret en mettant à profit tous les secrets de la nouvelle science.

— Et les Allemands.

— Les Allemands, il sera bon de leur faire suivre la voie de la tradition. Ainsi pouvons-nous expliquer au moins deux siècles d'histoire de la philosophie, empirisme anglo-saxon contre idéalisme romantique...

— Nous sommes graduellement en train de reconstituer l'histoire du monde, dit Diotallevi. Nous sommes en train de récrire le Livre. Ça me plaît, ça me plaît. »

— 73 —

Un autre cas curieux de cryptographie fut présenté au public en 1917 par l'un des meilleurs historiographes de Bacon, le docteur Alfred von Weber Ebenhoff de Vienne. Celui-ci s'appuyant sur les différents systèmes déjà essayés sur les œuvres de Shakespeare entreprit de les appliquer à certains ouvrages de Cervantès... Poursuivant cette étude, il découvrit une preuve matérielle troublante : la première traduction anglaise de Don Quichotte *par Shelton porte des corrections de la main même de Bacon. Il en conclut que cette version anglaise serait l'original du roman et que Cervantès en aurait publié une traduction espagnole.*

J. DUCHAUSSOY, *Bacon, Shakespeare ou Saint-Germain ?*
Paris, La Colombe, 1962, p. 122.

Que les jours suivants Jacopo Belbo se mît à dévorer des ouvrages historiques autour de la période des Rose-Croix, cela me sembla évident. Pourtant, lorsqu'il nous raconta ses conclusions, de ses affabulations il nous donna la trame nue, dont nous tirâmes de précieuses suggestions. Mais je sais à présent qu'il était en train d'écrire sur Aboulafia une histoire bien plus complexe où le jeu frénétique des citations se mêlait à ses mythes personnels. Placé devant la possibilité de combiner des fragments d'une histoire qui appartenait à d'autres, il retrouvait l'impulsion d'écrire, sous une forme narrative, sa propre histoire. A nous, il ne le dit jamais. Et me reste le doute s'il expérimentait, avec un certain courage, ses possibilités d'agencer une fiction, ou s'il ne s'identifiait pas, comme un quelconque diabolique, avec la Grande Histoire qui déraillait.

FILENAME : *L'ÉTRANGE CABINET DU DOCTEUR DEE*

Longtemps j'oublie d'être Talbot. Depuis que j'ai décidé de me faire appeler Kelley, au moins. Dans le fond, je n'avais que falsifié des papiers, comme tout le monde. Les hommes de la reine sont sans merci. Pour couvrir mes pauvres oreilles coupées, je suis forcé de porter cette calotte noire ; et ils ont tous murmuré que j'étais un magicien. Alors, ainsi en soit-il. Sur cette renommée le docteur Dee prospère.

Je suis allé le trouver à Mortlake et il était en train d'examiner une carte géographique. Il s'est montré vague, le diabolique vieillard. Éclairs sinistres dans ses yeux rusés, la main ossue qui caressait une barbiche caprine.

— C'est un manuscrit de Roger Bacon, me dit-il, et il m'a été prêté par l'empereur Rodolphe II. Vous connaissez Prague ? Je vous conseille de la visiter. Vous pourriez y déceler quelque chose qui changera votre vie. Tabula locorum rerum et thesaurorum absconditorum Menabani...

En lorgnant de côté, je vis quelque chose de la transcription d'un alphabet secret qu'essayait le docteur. Mais il cacha aussitôt le manuscrit sous une pile d'autres feuilles jaunies. Vivre à une époque et dans un milieu où chaque feuille, même si elle vient de sortir de la fabrique du papetier, est jaunie.

J'avais montré au docteur Dee certains de mes essais, surtout mes poésies sur la Dark Lady. Si lumineuse image de mon enfance, sombre parce que réabsorbée par l'ombre du temps, qui s'était dérobée à ma possession. Et un de mes canevas tragiques, l'histoire de Jim de la Papaye qui revient en Angleterre à la suite de sir Walter Raleigh, et découvre son père tué par son frère incestueux. Jusquiame.

— Vous avez des dons, Kelley, m'avait dit Dee. Et vous avez besoin d'argent. Il y a un jeune homme, fils naturel de vous ne pouvez pas même oser imaginer qui... et je veux le faire s'élever en renommée et honneurs. Il a un talent médiocre, vous serez son âme secrète. Écrivez, et vivez à l'ombre de sa gloire à lui ; seuls vous et moi saurons que c'est la vôtre, Kelley.

Et me voilà depuis des années rédigeant les canevas qui, pour la reine et l'Angleterre tout entière, circulent sous le nom de ce jeune homme pâle. If I have seen further it is by standing on ye sholders of a Dwarf. J'avais trente ans et je ne laisserai personne dire que c'est le plus bel âge de la vie.

— William, je lui ai dit, fais-toi pousser les cheveux sur les oreilles, ça te va bien.

J'avais un plan (me mettre à sa place ?).

On peut vivre en haïssant le Secoue-la-Lance qu'on est en réalité ? That sweet thief which sourly robs from me.

— Du calme, Kelley, me dit Dee, grandir dans l'ombre est le privilège de qui se prépare à la conquête du monde. Keepe a Lowe Profyle. William sera une de nos façades.

Et il m'a mis au courant — oh, en partie seulement — du Complot Cosmique. Le secret des Templiers !

— La mise ? j'ai demandé.

— Ye Globe.

Longtemps je me suis couché de bonne heure, mais un

soir, à minuit, j'ai fouillé dans le coffret privé de Dee, j'ai découvert des formules, j'ai voulu évoquer les anges ainsi qu'il fait par les nuits de pleine lune. Dee m'a trouvé renversé sur le sol, au centre du cercle du Macrocosme, comme frappé d'un coup de fouet. Au front, le Pentacle de Salomon. Maintenant, je dois encore plus la tirer sur les yeux, ma calotte.

— Tu ne sais pas encore comment on fait, m'a dit Dee. Gaffe à toi, ou je te ferai arracher le nez aussi. I will show you Fear in a Handful of Dust...

Il a levé une main décharnée et a prononcé le mot terrible : Garamond ! Je me suis senti brûler d'une flamme intérieure. Je me suis enfui (dans la nuit).

Il a fallu un an pour que Dee me pardonnât et me dédiât son Quatrième Livre des Mystères, « post reconciliationem kellianam ».

Habitants masqués des plafonds, attention ! Dee m'a convoqué à Mortlake : à part moi, il y avait William, Spenser et un jeune homme aristocratique au regard fuyant, Francis Bacon. He had a delicate, lively, hazel Eie. Doctor Dee told me it was like the Eie of a Viper. Dee nous a mis au courant d'une partie du Complot Cosmique. Il s'agissait de rencontrer à Paris l'aile franque des Templiers, et de réunir deux parties d'une seule et même carte. Dee et Spenser partiraient, accompagnés de Pedro Nuñez. A moi et à Bacon, il confia certains documents, sous serment, à ouvrir au cas où ils ne reviendraient pas.

Ils revinrent, s'abreuvant d'insultes à qui mieux mieux.

— Ce n'est pas possible, disait Dee, le Plan est mathématique, il a la perfection astrale de ma Monas Ierogliphica. Nous devions les rencontrer, c'était la nuit de la Saint-Jean.

J'ai horreur d'être sous-estimé. Je dis :

— La nuit de la Saint-Jean pour nous ou pour eux ?

Dee se donna une tape sur le front, et se mit à vomir d'épouvantables jurons.

— Oh, dit-il, from what power hast thou this powerful might ?

Le pâle William notait la phrase, le vil plagiaire. Dee consultait, fébrile, des almanachs et des éphémérides.

— Sang de Dieu, Nom de Dieu, comment ai-je pu être aussi stupide ?

Il insultait Nuñez et Spenser :

— Il faut donc que je pense à tout ? Cosmographes de mes deux, hurla-t-il, livide, à Nuñez.

Et puis :

— Amasaniel Zorobabel, cria-t-il.

Et Nuñez fut frappé, comme par un bélier invisible, à l'estomac, il recula, pâle, de quelques pas, et il s'affaissa par terre.

— Imbécile, lui dit Dee.

Spenser était pâle. Il dit péniblement :

— On peut lancer un appât. Je suis en train de terminer un poème, une allégorie sur la reine des fées, où j'étais tenté de mettre un Chevalier à la Croix Rouge... Laissez-moi écrire. Les vrais Templiers se reconnaîtront, ils comprendront que nous savons, et ils prendront contact avec nous...

— Je te connais, lui dit Dee. Avant que tu aies écrit et que les gens remarquent ton poème, il passera un lustre et même davantage. Mais l'idée de l'appât n'est pas idiote.

— Pourquoi ne communiquez-vous pas avec eux au moyen de vos anges, docteur ? lui demandai-je.

— Imbécile, dit-il de nouveau, et cette fois-ci en s'adressant à moi. Tu n'as pas lu Trithème ? Les anges du destinataire interviennent pour mettre au clair un message, s'il le reçoit. Mes anges ne sont pas des courriers à cheval. Les Français sont perdus. Mais j'ai un plan. Je sais comment trouver quelqu'un de la génération allemande. Il faut aller à Prague.

Nous entendîmes un bruit, une lourde portière de damas se soulevait ; nous entrevîmes une main diaphane, puis Elle apparut, la Vierge Altière.

— Majesté, dîmes-nous en nous agenouillant.

— Dee, dit-Elle, je sais tout. Ne croyez pas que mes ancêtres ont sauvé les Chevaliers pour ensuite leur octroyer la domination du monde. J'exige, vous comprenez, qu'à la fin le secret soit l'apanage de la Couronne.

— Majesté, je veux le secret, à tout prix, et je le veux pour la Couronne. Je veux en retrouver les autres possesseurs, si c'est le chemin le plus court, mais quand ils m'auront confié stupidement ce qu'ils savent, il ne me sera pas difficile de les éliminer, ou par le poignard ou par l'acqua-toffana.

Sur le visage de la Reine Vierge se peignit un sourire atroce.

— Ainsi c'est bien, dit-Elle, mon bon Dee... Je ne veux pas beaucoup, seulement le Pouvoir Total. A vous, si vous réussissez, la Jarretière. A toi, William — et Elle s'adressait, lubrique douceur, au petit parasite —, une autre jarretière, et une autre toison d'or. Suis-moi.

Je susurrai à l'oreille de William :

— Perforce I am thine, and that is in me...

William me gratifia d'un regard d'onctueuse reconnaissance et suivit la reine, disparaissant derrière la portière. Je tiens la reine !

. . . .

Je fus avec Dee dans la Ville d'Or. Nous parcourions des passages étroits et malodorants, non loin du cimetière juif, et Dee me disait de faire attention.

— Si la nouvelle du contact manqué s'est répandue,

disait-il, les autres groupes doivent se remuer pour leur propre compte. Je crains les juifs, les hiérosolymitains ont ici, à Prague, trop d'agents...

C'était le soir. La neige luisait, bleuâtre. Devant la sombre entrée du quartier juif, les éventaires de la foire de Noël étaient accroupis avec, au milieu d'eux, tendue de drap rouge et éclairée par des torches fumantes, la scène obscène d'un théâtre de marionnettes. Mais sitôt après, on passait sous une arcade de pierre de taille, et près d'une fontaine en bronze, dont les grilles laissaient pendre des stalactites de glace, s'ouvrait la voûte d'un autre passage. Sur de vieilles portes, des têtes dorées de lion mordaient des anneaux de bronze. Un léger frémissement courait le long de ces murs, d'inexplicables râles roulaient des toits bas et coulaient dans les chéneaux. Les maisons trahissaient une existence fantomatique, occultes dames de la vie... Un vieil usurier, enveloppé dans une simarre élimée, nous effleura presque en passant, et il me sembla l'entendre murmurer : « Gardez-vous d'Athanasius Pernath... » Dee murmura à son tour :

— Je crains un tout autre Athanasius... Et soudain nous fûmes dans la ruelle des Faiseurs d'Or...

Ici, et les oreilles que je n'ai plus frissonnent à ce souvenir sous ma calotte râpée, tout à coup, dans l'obscurité d'un nouveau passage inattendu, se campa devant nous un géant, un horrible être gris à l'expression atone, le corps catraphactaire à patine couleur bronze, appuyé sur un noueux bâton de bois blanc tourné en spirale. Une intense odeur de santal émanait de cette apparition. J'éprouvai une sensation d'effroi mortel, coagulé par enchantement, tout entier, dans cet être qui était devant moi. Et pourtant, je ne pouvais détourner le regard de la boule de vapeur pâle qui lui enveloppait les épaules, et c'est avec peine que j'arrivais à distinguer la face rapace d'un ibis égyptien, et derrière elle une multiplication de visages, cauchemars de mon imagination et de ma mémoire. Les contours du fantôme, qui se découpaient dans l'obscurité du passage, se dilataient et se rétractaient, comme si une lente respiration minérale envahissait la silhouette entière... Et — horreur — à la place des pieds, comme je le fixais, je vis sur la neige des moignons osseux dont la chair, grise et vide de sang, était remontée jusqu'à la cheville en bourrelets gonflés.

Ô mes voraces souvenirs...

— Le Golem ! dit Dee.

Puis il leva les deux bras au ciel, et sa simarre noire retombait avec ses amples manches au sol, comme pour créer un cingulum, un cordon ombilical entre la position aérienne des mains et la surface, ou les profondeurs, de la terre.

— Jezebel, Malkhut, Smoke Gets in Your Eyes ! dit-il.

Et tout à trac le Golem se dissolut tel un château de sable frappé par un coup de vent, nous fûmes presque aveuglés par les particules de son corps d'argile qui se fragmentaient comme des atomes dans l'air, et à la fin nous eûmes à nos pieds un petit tas de cendres brûlées. Dee se pencha, fouilla de ses doigts décharnés dans cette poussière, et en retira un bout de parchemin qu'il cacha sur sa poitrine.

Ce fut à ce point-là que surgit de l'ombre un vieux rabbin à la kippa graisseuse qui ressemblait beaucoup à ma calotte.

— Le Docteur Dee, je suppose, dit-il.

— Here Comes Everybody, répondit humblement Dee, Rabbi Allevi. Quel plaisir de vous voir...

Et l'autre :

— Par hasard, n'avez-vous pas vu un être en train de rôder dans les parages ?

— Un être ? dit Dee en feignant l'étonnement. De quelle facture ?

— Au diable Dee, dit Rabbi Allevi. C'était mon Golem.

— Votre Golem ? Je n'en sais rien.

— Attention à vous, docteur Dee, dit, livide, Rabbi Allevi. La partie que vous jouez vous dépasse.

— J'ignore de quoi vous voulez parler, Rabbi Allevi, dit Dee. Nous sommes ici pour fabriquer quelques onces d'or à votre empereur. Nous ne sommes pas des nécromanciens de quatre sous.

— Rendez-moi au moins le bout de parchemin, implora Rabbi Allevi.

— Quel bout de parchemin ? demanda Dee avec une diabolique ingénuité.

— Soyez maudit, docteur Dee, dit le rabbin. En vérité, je vous le dis, vous ne verrez pas l'aube du siècle nouveau.

Et il s'éloigna dans la nuit en murmurant d'obscures consonnes sans aucune voyelle. Oh, Langue Diabolique et Sainte !

Dee s'était adossé au mur humide du passage, le visage terreux, les cheveux dressés sur la tête, comme ceux du serpent.

— Je connais Rabbi Allevi, dit-il. Je mourrai le 5 août 1608, calendrier grégorien. Et donc Kelley, aidez-moi à mettre en œuvre mon projet. C'est vous qui devrez le mener à son terme. Gilding pale streams with heavenly alchymy, rappelez-vous.

Je me le serais rappelé, et William avec moi, et contre moi.

Il ne dit plus rien. La brume pâle qui frotte son dos contre les vitres, la fumée jaune qui frotte son dos contre les vitres, passait sa langue sur les angles du soir. Nous étions maintenant dans une autre ruelle, des vapeurs blanchâtres émanaient des grilles à ras de terre par où on apercevait des bouges aux murs de guingois, scandés à travers une gradation de gris fuligineux... J'entrevis, alors qu'il descendait à tâtons un escalier (aux marches anormalement orthogonales), la silhouette d'un vieil homme à la redingote élimée et au grand chapeau haut de forme. Dee aussi le vit :

— Caligari ! s'exclama-t-il. Ici lui aussi, et chez

Madame Sosostris, The Famous Clairvoyante ! Il faut faire vite.

Nous doublâmes le pas et parvînmes à la porte d'une bicoque, dans une venelle à l'éclairage douteux, sinistrement sémite.

Nous frappâmes, la porte s'ouvrit comme par enchantement. Nous entrâmes dans un vaste salon, orné de chandeliers à sept branches, tétragrammes en relief, étoiles de David en éventail. Des vieux violons, couleur du glacis de tableaux anciens, s'entassaient à l'entrée sur une table d'une anamorphique irrégularité. Un grand crocodile pendait, momifié, de la haute voûte de l'antre, oscillant légèrement à la brise du soir, à la faible clarté d'une seule torche, ou de nombreuses — ou d'aucune. Sur le fond, devant une sorte de tente ou baldaquin, sous quoi se dressait un tabernacle, priant à genoux, murmurant sans trêve et blasphématoirement les soixante-douze Noms de Dieu, se trouvait un Vieux. Je sus, par une subite fulguration du Nous, que c'était Heinrich Khunrath.

— Au solide Dee, dit celui-ci en se retournant et interrompant son oraison, que voulez-vous ?

Il avait l'air d'un tatou empaillé, d'un iguane sans âge.

— Khunrath, dit Dee, la troisième rencontre n'a pas eu lieu.

Khunrath explosa en une horrible imprécation :

— Lapis Exillis ! Et alors ?

— Khunrath, dit Dee, vous pourriez lancer un appât et me mettre en contact avec la génération templière allemande.

— Voyons, dit Khunrath. Je pourrais demander à Maier, qui est en contact avec beaucoup de gens à la cour. Mais vous me direz alors le secret du Lait Virginal, du Four très Secret des Philosophes.

Dee sourit — ô le sourire divin de ce Sage ! Ensuite il se contracta comme en prière et susurra tout bas :

— Quand donc tu voudras convertir et résoudre en eau ou en Lait Virginal le Mercure sublimé, mets-le sur la lamine entre la dent et l'écuelle avec la Chose diligemment pulvérisée, et ne le couvre point, mais fais que l'air chaud frappe la matière nue, administre-lui le feu de trois charbons, et garde-le vif pendant huit jours solaires, ensuite ôte-le et le broie bien sur le marbre tant qu'il ne sera pas devenu impalpable. Après quoi, mets la matière dans un alambic de verre et la fais distiller au Balneum Mariae, dessus un chaudron d'eau, tellement qu'il ne touche point l'eau de deux doigts près, mais soit pendu en l'air, et simultanément fais un feu dessous le bain. Alors, et seulement alors, bien que la matière du vif-argent ne touche point l'eau, néanmoins se trouvant dans ce ventre chaud et humide, elle se convertira en eau.

— Maître, dit Khunrath en tombant à genoux et baisant la main décharnée et diaphane du docteur Dee. Maître, ainsi ferai-je. Et toi tu auras ce que tu veux. Souviens-toi de ces mots : la Rose et la Croix. Tu en entendras parler.

Dee s'enveloppa dans sa simarre comme dans une cape

et il n'en sortait que ses yeux étincelants et malins.

— Allons, Kelley, dit-il. Cet homme est à nous désormais. Et toi, Khunrath, retiens le Golem loin de nous jusqu'à notre retour à Londres. Et après, que Prague ne soit plus qu'un bûcher.

Il fit mine de s'éloigner. Khunrath d'un pas rampant le saisit par le pan de son manteau :

— Chez toi viendra peut-être, un jour, un homme. Il voudra écrire sur toi. Sois un ami pour lui.

— Donne-moi le Pouvoir, dit Dee avec une indicible expression sur son visage émacié, et sa fortune est assurée.

Nous sortîmes. Une dépression au-dessus de l'Atlantique se déplaçait d'ouest en est en direction d'un anticyclone situé au-dessus de la Russie.

— Allons à Moscou, lui dis-je.

— Non, répondit-il, retournons à Londres.

— A Moscou, à Moscou, murmurai-je, pris de folie.

Tu savais bien, Kelley, que tu n'irais jamais. La Tour t'attendait.

. . . .

Nous sommes revenus à Londres. Le docteur Dee a dit :

— Ils cherchent d'arriver à la Solution avant nous. Kelley, tu écriras pour William quelque chose de... de diaboliquement insinuant sur eux.

Ventre du démon, je l'ai bien fait, et puis William a trafiqué le texte et il a tout transposé de Prague à Venise. Dee s'était mis dans une colère noire. Mais le pâle, visqueux William se sentait protégé par sa royale concubine. Et ça ne lui suffisait pas. Comme, au fur et à mesure, je lui passais ses meilleurs sonnets, il me demandait, avec un regard effronté, de ses nouvelles à Elle, de tes nouvelles, my Dark Lady. Quelle horreur d'entendre ton nom sur ses lèvres de cabot (je ne savais pas que, esprit par damnation double et vicariant, il la cherchait pour Bacon).

— Ça suffit, lui ai-je dit. Je suis fatigué de bâtir dans l'ombre ta gloire. Écris, toi, pour toi-même.

— Je ne puis, m'a-t-il répondu, avec le regard de qui a vu un Lémure. Il ne me le permet pas.

— Qui, Dee ?

— Non, le Verulam. Tu ne t'es pas rendu compte que c'est lui désormais qui règle le jeu ! Il me contraint à écrire les œuvres qu'il se vantera ensuite d'avoir écrites. Tu as compris, Kelley, c'est moi qui suis le vrai Bacon, et la postérité ne le saura pas. Ô parasite ! Que je hais ce suppôt de Satan !

— Bacon est un misérable, mais il est doué, dis-je. Pourquoi n'écrit-il pas de sa propre main ?

J'ignorais qu'il n'en avait pas le temps. Nous nous en rendîmes compte quand, des années plus tard, l'Allemagne fut envahie par la folie rose-croix. Alors, en rassemblant des allusions dispersées, des mots qui malaisément lui avaient échappé, je compris que l'auteur des manifestes des Rose-Croix c'était lui. Il écrivait sous le faux nom de Johann Valentin Andreae !

Je n'avais pas compris alors pour qui écrivait Andreae ; à présent, depuis l'obscurité de cette cellule où je languis, plus lucide que don Isidro Parodi, à présent je sais. C'est Soapes, mon compagnon de prison, un ex-templier portugais, qui me l'a dit : Andreae écrivait un roman de chevalerie pour un Espagnol qui, en attendant, gisait dans une autre geôle. Je ne sais pas pourquoi, mais le projet servait à l'infâme Bacon, qui aurait voulu passer à l'histoire comme l'auteur secret des aventures du chevalier de la Manche, et qui demandait à Andreae de lui rédiger en secret l'ouvrage dont ensuite il se serait fait passer pour le vrai auteur occulte, afin de pouvoir jouir dans l'ombre (mais pourquoi, mais pourquoi ?) du triomphe d'un autre.

Mais je divague, maintenant que j'ai froid dans ce cachot, et j'ai mal au pouce. Je rédige, à la pâle lueur d'une lampe à huile moribonde, les dernières œuvres qui resteront sous le nom de William.

. . . .

Le docteur Dee est mort en murmurant De la Lumière, plus de Lumière, et en demandant un cure-dents. Puis il a dit : Qualis Artifex Pereo ! C'est Bacon qui l'a fait assassiner. Depuis des années, avant que la reine ne disparût, déglinguée d'esprit et de cœur, Verulam l'avait en quelque sorte séduite. Désormais ses traits étaient altérés, elle était réduite à l'état de squelette. Pour toute nourriture elle n'avalait plus qu'un petit pain blanc et une soupe de chicorée. Elle gardait à sa hanche une épée et, dans ses moments de colère, elle la plongeait avec violence dans les rideaux et les damas qui recouvraient les murs de sa retraite. (Et si derrière il y avait eu quelqu'un, à l'écoute ? Ou un rat, un rat ? Bonne idée vieux Kelley, il faut que je la note.) La vieille réduite à cet état, il fut facile à Bacon de lui faire accroire qu'il était William, son bâtard — comme il se présentait à ses genoux, elle, devenue aveugle, lui, recouvert de la peau d'un mouton. La Toison d'or ! On a dit qu'il visait le trône, mais je savais qu'il voulait bien autre chose, la mainmise sur le Plan. Ce fut alors qu'il devint vicomte de Saint-Albans. Et, comme il se sentit fort, élimina Dee.

. . . .

La reine est morte, vive le roi... J'étais désormais un témoin gênant. Il m'a attiré dans un piège, un soir où, enfin, la Dark Lady aurait pu être mienne, et dansait enlacée à moi, perdue sous le contrôle d'herbes capables de donner des visions, elle la Sophia éternelle au visage ridé de vieille chèvre... Il est entré avec une poignée d'hommes armés, m'a fait couvrir les yeux avec un chiffon, j'ai compris d'un coup : le vitriol ! Et comme elle riait, Elle, comme tu riais, toi, Pin Ball Lady — oh maiden virtue rudely strumpeted, oh gilded honor shamefully misplac'd ! — tandis qu'il te touchait de ses mains rapaces, et toi tu l'appelais Simon, et tu lui baisais sa sinistre cicatrice...

Dans la Tour, dans la Tour, riait le Verulam. Et depuis lors je gis ici, en compagnie de cette larve humaine qui dit s'appeler Soapes, et les geôliers me connaissent seulement comme Jim de la Papaye. J'ai étudié à fond, et avec un zèle ardent, philosophie, droit et médecine, et aussi, hélas, théologie. Et me voilà ici, pauvre pauvre fou, et j'en sais autant qu'avant.

. . . .

Par une meurtrière j'ai assisté aux noces royales, avec les chevaliers à la rouge croix qui caracolaient au son des trompettes. J'aurais dû être là-bas à jouer de la trompette. Cecilia le savait, et une fois encore m'avaient été soustraits ma récompense, mon but. C'est William qui jouait. Moi j'écrivais dans l'ombre, pour lui.

— Je te dirai comment te venger, m'a susurré Soapes, et ce jour-là, il s'est montré sous son vrai jour : un abbé bonapartiste, depuis des siècles mis dans ce tombeau des vivants.

— Tu en sortiras ? lui ai-je demandé.

— If... avait-il commencé à répondre.

Mais ensuite il se tut. En tapant de sa cuillère sur le mur, dans un mystérieux alphabet qu'il me dit en confidence avoir reçu de Trithème, il a commencé à transmettre des messages à quelqu'un de la cellule d'à côté. Le comte de Montsalvat.

. . . .

Des années ont passé. Soapes n'a jamais cessé de taper contre le mur. A présent je sais pour qui et à quelles fins. Il s'appelle Noffo Dei. Dei (par quelle mystérieuse kabbale Dei et Dee ont-ils une si proche résonance ? Qui a dénoncé les Templiers ?), renseigné par Soapes, a dénoncé Bacon. Ce qu'il a dit, je ne sais pas, mais il y a quelques jours Verulam a été emprisonné. Accusé de sodomie parce que, dirent-ils (je tremble à la pensée que ce fût vrai), toi, la Dark Lady, la Vierge Noire des druides et des templiers, tu n'étais rien d'autre, tu n'es rien d'autre que l'éternel androgyne, sorti des mains savantes de qui, de qui ? A présent, à présent je le sais : de ton amant, le comte de Saint-Germain ! Mais qui est Saint-Germain sinon Bacon soi-même (que de choses sait Soapes, cet obscur templier aux nombreuses vies...) ?

. . . .

Le Verulam est sorti de prison, il a regagné, par ses arts magiques, la faveur du monarque. Maintenant, me dit William, il passe ses nuits le long de la Tamise, au Pilad's Pub, à jouer avec cette étrange machine que lui a inventée un natif de Nola qu'ensuite il a fait affreusement brûler à Rome, après l'avoir attiré à Londres pour lui arracher son secret, une machine astrale, dévoreuse de sphères affolées, que, à travers l'infini de l'univers et des mondes, au milieu d'un rutilement de lumières angéliques, donnant d'obscènes coups de bête triomphante, le pubis contre la caisse, pour simuler les vicissitudes des corps célestes dans la demeure des Décans et comprendre les derniers secrets de sa grande instauration, et le secret même de la Nouvelle Atlantide, il a appelée Gottlieb's, en parodiant la langue sacrée des Manifestes attribués à Andreae... Je m'exclame ah ! (s'écria-t-il), maintenant la conscience lucide, mais trop tard et en vain, tandis que mon cœur bat visiblement sous les dentelles du corselet : voilà pourquoi il m'a dérobé la trompette, amulette, talisman, lien cosmique qui pouvait commander aux démons. Qu'est-ce qu'il peut bien tramer dans sa Maison de Salomon ? Il est tard, me répété-je, désormais on lui a donné trop de pouvoir.

... .

On dit que Bacon est mort. Soapes m'assure que ce n'est pas vrai. Personne n'en a vu le cadavre. Il vit sous un faux nom chez le landgrave de Hesse, maintenant initié aux plus grands mystères, et donc immortel, prêt à poursuivre sa ténébreuse bataille pour le triomphe du Plan, en son nom et sous son contrôle.

Après cette mort présumée, William est venu me trouver avec son sourire hypocrite, que la grille n'arrivait pas à me cacher. Il m'a demandé pourquoi, dans le sonnet 111, je lui avais écrit au sujet d'un certain Teinturier, et il m'a cité le vers : To What It Works in, Like the Dyer's Hand...

— Moi je n'ai jamais écrit ces mots, lui ai-je dit.

Et c'était vrai... C'est clair : Bacon les a insérés, avant de disparaître, pour lancer quelque mystérieux signal à ceux qui devront par la suite donner l'hospitalité à Saint-Germain, de cour en cour, en qualité d'expert ès teintures... Je pense que, dans les temps futurs, il essaiera de faire croire qu'il a écrit lui les œuvres de William. Comme tout devient évident, quand on regarde de la nuit d'une geôle !

....

Where Art Thou, Muse, That Thou Forget'st So Long ? Je me sens las, malade. William attend de moi du matériel neuf pour ses crapuleuses clowneries, là au Globe.

Soapes est en train d'écrire. Je regarde par-dessus son

épaule. Il est en train de tracer un message incompréhensible : Riverrun, past Eve and Adam's... Il cache la feuille, me regarde, me voit plus pâle qu'un Spectre, lit dans mes yeux la Mort. Il susurre : « Repose. N'aie crainte. J'écrirai pour toi. »

Et c'est ce qu'il fait, masque d'un masque. Moi, lentement, je m'éteins ; et il me dérobe jusqu'à la dernière lumière, celle de l'obscurité.

— 74 —

Bien que la volonté soit bonne, son esprit, toutefois, et ses prophéties paraissent être d'évidentes illusions du démon... Elles sont en mesure de tromper nombre de personnes curieuses et de causer grand dommage et scandale à l'Église de Dieu Notre Seigneur.

Avis sur Guillaume Postel envoyé à Ignace de Loyola par les pères jésuites SALMERON, LHOOST et UGOLETTO, 10 mai 1545.

Belbo nous raconta avec détachement ce qu'il avait imaginé, sans nous lire ses pages, et en éliminant les références personnelles. Il nous donna même à croire qu'Aboulafia lui avait fourni les combinaisons. Que Bacon fût l'auteur des manifestes rose-croix, je l'avais déjà trouvé écrit quelque part. Mais un détail me frappa : que Bacon fût vicomte de Saint-Albans.

Quelque chose me trottait par la tête, quelque chose qui n'était pas sans me rappeler ma vieille thèse. Je passai la nuit suivante à farfouiller dans mes fiches.

« Messieurs, dis-je le lendemain matin, avec une certaine solennité, à mes complices, nous ne pouvons pas inventer des connexions. Elles existent. Quand saint Bernard lance l'idée d'un concile pour légitimer les Templiers, parmi ceux qui sont chargés d'organiser l'événement il y a le prieur de Saint-Albans ; lequel, entre autres, porte le nom du premier martyr anglais, évangélisateur des îles britanniques, né précisément à Verulam, qui fut le fief de Bacon. Saint Albans, celte et sans nul doute druide, initié comme saint Bernard.

— C'est peu, dit Belbo.

— Attendez. Ce prieur de Saint-Albans est abbé de Saint-Martin-des-Champs, l'abbaye où sera installé le Conservatoire des Arts et Métiers ! »

Belbo réagit : « Bon Dieu !

— Non seulement, ajoutai-je, mais le Conservatoire fut pensé comme hommage à Bacon. Le 25 brumaire de l'an III, la Convention autorise son Comité d'Instruction publique à faire imprimer l'œuvre complète de Bacon. Et, le 18 vendémiaire de la même année, la même

Convention vote une loi pour faire construire une maison des arts et des métiers qui aurait dû reproduire l'idée de la Maison de Salomon dont parle Bacon dans la *Nouvelle Atlantide*, comme le lieu où l'on aurait amassé toutes les inventions techniques de l'humanité.

— Et alors ? demanda Diotallevi.

— C'est qu'au Conservatoire il y a le Pendule », dit Belbo. Et, d'après la réaction de Diotallevi, je compris que Belbo l'avait mis dans la confidence de ses réflexions sur le pendule de Foucault.

« Allons-y doucement, dis-je. Le pendule est inventé et installé au siècle dernier. Pour le moment laissons-le de côté.

— Laissons-le de côté ? dit Belbo. Mais vous n'avez jamais donné un coup d'œil à la Monade Hiéroglyphique de John Dee, le talisman qui devrait concentrer toute la sapience de l'univers ? Ne dirait-on pas un pendule ?

— D'accord, dis-je, admettons que nous pouvons établir un rapport entre les deux faits. Mais comment passe-t-on de Saint-Albans au Pendule ? »

Je le sus en l'espace de quelques jours.

« Donc, le prieur de Saint-Albans est abbé de Saint-Martin-des-Champs, qui devient ensuite un centre philo-templier. Bacon, à travers son fief, établit un contact initiatique avec les druides fidèles de saint Albans. A présent, écoutez : tandis que Bacon commence sa carrière en Angleterre, en France Guillaume Postel finit la sienne. »

(Je saisis une imperceptible contraction sur le visage de Belbo, je me souvins du dialogue à l'exposition de Riccardo, Postel lui évoquait idéalement le ravisseur de Lorenza. Mais ce fut l'histoire d'un instant.)

« Postel étudie l'hébreu, cherche à montrer que c'est la matrice commune de toutes les langues, traduit le *Zohar* et le *Bahir*, a des contacts avec les kabbalistes, lance un projet de paix universelle analogue à celui des groupes rose-croix allemands, il cherche à convaincre le roi de France de s'allier avec le sultan, il visite la Grèce, la Syrie, l'Asie Mineure, il étudie l'arabe, en un mot il reproduit l'itinéraire de Christian Rosencreutz. Et ce n'est pas un hasard s'il signe certains écrits du nom de Rosispergius, celui qui répand la rosée. Et Gassendi, dans son *Examen Philosophiae Fluddanae,* dit que Rosencreutz ne vient pas de *rosa* mais de *ros,* rosée. Dans l'un de ses manuscrits il parle d'un secret à garder jusqu'à ce que viennent les temps, et il dit : " pour que les perles ne soient pas jetées aux pourceaux ". Et vous savez où apparaît cette citation évangélique ? Au frontispice des *Noces Chimiques.* Et l'abbé Marin Mersenne, dénonçant le Rose-Croix Fludd, dit qu'il est de la même engeance que cet *atheus magnus* de Postel. Par ailleurs, il semble que Dee et Postel se sont rencontrés en 1550, sans probablement savoir encore, et ils n'auraient pu savoir avant que trente années ne s'écoulent, qu'ils étaient, eux deux, les grands maîtres du Plan destinés à se rencontrer en 1584. Or Postel déclare, oyez oyez, qu'en tant que descendant direct du fils aîné de Noé, et vu que Noé est le fondateur de la lignée celtique et donc de la civilisation des druides, le roi de France est l'unique prétendant légitime au titre de Roi du Monde. Texto, le Roi du Monde d'Agarttha, mais il le dit trois siècles avant. Laissons tomber le fait qu'il devient amoureux d'une vieille décatie, Joanne, et qu'il la considère comme la Sophia divine, l'homme devait avoir une case en moins. Il faut bien noter qu'il avait des ennemis puissants, on l'a taxé de chien, monstre exécrable, cloaque de toutes les hérésies, possédé par une légion de démons. Toutefois, même avec le scandale de Joanne, l'Inquisition ne le tient pas pour hérétique, mais bien pour *amens,* disons un peu atteint. En somme, on n'ose pas détruire l'homme parce qu'on sait qu'il est le porte-parole d'un certain groupe assez puissant. Je signale à Diotallevi que Postel voyage aussi en Orient et qu'il est le contemporain d'Isaac Luria, tirez-en les conséquences qu'il vous plaira. Bien ; en 1564 (l'année où Dee écrit la *Monas Ierogliphica*), Postel rétracte ses hérésies et se retire... devinez où ? Dans le monastère de Saint-Martin-des-Champs ! Qu'est-ce qu'il attend ? Évidemment il attend l'année 1584.

— Évidemment », confirma Diotallevi.

Je poursuivis : « Vous vous rendez compte ! Postel est grand maître du noyau français, qui guette le contact avec le groupe anglais. Mais il meurt en 1581, trois ans avant la rencontre. Conclusions : primo, l'accident de l'année 1584 a lieu parce qu'il manque, juste au moment où il le faudrait, un esprit aigu comme Postel, en mesure de comprendre ce qui se passait avec la confusion des calendriers, secundo, Saint-Martin était un lieu où les Templiers se trouvaient chez eux depuis toujours, et où se retranchait, en attendant, l'homme chargé d'établir le troisième contact. Saint-Martin-des-Champs était le Refuge !

— Tout s'assemble comme dans une mosaïque.

— Maintenant, suivez-moi bien. A l'époque du rendez-vous manqué, Bacon n'a que vingt ans. Mais, en 1621, il devient le vicomte de Saint-Albans. Que trouve-t-il dans les possessions ancestrales ? Mystère. Toujours est-il que c'est précisément cette année-là que quelqu'un l'accuse de corruption et le fait enfermer un certain temps en prison. Bacon avait découvert quelque chose qui faisait peur. Peur à qui ? C'est certainement à cette époque que Bacon comprend que Saint-Martin doit être gardé sous contrôle, et qu'il conçoit l'idée de réaliser là-bas sa Maison de Salomon, le laboratoire où il pourrait parvenir, par des moyens expérimentaux, à découvrir le secret.

— Mais, demanda Diotallevi, que pouvons-nous trouver qui mette en contact les héritiers de Bacon avec les groupes révolutionnaires de la fin du XVIIIe ?

— Ne serait-ce pas par hasard la franc-maçonnerie ? dit Belbo.

— Superbe idée. Au fond, c'est Agliè qui nous l'a suggérée, le soir où nous étions au château.

— Il faudrait reconstituer les événements. Qu'est-ce qui s'est exactement passé dans ces milieux-là ? »

— 75 —

Au sommeil éternel... n'échapperaient donc que ceux qui, déjà au cours de leur vie, auront su orienter leur conscience vers le monde supérieur. Les Initiés, les Adeptes, constituent la limite de cette voie. Le « souvenir », l'anamnesis, réalisé, d'après Plutarque ils deviennent libres, ils vont sans liens, couronnés, ils célèbrent les « mystères » et regardent sur terre la foule de ceux qui ne sont pas initiés et qui ne sont pas « purs », s'écraser et se bousculer dans la fange et les ténèbres.

Julius EVOLA, *La tradizione ermetica*,
Roma, Edizioni Mediterranee, 1971, p. 111.

Avec une belle crânerie, j'offrais mes services pour une recherche rapide et précise. J'aurais mieux fait de me taire. Je me trouvai dans un marais de livres qui comprenaient des études historiques et des ragots hermétiques, sans parvenir aisément à distinguer les renseignements fondés des informations fantaisistes. Je travaillai comme un automate pendant une semaine, et à la fin je me décidai à présenter une liste presque incompréhensible de sectes, loges, conventicules. Non sans que j'eusse eu, tout en l'établissant, quelques frémissements, lorsque je rencontrais des noms connus que je ne m'attendais pas à trouver en cette compagnie, et des coïncidences chronologiques qu'il m'avait semblé curieux d'enregistrer. Je montrai le document à mes deux complices.

1645 — Londres : Ashmole fonde l'Invisible College, d'inspiration rose-croix.

1662 — De l'Invisible College naît la Royal Society, et de la Royal Society, comme tout le monde le sait, la Franc-Maçonnerie.

1666 — Paris : Académie des Sciences.

1707 — Naissance de Claude-Louis de Saint-Germain, si vraiment il est né.

1717 — Création d'une Grande Loge Londonienne.

1721 — Anderson rédige les Constitutions de la maçonnerie anglaise. Initié à Londres, Pierre le Grand fonde une loge en Russie.

1730 — Montesquieu, de passage à Londres, est initié.

1737 — Ramsay affirme l'origine templière de la maçonnerie. Origine du Rite Écossais, dorénavant en conflit avec la Grande Loge Londonienne.

1738 — Frédéric, alors prince héritier de Prusse, est initié. Il sera le protecteur des Encyclopédistes.

1740 — Naissance, autour de ces années-là, en France, de différentes loges : les Écossais Fidèles de Toulouse, le Souverain Conseil Sublime, la Mère Loge Écossaise du Grand Globe Français, le Collège des Sublimes Princes du Royal Secret de Bordeaux, la Cour des Souverains Commandeurs du Temple de Carcassonne, les Philadelphes de Narbonne, le Chapitre des Rose-Croix de Montpellier, les Sublimes Élus de la Vérité...

1743 — Première apparition publique du comte de Saint-Germain. A Lyon, création du grade de Chevalier Kadosch, qui doit venger les Templiers.

1753 — Willermoz fonde la loge de la Parfaite Amitié.

1754 — Martines de Pasqually fonde le Temple des Élus Cohen (ou peut-être le fait-il en 1760).

1756 — Le baron von Hund fonde la Stricte Observance Templière. Certains disent qu'elle est inspirée par Frédéric II de Prusse. On y parle pour la première fois des Supérieurs Inconnus. Certains insinuent que les Supérieurs Inconnus sont Frédéric et Voltaire.

1758 — Saint-Germain arrive à Paris et offre ses services au roi en tant qu'expert ès teintures. Il fréquente la Pompadour.

1759 — Il se formerait un Conseil des Empereurs d'Orient et d'Occident qui, trois ans après, rédigerait les Constitutions et règlement de Bordeaux d'où prendrait origine le Rite Écossais Ancien et Accepté (qui, cependant, n'apparaît officiellement qu'en 1801). Typique du rite écossais sera la multiplication des hauts grades jusqu'à trente-trois.

1760 — Saint-Germain, au cours d'une mission diplomatique ambiguë en Hollande, doit s'enfuir, est arrêté à Londres et puis relaxé. Dom Pernety fonde les Illuminés d'Avignon. Martines de Pasqually fonde les Chevaliers Maçons Élus de l'Univers.

1762 — Saint-Germain en Russie.

1763 — Casanova rencontre Saint-Germain en Belgique : il se fait appeler de Surmont, et change une monnaie en or. Willermoz fonde le Souverain Chapitre des Chevaliers de l'Aigle Noir Rose-Croix.

1768 — Willermoz entre dans les Élus Cohen de Pasqually. On imprime apocryphe à Jérusalem *Les plus secrets mystères des hauts grades de la maçonnerie dévoilée, ou le vrai Rose-Croix :* on y raconte que la loge des Rose-Croix est sur la montagne de Heredon, à soixante milles d'Édimbourg. Pasqually rencontre Louis Claude de Saint-Martin, qui deviendra connu comme Le Philosophe Inconnu. Dom Pernety devient bibliothécaire du roi de Prusse.

1771 — Le duc de Chartres, connu ensuite comme Philippe Égalité, devient grand maître du Grand Orient, puis Grand Orient de France, et cherche à unifier toutes les loges. Résistance du côté des loges de rite écossais.

1772 — Pasqually part pour Saint-Domingue, et Willermoz et Saint-Martin fondent un Tribunal Souverain qui deviendra ensuite la Grande Loge Écossaise.

1774 — Saint-Martin se retire pour devenir Philosophe Inconnu, et un délégué de la Stricte Observance Templière va traiter avec Willermoz. Il en résulte un Directoire Écossais de la Province d'Auvergne. Du Directoire d'Auvergne naîtra le Rite Écossais Rectifié.

1776 — Saint-Germain, sous le nom de comte Welldone, présente des projets chimiques à Frédéric II.
Naissance de la Société des Philathètes pour réunir tous les hermétistes. Loge des Neuf Sœurs : y adhèrent Guillotin et Cabanis, Voltaire et Franklin. Weishaupt fonde les Illuminés de Bavière. Selon certains, il est initié par un marchand danois, Kölmer, de retour d'Égypte, qui serait le mystérieux Altotas, maître de Cagliostro.

1778 — Saint-Germain rencontre à Berlin Dom Pernety. Willermoz fonde l'Ordre des Chevaliers Bienfaisants de la Cité Sainte. L'Étroite Observance Templière s'accorde avec le Grand Orient pour que soit accepté le Rite Écossais Rectifié .

1782 — Grand séminaire de toutes les loges initiatiques à Wilhelmsbad.

1783 — Le marquis Thomé fonde le Rite de Swedenborg.

1784 — Saint-Germain mourrait alors que, au service du landgrave de Hesse, il mettait au point une fabrique de couleurs.

1785 — Cagliostro fonde le Rite de Memphis, qui deviendra le Rite Ancien et Primitif de Memphis-Misraïm, et qui augmentera le nombre des hauts grades jusqu'à quatre-vingt-dix. Éclate, manœuvré par Cagliostro, le scandale du Collier de la Reine. Dumas le décrit comme un complot maçon pour discréditer la monarchie.
Soupçonné de complots révolutionnaires, l'ordre des Illuminés de Bavière est supprimé.

1786 — Mirabeau est initié par les Illuminés de Bavière à Berlin. Paraît à Londres un manifeste rosicrucien attribué à Cagliostro. Mirabeau écrit une lettre à Cagliostro et à Lavater.

1787 — Il existe environ sept cents loges en France. On publie le *Nachtrag* de Weishaupt qui décrit le diagramme d'une organisation secrète où chaque adhérent ne peut connaître que son propre et immédiat supérieur.

1789 — Début de la Révolution française. Crise des loges en France.

1794 — Le 8 vendémiaire, le député Grégoire présente à la Convention le projet d'un Conservatoire des Arts et des Métiers. Il sera installé à Saint-Martin-des-Champs en 1799, par le Conseil des Cinq-Cents.
Le duc de Brunswick invite les loges à se dissoudre parce qu'une venimeuse secte subversive les a désormais toutes corrompues.

1798 — Arrestation de Cagliostro à Rome.

1801 — A Charleston, on annonce la fondation officielle d'un Rite Écossais Ancien et Accepté, avec trente-trois grades.

1824 — Document de la cour de Vienne au gouvernement français : on y dénonce des associations secrètes telles que les Absolus, les Indépendants, la Haute Vente de la Charbonnerie.

1835 — Le kabbaliste Oettinger dit avoir rencontré Saint-Germain à Paris.

1846 — L'écrivain viennois Franz Graffer publie la relation d'une rencontre de son frère et de Saint-Germain, entre 1788 et 1790 ; Saint-Germain accueille le visiteur en feuilletant un livre de Paracelse.

1865 — Fondation de la Societas Rosicruciana in Anglia (d'après d'autres sources, en 1860 ou en 1867). Y adhère Bulwer-Lytton, auteur du roman rosicrucien *Zanoni.*

1868 — Bakounine fonde l'Alliance de la Démocratie Socialiste, inspirée, selon certains, des Illuminés de Bavière.

1875 — Helena Petrovna Blavastsky fonde la Société Théosophique. Parution de *Isis Dévoilée.* Le baron Spedalieri se proclame membre de la Grande Loge des Frères Solitaires de la Montagne, Frère Illuminé de l'Ordre Ancien et Restauré des Manichéens et Haut Illuminé des Martinistes.

1877 — Madame Blavatsky parle du rôle théosophique de Saint-Germain. Parmi ses incarnations, il y a eu Roger et Francis Bacon, Rosencreutz, Proklos, saint Albans.
Le Grand Orient de France supprime l'invocation au Grand Architecte de l'Univers et proclame la liberté de conscience absolue. Il rompt ses liens avec la Grande Loge Anglaise, et devient résolument laïque et radical.

1879 — Fondation de la Societas Rosicruciana aux USA.

1880 — Début de l'activité de Saint-Yves d'Alveydre. Léopold Engler réorganise les Illuminés de Bavière.

1884 — Léon XIII condamne, dans l'encyclique *Humanum Genus,* la franc-maçonnerie. Les catholiques la désertent et les rationalistes s'y précipitent.

1888 — Stanislas de Guaita fonde l'Ordre Kabbalistique de la Rose-Croix. Fondation, en Angleterre, de l'Hermetic Order of the Golden Dawn. Onze grades, du néophyte à l'Ipsissimus. En est empereur MacGregor Mathers. Sa sœur épouse Bergson.

1890 — Joséphin Péladan abandonne Guaita et fonde la Rose + Croix Catholique du Temple et du Graal, se proclamant Sar Merodak. La dispute entre les rosicruciens de Guaita et ceux de Péladan s'appellera Guerre des deux roses.

1891 — Papus publie son *Traité Méthodique de Science Occulte.*

1898 — Aleister Crowley initié à la Golden Dawn. Il fondera ensuite l'ordre de Thelema pour son propre compte.

1907 — De la Golden Dawn naît la Stella Matutina, à quoi adhère Yeats.

1909 — En Amérique, Spencer Lewis « réveille » l'Anticus Mysticus Ordo Rosae Crucis, et, en 1916, il exécute avec succès la transformation d'un morceau de zinc en or.

Max Heindel fonde la Rosicrucian Fellowship. A des dates incertaines, suivent le Lectorium Rosicrucianum, Les Frères Aînés de la Rose-Croix, la Fraternitas Hermetica, le Templum Rosae-Crucis.

1912 — Annie Besant, disciple de Madame Blavatsky, fonde à Londres l'ordre du Temple de la Rose-Croix.

1918 — Naissance en Allemagne de la Société Thule.

1936 — Naissance en France du Grand Prieuré des Gaules. Dans les « Cahiers de la fraternité polaire », Enrico Contardi di Rhodio parle d'une visite que lui a faite le comte de Saint-Germain.

« Qu'est-ce que signifie tout ça ? demanda Diotallevi.

— Ne me le demandez pas à moi. Vous vouliez des données ? Les voici. Je ne sais rien d'autre.

— Il faudra consulter Agliè. Je parie que lui-même ne connaît pas toutes ces organisations.

— Allons donc, c'est sa pâture. Mais nous pouvons le mettre à l'épreuve. Ajoutons une secte qui n'existe pas. Fondée récemment. »

Il me revint à l'esprit la curieuse question de De Angelis, si j'avais entendu parler du Tres. Et je dis : « Le Tres.

— Et qu'est-ce que c'est ? demanda Belbo.

— S'il y a l'acrostiche, il doit y avoir le texte sous-jacent, dit Diotallevi, autrement mes rabbins n'auraient pu s'adonner au Notarikon. Voyons voir... Templi Resurgentes Equites Synarchici. Ça vous va ? »

Le nom nous plut, nous l'écrivîmes en bout de liste.

« Avec tous ces conventicules, en inventer un de plus n'était pas une mince affaire », disait Diotallevi, pris d'un accès de vanité.

— 76 —

Si l'on tentait d'indiquer d'un mot le caractère dominant de la maçonnerie française du XVIIIe siècle, un seul conviendrait : dilettantisme.

René LE FORESTIER,
La Franc-Maçonnerie Templière et Occultiste,
Paris, Aubier, 1970, 2.

Le lendemain soir nous invitâmes Agliè à faire une visite à Pilade. Encore que les nouveaux habitués du bar fussent revenus au veston et à la cravate, la présence de notre hôte, avec son costume trois-pièces bleu à fines raies blanches et sa chemise immaculée, la cravate fixée par une épingle d'or, provoqua une certaine sensation. Par chance, à six heures de l'après-midi, Pilade était assez dépeuplé.

Agliè décontenança Pilade en commandant un cognac de marque. Il en avait, naturellement, mais qui trônait sur les étagères, derrière le comptoir, intact, peut-être depuis des années.

Agliè parlait en observant la liqueur à contre-jour, pour ensuite la réchauffer dans ses mains, exhibant à ses manchettes des boutons d'or de style vaguement égyptien.

Nous lui montrâmes la liste en disant que nous l'avions établie à partir de manuscrits des diaboliques.

« Que les Templiers fussent liés aux anciennes loges des maîtres maçons qui se sont formées pendant la construction du Temple de Salomon, c'est certain. Comme il est certain que depuis lors ces associés se référaient au sacrifice de l'architecte du Temple, Hiram, victime d'un mystérieux assassinat, et qu'ils se vouaient à sa vengeance. Après la persécution, beaucoup des chevaliers du Temple confluèrent certainement dans ces confréries d'artisans, fusionnant le mythe de la vengeance d'Hiram avec celui de la vengeance de Jacques de Molay. Au XVIIIe siècle, à Londres, il existait des loges d'artisans maçons véritables, les prétendues loges opératives, mais graduellement certains gentilshommes désœuvrés, encore que fort respectables, attirés par leurs rites traditionnels, rivalisèrent pour en faire partie. Ainsi, la maçonnerie opérative, histoire de véritables artisans maçons, s'est-elle transformée en maçonnerie spéculative, histoire d'artisans maçons symboliques. Dans ce climat, un certain Desaguliers, vulgarisateur de Newton, influence un pasteur protestant, Anderson, qui rédige les constitutions d'une loge de Frères Maçons, d'inspiration déiste, et commence à parler des confréries maçonniques comme de corporations qui remontent à quatre mille ans, aux fondateurs du Temple de Salomon. Voilà les raisons de la mascarade maçonnique, le tablier, l'équerre, le marteau. Pourtant, c'est peut-être précisément pour cela que la maçonnerie devient à la mode, attire les nobles, pour les arbres généalogiques qu'elle laisse entrevoir ; elle plaît encore davantage aux bourgeois, qui non seulement peuvent se réunir sur un pied d'égalité avec les nobles, mais sont même autorisés à porter l'épée de cérémonie. Misère du monde moderne qui naît, les nobles ont besoin d'un milieu où entrer en contact avec les nouveaux producteurs de capital ; les autres — vous pensez bien — cherchent une légitimation.

— Mais il semble que les Templiers apparaissent plus tard.

— Le premier qui a établi un rapport direct avec les Templiers est Ramsay, dont cependant j'aimerais mieux ne point parler. Je soupçonne personnellement qu'il était inspiré par les jésuites. C'est de sa prédication que naît l'aile écossaise de la maçonnerie.

— Écossaise en quel sens ?

— Le rite écossais est une invention franco-allemande. La maçonnerie londonienne avait institué les trois degrés : apprenti, compagnon et maître. La maçonnerie écossaise multiplie les grades, parce que multiplier les grades cela signifie multiplier les niveaux d'initiation et de secret... Les Français, qui sont fats par nature, en sont fous...

— Mais quel secret ?

— Aucun, c'est évident. S'il y avait eu un secret — autrement dit si eux l'avaient possédé —, sa complexité eût justifié la complexité des grades d'initiation. Ramsay, en revanche, multiplie les grades pour faire accroire qu'il a un secret. Vous pouvez vous imaginer le frémissement de ces braves boutiquiers qui pouvaient enfin devenir des agents de la vengeance... »

Aglié nous fut prodigue en racontars maçonniques. Et, tout en parlant, comme il en avait l'habitude, il passait insensiblement à l'évocation à la première personne. « Désormais, à cette époque, en France, on écrivait des couplets sur la nouvelle mode des Frimaçons, les loges se multipliaient et y circulaient archevêques, moines, marquis et marchands, et les membres de la maison royale devenaient grands maîtres. Dans la Stricte Observance Templière de ce patibulaire von Hund entraient Goethe, Lessing, Mozart, Voltaire ; des loges surgissaient parmi les militaires ; dans les régiments on complotait pour venger Hiram et on discutait de la révolution imminente. Et pour les autres, la maçonnerie était une société de plaisir, un club, un status symbol. On y trouvait de tout, Cagliostro, Mesmer, Casanova, le baron d'Holbach, d'Alembert... Encyclopédistes et alchimistes, libertins et hermétistes. Et on le vit quand éclata la Révolution : des membres d'une même loge se trouvèrent divisés, et il sembla que la grande fraternité entrait à jamais en crise...

— N'y avait-il pas une opposition entre Grand Orient et Loge Écossaise ?

— En paroles. Un exemple : dans la loge des Sept Sœurs était entré Franklin, qui, naturellement, visait à sa transformation laïque — son seul intérêt, c'était de soutenir sa révolution américaine... Mais en même temps, un des grands maîtres était le comte de Milly, qui cherchait l'élixir de longue vie. Comme c'était un imbécile, en faisant ses expérimentations il s'est empoisonné et il est mort. Par ailleurs, pensez à Cagliostro : d'une part il inventait des rites égyptiens, d'autre part il était impliqué dans l'affaire du Collier de la Reine, un scandale ourdi par les nouvelles classes dirigeantes pour discréditer l'Ancien Régime. Cagliostro était de la partie, vous comprenez ? Essayez d'imaginer quelle espèce de gens il fallait côtoyer...

— Ça a dû être dur, dit Belbo avec compréhension.

— Mais qui sont-ils, demandai-je, ces barons von Hund qui cherchent les Supérieurs Inconnus...

— Autour de la farce bourgeoise étaient apparus des groupes aux intentions fort différentes, qui, pour faire des adeptes, pouvaient s'identifier avec les loges maçonniques, mais poursuivaient des fins plus initiatiques. C'est alors qu'a lieu la discussion sur les Supérieurs Inconnus. Mais malheureusement, von Hund n'était pas une personne sérieuse. Au début, il fait croire aux adeptes que les Supérieurs Inconnus sont les Stuarts. Ensuite, il établit que le but de l'ordre est de racheter les biens originels des Templiers, et il ratisse des fonds de tous côtés. N'en trouvant pas assez, il tombe dans les mains d'un certain Starck, qui disait avoir reçu, des vrais Supérieurs Inconnus qui se trouvaient à Saint-Pétersbourg, le secret de la fabrication de l'or. Autour de von Hund et de Starck se précipitent théosophes, alchimistes à tant de l'once, rosicruciens de la dernière heure, et tous ensemble ils élisent grand maître un gentilhomme des plus intègres, le duc de Brunswick. Lequel comprend aussitôt qu'il est au milieu d'une très mauvaise compagnie. Un des membres de l'Observance, le landgrave de Hesse, fait appel au comte de Saint-Germain en croyant que ce gentilhomme pourrait produire de l'or pour lui, enfin glissons, à cette époque il fallait seconder les caprices des puissants. Mais, par-dessus le marché, il se croit saint Pierre. Je vous assure qu'une fois, Lavater, qui était l'hôte du landgrave, dut faire une scène à la duchesse du Devonshire, laquelle se prenait pour Marie-Madeleine.

— Mais ces Willermoz, ces Martines de Pasqually, qui fondent une secte après l'autre...

— Pasqually était un aventurier. Il pratiquait des opérations théurgiques dans une de ses chambres secrètes, les esprits angéliques se montraient à lui sous la forme de passages lumineux et de caractères hiéroglyphiques. Willermoz l'avait pris au sérieux parce que c'était un enthousiaste, honnête quoique ingénu. Il était fasciné par l'alchimie, il pensait à un Grand Œuvre auquel les élus auraient dû se consacrer, afin de découvrir le point d'alliance des six métaux nobles en étudiant les mesures renfermées dans les six lettres du premier nom de Dieu, que Salomon avait fait connaître à ses élus.

— Et alors ?

— Willermoz fonde de nombreuses obédiences et entre dans de nombreuses loges à la fois, selon l'usage de ces temps-là, toujours en quête d'une révélation définitive, craignant qu'elle ne se nichât toujours ailleurs — comme en vérité cela se passe — et même, c'est peut-être là l'unique vérité... Et ainsi s'unit-il aux Élus Cohen de Pasqually. Mais, en 1772, Pasqually disparaît, il part pour Saint-Domingue, laisse tout aller à vau-l'eau. Pourquoi s'éclipse-t-il ? Je soupçonne qu'il était entré en possession de quelque secret et qu'il n'avait pas voulu le partager. En tout cas, paix à son âme, il se volatilise dans ce continent, homme obscur comme il l'avait mérité...

— Et Willermoz ?

— En ces années-là, nous étions tous secoués par la mort de Swedenborg, un homme qui eût pu apprendre beaucoup de choses à l'Occident malade, si l'Occident lui avait prêté l'oreille ; cependant, le siècle courait désormais vers la folie révolutionnaire pour suivre les ambitions du Tiers État... Or, c'est dans ces années que Willermoz entend parler de la Stricte Observance Templière de von Hund, et il en reste fasciné. On lui avait dit qu'un Templier qui se déclare tel, je veux dire en fondant une association publique, n'est pas un Templier, mais le XVIIIe était une époque de grande crédulité. Willermoz tente avec von Hund les différentes alliances dont on parle dans votre liste, jusqu'au moment où von Hund est démasqué — à savoir on découvre que c'était un de ces personnages qui s'enfuient avec la caisse — et que le duc de Brunswick l'expulse de l'organisation. »

Il donna un autre coup d'œil à la liste : « Eh certes, Weishaupt, j'oubliais. Les Illuminés de Bavière, avec un nom pareil, au début ils attirent quantité d'esprits généreux. Mais ce Weishaupt était un anarchiste, aujourd'hui nous le taxerions de communiste, et si vous saviez quels n'étaient pas leurs délires dans ce milieu, coups d'État, dépositions de souverains, bains de sang... Notez que j'ai beaucoup admiré Weishaupt, mais point pour ses idées ; pour sa conception fort limpide du fonctionnement d'une société secrète. Mais on peut avoir de magnifiques idées d'organisation et des finalités très confuses. En somme, le duc de Brunswick se trouve en devoir de gérer la confusion laissée par von Hund et il comprend que, dorénavant, dans l'univers maçonnique allemand s'affrontent au moins trois âmes, le courant sapiential et occultiste, y compris certains Rose-Croix ; le courant rationaliste ; et le courant anarchiste révolutionnaire des Illuminés de Bavière. Alors il propose aux différents ordres et rites de se rencontrer à Wilhelmsbad pour un " convent ", comme cela s'appelait en ce temps-là, disons des états généraux. On devait répondre aux questions suivantes : l'ordre a-t-il réellement pour origine une ancienne société, et laquelle ? Y a-t-il réellement des Supérieurs Inconnus, gardiens de la tradition ancienne, et qui sont-ils ? Quels sont les buts véritables de l'ordre ? Comme fin se propose-t-il la restauration de l'ordre des Templiers ? Et ainsi de suite, y compris le problème de savoir si l'ordre devait s'occuper de sciences occultes. Willermoz adhère, enthousiaste : enfin il allait trouver une réponse aux questions qu'il s'était posées, honnêtement, durant toute sa vie... Et là, apparaît le cas de Maistre.

— Quel de Maistre ? demandai-je. Joseph ou Xavier ?

— Joseph.

— Le réactionnaire ?

— S'il a été réactionnaire, il ne le fut pas assez. C'était un homme bizarre. Notez que ce défenseur de l'Église catholique, précisément alors que les papes commençaient d'émettre les premières bulles contre la franc-maçonnerie, se fait membre d'une loge, sous le nom de Josephus a Floribus. Mieux, il se rapproche de la maçonnerie quand, en 1773, un bref condamne les jésuites. Bien sûr, de Maistre se rapproche des loges de type écossais, évidemment ; ce n'est pas un " illuministe ", c'est-à-dire un homme des Lumières, c'est un illuminé — vous devez prêter attention à ces distinctions, parce que les

Italiens appellent illuministes les jacobins, tandis que dans les autres pays on appelle de ce nom les fidèles de la tradition — curieuse confusion... »

Il sirotait son cognac, tirait, d'un porte-cigarettes de métal presque blanc, des *cigarillos* de forme inusitée (« c'est mon marchand de tabac de Londres qui me les confectionne, disait-il, comme les cigares que vous avez trouvés chez moi, je vous en prie, ils sont excellents...), parlait les yeux perdus dans ses souvenirs.

« De Maistre... Un homme aux manières exquises, l'écouter était une jouissance spirituelle. Il avait acquis une grande autorité dans les cercles initiatiques. Et pourtant, à Wilhelmsbad, il trahit l'attente de tout le monde. Il envoie une lettre au duc, où il refuse résolument la filiation templière, les Supérieurs Inconnus et l'utilité des sciences ésotériques. Il refuse par fidélité à l'Église catholique, mais il le fait avec des arguments d'encyclopédiste bourgeois. Quand le duc a lu la lettre à un cénacle d'intimes, personne ne voulait y croire. De Maistre affirmait maintenant que le but de l'ordre n'était qu'une réintégration spirituelle et que les cérémonials et les rites traditionnels ne servaient qu'à tenir en alerte l'esprit mystique. Il louait tous les nouveaux symboles maçonniques, mais il disait que l'image qui représente plusieurs choses ne représente plus rien. Ce qui — pardonnez-moi — est contraire à toute la tradition hermétique, parce que le symbole est d'autant plus plein, révélateur, puissant, qu'il est plus ambigu, fugace : sinon où finit l'esprit d'Hermès, le dieu aux mille visages ? Et à propos des Templiers, de Maistre disait que l'ordre du Temple avait été créé par l'avarice et que l'avarice l'avait détruit, voilà tout. Le Savoyard ne pouvait oublier que l'Ordre avait été détruit avec l'approbation du pape. Jamais se fier aux légitimistes catholiques, pour ardente que soit leur vocation hermétique. De même, la réponse sur les Supérieurs Inconnus était risible : ils n'existent pas, et la preuve c'est que nous ne les connaissons pas. On lui objecta que certainement nous ne les connaissons pas, autrement ils ne seraient pas inconnus ; vous ne croyez pas que c'était de sa part une drôle de façon de raisonner ? Curieux qu'un croyant de cette trempe pût être à ce point imperméable au sens du mystère. Après quoi, de Maistre lançait l'appel final : revenons aux Évangiles et abandonnons les folies de Memphis. Il ne faisait que reproposer la ligne millénaire de l'Église. Vous comprenez dans quel climat s'est passée la réunion de Wilhelmsbad. Avec la défection d'une autorité comme de Maistre, Willermoz fut mis en minorité, et on put en tout et pour tout réaliser un compromis. On maintint le rite templier, on renvoya toute conclusion au sujet des origines, bref un échec. Ce fut à ce moment-là que l'écossisme laissa passer l'occasion : si les choses s'étaient déroulées différemment, peut-être que l'histoire du siècle à venir eût été différente.

— Et après ? demandai-je. On n'a plus rien rafistolé ?

— Mais que voulez-vous qu'on rafistolât, pour user de vos vocables... Trois ans plus tard, un prédicateur évangélique, qui s'était uni aux Illuminés de Bavière, un certain Lanze, meurt, frappé par la foudre, dans un bois. On trouve sur lui des instructions de l'ordre, le gouvernement bavarois intervient, on découvre que Weishaupt était en train de comploter contre le gouvernement, et l'ordre est supprimé l'année suivante. Non seulement, mais on publie des écrits de Weishaupt avec les projets présumés des Illuminés, qui discréditent pour un siècle tout le néo-templarisme français et allemand... Notez que les Illuminés de Weishaupt étaient probablement du côté de la maçonnerie jacobine et qu'ils s'étaient infiltrés dans le courant néotemplier pour le détruire. Ce ne doit pas être un hasard si cette mauvaise engeance avait attiré de son côté Mirabeau, le tribun de la Révolution. Je peux vous faire une confidence ?

— Dites.

— Des hommes comme moi, intéressés à renouer les fils d'une Tradition perdue, se trouvent désorientés face à un événement comme Wilhelmsbad. Quelqu'un avait deviné et s'est tu, quelqu'un savait et a menti. Et après, ce fut trop tard, d'abord le tourbillon révolutionnaire, ensuite la meute de l'occultisme du XIXe siècle... Regardez votre liste, une kermesse de la mauvaise foi et de la crédulité, crocs-en-jambe, excommunications réciproques, secrets qui circulent dans la bouche de tout le monde. Le théâtre de l'occultisme.

— Les occultistes sont peu dignes de foi, ne dirait-on pas ? demanda Belbo.

— Il faut savoir distinguer l'occultisme de l'ésotérisme. L'ésotérisme est la recherche d'un savoir qui se transmet seulement par des symboles, hermétiquement fermés aux profanes. Par contre, l'occultisme qui se répand au XIXe siècle est la pointe de l'iceberg, ce petit peu qui affleure du secret ésotérique. Les Templiers étaient des initiés, et la preuve en est que, soumis à la torture, ils meurent pour sauver leur secret. C'est la force avec laquelle ils l'ont occulté qui nous rend sûrs de leur initiation, et nostalgiques de ce qu'ils avaient su. L'occultiste est un exhibitionniste. Comme disait Péladan, un secret initiatique révélé ne sert à rien. Malheureusement, Péladan n'était pas un initié, mais un occultiste. Le XIXe est le siècle de la délation. Tout le monde s'escrime à publiciser les secrets de la magie, de la théurgie, de la Kabbale, des tarots. Et sans doute ils y croient. »

Agliè continuait à parcourir notre liste, avec quelques ricanements de commisération. « Helena Petrovna. Brave femme, au fond, mais elle n'a pas dit une seule chose qui ne fût déjà écrite sur tous les murs... De Guaita, un bibliomane drogué. Papus : c'est du sérieux. » Puis il s'arrêta, d'un coup. « Tres... D'où sort cette nouvelle ? De quel manuscrit ? »

Très fort, pensai-je, il s'est rendu compte de l'interpolation. Nous restâmes dans le vague : « Vous savez, on a établi la liste en feuilletant différents textes, et, pour la plupart, nous les avons déjà renvoyés, ça ne valait pas tripette. Vous vous rappelez d'où sort ce Tres, Belbo ?

— Je n'ai pas l'impression. Diotallevi ?

— Tant de jours sont déjà passés... C'est important ?

— Nullement, nous rassura Agliè. C'est parce que je ne l'avais jamais entendu nommer. Bien vrai, vous ne pouvez pas me dire qui le citait ? »

Nous étions désolés, nous ne nous rappelions pas.

Agliè tira sa montre de son gousset. « Mon Dieu, j'avais un autre rendez-vous. Vous voudrez bien m'excuser. »

Il nous avait quittés, et nous, nous étions restés à discuter.

« Maintenant tout est clair. Les Anglais lancent la proposition maçonnique pour coaliser tous les initiés d'Europe autour du projet baconien.

— Mais le projet ne réussit qu'à moitié : l'idée que les baconiens élaborent est si fascinante qu'elle produit des résultats contraires à leur attente. Le courant dit écossais voit dans le nouveau conventicule une manière de reconstituer la succession, et il prend contact avec les templiers allemands.

— Agliè trouve l'histoire incompréhensible. C'est évident. Nous seuls à présent pouvons dire ce qui s'est passé, ce que nous voulons qu'il se soit passé. A ce moment-là, les différents noyaux nationaux entrent en lice les uns contre les autres, je n'exclurai pas que ce Martines de Pasqually fût un agent du groupe de Tomar, les Anglais désavouent les Écossais, qui s'avèrent être des Français, les Français sont évidemment divisés en deux groupes, le philo-anglais et le philo-allemand. La franc-maçonnerie est la couverture extérieure, le prétexte grâce auquel tous ces agents de groupes différents — Dieu sait où ont fini les pauliciens et les hiérosolymitains — se rencontrent et s'affrontent, cherchant tour à tour à s'arracher quelque lambeau de secret.

— La maçonnerie comme le Rick's Café de Casablanca, dit Belbo. Ce qui met cul par-dessus tête l'opinion commune. La maçonnerie n'est pas une société secrète.

— Allons donc, seulement un port franc, comme Macao. Une façade. Le secret se trouve ailleurs.

— Pauvres maçons.

— Le progrès veut ses victimes. Vous admettrez cependant que nous sommes en train de retrouver une rationalité immanente de l'histoire.

— La rationalité de l'histoire est un effet d'une bonne récriture de la Torah, dit Diotallevi. Et ainsi faisons-nous, et que soit toujours béni le nom du Très Haut.

— Ça va, dit Belbo. Maintenant les baconiens ont Saint-Martin-des-Champs, l'aile néotemplière franco-allemande se désagrège en une myriade de sectes... Mais nous n'avons pas encore décidé de quel secret il s'agit.

— C'est là que je vous attends, dit Diotallevi.

— Vous ? Nous sommes tous dans le bain, si nous ne nous en tirons pas honorablement nous faisons figure de pauvres types.

— Devant qui ?

— Mais devant l'histoire, devant le tribunal de la Vérité.

— Quid est veritas ? demanda Belbo.

— Nous », dis-je.

— 77 —

Celle herbe est appellée Chassediables par les Philosophes. Cest chose expérimentée que seulement celle semence dechasse les diables & leurs hallucinations... On en ha administré à une fille qui, durant la nuict, estoit tourmentée par un diable, & l'herbe susdite l'ha fait fuyr.

Johannes de RUPESCISSA,
Traité sur la Quintessence, II.

Dans les jours qui suivirent, je négligeai le Plan. La grossesse de Lia touchait à son terme et je restais avec elle, à peine le pouvais-je. Lia calmait mon anxiété car, disait-elle, ce n'était pas encore le moment. Elle suivait un cours pour l'accouchement sans douleur et moi j'essayais de suivre ses exercices. Lia avait refusé l'aide que la science lui offrait pour nous faire savoir à l'avance le sexe du futur bébé. Elle voulait la surprise. J'avais accepté cette bizarrerie. Je lui tâtais le ventre, je ne me demandais pas ce qui en sortirait, nous avions décidé de l'appeler la Chose.

Je demandais seulement comment je pourrais participer à l'accouchement. « Elle est à moi aussi, la Chose, disais-je. Je ne veux pas jouer les pères qu'on voit au cinéma, qui font les cent pas dans le couloir en allumant leurs cigarettes avec leurs mégots.

— Poum, tu ne pourras pas faire grand-chose de plus. Il vient un moment où c'est mon affaire. Et puis, toi tu ne fumes pas et tu ne voudras pas prendre ce vice à cette occasion.

— Et alors, qu'est-ce que je fais ?

— Tu participes avant et après. Après, si c'est un garçon, tu l'éduqueras, tu le forgeras, tu lui créeras son beau petit œdipe comme il convient, tu te prêteras en souriant au parricide rituel quand les temps seront venus, et sans faire d'histoire, et puis, un jour, tu lui montreras ton misérable bureau, les fiches, les épreuves de la merveilleuse histoire des métaux et tu lui diras : mon fils tout ça, un jour, t'appartiendra.

— Et si c'est une fille ?

— Tu lui diras : ma fille tout ça, un jour, appartiendra à ton fainéant de mari.

— Et avant ?

— Pendant les douleurs, entre une douleur et l'autre, du temps passe et il faut compter, parce que, au fur et à mesure que l'intervalle se raccourcit, le moment approche. Nous compterons ensemble et toi tu me donneras le rythme, comme aux rameurs dans les galères. Ce sera comme si toi aussi, petit à petit, tu faisais sortir la Chose de sa petite galerie obscure. Le pauvret la pauvrette... Tu vois, à présent il elle se trouve si bien dans le noir, il elle suce les humeurs ainsi qu'une pieuvre, tout gratis, et puis hop là, il elle jaillira à la lumière du soleil, clignera des yeux et dira où diable suis-je tombé tombé-e ?

— Le pauvret la pauvrette. Et il elle n'aura pas encore connu monsieur Garamond. Viens, exerçons-nous à comptine-compter. »

Nous comptions dans le noir en nous tenant par la main. Je laissais errer mon imagination. La Chose était une vraie chose qui, en naissant, donnerait un sens à toutes les fables des diaboliques. Pauvres diaboliques, qui perdaient leurs nuits à simuler les noces chimiques, se demandant s'il en serait vraiment sorti de l'or à dix-huit carats et si la pierre philosophale était le lapis exillis, un misérable Graal de terre cuite : et mon Graal était là, dans le ventre de Lia.

« Oui, disait Lia en faisant passer sa main sur son vase pansu et tendu, c'est ici que macère ta bonne matière première. Ces gens que tu as vus au château, que pensaient-ils qu'il se passât dans le vase ?

— Oh, qu'y gargouillaient la mélancolie, la terre sulfureuse, le plomb noir, l'huile de Saturne ; qu'il y avait un Styx de mollifications, assations, humations, liquéfactions, pétrissage, imprégnations, submersions, terre fétide, sépulcre puant...

— Mais qu'est-ce qu'ils étaient, des impuissants ? Ils ne savaient pas que dans le vase mûrit notre Chose, une chose toute blanche belle et rose ?

— Si, ils le savaient, mais, pour eux, même ta jolie panse est une métaphore, pleine de secrets...

— Il n'y a pas de secrets, Poum. Nous savons bien comment se forme la Chose avec ses menus nerfs, ses menus muscles, ses menus yeux, ses menues rates, ses menus pancréas...

— Ô Dieu du ciel, combien de rates ? C'est quoi, Rosemary's Baby ?

— C'est pour dire. Mais nous devons être prêts à la prendre même avec deux têtes.

— Et comment ! Je lui apprendrais à faire des duos pour trompette et clarinette... Non, car elle devrait avoir quatre mains et ce serait trop ; bien que pense un peu quel soliste de piano il en sortirait, autre chose qu'un concerto pour la main gauche. Brr... Et puis, même mes diaboliques le savent que ce jour-là, à la clinique, il y aura aussi l'œuvre au blanc, il naîtra le Rebis, l'androgyne...

— Voilà, il ne nous manque plus que lui. Écoute, plutôt. Nous l'appellerons Giulio, ou Giulia, comme mon grand-père, ça te va ?

— Pas mal, ça sonne bien. »

Il aurait suffi que je m'en tienne là. Que j'eusse écrit un livre blanc, un bon grimoire, pour tous les adeptes d'Isis Dévoilée, pour leur expliquer qu'il ne fallait plus chercher le secretum secretorum, que la lecture de la vie ne recelait aucun sens caché, et que tout était là, dans les ventres de toutes les Lias du monde, dans les chambres des cliniques, sur les paillasses, sur les grèves des fleuves, et que les pierres qui sortent de l'exil et le saint Graal ne sont rien d'autre que des ouistitis qui crient avec leur cordon ombilical sautillant et un docteur qui leur donne des claques sur le cul. Et que les Supérieurs Inconnus, pour la Chose, c'étaient moi et Lia, et puis elle nous aurait reconnus aussitôt, sans aller le demander à cet ahuri de De Maistre.

Mais non, nous — les sardoniques — nous voulions jouer à cache-cache avec les diaboliques, leur montrant que, si complot cosmique il devait y avoir, nous savions, nous, en inventer un, que plus cosmique que ça vous pouvez toujours courir.

Bien fait pour toi — me disais-je l'autre soir —, maintenant te voici là, à attendre ce qui va se passer sous le pendule de Foucault.

— 78 —

Je dirais certainement que ce monstrueux croisement ne vient pas d'un utérus maternel, mais à coup sûr d'un Éphialte, d'un Incube, ou de quelque autre épouvantable démon, comme s'il avait été conçu par un champignon putride et vénéneux, fils de Faunes et de Nymphes, plus semblable à un démon qu'à un homme.

Athanasius KIRCHER, *Mundus Subterraneus*,
Amsterdam, Jansson, 1665, II, pp. 279-280.

Ce jour-là, je voulais rester à la maison, je pressentais quelque chose, mais Lia m'avait dit de ne pas jouer les princes consorts et d'aller travailler. « On a le temps, Poum, ce n'est pas pour tout de suite. Moi aussi je dois sortir. Va. »

J'arrivais à la porte de mon bureau, quand s'ouvrit celle de monsieur Salon. Le vieux apparut, dans son tablier jaune de travail. Je ne pus éviter de le saluer, et il me dit d'entrer. Je n'avais jamais vu son atelier, et j'entrai.

Si, derrière cette porte, il y avait eu un appartement, Salon devait avoir fait abattre les murs de séparation car ce que je vis était un antre, aux dimensions vastes et imprécises. Pour quelque lointaine raison architectonique, cette aile de la bâtisse était mansardée, et la lumière pénétrait par des vitrages obliques. Je ne sais pas si les vitres étaient sales ou dépolies, ou si Salon leur avait mis un écran protecteur pour éviter le soleil à pic, ou si c'était l'amoncellement des objets proclamant partout la crainte de laisser des espaces vides, mais dans l'antre se répandait une lumière de crépuscule finissant, d'autant que la grande pièce était divisée par des rayonnages de vieille pharmacie où s'ouvraient des arcades scandant des trouées, des passages, des perspectives. La tonalité dominante était le marron, marron les objets, les étagères, les tables, l'amalgame diffus de la lumière du jour et de celle de vieilles lampes qui éclairaient par plaques certaines zones. Ma première impression fut que j'étais entré dans l'atelier d'un luthier où l'artisan aurait disparu à l'époque de Stradivarius et la poussière se serait accumulée petit à petit sur les panses zébrées des théorbes.

Puis, mes yeux s'habituant peu à peu, je compris que je me

trouvais, comme j'aurais dû m'y attendre, dans un zoo pétrifié. Là-bas, un ourson aux yeux brillants et vitreux grimpait sur une branche artificielle, à côté de moi se tenait un chat-huant ébahi et hiératique, devant, sur la table, j'avais une belette — ou une fouine, ou un putois, je ne sais. Au centre de la table, un animal préhistorique qu'au premier abord je ne reconnus pas, tel un félin scruté aux rayons X.

Ce pouvait être un puma, un guépard, un chien de grande taille, j'en entrevoyais le squelette sur lequel on avait pétri en partie un rembourrage étoupeux soutenu par une armature de fer.

« Le danois d'une riche dame au cœur tendre, ricana Salon, elle veut se le rappeler comme au temps de leur vie conjugale. Vous voyez ? On écorche l'animal, on enduit la peau en dedans avec du savon arsenical, ensuite on fait macérer et blanchir les os... Regardez sur cette étagère la belle collection de colonnes vertébrales et de cages thoraciques. Bel ossuaire, n'est-ce pas ? Et puis on lie les os avec des fils métalliques et une fois reconstruit le squelette, on y monte une armature, d'ordinaire j'utilise du foin, ou encore du papier mâché ou du plâtre. Enfin, on monte la peau. Je remédie aux dommages de la mort et de la corruption. Regardez ce hibou, n'a-t-il pas l'air vivant ? »

Dès lors, tout hibou vivant me paraîtrait mort, livré par Salon à cette éternité sclérosée. Je dévisageai cet embaumeur de pharaons bestiaux, ses sourcils broussailleux, ses joues grises, et je cherchai à comprendre si c'était un être vivant ou pas plutôt un chef-d'œuvre de son art.

Pour mieux l'observer, je fis un pas en arrière et me sentis effleurer la nuque. Parcouru d'un frisson, je me retournai et vis que j'avais mis en marche un pendule.

Un grand oiseau écartelé oscillait en suivant le mouvement de la lance qui le transperçait. Le fer lui traversait la tête et par le bréchet ouvert on voyait qu'il pénétrait où naguère étaient le cœur et le jabot, et il se nouait là pour se diviser en trident renversé. Une partie, plus épaisse, lui trouait l'endroit où il avait eu ses viscères et pointait vers la terre comme une épée, tandis que deux fleurets pénétraient les pattes et ressortaient symétriquement des serres. L'oiseau se balançait légèrement et les trois pointes indiquaient sur le sol la trace qu'elles auraient laissée si elles l'avaient effleuré.

« Bel exemplaire d'aigle royal, dit Salon. Mais il faut que j'y travaille quelques jours encore. J'étais justement en train de choisir les yeux. » Et il me montrait une boîte pleine de cornées et de pupilles de verre, comme si le bourreau de sainte Lucie avait recueilli les reliques de sa carrière. « Ce n'est pas toujours aussi facile qu'avec les insectes, où il suffit d'une boîte et d'une épingle. Les invertébrés, par exemple, il faut les traiter avec de la formaline. »

J'en sentais l'odeur de morgue. « Ce doit être un travail passionnant », dis-je. Et en même temps je songeais à la chose vivante qui palpitait dans le ventre de Lia. Une pensée glaciale m'assaillit : si la Chose mourait, me dis-je, je veux l'enterrer de mes propres mains, qu'elle nourrisse tous les vers du sous-sol et engraisse la terre. Ainsi seulement je la sentirais vivante...

Je me ressaisis, parce que Salon était en train de parler et il tirait à lui une étrange créature perchée sur une de ses étagères. Elle devait être longue d'une trentaine de centimètres et c'était certainement un dragon, un reptile aux grandes ailes noires et membraneuses, avec une crête de coq et la gueule grande ouverte hérissée de minuscules dents en forme de scie. « Beau, hein ? Une composition à moi. J'ai utilisé une salamandre, une chauve-souris, les écailles d'un serpent... Un dragon du sous-sol. Je me suis inspiré de ça... » Il me montra sur une autre table un gros volume in-folio, à la reliure de parchemin ancien, avec des lacets de cuir. « Il m'a coûté les yeux de la tête, je ne suis pas un bibliophile, mais celui-ci je voulais l'avoir. C'est le *Mundus Subterraneus* d'Athanasius Kircher, première édition, 1665. Voici le dragon. Le même, ne trouvez-vous pas ? Il vit dans les anfractuosités des volcans, disait ce bon jésuite, qui savait tout, du connu, de l'inconnu et de l'inexistant...

— Vous pensez toujours aux souterrains », dis-je, me souvenant de notre conversation à Munich et des phrases que j'avais saisies à travers l'oreille de Denys.

Il ouvrit le volume à une autre page : il y avait une image du globe qui apparaissait comme un organe anatomique tumescent et noir, traversé par un réseau arachnéen de veines luminescentes, serpentines et flamboyantes. « Si Kircher avait raison, il y a plus de sentiers dans le cœur de la terre qu'il n'en existe à sa surface. Si quelque chose arrive dans la nature, cela vient de la chaleur qui fumige là-dessous... » Moi je pensais à l'œuvre au noir, au ventre de Lia, à la Chose qui cherchait à jaillir de son doux volcan.

« ... et si quelque chose arrive dans le monde des hommes, c'est là-dessous que ça se trame.

— C'est le père Kircher qui le dit ?

— Non, lui s'occupe de la nature, seulement... Mais il est singulier que la seconde partie de ce livre soit sur l'alchimie et les alchimistes et que précisément ici, vous voyez, à ce point-là, il y ait une attaque contre les Rose-Croix. Pourquoi attaque-t-il les Rose-Croix dans un livre sur le monde souterrain ? Il en savait long, notre jésuite, il savait que les derniers Templiers s'étaient réfugiés dans le royaume souterrain d'Agarttha...

— Et ils y sont encore, paraît-il, hasardai-je.

— Ils y sont encore, dit Salon. Pas à Agarttha, dans d'autres boyaux. Peut-être sous nos pieds. A présent, Milan aussi a son métro. Qui l'a voulu ? Qui a dirigé les travaux de creusement ?

— Je dirai, des ingénieurs spécialisés.

— Voilà, cachez-vous les yeux des deux mains. Et en attendant, vous publiez des livres d'on ne sait trop qui, dans votre maison d'édition. Vous avez combien de juifs parmi vos auteurs ?

— Nous ne demandons pas de fiches génétiques aux auteurs, répondis-je d'un ton sec.

— N'allez pas me croire antisémite. Certains de mes meilleurs amis sont juifs. Je pensais à une certaine sorte de juifs...

— Lesquels ?

— Je sais de quoi je veux parler... »

— 79 —

Il ouvrit son coffret. Dans un désordre indescriptible s'y trouvaient des faux cols, des caoutchoucs, des ustensiles de ménage, des insignes de diverses écoles techniques, même le chiffre de l'Impératrice Alexandra Feodorovna et la croix de la Légion d'honneur. Sur tous ces objets son hallucination lui montrait le sceau de l'Antéchrist, sous l'aspect d'un triangle ou de deux triangles croisés.

Alexandre CHAYLA, « Serge A. Nilus et les Protocoles », *La Tribune juive,* 14 mai 1921, p. 3.

« Voyez-vous, ajouta-t-il, je suis né à Moscou. Ce fut précisément en Russie, quand j'étais jeune, que parurent des documents secrets juifs où l'on disait en lettres claires et nettes que, pour assujettir les gouvernements, il faut travailler dans le sous-sol. Écoutez. » Il prit un petit carnet où il avait recopié à la main des citations : « " A cette époque, toutes les villes auront des chemins de fer métropolitains et des passages souterrains : c'est à partir d'eux que nous ferons sauter en l'air toutes les villes du monde. " Protocoles des Anciens Sages de Sion, document numéro neuf ! »

Il me vint à l'esprit que la collection de vertèbres, la boîte remplie d'yeux, les peaux qu'il tendait sur les armatures, tout cela venait d'un camp d'extermination. Mais non, j'avais affaire à un vieux nostalgique, qui traînait avec lui des vieux souvenirs de l'antisémitisme russe.

« Si je comprends bien, il existe un conventicule de juifs, pas tous, qui complote quelque chose. Mais pourquoi dans les souterrains ?

— Cela me semble évident ! Qui complote, s'il complote, complote dessous, pas à la lumière du jour. Tout le monde sait ça depuis la nuit des temps. La domination du monde signifie la domination de ce qui se trouve dessous. Des courants souterrains. »

Je me souvins d'une question d'Agliè dans son cabinet, et des druidesses dans le Piémont, qui évoquaient les courants telluriques.

« Pourquoi les Celtes creusaient-ils des sanctuaires dans le cœur de la terre, desservis par des galeries qui communiquaient avec un puits sacré ? continuait Salon. Le puits s'enfonçait dans des couches radioactives, c'est connu. Comment est construite Glanstonbury ? Et il ne s'agit pas peut-être de l'île d'Avalon, d'où prend son origine le mythe du Graal ? Et qui invente le Graal, si ce n'est un Juif ? »

De nouveau le Graal, bonté divine. Mais quel Graal, il n'y a qu'un seul Graal, c'est ma Chose, en contact avec les couches radioactives de l'utérus de Lia, et qui peut-être à présent navigue, heureuse, vers la bouche du puits, peut-être s'apprête à sortir et moi je reste là au milieu de ces hibous empaillés, cent morts et un qui fait semblant d'être vivant.

« Toutes les cathédrales sont construites là où les Celtes avaient leurs menhirs. Pourquoi plantaient-ils des pierres dans le sol, avec tout ce que cela leur coûtait de peine ?

— Et pourquoi les Égyptiens se fatiguaient-ils tant à élever leurs pyramides ?

— Justement. Antennes, thermomètres, sondes, des aiguilles comme celles des médecins chinois, plantés où le corps réagit, dans les points nodaux. Au centre de la terre, il y a un noyau de fusion, quelque chose de semblable au soleil, et même un véritable soleil autour duquel tourne quelque chose, sur des trajectoires différentes. Des orbites de courants telluriques. Les Celtes savaient où ils étaient et comment les dominer. Et Dante, et Dante ? Qu'est-ce qu'il veut nous raconter avec l'histoire de sa descente dans les profondeurs ? Vous me comprenez, cher ami ? »

Ça ne me plaisait pas d'être son cher ami, mais je continuais à l'écouter. Giulio Giulia, mon Rebis planté comme Lucifer au centre du ventre de Lia, mais lui elle, la Chose se retournerait, se projetterait vers le haut, d'une façon ou d'une autre sortirait. La Chose est faite pour sortir des entrailles, pour se dévoiler dans son secret limpide, pas pour y entrer tête basse et y chercher un secret visqueux.

Salon poursuivait, désormais perdu dans un monologue qu'il paraissait répéter par cœur : « Vous savez ce que sont les leys anglais ? Survolez l'Angleterre en avion et vous verrez que tous les sites sacrés sont unis par des lignes droites, une grille de lignes qui s'entrecroisent sur tout le territoire, encore visibles parce qu'elles ont suggéré le tracé des routes successives...

— S'il y avait des sites sacrés, ils étaient reliés par des routes, et ces routes on aura cherché à les faire le plus droites possible...

— Oui ? Et pourquoi le long de ces lignes migrent les oiseaux ? Pourquoi marquent-elles les trajets suivis par les soucoupes volantes ? C'est un secret qui a été perdu après l'invasion romaine, mais il en est qui le connaissent encore...

— Les juifs, suggérai-je.

— Eux aussi, ils creusent. Le premier principe alchimique est VITRIOL : Visita Interiora Terrae, Rectificando Invenies Occultum Lapidem. »

Lapis exillis. Ma Pierre qui était en train de sortir lentement de son exil, du doux amnésique hypnotique exil dans le vase vaste de Lia, sans chercher d'autres profondeurs, ma Pierre belle et blanche qui veut la surface... Je voulais courir à la maison, auprès de Lia, attendre avec elle l'apparition de la Chose, heure après heure, le triomphe de la surface reconquise. Dans l'antre de Salon, il y avait l'odeur de renfermé des souterrains, les souterrains sont l'origine à abandonner, pas le but à atteindre. Et toutefois je suivais Salon ; et me tourbillonnaient dans la tête de nouvelles idées pleines de malice pour le Plan. Alors que j'attendais l'unique Vérité de ce monde sublunaire, mon front se creusait de rides pour échafauder de nouveaux mensonges. Aveugle ainsi que les animaux du sous-sol.

Je me secouai. Il fallait que je sorte du tunnel. « Il faut que je parte, dis-je. A l'occasion vous me conseillerez des livres sur ce sujet.

— Bah, tout ce qu'on a écrit sur ces histoires est faux, faux comme l'âme de Judas. Ce que je sais, je l'ai appris de mon père...

— Géologue ?

— Oh ! non, riait Salon, non, vraiment pas. Mon père — il n'y a pas de quoi avoir honte, de l'eau a coulé sous les ponts — travaillait dans l'Okhrana. Directement sous les ordres du Chef, le légendaire Račkovskij. »

Okhrana, Okhrana, quelque chose comme le KGB, n'était-ce pas la police secrète tsariste ? Et Račkovskij, qui était-il ? Qui avait un nom semblable ? Bon Dieu, le mystérieux visiteur du colonel, le comte Rakosky... Non, allons allons, je me laissais surprendre par les coïncidences. Je n'empaillais pas des animaux morts, moi, j'engendrais des animaux vivants.

— 80 —

Lorsque la Blancheur survient à la matière du Grand Œuvre, la Vie a vaincu la Mort, leur Roi est ressuscité, la Terre & l'Eau sont devenues Air, c'est le régime de la Lune, leur Enfant est né... La Matière a pour lors acquis un degré de fixité que le Feu ne saurait détruire... Lorsque l'Artiste voit la parfaite blancheur, les Philosophes disent qu'il faut déchirer les livres, parce qu'ils deviennent inutiles.

Dom J. PERNETY, *Dictionnaire mytho-hermétique*, Paris, Bauche, 1758, « Blancheur ».

Je bredouillai une excuse, en toute hâte. Je crois avoir dit « mon amie doit accoucher demain », Salon me fit tous ses vœux, avec l'air de n'avoir pas compris qui était le père. Je courus à la maison, pour respirer le bon air.

Lia n'était pas là. Sur la table de la cuisine, une feuille de papier : « Mon amour, la poche des eaux s'est déchirée. Je ne t'ai pas trouvé au bureau. Je file à la clinique en taxi. Rejoins-moi, je me sens seule. »

J'eus un moment de panique ; c'est moi qui devais être là-bas à compter avec Lia, c'est moi qui devais me trouver au bureau, c'est moi qui aurais dû être facilement joignable. C'était ma faute, la Chose naîtrait mort-née, Lia mourrait avec elle, Salon les empaillerait l'une et l'autre.

J'entrai dans la clinique comme si j'avais une labyrinthite, demandais à qui n'était au courant de rien, me trompai deux fois de service. Je disais à tout le monde qu'on devait bien savoir où Lia était en train d'accoucher, et tout le monde me disait de me calmer parce qu'ici tout le monde était en train d'accoucher.

Enfin, je ne sais comment, je me trouvai dans une chambre. Lia était pâle, mais d'une pâleur de perle, et elle souriait. Quelqu'un lui avait relevé les mèches de ses cheveux, les enfermant dans un bonnet blanc. Pour la première fois je voyais le front de Lia dans toute sa splendeur. A côté d'elle, elle avait la Chose.

« C'est Giulio », dit-elle.

Mon Rebis. Je l'avais fait moi aussi, et pas avec des lambeaux de corps morts, et sans savon arsenical. Il était entier, il avait tous ses doigts où il fallait.

J'exigeai de le voir de la tête au pieds. « Oh quel beau petit pistolet, oh quels gros bonbons il a ! » Puis je donnai des baisers à Lia sur son front nu : « Mais tout le mérite est à toi, chérie, ça dépend du vase.

— Bien sûr que le mérite est à moi, con. J'ai compté toute seule.

— Toi, pour moi, tu comptes beaucoup-beaucoup », lui dis-je.

— 81 —

Le peuple souterrain a atteint le plus haut savoir... Si notre folle humanité commençait contre eux la guerre, ils seraient capables de faire sauter la surface de notre planète.

Ferdinand Ossendowski, *Bêtes, Hommes et Dieux*, Paris, Plon, 1924, pp. 251-252.

Je restai aux côtés de Lia même quand elle sortit de la clinique, car, à peine à la maison, tandis qu'elle changeait les langes du petit, elle éclata en pleurs et dit qu'elle ne s'en tirerait jamais. Quelqu'un m'expliqua ensuite que c'était normal : après l'excitation pour la victoire de l'accouchement survient le sentiment d'impuissance devant l'immensité de la tâche. Ces jours où je traînassais dans la maison en me sentant inutile, et en tout cas inapte à l'allaitement, je passai de longues heures à lire tout ce que j'avais pu trouver sur les courants telluriques.

Au retour, j'en parlai avec Agliè. Il eut un geste d'extrême ennui : « De pauvres métaphores pour faire allusion au serpent Kundalinî. Même la géomancie chinoise cherchait dans la terre les traces du dragon, mais le serpent tellurique n'était là que pour signifier le serpent initiatique. La déesse repose en forme de serpent enroulé et dort son éternelle léthargie. Kundalinî palpite doucement, palpite avec un léger sifflement et lie les corps pesants aux corps subtils. Comme un tournoiement, ou un tourbillon dans l'eau, comme la moitié de la syllabe OM.

— Mais à quel secret renvoie le serpent ?

— Aux courants telluriques. Aux vrais.

— Mais que sont les vrais courants telluriques ?

— Une grande métaphore cosmologique, et ils renvoient au serpent. »

Au diable Agliè, me dis-je. J'en sais plus que lui.

Je relus mes notes à Belbo et à Diotallevi, et nous n'eûmes plus de doutes. Nous étions enfin en mesure de procurer aux Templiers un secret honorable. C'était la solution la plus économique, la plus élégante, et toutes les pièces de notre puzzle millénaire se mettaient en place.

Donc, les Celtes n'ignoraient pas l'existence des courants telluriques : les Atlantides leur en avaient parlé quand, survivants du continent submergé, ils avaient émigré partie en Égypte et partie en Bretagne.

Les Atlantides à leur tour avaient tout appris de nos ancêtres qui, d'Avalon, à travers le continent de Mu, avaient pénétré jusqu'au désert central de l'Australie — quand tous les continents étaient un unique noyau parcourable, le merveilleux Pangée. Il suffirait de savoir lire encore (comme le savent les aborigènes, qui se taisent cependant) le mystérieux alphabet gravé sur le grand rocher de Ayers Rock, pour avoir l'Explication. Ayers Rock est l'antipode du grand mont (inconnu) qui est le Pôle, le vrai, le Pôle initiatique, pas celui où arrive n'importe quel explorateur bourgeois. Comme d'habitude, et comme il est évident à qui n'a pas les yeux aveuglés par le faux savoir de la science occidentale, le Pôle qu'on voit est celui qui n'existe pas, et celui qui existe c'est celui que personne ne sait voir, sauf quelques adeptes, qui ont les lèvres scellées.

Cependant, les Celtes croyaient qu'il suffisait de découvrir le plan global des courants. Voilà pourquoi ils érigeaient des mégalithes : les menhirs étaient des appareils radiesthésiques, comme des fiches, des prises électriques enfoncées dans les points où les courants se ramifiaient en différentes directions. Les leys indiquaient le parcours d'un courant déjà repéré. Les dolmens étaient des chambres de condensation de l'énergie où les druides, par des artifices géomantiques, cherchaient à extrapoler le dessin global ; les cromlechs et Stonehenge étaient des observatoires micro-macrocosmiques d'où on s'escrimait à deviner, à travers l'ordre des constellations, l'ordre des courants — car, ainsi que le veut la Tabula Smaragdina, ce qui se trouve dessus est isomorphe à ce qui se trouve dessous.

Mais ce n'est pas là le problème, ou du moins ce n'est pas le seul. L'autre aile de l'émigration atlantidienne l'avait compris. Les connaissances occultes des Égyptiens étaient passées d'Hermès Trismégiste à Moïse, lequel s'était bien gardé de les communiquer à ses gueux au gosier encore plein de manne — à qui il avait offert les dix commandements, ce qu'au moins ils pouvaient comprendre. La vérité, qui est aristocratique, Moïse l'avait mise en chiffre dans le Pentateuque. C'est ce qu'avaient saisi les kabbalistes.

« Pensez, disais-je, tout était déjà écrit, comme dans un livre ouvert, dans les mesures du Temple de Salomon, et les gardiens du secret étaient les Rose-Croix qui constituaient la Grande Fraternité Blanche, ou bien les Esséniens qui, on le sait, mettent Jésus au courant de leurs secrets, et voilà le motif, sinon incompréhensible, pour quoi Jésus est crucifié...

— Certes, la passion du Christ est une allégorie, une annonce du procès des Templiers.

— En effet. Et Joseph d'Arimathie apporte ou rapporte le secret de Jésus au pays des Celtes. Mais évidemment le secret est encore incomplet, les druides chrétiens n'en connaissent qu'un fragment, et voilà la signification ésotérique du Graal : il y a quelque chose, mais nous ne savons pas ce que c'est. Ce que ça devait être, ce que le Temple disait déjà in extenso, seul un petit groupe de rabbins restés en Palestine le soupçonne. Ils le confient aux sectes initiatiques musulmanes, aux soufis, aux ismaïliens, aux motocallemins. Et c'est d'eux que l'apprennent les Templiers.

— Enfin, les Templiers. Je me faisais du mouron. »

Nous donnions des coups de pouce au Plan qui, telle une glaise molle, obéissait à nos volontés fabulatrices. Les Templiers avaient découvert le secret durant ces nuits d'insomnie, enlacés à leur compagnon de selle, dans le désert où soufflait, inexorable, le simoun. Ils l'avaient arraché, morceau par morceau, à ceux qui connaissaient les pouvoirs de concentration cosmique de la Pierre Noire de La Mecque, héritage des mages babyloniens — parce qu'il était clair, à ce point, que la tour de Babel n'avait été rien d'autre que la tentative, hélas trop hâtive et justement ratée à cause de la superbe des auteurs du projet, de construire le menhir le plus puissant de tous, sauf que les architectes babyloniens avaient mal fait leurs comptes car, selon la démonstration du père Kircher, si la tour avait atteint son sommet, par son poids excessif elle aurait fait tourner de quatre-vingt-dix degrés et peut-être davantage, l'axe terrestre, et notre pauvre globe se serait trouvé avec, au lieu d'une couronne ithyphallique qui pointait, érectile, vers le haut, un appendice stérile, une mentula amollie, une queue simiesque, qui ballait vers le bas, une Shekhina perdue dans les abysses vertigineux d'un Malkhut antarctique, flasque hiéroglyphe pour pingouins.

« Mais en somme, quel est le secret découvert par les Templiers ?

— Du calme, nous y arrivons. Il a fallu sept jours pour faire le monde. Essayons. »

— 82 —

La Terre est un corps magnétique ; en effet, comme certains scientifiques l'ont découvert, c'est un seul et unique grand aimant, ainsi que Paracelse l'a affirmé il y a quelque trois cents ans.

H. P. Blavatsky, *Isis Unveiled*,
New York, Bouton, 1877, I, p. XXIII.

Nous essayâmes et nous y arrivâmes. La terre est un grand aimant et la force et la direction de ses courants sont aussi déterminées par l'influence des sphères célestes, par les cycles saisonniers, par la précession des équinoxes, par les cycles cosmiques. C'est pour cela que le système des courants est changeant. Mais il doit se mouvoir comme les cheveux, qui, bien que poussant sur toute la calotte du crâne, semblent naître en spirale d'un point placé sur la nuque, là où justement ils sont le plus rebelles au peigne. Ce point identifié, la station la plus puissante placée sur ce point, on pourrait dominer, diriger, commander tous les flux telluriques de la planète. Les Templiers avaient compris que le secret ne consistait pas seulement à avoir la carte globale du monde, mais à connaître le point critique, l'Omphalos, l'Umbilicus Telluris, le Centre du Monde, l'Origine du Commandement.

Toute l'affabulation alchimique, la descente chthonienne de l'œuvre au noir, la décharge électrique de l'œuvre au blanc, n'étaient que symboles, transparents pour les initiés, de cette auscultation centenaire dont l'opération finale aurait dû être l'œuvre au rouge, la connaissance globale, la domination fulgurante du système planétaire des courants. Le secret, le vrai secret alchimique et templier était dans l'identification de la Source de ce rythme intérieur, doux, terrible et régulier telle la palpitation du serpent Kundalinî, encore inconnu dans nombre de ses aspects, mais certes réglé comme une horloge, de l'unique, véritable Pierre qui jamais fût tombée en exil du ciel, la Grande Mère Terre

C'est là, d'autre part, ce que voulait comprendre Philippe le Bel. D'où l'insistance pleine de malice des inquisiteurs sur le mystérieux baiser *in posteriori parte spine dorsi.* Ils voulaient le secret de Kundalinî. Il s'agissait bien de sodomie !

« Tout est parfait, disait Diotallevi. Mais quand ensuite vous savez diriger les courants telluriques, qu'est-ce que vous en faites ? Des ronds de fumée ?

— Allons allons, disais-je, vous ne saisissez pas le sens de la découverte ? Fixez dans l'Ombilic Tellurique la fiche la plus puissante... Posséder cette station vous permet de prévoir les pluies et la sécheresse, de déchaîner des ouragans, des raz de marée, des tremblements de terre, de fendre les continents, de faire sombrer les îles (l'Atlantide a certainement disparu à la suite d'une expérimentation inconsidérée), de faire s'élever les forêts et les montagnes... Vous vous rendez compte ? C'est autre chose que la bombe atomique, qui esquinte aussi à celui qui la tire. De votre tour de commandement, vous téléphonez, que sais-je moi, au président des États-Unis et vous lui dites : d'ici demain je veux un fantastillion de dollars, ou bien l'indépendance de l'Amérique latine, ou les Hawaii, ou la destruction de tes réserves nucléaires, sinon le plan de clivage de la Californie s'ouvre définitivement et Las Vegas devient un tripot flottant...

— Mais Las Vegas est dans le Nevada...

— Et qu'importe ; en contrôlant les courants telluriques, vous détachez même le Nevada, même le Colorado. Et puis vous téléphonez au Soviet Suprême et vous leur dites mes amis, d'ici lundi je veux tout le caviar de la Volga, et la Sibérie pour y faire un magasin de surgelés, autrement je vous ravale l'Oural, je vous fais déborder la Caspienne, je vous envoie la Lituanie et l'Estonie à la dérive et je vous les fais sombrer dans la Fosse des Philippines.

— C'est vrai, disait Diotallevi. Un pouvoir immense. Récrire la terre comme la Torah. Déplacer le Japon dans le golfe de Panama.

— Panique à Wall Street.

— Autre chose que le bouclier spatial ! Autre chose que de changer les métaux en or. Vous dirigez la bonne décharge où il faut, vous mettez en orgasme les entrailles de la terre, vous lui faites faire en dix secondes ce qu'elle a fait en des milliards d'années, et toute la Ruhr se transforme pour vous en un gisement de diamants. Eliphas Levi disait que la connaissance des marées fluidiques et des courants universels représente le secret de l'omnipotence humaine.

— Il en va sûrement ainsi, disait Belbo, c'est comme transformer la terre entière en une chambre orgonique. De toute évidence, Reich était certainement un Templier.

— Ils l'étaient tous, sauf nous. Heureusement qu'on s'en est rendu compte. A présent, on les prend de vitesse. »

En effet, qu'est-ce qui avait arrêté les Templiers une fois le secret saisi ? Ils auraient dû l'exploiter. Mais entre le savoir et le savoir-faire, il y a loin. Pour l'instant, instruits par le diabolique saint Bernard, les Templiers avaient remplacé les menhirs, pauvres fiches celtiques, par les cathédrales gothiques, bien plus sensibles et puissantes, creusées de cryptes souterraines habitées par les Vierges noires, en contact direct avec les couches radioactives, et ils avaient recouvert l'Europe d'un réseau de stations émettrices-réceptrices qui se communiquaient réciproquement les puissances et les directions des fluides, les humeurs et les tensions des courants.

« Moi je vous dis qu'ils ont repéré les mines d'argent dans le Nouveau Monde, ils ont provoqué des éruptions, puis, en contrôlant le Courant du Golfe, ils ont fait s'écouler le minerai sur les côtes portugaises. Tomar était le centre de tri, la Forêt d'Orient, le grenier principal. Voilà l'origine de leurs richesses. Mais c'étaient des miettes. Ils ont compris que, pour exploiter à fond leur secret, ils devaient attendre un développement technologique qui demandait au moins six cents ans. »

Les Templiers avaient donc organisé le Plan de manière que seuls leurs successeurs, au moment où ils seraient en mesure de bien se servir de ce qu'ils savaient, pussent découvrir où se trouvait l'Umbilicus Telluris. Mais comment avaient-ils distribué les fragments de la révélation aux trente-six éparpillés de par le monde ? Était-ce autant de parties d'un même message ? Mais faut-il un message aussi complexe pour dire que l'Umbilicus est, mettons, à Baden Baden, à Cogolin, à Chattanooga ?

Une carte géographique ? Mais une carte présente un signe sur le point de l'Umbilicus. Et qui a dans ses mains le fragment marqué d'un signe sait déjà tout et n'a pas besoin des autres fragments. Non, la chose devait être plus compliquée. Nous nous creusâmes la cervelle pendant quelques jours jusqu'à ce que Belbo décide de recourir à Aboulafia. Et la réponse fut :

Guillaume Postel meurt en 1581
Bacon est vicomte de Saint-Albans
Au Conservatoire il y a le Pendule de Foucault.

Le moment était venu de trouver une fonction au Pendule.

Je fus en mesure d'offrir en l'espace de quelques jours une solution plutôt élégante. Un diabolique nous avait proposé un texte sur le secret hermétique des cathédrales. Un jour, selon notre auteur, les constructeurs de Chartres avaient laissé un fil à plomb suspendu à une clef de voûte, et ils en avaient facilement déduit la rotation de la terre. Voilà la raison du procès à Galilée, avait observé Diotallevi, l'Église avait subodoré en lui le Templier — non, avait dit Belbo, les cardinaux qui avaient condamné Galilée étaient des adeptes templiers infiltrés à Rome, qui s'étaient hâtés de fermer la bouche au maudit Toscan, Templier félon qui était sur le point de tout crier sur les toits, par vanité, avec quatre cents ans d'avance par rapport à la date de l'échéance du Plan.

En tout cas, cette découverte expliquait pourquoi, sous le Pendule, ces maîtres maçons avaient tracé un labyrinthe, image stylisée du système des courants souterrains. Nous cherchâmes une image du labyrinthe de Chartres : une horloge solaire, une rose des vents, un système veineux, une trace baveuse des mouvements somnolents du Serpent. Une carte globale des courants.

« Bien, mettons que les Templiers se servaient du Pendule pour indiquer l'Umbilicus. Au lieu du labyrinthe, qui reste malgré tout un schéma abstrait, vous placez sur le pavement une carte du monde et vous dites, mettons que le point désigné par le bec du Pendule à une heure donnée est celui où se trouve l'Umbilicus. Mais où ?

— Le lieu est hors de doute : c'est Saint-Martin-des-Champs, le Refuge.

— Oui, ergotait Belbo, mais mettons qu'à minuit le Pendule oscille le long d'un axe — je dis au hasard — Copenhagen-Capetown. Où se trouve l'Umbilicus, au Danemark ou en Afrique du Sud ?

— Bonne observation, dis-je. Mais notre diabolique raconte aussi qu'à Chartres il y a une fissure dans un vitrail du chœur et qu'à une heure donnée du jour un rayon de soleil pénètre par la fissure et va toujours illuminer le même point, toujours la même pierre du pavement. Je ne me rappelle pas quelle conclusion on en tire, mais de toute façon il s'agit d'un grand secret. Voilà le mécanisme. Dans le chœur de Saint-Martin, il y a une fenêtre avec une écaillure à l'endroit où deux verres colorés ou dépolis sont réunis par la résille de plomb. Ç'a été calculé au millimètre, et probablement depuis six cents ans il y a quelqu'un qui se donne la peine de veiller à ce que tout reste en l'état initial. Au lever du soleil d'un jour bien déterminé de l'année...

— ... qui ne peut être que l'aube du 24 juin, jour de la Saint-Jean, fête du solstice d'été...

— . . voilà, ce jour-là et à cette heure-là, le premier rayon de soleil qui penètre par la fenêtre tape sur le Pendule et là où le Pendule se trouve au moment où il est touché par le rayon, en ce point précis de la carte il y a l'Umbilicus !

— Parfait, dit Belbo. Mais si le temps est nuageux ?

— On attend l'année suivante. »

« Pardon, dit Belbo. La dernière rencontre est à Jérusalem. Ne serait-ce pas au sommet de la coupole de la Mosquée d'Omar que devrait être accroché le Pendule ?

— Non, le convainquis-je. En certains points du globe, le Pendule accomplit son cycle en 36 heures, au Pôle Nord il mettrait 24 heures, à l'équateur le plan d'oscillation resterait toujours fixe. Donc le lieu compte. Si les Templiers ont fait leur découverte à Saint-Martin, leur calcul ne vaut que pour Paris, parce qu'en Palestine le Pendule indiquerait une courbe différente.

— Et qui nous dit qu'ils ont fait la découverte à Saint-Martin ?

— Le fait qu'ils ont choisi Saint-Martin comme leur Refuge, que, du prieur de Saint-Albans à Postel, à la Convention, ils l'ont gardé sous contrôle, qu'après les premières expérimentations de Foucault ils l'ont fait placer là-bas. Il y a trop d'indices.

— Mais la dernière rencontre est à Jérusalem.

— Eh bien ? A Jérusalem on recompose le message, et ce n'est pas une affaire qu'on expédie en deux temps, trois mouvements. Après quoi, on se prépare pendant une année ; et le 23 juin suivant, les six groupes au complet se rencontrent à Paris pour savoir enfin où est l'Umbilicus, et puis se mettre au travail pour conquérir le monde.

— Cependant, insista Belbo, il y a autre chose qui cloche à mon avis. Que la révélation finale concerne l'Umbilicus, tous les trente-six le savaient. On se servait déjà du Pendule dans les cathédrales, ce n'était donc pas un secret. Qu'est-ce qui aurait pu empêcher Bacon ou Postel ou Foucault soi-même — car certainement s'il a monté la turlutaine du Pendule, c'est parce qu'il faisait partie de la clique lui aussi — je disais : qu'est-ce qui aurait pu les empêcher, bon Dieu, de placer une carte du monde sur le pavement et de l'orienter selon les points cardinaux ? Nous faisons fausse route.

— Nous ne faisons pas fausse route, dis-je. Le message indique une chose que personne ne pouvait savoir : quelle carte utiliser ! »

— 83 —

Une carte n'est pas le territoire.

Alfred KORZYBSKI, *Science and sanity,* 1933 ;
4e édition, The International Non-Aristotelian Library,
1958, II, 4, p. 58.

« Vous aurez présente à l'esprit la situation de la cartographie au temps des Templiers, disais-je. En ce siècle-là circulent des cartes arabes qui, entre autres, placent l'Afrique en haut et l'Europe en bas, des cartes de navigateurs, tout compte fait assez précises, et des cartes de trois ou quatre cents ans avant, qui passaient encore pour valables dans les écoles. Remarquez que pour révéler où se trouve l'Umbilicus on n'a pas besoin d'une carte précise, dans le sens que nous donnons au terme. Il suffit que ce soit une carte qui ait la caractéristique suivante : une fois orientée, elle montre l'Umbilicus au point où le Pendule s'illumine à l'aube du 24 juin. A présent, écoutez bien : mettons, par pure hypothèse, que l'Umbilicus soit à Jérusalem. Sur nos cartes modernes Jérusalem se trouve en un certain endroit, et même aujourd'hui ça dépend du type de projection. Mais les Templiers disposaient d'une carte faite Dieu sait comme. Eh bien, que leur importait ? Ce n'est pas le Pendule qui dépend de la carte, c'est la carte qui dépend du Pendule. Vous me suivez ? Ce pouvait être la carte la plus insensée du monde, pourvu que, lorsqu'on la plaçait sous le Pendule, le rayon de soleil fatidique de l'aube du 24 juin identifiât le point où, sur ladite carte, ici et pas sur d'autres, apparaissait Jérusalem.

— Mais ça ne résout pas notre problème, dit Diotallevi.

— Certes pas, et celui des Trente-Six Invisibles non plus. Parce que si vous n'identifiez pas la bonne carte, rien à faire. Essayons de penser à une carte orientée de façon canonique avec l'est en direction de l'abside et l'ouest vers la nef, car c'est ainsi que sont orientées les églises. A présent, faisons une hypothèse quelconque, et je dis au hasard : qu'en cette aube fatale le Pendule doit se trouver sur une zone vaguement à l'est, presque aux frontières du quadrant sud-est. S'il s'agissait d'une horloge, nous dirions que le Pendule doit indiquer cinq heures vingt-cinq. D'accord ? Maintenant regardez. »

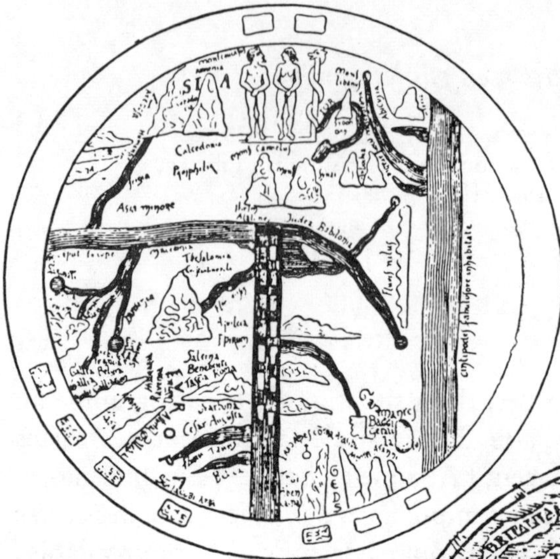
Asia minore
Calcedonia

RIPHEI MONTES.
EURO.
FRIGIDA
GAL. HISPA.
AFPHRICA.
AETIOPIA. PERUSTA.
MARE RUBEUM
ALVEUS OCEANI.
PERUS TA
TEMPERATA ANTIPODUM.
NOBIS INCOGNITA.
FRIGI DA

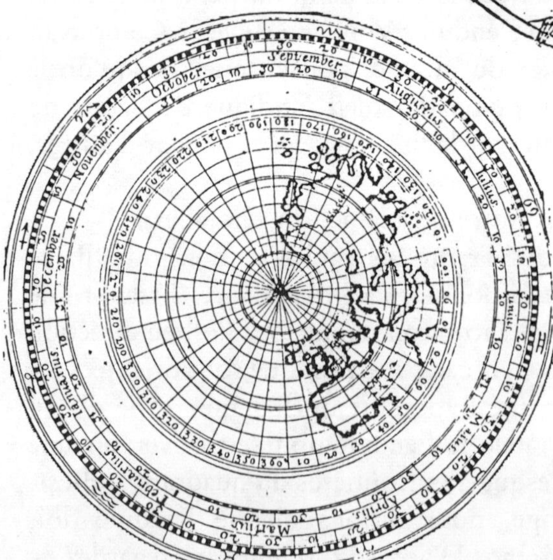
September
October
Augustus
November
December
Ianuarius
Februarius
Martius
Aprilis

J'allai chercher une histoire de la cartographie.

« Voilà, numéro un, une carte du XIIe siècle. Elle reprend la structure des cartes en T, en haut il y a l'Asie avec le Paradis terrestre, à gauche l'Europe, à droite l'Afrique, et ici, au-delà de l'Afrique, ils ont mis aussi les Antipodes. Numéro deux, une carte inspirée du *Somnium Scipionis* de Macrobe, mais qui survit en différentes versions jusqu'au XVIe siècle. Tant pis si l'Afrique y est un peu étroite. Maintenant attention, orientez les deux cartes de la même manière et vous vous apercevrez que sur la première cinq heures vingt-cinq correspond à l'Arabie, et sur la deuxième à la Nouvelle-Zélande, vu qu'à ce point-là il y a les Antipodes. On peut tout savoir sur le Pendule, mais si on ne sait pas quelle carte utiliser on est perdu. Le message contenait des instructions, hyperchiffrées, sur le lieu où trouver la bonne carte, probablement dessinée pour la circonstance. Le message disait où il fallait chercher la carte, dans quel manuscrit, dans quelle bibliothèque, quelle abbaye, quel château. Et il se pourrait même que Dee ou Bacon, ou d'autres encore, eussent reconstitué le message, qui peut savoir ; le message disait la carte est à tel endroit, mais pendant ce temps, avec tout ce qui s'était passé en Europe, l'abbaye qui l'abritait avait brûlé, ou bien la carte avait été volée, dissimulée qui sait où. Peut-être quelqu'un possède-t-il la carte, mais sans savoir à quoi elle sert, ou sachant qu'elle sert à quelque chose mais ne sachant pas exactement à quoi, et il parcourt le monde pour chercher un acquéreur. Pensez, toute une circulation d'offres, de fausses pistes, de messages qui disaient autre chose et étaient lus comme s'ils parlaient de la carte, et de messages qui parlent de la carte et sont lus comme s'ils faisaient allusion, que sais-je, à la production de l'or. Et il est probable que certains sont en train de chercher à reconstituer directement la carte sur des bases conjecturales.

— Quel genre de conjectures ?

— Par exemple des correspondances micro-macrocosmiques. Voici encore une autre carte. Vous savez d'où elle vient ? Elle apparaît dans le second traité de l'*Utriusque Cosmi Historia* de Robert Fludd. Fludd est l'homme des Rose-Croix à Londres, ne l'oublions pas. Or, que fait notre Robert de Fluctibus, comme il aimait à se faire appeler ? Il ne présente plus une carte mais une étrange projection du globe entier vu du Pôle, du Pôle mystique naturellement, et donc vu d'un Pendule idéal suspendu à une clef de voûte idéale. Ça, c'est une carte conçue pour être placée sous un

Pendule ! Ce sont des évidences irréfutables, comment se peut-il que personne n'y ait encore pensé...

— C'est que les diaboliques sont d'un lent, mais d'un lent, disait Belbo.

— C'est que nous sommes les seuls dignes héritiers des Templiers. Mais laissez-moi poursuivre : vous avez reconnu le schéma, c'est une rotule mobile, de celles qu'utilisait Trithème pour ses messages chiffrés. Ceci n'est pas une carte. C'est un projet de machine pour tenter des variations, pour produire des cartes alternatives, tant qu'on ne trouve pas la bonne ! Et Fludd le dit, dans la légende : ceci est l'ébauche d'un *instrumentum*, il faut encore y travailler.

— Mais n'était-ce pas le même Fludd qui s'obstinait à nier la rotation de la terre ? Comment pouvait-il penser au Pendule ?

— Nous avons affaire à des initiés. Un initié nie ce qu'il sait, nie qu'il le sait, il ment pour couvrir le secret.

— Ce qui expliquerait, disait Belbo, pourquoi Dee se donnait déjà tant de mal avec ces cartographes royaux. Non pas pour connaître la " vraie " forme du monde, mais pour reconstruire, au milieu de toutes les cartes erronées, la seule et unique qui lui servait, et donc la seule bonne.

— Pas mal, pas mal, disait Diotallevi. Trouver la vérité en reconstituant exactement un texte mensonger. »

— 84 —

La principale occupation de cette Assemblée et la plus utile doibt estre, à mon avis, de travailler à l'histoire naturelle, à peu près suivant les desseins de Verulamius.

Christian HUYGENS, Lettre à Colbert, *Œuvres complètes,* La Haye, 1888-1950, VI, pp. 95-96.

Les vicissitudes des six groupes ne s'étaient pas limitées à la recherche de la carte. Il est probable que les Templiers, dans les deux premières parties du message, celles dont disposaient les Portugais et les Anglais, faisaient référence à un Pendule, mais les idées sur les pendules étaient encore peu claires. Une chose est de faire danser un fil à plomb et une autre de construire un mécanisme d'une précision telle, qu'il est illuminé par le soleil à la seconde pile. Raison pour quoi les Templiers avaient calculé six siècles. L'aile baconienne se met au travail dans cette direction, et elle essaie d'attirer de son côté tous les initiés qu'elle cherche désespérément à contacter.

Coïncidence non fortuite, l'homme des Rose-Croix, Salomon de Caus, écrit pour Richelieu un traité sur les horloges solaires. Après, à partir de Galilée, c'est une recherche forcenée sur les pendules. Le prétexte est de savoir comment les utiliser pour déterminer les longitudes, mais quand, en 1681, Huygens découvre qu'un pendule, exact à Paris, retarde à Cayenne, il comprend sur-le-champ que cela dépend de la variation de la force centrifuge due à la rotation de la Terre. Et quand il publie son *Horologium,* où il développe les intuitions galiléennes sur le pendule, qui le fait venir à Paris ? Colbert, le même Colbert qui fait venir à Paris Salomon de Caus pour qu'il s'occupe du sous-sol !

Lorsque, en 1661, l'Accademia del Cimento devance les conclusions de Foucault, Léopold de Toscane la dissout en l'espace de cinq années et reçoit aussitôt de Rome, comme occulte récompense, un chapeau de cardinal.

Mais ce n'est pas tout. La chasse au pendule continue même au cours des siècles suivants. En 1742 (un an avant la première apparition documentée du comte de Saint-Germain !), un certain De Mairan présente un mémoire sur les pendules à l'Académie Royale des Sciences ; en 1756 (quand naît en Allemagne la Stricte Observance Templière !), un certain Bouguer écrit « sur la direction qu'affectent tous les fils à plomb ».

Je trouvais des titres fantasmagoriques, comme celui de Jean-Baptiste Biot, de 1821 : *Recueil d'observations géodésiques, astronomiques et physiques, exécutées par ordre du Bureau des Longitudes de France, en Espagne, en France, en Angleterre et en Écosse, pour déterminer la variation de la pesanteur et des degrés terrestres sur le prolongement du méridien de Paris.* En France, Espagne, Angleterre, Écosse ! Et en rapport avec le méridien de Saint-Martin ! Et Sir Edward Sabine qui, en 1823, publie *An Account of Experiments to Determine the Figure of the Earth by Means of the Pendulum Vibrating Seconds in Different Latitudes* ? Et ce mystérieux Graf Feodor Petrovich Litke qui, en 1836, publie les résultats de ses recherches sur le comportement du pendule au cours d'une navigation autour du monde ? Et pour le compte de l'Académie Impériale des Sciences de Saint-Pétersbourg. Pourquoi les Russes aussi ?

Et si, pendant ce temps-là, un groupe, certainement d'hérédité baconienne, avait décidé de découvrir le secret des courants, sans carte et sans pendule, en interrogeant de nouveau, du début, la respiration du serpent ? Il s'ensuivait que les intuitions de Salon étaient bonnes : c'est plus ou moins au temps de Foucault que le monde industriel, créature de l'aile baconienne, commence le creusement des réseaux métropolitains au cœur des métropoles européennes.

« C'est vrai, disait Belbo, le XIXe siècle est obsédé par les souterrains, Jean Valjean, Fantômas et Javert, Rocambole, tout un va-et-vient entre conduits et grands collecteurs d'égouts. Bon Dieu, maintenant que j'y pense, toute l'œuvre de Jules Verne est une révélation initiatique des mystères du sous-sol ! Voyage au centre de la terre, vingt mille lieues sous les mers, les cavernes de l'île mystérieuse, l'immense royaume souterrain des Indes Noires ! Il faut reconstituer un plan de ses voyages extraordinaires, et nous trouverions certainement une ébauche des volutes du Serpent, une carte des leys restituée pour chaque continent. Verne explore d'en haut et d'en bas le réseau des courants telluriques. »

Je collaborais. « Comment s'appelle le protagoniste des Indes Noires ? John Garral, presque une anagramme de Graal.

— Ne soyons pas extravagants, restons les pieds sur terre. Verne lance des signaux bien plus explicites. Robur le Conquérant, R.C., Rose-Croix. Et Robur lu à l'envers donne Rubor, le rouge de la rose. »

— 85 —

Philéas Fogg. Un nom qui est une véritable signature : Eas, en grec, a le sens de globalité (il est donc l'équivalent de pan ou poly) et Phileas est donc identique à Poliphile. Quant à Fogg, c'est le brouillard, en anglais... Nul doute, Jules Verne appartenait bien à la Société « Le Brouillard ». Il eut même la gentillesse de nous préciser les liens de celle-ci avec la Rose + Croix, car enfin, qu'est-ce que ce noble voyageur nommé Philéas Fogg, sinon un Rose + Croix ?... Et puis, n'appartient-il pas au Reform-Club dont les initiales R.C. désignent la Rose + Croix réformatrice ? Ce Reform-Club est élevé dans « Pall-Mall », évoquant une fois de plus le Songe de Poliphile.

Michel LAMY, *Jules Verne, initié et initiateur*,
Paris Payot, 1984, pp. 237-238.

La reconstitution nous prit des jours et des jours ; nous interrompions nos travaux pour nous confier la dernière connexion ; nous lisions tout ce qui nous tombait sous la main, encyclopédies, journaux, bandes dessinées, catalogues de maisons d'édition, en diagonale, à la recherche de courts-circuits possibles ; nous nous arrêtions pour fouiller les éventaires des bouquinistes ; nous flairions les kiosques ; nous puisions à pleines mains dans les manuscrits de nos diaboliques ; nous nous précipitions au bureau, triomphants, en jetant sur la table la dernière trouvaille. Tandis que j'évoque ces semaines, tous les épisodes m'en apparaissent fulgurants, frénétiques, comme dans un film de Larry Semon, en saccades et sautillements, avec portes qui s'ouvrent et se ferment à vitesse supersonique, tartes à la crème qui volent, cavalcades dans les escaliers, en avant en arrière, vieilles automobiles qui se tamponnent, écroulements d'étagères dans une épicerie, au milieu de rafales de boîtes de conserve, bouteilles, fromages mous, giclées d'eau de Seltz, explosion de sacs de farine. Et pourtant, à bien me rappeler les interstices, les temps morts — le reste de la vie qui se déroulait autour de nous —, je peux tout relire comme une histoire au ralenti, avec le Plan qui se formait à un pas de gymnastique artistique, tels la rotation lente du discobole, les prudentes oscillations du lanceur de poids, les temps longs du golf, les attentes insensées du base-ball. Quoi qu'il en fût, et quel que fût le rythme, le sort nous récompensait, parce qu'à vouloir trouver des connexions on en trouve toujours, partout et entre tout, le monde éclate en un réseau, en un tourbillon d'affinités et tout renvoie à tout, tout explique tout...

Je n'en disais rien à Lia, pour ne pas l'irriter, mais j'en négligeais même Giulio. Je me réveillais la nuit, et je m'apercevais que Renatus Cartesius faisait R.C., et que c'est avec trop d'énergie que Descartes avait cherché les Rose-Croix et avait ensuite nié les avoir trouvés. Pourquoi une telle obsession de la Méthode ? La méthode servait pour chercher la solution du mystère qui désormais fascinait tous les initiés d'Europe... Et qui avait célébré la magie du gothique ? René de Chateaubriand. Et qui avait écrit, au temps de Bacon, *Steps to the Temple* ? Richard Crashaw. Et alors, Ranieri de' Calzabigi, René Char, Raymond Chandler ? Et Rick de Casablanca ?

— 86 —

Cette science, qui n'est pas perdue, du moins pour sa partie matérielle, a été enseignée aux constructeurs religieux par les moines de Cîteaux... On les connaissait, au siècle dernier, sous le nom de « Compagnons du Tour de France ». C'est à eux qu'Eiffel fit appel pour construire sa tour.

L. CHARPENTIER, *Les mystères de la cathédrale de Chartres*, Paris, Laffont, pp. 55-56.

A présent, la modernité entière nous apparaissait parcourue de taupes laborieuses qui perçaient le sous-sol, épiant la planète par en dessous. Mais il devait y avoir quelque chose d'autre, une autre entreprise que les baconiens avaient mise en route, et dont les résultats, dont les étapes étaient sous les yeux de tout le monde, et personne ne s'en était rendu compte... Car, en forant le sol, on sondait les couches profondes, mais les Celtes et les Templiers ne s'étaient pas limités à creuser des puits, ils avaient planté leurs fiches droit vers le ciel, pour communiquer de mégalithe à mégalithe, et recueillir les influx des étoiles...

L'idée se présenta à Belbo par une nuit d'insomnie. Il s'était mis à sa fenêtre et avait vu au loin, au-dessus des toits de Milan, les lumières de la tour métallique de la RAI, la grande antenne de la ville. Une sobre et prudente tour de Babel. Et là, il avait compris.

« La Tour Eiffel, nous avait-il dit le matin suivant. Comment n'y avoir pas encore pensé ? Le mégalithe de métal, le menhir des derniers Celtes, la flèche creuse plus haute que toutes les flèches gothiques. Pourquoi donc Paris aurait eu besoin de ce monument inutile ? C'est la sonde céleste, l'antenne qui recueille des informations de toutes les fiches hermétiques enfoncées dans la croûte du globe, des statues de l'Ile de Pâques, du Machupicchu, de la Liberté de Bedloe's Island, prévue par l'initié La Fayette, de l'obélisque de Louxor, de la tour la plus haute de Tomar, du Colosse de Rhodes qui continue à émettre des profondeurs du port où plus personne ne le trouve, des temples de la jungle brahmanique, des tourelles de la Grande Muraille, du faîte d'Ayers Rock, de la flèche de Strasbourg où se pâmait l'initié Goethe, des visages de Mount Rushmore (que de choses avait comprises l'initié Hitchcock), de l'antenne de l'Empire State, dites donc vous à quel empire faisait allusion cette création d'initiés américains si ce n'est à l'empire de Rodolphe de Prague ! La Tour capte des informations du sous-sol et les confronte avec celles qui proviennent du ciel. Et qui est-ce qui nous donne la première terrifiante image cinématographique de la Tour ? René Clair dans *Paris qui dort*. René Clair, R.C. »

Il fallait relire l'histoire entière de la science : la compétition spatiale elle-même devenait compréhensible, avec ces satellites fous qui ne font rien d'autre que photographier l'écorce terrestre pour y repérer des tensions invisibles, des flux sous-marins, des courants d'air chaud. Et pour se parler entre eux parler à la Tour, parler à Stonehenge..

— 87 —

C'est une curieuse coïncidence que l'édition in-folio de 1623, publiée sous le nom de Shakespeare, compte exactement trente-six *ouvrages.*

W.F.C. Wigston, *Francis Bacon versus Phantom Captain Shakespeare : The Rosicrucian Mask*, London, Kegan Paul, 1891, p. 353.

Lorsque nous échangions les résultats de nos imaginations, il nous semblait, et justement, procéder par associations indues, courts-circuits extraordinaires, auxquels nous aurions eu honte de prêter foi — si on nous l'avait imputé. C'est que nous confortait la conviction — désormais tacite, ainsi que l'impose l'étiquette de l'ironie — que nous étions en train de parodier la logique des autres. Mais dans les longues pauses où chacun accumulait des preuves pour nos commissions tripartites, et avec la conscience tranquille de rassembler des morceaux pour une parodie de mosaïque, notre cerveau s'habituait à relier, relier, relier chaque chose à n'importe quelle autre, et, pour le faire automatiquement, il devait prendre des habitudes. Je crois qu'il n'y a plus de différence, à un moment donné, entre s'habituer à faire semblant de croire et s'habituer à croire.

C'est l'histoire des espions : ils s'infiltrent dans les services secrets de l'adversaire, ils s'habituent à penser comme lui, s'ils survivent c'est parce qu'ils y réussissent, normal que peu après ils passent de l'autre côté, qui est devenu le leur. Ou l'histoire de ceux qui vivent seuls avec un chien : ils lui parlent toute la journée, au début ils s'efforcent de comprendre sa logique, puis ils prétendent que lui comprenne la leur, et d'abord ils découvrent qu'il est timide, puis jaloux, puis susceptible, enfin ils passent leur temps à lui faire des méchancetés et des scènes de jalousie, lorsqu'ils sont sûrs que lui est devenu comme eux, qu'eux sont devenus comme lui ; et quand ils sont fiers de l'avoir humanisé, en fait ce sont eux qui se sont caninisés.

C'est peut-être parce que je me trouvais en contact quotidien avec Lia, et avec l'enfant, que j'étais, des trois, le moins affecté par le jeu. Que j'avais la conviction de mener : je me sentais encore comme un joueur d'agogõ durant le rite : on est du côté de qui produit et non pas de qui endure les émotions. Pour Diotallevi, je ne savais pas alors, maintenant je sais : il habituait son corps à penser en diabolique. Quant à Belbo, il s'identifiait, même au niveau de sa conscience. Moi je m'habituais, Diotallevi se corrompait, Belbo se convertissait. Mais tous trois perdions lentement cette lumière intellectuelle qui nous fait toujours distinguer le semblable de l'identique, la métaphore des choses en soi, cette qualité mystérieuse et fulgurante et merveilleuse grâce à laquelle nous sommes toujours à même de dire qu'un tel s'est abêti, sans toutefois penser un instant que des poils et des crocs lui ont poussé, quand le malade au contraire pense « abêti » et voit aussitôt quelqu'un qui aboie ou fouge ou rampe ou vole.

Pour Diotallevi, nous aurions pu nous en rendre compte, si nous n'avions pas été aussi excités. Je dirais que tout avait commencé à la fin de l'été. Il était réapparu plus maigre, mais ce n'était pas la sveltesse nerveuse de celui qui aurait passé quelques semaines à marcher dans les montagnes. Son teint délicat d'albinos montrait à présent des nuances jaunâtres. Si nous le remarquâmes, nous pensâmes qu'il avait passé ses vacances penché sur ses rouleaux rabbiniques. Mais en vérité nous songions à autre chose.

En effet, au cours des jours qui suivirent, nous fûmes même en mesure de régler petit à petit le problème des ailes étrangères au courant baconien.

Par exemple, la maçonnologie commune voit les Illuminés de Bavière, qui poursuivaient la destruction des nations et la déstabilisation de l'État, non seulement comme les inspirateurs de l'anarchisme de Bakounine mais aussi du marxisme même. Puéril. Les Illuminés étaient des provocateurs que les baconiens avaient infiltrés au milieu des Teutoniques, mais c'est à tout autre chose que pensaient Marx et Engels quand ils commençaient le Manifeste de 48 par cette phrase éloquente : « Un spectre hante l'Europe. » Pourquoi donc cette métaphore aussi gothique ? Le Manifeste communiste fait sarcastiquement allusion à la fantomatique chasse au Plan qui agite l'histoire du continent depuis quelques siècles déjà. Et il propose une alternative aussi bien aux baconiens qu'aux néo-templiers. Marx était un juif, peut-être était-il initialement le porte-parole des rabbins de Gérone ou de Safed, et cherchait-il à intégrer dans la recherche le peuple entier de Dieu. Puis son initiative l'entraîne : il identifie la Shekhina, le peuple en exil dans le Royaume, au prolétariat ; il trahit les attentes de ses inspirateurs, renverse les lignes d'orientation du messianisme judaïque. Templiers du monde entier, unissez-vous. La mappemonde aux ouvriers. Superbe ! Quelle meilleure justification historique pour le communisme ?

« Oui, disait Belbo, mais les baconiens aussi ont leurs accidents de parcours, vous ne croyez pas ? Certains des leurs prennent la tangente avec un rêve scientiste et finissent dans un cul-de-sac. Je veux parler, à la fin de la dynastie, des Einstein, des Fermi, qui, en cherchant le secret au cœur du microcosme, font une invention erronée. Au lieu de l'énergie tellurique, propre, naturelle, sapientiale, ils découvrent l'énergie atomique, technologique, sale, polluée...

— Espace-temps, l'erreur de l'Occident, disait Diotallevi.

— C'est la perte du Centre. Le vaccin et la pénicilline comme caricature de l'Élixir de longue vie, interrompais-je.

— De même l'autre Templier, Freud, disait Belbo, qui, au lieu de creuser dans les labyrinthes du sous-sol physique, creusait dans ceux du sous-sol psychique, comme si au sujet de ce dernier les alchimistes n'avaient pas déjà tout et mieux dit.

— Mais c'est toi, insinuait Diotallevi, qui cherches à publier les livres du docteur Wagner. Pour moi, la psychanalyse c'est un machin pour névrosés.

— Oui, et le pénis n'est qu'un symbole phallique, concluais-je. Allons, messieurs, ne divaguons pas. Et ne perdons pas de temps. Nous ne savons pas encore où situer les pauliciens et les hiérosolymitains. »

Mais avant d'avoir pu résoudre le nouveau problème, nous étions tombés sur un autre groupe, qui ne faisait pas partie des Trente-Six Invisibles : il s'était introduit très tôt dans le jeu et en avait bouleversé en partie les projets, agissant comme élément de confusion. Les jésuites.

— 88 —

Le Baron von Hund, le Chevalier Ramsay... et beaucoup d'autres qui fondèrent les grades dans ces rites, travaillèrent sous les directives du Général des Jésuites... Le Templarisme est Jésuitisme.

Lettre de Charles Sotheran à Mme Blavatsky,
32 ∴ A. et P.R. 94 ∴ Memphis,
K.R. ✠, K. Kadosch, M.M. 104, Eng. etc.,
Initié de la Fraternité Anglaise des Rose-Croix
et d'autres sociétés secrètes, 11.1.1877 ;
extrait de *Isis Unveiled,* 1877, vol. II, p. 390.

Nous les avions rencontrés trop souvent, dès l'époque des premiers manifestes rose-croix. Dès 1620 paraît en Allemagne une *Rosa Jesuitica,* où l'on rappelle que le symbolisme de la rose est catholique et marial, avant que d'être rose-croix, et l'on insinue que les deux ordres seraient solidaires, et les Rose-Croix seulement une des reformulations de la mystique jésuitique à l'usage des populations de l'Allemagne réformée.

Je me rappelais les mots de Salon sur la haine avec laquelle le père Kircher avait mis au pilori les Rose-Croix et justement quand il parlait des profondeurs du globe terraqué.

« Le père Kircher, disais-je, est un personnage central dans cette histoire. Pourquoi cet homme, qui si souvent a témoigné de son sens de l'observation et de son goût de l'expérimentation, a-t-il ensuite noyé ces quelques bonnes idées dans des milliers de pages qui débordent d'hypothèses incroyables ? Il était en correspondance avec les meilleurs hommes de science anglais, et puis chacun de ses livres reprend les thèmes rose-croix typiques, apparemment pour les contester, en fait pour les faire siens, pour en offrir sa version contre-réformiste. Dans la première édition de la *Fama,* ce monsieur Haselmayer, condamné aux galères par les jésuites à cause de ses idées réformatrices, s'épuise à dire que les vrais et bons jésuites ce sont eux, les Rose-Croix. Bien, Kircher écrit ses trente et quelques volumes pour suggérer que les vrais et bons Rose-Croix ce sont eux, les jésuites. Les jésuites sont en train d'essayer de mettre la main sur le Plan. Les pendules, il veut les étudier lui, le père Kircher, et il le fait, même si c'est à sa façon, en inventant une horloge planétaire afin de savoir l'heure exacte dans tous les sièges de la Compagnie dispersés de par le monde.

— Mais comment faisaient-ils, les jésuites, pour savoir qu'il y avait le Plan, quand les Templiers s'étaient fait tuer pour ne pas avouer ? » demandait Diotallevi. Ce n'était pas du jeu de répondre que les jésuites en savent toujours un poil de plus que le diable. Nous voulions une explication plus séduisante.

Nous la découvrîmes bien vite. Guillaume Postel, de nouveau. En feuilletant l'histoire des jésuites de Crétineau-Joly (et que de gorges chaudes n'avions-nous pas faites sur ce malheureux nom), nous découvrîmes que Postel, pris par ses fureurs mystiques, par sa soif de régénération spirituelle, avait rejoint, en 1544, saint Ignace de Loyola à Rome. Ignace l'avait accueilli avec enthousiasme, mais Postel n'avait pas réussi à renoncer à ses idées fixes, à ses kabbalismes, à son œcuménisme, et cela ne pouvait enchanter les jésuites, et moins que tout l'idée la plus fixe de toutes, sur laquelle Postel ne voulait nullement transiger, que le Roi du Monde devait être le roi de France. Ignace était saint, mais il était espagnol.

Ainsi, à un moment donné, on était arrivé à la rupture : Postel avait quitté les jésuites — ou les jésuites l'avaient mis à la porte. Mais si Postel avait été jésuite, ne fût-ce que pour une courte période, il devait bien avoir fait confidence à saint Ignace — à qui il avait juré obédience *perinde ac cadaver* — de sa mission. Cher Ignace, avait-il dû lui dire, sache qu'en me prenant moi tu prends aussi le secret du Plan templier dont indignement je suis le représentant français, et même, soyons tous là ensemble à attendre la troisième rencontre séculière de 1584, et autant vaut l'attendre *ad majorem Dei gloriam.*

Or donc les jésuites, à travers Postel, et en vertu d'un de ses moments de faiblesse, viennent à apprendre le secret des Templiers. Un secret pareil, ça s'exploite. Saint Ignace passe à l'éternelle béatitude, mais ses successeurs veillent, et continuent à tenir Postel à l'œil. Ils veulent savoir qui il rencontrera en cette fatidique année 1584. Hélas, Postel meurt avant, et il ne sert de rien qu'un jésuite inconnu — comme le soutenait une de nos sources — fût à son chevet à l'heure de sa mort. Les jésuites ne savent pas qui est son successeur.

« Pardon, Casaubon, avait dit Belbo, il y a quelque chose qui cloche à mon avis. S'il en va bien ainsi, les jésuites n'ont pas pu savoir qu'en 1584 la rencontre a raté.

— Il ne faut cependant pas oublier, avait observé Diotallevi, que, d'après ce que me disent les gentils, ces jésuites étaient des hommes de fer qui ne se laissaient pas facilement rouler dans la farine.

— Ah, si c'est pour ça, avait dit Belbo, un jésuite se boulotte deux Templiers au déjeuner et deux au dîner. Eux aussi ont été dissous, et plus d'une fois, et tous les gouvernements d'Europe s'y sont mis : ils sont pourtant encore là. »

Il fallait se mettre dans la peau d'un jésuite. Que fait un jésuite si Postel lui glisse entre les doigts ? Moi j'avais eu tout de suite une idée, mais elle était si diabolique que même nos diaboliques, pensais-je, ne l'auraient pas avalée : les Rose-Croix étaient une invention des jésuites !

« Postel mort, proposais-je, les jésuites — pleins d'astuce à leur habitude — ont prévu mathématiquement la confusion des calendriers et ils ont décidé de prendre l'initiative. Ils mettent sur pied la mystification rose-croix, en calculant exactement ce qui se passerait. Au milieu d'une quantité d'exaltés qui mordent à l'hameçon, quelqu'un des noyaux authentiques, pris par surprise, se présente. En ce cas, on peut s'imaginer l'ire de Bacon : Fludd, imbécile, tu ne pouvais pas la fermer ? Mais monsieur le vicomte, My Lord, ils avaient tout l'air d'être des nôtres... Crétin, on ne t'avait pas appris à te méfier des papistes ? C'est toi qu'on aurait dû cramer, pas ce malheureux de Nola !

— Mais alors, disait Belbo, pourquoi, lorsque les Rose-Croix se transfèrent en France, les jésuites, ou ces polémistes cathos qui travaillent pour eux, les attaquent-ils comme des hérétiques et des possédés du démon ?

— Tu ne voudrais pas prétendre que les jésuites travaillent dans la linéarité, quelle sorte de jésuites ce serait ? »

Nous avions disputé longuement sur ma proposition, pour enfin décider, d'un commun accord, qu'il valait mieux retenir l'hypothèse originelle : les Rose-Croix étaient l'appât lancé aux Français par les baconiens et par les Allemands. Mais les jésuites, sitôt les manifestes parus, avaient vu clair dans leur jeu. Et ils s'y étaient immédiatement jetés, dans le jeu, pour brouiller les cartes. D'évidence, le dessein des jésuites avait été d'empêcher la réunion des groupes anglais et allemand avec le groupe français, et tout coup, pour bas qu'il fût, était bon.

En attendant, ils enregistraient des nouvelles, accumulaient des renseignements et les mettaient... où ? Dans Aboulafia, avait plaisanté Belbo. Mais Diotallevi, qui, entre-temps, s'était documenté pour son propre compte, avait dit qu'il ne s'agissait pas d'une blague. Les jésuites étaient certainement en train de construire l'immense, surpuissant calculateur électronique qui devrait tirer une conclusion du brassage patient et centenaire de tous les lambeaux de vérité et de mensonge qu'ils recueillaient.

« Les jésuites, disait Diotallevi, avaient compris ce dont ni les pauvres vieux Templiers de Provins ni l'aile baconienne n'avaient eu encore l'intuition, c'est-à-dire qu'on pouvait arriver à la reconstitution de la carte par une voie combinatoire, en somme par des procédés qui anticipent ceux des tout modernes cerveaux électroniques ! Les jésuites sont les premiers à inventer Aboulafia ! Le père Kircher relit tous les traités sur l'art combinatoire, depuis Lulle. Et voyez ce qu'il publie dans son *Ars Magna Sciendi*...

— On dirait un canevas pour dentelle au crochet, disait Belbo.

— Que non, monsieur : ce sont toutes les combinaisons possibles entre *n* éléments. Le calcul factoriel, celui du *Sefer Jesirah*. Le calcul des combinaisons et des permutations, l'essence même de la Temurah ! »

Il en allait certainement ainsi. Une chose était de concevoir le vague projet de Fludd, pour repérer la carte en partant d'une projection polaire, une autre, de savoir combien d'essais il fallait, et savoir tous les tenter, pour arriver à la solution optimale. Et surtout, une chose était de créer le modèle abstrait des combinaisons possibles et une autre, de concevoir une machine en mesure de les mettre en action. Alors, aussi bien Kircher que son disciple Schott projettent de petits orgues mécaniques, des mécanismes à fiches perforées, des computers ante litteram. Fondés sur le calcul binaire. Kabbale appliquée à la mécanique moderne.

IBM : Iesus Babbage Mundi, Iesum Binarium Magnificamur. AMDG : Ad Maiorem Dei Gloriam ? Allons donc : Ars Magna, Digitale Gaudium ! IHS : Iesus Hardware & Software !

EPILOGISMUS

Combinationis Lineatis

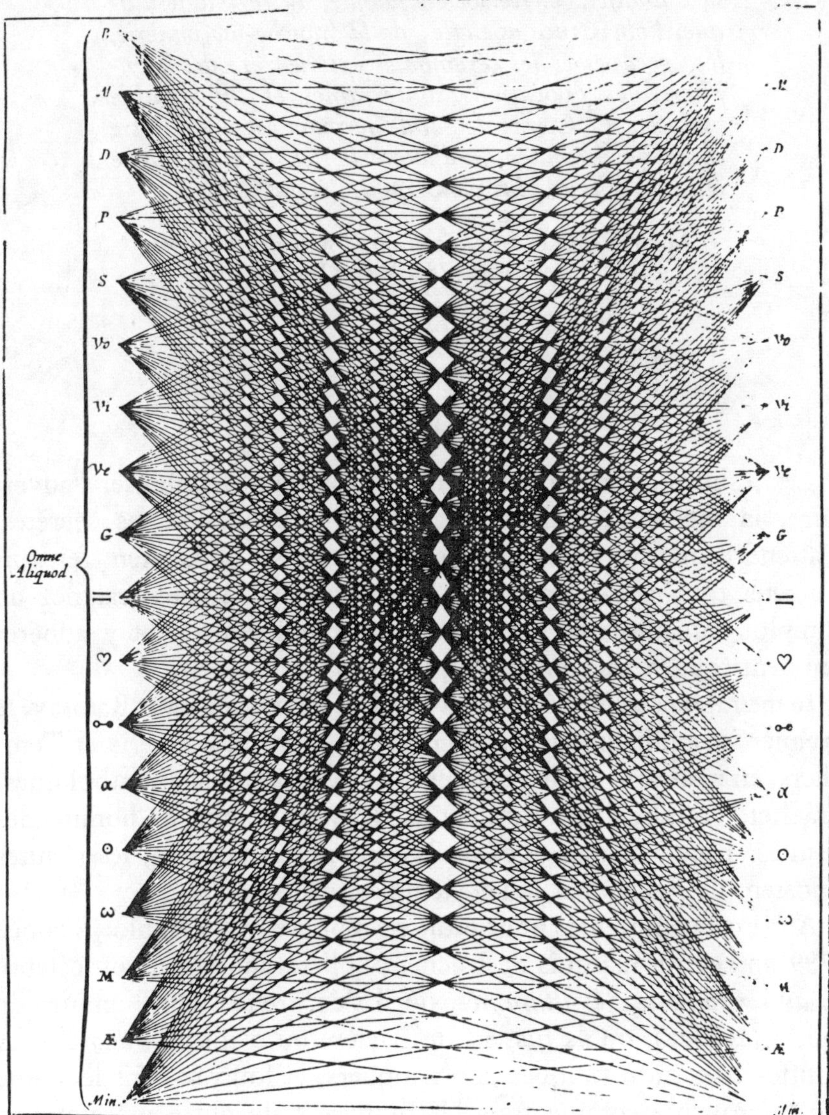

— 89 —

Il s'est formé, au sein des plus épaisses ténèbres, une société d'êtres nouveaux qui se connoissent sans s'être vus, qui s'entendent sans s'être expliqués, qui se servent sans amitié... Cette société adopte, du régime jésuitique, l'obéissance aveugle ; de la franche-maçonnerie, les épreuves et les cérémonies extérieures ; des Templiers, les évocations souterraines et l'incroyable audace... Le Comte de Saint-Germain a-t-il fait autre chose que d'imiter Guillaume Postel, dont la manie était de se faire plus vieux qu'il n'étoit ?

Marquis de LUCHET, *Essai sur la secte des illuminés,*
Paris, 1789, V et XII.

Les jésuites avaient compris que, si on veut déstabiliser l'adversaire, la meilleure technique c'est de créer des sectes secrètes, d'attendre que les enthousiastes dangereux s'y précipitent, et puis d'arrêter tout ce beau monde. Autrement dit, si vous craignez un complot, organisez-le ; ainsi, tous ceux qui pourraient y adhérer tombent sous votre contrôle.

Je me rappelais une réserve qu'Agliè avait exprimée sur Ramsay, le premier à établir une connexion directe entre maçonnerie et Templiers, en insinuant qu'il avait des liens avec des milieux catholiques. En effet, Voltaire déjà avait dénoncé Ramsay comme un homme des jésuites. Face à la naissance de la maçonnerie anglaise, les jésuites ripostent de France par le néo-templarisme écossais.

Ainsi on comprenait pourquoi, en réponse à ce complot, l'année 1789 un certain marquis de Luchet publiait, anonyme, son célèbre *Essai sur la secte des illuminés,* où il s'en prenait aux illuminés de toutes les races, qu'ils fussent de Bavière ou d'ailleurs, anarchistes bouffe-curés ou mystiques néo-templiers, et fourrait dans le même sac (incroyable comme tous les morceaux de notre mosaïque se mettaient en place, petit à petit et merveilleusement !) jusqu'aux pauliciens, pour ne rien dire de Postel et de Saint-Germain. Et il se lamentait de ce que ces formes de mysticisme templier eussent ôté de sa crédibilité à la maçonnerie, laquelle au contraire était vraiment une société de braves et honnêtes gens.

Les baconiens avaient inventé la maçonnerie comme le Rick's Café de Casablanca, le néo-templarisme jésuite rendait vaine leur invention, et Luchet était envoyé comme killer pour flinguer tous les groupes qui n'étaient pas baconiens.

Mais à ce point-là nous devions tenir compte d'un autre fait, dont le pauvre Agliè n'arrivait pas à se dépêtrer. Pourquoi de Maistre, un homme des jésuites, et sept bonnes années avant que se manifestât le marquis de Luchet, s'était-il rendu à Wilhelmsbad pour semer la zizanie entre les néo-templiers ?

« Le néo-templarisme allait bien dans la première moitié du XVIIIe siècle, disait Belbo, et il allait très mal à la fin du siècle, d'abord parce que les révolutionnaires s'en étaient emparés, pour lesquels entre la Déesse Raison et l'Être Suprême tout était bon pourvu qu'on coupât la tête au roi, voyez Cagliostro ; et puis parce qu'en Allemagne les princes allemands y avaient mis la patte, et au sommet Frédéric de Prusse, dont les fins ne coïncidaient certes pas avec celles des jésuites. Quand le néo-templarisme mystique, quel qu'en soit l'inventeur, produit *la Flûte enchantée,* il est normal que les hommes de Loyola décident de s'en débarrasser. C'est comme dans les finances, tu achètes une société, tu la revends, tu la liquides, tu la mets en faillite, tu en augmentes le capital, cela dépend du plan général, tu n'as bien sûr pas le souci de savoir où va finir le concierge. Ou comme une voiture usagée : quand elle ne marche plus, tu l'envoies à la casse. »

— 90 —

On ne trouvera point dans le vrai code maçonnique d'autres dieux que celui de Manès. C'est celui du Maçon cabaliste, des anciens Rose-Croix ; c'est celui du Maçon martiniste... D'ailleurs toutes les infamies attribuées aux Templiers sont précisément celles qu'on attribuoit aux Manichéens.

Abbé BARRUEL, *Mémoires pour servir à l'histoire du jacobinisme,*
Hambourg, 1798, 2, XIII.

La stratégie des jésuites nous devint claire lorsque nous découvrîmes le père Barruel. Celui-ci, entre 1797 et 1798, en réaction à la Révolution française, écrit ses *Mémoires pour servir à l'histoire du jacobinisme,* un véritable roman-feuilleton qui débute, la coïncidence ! avec les Templiers. Lesquels, après le bûcher de Molay, se transforment en société secrète afin de détruire monarchie et papauté et de créer une république mondiale. Au XVIIIe siècle, ils mettent la main sur la franc-maçonnerie qui devient leur instrument. En 1763, ils fondent une académie littéraire composée de Voltaire, Turgot, Condorcet, Diderot et d'Alembert, qui se réunit chez le baron d'Holbach et, complote que je te complote, en 1776 ils font naître les jacobins. Qui d'ailleurs sont des marionnettes aux mains des vrais chefs, les Illuminés de Bavière — régicides par vocation.

Il s'agit bien de voiture à la casse ! Après avoir coupé la maçonnerie en deux avec l'aide de Ramsay, les jésuites la réunissaient de nouveau pour la battre de front.

Le livre de Barruel avait fait un certain effet, à telle enseigne que dans les Archives nationales on découvre au moins deux rapports de police demandés par Napoléon sur les sectes clandestines. Ces rapports, un certains Charles de Berkheim les rédige, lequel — comme font tous les services secrets, qui vont piocher leurs renseignements réservés là où ils ont déjà été publiés — ne trouve rien de mieux à faire que de copier bêtement d'abord le livre du marquis de Luchet, et puis celui de Barruel.

Devant ces terrifiantes descriptions des Illuminés et cette dénonciation pénétrante d'un directoire de Supérieurs Inconnus capables de dominer le monde, Napoléon n'a pas d'hésitation : il décide de devenir des leurs. Il fait nommer son frère Joseph Grand Maître du Grand Orient et lui-même, à en croire de nombreuses sources, il prend des contacts avec la maçonnerie, et, à en croire d'autres, il va jusqu'à devenir un très haut dignitaire. Sans qu'on sache clairement de quel rite. Peut-être, par prudence, de tous.

Ce que Napoléon savait, nous ne le savions pas mais nous n'oubliions pas qu'il avait passé pas mal de temps en Égypte et qui sait avec quels sages il avait parlé à l'ombre des pyramides (et là, même un enfant comprenait que les fameux quarante siècles qui le contemplaient étaient une claire allusion à la Tradition Hermétique).

Mais il devait en savoir long, parce qu'en 1806 il avait convoqué une assemblée de Juifs français. Les raisons officielles étaient banales, tentative de réduire l'usure, de s'assurer la fidélité de la minorité israélite, de trouver de nouveaux bailleurs de fonds... Mais cela n'explique pas pourquoi il avait décidé d'appeler cette assemblée Grand Sanhédrin, évoquant l'idée d'un directoire de Supérieurs, plus ou moins Inconnus. En vérité, le Corse rusé avait repéré les représentants de l'aile hiérosolymitaine, et il cherchait à réunir les différents groupes dispersés.

« Ce n'est pas un hasard si, en 1808, les troupes du maréchal Ney sont à Tomar. Vous saisissez le rapport ?

— On n'est ici que pour saisir des rapports.

— Maintenant, sur le point de battre l'Angleterre, Napoléon a en main presque tous les centres européens, et, à travers les Juifs français, les hiérosolymitains. Qui lui manque-t-il encore ?

— Les pauliciens.

— Précisément. Et nous n'avons pas encore décidé où ils se sont fourrés. Mais Napoléon nous le suggère, qui va les chercher où ils sont, en Russie. »

Bloqués depuis des siècles dans l'aire slave, il était normal que les pauliciens se fussent réorganisés sous les différentes étiquettes des groupes mystiques russes. Un des conseillers influents d'Alexandre Ier était le prince Galitzine, lié à certaines sectes d'inspiration martiniste. Et qui trouvions-nous en Russie, avec une bonne douzaine d'années d'avance sur Napoléon, plénipotentiaire des Savoie, en train de nouer des liens avec des cénacles mystiques de Saint-Pétersbourg ? De Maistre.

A ce moment-là, celui-ci se méfiait de toute organisation d'illuminés, qui, à ses yeux, ne faisaient qu'un avec les hommes des Lumières, responsables du bain de sang de la Révolution. En effet, c'est à cette période qu'il parlait, répétant presque à la lettre Barruel, d'une secte satanique qui voulait conquérir le monde, et il pensait probablement à Napoléon. Si donc notre grand réactionnaire se proposait de séduire les groupes martinistes c'est parce qu'il avait eu la clairvoyante intuition que ces derniers, tout en s'inspirant des mêmes sources que le néo-templarisme français et allemand, étaient cependant l'expression de l'unique groupe non encore corrompu par la pensée occidentale : les pauliciens.

Pourtant, à ce qu'il paraît, le plan de De Maistre n'avait pas réussi. En 1816, les jésuites sont expulsés de Saint-Pétersbourg et de Maistre s'en retourne à Turin.

« D'accord, disait Diotallevi, nous avons retrouvé les pauliciens. Faisons sortir de scène Napoléon qui n'est évidemment pas parvenu à ses fins, sinon, depuis Sainte-Hélène, d'un claquement de doigts il aurait fait trembler ses adversaires. Qu'est-ce qui arrive à présent au milieu de tous ces gens ? Moi j'en perds la tête.

— La moitié d'entre eux l'avaient déjà perdue », disait Belbo

— 91 —

Oh comme vous avez bien démasqué ces sectes infernales qui préparent la voie à l'Antéchrist... Toutefois, il est une de ces sectes que vous n'avez touchée que légèrement.

Lettre du capitaine SIMONINI à BARRUEL,
extraite de *La civiltà cattolica,* 21.10.1882

La manœuvre de Napoléon avec les juifs avait provoqué une modification de parcours chez les jésuites. Les *Mémoires* de Barruel ne contenaient aucune allusion aux juifs. Mais, en 1806, Barruel reçoit la lettre d'un certain capitaine Simonini, qui lui rappelle que Manès aussi et le Vieux de la Montagne étaient juifs, que les francs-maçons avaient été fondés par les juifs et que les juifs avaient infiltré toutes les sociétés secrètes existantes.

La lettre de Simonini, qu'on a fait habilement circuler à Paris, avait mis en difficulté Napoléon qui venait juste de contacter le Grand Sanhédrin. Ce contact avait évidemment préoccupé les pauliciens, car en ces années-là le Saint Synode de l'Église Orthodoxe Moscovite déclarait : « Napoléon se propose de réunir aujourd'hui tous les Juifs que la colère de Dieu a dispersés sur la face de la terre, pour leur faire renverser l'Église du Christ et le proclamer Lui comme le vrai Messie. »

Le bon Barruel accepte l'idée que le complot n'est pas seulement maçonnique mais judaïco-maçonnique. Entre autres, l'idée de ce complot satanique était bien commode pour attaquer un nouvel ennemi, c'est-à-dire la Haute Vente de la Charbonnerie, et donc les pères anticléricaux du Risorgimento, de Mazzini à Garibaldi.

« Mais tout ça a lieu au début du XIXe, disait Diotallevi. Alors que la grande offensive antisémite commence à la fin du siècle, avec la publication des *Protocoles des Sages de Sion.* Et les Protocoles paraissent dans les milieux russes. C'est donc une initiative paulicienne.

— Normal, dit Belbo. Il est clair qu'à ce moment-là le groupe hiérosolymitain s'est fragmenté en trois. Le premier, à travers les kabbalistes espagnols et provençaux, est allé inspirer l'aile néotemplière ; le deuxième a été absorbé par l'aile baconienne, et ils sont devenus des scientifiques et des banquiers. C'est contre eux que se déchaînent les jésuites. Quant au troisième, il s'est établi en Russie. Les juifs russes sont en bonne partie de petits commerçants et des prêteurs, et donc ils sont mal vus par les paysans pauvres ; et en bonne partie, puisque la culture hébraïque est une culture du Livre et que tous les Juifs savent lire et écrire, ils vont grossir les rangs de l'intelligentsia libérale et révolutionnaire. Les pauliciens sont des mystiques, réactionnaires, très liés aux feudataires, et ils se sont infiltrés à la cour. Évident qu'entre eux et les hiérosolymitains il ne peut y avoir de fusions. Donc ils ont intérêt à discréditer les juifs et, à travers les juifs — ils l'ont appris des jésuites —, ils mettent en difficulté leurs adversaires à l'extérieur, aussi bien les néo-templaristes que les baconiens.

— 92 —

Il ne peut y avoir aucun doute. Avec toute la puissance et la terreur de Satan, le règne du Roi triomphateur d'Israël s'approche de notre monde non régénéré ; le Roi né du sang de Sion, l'Anté-Christ, s'approche du trône de la puissance universelle.

Sergheï NILUS, Épilogue aux *Protocoles.*

L'idée était acceptable. Il suffisait de considérer qui avait introduit les Protocoles en Russie.

Un des plus influents martinistes de la fin du siècle, Papus, avait séduit Nicolas II pendant une de ses visites à Paris, puis il s'était rendu à Moscou et avait emmené avec lui un certain Philippe, autrement dit Philippe Nizier Anselme Vachod. Possédé par le diable à six ans, guérisseur à treize, magnétiseur à Lyon, il avait fasciné et Nicolas II et son hystérique d'épouse. Philippe avait été invité à la cour, nommé médecin de l'académie militaire de Saint-Pétersbourg, général et conseiller d'État.

Ses adversaires décident alors de lui opposer une figure tout aussi charismatique, qui en minât le prestige. Et on trouve Nilus.

Nilus était un moine pérégrin qui, dans ses robes de bure, pérégrinait (et qu'avait-il d'autre à faire ?) à travers les bois, étalant une grande barbe de prophète, deux épouses, une fillette et une assistante ou maîtresse comme on voudra, toutes suspendues à ses lèvres. Moitié gourou, de ceux qui finissent par filer avec la caisse, et moitié ermite, de ceux qui crient que la fin est proche. Et en effet, son idée fixe c'étaient les trames ourdies par l'Antéchrist.

Le plan des partisans de Nilus était de le faire ordonner pope de façon que, en épousant (une femme de plus une femme de moins) Hélène Alexandrovna Ozerova, demoiselle d'honneur de la tsarine, il devînt le confesseur des souverains.

« Je suis un homme doux, disait Belbo, mais je commence à soupçonner que le massacre de la famille impériale a peut-être été une opération de dératisation. »

En somme, à un moment donné les partisans de Philippe avaient accusé Nilus de vie lascive, et Dieu sait s'ils n'avaient pas raison eux aussi. Nilus avait dû quitter la cour, mais là quelqu'un était venu à son aide, en lui passant le texte des Protocoles. Comme tout le monde faisait une énorme confusion entre martinistes (qui s'inspiraient de saint Martin) et martinesistes (fidèles de ce Martines de Pasqually qui plaisait si peu à Agliè), et comme Pasqually, selon la rumeur, était juif, en discréditant les juifs on discréditait les martinistes et en discréditant les martinistes on liquidait Philippe.

Effectivement, une première version incomplète des Protocoles avait déjà paru en 1903 dans le *Znamia*, un journal de Saint-Pétersbourg dirigé par l'antisémite militant Khrouchevan. En 1905, avec la bénédiction de la censure gouvernementale, cette première version, complète, était reprise de façon anonyme dans un livre, *La source de nos maux*, probablement édité par un certain Boutmi, lequel avait participé avec Khrouchevan à la fondation de l'Union du Peuple Russe, connue par la suite sous le nom de Centuries Noires, qui enrôlait des criminels de droit commun pour accomplir des pogroms et des attentats d'extrême droite. Boutmi aurait continué à publier, cette fois sous son nom, d'autres éditions de l'ouvrage, avec pour titre *les Ennemis de la race humaine — Protocoles provenant des archives secrètes de la chancellerie centrale de Sion.*

Mais il s'agissait de petits livres à bon marché. La version in extenso des Protocoles, celle qu'on traduirait dans le monde entier, sort en 1905, dans la troisième édition du livre de Nilus *le Grand dans le Petit : l'Antéchrist est une possibilité politique imminente*, Tsarskoïe Selo, sous l'égide d'une section locale de la Croix Rouge. Le cadre était celui d'une plus vaste réflexion mystique, et le livre finit entre les mains du tsar. Le métropolite de Moscou en prescrit la lecture dans toutes les églises moscovites.

« Mais quelle est, avais-je demandé, la connexion des Protocoles avec notre Plan ? On parle sans arrêt de ces Protocoles ici, et si on les lisait ?

— Rien de plus simple, nous avait dit Diotallevi, il y a toujours un éditeur qui les republie — mieux, autrefois ils le faisaient en montrant de l'indignation, par devoir de documentation ; puis, peu à peu, ils ont recommencé à le faire, et avec satisfaction.

— Comme ils sont Gentils. »

— 93 —

La seule société que nous connaissons et qui serait capable de nous faire concurrence dans ces arts pourrait être celle des jésuites. Mais nous avons pu les discréditer dans l'esprit de la plèbe imbécile parce qu'ils étaient organisés visiblement, tandis que nous, avec notre organisation secrète, nous restons dans les coulisses.

Protocole, V.

Les Protocoles sont une série de vingt-quatre déclarations d'un programme attribué aux Sages de Sion. Les desseins de ces Sages nous avaient semblé assez contradictoires, tantôt ils veulent abolir la liberté de la presse, tantôt encourager le libertinisme. Ils critiquent le libéralisme, mais paraissent énoncer le programme que les gauches radicales attribuent aux multinationales capitalistes, y compris l'usage du sport et de l'éducation visuelle pour abêtir le peuple. Ils analysent différentes techniques pour s'emparer du pouvoir mondial ; ils font l'éloge de la force de l'or. Ils décident de favoriser les révolutions dans tout pays en exploitant le mécontentement et en désorientant le peuple par la proclamation d'idées libérales ; pourtant, ils veulent encourager l'inégalité. Ils calculent comment instaurer partout des régimes présidentiels contrôlés par les hommes de paille des Sages. Ils décident de faire éclater des guerres, d'augmenter la production des armements et (Salon aussi l'avait dit) de construire des métropolitains (souterrains !) pour avoir la possibilité de miner les grandes villes.

Ils disent que la fin justifie les moyens et se proposent d'encourager l'antisémitisme tant pour contrôler les juifs pauvres que pour attendrir le cœur des gentils devant leurs malheurs (coûteux, disait Diotallevi, mais efficace). Ils affirment avec candeur « nous avons une ambition sans limites, une cupidité dévorante, nous sommes acharnés à une vengeance impitoyable et brûlante de haine » (faisant montre d'un masochisme exquis parce qu'ils reproduisent à plaisir le cliché du juif mauvais qui déjà circulait dans la presse antisémite et qui ornera les couvertures de toutes les éditions de leur livre), et ils décident d'abolir l'étude des classiques et de l'histoire antique.

« En somme, observait Belbo, les Sages de Sion étaient une bande de couillons.

— Ne plaisantons pas, disait Diotallevi. Ce livre a été pris très au sérieux. Une chose me frappe plutôt. Qu'en voulant apparaître comme un plan hébraïque vieux de plusieurs siècles, toutes ses références sont à la mesure de petites polémiques françaises fin de siècle. Il semble que l'allusion à l'éducation visuelle qui sert à abêtir les masses visait le programme éducatif de Léon Bourgeois qui fait entrer neuf maçons dans son gouvernement. Un autre passage conseille de faire élire des personnes compromises dans le scandale de Panama et tel était Émile Loubet qui, en 1899, deviendra président de la République. L'allusion au métro est due au fait qu'en ces temps-là les journaux de droite protestaient parce que la Compagnie du Métropolitain avait trop d'actionnaires juifs. Raison pour quoi on suppose que le texte a été colligé en France dans la dernière décennie du XIXe, au temps de l'Affaire Dreyfus, pour affaiblir le front libéral.

— Ce n'est pas ça qui m'impressionne, avait dit Belbo. C'est le déjà vu. La synthèse de l'histoire c'est que ces Sages racontent un plan pour la conquête du monde, et nous, ces propos, on les a déjà entendus. Essayez d'ôter quelques références à des faits et problèmes du siècle passé, remplacez les souterrains du métro par les souterrains de Provins, et toutes les fois qu'il y a écrit juifs écrivez Templiers et toutes les fois qu'il y a écrit Sages de Sion écrivez Trente-Six Invisibles divisés en six bandes... Mes amis, nous tenons là l'Ordonation de Provins ! »

Voltaire lui-même est mort jésuite : en avoit-il le moindre soupçon ?

F. N. de BONNEVILLE, *Les Jésuites chassés de la Maçonnerie et leur poignard brisé par les Maçons,*
Orient de Londres, 1788, 2, p. 74.

Nous avions tout sous les yeux depuis longtemps, et nous ne nous en étions jamais rendu pleinement compte. Durant six siècles, six groupes se battent pour réaliser le Plan de Provins, et chaque groupe prend le texte idéal de ce Plan, y change simplement le sujet, et l'attribue à l'adversaire.

Après que les Rose-Croix se sont manifestés en France, les jésuites retournent le plan contre eux : en discréditant les Rose-Croix, ils discréditent les baconiens et la naissante maçonnerie anglaise.

Quand les jésuites inventent le néo-templarisme, le marquis de Luchet attribue le plan aux néo-templiers. Les jésuites, qui désormais larguent aussi les néo-templiers, copient Luchet à travers Barruel, mais eux attribuent le plan à tous les francs-maçons en général.

Contre-offensive baconienne. En nous mettant à éplucher tous les textes de la polémique libérale et laïcisante, nous avions découvert que de Michelet et Quinet jusqu'à Garibaldi et à Gioberti, on attribuait l'Ordonation aux jésuites (et peut-être l'idée venait-elle du templier Pascal et de ses amis). Le thème devient populaire avec *Le Juif errant* d'Eugène Sue et avec son personnage du méchant monsieur Rodin, quintessence du complot jésuitique dans le monde. Mais en cherchant chez Sue, nous avions trouvé bien davantage : un texte qui semblait calqué — mais en avance d'un demi-siècle — sur les Protocoles, mot pour mot. Il s'agissait du dernier chapitre des *Mystères du Peuple.* Ici, le diabolique plan jésuite était expliqué jusqu'au moindre détail dans un document envoyé par le général de la Compagnie, le père Roothaan (personnage historique), à monsieur Rodin (ex-personnage du *Juif errant*). Rodolphe de Gerolstein (ex-héros des *Mystères de Paris*) venait en possession du document et le révélait aux démocrates : « Vous voyez, mon cher Lebrenn, comme cette trame infernale est bien ourdie, quelles épouvantables douleurs, quelle horrible domination, quel despotisme terrible elle réserve à l'Europe et au monde, si par mésaventure elle réussit... »

On aurait dit la préface de Nilus aux Protocoles. Et Sue attribuait aux jésuites le mot (qu'ensuite nous retrouverons dans les Protocoles, et attribué aux juifs) : « la fin justifie les moyens ».

— 95 —

Personne ne demandera que nous multipliions encore les preuves pour établir que ce grade de Rose-Croix fut habilement introduit par les chefs secrets de la franc-maçonnerie... L'identité de sa doctrine, de sa haine et de ses pratiques sacrilèges avec celles de la Kabbale, des Gnostiques et des Manichéens, nous indique l'identité des auteurs, c'est-à-dire des Juifs kabbalistiques.

Mgr Léon MEURIN, S. J.,
La Franc-Maçonnerie, synagogue de Satan,
Paris, Retaux, 1893, p. 182.

Quand paraissent *Les Mystères du Peuple*, les jésuites voient que l'Ordonation leur est imputée : ils se jettent alors sur l'unique tactique offensive qui n'avait encore été exploitée par personne et, récupérant la lettre de Simonini, ils imputent l'Ordonation aux juifs.

En 1869, Gougenot de Mousseaux, célèbre pour deux livres sur la magie au XIXe siècle, publie *Les Juifs, le judaïsme et la judaïsation des peuples chrétiens,* où l'on dit que les juifs utilisent la Kabbale et sont des adorateurs de Satan, vu qu'une filiation secrète lie directement Caïn aux gnostiques, aux Templiers et aux maçons. De Mousseaux reçoit une bénédiction spéciale de Pie IX.

Mais le Plan romancé par Sue est recyclé par d'autres aussi, qui ne sont pas des jésuites. Une belle histoire, presque un polar, était arrivée longtemps après. Après l'apparition des Protocoles, qu'il avait pris avec le plus grand sérieux, le *Times,* en 1921, avait découvert qu'un propriétaire terrien russe, monarchiste réfugié en Turquie, avait acheté à un ex-officier de la police secrète russe réfugié à Constantinople, un lot de vieux livres parmi lesquels s'en trouvait un sans couverture, où on ne lisait que « Joli » sur la tranche, avec une préface datée de 1864 et qui paraissait être la source littérale des Protocoles. Le *Times* avait fait des recherches au British Museum et avait découvert le livre original de Maurice Joly, *Dialogue aux enfers entre Montesquieu et Machiavel,* Bruxelles (mais avec l'indication Genève, 1864). Maurice Joly n'avait rien à voir avec Crétineau-Joly, mais il fallait quand même relever l'analogie, elle devait bien signifier quelque chose.

Le livre de Joly était un pamphlet libéral contre Napoléon III, où Machiavel, qui représentait le cynisme du dictateur, discutait avec Montesquieu. Joly avait été arrêté pour cette initiative révolutionnaire, il avait fait quinze mois de prison et, en 1878, il s'était tué. Le programme des juifs des Protocoles était repris presque à la lettre de celui que Joly attribuait à Machiavel (la fin justifie les moyens), et à travers Machiavel à Napoléon. Le *Times* ne s'était cependant pas aperçu (mais nous si) que Joly avait copié impunément dans le document de Sue, antérieur d'au moins sept ans.

Une femme écrivain antisémite, passionnée de la théorie du complot et des Supérieurs Inconnus, certaine Nesta Webster, devant ce fait qui réduisait les Protocoles à une copie banale et toute bête, nous avait fourni une très lumineuse intuition, comme seul le vrai initié, ou le chasseur d'initiés, sait en avoir. Joly était un initié, il connaissait le plan des Supérieurs Inconnus ; comme il haïssait Napoléon III, il l'avait attribué à lui, mais cela ne signifiait pas que le plan n'existait pas indépendamment de Napoléon. Or, le plan raconté par les Protocoles se conforme exactement à celui que les juifs font d'habitude, donc c'était le plan des juifs. Quant à nous, il ne nous restait plus qu'à corriger madame Webster selon la même logique : puisque le plan se conformait parfaitement à celui qu'auraient dû penser les Templiers, c'était le plan des Templiers.

Et puis notre logique était une logique des faits. Nous avions beaucoup aimé l'affaire du cimetière de Prague. C'était l'histoire d'un certain Hermann Goedsche, petit employé des postes prussien. Celui-ci avait déjà publié des faux documents pour discréditer le démocrate Waldeck, l'accusant de vouloir assassiner le roi de Prusse. Démasqué, il était devenu le rédacteur de l'organe des grands propriétaires conservateurs, *Die Preussische Kreuzzeitung*. Puis, sous le nom de sir John Retcliffe, il avait commencé à écrire des romans à sensation, entre autres *Biarritz*, en 1868. C'est dans celui-ci qu'il décrivait une scène occultiste qui se déroulait dans le cimetière de Prague, très semblable à la réunion des Illuminés que Dumas avait décrite au début de *Joseph Balsamo*, où Cagliostro, chef des Supérieurs Inconnus, parmi lesquels Swedenborg, ourdit le complot du Collier de la Reine. Dans le cimetière de Prague se réunissent les représentants des douze tribus d'Israël qui exposent leurs plans pour la conquête du monde.

En 1876, un pamphlet russe rapporte la scène de *Biarritz*, mais comme si elle s'était réellement passée. Et de même en 1881, en

France, *Le Contemporain.* On dit que la nouvelle provient d'une source sûre, le diplomate anglais sir John Readcliff. En 1896, un dénommé Bournand publie un livre, *Les Juifs, nos contemporains,* et relate la scène du cimetière de Prague, disant que le discours subversif est tenu par le grand rabbin John Readclif. Une tradition postérieure dira au contraire que le vrai Readclif avait été conduit dans le cimetière fatal par Ferdinand Lassalle, dangereux révolutionnaire.

Et ces plans sont plus ou moins ceux décrits, en 1880, peu d'années avant, par la *Revue des Études Juives* (antisémite) qui avait publié deux lettres imputées à des juifs du XVe siècle. Les juifs d'Arles demandent de l'aide aux juifs de Constantinople parce qu'ils sont persécutés, et ceux-ci répondent : « Bien-aimés frères en Moïse, si le roi de France vous oblige à vous faire chrétiens, faites-le, parce que vous ne pouvez faire autrement, mais conservez la loi de Moïse dans vos cœurs. Si on vous dépouille de vos biens, faites en sorte que vos fils deviennent des marchands, de façon que peu à peu ils dépouillent les chrétiens des leurs. Si on attente à vos vies, faites devenir vos fils médecins et pharmaciens, pour qu'ainsi ils ôtent leur vie aux chrétiens. Si on détruit vos synagogues, faites devenir vos fils chanoines et clercs de façon qu'ils détruisent leurs églises. Si on vous inflige d'autres vexations, faites que vos fils deviennent avocats et notaires et qu'ils se mêlent aux affaires de tous les États, de façon qu'en mettant les chrétiens sous votre joug, vous dominiez le monde et puissiez vous venger d'eux. »

Ils s'agissait toujours du plan des jésuites et, en amont, de l'Ordonation templière. Rares variations, permutations minimes : les Protocoles se faisaient tout seuls. Un projet abstrait de complot émigrait de complot en complot.

Et quand nous nous étions ingéniés à repérer l'anneau manquant, qui unissait toute cette belle histoire à Nilus, nous avions rencontré Račkovskij, le chef de la terrible Okhrana, la police secrète du tsar.

— 96 —

Une couverture est toujours nécessaire. Dans la dissimulation réside grande partie de notre force. C'est pourquoi nous devons toujours nous cacher sous le nom d'une autre société.

Die neuesten Arbeiten des Spartacus und Philo in dem Illuminaten-Orden, 1794, p. 165.

Justement ces jours-ci, en lisant quelques pages de nos diaboliques, nous avions trouvé que le comte de Saint-Germain, parmi ses différents travestissements, avait pris aussi celui de Rackoczi, ou c'est du moins ainsi que l'avait identifié l'ambassadeur de Frédéric II à Dresde. Et le landgrave de Hesse, chez qui Saint-Germain, apparemment, était mort, avait dit qu'il était d'origine transylvanienne et s'appelait Ragozki. Il fallait ajouter que Comenius avait dédié sa *Pansophie* (œuvre certainement en odeur de rosicrucianisme) à un landgrave (que de landgraves dans notre histoire) qui s'appelait Ragovsky. Dernière touche à la mosaïque, en fouillant dans l'éventaire d'un bouquiniste, piazza Castello, j'avais découvert un ouvrage allemand sur la maçonnerie, anonyme, où une main inconnue avait ajouté en faux titre une note selon laquelle le texte était dû au dénommé Karl Aug. Ragotgky. Considérant que le mystérieux individu qui avait sans doute tué le colonel Ardenti s'appelait Rakosky, voilà que nous trouvions toujours façon d'intégrer, sur les traces du Plan, notre comte de Saint-Germain.

« Ne donnons-nous pas trop de pouvoir à cet aventurier ? demandait, l'air préoccupé, Diotallevi.

— Non, non, répondait Belbo, il le faut. Comme la sauce de soja dans les plats chinois. S'il n'y en a pas, ce n'est pas chinois. Regarde Agliè, qui s'y entend : il n'est pas allé chercher Cagliostro ou Willermoz comme modèle. Saint-Germain est la quintessence de l'Homo Hermeticus. »

Pierre Ivanovitch Račkovskij. Jovial, insinuant, félin, intelligent et rusé, faussaire de génie. Petit fonctionnaire entré en contact avec les groupes révolutionnaires, il est arrêté en 1879 par la police secrète et accusé d'avoir donné asile à des amis terroristes qui avaient attenté à la vie du général Drentel. Il passe du côté de la police et s'inscrit (tiens tiens) aux Centuries Noires. En 1890, il découvre à Paris une organisation qui fabriquait des bombes pour des attentats en Russie, et il réussit à faire arrêter dans son pays soixante-trois terroristes. Dix ans après, on apprendra que les bombes avaient été confectionnées par ses hommes.

En 1887, il diffuse la lettre d'un certain Ivanov, révolutionnaire repenti, qui assure que la majorité des terroristes sont juifs ; en 90, une « confession par un vieillard ancien révolutionnaire », où les révolutionnaires exilés à Londres sont accusés d'être des agents britanniques. En 92, un faux texte de Plekhanov où on accuse la direction du mouvement Narodnaïa Volia d'avoir fait publier cette confession.

En 1902, il tente de constituer une ligue franco-russe antisémite. Pour parvenir à ses fins, il use d'une technique proche de celle des Rose-Croix. Il affirme que la ligue existe, pour qu'ensuite quelqu'un la crée. Mais il use aussi d'une autre technique : il mêle avec doigté le vrai et le faux, et le vrai apparemment lui nuit, ainsi personne ne doute du faux. Il fait circuler à Paris un mystérieux appel aux Français pour soutenir une Ligue Patriotique Russe dont le siège est à Kharkov. Dans l'appel il s'attaque lui-même comme celui qui veut faire échouer la ligue et il souhaite que lui, Račkovskij, change d'idée. Il s'auto-accuse de se servir de personnages discrédités tels que Nilus, ce qui est exact.

Pourquoi peut-on attribuer à Račkovskij les Protocoles ?

Le protecteur de Račkovskij était le ministre Sergheï Witte, un progressiste qui voulait transformer la Russie en un pays moderne. Pourquoi le progressiste Witte se servait-il du réactionnaire Račkovskij, Dieu seul le savait, mais nous étions désormais préparés à tout. Witte avait un adversaire politique, un dénommé Élie de Cyon, qui l'avait déjà attaqué publiquement avec des pointes polémiques rappelant certains passages des Protocoles. Mais dans les écrits de Cyon, il n'y avait pas d'allusions aux juifs, parce que lui-même était d'origine hébraïque. En 1897, par ordre de Witte, Račkovskij fait perquisitionner la villa de Cyon à Territat, et il trouve un pamphlet de Cyon inspiré du livre de Joly (ou de celui de Sue), où l'on attribuait à Witte les idées de Machiavel-Napoléon III. Račkovskij, avec son génie de la falsification, met juifs à la place de Witte et fait circuler le texte. Le nom de Cyon semble fait exprès pour rappeler Sion, et on peut démontrer qu'un représentant juif faisant autorité dénonce un complot juif. Voilà que sont nés les Protocoles. C'est alors que le texte tombe aussi entre les mains de Iuliana ou Justine Glinka, qui fréquente à Paris le milieu de Madame Blavatsky, et, à ses moments perdus, espionne et dénonce les révolutionnaires russes en exil. Glinka est certainement un agent des pauliciens, lesquels sont liés aux propriétaires fonciers et donc veulent convaincre le tsar que les programmes de Witte se confondent avec le complot international juif. Glinka envoie le document au général Orgeievskij, et celui-ci, à travers le commandant de la garde impériale, le fait parvenir au tsar. Witte se trouve dans le pétrin.

C'est ainsi que Račkovskij, entraîné par son fiel antisémite, contribue à la disgrâce de son protecteur. Et probablement à la sienne propre. En effet, à partir de ce moment-là, nous perdions ses traces. Saint-Germain était peut-être parti vers de nouveaux travestissements et de nouvelles réincarnations. Mais notre histoire avait pris un contour plausible, rationnel, limpide, parce qu'elle s'étayait sur une série de faits, vrais — disais Belbo — comme Dieu est vrai.

Tout cela me remettait en esprit les histoires de De Angelis sur la synarchie. Le piquant de toute l'histoire — de notre histoire, certes, mais peut-être de l'Histoire, comme insinuait Belbo, le regard fébrile, tandis qu'il me passait ses fiches —, c'était que des groupes en lutte mortelle s'exterminaient à tour de rôle en utilisant chacun les mêmes armes que l'autre. « Le premier devoir d'un bon infiltré, commentais-je, est de dénoncer comme infiltrés ceux chez qui il s'est infiltré. »

Belbo avait dit : « Je me souviens d'une histoire à ***. Sur le cours, au soleil couchant, je croisais toujours un certain Remo, ou un nom de ce genre, derrière le volant de sa petite Fiat, une Balilla noire. Moustaches noires, cheveux noirs frisés, chemise noire, et dents noires, horriblement cariées. Et il embrassait une fille. Et moi ces dents noires me dégoûtaient, qui embrassaient cette chose belle et blonde, je ne me rappelle même pas la tête qu'elle avait, mais pour moi elle était vierge et prostituée, elle était l'éternel féminin. Et moult en frémissais. » D'instinct, il avait adopté un ton ampoulé pour déclarer son intention ironique, conscient de s'être laissé emporter par les langueurs innocentes de la mémoire. « Je me demandais et j'avais demandé pourquoi ce Remo, qui appartenait aux Brigades Noires, pouvait s'exposer ainsi à la ronde, même dans les périodes où *** n'était pas occupé par les fascistes. Et on m'avait dit qu'il se murmurait que c'était un infiltré des partisans. Tout à coup, un soir je le vois dans sa même Balilla noire, avec les mêmes dents noires, en train de rouler des patins à la même fille blonde, mais avec un foulard rouge au cou et une chemise kaki. Il était passé aux Brigades Garibaldiennes. Tous lui faisaient fête, et il avait pris un nom de bataille, X9, comme le personnage d'Alex Raymond dont il avait lu des aventures dans *L'Avventuroso*. T'es un brave, X9, lui disaient-ils... Et moi je le haïssais encore plus parce qu'il possédait la fille avec le consentement du peuple. Pourtant, certains en parlaient comme d'un infiltré fasciste au milieu des partisans, et je crois que c'étaient ceux qui désiraient la fille ; mais il en allait ainsi, X9 était suspect...

— Et puis ?

— Excusez-moi, Casaubon, pourquoi vous intéressez-vous tellement à mes histoires personnelles ?

— Parce que vous racontez, et les récits sont faits de l'imaginaire collectif.

— Good point. Alors, un matin, X9 circulait hors de la zone habitée, peut-être avait-il donné rendez-vous à la fille dans les champs, pour aller au-delà de ce misérable petting et montrer que sa verge était moins cariée que ses dents — pardonnez-moi, mais je n'arrive pas encore à l'aimer —, en somme, voilà que les fascistes lui tendent une embuscade, l'emmènent en ville et à cinq heures, le lendemain matin, ils le fusillent. »

Une pause. Belbo avait regardé ses mains, qu'il tenait jointes comme s'il était en prière. Puis il les avait écartées et dit : « Preuve que ce n'était pas un infiltré.

— Sens de la parabole ?

— Qui vous a dit que les paraboles doivent avoir un sens ? Mais à bien y repenser, cela veut peut-être dire que souvent, pour prouver quelque chose, il faut mourir. »

— 97 —

Ego sum qui sum.

Exode 3,14.

Ego sum qui sum. An axiom of hermetic philosophy.

Mme BLAVATSKY, *Isis Unveiled*, p. 1.

— *Qui es-tu ? demandèrent ensemble trois cents voix, en même temps que vingt épées étincelaient aux mains des fantômes les plus proches...*
— *Ego sum qui sum, dit-il.*

Alexandre DUMAS, *Joseph Balsamo*, II.

J'avais revu Belbo le matin suivant. « Hier, nous avons écrit une belle page de feuilleton, lui avais-je dit. Mais peut-être, si nous voulons faire un Plan crédible, devrions-nous coller davantage à la réalité.

— Quelle réalité ? m'avait-il demandé. Seul peut-être le feuilleton nous donne la vraie mesure de la réalité. On nous a trompés.

— Qui ?

— On nous a fait croire que d'un côté il y a le grand art, celui qui représente des personnages typiques dans des circonstances typiques, et de l'autre le roman-feuilleton, qui raconte l'histoire de personnages atypiques dans des circonstances atypiques. Je pensais qu'un vrai dandy n'aurait jamais fait l'amour avec Scarlett O'Hara ni avec Constance Bonacieux ou Aurore de Caylus non plus. Moi je jouais avec le feuilleton, pour faire un petit tour hors de la vie. Il me rassurait parce qu'il proposait ce qu'on ne peut atteindre. Eh bien non.

— Non ?

— Non. Proust avait raison : la vie est mieux représentée par la mauvaise musique qu'elle ne l'est par une Missa Solemnis. L'art se moque de nous et nous rassure, il nous fait voir le monde comme les artistes voudraient qu'il fût. Le feuilleton fait semblant de plaisanter, mais au fond il nous fait voir le monde tel qu'il est, ou au moins tel qu'il sera. Les femmes ressemblent plus à Milady qu'à Clélia Conti, Fu Manchu est plus vrai que Nathan le Sage, et l'Histoire ressemble davantage à ce que raconte Sue qu'à ce que projette Hegel. Shakespeare, Melville, Balzac et Dostoïevski ont fait du feuilleton. Ce qui est vraiment arrivé, c'est ce qu'avaient raconté à l'avance les romans-feuilletons.

— C'est qu'il est plus facile d'imiter le feuilleton que l'art. Devenir la Joconde est un travail, devenir Milady suit notre penchant naturel à la facilité. »

Diotallevi, qui jusqu'alors était resté silencieux, avait observé : « Voyez notre Agliè. Il trouve plus facile d'imiter Saint-Germain que Voltaire.

— Oui, avait dit Belbo, au fond les femmes aussi trouvent que Saint-Germain est plus intéressant que Voltaire. »

Par la suite, j'ai retrouvé ce *file*, où Belbo avait résumé nos conclusions en termes romanesques. Je dis en termes romanesques parce que je me rends compte qu'il s'était amusé à reconstituer l'épisode en n'y mettant de son cru que de rares phrases de raccord. Je ne repère pas toutes les citations, les plagiats et les emprunts, mais j'ai reconnu de nombreux passages de ce collage furibond. Une fois de plus, pour échapper à l'inquiétude de l'Histoire, Belbo avait écrit et reparcouru la vie par écriture interposée.

FILENAME : *LE RETOUR DE SAINT-GERMAIN*

Depuis cinq siècles, désormais, la main vengeresse du Tout-Puissant m'a poussé des profondeurs de l'Asie jusque sur ces terres. J'apporte avec moi l'épouvante, la désolation, la mort. Mais courage, je suis le notaire du Plan, même si les autres ne le savent pas. J'ai vu bien pire, et les manigances la nuit de la Saint-Barthélemy m'ont coûté plus d'ennui que ce que je me dispose à faire. Oh, pourquoi mes lèvres se plissent-elles dans ce sourire satanique ? Je suis celui qui est, si le maudit Cagliostro ne m'avait pas usurpé jusqu'à ce dernier droit.

Mais le triomphe est proche. Soapes, quand j'étais Kelley, m'a tout appris, dans la Tour de Londres. Le secret c'est de devenir un autre.

Par d'astucieuses manœuvres, j'ai fait enfermer Joseph Balsamo dans la forteresse de San Leo, et je me suis emparé de ses secrets. En tant que Saint-Germain, j'ai disparu, maintenant tout le monde croit que je suis le comte de Cagliostro.

Minuit vient de retentir à toutes les horloges de la ville. Quel calme peu naturel. Ce silence ne me dit rien qui vaille. Le soir est splendide, encore que très froid, la lune haute dans le ciel illumine d'une clarté glaciale les venelles impénétrables du vieux Paris. Il pourrait être dix heures du soir : le clocher de l'abbaye des Black Friars a depuis peu sonné lentement huit heures. Le vent secoue avec de lugubres grincements les girouettes de fer sur l'étendue désolée des toits. Une épaisse couche de nuages recouvre le ciel.

Capitaine, remontons-nous ? Non ! Au contraire ! Nous descendons ! Damnation, bientôt le *Patna* coulera à pic, saute Jim de la Papaye, saute. Ne donnerais-je pas peut-être, pour échapper à cette angoisse, un diamant gros comme une noisette ? Lofe en grand, la barre dessous toute, la grand-voile, le perroquet, et quoi encore, hôte de malheur, là-bas ça souffle !

Je grince horriblement de toutes mes dents, tandis qu'une pâleur de mort embrase mon visage cireux de flammes verdâtres.

Comment suis-je arrivé ici, moi qui semble l'image même de la vengeance ? Les esprits de l'enfer n'auront que sourires de mépris devant les larmes de l'être dont la voix menaçante les a fait trembler si souvent au sein même de leur abîme de feu.

Holà, un flambeau.

Combien de marches ai-je descendues avant de pénétrer dans ce bouge ? Sept ? Trente-six ? Il n'est pierre que j'aie effleurée, pas que j'aie accompli, qui ne cachât un hiéroglyphe. Quand je l'aurai dévoilé, à mes féaux sera enfin révélé le Mystère. Après, il n'y aura plus qu'à le déchiffrer ; et sa solution sera la Clef, derrière laquelle se cache le Message, qui, à l'initié, et à lui seul, dira en lettres claires quelle est la nature de l'Énigme.

De l'énigme au décryptage, le pas est bref, et il en sortira, éclatant, le Hiérogramme sur quoi affiner la prière de l'interrogation. Ensuite, il ne pourra plus être ignoré de personne, l'Arcane, voile, couverture, tapisserie égyptienne qui recouvre le Pentacle. Et de là vers la lumière pour déclarer du pentacle le Sens Occulte, la Question Kabbalistique à quoi ils seront peu à répondre, pour dire d'une voix de tonnerre quel est le Signe Insondable. Pliés sur lui, Trente-six Invisibles devront donner la réponse, l'énonciation de la Rune dont le sens n'est ouvert qu'aux fils d'Hermès, et qu'à eux soit donné le Sceau Moqueur, Masque derrière lequel se profilerait le visage qu'ils cherchent de mettre à nu, le Rébus Mystique, l'Anagramme Sublime...

— Sator Arepo ! crié-je d'une voix à faire trembler un spectre

Et, abandonnant la roue qu'il tient avec le concours diligent de ses mains homicides, Sator Arepo apparaît, soumis à mon commandement. Je le reconnais, et déjà je soupçonnais qui il était. C'est Luciano, l'expéditionnaire mutilé, que les Supérieurs Inconnus ont désigné comme exécuteur de ma tâche infâme et sanglante.

— Sator Arepo, demandé-je moqueur, tu sais toi quelle est la réponse finale qui se cache derrière la Sublime Anagramme ?

— Non, comte, répond l'imprudent, et je l'attends de tes paroles.

Un éclat de rire infernal sort de mes lèvres pâles et résonne sous les voûtes antiques.

— Naïf ! Seul le vrai initié sait qu'il ne la sait pas !

— Oui, maître, répond, obtus, l'expéditionnaire mutilé, comme vous voulez. Je suis prêt.

Nous sommes dans un bouge sordide de Clignancourt. Ce soir, c'est toi que je dois punir, avant tout le monde, toi qui m'as initié à l'art noble du crime. Me venger de toi, qui feins de m'aimer, et, ce qui est pis, le crois, et des ennemis sans nom avec qui tu passeras le prochain week-end. Luciano, témoin importun de mes humiliations, me prêtera son bras — l'unique — puis il en mourra.

Un bouge avec une trappe dans le pavement, qui ouvre sur une espèce de ravin, de réservoir, de boyau souterrain, utilisé depuis des temps immémoriaux pour y entreposer des marchandises de contrebande, à l'humidité inquiétante parce qu'il touche aux égouts collecteurs de Paris, labyrinthe du crime, et les vieux murs suent d'indicibles miasmes, si bien qu'il suffit, avec l'aide de Luciano, très fidèle dans le mal, de pratiquer un trou dans le mur et l'eau entre à flots, inonde le sous-sol, fait crouler les murs déjà branlants, et le ravin se confond avec le reste des collecteurs, où surnagent à présent des rats gras putréfiés, la surface noirâtre qu'on entrevoit du haut de la trappe est désormais le vestibule de la perdition nocturne : très loin, la Seine, puis la mer...

De la trappe pend une échelle assurée au bord supérieur, et sur celle-ci, à fleur d'eau, Luciano s'installe, avec un couteau : une main ferme sur le premier barreau, l'autre qui serre le coutelas, la troisième prête à saisir la victime. Maintenant attends, et en silence — lui dis-je —, tu verras.

Je t'ai convaincue d'éliminer tous les hommes avec une cicatrice — viens avec moi, sois mienne à jamais, éliminons ces présences importunes, je sais bien que tu ne les aimes pas, tu me l'as dit, nous resterons toi et moi, et les courants souterrains.

Tu viens d'entrer, hautaine comme une vestale, recroquevillée et racornie comme une mégère — ô vision d'enfer, toi qui secoues mes lombes centenaires et me serres la poitrine dans l'étau du désir, ô splendide mulâtresse, instrument de ma perdition. De mes mains crochues je lacère ma chemise de fine batiste qui pare ma poitrine, de mes ongles je strie ma peau de sillons sanglants, tandis qu'une brûlure atroce incendie mes lèvres froides comme les mains du serpent. Un sourd rugissement monte des plus noires cavernes de mon âme et jaillit de la rangée de mes dents cruelles — moi centaure vomi du Tartare —, et le vol d'une salamandre est presque inaudible, car je retiens mon hurlement, et je m'approche de toi avec un sourire atroce.

« Ma chérie, ma Sophia, te dis-je plein de la grâce féline avec laquelle seul sait parler le chef secret de l'Okhrana. Viens, je t'attendais, blottis-toi avec moi dans la ténèbre, et attends — et tu ris, recroquevillée, visqueuse, savourant à l'avance quelque héritage ou butin, un manuscrit des Protocoles à vendre au tsar... Comme tu sais bien masquer, derrière ce visage d'ange, ta nature de démon, pudiquement bandée par tes blue-jeans androgynes, le T-shirt presque transparent qui toutefois cache le lys infâme imprimé sur ta chair blanche par le bourreau de Lille !

Est arrivé le premier sot, par moi attiré dans le piège. J'aperçois difficilement ses traits, sous la cape qui l'enveloppe, mais il me montre le signe des templiers de Provins. C'est Soapes, le sicaire du groupe de Tomar.

— Comte, me dit-il, le moment est venu. Pendant trop d'années nous avons erré, dispersés de par le monde. Vous avez le fragment final du message, moi celui qui apparut au début du Grand Jeu. Mais ceci est une autre histoire. Réunissons nos forces, et les autres...

Je complète sa phrase : « Les autres, aux enfers. Va, frère, au centre de la pièce il y a un écrin, dans l'écrin ce que tu cherches depuis des siècles. N'aie peur de l'obscurité, elle ne nous menace pas mais nous protège. »

Le sot dirige ses pas presque à l'aveuglette. Un bruit sourd, étouffé. Il est tombé dans la trappe ; à fleur d'eau Luciano le saisit et lui donne du tranchant de sa lame, une coupure éclair à la gorge, le gargouillis du sang se confond avec le bouillonnement du purin chthonien.

On frappe à la porte.

— C'est toi, Disraeli ?

— Oui, me répond l'inconnu, dans lequel mes lecteurs auront reconnu le grand maître du groupe anglais, désormais parvenu au faîte du pouvoir, mais encore insatisfait.

Il parle : « My Lord, it is useless to deny, because it is impossible to conceal, that a great part of Europe is covered with a network of these secret societies, just as the superficies of the earth is now being covered with railroads...

— Tu l'as déjà dit aux Communes, 14 juillet 1856, rien ne m'échappe. Venons-en au fait.

Le juif baconien jure entre ses dents. Il poursuit :

— Ils sont trop nombreux. Les trente-six Invisibles sont à présent trois cent soixante. Multiplie par deux, sept cent vingt. Soustrais les cent vingt années au terme desquelles s'ouvrent les portes, et tu as six cents, comme la charge de Balaklava.

Diable d'homme, la science des nombres n'a pas de secrets pour lui.

— Eh bien ?

— Nous avons l'or, toi la carte. Unissons-nous, et nous serons invincibles.

D'un geste hiératique je lui montre du doigt l'écrin fantasmatique : aveuglé par sa convoitise, il croit l'apercevoir dans l'ombre. Il s'avance, tombe.

J'entends le sinistre éclair de la lame de Luciano, et, malgré la ténèbre, je vois le râle qui luit dans la pupille muette de l'Anglais. Justice est faite.

J'attends le troisième, l'homme des Rose-Croix français, Montfaucon de Villars, prêt à trahir, j'en suis déjà prévenu, les secrets de sa secte.

— Je suis le comte de Gabalis, se présente-t-il, menteur et fat.

J'ai peu de mots à susurrer pour l'induire à se dirigeı vers son destin. Il tombe, et Luciano, avide de sang, accomplit sa besogne.

Tu souris avec moi dans l'ombre, et tu me dis que tu es mienne, et tien sera mon secret. Mets-toi le doigt dans l'œil, sinistre caricature de la Shekhina. Oui, je suis ton Simon, attends, tu ignores encore le meilleur. Et quand tu le sauras, tu auras cessé de le savoir.

Qu'ajouter ? Un à un entrent les autres.

Le père Bresciani m'avait informé que pour représenter les illuminés allemands viendrait Babette d'Interlaken, arrière-petite-fille de Weishaupt, la grande vierge du communisme helvétique, élevée dans la ripaille, la rapine et le sang, experte à ravir les secrets impénétrables, à ouvrir les dépêches sans en violer les sceaux, à administrer les poisons selon les ordres de sa secte.

Entre donc le jeune agathodémon du crime : elle est enveloppée d'une fourrure d'ours blanc, ses longs cheveux blonds fluent de dessous son colback crâneur, regard hautain, mine sarcastique. Et, avec l'habituelle manœuvre, je la dirige vers sa perdition.

Ah, ironie du langage — ce don que la nature nous a fait pour taire les secrets de notre âme ! L'Illuminée tombe victime de l'Obscurité. Je l'entends éructer d'horribles jurons, l'impénitente, tandis que Luciano lui retourne deux fois le couteau dans le cœur. Déjà vu, déjà vu...

C'est le tour de Nilus, qui, pendant un instant, avait cru avoir et la tsarine et la carte. Sale moine luxurieux, tu voulais l'Antéchrist ? Il se trouve devant toi, mais tu l'ignores. Et je le conduis, aveugle, au milieu de mille mystiques cajoleries, au piège infâme qui l'attend. Luciano lui ouvre la poitrine d'une blessure en forme de croix : il s'abîme dans le sommeil éternel.

Je dois surmonter l'ancestrale méfiance du dernier, le Sage de Sion, qui prétend être Ahasvérus, le Juif Errant, comme moi immortel. Il n'a pas confiance, alors qu'il sourit, onctueux, la barbe encore souillée du sang des tendres créatures chrétiennes dont il est habitué à faire carnage dans le cimetière de Prague. Il sait que je suis Račkovskij, il faut que je le dépasse en astuce. Je lui laisse entendre que l'écrin ne contient pas seulement la carte, mais aussi des diamants bruts, encore à tailler. Je sais la fascination qu'exercent les diamants bruts sur cette engeance déicide. Il va vers son destin, entraîné par sa cupidité et c'est à son Dieu, cruel et vindicatif, qu'il lance des imprécations tout en mourant, transpercé comme Hiram, et lancer ses imprécations lui est même malaisé, parce que de son Dieu il ne parvient pas à prononcer le nom.

Naïf, moi qui croyais avoir mené le Grand Œuvre à son terme.

Comme heurtée par un tourbillon, une fois encore s'ouvre la porte du bouge et apparaît une silhouette au visage livide, les mains dévotement racornies sur la poitrine, le regard furtif, qui ne réussit pas à cacher sa nature parce qu'elle s'habille des noirs habits de sa noire Compagnie. Un fils de Loyola !

— Crétineau ! m'écrié-je, induit en erreur.

Il lève la main en un geste hypocrite de bénédiction.

— Je ne suis pas celui que je suis, me dit-il avec un sourire qui n'a plus rien d'humain.

C'est vrai, ce fut de tout temps leur technique : tantôt ils nient à eux-mêmes leur propre existence, tantôt ils proclament la puissance de leur ordre pour intimider le couard.

— Nous sommes toujours autre que ce que vous pensez, fils de Bélial (dit à présent ce séducteur de souverains). Mais toi, ô Saint-Germain...

— Comment sais-tu que je suis vraiment ? demandé-je troublé.

Il sourit, menaçant :

— Tu m'as connu en d'autres temps, quand tu as cherché à m'éloigner du chevet de Postel, quand, sous le nom d'Abbé d'Herblay, je t'ai amené à terminer une de tes incarnations au cœur de la Bastille (oh, comme je sens encore sur mon visage le masque de fer auquel la Compagnie, avec l'aide de Colbert, m'avait condamné !), tu m'as connu quand j'espionnais tes conciliabules avec d'Holbach et Condorcet...

— Rodin ! m'exclamé-je, comme frappé par la foudre.

— Oui, Rodin, le général secret des jésuites ! Rodin que tu ne tromperas pas en le faisant tomber dans la trappe, ainsi que tu l'as fait avec les autres naïfs. Sache, ô Saint-Germain, qu'il n'est crime, artifice néfaste, piège criminel, que nous n'ayons inventé avant vous, pour la plus grande gloire de notre Dieu qui justifie les moyens ! Que de têtes couronnées n'avons-nous pas fait tomber dans la nuit qui n'a pas de matin, dans des leurres bien plus raffinés, pour obtenir la domination du monde. Et maintenant tu veux empêcher que, à un pas du but, nous ne mettions nos mains rapaces sur le secret qui meut depuis cinq siècles l'histoire du monde ?

Rodin, en parlant de la sorte, devient épouvantable. Tous ces instincts d'ambition sanguinaire, sacrilège, exécrable qui s'étaient manifestés chez les papes de la Renaissance, transparaissent à présent sur le front de ce fils d'Ignace. Je vois juste : une soif de domination insatiable agite son sang impur, une sueur brûlante l'inonde, une espèce de vapeur nauséabonde se répand autour de lui.

Comment frapper ce dernier ennemi ? Je me rappelle l'intuition inattendue, qui seule sait nourrir celui pour qui l'esprit humain, depuis des siècles, n'a pas de replis inviolés.

— Regarde-moi, dis-je, moi aussi je suis un Tigre.

D'un seul coup, je te pousse toi au milieu de la pièce, et je t'arrache ton T-shirt, je déchire la ceinture de la moulante cuirasse qui cache les grâces de ton ventre ambré. Maintenant toi, à la pâle lumière de la lune qui pénètre par la porte entrouverte, tu te dresses, plus belle que le serpent qui séduisit Adam, fière et lascive, vierge et prostituée, vêtue de ton seul pouvoir charnel, parce que la femme nue est la femme armée.

Le klaft égyptien descend sur tes cheveux touffus, bleus à force d'être noirs, ton sein palpitant sous la mousseline légère. Autour de ton petit front bombé et obstiné s'enroule l'uraeus d'or aux yeux d'émeraude, dardant sur ta tête sa triple langue de rubis. Ô ta tunique de voile noir aux reflets d'argent, serrée par une écharpe brodée d'iris funestes, en perles noires. Ton pubis replet tout rasé afin d'offrir, aux yeux de tes amants, la nudité d'une statue ! La pointe de tes mamelons déjà suavement effleurée par le pinceau de ton esclave du Malabar, trempé dans le même carmin qui t'ensanglante les lèvres, invitantes comme une blessure !

Rodin à présent respire péniblement. Les longues abstinences, la vie passée dans un rêve de puissance, n'ont rien fait d'autre que le préparer encore plus à son désir irrépressible. Face à cette reine belle et impudique, aux yeux noirs comme ceux du démon, aux épaules rondes, aux cheveux odorants, à la peau blanche et tendre, Rodin est pris par l'espérance de caresses ignorées, de voluptés ineffables, il frémit dans sa chair même tel frémit un dieu des forêts en observant une nymphe nue qui se mire dans l'eau où s'est déjà damné Narcisse. Je devine à contre-jour son rictus irrépressible ; il est comme pétrifié par Méduse, sculpté dans le désir d'une virilité réfrénée et maintenant à son déclin, des flammes obsédantes de lascivité lui tordent les chairs ; il est comme un arc bandé vers le but, bandé jusqu'au point où il cède et se brise.

D'un coup, il est tombé sur le sol, rampant devant cette apparition, la main telle une serre tendue pour implorer une gorgée d'élixir.

— Ô, râle-t-il, ô comme tu es belle, ô ces petites dents de jeune louve qui brillent quand tu ouvres tes lèvres rouges et renflées... Ô tes grands yeux d'émeraude qui tantôt étincellent et tantôt languissent. Ô démon de la volupté.

Il y a de quoi, le misérable, tandis que tu remues à présent tes hanches moulées par la toile bleuâtre et que tu tends le pubis pour pousser le flipper à la dernière démence.

— Ô vision, dit Rodin, sois mienne, pour un seul instant, comble par un instant de plaisir une vie passée au service d'une divinité jalouse, console d'un éclair de luxure l'éternité de flamme à quoi ta vision maintenant me pousse et entraîne. Je t'en prie, effleure mon visage de tes lèvres, toi Antinea, toi Marie-Madeleine, toi que j'ai désirée dans la face des saintes troublées par l'extase, que j'ai convoitée au cours de mes hypocrites adorations de visages virginaux, ô ma Dame, tu es aussi belle que le soleil, blanche comme la lune, et voilà que je renie et Dieu et les Saints, et le Pontife de Rome soi-même, je dirai plus, je renie le Loyola, et le serment criminel qui me lie à ma Compagnie, j'implore un seul baiser, et puis que j'en meure.

Il a fait encore un pas, rampant sur ses genoux racornis, la soutane soulevée sur ses reins, la main encore plus tendue vers ce bonheur impossible à atteindre. Soudain il est retombé en arrière, les yeux paraissent lui sortir des orbites. D'atroces convulsions impriment à ses traits des secousses inhumaines, semblables à celles que la pile Volta produit sur le visage des cadavres. Une écume bleuâtre empourpre ses lèvres, d'où sort une voix sifflante et étranglée, comme celle d'un hydrophobe, car lorsqu'elle arrive à sa phase paroxystique, ainsi que le dit fort bien Charcot, cette épouvantable maladie qu'est le satyriasis, punition de la luxure, marque des mêmes stigmates que la folie canine.

C'est la fin. Rodin éclate en un rire insensé. Après quoi, il s'écroule sur le sol, inanimé, image vivante de la rigidité cadavérique.

En un seul instant, il est devenu fou et il est mort damné.

Je me suis limité à pousser le corps vers la trappe, avec cautèle, pour ne pas salir mes poulaines vernies contre la soutane graisseuse de mon dernier ennemi.

Nul besoin du coutelas homicide de Luciano, mais le sicaire ne parvient pas à contrôler ses gestes, lancé qu'il est dans une funeste compulsion de répétition. Il rit, et poignarde un cadavre désormais sans vie.

A présent je me dirige avec toi vers l'extrême bord de la trappe, je te caresse le cou et la nuque alors que tu te penches pour jouir de la scène ; je te dis : « Es-tu contente de ton Rocambole, mon amour inaccessible ? »

Et tandis que tu fais signe que oui, lascive, et que tu ricanes en salivant dans le vide, je serre imperceptiblement les doigts, que fais-tu mon amour, rien Sophia, je te tue, dorénavant je suis Joseph Balsamo et n'ai plus besoin de toi.

L'amante des Archontes expire, tombe à pic dans l'eau, Luciano ratifie d'un coup de lame le verdict de ma main impitoyable et je lui dis : « Maintenant tu peux remonter, mon féal, mon âme damnée, et au moment où en remontant il m'offre son dos, je lui plante entre les omoplates un très fin stylet à lame triangulaire, qui ne laisse presque aucune cicatrice. Il dégringole, je ferme la trappe, c'est fait, j'abandonne le bouge, alors que huit corps naviguent vers le Châtelet, par des conduits connus de moi seul.

Je reviens dans mon petit appartement du faubourg Saint-Honoré, je me regarde dans mon miroir. Voilà, me dis-je, je suis le Roi du Monde. De mon aiguille creuse je domine l'univers. En de certains moments ma puissance me fait tourner la tête. Je suis un maître d'énergie. Je suis ivre d'autorité.

Hélas, la vengeance de la vie ne tardera pas. Des mois après, dans la crypte la plus profonde du château de Tomar, maître maintenant du secret des courants souterrains et seigneur des six lieux sacrés de ceux qui avaient été les Trente-six Invisibles, dernier des derniers Templiers et Supérieur Inconnu de tous les Supérieurs Inconnus, je devrais épouser Cecilia, l'androgyne aux yeux de glace, de laquelle plus rien ne me sépare désormais. Je l'ai retrouvée après des siècles, depuis qu'elle m'avait été soufflée par l'homme au saxophone. A présent, elle marche en équilibre sur le dossier du banc, bleue et blonde, et je ne sais toujours pas ce qu'elle a sous le tulle vaporeux qui la pare.

La chapelle est creusée dans le roc, l'autel est surmonté d'une toile inquiétante qui représente les supplices des damnés dans les entrailles de l'enfer. Quelques moines encapuchonnés me font ténébreusement haie, et encore point ne me troublent, fasciné que je suis par l'imagination ibérique…

Mais — horreur — la toile se soulève, et, derrière elle, œuvre admirable d'un Arcimboldo des cavernes, apparaît une autre chapelle, en tout semblable à celle où je me trouve, et là, devant un autre autel, est agenouillée Cecilia, et à côté d'elle — une sueur froide emperle mon front, mes cheveux se dressent sur ma tête — qui vois-je arborer, narquois, sa cicatrice ? L'Autre, le vrai Joseph Balsamo, que quelqu'un a libéré du cachot de San Leo !

Et moi ? C'est à cet instant que le plus vieux des moines soulève son capuchon, et je reconnais l'horrible sourire de Luciano, réchappé qui sait comme à mon stylet, aux égouts, à la boue sanglante qui aurait dû l'entraîner, cadavre maintenant, dans le fond silencieux des océans, passé à mes ennemis par juste soif de vengeance.

Les moines se libèrent de leur froc et surgissent cataphractés dans une armure jusqu'alors cachée, une croix flamboyante sur leur manteau blanc comme neige. Ce sont les Templiers de Provins !

Ils s'emparent de moi, me contraignent à tourner la tête : dans mon dos est apparu un bourreau accompagné de deux aides difformes ; on me fait ployer sur une sorte de garrot, et avec une marque au fer rougi à blanc on me consacre proie éternelle du geôlier, le sourire infâme du Baphomet s'imprime à jamais sur mon épaule — maintenant je comprends : afin que je puisse remplacer Balsamo à San Leo, autrement dit reprendre la place qui m'avait été assignée de toute éternité.

Mais ils me reconnaîtront, me dis-je, et puisque tous croient désormais que moi je suis lui, et lui le damné, on me viendra même en aide — mes complices, au moins —, on ne peut remplacer un prisonnier sans que personne s'en aperçoive, nous ne sommes plus au temps du Masque de Fer... Naïf ! En un éclair, je comprends, quand le bourreau me fait pencher la tête sur une cuvette de cuivre d'où s'élèvent des vapeurs verdâtres... Le vitriol !

On m'assujettit un chiffon sur les yeux, et mon visage est poussé au contact du liquide vorace, une douleur insupportable, lancinante, la peau de mes joues, du nez, de la bouche, du menton, se recroqueville, s'écaille, un instant suffit, et comme on me relève en me tirant par les cheveux, mon visage est maintenant méconnaissable, un tabès, une variole, un indicible néant, un hymne à la répugnance, je reviendrai au cachot ainsi qu'y reviennent beaucoup de fugitifs qui eurent le courage de se défigurer pour ne pas être repris.

Ah, m'écrié-je vaincu ; et, au dire du narrateur, un mot sort de mes lèvres corrompues, un soupir, un cri d'espoir : Rédemption !

Mais rédemption de quoi, vieux Rocambole, tu savais bien qu'il ne fallait pas tenter d'être un protagoniste ! Tu as été puni, et par tes artifices mêmes. Tu as humilié les écrivains de l'illusion, et à présent — tu le vois — tu écris, avec l'alibi de la machine. Tu t'imagines que tu es spectateur, parce que tu te lis sur l'écran comme si les mots étaient ceux d'un autre, mais tu es tombé dans le piège, voilà que tu cherches à laisser des traces sur le sable. Tu as osé changer le texte du roman du monde, et le roman du monde te reprend dans ses trames, et t'enserre dans son intrigue, que tu n'as pas choisie.

Mieux valait que je reste dans tes îles, Jim de la Papaye, et qu'elle t'eût cru mort.

— 98 —

Le parti national-socialiste ne tolérait pas les sociétés secrètes, parce qu'il était lui-même une société secrète, avec son grand maître, sa gnose raciste, ses rites et ses initiations.

René ALLEAU, *Les sources occultes du nazisme*, Paris, Grasset, 1969, p. 214.

Je crois que ce fut à cette période qu'Agliè échappa à notre contrôle. C'était l'expression qu'avait utilisée Belbo, sur un ton excessivement détaché. Moi je l'avais attribuée encore une fois à sa jalousie. Silencieusement obsédé par le pouvoir d'Agliè sur Lorenza, à voix haute il raillait le pouvoir qu'Agliè était en train de prendre sur Garamond.

Peut-être avait-ce été aussi de notre faute. Agliè avait commencé à séduire Garamond presque un an avant, dès les jours de la fête alchimique dans le Piémont. Garamond lui avait confié le fichier des ACA afin qu'il repérât de nouvelles victimes à stimuler pour grossir le catalogue d'Isis Dévoilée ; il le consultait désormais pour chaque décision, et lui passait certainement un chèque mensuel. Gudrun, qui accomplissait des explorations périodiques au fond du couloir, au-delà de la porte vitrée qui donnait dans le royaume ouaté des éditions Manuzio, nous disait de temps à autre, sur un ton préoccupé, qu'Agliè s'était pratiquement installé dans le bureau de madame Grazia, il lui dictait des lettres, conduisait des visiteurs nouveaux dans le bureau de Garamond, bref — et là le ressentiment ôtait à Gudrun encore plus de voyelles — il agissait en patron. Au vrai, nous aurions pu nous demander pourquoi Agliè passait des heures et des heures sur la liste d'adresses des éditions Manuzio. Il avait eu suffisamment de temps pour repérer les ACA qui pouvaient être poussés comme nouvelles recrues d'Isis Dévoilée. Et pourtant, il continuait à écrire, à contacter, à convoquer. Mais nous, au fond, nous encouragions son autonomie.

La situation n'était pas pour déplaire à Belbo. Agliè plus souvent via Marchese Gualdi signifiait Agliè moins souvent via Sincero Renato, et donc moins de possibilités que certaines irruptions soudaines de Lorenza Pellegrini — auxquelles toujours plus pathétiquement il s'illuminait, sans aucune tentative, désormais, de cacher son excitation — fussent troublées par la brusque entrée de « Simon ».

Elle n'était pas pour me déplaire à moi non plus, dépris que j'étais maintenant d'Isis Dévoilée et toujours plus pris par mon histoire de la magie. Je pensais avoir découvert chez les diaboliques tout ce que je pouvais découvrir, et je laissais Agliè gérer les contacts (et les contrats) avec les nouveaux auteurs.

Elle n'était pas pour déplaire à Diotallevi, dans la mesure où le monde semblait lui importer de moins en moins. A y repenser maintenant, il continuait à maigrir de façon inquiétante, je le surprenais parfois dans son bureau, penché sur un manuscrit, le regard perdu dans le vide, le stylo prêt à lui tomber de la main. Il n'était pas endormi, il était épuisé.

Mais il y avait une autre raison pour laquelle nous acceptions qu'Agliè fît des apparitions de plus en plus rares, nous rendît les manuscrits qu'il avait rejetés et disparût le long du couloir. En réalité, nous ne voulions pas qu'il écoutât nos propos. Si on nous avait demandé pourquoi, nous aurions dit par honte, ou par délicatesse, étant donné que nous parodiions des métaphysiques auxquelles lui, en quelque façon, croyait. En réalité, nous le faisions par défiance, nous nous laissions prendre peu à peu par la réserve naturelle de celui qui sait qu'il possède un secret, et nous repoussions insensiblement Agliè dans la populace des profanes, nous qui, lentement, et en souriant de moins en moins, venions à connaître ce que nous avions inventé. Par ailleurs, comme dit Diotallevi dans un moment de bonne humeur, à présent que nous avions un vrai Saint-Germain nous ne savions que faire d'un Saint-Germain présumé.

Agliè ne paraissait pas prendre ombrage de notre réserve à son égard. Il nous saluait avec beaucoup de grâce, et il s'éclipsait. Avec une grâce qui frôlait la morgue désormais.

Un lundi matin, j'étais arrivé tard au bureau, et Belbo, impatient, m'avait invité à venir le voir, appelant aussi Diotallevi. « Grandes nouveautés », avait-il dit. Il s'apprêtait à parler quand était arrivée Lorenza. Belbo était partagé entre la joie de cette visite et l'impatience de nous raconter ses trouvailles. Sitôt après, nous avions entendu frapper et Agliè était apparu sur le pas de la porte : « Je ne veux pas vous importuner, je vous en prie, restez assis. Je n'ai pas le pouvoir de troubler pareil consistoire. J'avise seulement notre très chère Lorenza que je suis de l'autre côté, chez monsieur

Garamond. Et j'espère avoir au moins le pouvoir de la convoquer pour un sherry à midi, dans mon bureau. »

Dans son bureau. Cette fois, Belbo était sorti de ses gonds. Du moins, comme lui pouvait sortir de ses gonds. Il avait attendu qu'Agliè eût refermé la porte et il avait dit entre ses dents : « Ma gavte la nata. »

Lorenza, qui faisait encore des gestes d'allégresse complice, lui avait demandé ce que ça voulait dire.

« C'est turinois. Ça signifie ôte ton bouchon, autrement dit, si tu préfères, veuillez, je vous prie, ôter votre bouchon. Quand on a en face de soi une personne hautaine et rengorgée, on la suppose enflée par sa propre immodestie, et on suppose également que pareille autoconsidération immodérée tient en vie le corps dilaté uniquement en vertu d'un bouchon qui, enfilé dans le sphincter, empêcherait que toute cette aérostatique dignité ne se dissolve, de sorte que, en invitant le sujet à ôter ladite rondelle de liège, on le condamne à poursuivre son propre et irréversible dégonflement, point trop rarement accompagné d'un sifflement très aigu et d'une réduction à une pauvre chose de l'enveloppe externe survivante, image décharnée et exsangue fantôme de l'ancienne majesté.

— Je ne te croyais pas aussi vulgaire.

— Maintenant tu le sais. »

Lorenza était sortie, faussement irritée. Je savais que Belbo en souffrait encore plus : une vraie rage l'aurait apaisé, mais une mauvaise humeur mise en scène l'induisait à penser que, chez Lorenza, théâtrales étaient aussi les apparences de passion, toujours.

Et ce fut pour ça, je crois, qu'avec détermination il dit aussitôt : « Allons, poursuivons. » Et il voulait dire continuons avec le Plan, remettons-nous sérieusement au travail.

« Je n'en ai pas envie, avait dit Diotallevi. Je ne me sens pas bien. J'ai mal ici, et il se touchait l'estomac, je crois que c'est de la gastrite.

— Tu parles, lui avait dit Belbo, si moi je n'ai pas de gastrite... Qu'est-ce qui t'a donné une gastrite, l'eau minérale ?

— Ça se pourrait bien, avait répondu Diotallevi, dans un sourire forcé. Hier soir j'ai dépassé les bornes. Je suis habitué à la Vichy et j'ai bu de la Badoit.

— Alors il faut que tu fasses attention, ces excès pourraient te tuer. Mais poursuivons, parce qu'il y a deux jours que je meurs d'envie de vous raconter... Je sais enfin pourquoi depuis des siècles les Trente-Six Invisibles ne réussissent pas à déterminer la forme de la carte. John Dee s'était trompé, la géographie est à refaire. Nous vivons à l'intérieur d'une terre creuse, enveloppés par la surface terrestre. Et Hitler l'avait compris. »

— 99 —

Le nazisme a été le moment où l'esprit de magie s'est emparé des leviers du progrès matériel. Lénine disait que le communisme, c'est le socialisme plus l'électricité. D'une certaine façon, l'hitlérisme c'était le guénonisme plus les divisions blindées.

PAUWELS et BERGIER, *Le matin des magiciens*,
Paris 1960, 2, VII.

Belbo avait réussi à placer Hitler aussi dans le plan. « En toutes lettres, le papier parle clair. Il est prouvé que les fondateurs du nazisme étaient liés au néo-templarisme teutonique.

— Ça ne fait pas un pli.

— Je n'invente rien, Casaubon, pour une fois je ne l'ai pas inventé !

— Du calme, avons-nous jamais inventé quoi que ce soit ? Nous sommes toujours partis de données objectives, et en tout cas de nouvelles de notoriété publique.

— Cette fois aussi. En 1912, naît un Germanenorden qui lutte pour une aryosophie, c'est-à-dire une philosophie de la supériorité aryenne. En 1918, certain baron von Sebottendorff en fonde une filiation, la Thule Gesellschaft, une société secrète, la énième variation de la Stricte Observance Templière, mais fortement teintée de racisme, de pangermanisme, de néo-aryanisme. Et, en 1933, ce Sebottendorff écrira qu'il a semé ce que Hitler a ensuite fait pousser. D'autre part, c'est dans les milieux de la Thule Gesellschaft qu'apparaît la croix gammée. Et qui appartient tout de suite à la Thule ? Rudolf Hess, l'âme damnée de Hitler ! Et puis Rosenberg ! Et Hitler soi-même ! D'ailleurs, vous avez dû le lire dans les journaux : dans sa prison de Spandau, Hess s'occupe encore aujourd'hui de sciences ésotériques. En 24, von Sebottendorff écrit un petit livre sur l'alchimie, et il observe que les premières expériences de fission atomique démontrent les vérités du Grand Œuvre. Et il écrit un roman sur les Rose-Croix ! En outre, il dirigera une revue d'astrologie, l'*Astrologische Rundschau*, et Trevor-Roper a écrit que les hiérarques nazis, Hitler en tête, ne faisaient rien avant qu'on ne leur ait tiré l'horoscope. En 1943, il paraît qu'on a consulté un groupe de médiums sensitifs pour découvrir où Mussolini était gardé prisonnier. Bref, tout le groupe dirigeant nazi est lié au néo-occultisme teutonique. »

Belbo semblait avoir oublié l'incident avec Lorenza, et moi je l'assistais en donnant des coups d'accélérateur à la reconstitution : « Au fond, nous pouvons aussi considérer sous cette lumière le pouvoir de Hitler comme meneur de foules. Physiquement, c'était un crapaud, il avait une voix criarde, comment faisait-il pour rendre fous les gens ? Il devait posséder des facultés médiumniques. Il savait probablement, instruit par quelque druide de sa région, se mettre en contact avec les courants souterrains. Lui aussi était une fiche, un menhir biologique. Il transmettait l'énergie des courants aux fidèles du stade de Nuremberg. Pendant un certain temps, ça a dû lui réussir, et puis il a eu ses batteries à plat. »

— 100 —

Au monde entier : je déclare que la terre est vide et habitable à l'intérieur ; qu'elle contient un certain nombre de sphères solides, concentriques, c'est-à-dire placées les unes dans les autres, et qu'elle est ouverte aux deux pôles sur une étendue de douze ou seize degrés.

J. Cleves SYMNES, capitaine d'infanterie, 10 avril 1818 ;
cit. in Sprague de Camp et Ley, *Lands Beyond*,
New York, Rinehart, 1952, X.

« Compliments, Casaubon : dans votre innocence vous avez eu une intuition exacte. La vraie, l'unique obsession de Hitler, c'etaient les courants souterrains. Hitler adhérait à la théorie de la terre creuse, la *Hohlweltlehre.*

— Les enfants, moi je m'en vais, j'ai une gastrite, disait Diotallevi.

— Attends, c'est maintenant qu'arrive le meilleur La terre est vide · nous n'habitons pas dehors, sur la croûte externe, convexe, mais dedans, dans la surface concave interne. Ce que nous croyons le ciel est une masse de gaz avec des zones de lumière brillante, un gaz qui remplit l'intérieur du globe. Toutes les mesures astronomiques doivent être revues. Le ciel n'est pas infini, il est circonscrit. Le soleil, si même il existe, n'est pas plus grand que ce qu'il apparaît. Une graine de courge séchée de trente centimètres de diamètre au centre de la terre. Ce que les Grecs avaient déjà soupçonné.

— Ça c'est de ton invention, dit avec lassitude Diotallevi.

— Ça c'est de mon invention, mais pas du tout ! Une idée déjà produite au début du XIXe, en Amérique, par un certain Symnes. Puis, à la fin du siècle, un autre Américain la reprend à son compte, un certain Teed, qui s'appuie sur des expérimentations alchimiques et sur la lecture d'Isaïe. Et après la première guerre mondiale, la théorie est perfectionnée par un Allemand, son nom m'échappe, lequel va jusqu'à fonder le mouvement de la *Hohlweltlehre* qui est, comme dit le mot lui-même, la théorie de la terre vide. Or Hitler et les siens trouvent que la théorie de la terre vide correspond exactement à leurs principes, tant et si bien — dit-on — qu'ils ratent certains tirs avec leurs V1 précisément parce qu'ils calculent la trajectoire en partant de l'hypothèse d'une surface concave et non pas convexe. Hitler a désormais la conviction que le Roi du Monde, c'est lui, et que l'état-major nazi ce sont les Supérieurs Inconnus. Et où habite le Roi du Monde ? Dedans, dessous, pas dehors. C'est à partir de cette hypothèse que Hitler décide de renverser complètement l'ordre des recherches, la conception de la carte finale, la façon d'interpréter le Pendule ! Il faut réunir les six groupes et refaire tous les calculs du début. Pensez à la logique de la conquête hitlérienne... Première revendication, Danzig, pour avoir en son pouvoir les lieux classiques du groupe teutonique. Puis la conquête de Paris, il place le Pendule et la Tour Eiffel sous son contrôle, contacte les groupes synarchiques et les introduit dans le gouvernement de Vichy. Après quoi, il s'assure de la neutralité, et en fait de la complicité, du groupe portugais. Quatrième objectif, évidemment l'Angleterre, mais nous savons que ce n'est pas facile. En attendant, avec les campagnes d'Afrique il cherche à atteindre la Palestine, mais dans ce cas aussi il fait chou blanc. Alors, il vise la soumission des territoires pauliciens en envahissant les Balkans et la Russie. Lorsqu'il présume avoir entre les mains les quatre sixièmes du Plan, il envoie Hess en mission secrète en Angleterre pour proposer une alliance. Comme les baconiens ne marchent pas, il a une intuition : ceux qui détiennent la partie la plus importante du secret ne peuvent être que les ennemis de toujours, les juifs. Et il n'est pas nécessaire d'aller les chercher à Jérusalem, où peu d'entre eux sont restés. Le fragment de message du groupe hiérosolymitain ne se trouve pas du tout en Palestine, mais en possession de quelque groupe de la diaspora. Et voilà que s'explique l'Holocauste.

— Dans quel sens ?

— Mais réfléchissez un instant. Imaginez que vous voulez commettre un génocide...

— Je t'en prie, dit Diotallevi, maintenant on exagère, j'ai mal à l'estomac, je m'en vais.

— Attends, bon Dieu, quand les Templiers étripaient les Sarrasins, ça t'amusait, parce qu'il était passé tellement de temps ; et à présent tu fais du moralisme de petit intello. Nous sommes en train de chercher à refaire l'Histoire, rien ne doit nous faire peur. »

Nous le laissâmes poursuivre, subjugués par son énergie.

« Ce qui frappe, dans le génocide des juifs, c'est la longueur des procédés : d'abord, on les garde dans des camps où ils sont affamés ; puis on les dépouille de tous leurs vêtements ; une fois nus, les douches ; ensuite la conservation méticuleuse de montagnes de cadavres, et on archive les vêtements, on recense les biens personnels... Ce n'était pas un procédé rationnel, s'il s'agissait seulement de tuer. Il devenait rationnel s'il s'était agi de chercher, chercher un message que quelqu'un d'entre ces millions de personnes, le représentant hiérosolymitain des Trente-six Invisibles, conservait, dans les replis de ses habits, dans sa bouche, tatoué sur sa peau...Seul le Plan explique l'inexplicable bureaucratie du génocide ! Hitler cherchait sur les juifs la suggestion, l'idée qui lui permettrait de déterminer, grâce au Pendule, le point exact où, sous la voûte concave que la terre creuse se pourvoit à elle-même, s'entrecroisent les courants souterrains — qui, à ce point-là, remarquez la perfection de la conception, s'identifient avec les courants célestes, raison pour quoi la théorie de la terre creuse matérialise, pour ainsi dire, l'intuition hermétique millénaire : ce qui se trouve dessous est égal à ce qui se trouve dessus ! Le Pôle Mystique coïncide avec le Cœur de la Terre, le dessin secret des astres n'est rien d'autre que le dessin secret des souterrains d'Agarttha, il n'y a plus de différence entre ciel et enfer, et le Graal, le *lapis exillis,* est le *lapis ex coelis* dans le sens où c'est la Pierre Philosophale qui naît comme enveloppement, terme, limite, utérus chthonien des ciels ! Et quand Hitler aura identifié ce point, au centre creux de la terre qui est le centre parfait du ciel, il sera le maître du monde dont il est Roi par droit de race. Et voilà pourquoi, jusqu'au dernier moment, de l'abîme de son bunker, il pense pouvoir encore déterminer le Pôle Mystique.

— Ça suffit, avait dit Diotallevi. A présent, je me sens vraiment mal. Ça me fait mal.

— Il va vraiment mal, ce n'est pas une polémique idéologique », dis-je.

Belbo ne parut comprendre qu'alors. Il se leva, empressé, alla soutenir son ami qui s'appuyait à la table et semblait sur le point de s'évanouir. « Excuse-moi, mon vieux, je me laissais emporter. Ce n'est pas parce que j'ai raconté ça que tu te sens mal, vrai ? Il y a vingt ans que nous plaisantons tous les deux, non ? Mais tu vas vraiment mal, c'est peut-être bien une gastrite. Tu sais, dans un cas pareil, il suffit d'un comprimé de Maalox. Et une bouillotte. Allons, je t'accompagne chez toi, mais après il vaudrait mieux que tu appelles un médecin, mieux vaut que tu aies une visite de contrôle. »

Diotallevi dit qu'il pouvait rentrer chez lui tout seul, en taxi, qu'il n'était pas encore moribond. Il fallait qu'il s'allonge. Il appellerait tout de suite un médecin, promis. Et que ce n'était pas l'histoire de Belbo qui l'avait secoué, il allait mal depuis la veille au soir déjà. Belbo parut soulagé et l'accompagna jusqu'au taxi.

Il revint, soucieux : « En y repensant maintenant, depuis quelques semaines ce garçon a une sale mine. Il a des cernes... Mais grand Dieu, moi je devrais être mort de cirrhose depuis dix ans et je suis là, et lui qui vit comme un ascète il a une gastrite, et peut-être pire encore, selon moi c'est un ulcère. Au diable le Plan. Nous menons tous une vie de fous.

— Mais moi je dis qu'avec un comprimé de Maalox ça lui passe, dis-je.

— C'est bien ce que je dis. Mais s'il se met une bouillotte, c'est mieux. Espérons qu'il sera raisonnable. »

— 101 —

Qui operatur in Cabala... si errabit in opere aut non purificatus accesserit, deuorabitur ab Azazale.

Pico della MIRANDOLA, *Conclusiones Magicae.*

La crise de Diotallevi avait eu lieu fin novembre. Nous l'attendions au bureau le lendemain et il nous avait téléphoné qu'il se faisait hospitaliser. Le médecin avait dit que les symptômes n'étaient pas préoccupants, mais qu'il valait mieux faire des examens.

Belbo et moi nous associions sa maladie au Plan, que nous avions sans doute poussé trop loin. A mi-mots nous nous disions que c'était insensé, mais nous nous sentions coupables. C'était la seconde fois que je me sentais complice de Belbo : autrefois, nous nous étions tus ensemble (face à De Angelis) ; cette fois — ensemble — nous avions trop parlé. Il était insensé de se sentir coupables — alors, nous en étions convaincus —, mais nous ne pouvions nous défendre d'un sentiment de malaise. C'est ainsi que nous cessâmes, pendant un mois et plus, de parler du Plan.

Deux semaines après, Diotallevi était réapparu et, sur un ton désinvolte, il nous dit qu'il avait demandé à Garamond un congé de maladie. On lui avait conseillé une cure, sur laquelle il ne s'était pas beaucoup étendu, qui l'obligeait à se présenter à la clinique tous les deux ou trois jours, et qui l'aurait un peu affaibli. Je ne sais dans quelle mesure il pouvait s'affaiblir encore : il avait à présent un visage de la même couleur que ses cheveux. « Et finissez-en avec ces histoires, avait-il dit, c'est pas bon pour la santé, comme vous voyez. C'est la vengeance des Rose-Croix.

— Ne t'inquiète pas, lui avait dit Belbo en souriant, on va leur faire un cul comme ça aux Rose-Croix, et ils te laisseront tranquille. Il suffit d'un geste. » Et il avait claqué des doigts.

La cure avait duré jusqu'au début de l'année nouvelle. Moi je m'étais plongé dans l'histoire de la magie — la vraie, la sérieuse, me disais-je, pas la nôtre. Garamond faisait une apparition au moins une fois par jour pour demander des nouvelles de Diotallevi. « Et je vous en prie, messieurs, avertissez-moi de toute exigence, je veux dire, de tout problème qui surgirait, de toute circonstance où moi, la maison, nous pouvons faire quelque chose pour notre valeureux ami. Pour moi, il est comme un fils, je dirais plus, un frère. En tout cas, nous sommes dans un pays civilisé, grâce au ciel, et, quoi qu'on en dise, nous jouissons d'une excellente assistance sociale. »

Agliè s'était montré empressé, il avait demandé le nom de la clinique et téléphoné au directeur, un très cher ami à lui (et d'abord, avait-il dit, frère d'un ACA avec lequel il était désormais en de fort cordiaux rapports). On traiterait Diotallevi avec des égards particuliers.

Lorenza s'était émue. Elle passait aux éditions Garamond presque chaque jour, pour s'enquérir de lui. Ce qui aurait dû rendre Belbo heureux, mais il en avait tiré motif pour un ténébreux diagnostic. Si présente, Lorenza lui échappait parce qu'elle ne venait pas pour lui.

Peu avant Noël, j'avais surpris un fragment de conversation. Lorenza lui disait : « Je t'assure, une neige magnifique, et ils ont des petites chambres ravissantes. Tu veux faire du fond. Non ? » J'en avais déduit qu'ils passeraient le premier de l'an ensemble. Mais un jour, après l'Épiphanie, Lorenza était apparue dans le couloir et Belbo lui avait dit : « Bonne année », en se dérobant à sa tentative de l'embrasser.

— 102 —

Partans de là, arrivasmes en une contrée qu'on appeloit Milestre... en laquelle souloit demourer un qui s'appeloit le Vieux de la Montagne... Et avoit faict dessus de très hauts monts, un mur très gros et haut qui ceignoit autour une vallée, et le tour en faisoit XXX milles, et on alloit par deux portes dedans et estoient occultes, percées en le mont.

Odorico DA PORDENONE, *De rebus incognitis*, Impressus Esauri, 1513, c. 21, p. 15.

Un jour de la fin janvier, alors que je passais par la via Marchese Gualdi, où je garais ma voiture, j'avais vu Salon sortir des éditions Manuzio. « Un brin de causette avec l'ami Agliè !... » m'avait-il dit. Ami ? Pour autant que je me souvenais de la fête dans le Piémont, Agliè ne l'aimait pas. C'était Salon qui fourrait le nez chez Manuzio ou Agliè qui l'utilisait pour Dieu sait quel contact ?

Il ne m'avait pas laissé le temps d'y réfléchir parce qu'il me proposa un apéritif, et nous nous étions retrouvés chez Pilade. Je ne l'avais jamais vu par là, mais il salua le vieux Pilade comme s'ils se connaissaient depuis un bout de temps. Nous nous étions assis ; il me demanda ce que devenait mon histoire de la magie. Il savait ça aussi. Je le provoquai sur la terre creuse, et sur ce Sebottendorff cité par Belbo.

Il avait ri. « Ah, il est sûr qu'il vient pas mal de fous chez vous ! Sur cette histoire de la terre creuse, je n'ai aucune idée. Quant à von Sebottendorff, eh, lui c'était un type étrange... Il a couru le risque de mettre en tête à Himmler et compagnie des idées suicidaires pour le peuple allemand.

— Quelles idées ?

— Des fantaisies orientales. Cet homme se gardait des Juifs et tombait dans l'adoration des Arabes et des Turcs. Mais savez-vous que sur le bureau de Himmler, outre *Mein Kampf* il y avait toujours le Coran ? Dans sa jeunesse, Sebottendorff s'était entiché de je ne sais quelle secte initiatique turque, et il avait commencé à étudier la gnose islamique. Lui il disait " Führer ", mais il pensait au Vieux de la Montagne. Et quand ils ont fondé tous ensemble les SS, ils pensaient à une organisation semblable à celle des Assassins... Demandez-vous pourquoi au cours de la première guerre mondiale Allemagne et Turquie sont alliées...

— Mais vous, comment savez-vous ces choses-là ?

— Je vous ai dit, je crois, que mon pauvre papa travaillait pour l'Okhrana. Bien ; je me souviens qu'à cette époque, la police tsariste s'était inquiétée des Assassins, je crois que c'est Račkovskij qui avait eu la première intuition... Puis ils avaient abandonné la piste, parce que s'il était question des Assassins il n'était plus question des Juifs, et le danger alors, c'étaient les Juifs. Comme toujours. Les Juifs sont revenus en Palestine et ils ont contraint les autres à sortir des cavernes. Mais ce dont nous parlions est une histoire confuse, mettons-y un point final. »

Il paraissait regretter d'en avoir trop dit, et il avait pris congé à la hâte. Mais il s'était passé quelque chose d'autre. Après tout ce qui est arrivé, maintenant je suis convaincu de n'avoir pas rêvé, et pourtant ce jour-là j'avais cru à une hallucination : en suivant Salon des yeux tandis qu'il sortait du bar, il m'avait semblé le voir rencontrer, au coin, un individu à la face orientale.

Quoi qu'il en fût, Salon m'en avait dit assez pour mettre de nouveau mon imagination en ébullition. Le Vieux de la Montagne et les Assassins n'étaient pas pour moi des inconnus : j'en avais touché un mot dans ma thèse, on accusait les Templiers d'avoir été en collusion avec eux aussi. Comment avions-nous pu l'oublier ?

Ce fut ainsi que je recommençai à faire travailler mon esprit, et surtout le bout de mes doigts, en compulsant de vieilles fiches, et j'eus une idée si fulgurante que je ne parvins pas à me retenir.

Je me ruai un matin dans le bureau de Belbo : « Ils s'étaient trompés sur toute la ligne. Nous nous sommes trompés sur toute la ligne.

— Doucement, Casaubon, qui ? Oh, mon Dieu, le Plan. » Il eut un moment d'hésitation. « Vous savez que les nouvelles sont mauvaises pour Diotallevi ? Lui ne dit rien, j'ai téléphoné à la clinique et on n'a rien voulu me dire de précis parce que je ne suis pas un parent — il n'a pas de parents, qui va s'occuper de lui alors ? Je n'ai pas aimé leur réticence. Quelque chose de bénin, qu'ils disent, mais la thérapie n'a pas été suffisante, il vaudra mieux qu'on l'hospitalise de façon définitive, pour un petit mois, et peut-être vaut-il la peine de tenter une petite intervention chirurgicale... En somme, ces gens ne me racontent pas tout et cette histoire me plaît de moins en moins. »

Je ne sus que répondre, je me mis à feuilleter quelque chose pour faire oublier mon entrée triomphale. Mais ce fut Belbo qui ne résista pas. Il était comme un joueur à qui on eût fait voir tout à coup un jeu de cartes. « Au diable, dit-il. La vie malheureusement continue. Dites-moi.

— Ils se sont trompés sur toute la ligne. Nous nous sommes trompés sur toute la ligne, ou presque. Alors : Hitler fait ce qu'il fait avec les juifs, mais il fait chou blanc. Les occultistes de la moitié du monde, durant des siècles et des siècles, s'adonnent à l'étude de l'hébreu, ils kabbalisent à tour de bras et de tous côtés, et au maximum ils en retirent leur horoscope. Pourquoi ?

— Ça... Mais parce que le fragment des hiérosolymitains est encore caché quelque part. Par ailleurs, le fragment des pauliciens, on ne l'a pas encore vu apparaître, d'après ce que nous en savons...

— C'est une réponse à la Agliè, pas à nous. J'ai mieux. Les Juifs n'ont rien à y voir.

— Dans quel sens ?

— Les juifs n'ont rien à voir avec le Plan. Ils ne peuvent y être mêlés en quoi que ce soit. Essayons d'imaginer la situation des Templiers, à Jérusalem d'abord, et dans les capitaineries d'Europe ensuite. Les chevaliers français se rencontrent avec les allemands, avec les portugais, avec les espagnols, avec les italiens, avec les anglais, tous ensemble ils ont des rapports avec l'aire byzantine, et surtout avec leur adversaire, le Turc. Un adversaire avec lequel on se bat mais avec lequel on traite aussi, nous l'avons vu. C'étaient là les forces en lice, et les rapports s'établissaient entre gentilshommes de même rang. Qui étaient les Juifs, à cette époque, en Palestine ? Une minorité religieuse et raciale, tolérée, respectée par les Arabes qui les traitaient avec bienveillante condescendance ; et très mal traités par les chrétiens, parce qu'il ne faut pas oublier qu'au cours des différentes croisades, chemin faisant, on mettait à sac les ghettos, et massacre que je te massacre. Et nous, nous pensons que les Templiers, avec toute la puanteur qu'ils avaient sous le nez, restaient là à échanger des informations mystiques avec les juifs ? Jamais de la vie. Et dans les capitaineries d'Europe, les juifs apparaissaient comme des usuriers, des gens mal vus, à exploiter mais avec qui on ne devenait pas familier. C'est que nous sommes en train de parler d'un rapport entre chevaliers, nous sommes en train d'élaborer le plan d'une chevalerie spirituelle, et nous avons pu imaginer que les

Templiers de Provins introduiraient dans l'affaire des citoyens de seconde catégorie ? Jamais de la vie.

— Mais toute la magie de la Renaissance qui se met à bûcher la Kabbale...

— Forcément, nous sommes déjà proches de la troisième rencontre, on ronge son frein, on cherche des raccourcis, l'hébreu apparaît comme une langue sacrée et mystérieuse, les kabbalistes se sont remué le train pour leur propre compte et pour d'autres fins, et les Trente-Six éparpillés de par le monde se mettent en tête qu'une langue incompréhensible pourrait cacher qui sait quels secrets. C'est Pic de La Mirandole qui dira que *nulla nomina, ut significativa et in quantum nomina sunt, in magico opere virtutem habere non possunt, nisi sint Hebraica.* Eh bien ? Pic de La Mirandole était un crétin.

— Il faut bien le dire !

— Et, en outre, en tant qu'Italien, il était exclu du Plan. Qu'est-ce qu'il en savait lui ? Et c'est encore pire pour les différents Agrippa, Reuchlin et ainsi de mauvaise suite, qui se précipitent sur cette fausse piste. Je suis en train de reconstituer l'histoire d'une fausse piste, suis-je clair ? Nous nous sommes laissé influencer par Diotallevi qui kabbalisait. Diotallevi kabbalisait, et nous, nous avons introduit les juifs dans le Plan. Mais si Diotallevi s'était occupé de culture chinoise, aurions-nous mis les Chinois dans le Plan ?

— Sans doute oui.

— Sans doute non. Mais il n'y a pas de quoi s'arracher les cheveux, nous avons tous été induits en erreur. L'erreur, ils l'ont tous faite, et depuis Postel, probablement. Ils s'étaient convaincus, deux cents ans après Provins, que le sixième groupe était le hiérosolymitain. Ce n'était pas vrai.

— Mais pardon, Casaubon, c'est nous qui avons corrigé l'interprétation d'Ardenti, et nous avons dit que le rendez-vous sur la pierre n'était pas à Stonehenge mais bien sur la pierre de la Mosquée d'Omar.

— Et nous nous sommes trompés. Des pierres, il y en a d'autres. Il nous fallait penser à un lieu fondé sur la pierre, sur la montagne, sur le rocher, sur l'éperon, sur le précipice... Les sixièmes attendent dans la forteresse d'Alamut. »

— 103 —

Et apparut Kaïros qui tenait dans sa main un sceptre signifiant la royauté, et il le donna au premier dieu créé, et celui-ci le prit et dit : « Ton nom secret sera de 36 lettres. »

Hasan IBN AL-SABBĀH, *Sargoẕāst-i Sayyid-nā.*

J'avais exécuté mon morceau de bravoure, à présent je devais des explications. Je les avais données les jours suivants, longues, minutieuses, documentées, tandis que sur les tables de Pilade je fournissais à Belbo preuve sur preuve, qu'il suivait, l'œil de plus en plus embrumé, allumant ses cigarettes avec ses mégots, lançant toutes les cinq minutes son bras derrière lui, le verre vide avec un semblant de glace au fond, et Pilade de se précipiter pour ravitailler, sans attendre un ordre plus précis.

Les premières sources étaient justement celles où apparaissaient les premiers récits sur les Templiers, de Gérard de Strasbourg à Joinville. Les Templiers étaient entrés en contact, parfois en conflit, plus souvent en une mystérieuse alliance, avec les Assassins du Vieux de la Montagne.

L'histoire était naturellement plus complexe. Elle commençait après la mort de Mahomet, avec la scission entre les fidèles de la loi ordinaire, les sunnites, et les partisans d'Alì, gendre du Prophète, mari de Fatima, qui s'était vu dérober la succession. C'étaient les enthousiastes d'Alì, qui se reconnaissaient dans la *shi'a,* le groupe des adeptes, lesquels avaient donné vie à l'aile hérétique de l'Islam, les shiites. Une doctrine initiatique, qui voyait la continuité de la révélation non pas dans la reméditation traditionnelle des paroles du Prophète, mais dans la personne même de l'Imam, seigneur, chef, épiphanie du divin, réalité théophanique, Roi du Monde.

Or qu'arrivait-il à cette aile hérétique de l'islamisme, qui était de plus en plus infiltrée par toutes les doctrines ésotériques du bassin méditerranéen, des manichéens aux gnostiques, des néo-platoniciens à la mystique iranienne, par toutes ces suggestions que nous avions suivies depuis des années dans le cours de leur développement occidental ? L'histoire était longue, nous ne réussissions pas à la débrouiller, d'autant que les différents auteurs et protagonistes arabes avaient des noms très longs, les textes les plus sérieux les transcrivaient avec les signes diacritiques, et, tard le soir, nous ne parvenions plus à distinguer entre Abū 'Abdi'l-lā Muḥammad b. 'Alī ibn Razzām aṭ-Ṭā'ī al-Kūfī, Abū Muḥammad 'Ubayadu'l-lāh, Abū Mu'ini'd-Dīn Nāṣir ibn Ḫosrow Marwāzī Qobādyānī (je crois qu'un Arabe se serait trouvé dans le même embarras pour distinguer entre Aristote, Aristoxène, Aristarque, Aristide, Anaximandre, Anaximène, Anaxagore, Anacréon et Anacharsis).

Mais une chose était certaine. Le shiisme se scinde en deux tronçons, l'un dit duodécimain, qui reste dans l'attente d'un Imam disparu et à venir ; et l'autre, celui des ismaïliens, qui naît dans l'empire des Fatimides du Caire, et puis, du fait de vicissitudes diverses, s'affirme comme ismaïlisme réformé en Perse, par l'action d'un personnage fascinant, mystique et féroce, Hasan Sabbāh. Et c'est là que Hasan installe son propre centre, son imprenable trône à lui, au sud-est de la Caspienne, dans la forteresse d'Alamut, le Nid d'Aigle.

C'est là qu'Hasan s'entourait de ses acolytes, les *fidā'iyyūn* ou *fedaïn,* fidèles jusqu'à la mort qu'il utilisait pour accomplir ses assassinats politiques, instruments de la *gihād hafī,* la guerre sainte secrète. Les *fedaïn,* ou quel que fût le nom qu'il leur donnait, deviendraient par la suite tristement célèbres sous le nom d'Assassins — qui n'est pas un beau nom, maintenant, mais alors et pour eux il était splendide, emblème d'une race de moines guerriers qui ressemblaient beaucoup aux Templiers, prêts à mourir pour leur foi. Chevalerie spirituelle.

La forteresse ou le château d'Alamut : la Pierre. Construite sur une crête aérienne longue de quatre cents mètres et large parfois de quelques pas, trente au maximum ; de loin, pour qui arrivait sur la route de l'Azerbaïdjan, elle apparaissait comme une muraille naturelle, blanche aveuglée de soleil, azurée dans le couchant pourpré, pâle à l'aube et sanglante dans l'aurore, en de certains jours effumée au milieu des nuages ou étincelante d'éclairs. Le long de ses bords supérieurs, on distinguait avec peine une finition imprécise et artificielle de tours tétragones ; d'en dessous, on eût dit d'une série de lames de rocher qui se précipitaient vers le haut sur des centaines de mètres, qui vous surplombaient, menaçantes ; le versant le plus accessible était un glissant éboulis de pierraille, qu'aujourd'hui encore les archéologues n'arrivent pas à escalader. En ce temps-là, on y accédait par quelque secrète montée d'escaliers rongée en colimaçon dans la roche, comme si on avait dépulpé une pomme fossile, et qu'un seul archer suffisait à défendre. Inexpugnable, vertigineuse dans l'Ailleurs. Alamut, le roc fortifié des Assassins. Vous ne pouviez l'atteindre qu'en chevauchant des aigles.

C'est là qu'Hasan régnait, et après lui ceux que l'on connaîtrait comme le Vieux de la Montagne, et le premier d'entre tous, son sulfureux successeur, Sinān.

Hasan avait inventé une technique de domination sur les siens et sur ses adversaires. A ses ennemis, il annonçait que s'ils ne s'étaient pas pliés à ses volontés, il les aurait tués. Et on ne pouvait échapper aux Assassins. Nizāmu'l-Mulk, premier ministre du sultan quand les croisés s'escriment encore à conquérir Jérusalem, alors qu'il était transporté en litière pour aller chez ses femmes, est poignardé à mort par un sicaire qui s'approche de lui travesti en derviche. L'atabek de Hims, alors qu'il descendait de son château pour se rendre à la prière du vendredi, entouré d'une troupe de gens armés jusqu'aux dents, est poignardé par les sicaires du Vieux.

Sinān décide de tuer le marquis chrétien Conrad de Montferrat. Il instruit deux des siens qui se glissent parmi les infidèles, mimant leurs usages et leur langue, après une dure préparation. Travestis en moines, alors que l'évêque de Tyr offrait un festin au marquis sans méfiance, ils lui sautent dessus et le blessent. Un Assassin est tué sur-le-champ par les gardes du corps, l'autre se réfugie dans une église, il attend qu'on y porte le blessé, l'assaille, l'achève, succombe, bienheureux.

Car, disaient les historiographes arabes d'obédience sunnite, et puis les chroniqueurs chrétiens, d'Odéric de Pordenone à Marco Polo, le Vieux avait découvert une manière atroce pour rendre ses chevaliers de la plus extrême fidélité, jusqu'au dernier sacrifice, pour en faire des machines de guerre invincibles. Il les emportait, tout jeunes hommes endormis, au sommet du roc fortifié, les énervait de délices, vin, femmes, fleurs, déliquescents banquets, les étourdissait de haschisch — d'où le nom de la secte. Et quand ils n'auraient plus su renoncer aux béatitudes perverses de cette fiction de Paradis, il les emportait dehors dans leur sommeil et les plaçait devant cette alternative : va et tue, si tu réussis, ce Paradis que tu quittes sera de nouveau à toi et pour toujours, si tu échoues tu retombes dans la géhenne quotidienne.

Et eux, étourdis par la drogue, soumis à ses volontés, ils se sacrifiaient pour sacrifier, tueurs à la mort condamnés, victimes damnées à faire des victimes.

Comme ils les craignaient, comme ils en fabulaient, les croisés, dans les nuits sans lune quand sifflait le simoun du désert ! Comme ils les admiraient, les Templiers, ces brutes braves subjuguées par cette claire volonté de martyre, qui se pliaient à leur verser un péage, leur demandant en échange des tributs formels, en un jeu de mutuelles concessions, complicités, fraternité d'armes, s'étripant sur les champs de bataille, se caressant en secret, se murmurant tour à tour leurs visions mystiques, leurs formules magiques, les subtilités alchimiques...

Par les Assassins, les Templiers apprennent leurs rites occultes. Seule la veule ignorance des baillis et des inquisiteurs du roi Philippe les avait empêchés de comprendre que le crachat sur la croix, le baiser sur l'anus, le chat noir et l'adoration du Baphomet n'étaient rien d'autre que la répétition d'autres rites que les Templiers accomplissaient sous l'influence du premier secret qu'ils avaient appris en Orient, l'usage du haschisch.

Et alors il était évident que le Plan naîtrait, devrait naître là : par les hommes d'Alamut, les Templiers apprenaient l'existence des courants souterrains, avec les hommes d'Alamut ils s'étaient réunis à Provins et ils avaient organisé l'occulte trame des Trente-Six Invisibles ; et c'est pour cela que Christian Rosencreutz voyagerait à Fez et en d'autres lieux de l'Orient, pour cela que vers l'Orient se tournerait Postel, pour cela que de l'Orient, et de l'Égypte, siège des ismaïliens fatimides, les magiciens de la Renaissance importeraient la divinité éponyme du Plan, Hermès, Hermès-Teuth ou Toth, et c'est sur des figures égyptiennes que l'intrigant Cagliostro avait fantasmé pour ses rites. Et les jésuites, les jésuites moins insensés que nous n'avions supposé, avec le bon Kircher s'étaient tout de suite jetés sur les hiéroglyphes, et sur le copte, et sur les autres langages orientaux, l'hébreu n'étant qu'une couverture, une concession à la mode de l'époque.

— 104 —

Ces textes ne s'adressent pas au commun des mortels... L'aperception gnostique est une voie réservée à une élite... Car, selon les paroles de la Bible : ne jetez pas vos perles aux pourceaux.

Kamal JUMBLATT, interview à *le Jour*, 31.3.1967.

Arcana publicata vilescunt : et gratiam prophanata amittunt. Ergo : ne margaritas obijce porcis, seu asinus substerne rosas.

Johann Valentin ANDREAE, *Die Chymische Hochzeit des Christian Rosencreutz*,
Strassburg, Zetzner, 1616, frontispice.

Et par ailleurs, où trouver quelqu'un qui saurait attendre sur la pierre six siècles durant et qui, sur la pierre, aurait attendu ? Certes, Alamut à la fin était tombée sous la pression mongole, mais la secte des ismaïliens avait survécu dans tout l'Orient : d'un côté, elle s'était mélangée au soufisme non shiite ; d'un autre côté, elle avait engendré la terrible secte des druses ; d'un autre côté enfin, elle avait survécu avec les khojas indiens, les fidèles de l'Aga Khan, non loin de l'emplacement d'Agarttha.

Mais j'avais déniché autre chose encore. Sous la dynastie des Fatimides, les notions hermétiques des anciens Égyptiens, à travers l'académie d'Héliopolis, avaient été redécouvertes au Caire où avait été fondée une Maison des Sciences ! D'où prenait-il son inspiration, Bacon, pour sa Maison de Salomon ; quel était le modèle du Conservatoire ?

« C'est ça, c'est bien ça, il n'y a plus aucun doute », disait Belbo, tout grisé. Puis : « Mais alors, les kabbalistes ?

— C'est seulement une histoire parallèle. Les rabbins de Jérusalem ont l'intuition que quelque chose s'est passé entre Templiers et Assassins, et les rabbins d'Espagne, en circulant avec l'air de prêter de l'argent à usure pour les capitaineries européennes, subodorent quelque chose. Ils sont exclus du secret, et, en un acte d'orgueil national, ils décident de comprendre tout seuls. Comment, nous, le

Peuple Élu, nous sommes tenus dans l'ignorance du secret des secrets ? Et vlan, commence la tradition kabbalistique, la tentative héroïque des diasporés, des marginaux, pour agir à la barbe des seigneurs, des dominateurs qui prétendent tout savoir.

— Mais en agissant de la sorte, ils donnent aux chrétiens l'impression de réellement tout savoir.

— Et, à un moment donné, quelqu'un fait la gaffe hénaurme. On confond Ismaël et Israël.

— Donc Barruel, et les Protocoles, et le reste ne sont que le fruit d'un échange de consonnes.

— Tout, à cause d'une erreur de Pic de La Mirandole.

— Ou peut-être y a-t-il une autre raison. Le peuple élu s'était chargé de l'interprétation du Livre. Il a répandu une obsession. Et les autres, ne trouvant rien dans le Livre, se sont vengés. Les gens ont peur de ceux qui les placent face à face avec la Loi. Mais les Assassins, pourquoi ne se manifestent-ils pas plus tôt ?

— Voyons Belbo ! Pensez à la façon dont se déprime cette région depuis la bataille de Lépante. Votre Sebottendorff comprend bien qu'il faut chercher quelque chose parmi les derviches turcs, mais Alamut n'existe plus ; eux, terrés, qui sait où. Ils attendent. Et maintenant leur heure est venue, sur l'aile de l'irrédentisme islamique, ils pointent à nouveau la tête. En mettant Hitler dans le Plan, nous avons trouvé une bonne raison pour la deuxième guerre mondiale. En y mettant les Assassins d'Alamut, nous expliquons tout ce qui se passe depuis des années entre la Méditerranée et le golfe Persique. Et c'est ici que nous trouvons une place au Tres, Templi Resurgentes Equites Synarchici. Une société qui se propose de rétablir enfin les contacts avec les chevaleries spirituelles de fois différentes.

— Ou qui stimule les conflits pour tout bloquer et pêcher en eau trouble. C'est clair. Nous sommes arrivés à la fin de notre travail de ravaudage de l'Histoire. Se pourrait-il par hasard qu'au moment suprême le Pendule révèle que l'Umbilicus Mundi est à Alamut ?

— N'exagérons pas à présent. Pour ma part, je laisserais ce dernier point en suspens.

— Comme le Pendule.

— Si vous voulez. On ne peut pas dire tout ce qui nous passe par la tête.

— Certes, certes. De la rigueur avant tout. »

Ce soir-là j'étais seulement fier d'avoir construit une belle histoire. J'étais un esthète, utilisant la chair et le sang du monde pour en faire de la Beauté. Belbo était désormais un adepte. Comme tout le monde, non par illumination, mais faute de mieux.

— 105 —

Claudicat ingenium, delirat lingua, labat mens.

LUCRÈCE, *De rerum natura*, III, 453.

Ce doit être ces jours-là que Belbo a cherché à se rendre compte de ce qui lui arrivait. Mais sans que la sévérité avec laquelle il avait su s'analyser pût le détourner du mal auquel il s'habituait.

FILENAME : *ET SI CELA ÉTAIT?*

Inventer un Plan : le Plan te justifie à tel point que tu cesses d'être responsable du Plan même. Il suffit de jeter la pierre et de cacher le bras. Il n'y aurait pas échec si vraiment il y avait un Plan.

Tu n'as jamais eu Cecilia parce que les Archontes ont rendu Annibale Cantalamessa et Pio Bo inhabiles au plus amical des cuivres. Tu t'es enfui devant le Canaletto parce que les Décans ont voulu t'épargner pour un autre holocauste. Et l'homme à la cicatrice a un talisman plus puissant que le tien.

Un Plan, un coupable. Le rêve de l'espèce. An Deus sit. S'il existe, c'est de sa faute.

La chose dont j'ai perdu la direction n'est pas la Fin, c'est l'Origine. Pas l'objet à posséder mais le sujet qui me possède. Douleur partagée est moins dure à supporter, que dit d'autre le Mythe ? Un alexandrin et demi.

Qui a écrit cette pensée, la plus rassérénante qui ait jamais été pensée ? Rien ne pourra m'ôter de l'esprit que ce monde est le fruit d'un dieu ténébreux dont je prolonge l'ombre. La foi conduit à l'Optimisme Absolu.

C'est vrai, j'ai forniqué (ou je n'ai pas forniqué) : mais c'est Dieu qui n'a pas su résoudre le problème du Mal. Allons, broyons le fœtus dans le mortier, avec du miel et du poivre. Dieu le veut.

Si vraiment il faut croire, que ce soit une religion qui ne te fait pas sentir coupable. Une religion déliée, enfumée, souterraine, qui ne finit jamais. Comme un roman, pas comme une théologie.

Cinq voies pour un seul point d'arrivée. Quel gaspillage. Un labyrinthe, par contre, qui conduit partout et nulle part. Pour mourir avec style, vivre en baroque.

Seul un mauvais Démiurge nous donne l'impression d'être bon.

Mais si le Plan cosmique n'existait pas ?

Quelle farce, vivre en exil quand personne ne t'y a envoyé. Et en exil d'un endroit qui n'existe pas.

Et s'il existait, le Plan, mais qu'il t'échappait pour l'éternité ?

Quand la religion cède, l'art pourvoit. Le Plan, tu l'inventes, métaphore de celui qui est inconnaissable. Même un complot humain peut remplir le vide. Ils ne m'ont pas publié *Queur et pasion* parce que je n'appartiens pas à la clique templière.

Vivre comme s'il y avait un Plan : la pierre des philosophes.

If you cannot beat them, join them. Si le Plan existe, il suffit de s'aligner...

Lorenza me met à l'épreuve. Humilité. Si j'avais l'humilité d'évoquer les Anges, même sans y croire, et de tracer le bon cercle, j'aurais la paix. Peut-être.

Tu crois qu'il y a un secret et tu te sentiras initié. Ça ne coûte rien.

Créer une immense espérance qu'on ne pourra jamais éradiquer parce qu'il n'y a pas de racine. Des ancêtres qui n'existent pas ne seront jamais là à dire que tu as trahi. Une religion qu'on peut observer en la trahissant à l'infini.

Comme Andreae : créer par jeu la plus grande révélation de l'histoire et, tandis que les autres s'y perdent, jurer pour le reste de ta vie que ça n'a pas été toi.

Créer une vérité aux contours flous : à peine quelqu'un essaie de la définir, tu l'excommunies. Justifier seulement qui est plus flou que toi. Jamais d'ennemis à droite.

Pourquoi écrire des romans ? Récrire l'Histoire. L'Histoire qu'ensuite tu deviens.

Pourquoi ne le mettez-vous pas au Danemark, monsieur Guillaume S. ? Jim de la Papaye Johann Valentin Andreae Lucmatthieu parcourt l'archipel de la Sonde entre Patmos et Avalon, de la Montagne Blanche à Mindanao, d'Atlantide à Thessalonique... Au concile de Nicée, Origène se coupe les testicules et les montre, sanguinolents, aux pères de la Cité du Soleil, à Hiram qui dit en grinçant des dents filioque filioque tandis que Constantin plante ses ongles rapaces dans les orbites vides de Robert Fludd, mort mort aux Juifs du ghetto d'Antioche, Dieu et mon droit, tu agites le Beaucéant, sus aux ophites et aux borborites qui borborygment, venimeux. Sonnez trompettes, et arrivent les Chevaliers Bienfaisants de la Cité Sainte avec la tête du Maure brandie sur la pique, le Rebis, le Rebis ! Ouragan magnétique, croule la Tour. Račkovskij ricane sur le cadavre grillé de Jacques de Molay.

Je ne t'ai pas eu, mais je peux faire exploser l'histoire.

Si le problème est cette absence d'être, si l'être est ce qu'on dit en de nombreuses manières, plus nous parlons plus il y a d'être.

Le rêve de la science c'est qu'il y ait peu d'être, concentré et dicible, $E = mc^2$. Erreur. Pour se sauver dès le commencement de l'éternité, il est nécessaire de vouloir qu'il y ait un être à tort et à travers. Comme un serpent noué par un marin alcoolique. Inextricable.

Inventer, frénétiquement inventer, sans se soucier des liaisons, jusqu'à ne plus parvenir à faire un résumé. Un simple jeu de relais entre emblèmes, l'un qui dise l'autre, sans trêve. Décomposer le monde en une sarabande d'anagrammes en chaîne. Et puis croire à l'Inexprimable. N'est-ce pas ça la vraie lecture de la Torah ? La vérité est l'anagramme d'un anagramme. Anagrams = ars magna.

C'est ce qui a dû se passer ces jours-là. Belbo avait décidé de prendre au sérieux l'univers des diaboliques, non par excès mais par défaut de foi.

Humilié par son incapacité à créer (et pendant toute sa vie il avait utilisé ses désirs frustrés et ses pages jamais écrites, les uns comme métaphore des autres et vice versa, le tout à l'enseigne de sa présumée, impalpable lâcheté), maintenant il se rendait compte qu'en construisant le Plan, en réalité il avait créé. Il tombait amoureux de son Golem et en tirait motif de consolation. La vie — la sienne et celle de l'humanité — comme art, et, à défaut de l'art, l'art comme mensonge. Le monde est fait pour aboutir à un (faux) livre. Mais à ce faux livre il essayait de croire car, il l'avait même écrit, si complot il y avait eu, il n'aurait plus été lâche, vaincu et inerte.

D'où ce qui est arrivé par la suite, cette façon d'utiliser le Plan — qu'il savait irréel — pour battre un rival — qu'il croyait réel. Et puis, quand il s'est rendu compte que le Plan était en train de l'encercler comme s'il existait, ou comme si lui, Belbo, était fait de la même pâte dont était fait son Plan, il s'est rendu à Paris comme pour aller au-devant d'une révélation, d'un recours.

Pris par le remords quotidien, pendant des années et des années, de n'avoir fréquenté que ses propres fantômes, il trouvait un soulagement à entrevoir des fantômes qui étaient en train de devenir objectifs, connus aussi d'un autre, fût-il l'Ennemi. Il est allé se jeter dans la gueule du loup ? Bien sûr, parce que ce loup prenait forme, il était plus vrai que Jim de la Papaye, peut-être plus que Cecilia, peut-être plus que Lorenza Pellegrini même.

Belbo, malade de tant de rendez-vous manqués, sentait à présent qu'on lui donnait un rendez-vous réel. Si bien qu'il ne pouvait pas même se dérober par lâcheté : il se trouvait le dos au mur. La peur l'obligeait à être courageux. En inventant, il avait créé le principe de réalité.

— 106 —

La liste nº 5, six maillots, six caleçons et six mouchoirs, a toujours intrigué les chercheurs et fondamentalement pour la totale absence de chaussettes.

Woody ALLEN, *Getting even*,
New York, Random House, 1966,
« The Metterling List », p. 8.

Ce fut ces jours-là, il n'y a pas plus d'un mois, que Lia décida qu'un mois de vacances me ferait du bien. Tu as l'air fatigué, me disait-elle. C'était peut-être le Plan qui m'avait épuisé. D'autre part le bambin, comme disaient les grands-parents, avait besoin du bon air. Des amis nous avaient prêté une maisonnette à la montagne.

Nous ne sommes pas partis aussitôt. Il y avait quelques affaires à expédier à Milan, et puis Lia avait dit qu'il n'est rien de plus reposant que des vacances en ville, quand on sait qu'après on part.

Ces jours-là, j'ai parlé pour la première fois du Plan à Lia. Auparavant elle était trop occupée avec l'enfant : elle savait vaguement qu'avec Belbo et Diotallevi nous étions en train de résoudre une sorte de puzzle qui nous emportait des jours et des nuits entiers, mais je ne lui avais plus rien dit, depuis son sermon sur la psychose de la ressemblance. Peut-être avais-je honte.

Ces jours-là, je lui ai raconté tout le Plan, peaufiné dans ses moindres détails. Elle était au courant de la maladie de Diotallevi, et je ne me sentais pas la conscience tranquille, comme si j'avais fait quelque chose que je ne devais pas faire, et j'essayais de le raconter pour ce que c'était, rien qu'une prouesse ludique.

Et Lia m'a dit : « Poum, je n'aime pas ton histoire.

— Elle n'est pas belle ?

— Les sirènes aussi étaient belles. Écoute : qu'est-ce que tu sais de ton inconscient ?

— Rien, je ne sais même pas s'il existe.

— Voilà. Maintenant imagine qu'un gai luron viennois, histoire de réjouir ses amis, s'était amusé à inventer toute l'histoire du Ça et de l'Œdipe, et qu'il avait imaginé des rêves qu'il n'avait jamais faits, et des petits Hans qu'il n'avait jamais vus... Et puis qu'est-il arrivé ? Des millions de personnes étaient prêtes à devenir névrosées pour de bon. Et d'autres milliers prêtes à les exploiter.

— Lia, tu es parano.

— Moi ? Toi !

— On peut être des paranos, mais tu dois me concéder au moins ça : nous sommes partis du texte d'Ingolf. Excuse, mais tu te trouves devant un message des Templiers, il te vient l'envie de le déchiffrer de fond en comble. Même si tu forces un peu, pour te moquer des déchiffreurs de messages, le message n'en existait pas moins bel et bien.

— De toute façon tu ne sais que ce que t'a dit cet Ardenti, qui, d'après ce que tu racontes, était un fieffé bluffeur. Et puis ce message, j'aimerais bien le voir. »

Rien de plus facile, je l'avais dans mon classeur.

Lia a pris le feuillet, l'a regardé recto verso ; elle a froncé le nez, relevé les mèches de devant ses yeux pour mieux voir la première partie, la chiffrée. Elle a dit : « Tout là ?

— Ça ne te suffit pas ?

— Ça me suffit et j'en ai de reste. Donne-moi deux jours pour y réfléchir. » Quand Lia demande deux jours pour réfléchir, c'est pour me démontrer que je suis stupide. Je l'accuse toujours de ça, et elle répond : « Si je comprends que tu es stupide, je suis sûre que je t'aime vraiment. Je t'aime même si tu es stupide. Ça ne te rassure pas ? »

Pendant deux jours nous n'avons plus abordé le sujet, et d'ailleurs elle a presque toujours été dehors. Le soir, je la voyais tapie dans un coin, qui prenait des notes, déchirant feuillet sur feuillet.

Quand nous sommes arrivés à la montagne, le petit s'est roulé toute la journée sur le pré, Lia a préparé le dîner, et elle m'a dit de manger parce que j'étais maigre comme un clou. Après le repas, elle m'a demandé de lui préparer un double whisky avec beaucoup de glace et peu de soda, elle a allumé une cigarette, ce qu'elle fait seulement dans les moments importants, elle m'a dit de m'asseoir et elle m'a expliqué.

« Écoute-moi bien, Poum, parce que je vais te démontrer que les explications les plus simples sont toujours les plus vraies. Votre colonel vous a dit qu'Ingolf a découvert un message à Provins, et je ne le mets pas en doute. Il a dû descendre dans le souterrain et il a vraiment dû trouver un étui avec ce texte dedans », et elle frappait du doigt sur les versiculets en français. « Personne ne nous dit qu'il a découvert un étui constellé de diamants. La seule chose que le colonel vous a racontée, c'est que, d'après les notes d'Ingolf, un étui avait été vendu : et pourquoi pas, c'était un objet ancien, il en aura même tiré une somme rondelette mais personne ne nous dit que ça l'ait fait vivre. Il devait avoir un petit héritage de son père.

— Et pourquoi l'étui devait être un étui de peu de valeur ?

— Parce que ce message est une liste des commissions. Allons-y, relisons-le.

a la ... Saint Jean
36 p charrete de fein
6 ... entiers avec saiel
p ... les blancs mantiax
r ... s ... chevaliers de Pruins pour la ... j. nc
6 foiz 6 en 6 places
chascune foiz 20 a ... 120 a ...
iceste est l'ordonation
al donjon li premiers
it li secunz joste iceus qui ... pans
it al refuge
it a Nostre Dame de l'altre part de l'iau
it a l'ostel des popelicans
it a la pierre
3 foiz 6 avant la feste ... la Grant Pute.

— Et alors ?

— Mais bon sang, il ne vous est pas venu à l'esprit d'aller voir un guide touristique, une notice historique sur ce Provins ? Et tu découvres tout de suite que la Grange-aux-Dîmes où a été trouvé le message était un endroit de rassemblement pour les marchands, parce que Provins était le centre des foires de la Champagne. Et que la Grange est située dans la rue Saint-Jean. A Provins on faisait commerce de tout, mais en particulier les pièces d'étoffe marchaient bien, les draps ou dras sans p comme on écrivait à l'époque, et chaque pièce avait une marque de garantie, une sorte de sceau. Le deuxième produit de Provins, c'étaient les roses, les roses rouges que les croisés avaient ramenées de Syrie. Tellement célèbres que quand Edmond de Lancaster épouse Blanche d'Artois et prend aussi le titre de comte de Champagne, il met la rose rouge de Provins dans ses armes ; et voilà le pourquoi de la guerre des Deux-Roses, vu que les York avaient pour emblème une rose blanche.

— Et qui t'a dit ça ?

— Un petit livre de deux cents pages édité par l'Office du

tourisme de Provins, que j'ai trouvé au Centre culturel français. Mais ce n'est pas fini. A Provins, il y a une forteresse qui porte bien son nom : le Donjon ; il y a une Porte-aux-Pains ; il y avait une Église du Refuge ; il y avait évidemment plusieurs églises dédiées à Notre-Dame, par-ci par-là ; il y avait, ou il y a encore, une rue de la Pierre-Ronde, où se trouvait une pierre de cens, sur laquelle les sujets du comte allaient déposer les monnaies des dîmes. Et puis une rue des Blancs-Manteaux et une rue dite de la Grande-Putte-Muce, pour les raisons que je te laisse deviner, autrement dit c'était la rue des bordels.

— Et les popelicans ?

— A Provins, il y avait eu les cathares, qui avaient fini dûment brûlés, et le grand inquisiteur était un cathare repenti, on l'appelait Robert le Bougre. Rien d'étrange donc s'il y avait une rue ou une zone qu'on indiquait encore comme le lieu des cathares, même si les cathares n'existaient plus.

— Pourtant, en 1344...

— Mais qui t'a donc dit que ce document est de 1344 ? Ton colonel a lu *36 ans post la charrette de foin,* mais remarque bien qu'en ces temps-là un *p* fait d'une certaine façon, avec une espèce d'apostrophe, voulait dire *post,* mais un autre *p,* sans apostrophe, voulait dire *pro.* L'auteur de ce texte est un paisible marchand, qui a pris quelques notes sur les affaires qu'il a faites à la Grange, c'est-à-dire dans la rue Saint-Jean, pas dans la nuit de la Saint-Jean, et il a enregistré un prix de trente-six sous, ou deniers ou autres monnaies de l'époque, pour une ou pour chaque charrette de foin.

— Et les cent vingt années ?

— Et qui parle d'années ? Ingolf a trouvé quelque chose qu'il a transcrit comme *120 a...* Qui a dit que ce devait être un *a* ? J'ai vérifié sur un tableau des abréviations en usage à l'époque, et j'ai trouvé que pour denier ou dinarium on utilisait des signes bizarres, un qui paraissait être un delta et l'autre un thêta, une sorte de cercle brisé à gauche. Tu l'écris mal et à la hâte, et en pauvre marchand, et voilà qu'un exalté genre ton colonel peut le prendre pour un *a,* parce qu'il avait déjà lu quelque part l'histoire des cent vingt années ; je ne vais pas t'apprendre qu'il pouvait lire ça dans n'importe quelle histoire des Rose-Croix, il voulait trouver quelque chose qui ressemblerait à *post 120 annos patebo !* Et alors qu'est-ce qu'il va faire ? Il trouve des *it* et les lit comme *iterum.* Mais *iterum* s'abrège en *itm,* tandis que *it* voulant dire *item,* également, est justement utilisé pour des listes répétitives. Notre marchand calcule combien lui rapportent certaines commandes qu'il a reçues, et il fait la liste des livraisons. Il doit livrer des bouquets de roses de Provins, et c'est ce que veut dire *r ... s ... chevaliers de Pruins*. Et là où le colonel lisait vainjance (car il avait à l'esprit les chevaliers Kadosch), on doit lire jonchée. On utilisait les roses soit pour faire des chapeaux de fleurs soit pour des tapis floraux, à l'occasion des différentes fêtes. Par conséquent, voilà comment on doit lire ton message de Provins :

Dans la rue Saint-Jean
36 sous par charrette de foin.
Six draps neufs avec sceau
rue des Blancs-Manteaux.
Roses des Croisés pour faire une jonchée :
six bouquets de six aux six endroits qui suivent,
chacun 20 deniers, qui font en tout 120 deniers.
Voici dans l'ordre :
les premiers à la Forteresse
item les deuxièmes à ceux de la Porte-aux-Pains
item à l'Église du Refuge
item à l'Église Notre-Dame, au-delà du fleuve
item au vieil édifice des cathares
item à la rue de la Pierre-Ronde.
Et trois bouquets de six avant la fête, rue des putains

parce qu'elles aussi, les pauvres, voulaient sans doute célébrer la fête en se faisant un beau bibi de roses.

— Mon Dieu, dis-je, j'ai l'impression que tu as raison.

— Que oui j'ai raison. C'est une liste des commissions, je te répète.

— Un instant. Va pour celui-ci, qui peut bien être une liste des commissions, mais le premier est un message chiffré qui parle de Trente-Six Invisibles.

— En effet. Le texte en français, je lui ai réglé son compte en une heure, mais pour l'autre j'ai peiné pendant deux jours. J'ai dû me taper Trithème à la bibliothèque, à l'Ambrosiana et à la Trivulziana, et tu sais comment sont les bibliothécaires, avant de te laisser mettre les mains sur un livre de la réserve ils te regardent comme si tu voulais le bouffer. Mais l'histoire est des plus simples. D'abord, et ça tu aurais dû le découvrir tout seul, es-tu certain que les « 36 inuisibles separez en six bandes » est dans le même français que celui de notre marchand ? De fait, vous aussi vous étiez rendu compte qu'il s'agissait de l'expression utilisée dans un pamphlet du XVIIe, quand les Rose-Croix sont apparus à Paris. Mais vous avez raisonné comme vos diaboliques : si le message est chiffré selon la méthode de Trithème, ça signifie que Trithème a copié sur les Templiers, et comme il cite une phrase qui circulait dans le milieu des Rose-Croix, ça veut dire que le plan attribué aux Rose-Croix était déjà le plan des Templiers. Mais essaie de renverser le raisonnement, ainsi que ferait n'importe quelle personne sensée : puisque le message a été écrit à la Trithème, il a été écrit après Trithème, et puisqu'il cite des expressions qui circulaient au XVIIe rose-croix, il a été écrit après le XVIIe. A ce point, quelle est l'hypothèse la plus élémentaire ? Ingolf trouve le message de Provins, et puisque lui aussi, comme le colonel, est un mordu de mystères hermétiques, il lit trente-six et cent vingt et pense aussitôt aux Rose-Croix. Et puisque c'est un mordu des cryptographies, il s'amuse à résumer le message de Provins en le chiffrant. Il fait un exercice, écrit selon un cryptosystème de Trithème sa belle phrase rose-croix.

— Explication ingénieuse. Mais elle a autant de valeur que la conjecture du colonel.

— Jusqu'ici, oui. Mais imagine que tu en fais plus d'une, de conjectures, et que toutes ensemble elles se soutiennent les unes les autres. Tu es déjà plus sûr d'avoir deviné, non ? Moi je suis partie d'un soupçon. Les mots utilisés par Ingolf ne sont pas ceux que suggère Trithème. Ils sont du même style assyro-babylo-kabbalistique, mais ce ne sont pas les mêmes. Et pourtant, si Ingolf voulait des mots qui commencent par les lettres qui l'intéressaient, chez Trithème il en trouvait autant qu'il en voulait. Pourquoi n'a-t-il pas choisi ceux-là ?

— Pourquoi ?

— Peut-être avait-il besoin de certaines lettres précises, même en deuxième, en troisième, en quatrième position. Peut-être notre ingénieux Ingolf voulait-il un message à chiffrement multiple. Il voulait être plus fort que Trithème. Trithème suggère quarante cryptosystèmes majeurs : dans l'un, seules comptent les initiales ; dans l'autre, la première et la troisième lettre ; dans un autre encore, une initiale sur deux, et ainsi de suite, de façon qu'avec un peu de bonne volonté, des systèmes, il peut en inventer cent autres encore. Quant aux dix cryptosystèmes mineurs, le colonel n'a tenu compte que de la première rotule, qui est la plus facile. Mais les suivantes marchent selon le principe de la deuxième, dont voici la copie Imagine que le cercle intérieur soit mobile et que tu puisses le faire

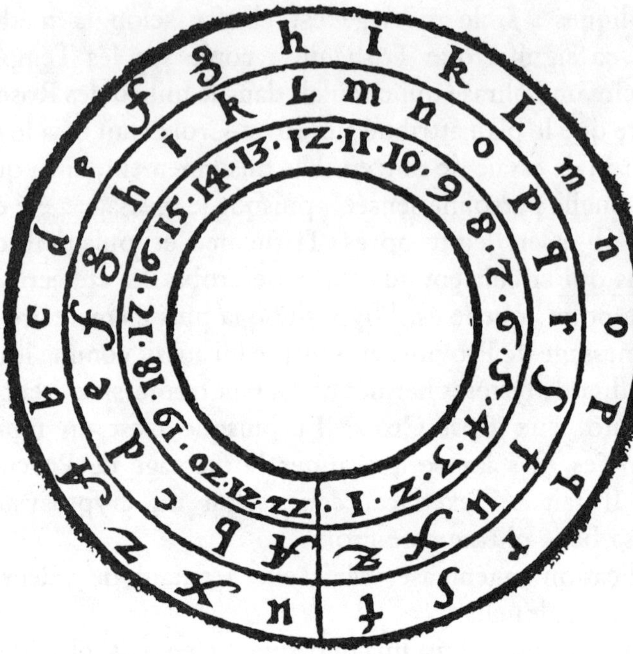

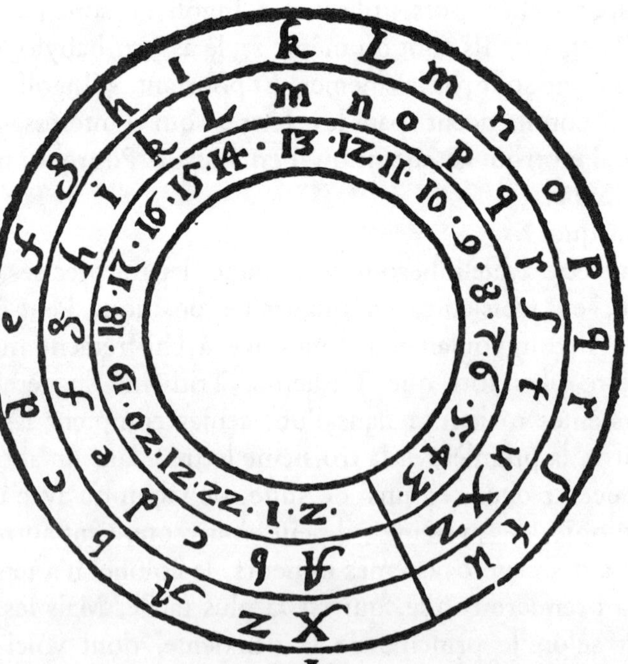

tourner de manière que le A initial coïncide avec n'importe quelle lettre du cercle intérieur. Tu auras ainsi un système où le A se transcrit X et ainsi de suite ; un autre, où le A coïncide avec le U et ainsi de suite... Avec vingt-deux lettres sur chaque cercle, tu tires non pas dix mais vingt et un cryptosystèmes, et seul le vingt-deuxième reste nul, où le A coïncide avec le A...

— Tu ne vas pas me dire que pour chaque lettre de chaque mot tu as essayé tous les vingt et un systèmes...

— J'ai eu de la jugeote et de la chance. Comme les mots les plus courts sont de six lettres, il est évident que seules les six premières sont importantes, et le reste est pour faire joli. Pourquoi six lettres ? J'ai imaginé qu'Ingolf avait chiffré la première, ensuite qu'il en avait sauté une, qu'il avait chiffré la troisième, ensuite qu'il en avait sauté deux et avait chiffré la sixième. Si pour l'initiale il a utilisé la rotule numéro un, pour la troisième lettre j'ai essayé la rotule numéro deux, et ça avait un sens. Alors, j'ai essayé la rotule numéro trois pour la sixième lettre, et ça avait de nouveau un sens. Je n'exclus pas qu'Ingolf ait utilisé d'autres lettres aussi, mais trois évidences me suffisent, et si tu veux continue tout seul.

— Ne me tiens pas en haleine. Qu'est-ce qui en est sorti ?

— Regarde ton message, j'ai souligné les lettres qui comptent. »

Kuabris Defrabax Rexulon Ukkazaal Ukzaab Urpaefel Taculbain Habrak Hacoruin Maquafel Tebrain Hmcatuin Rokasor Himesor Argaabil Kaquaan Docrabax Reisaz Reisabrax Decaiquan Oiquaquil Zaitabor Qaxaop Dugraq Xaelobran Disaeda Magisuan Raitak Huidal Uscolda Arabaom Zipreus Mecrim Cosmae Duquifas Rocarbis

« Or, le premier message nous le connaissons, c'est celui sur les Trente-Six Invisibles. A présent, écoute ce que ça donne quand on remplace selon la deuxième rotule les troisièmes lettres : *chambre des demoiselles, l'aiguille creuse.*

— Mais je le connais, c'est...

— *En aval d'Étretat — la Chambre des Demoiselles — Sous le Fort du Fréfossé — Aiguille creuse.* C'est le message décrypté par Arsène Lupin lorsqu'il découvre le secret de l'Aiguille Creuse ! Tu t'en souviens sans doute : à Étretat se dresse au bord de la plage l'Aiguille creuse, un château naturel, à l'intérieur habitable, arme secrète de Jules César quand il envahissait les Gaules, et puis des rois de France. La source de l'immense puissance de Lupin. Et tu sais que les lupinologues sont fous de cette histoire, ils vont en pèlerinage à Étretat, ils cherchent d'autres passages secrets, ils anagrammatisent chaque mot de Leblanc... Ingolf était aussi un lupinologue comme il était un rose-cruciologue, et donc chiffre que je te chiffre.

— Mais mes diaboliques pourraient toujours dire que les Templiers connaissaient le secret de l'aiguille, et que, par conséquent, le message a été écrit à Provins, au XIVe siècle...

— Certes, je sais. Mais maintenant vient le troisième message. Troisième rotule appliquée aux sixièmes lettres. Écoute un peu : *merde i'en ai marre de cette stéganographie.* Et ça c'est du français moderne, les Templiers ne parlaient pas comme ça. C'est Ingolf qui s'exprime de la sorte, lequel, après s'être cassé la tête à chiffrer ses sornettes, s'est amusé encore une fois en envoyant au diable, en chiffre, ce qu'il était en train de faire. Mais comme il n'était pas dénué de subtilité, je te fais remarquer que les trois messages sont chacun de trente-six lettres. Mon pauvre Poum, Ingolf jouait autant que vous, et cet imbécile de colonel l'a pris au sérieux.

— Et alors, pourquoi Ingolf a disparu ?

— Qui te dit qu'on l'ait assassiné ? Ingolf en avait marre d'être à Auxerre, de ne voir que le pharmacien et sa vieille fille de fille qui pleurnichait toute la journée. Il peut très bien aller à Paris, faire un beau coup en revendant un de ses vieux livres, se trouver une gentille petite veuve qui ne demande pas mieux, et il change de vie. Comme ceux qui sortent pour acheter des cigarettes, et leur femme ne les revoit plus.

— Et le colonel ?

— Tu ne m'as pas dit que même le policier n'était pas sûr qu'on l'ait tué ? Il a fait quelques embrouilles, ses victimes l'ont repéré, et lui il a décampé. En ce moment, il est probablement en train de vendre la tour Eiffel à un touriste américain et il s'appelle Dupont. »

Je ne pouvais pas céder sur tous les fronts. « D'accord, nous sommes partis d'une liste des commissions, mais nous avons été d'autant plus ingénieux. Nous le savions nous aussi que nous étions en train d'inventer. Nous avons fait de la poésie.

— Votre plan n'est pas poétique. Il est grotesque. Il ne vient pas à l'esprit des gens de revenir brûler Troie parce qu'ils ont lu Homère. Avec lui l'incendie de Troie est devenu quelque chose qui n'a jamais été, ne sera jamais et pourtant sera toujours. S'il a tant de significations, c'est que tout est clair, tout est limpide. Tes manifestes des Rose-Croix n'étaient ni clairs ni limpides, ils étaient un borborygme et promettaient un secret. C'est pour ça qu'ils sont si nombreux ceux qui ont essayé de les rendre vrais, et chacun y a trouvé son compte. Chez Homère, il n'y a aucun secret. Votre plan est bourré de secrets parce qu'il est bourré de contradictions. C'est pour ça que tu pourrais trouver des milliers d'inquiets disposés à s'y reconnaître. Balancez tout ça. Homère n'a pas fait semblant. Vous, vous avez fait semblant. Gaffe à faire semblant, tout le monde te croit. Les gens n'ont pas cru Semmelweis, qui disait aux médecins de se laver les mains avant de toucher les parturientes. Il disait des choses trop simples. Les gens croient ceux qui vendent des lotions pour faire repousser les cheveux. Ils sentent instinctivement que ceux-là réunissent des vérités qui ne vont pas ensemble, qu'ils ne sont pas logiques ni ne sont de bonne foi. Mais on leur a dit que Dieu est complexe, et insondable, et donc l'incohérence est ce qu'ils ressentent de plus semblable à la nature de Dieu. L'invraisemblable est la chose la plus semblable au miracle. Vous, vous avez inventé une lotion pour faire repousser les cheveux. Je n'aime pas ça, c'est un vilain jeu. »

Loin que cette histoire nous ait gâché nos semaines de montagne, j'ai fait de belles excursions à pied, j'ai lu des livres sérieux, je n'ai jamais été autant avec le petit. Mais entre Lia et moi, il était resté quelque chose de non dit. D'un côté Lia m'avait mis le dos au mur et il lui déplaisait de m'avoir humilié ; d'un autre côté, elle n'était pas convaincue de m'avoir convaincu.

De fait, j'éprouvais de la nostalgie pour le Plan, je ne voulais pas le balancer, j'avais trop vécu avec lui.

Il y a à peine quelques matins, je me suis levé tôt afin de prendre l'unique train pour Milan. Et à Milan je devais recevoir de Belbo son coup de fil de Paris, et commencer l'histoire que je n'ai pas encore fini de vivre.

Lia avait raison. Nous aurions dû en parler avant. Mais je ne l'aurais pas crue davantage. J'avais vécu la création du Plan comme le moment de Tif'érét, le cœur du corps sefirotique, l'accord de la règle avec la liberté. Diotallevi me disait que Moïse Cordovéro nous avait avertis : « Qui s'enorgueillit de sa Torah devant l'ignorant, c'est-à-dire devant l'ensemble du peuple de Iahveh, celui-là amène Tif'érét à s'enorgueillir devant Malkhut. » Mais ce que pouvait être Malkhut, le Royaume de cette terre, dans son éclatante simplicité, je ne le comprends qu'à présent. A temps pour comprendre encore, trop tard peut-être pour survivre à la vérité.

Lia, je ne sais pas si je te reverrai. S'il en allait ainsi, la dernière image que j'ai de toi est de quelques matins en arrière, ensommeillée sous les couvertures. Je t'ai donné un baiser et j'hésitais à sortir.

7

NÉTSAH

— 107 —

Ne vois-tu pas ce chien noir qui rôde à travers les champs ensemencés et les éteules ?... Il me semble qu'il tend autour de nos pieds de fins lacets magiques... Le cercle se resserre, il est déjà tout près de nous.

Faust, I, Devant la porte.

Ce qui s'était passé pendant mon absence, et en particulier dans les derniers jours avant mon retour, je ne pouvais le déduire que des *files* de Belbo. Mais parmi ceux-ci, un seul était clair, ponctué de nouvelles ordonnées, et c'était le dernier, celui qu'il avait probablement écrit avant de partir à Paris, afin que moi ou quelqu'un d'autre — pour le garder en mémoire — le puissions lire. Les autres textes, que certainement il avait écrits comme d'habitude pour lui-même, ne s'avéraient pas d'une interprétation aisée. Moi seul, qui étais désormais entré dans l'univers privé de ses confidences à Aboulafia, je pouvais les décrypter, ou au moins en tirer des conjectures.

Nous étions au début juin. Belbo se montrait agité. Les médecins s'étaient faits à l'idée que Gudrun et lui représentaient les uniques parents de Diotallevi, et ils avaient enfin parlé. Aux questions des typographes et des correcteurs, Gudrun répondait maintenant en ébauchant un bisyllabe de ses lèvres tendues, sans laisser sortir aucun son. C'est ainsi qu'on nomme la maladie taboue.

Gudrun allait trouver Diotallevi chaque jour, et je crois qu'elle le dérangeait à cause de ses yeux brillants de pitié. Il savait ; mais il avait honte que les autres le sachent. Il parlait avec peine. Belbo avait écrit : « Son visage n'est que pommettes. » Ses cheveux tombaient, mais c'était dû à la thérapie. Belbo avait écrit : « Ses mains ne sont que doigts. »

Je crois qu'au cours d'un de leurs pénibles entretiens Diotallevi avait commencé de dire à Belbo ce qu'ensuite il lui dirait le dernier jour. Belbo se rendait déjà compte que s'identifier au Plan c'était mal, que c'était peut-être le Mal. Mais, sans doute pour objectiver le Plan et le restituer à sa dimension purement fictive, l'avait-il écrit, mot après mot, comme s'il s'agissait des mémoires du colonel. Il le racontait tel un initié qui communiquerait son dernier secret. Je crois que, pour lui, c'était la cure : il restituait à la littérature, pour mauvaise qu'elle fût, ce qui n'était pas de la vie.

Mais, le 10 juin, il devait s'être passé quelque chose qui l'avait bouleversé. Les notes à ce propos sont confuses, je tente des conjectures.

Lorenza lui avait donc demandé de l'accompagner en voiture sur la Riviera : elle devait passer chez une amie pour retirer je ne sais quoi au juste, un document, un acte notarié, une babiole qui aurait pu être expédiée par la poste. Belbo avait consenti, ébloui à l'idée de passer un dimanche à la mer avec elle.

Ils avaient été dans cet endroit, je ne suis pas arrivé à comprendre exactement où, sans doute près de Portofino. La description de Belbo était faite d'humeurs, ce ne sont pas des paysages qui en ressortaient mais des excès, des tensions, des découragements. Lorenza avait fait sa course tandis que Belbo attendait dans un bar, et puis elle avait dit qu'ils pouvaient aller manger du poisson dans un restaurant vraiment à pic sur la mer.

A partir de là l'histoire se fragmentait, je la déduisis de morceaux de dialogue que Belbo alignait sans guillemets, comme s'il transcrivait à chaud pour ne pas laisser s'estomper une série d'épiphanies. Ils avaient roulé en voiture tant que c'était possible, puis poursuivi à pied à travers ces sentiers de Ligurie qui longent la côte, fleuris et inaccessibles ; et ils avaient trouvé le restaurant. Mais à peine assis, ils avaient vu, sur la table à côté de la leur, un carton de réservation au nom de M. Agliè.

Regarde un peu quelle coïncidence, devait avoir dit Belbo. Sale coïncidence, avait dit Lorenza, elle ne voulait pas qu'Agliè sût qu'elle était là avec lui. Pourquoi ne voulait-elle pas, qu'y avait-il de mal, parce qu'Agliè avait le droit d'être jaloux ? Mais de quel droit parles-tu, il s'agit de bon goût, il m'avait invitée à sortir pour aujourd'hui et j'ai dit que j'étais occupée, tu ne voudrais pas que j'aie l'air d'une menteuse. Tu ne fais pas figure de menteuse, tu étais vraiment occupée avec moi, est-ce une chose dont on doit avoir honte ? Avoir honte, non, mais tu permets que j'aie mon code de délicatesse.

Ils avaient abandonné le restaurant, et commencé à remonter le sentier. Mais tout à coup Lorenza s'était arrêtée, elle avait vu arriver des gens que Belbo ne connaissait pas, des amis d'Agliè, disait-elle, et elle ne voulait pas se faire voir. Situation humiliante, elle appuyée au garde-fou d'un petit pont en à-pic sur une pente plantée d'oliviers, le visage couvert par les pages d'un journal, comme si elle mourait d'envie de savoir ce qui arrivait de par le monde ; lui, à dix pas de distance, fumant comme s'il se trouvait là par hasard.

Les commensaux d'Agliè étaient passés mais maintenant, disait Lorenza, à continuer ce sentier ils l'auraient rencontré lui, qui allait sûrement apparaître. Belbo disait au diable, au diable, et quand bien même ? Et Lorenza lui disait qu'il n'avait pas un brin de sensibilité. Solution : rejoindre l'endroit où la voiture est garée en évitant le sentier, en coupant le long des escarpements. Fuite haletante, à travers une série de terrasses battues par le soleil, et un talon de Belbo s'était cassé. Lorenza disait tu ne vois pas que c'est bien plus beau comme ça ; sûr qu'avec ce que tu fumes tu manques de souffle.

Ils avaient rejoint la voiture et Belbo disait qu'autant valait retourner à Milan. Non, lui avait dit Lorenza, Agliè est peut-être en retard, nous le croisons sur l'autoroute, lui connaît ta voiture, t'as vu quelle belle journée, coupons par l'intérieur, ce doit être délicieux, rejoignons l'autoroute du Soleil et allons dîner dans l'outre-Pô pavesan.

Mais pourquoi l'outre-Pô pavesan, mais qu'est-ce que ça veut dire par l'intérieur, il n'y a qu'une solution, regarde la carte, il faut grimper sur les montagnes après Uscio, et puis franchir tout l'Apennin, et faire une halte à Bobbio, et de là on arrive à Plaisance, tu es folle, pire qu'Hannibal avec ses éléphants. Tu n'as pas le sens de l'aventure, avait-elle dit, et puis pense à tous ces beaux petits restaurants que nous allons trouver sur ces collines. Avant Uscio, il y a Manuelina qui a douze étoiles dans le Michelin, tout le poisson que nous voulons.

Manuelina était plein, avec une file de clients debout qui lorgnaient les tables où arrivait le café. Lorenza avait dit peu importe, en montant quelques kilomètres on trouve cent autres endroits mieux que celui-ci. Ils avaient trouvé un restaurant à deux heures et demie, dans un bourg infâme qu'au dire de Belbo même les cartes militaires rougissent d'enregistrer, et ils avaient mangé des pâtes archicuites assaisonnées avec de la viande en boîte. Belbo lui demandait ce que tout cela cachait, parce que ce n'était pas un hasard si elle s'était fait emmener précisément là où devait arriver Agliè, elle voulait provoquer quelqu'un et lui n'arrivait pas à comprendre lequel des deux, et elle de lui demander s'il n'était pas parano.

Après Uscio, ils avaient essayé un col, et, en traversant un village qui donnait l'impression d'être en Sicile un dimanche après-midi au temps des Bourbons, un grand chien noir s'était mis en travers de la route, comme s'il n'avait jamais vu une automobile. Belbo l'avait heurté avec les pare-chocs antérieurs, ça n'avait l'air de rien, en revanche, à peine descendus de voiture, ils s'étaient aperçus que la pauvre bête avait l'abdomen rouge de sang, avec certaines choses bizarres et roses (pudenda, viscères ?) qui sortaient, et il geignait en bavant. Quelques villageois étaient accourus, il s'était créé une assemblée populaire. Belbo demandait qui était le maître, il le dédommagerait, mais le chien n'avait pas de maître. Il représentait sans doute le dix pour cent de la population de ce coin abandonné de Dieu, mais personne ne savait qui il était même si tous le connaissaient de vue. Quelqu'un disait qu'il fallait trouver l'adjudant des carabiniers qui lui tirerait une balle, et oust.

Ils étaient à la recherche de l'adjudant, quand une dame était arrivée, qui se déclarait zoophile. J'ai six chats, avait-elle dit. Quel rapport, avait dit Belbo, ça c'est un chien, il est désormais en train de mourir et moi je suis pressé. Chien ou chat, un peu de cœur, avait dit la dame. Pas d'adjudant, il faut aller chercher quelqu'un de la protection des animaux, ou de l'hôpital le plus proche, on va peut-être sauver la bête.

Le soleil dardait sur Belbo, sur Lorenza, sur la voiture, sur le chien et sur l'assistance, et il ne se couchait jamais, Belbo avait l'impression d'être sorti en caleçon, mais il ne réussissait pas à se réveiller, la dame n'en démordait pas, l'adjudant était introuvable, le chien continuait à saigner et il haletait avec des sons plaintifs. Il a la gorge faible, avait dit Belbo, puriste, et la dame disait certes, certes qu'il a la gorge faible, il souffre le pauvre chéri, et vous, aussi, vous ne pouviez pas faire attention ? Graduellement le village subissait un boom démographique, Belbo, Lorenza et le chien étaient devenus le spectacle de ce triste dimanche. Une fillette avec un cornet de glace s'était approchée et avait demandé si eux ils étaient ceux de la télé qui organisaient le concours de Miss Apennin ligure, Belbo lui avait répondu de fiche le camp tout de suite autrement il l'aurait mise dans l'état où se trouvait le chien, la fillette avait fondu en larmes. Le docteur de la commune était arrivé en disant que la fillette était sa fille et Belbo ne savait pas qui il était lui. En un rapide échange d'excuses et de présentations, il résulta que le docteur avait publié un *Journal d'une commune perdue* chez le célèbre Manuzio éditeur à Milan. Belbo était tombé dans le piège et avait dit qu'il était magna pars chez Manuzio, le docteur voulait à présent que Belbo et Lorenza s'arrêtent pour dîner chez lui, Lorenza s'agitait et donnait des coups de coude dans les côtes de Belbo, comme ça maintenant on va finir dans les journaux, les amants diaboliques, tu ne pouvais pas la boucler ?

Le soleil tapait toujours à pic, tandis que le clocher sonnait complies (nous voilà dans la Dernière Thulé, commentait Belbo entre ses dents, du soleil pendant six mois, de minuit à minuit, et j'ai fini mes cigarettes), le chien se limitait à souffrir et personne ne lui prêtait plus attention, Lorenza disait qu'elle avait une crise d'asthme, Belbo était désormais certain que le cosmos procédait d'une erreur du Démiurge. Enfin, il avait eu l'idée qu'eux deux auraient pu partir en voiture chercher des secours dans le centre habité le plus proche. La dame zoophile était d'accord, qu'ils allassent et qu'ils fissent vite, un monsieur qui travaillait chez un éditeur de poésie, elle avait confiance, elle aussi elle aimait tant Anna de Noailles.

Belbo était reparti et il avait cyniquement traversé le centre le plus proche, Lorenza maudissait tous les animaux dont le Seigneur avait souillé la terre du premier au cinquième jour compris, et Belbo était d'accord mais il allait jusqu'à critiquer l'œuvre du sixième jour, et peut-être aussi le repos du septième, parce qu'il trouvait que c'était le plus satané dimanche qu'il lui eût été donné de vivre.

Ils avaient commencé à franchir l'Apennin, mais alors que sur les cartes cela paraissait facile, ils y avaient mis de nombreuses heures, ils avaient sauté Bobbio, et, dans la soirée, ils étaient arrivés à Plaisance. Belbo était fatigué, il voulait passer au moins le dîner avec Lorenza, et il avait pris une chambre double dans l'unique hôtel où il en restait, près de la gare. Une fois montés dans la chambre, Lorenza avait déclaré qu'elle ne dormirait pas dans un lieu pareil. Belbo avait dit qu'il chercherait quelque chose d'autre, qu'elle lui laissât le temps de descendre au bar se jeter un Martini. Il n'avait trouvé qu'un cognac national, il était remonté dans la chambre et Lorenza n'y était plus. Il était allé demander des nouvelles à la réception et avait trouvé un message : « Mon amour, j'ai découvert un train magnifique pour Milan. Je pars. On se voit dans la semaine. »

Belbo avait couru à la gare, et le quai était désormais vide. Comme dans un western.

Belbo avait dormi à Plaisance. Il avait cherché une Série noire, mais même le kiosque de la gare était fermé. A l'hôtel il n'avait trouvé qu'une revue du Touring Club.

Par déveine, la revue publiait un reportage sur les cols des Apennins qu'il venait de franchir. Dans son souvenir — fané comme si ces vicissitudes lui étaient arrivées des années auparavant — ils étaient une terre aride, écrasée de soleil, poussiéreuse, semée de détritus minéraux. Sur les pages glacées de la revue, ils étaient des terres de rêve, à revisiter même à pied, et à resavourer pas à pas. Les Samoa de Jim de la Papaye.

Comment un homme peut-il courir à sa ruine du seul fait qu'il a renversé un chien ? Et pourtant, il en alla ainsi. Belbo a décidé, cette nuit-là à Plaisance, qu'en se retirant de nouveau pour vivre dans le Plan il ne subirait pas d'autres défaites, car là c'était lui qui pouvait décider qui, comment et quand.

Et ce dut être ce même soir qu'il résolut de se venger d'Agliè, sans doute ne sachant pas trop bien pourquoi ni en vue de quoi. Il avait projeté de faire entrer Agliè dans le Plan, à son insu. Et, d'autre part, il était typique de Belbo de chercher des revanches dont il fût l'unique témoin. Non par pudeur, mais par défiance dans le témoignage des autres. Une fois glissé dans le Plan, Agliè aurait été annulé, il se serait dissous en fumée telle la mèche d'une bougie. Irréel comme les Templiers de Provins, les Rose-Croix, et Belbo soi-même.

Ça ne doit pas être difficile, pensait Belbo : nous avons réduit à notre mesure Bacon et Napoléon, pourquoi pas Agliè ? On va l'envoyer lui aussi chercher la Carte. Je me suis libéré d'Ardenti et de son souvenir en le plaçant dans une fiction meilleure que la sienne. C'est ainsi qu'il en ira avec Agliè.

Je crois qu'il y croyait pour de bon, tant peut le désir déçu. Son *file* se terminait, et il ne pouvait en être autrement, par la citation obligée de tous ceux que la vie a vaincus : *Bin ich ein Gott ?*

— 108 —

Quelle est l'influence cachée qui agit derrière la presse, derrière tous les mouvements subversifs qui nous entourent ? Y a-t-il plusieurs Pouvoirs à l'œuvre ? Ou y a-t-il un seul Pouvoir, un groupe invisible qui dirige tout le reste — le cercle des Vrais Initiés ?

Nesta WEBSTER, *Secret Societies and Subversive Movements,* London, Boswell, 1924, p. 348.

Peut-être aurait-il oublié son dessein. Peut-être lui suffisait il de l'avoir écrit. Peut-être aurait-il été suffisant qu'il revît aussitôt Lorenza. Il eût été repris par le désir et le désir l'aurait obligé à pactiser avec la vie. En revanche, juste le lundi après-midi, Agliè, tout odorant d'eaux de toilette exotiques, tout sourire, était passé par son bureau pour lui remettre quelques manuscrits à condamner, et disant qu'il les avait lus au cours d'un splendide week-end sur la Riviera. Belbo avait été repris par sa rancœur. Et il avait décidé de se payer sa tête et de lui faire miroiter l'héliotrope.

Ainsi, avec l'air du Buffalmacco de Boccace, il lui avait laissé entendre que, depuis plus de dix ans, il vivait sous le poids d'un secret initiatique. Un manuscrit, confié à lui par un certain colonel Ardenti, qui se disait en possession du Plan des Templiers... Le colonel avait été enlevé ou tué par quelqu'un qui s'était emparé de ses papiers, et il avait quitté les éditions Garamond en emportant avec lui un texte piège, volontairement erroné, fantasque, puéril même, qui servait seulement à faire comprendre qu'il avait mis le nez dans le message de Provins et dans les vraies notes finales d'Ingolf, celles que ses assassins cherchaient encore. Cependant, une chemise fort mince, qui ne contenait que dix petits feuillets, et dans ces dix feuillets il y avait le vrai texte, celui qu'on a vraiment trouvé dans les papiers d'Ingolf, cette chemise-là était restée entre les mains de Belbo.

Mais comme c'est curieux, avait réagi Agliè, dites-moi, dites-moi. Et Belbo lui avait dit. Il lui avait raconté tout le Plan tel que nous l'avions conçu, et comme s'il était la révélation de ce manuscrit lointain. Il lui avait même dit, d'un ton de plus en plus précautionneux et confidentiel, qu'un policier aussi, certain De Angelis, était arrivé au bord de la vérité, mais il s'était heurté contre son silence hermétique — c'était le cas de le dire — à lui, Belbo, gardien du plus grand secret de l'humanité. Un secret qui, au fond, au bout du compte, se réduisait au secret de la Carte.

Là, il avait fait une pause, pleine de sous-entendus comme toutes les grandes pauses. Ses réticences sur la vérité finale garantissaient la vérité des prémisses. Rien, pour qui croit vraiment à une tradition secrète (calculait-il), n'est plus retentissant que le silence.

« Mais comme c'est intéressant, comme c'est intéressant, disait Agliè tout en tirant sa tabatière de son gilet, et de l'air de penser à autre chose. Et... et la carte ? »

Et Belbo pensait : vieux voyeur, tu t'excites, bien fait pour toi, avec tes grands airs à la Saint-Germain tu n'es qu'une petite fripouille qui vit de tours de cartes, et puis tu achètes le Colisée en versant une forte avance à la première fripouille plus fripouille que toi. Je vais maintenant t'expédier à la recherche de cartes géographiques, comme ça tu disparais dans les entrailles de la terre, emporté par les courants, et tu vas te cogner le crâne contre le pôle sud de quelque fiche celtique.

Et, d'un air circonspect : « Naturellement, dans le manuscrit il y avait aussi la carte, c'est-à-dire sa description précise, et la référence à l'original. C'est surprenant, vous ne pouvez imaginer combien était simple la solution du problème. Une carte à la portée de tout le monde, quiconque pouvait la voir, des milliers de personnes sont passées chaque jour devant, pendant des siècles. Et, d'autre part, le système d'orientation est si élémentaire qu'il suffit d'en mémoriser le schéma, et on pourrait reproduire la carte séance tenante, en tout lieu. Si simple et si imprévisible... Imaginez un peu — seulement pour vous rendre l'idée : c'est comme si la carte était inscrite dans la pyramide de Chéops, étalée sous les yeux de tous, et pendant des siècles tout le monde a lu et relu et déchiffré la pyramide pour y trouver d'autres allusions, d'autres calculs, sans en soupçonner l'incroyable, la merveilleuse simplicité. Un chef-d'œuvre d'innocence. Et de perfidie. Les Templiers de Provins étaient des magiciens.

— Vous piquez vraiment ma curiosité. Et vous ne me la feriez pas voir ?

— Je vous l'avoue, j'ai tout détruit, les dix pages et la carte. J'étais épouvanté, vous comprenez, n'est-ce pas ?

— Vous n'allez pas me dire que vous avez détruit un document d'une pareille portée...

— Je l'ai détruit, mais je vous ai dit que la révélation était d'une absolue simplicité. La carte est ici », et il se touchait le front — et il avait envie de rire, parce qu'il se rappelait la blague de l'Allemand qui a une méthode infaillible pour apprendre l'italien : le premier jour, un mot ; le deuxième, deux mots ; et ainsi de suite, et à la fin il dit, en se touchant la tête, " ho tutto qvi in mio kulo ", chai tout izi dans mon kul. « Il y a plus de dix ans que je le porte avec moi, ce secret, il y a plus de dix ans que je porte cette carte ici, et il se touchait de nouveau le front, comme une obsession, et je suis épouvanté du pouvoir que je pourrais obtenir si seulement je me décidais à assumer l'héritage des Trente-six Invisibles. A présent vous comprenez pourquoi j'ai convaincu Garamond de publier Isis Dévoilée et l'Histoire de la Magie. J'attends le bon contact. » Et puis, de plus en plus entraîné dans le rôle qu'il s'était donné, et pour mettre définitivement Agliè à l'épreuve, il lui avait récité presque à la lettre les mots ardents qu'Arsène Lupin prononçait devant Beautrelet vers la fin de *l'Aiguille creuse :* « Il y a des moments où ma puissance me fait tourner la tête. Je suis ivre de force et d'autorité.

— Allons, cher ami, avait dit Agliè, et si vous aviez fait crédit excessif aux imaginations d'un exalté ? Etes-vous certain que ce texte fût authentique ? Pourquoi ne vous fiez-vous pas à mon expérience pour ces choses-là ? Si vous saviez combien de révélations de ce genre j'ai eues dans ma vie, et j'ai au moins le mérite d'en avoir démontré l'inconsistance. Il me suffirait d'un regard sur la carte pour en évaluer la crédibilité. Je m'honore de certaine compétence, peut-être modeste, mais précise, dans le domaine de la cartographie traditionnelle.

— Comte, avait dit Belbo, vous seriez le premier à me rappeler qu'un secret initiatique révélé ne sert plus à rien. Je me suis tu pendant des années, je peux me taire encore. »

Et il se taisait. Agliè aussi, qu'il fût ou non une canaille, vivait pour de bon son rôle. Il avait passé sa vie à se délecter de secrets impénétrables, et il croyait fermement, désormais, que les lèvres de Belbo resteraient scellées à jamais.

A ce moment, Gudrun était entrée et elle avait annoncé que le rendez-vous à Bologne avait été fixé pour le vendredi à midi. « Vous pouvez prendre le TEE du matin, avait-elle dit.

— Train délicieux, le TEE, avait dit Agliè. Mais il faudrait toujours réserver, surtout en cette saison. » Belbo avait dit que, même en montant au dernier moment on trouvait de la place, quitte à aller au wagon-restaurant où on servait le petit déjeuner. « Je vous le souhaite, avait dit Agliè. Bologne, belle ville. Mais si chaude en juin...

— Je n'y reste que deux ou trois heures. Il faut que je discute un texte d'épigraphie, nous avons des problèmes avec les reproductions. » Et puis il avait lâché : « Ce ne sont pas encore mes vacances. Mes congés, je les prendrai autour du solstice d'été, il se peut que je me décide à... Vous m'avez compris. Et je me fie à votre discrétion. Je vous ai parlé comme à un ami.

— Je sais me taire, encore mieux que vous. Je vous remercie en tout cas pour votre confiance, vraiment. » Et il s'était en allé.

Belbo était sorti, rasséréné par cette rencontre. Pleine victoire de sa narrativité astrale sur les misères et les hontes du monde sublunaire.

Le lendemain, il avait reçu un coup de téléphone d'Agliè : « Il faut m'excuser, cher ami. Je me trouve confronté à un petit problème. Vous savez que j'exerce pour moi un modeste commerce de livres anciens. Il m'arrive dans la soirée, de Paris, une douzaine de volumes reliés, du XVIIIe siècle, d'un certain prestige, que je dois absolument faire remettre d'ici demain à un de mes correspondants de Florence. Je devrais les apporter moi-même, mais j'ai un autre engagement qui me retient ici. J'ai pensé à une solution. Vous devez aller à Bologne. Je vous attends demain au train, dix minutes avant le départ, je vous remets une toute petite valise, vous la posez dans le filet et vous la laissez là à Bologne ; si c'est nécessaire vous descendez le dernier, de façon à être sûr que personne ne la subtilise. A Florence, mon correspondant monte pendant l'arrêt, et la retire. Pour vous, c'est un désagrément, je le sais, mais si vous pouvez me rendre ce service je vous en saurai éternellement gré.

— Volontiers, avait répondu Belbo, mais comment fera votre ami à Florence pour savoir où j'ai laissé la valise ?

— Je suis plus prévoyant que vous et j'ai réservé une place, place 45, voiture 8. Jusqu'à Rome, ainsi ni à Bologne ni à Florence nul ne montera pour l'occuper. Vous voyez, en échange de l'embarras que je vous donne, je vous offre la sécurité de voyager assis, sans que vous ayez à camper dans le wagon-restaurant. Je n'ai pas osé prendre aussi votre billet, je ne voulais pas que vous pensiez que j'entendais m'acquitter de mes dettes de manière aussi indélicate. »

Vraiment un monsieur, avait pensé Belbo. Il m'enverra une caissette de vins réputés. A boire à sa santé. Hier, j'ai voulu le faire disparaître et à présent je lui rends même un service. Tant pis, je ne peux pas lui dire non.

Le mercredi matin, Belbo s'était rendu à la gare en avance, il avait acheté son billet pour Bologne, et il avait trouvé Agliè à côté de la voiture 8, avec la petite valise. Elle était assez lourde, mais pas encombrante.

Belbo avait installé la mallette au-dessus de la place 45, et il s'était assis avec son paquet de journaux. La nouvelle du jour, c'étaient les funérailles de Berlinguer. Peu après, un monsieur barbu était venu occuper la place à côté de lui. Belbo eut l'impression de l'avoir déjà vu (avec l'esprit de l'escalier, sans doute à la fête dans le Piémont, mais il n'était pas sûr). Au départ, le compartiment était complet.

Belbo lisait le journal, mais le passager à la barbe essayait de lier conversation avec tout le monde. Il avait commencé par des observations sur la chaleur, sur l'inefficacité du système d'air conditionné, sur le fait qu'en juin on ne sait jamais s'il faut s'habiller en été ou en mi-saison. Il avait fait remarquer que la meilleure tenue c'était le blazer léger, justement comme celui de Belbo, et il avait demandé s'il était anglais. Belbo avait répondu qu'il était anglais, Burberry, et il s'était remis à lire. « Ce sont les meilleurs, avait dit ce monsieur, mais celui-ci est particulièrement beau parce qu'il n'a pas les boutons dorés qui sont trop voyants. Et si vous me permettez, il se marie bien avec cette cravate bordeaux. » Belbo avait remercié et rouvert son journal. Le monsieur continuait à parler avec les autres de la difficulté de marier les cravates aux vestes, et Belbo lisait. Je sais, pensait-il, ils me regardent tous comme un malappris, mais je voyage par le train pour ne pas avoir de rapports humains. J'en ai déjà trop sur la terre ferme.

Alors ce monsieur avait dit : « Quelle quantité de journaux vous lisez, vous, et de toutes les tendances. Vous devez être un juge ou un homme politique. » Belbo avait répondu que non, que lui il travaillait dans une maison d'édition qui publiait des livres de métaphysique arabe, il l'avait dit en espérant terroriser l'adversaire. L'autre avait été évidemment terrorisé.

Puis le contrôleur était arrivé. Il avait demandé comment il se faisait que Belbo avait un billet pour Bologne et la réservation pour Rome. Belbo dit qu'il avait changé d'idée à la dernière minute. « C'est beau, avait dit le monsieur avec la barbe, de pouvoir changer ses décisions au moindre vent, sans devoir compter avec son porte-monnaie. Je vous envie. » Belbo avait souri et il s'était tourné de l'autre côté. Voilà, se disait-il, à présent ils me regardent tous comme si j'étais un panier percé, ou que j'avais dévalisé une banque.

A Bologne, Belbo s'était levé et se disposait à descendre. « Attention, vous oubliez votre valise », avait dit son voisin. « Non, un monsieur doit passer la retirer à Florence, avait dit Belbo, je vous prie même d'y jeter un coup d'œil.

— Ça sera fait, lui avait dit le monsieur avec la barbe. Vous pouvez vous fier à moi. »

Belbo était rentré à Milan dans la soirée, il s'était mis à table chez lui avec deux boîtes de viande et des crackers, il avait allumé la télévision. Encore Berlinguer, normal. Si bien que la nouvelle était apparue presque à la sauvette, en fin de programme.

Tard dans la matinée, dans le TEE, entre Bologne et Florence, voiture 8, un passager barbu avait émis des soupçons sur un voyageur descendu à Bologne en laissant une mallette dans le filet. C'est vrai qu'il avait dit que quelqu'un la retirerait à Florence, mais n'est-ce pas ainsi qu'agissent les terroristes ? Et puis, pourquoi avait-il réservé sa place jusqu'à Rome, puisqu'il était descendu à Bologne ?

Une inquiétude à couper au couteau s'était répandue parmi les cohabitants du compartiment. A un moment donné le passager avec la barbe avait dit qu'il ne résistait plus à la tension. Mieux vaut commettre une erreur que mourir, et il avait appelé le chef de train. Le chef de train avait fait arrêter le convoi et appelé la police ferroviaire. Je ne sais pas exactement ce qui était arrivé, le train immobile dans la montagne, les passagers qui essaimaient, inquiets, le long de la voie, les artificiers qui arrivaient... Les experts avaient ouvert la mallette et y avaient trouvé un dispositif d'horlogerie fixé sur l'heure d'arrivée à Florence. Suffisant pour liquider quelques dizaines de personnes.

La police n'avait plus réussi à trouver le monsieur avec la barbe. Sans doute avait-il changé de voiture et était-il descendu à Florence parce qu'il ne voulait pas finir dans les journaux. On lui lançait un appel pour qu'il se manifeste.

Les autres passagers se rappelaient d'une façon exceptionnellement lucide l'homme qui avait abandonné sa valise. Le genre d'individu qui suscitait le soupçon à première vue. Il portait une veste anglaise bleue sans boutons dorés, une cravate bordeaux, c'était un type taciturne, il paraissait vouloir passer inaperçu à tout prix. Mais il lui avait échappé qu'il travaillait pour un journal, pour un éditeur, pour quelque chose qui avait à voir avec (et ici les opinions des témoins divergeaient) la physique, le méthane ou la métempsycose. Mais nul doute que les Arabes étaient dans le coup.

Commissariats de police et sections de gendarmerie en alarme. Des signalements arrivaient, déjà à l'appréciation des enquêteurs. Deux ressortissants libyens arrêtés à Bologne. Le dessinateur de la police avait tenté un portrait-robot, qui occupait maintenant tout l'écran. Le dessin ne ressemblait pas à Belbo, mais Belbo ressemblait au dessin.

Belbo ne pouvait avoir de doutes. L'homme à la mallette, c'était lui. Mais la mallette contenait les livres d'Agliè. Il avait appelé Agliè, le téléphone ne répondait pas.

Il était déjà tard, il n'avait pas osé ressortir dans les rues, il s'était couché avec un somnifère. Le lendemain matin, il avait encore essayé de trouver Agliè. Silence. Il était descendu acheter les journaux. Par chance, la première page était toujours envahie par les funérailles, et la nouvelle du train avec le portrait-robot était dans les pages intérieures. Il était remonté en tenant le col de sa veste relevé, puis il s'était aperçu qu'il portait le même blazer. Heureusement, il n'avait pas sa cravate bordeaux.

Alors qu'il tentait une fois de plus de reconstituer les faits, il avait reçu un coup de téléphone. Une voix inconnue, étrangère, avec un accent vaguement balkanique. Un coup de fil doucereux, de quelqu'un qui n'était en rien concerné et parlait par pure bonté d'âme. Pauvre monsieur Belbo, disait-il, se trouver ainsi compromis dans une histoire bien désagréable. On ne devrait jamais accepter de faire le messager pour les autres, sans vérifier le contenu des paquets. C'eût été bien empoisonnant, si quelqu'un avait signalé à la police que monsieur Belbo était l'inconnu de la place 45

Certes, on aurait pu éviter d'en arriver jusque-là, si seulement Belbo s'était décidé à collaborer Par exemple, s'il avait dit où se trouvait la carte des Templiers. Et comme Milan était devenue une ville brûlante, car tout le monde savait que l'auteur de l'attentat au TEE était parti de Milan, il s'avérait plus prudent de transférer toute l'affaire en territoire neutre, disons Paris. Pourquoi ne pas se donner rendez-vous à la librairie Sloane, 3 rue de la Manticore, d'ici une semaine ? Mais sans doute Belbo aurait-il eu intérêt à se mettre tout de suite en route, avant que quelqu'un ne l'identifiât. Librairie Sloane, 3 rue de la Manticore. A midi, le mercredi 20 juin, il y aurait rencontré un visage connu, ce monsieur à la barbe avec qui il avait si aimablement conversé dans le train. Il lui aurait dit où trouver d'autres amis, et puis, petit à petit, en bonne compagnie, à temps pour le solstice d'été, il aurait enfin raconté ce qu'il savait, et tout se serait terminé sans traumatismes. Rue de la Manticore, au numéro 3, facile à se rappeler.

— 109 —

Saint-Germain... Très-fin, très-spirituel... Il disait posséder toutes sortes de secrets... Il se servait souvent, pour ses apparitions, de ce fameux miroir magique qui fit, en partie, sa réputation... Comme il évoquait, par des effets de catoptrique, des ombres demandées et presque toujours reconnues, sa correspondance avec l'autre monde était une chose prouvée.

LE COULTEUX DE CANTELEU,
Les sectes et les sociétés secrètes,
Paris, Didier, 1863, pp. 170-171.

Belbo s'était senti perdu. Tout était clair. Agliè jugeait son histoire vraie, il voulait la carte, il lui avait organisé un piège, et maintenant il le tenait en son pouvoir. Ou Belbo allait à Paris, pour révéler ce qu'il ne savait pas (mais, qu'il ne le sût pas, il était le seul à le savoir : moi j'étais parti sans laisser d'adresse ; Diotallevi se mourait), ou bien tous les commissariats d'Italie lui tomberaient sur le râble.

Mais était-il possible qu'Agliè se fût plié à un jeu aussi sordide ? Qu'est-ce que ça lui rapportait ? Il fallait prendre ce vieux fou par les revers de son veston, et c'est seulement en le traînant à la police qu'il aurait pu sortir de cette histoire.

Il avait sauté dans un taxi et il s'était rendu au petit hôtel particulier, près de la piazza Piola. Fenêtres fermées ; sur le portail d'entrée, l'affiche d'une agence immobilière : A LOUER. Mais c'est dingue, Agliè habitait ici il y a une semaine encore, c'est d'ici qu'il lui avait téléphoné. Il avait sonné à la porte de la maison voisine. « Ce monsieur ? Il a déménagé juste hier. Je ne sais vraiment pas où il a pu aller, je le connaissais à peine de vue, c'était une personne si réservée, et il était toujours en voyage, je crois. »

Il ne restait plus qu'à se renseigner à l'agence. Mais là-bas, on n'avait jamais entendu parler d'Agliè. L'hôtel particulier avait été loué en son temps par une entreprise française. Les versements arrivaient régulièrement par voie bancaire. La location avait été résiliée en l'espace de vingt-quatre heures, et on avait renoncé à la caution laissée en dépôt. Tous leurs rapports, uniquement par lettre, avaient été avec un certain monsieur Ragotgky. Ils ne savaient rien d'autre.

Ce n'était pas possible. Qu'il fût Rakosky ou Ragotgky, le mystérieux visiteur du colonel, recherché par l'astucieux De Angelis et par l'Interpol, se baladait à la recherche d'immeubles à louer. Dans notre histoire, le Rakosky d'Ardenti était une réincarnation du Račkovskij de l'Okhrana, et ce dernier du toujours revenant Saint-Germain. Mais en quoi cela concernait-il Agliè ?

Belbo était allé à son bureau, montant comme un voleur, s'enfermant dans sa pièce. Il avait essayé de faire le point.

Il y avait de quoi perdre la tête, Belbo était sûr de l'avoir déjà perdue. Et personne à qui se confier. Alors qu'il épongeait ses gouttes de transpiration, il feuilletait presque machinalement des manuscrits arrivés la veille sur sa table, sans même savoir ce qu'il pouvait faire, et soudain, en tournant une page, il avait vu écrit le nom d'Agliè.

Il avait regardé le titre du manuscrit. L'œuvrette d'un diabolique quelconque, *la Vérité sur le comte de Saint-Germain.* Il était revenu sur la page. On y disait, citant la biographie de Chacornac, que Claude-Louis de Saint-Germain s'était fait successivement passer pour Monsieur de Surmont, comte Soltikof, Mister Welldone, marquis de Belmar, prince Rackoczi ou Ragozki, et ainsi de suite, mais que ses noms de famille étaient comte de Saint-Martin et marquis d'Agliè, nom d'une propriété piémontaise de ses aïeux.

Parfait, à présent Belbo pouvait être tranquille. Non seulement il était traqué pour terrorisme sans moyen de s'en sortir, non seulement le Plan était vrai, non seulement Agliè avait disparu en l'espace de deux jours, mais par-dessus le marché ce n'était pas un mythomane, il était bien le vrai et immortel comte de Saint-Germain, et il n'avait jamais rien fait pour le cacher. La seule et unique chose vraie dans ce tourbillon de mensonges qui se vérifiaient, c'était son nom. Ou même pas, son nom aussi était faux, Agliè n'était pas Agliè, mais peu importait qui il était parce que de fait il se comportait, et désormais depuis des années, comme le personnage d'une histoire que nous, nous aurions inventée seulement plus tard.

Dans tous les cas, Belbo n'avait pas d'alternative. Agliè disparu, il ne pouvait pas montrer à la police qui lui avait donné la valise. Et, à supposer que la police l'eût cru, il en serait ressorti qu'il l'avait reçue d'un homme recherché pour homicide, que, depuis au moins deux ans, il utilisait comme conseiller. Bel alibi.

Mais pour pouvoir concevoir toute cette histoire — qui déjà par elle-même était passablement romanesque — et pour amener la police à bien l'accepter, il fallait en supposer une autre, qui allait au-delà de la fiction même. En somme, que le Plan, inventé par nous, correspondait point par point, y compris cette haletante recherche finale de la carte, à un vrai plan, à l'intérieur duquel Agliè, Rakosky, Račkovskij, Ragotgky, le monsieur avec la barbe, le Tres, tutti quanti, et en remontant jusqu'aux Templiers de Provins, se trouvaient déjà. Et que le colonel avait vu juste. Mais qu'il avait vu juste en se trompant, car tout au bout du compte notre Plan à nous était différent du sien, et si le sien était vrai, le nôtre n'aurait pas pu être vrai, ou inversement, et donc si nous avions raison nous, pourquoi dix ans avant Rakosky devait-il voler un faux mémorial au colonel ?

A la seule lecture de ce que Belbo avait confié à Aboulafia, il me venait, l'autre matin, la tentation de me taper la tête contre le mur. Pour me convaincre que le mur, au moins le mur, existait vraiment. J'imaginais comment il avait dû se sentir lui, Belbo, ce jour-là, et au cours des jours suivants. Mais ce n'était pas fini.

Cherchant quelqu'un à interroger, il avait téléphoné à Lorenza. Et elle n'était pas là. Il se trouvait prêt à parier qu'il ne la reverrait plus. D'une certaine façon, Lorenza était une créature inventée par Agliè, Agliè était une créature inventée par Belbo et Belbo ne savait plus par qui il avait été inventé, lui. Il avait repris le journal. Seule chose certaine : il était l'homme du portrait-robot. Pour l'en convaincre, il lui était arrivé juste à cet instant, au bureau, un nouveau coup de fil. Le même accent balkanique, les mêmes recommandations. Rendez-vous à Paris.

« Mais qui êtes-vous ? avait crié Belbo.

— Nous sommes le Tres, avait répondu la voix. Et vous, sur le Tres, vous en savez plus que nous. »

Alors, il s'était décidé. Il avait pris son téléphone et appelé De Angelis. A la préfecture de police, on lui avait fait des difficultés, il paraissait que le commissaire ne travaillait plus là. Puis on avait cédé devant son insistance et on lui avait passé un bureau.

« Oh, voyez-vous ça, monsieur Belbo, avait dit De Angelis d'un ton qui sembla sarcastique à Belbo. Vous me trouvez par hasard. Je fais mes valises.

— Vos valises ? » Belbo avait craint une allusion.

« J'ai été transféré en Sardaigne. Ça a l'air d'un travail tranquille.

— Monsieur De Angelis, il faut que je vous parle d'urgence. Pour cette histoire...

— Une histoire ? Quelle histoire ?

— Celle du colonel. Et pour l'autre aussi... Une fois vous aviez demandé à Casaubon s'il avait entendu parler du Tres. J'en ai entendu parler moi. J'ai des choses à vous dire, importantes.

— Ne me les dites pas. Ce n'est plus mon affaire. Et puis ça ne vous paraît pas un peu tard ?

— Je l'admets, je vous avais tu quelque chose, il y a des années de ça. Mais à présent je veux vous parler.

— Non, monsieur Belbo, ne me parlez pas. Et d'abord, sachez que quelqu'un est certainement en train d'écouter notre conversation téléphonique et je veux que vous sachiez que je ne veux plus rien entendre, que je ne sais rien. J'ai deux enfants. Des petits. Et quelqu'un m'a fait savoir qu'il pourrait leur arriver des bricoles. Et pour me montrer qu'on ne plaisantait pas, hier matin ma femme a mis en marche sa voiture et le coffre a sauté en l'air. Une toute petite charge, un peu plus grosse qu'un pétard, mais suffisante pour me faire comprendre que si on veut on peut. Je suis allé chez le préfet de police et je lui ai dit que j'avais toujours fait mon devoir, plus que le nécessaire, mais que je ne suis pas un héros. J'arriverais à donner ma vie, mais pas celle de ma femme et des enfants. J'ai demandé à être muté. Et puis je suis allé dire à la ronde que je suis un lâche, que je fais dans mes frocs. Et à présent je vous le dis à vous aussi et à ceux qui nous écoutent. J'ai ruiné ma carrière, j'ai perdu l'estime de moi-même, tout bonnement je m'aperçois que je suis un homme sans honneur, mais je sauve ceux qui me sont chers. La Sardaigne est splendide, d'après ce qu'on me dit, je n'aurai même plus à épargner pour envoyer les enfants à la mer, l'été. Au revoir.

— Attendez, la chose est grave, je suis dans de sales draps...

— Vous êtes dans de sales draps ? J'en suis vraiment content. Lorsque je vous ai demandé votre aide, vous ne me l'avez pas donnée. Et votre ami Casaubon non plus. Mais à présent que vous vous trouvez dans la merde vous me demandez de l'aide à moi. Je suis dans la merde moi aussi. Vous êtes arrivé en retard. La police est au service du citoyen, comme on dit dans les films, c'est à ça que vous pensez ? Bien, adressez-vous à la police, à mon successeur. »

Belbo avait raccroché. Tout était parfait : on l'avait même empêché de recourir à l'unique flic qui aurait pu le croire.

Puis il avait pensé que Garamond, avec toutes ses connaissances, préfets, commissaires, hauts fonctionnaires, aurait pu lui venir en aide. Il s'était précipité dans son bureau.

Garamond avait écouté son histoire avec affabilité, l'interrompant par de courtoises exclamations comme « vous n'allez pas me dire », « écoutez-moi ce qu'il faut entendre », « ça m'a tout l'air d'un roman, je dirai plus, d'une invention ». Ensuite, il avait joint les mains, il avait fixé Belbo avec une infinie sympathie, et il avait dit : « Mon garçon, permettez-moi de vous appeler ainsi car je pourrais être votre père — mon Dieu, votre père peut-être pas, car je suis encore un homme jeune, je dirai plus, juvénile, mais un frère aîné, si vous me le consentez. C'est mon cœur qui vous parle, et nous nous connaissons depuis tant d'années. Mon impression est que vous êtes surexcité, à la limite de vos forces, à bout de nerfs, je dirai plus, fatigué. N'allez pas croire que je n'apprécie pas, je sais que vous vous donnez corps et âme à la maison d'édition, et un jour il faudra en tenir compte même en termes, comment dire, matériels, parce que ça ne gâte rien. Mais si j'étais à votre place je prendrais un congé. Vous dites que vous vous trouvez dans une situation embarrassante. Franchement, je ne dramatiserais pas même si, avouez, il serait regrettable pour les éditions Garamond que l'un de ses collaborateurs, le meilleur, fût mêlé à une histoire pas très claire. Vous dites que quelqu'un vous désire à Paris. Je ne veux pas entrer dans les détails, simplement je vous crois. Et alors ? Allez-y, n'est-ce pas mieux de mettre tout de suite les choses au clair ? Vous dites que vous êtes en termes — comment dire — conflictuels avec un gentilhomme comme le comte Agliè. Je ne veux pas savoir ce qui s'est exactement passé entre vous deux, et je ne m'attarderai pas à trop ruminer ce cas d'homonymie dont vous me parlez. Quantité de gens en ce bas monde s'appellent Germain, vous ne pensez pas ? Si Agliè vous fait dire, loyalement, venez à Paris on va tout éclaircir, eh bien, allez à Paris et ce ne sera pas la fin du monde. Dans les rapports humains, il faut de la netteté. Allez à Paris, et si vous avez des choses sur l'estomac ne soyez pas réticent. Que ce qui est dans le cœur soit aussi sur la bouche. Qu'est-ce que c'est que tous ces secrets ! Le comte Agliè, si j'ai bien compris, se plaint parce que vous ne voulez pas lui dire où se trouve une carte, un papier, un message ou que sais-je, que vous possédez et dont on ne fait rien, tandis que notre bon Agliè en a sans doute besoin pour des raisons d'étude. Nous sommes au service de la culture, ou je me trompe ? Et donnez-la-lui donc, cette carte, cet atlas, ces levés topographiques et je ne veux même pas savoir de quoi il retourne. Si lui y tient tant, il doit y avoir une raison, certainement respectable, un gentilhomme est toujours un gentilhomme. Allez à Paris, une bonne poignée de main et tout est fini. D'accord ? Et ne vous en faites pas plus qu'il ne faut. Vous savez que je suis toujours là. » Après quoi, il avait actionné l'interphone « Madame Grazia... Voilà, elle n'est pas ici, elle n'est jamais là quand on a besoin d'elle. Vous avez vos ennuis, mon cher Belbo, mais si vous saviez les miens. Au revoir, si vous voyez madame Grazia dans le couloir, envoyez-la-moi. Et suivez mon conseil, reposez-vous. »

Belbo était sorti. Au secrétariat, madame Grazia n'était pas là, et il avait vu s'allumer le voyant rouge de la ligne personnelle de Garamond, qui de toute évidence était en train d'appeler quelqu'un. Il n'avait pas pu résister (je crois que c'était la première fois dans sa vie qu'il commettait une indélicatesse). Il avait levé le combiné et intercepté la conversation. Garamond disait à quelqu'un : « Ne vous inquiétez pas. Je crois l'avoir convaincu. Il ira à Paris... C'est un devoir pour moi. Ce n'est pas pour rien que nous appartenons à la même chevalerie spirituelle. »

Donc Garamond aussi entrait pour une part dans le secret. Dans quel secret ? Dans celui que lui seul, Belbo, pouvait désormais révéler. Et qui n'existait pas.

Le soir était tombé maintenant. Il était allé chez Pilade, il avait échangé quatre mots avec qui sait qui, il avait trop bu. Et le lendemain matin, il avait cherché l'unique ami qui lui fût reste. Il s'était rendu auprès de Diotallevi. Il était allé demander de l'aide à un homme sur le point de mourir.

Et, de leur dernier entretien, il avait laissé sur Aboulafia un compte rendu fébrile où je n'arrivais pas à faire le départ entre ce qui venait de Diotallevi et ce qui venait de Belbo, parce que dans les deux cas c'était comme le murmure de quelqu'un qui dit la vérité en sachant que ce n'est plus le moment de se bercer d'illusions.

— 110 —

Et c'est ce qui arriva au Rabbi ben Elisha avec ses disciples, qui étudièrent le livre Jesirah et se trompèrent de mouvements et ils marchèrent à reculons, s'enlisant eux-mêmes dans la terre jusqu'au nombril, à cause de la force des lettres.

Pseudo SAADYA,
Commentaire au Sefer Jesirah.

Il ne l'avait jamais vu aussi albinos, même s'il n'avait presque plus de poils, ni de cheveux, ni de sourcils, ni de paupières. On aurait dit une boule de billard.

« Excuse-moi, lui avait-il dit, je peux te parler des derniers coups du hasard ?

— Tu peux y aller. Moi je n'ai plus de hasard. Que de la nécessité. Avec un *n* majuscule.

— Je sais qu'on a découvert une nouvelle thérapie. Ces machins dévorent un mec qui a vingt ans, mais à cinquante ils vont lentement et on a le temps de trouver une solution.

— Parle pour toi. Moi je n'ai pas encore cinquante ans. J'ai encore un physique jeune. J'ai le privilège de mourir plus vite que toi. Mais tu vois que j'ai de la peine à parler. Alors raconte, comme ça je me repose. »

Par obéissance, par respect, Belbo lui avait raconté toute son histoire.

Après quoi, Diotallevi, respirant à l'instar de la Chose des films de science-fiction, avait parlé. Et de la Chose, il avait maintenant les transparences, cette absence de limite entre l'extérieur et l'intérieur, entre la peau et la chair, entre les poils follets blonds qui apparaissaient par le pyjama ouvert sur le ventre et les mucilagineuses vicissitudes d'entrailles que seuls les rayons X, ou une maladie à un stade avancé, parviennent à rendre évidentes.

« Jacopo, je suis ici dans un lit, je ne peux pas voir ce qui se passe dehors. Pour ce que j'en sais, ou bien ce que tu me racontes a lieu uniquement à l'intérieur de toi, ou bien cela a lieu à l'extérieur. Dans un cas comme dans l'autre, que vous soyez devenus fous toi ou le monde, c'est la même chose. Dans les deux cas, quelqu'un a élaboré et mélangé et superposé les paroles du Livre plus qu'on ne doit.

— Que veux-tu dire par là ?

— Nous avons péché contre la Parole, celle qui a créé et maintient le monde debout. Toi, à présent, tu en es puni, comme j'en suis puni moi. Il n'y a pas de différence entre toi et moi. »

Une infirmière était entrée, lui avait donné quelque chose pour humecter ses lèvres ; elle avait dit à Belbo qu'il ne fallait pas le fatiguer, mais Diotallevi s'était rebellé : « Laissez-moi tranquille. Je dois lui dire la Vérité. Vous la connaissez, vous, la Vérité ?

— Oh, moi, qu'allez-vous me demander, monsieur...

— Et alors allez-vous-en. Il faut que je dise une chose importante à mon ami. Écoute-moi, Jacopo. De même que dans le corps de l'homme il y a des membres et des articulations et des organes, de même dans la Torah, d'accord ? Et de même que dans la Torah il y a des membres et des articulations et des organes, de même dans le corps de l'homme, d'accord ?

— D'accord.

— Et rabbi Meir, quand il apprenait auprès de rabbi Akiba, mélangeait le vitriol avec l'encre, et le maître ne disait rien. Mais quand rabbi Meir avait demandé à rabbi Ismahel s'il faisait bien, celui-ci lui avait dit : mon fils, sois prudent dans ton travail, parce que c'est un travail divin, et si tu omets une seule lettre ou si tu écris une seule lettre de trop, tu détruis le monde entier... Nous avons cherché à récrire la Torah, mais nous ne nous sommes pas occupés des lettres en plus ou en moins...

— Nous plaisantions...

— On ne plaisante pas avec la Torah.

— Mais nous, nous plaisantions avec l'histoire, avec l'écriture des autres...

— Y a-t-il une écriture qui fonde le monde et ne soit pas le Livre ? Donne-moi un peu d'eau, non, pas avec le verre, mouille ce mouchoir. Merci. Maintenant, écoute. Mélanger les lettres du Livre signifie mélanger le monde. On n'en sort pas. N'importe quel livre, même l'abécédaire. Des types comme ton docteur Wagner ne disent-ils pas que quelqu'un qui joue avec les mots, et anagrammatise, et bouleverse le lexique, a de sales choses dans l'âme et hait son père ?

— Ce n'est pas tout à fait ça. Eux, ce sont des psychanalystes, ils disent ça pour faire du fric, ce ne sont pas tes rabbins.

— Des rabbins, tous des rabbins. Ils parlent tous de la même chose. Tu crois que les rabbins qui parlaient de la Torah parlaient d'un rouleau ? Ils parlaient de nous, qui cherchons à refaire notre corps à travers le langage. Maintenant, écoute. Pour manipuler les lettres du Livre, il faut beaucoup de piété, et nous, nous n'en avons pas eu. Tout livre est tissé du nom de Dieu, et nous avons anagrammatisé tous les livres de l'histoire, sans prier. Tais-toi, écoute. Celui qui s'occupe de la Torah maintient le monde en mouvement et il maintient en mouvement son corps tandis qu'il lit, ou récrit, car il n'y a aucune partie du corps qui n'ait un équivalent dans le monde... Mouille le mouchoir, merci. Si tu altères le Livre, tu altères le monde, si tu altères le monde, tu altères le corps. C'est ce que nous n'avons pas compris. La Torah laisse sortir une parole de son écrin, elle apparaît un moment et aussitôt se cache. Et elle ne se révèle un moment que pour son amant. C'est comme une femme très belle, qui se cache au fond de sa demeure, dans une petite chambre perdue. Elle a un unique amant, dont personne ne connaît l'existence. Et si quelqu'un qui n'est pas lui veut la violer, lui mettre ses sales mains dessus, elle se rebelle. Elle connaît son amant, se présente dans l'entrebâillement d'une petite fenêtre, juste un instant. Et aussitôt elle se cache à nouveau. La parole de la Torah ne se révèle qu'à celui qui l'aime. Et nous, nous avons cherché à parler de livres sans amour et par dérision... »

Belbo lui avait encore mouillé les lèvres avec le mouchoir. « Et alors ?

— Et alors, nous avons voulu faire ce qui ne nous était pas permis et que nous n'étions pas préparés à faire. En manipulant les paroles du Livre, nous avons voulu construire le Golem.

— Je ne comprends pas...

— Tu ne peux plus comprendre. Tu es prisonnier de ta créature. Mais ton histoire se déroule encore dans le monde extérieur. Je ne sais comment, mais tu peux en sortir. Pour moi, c'est différent, je suis en train d'expérimenter dans mon corps ce que nous avons fait par jeu dans le Plan.

— Ne dis pas de bêtises, c'est une histoire de cellules...

— Et que sont les cellules ? Pendant des mois, comme des rabbins dévots, nous avons prononcé avec nos lèvres une combinaison différente des lettres du Livre. GCC, CGC, GCG, CGG. Ce que nos lèvres disaient, nos cellules l'apprenaient. Qu'ont fait mes cellules ? Elles ont inventé un Plan différent, et à présent elles circulent pour leur propre compte. Mes cellules inventent une histoire qui n'est pas celle de tout le monde. Mes cellules ont désormais appris qu'on peut jurer en anagrammatisant le Livre et tous les livres du monde. Ainsi ont-elles appris à faire avec mon corps. Elles inversent, transposent, alternent, permutent, créent des cellules jamais vues et dénuées de sens, ou avec des sens contraires au bon sens. Il doit y avoir un bon sens et des sens erronés, autrement on meurt. Mais elles, elles jouent, sans foi, à l'aveuglette. Jacopo, tant que je pouvais encore lire, ces mois-ci j'ai lu de nombreux dictionnaires. J'étudiais des histoires de mots pour comprendre ce qui se passait dans mon corps. Nous, rabbins, c'est ainsi que nous procédons. N'as-tu jamais réfléchi au fait que le terme rhétorique de métathèse est semblable au terme oncologique de métastase ? Qu'est-ce qu'une métathèse ? Au lieu de " image " tu dis " magie ". Et au lieu de " Rome " tu peux dire " more ". C'est la Temurah. Le dictionnaire dit que metathesis signifie déplacement, transformation. Et metastasis veut dire changement, déplacement. Qu'ils sont stupides, ces dictionnaires. La racine est la même, ou c'est le verbe metatithemi ou le verbe methistemi. Mais metatithemi veut dire je m'entremets, je déplace, je transfère, je mets à la place de, j'abroge une loi, je change le sens. Et methistemi ? Mais c'est la même chose, je déplace, je permute, je transpose, je change l'opinion commune, je déménage de la tête. Nous, et quiconque cherche un sens secret au-delà de la lettre, nous avons déménagé de la tête. Et ainsi ont fait mes cellules, obéissantes. C'est pour ça que je meurs, Jacopo, et tu le sais.

— Tu dis ça maintenant parce que tu vas mal...

— Je dis ça maintenant parce que j'ai enfin tout compris de mon corps. Je l'étudie jour après jour, je sais ce qui s'y passe, sauf que je ne peux pas intervenir, les cellules n'obéissent plus. Je meurs parce que j'ai convaincu mes cellules que la règle n'existe pas, et que de tout texte on peut faire ce qu'on veut. J'ai mis ma vie à m'en convaincre, moi, avec mon cerveau. Et mon cerveau doit leur avoir transmis le message, à elles. Pourquoi devrais-je prétendre qu'elles soient plus prudentes que mon cerveau ? Je meurs parce que notre imagination a excédé toutes les bornes.

— Écoute, ce qui se passe pour toi n'a rien à voir avec notre Plan...

— Non ? Et pourquoi t'arrive-t-il ce qui t'arrive ? Le monde se comporte comme mes cellules. »

Épuisé, il s'était abandonné. Le docteur était entré et avait sifflé à voix basse qu'on ne pouvait pas soumettre à ce stress quelqu'un qui allait mourir.

Belbo était sorti, et c'était la dernière fois qu'il avait vu Diotallevi.

D'accord, écrivait-il, je suis recherché par la police pour les mêmes raisons qui font que Diotallevi a un cancer. Pauvre ami, lui il meurt, mais moi, moi qui n'ai pas de cancer, qu'est-ce que je fais ? Je vais à Paris chercher la règle de la néoplasie.

Il ne s'était pas rendu tout de suite. Il était resté enfermé chez lui quatre jours durant, avait remis en ordre ses *files*, phrase après phrase, pour trouver une explication. Puis il avait rédigé son histoire, comme un testament, la racontant à lui-même, a Aboulafia, à moi ou à quiconque aurait pu lire. Et enfin, mardi il était parti.

Je crois que Belbo était allé à Paris pour leur dire qu'il n'y avait pas de secrets, que le vrai secret c'était de laisser aller les cellules selon leur sagesse instinctive, qu'à chercher des secrets sous la surface on réduisait le monde à un cancer immonde. Et que le plus immonde et le plus stupide de tous c'était lui, qui ne savait rien et avait tout inventé — et cela devait lui coûter beaucoup, mais il avait désormais accepté depuis trop de temps l'idée d'être un lâche, et De Angelis lui avait démontré que des héros, il n'y en a pas des masses.

A Paris, il devait avoir eu le premier contact et il s'était aperçu qu'Ils ne croyaient pas ce qu'il disait. Ses paroles étaient trop simples. Maintenant Ils s'attendaient à une révélation, sous peine de mort. Belbo n'avait pas de révélations à faire et, ultime lâcheté, il avait craint de mourir. C'est alors qu'il tenta de faire perdre ses traces, et m'appela. Mais Ils l'avaient pris.

— 111 —

C'est une leçon par la suite. Quand votre ennemi se reproduira, car il n'est pas à son dernier masque, congédiez-le brusquement, et surtout n'allez pas le chercher dans les grottes.

Jacques CAZOTTE, *Le diable amoureux*, 1772,
page supprimée dans les éditions suivantes.

A présent, me demandais-je dans l'appartement de Belbo, en finissant de lire ses confessions, que dois-je faire moi ? Aller chez Garamond, ça n'a pas de sens ; De Angelis est parti ; Diotallevi a dit tout ce qu'il avait à dire. Lia se trouve loin dans un endroit sans téléphone. Il est six heures du matin, samedi 23 juin, et si quelque chose doit arriver, ce sera cette nuit, au Conservatoire.

Je devais prendre une décision rapide. Pourquoi, me demandais-je l'autre soir dans le périscope, n'as-tu pas choisi de faire semblant de rien ? Tu avais devant toi les textes d'un fou, qui parlait de ses entretiens avec d'autres fous et de son dernier entretien avec un moribond surexcité, ou surdéprimé. Tu n'étais même pas sûr que Belbo t'avait téléphoné de Paris, peut-être parlait-il à quelques kilomètres de Milan, peut-être de la cabine du coin. Pourquoi fallait-il que tu te fourres dans une histoire peut-être imaginaire, qui ne te concerne pas ?

Mais cela, je me le demandais dans le périscope, alors que mes pieds s'engourdissaient, que la lumière déclinait et que j'éprouvais la peur innaturelle et très naturelle que tout être humain doit éprouver la nuit, seul, dans un musée désert. Ce matin-là, par contre, je n'avais pas peur. De la curiosité, rien d'autre. Et peut-être le sens du devoir, ou de l'amitié.

Et je m'étais dit que je devais aller moi aussi à Paris, je ne savais pas bien pour quoi faire, mais je ne pouvais pas laisser Belbo tout seul. C'est sans doute ce qu'il attendait de moi, ça seulement, que je pénètre de nuit dans la caverne des thugs et, tandis que Suyodhana allait lui plonger le couteau sacrificiel dans le cœur, je faisais irruption sous les voûtes du temple avec mes cipayes au fusil chargé à mitraille, et je le tirais de là sain et sauf.

Par chance, j'avais un peu d'argent sur moi. A Paris, j'avais pris un taxi et je m'étais fait conduire rue de la Manticore. Le chauffeur avait juré d'abondance, parce que même dans leurs guides à eux, on ne la trouvait pas ; de fait, c'était une venelle pas plus large que le couloir d'un train, du côté de la vieille Bièvre, derrière Saint-Julien-le-Pauvre. Le taxi ne pouvait pas même s'y faufiler, et il m'avait laissé au coin.

J'étais entré en hésitant dans cette ruelle où ne s'ouvrait aucune porte, mais qui, à un certain point, s'élargissait un peu, là où était la librairie. Je ne sais pas pourquoi elle avait le numéro 3, vu qu'il n'y avait aucun numéro 1, ni 2, pas plus que d'autres. C'était une petite boutique avec une seule lumière, et la moitié de la porte servait de vitrine. Sur les côtés, à peine quelques dizaines de livres, suffisamment pour indiquer le genre. En bas, une série de pendules radiesthésiques, de sachets poussiéreux de baguettes d'encens, de petites amulettes orientales ou sud-américaines. De nombreux jeux de tarots, dans des styles et des présentations différents.

L'intérieur n'était pas plus confortable, un amoncellement de livres aux murs et par terre, avec une petite table au fond, et un libraire qui semblait mis là exprès pour permettre à un écrivain d'écrire qu'il était plus vieux que ses livres. Il compulsait un grand registre écrit à la main, se désintéressant de ses clients. D'ailleurs, il n'y avait en ce moment que deux visiteurs, lesquels soulevaient des nuages de poussière en tirant de vieux volumes, presque tous dépouillés de leur couverture, des étagères croulantes, et ils se mettaient à les lire, sans avoir l'air de vouloir acheter.

L'unique espace non encombré d'étagères était occupé par une affiche. Des couleurs criardes, une suite de portraits dans des médaillons à double bord, comme sur les affiches du magicien Houdini. « Le Petit Cirque de l'Incroyable. Madame Olcott et ses liens avec l'Invisible. » Une face olivâtre et masculine, deux bandeaux de cheveux noirs ramassés en chignon sur la nuque, il me semblait avoir déjà vu cette tête. « Les Derviches Hurleurs et leur danse sacrée. Les Freaks Mignons, ou Les Petits-Fils de Fortunio Liceti. » Une assemblée de petits monstres pathétiquement immondes. « Alex et Denys, les Géants d'Avalon, Theo, Leo et Geo Fox, Les Enlumineurs de l'Ectoplasme... »

La librairie Sloane fournissait vraiment tout, du berceau au tombeau, même le sain divertissement du soir où amener les enfants avant de les broyer dans un mortier. J'avais entendu sonner un téléphone, et vu le libraire déplacer une pile de feuillets, jusqu'à ce qu'il repérât le combiné. « Oui monsieur, s'était-il mis à dire, c'est bien ça. » Il avait écouté pendant quelques minutes en silence, d'abord acquiesçant, puis d'un air perplexe, mais — aurais-je dit — à l'usage des présents, comme si tout le monde pouvait écouter ce qu'il entendait et qu'il ne voulait pas en prendre la responsabilité. Puis il avait eu cette expression scandalisée du commerçant parisien quand vous lui demandez quelque chose qu'il n'a pas dans son magasin, ou des portiers d'hôtel quand ils doivent vous annoncer qu'il n'y a plus de chambres libres. « Ah non, monsieur. Ah, ça... Non, non, monsieur, c'est pas notre boulot. Ici, vous savez, on vend des livres, on peut bien vous conseiller sur des catalogues, mais ça... Il s'agit de problèmes très personnels, et nous... Oh, alors, pour ça il y a — sais pas, moi — des curés, des... oui, si vous voulez, des exorcistes. D'accord, je le sais, on connaît des confrères qui se prêtent... Mais pas nous. Non, vraiment la description ne me suffit pas, et quand même... Désolé, monsieur. Comment ? Oui... si vous voulez. C'est un endroit bien connu, mais ne demandez pas mon avis. C'est bien ça, vous savez, dans ces cas-là, la confiance, c'est tout. A votre service, monsieur. »

Les deux autres clients étaient sortis, je me sentais mal à l'aise. Je m'étais décidé, j'avais attiré l'attention du vieux en me raclant la gorge, et je lui avais dit que je cherchais une connaissance, un ami qui d'habitude passait par ici, monsieur Agliè. Il m'avait regardé comme si j'étais l'homme du coup de téléphone. Peut-être, avais-je dit, ne le connaissait-il pas comme Agliè, mais comme Rakosky, ou Soltikoff, ou... Il m'avait encore regardé, en plissant les yeux, sans aucune expression, et fait remarquer que j'avais de curieux amis avec tant de noms. Je lui dis que peu importait, que je demandais comme ça. Attendez, m'avait-il dit, mon associé va arriver et peut-être connaît-il, lui, la personne que vous cherchez. Plutôt, asseyez-vous, là au fond, il y a une chaise. Je passe un coup de fil et je vérifie. Il avait soulevé le combiné, composé un numéro, et il s'était mis à parler à voix basse.

Casaubon, m'étais-je dit, tu es plus stupide que Belbo. Maintenant, qu'est-ce que tu attends ? Qu'Ils arrivent et disent oh quel heureux hasard, l'ami de Jacopo Belbo également ici, venez, venez vous aussi...

Je me levai comme mû par un ressort, saluai et sortis. Je parcourus en une minute la rue de la Manticore, passai par d'autres ruelles, me retrouvai le long de la Seine. Imbécile, me disais-je, que croyais-tu ? Arriver là, trouver Agliè, l'attraper par le colback, et lui de s'excuser, ce n'était qu'une vaste équivoque, voici votre ami, on ne lui a pas touché un cheveu. Et à présent, Ils savent que toi aussi tu es ici.

Il était midi passé, dans la soirée il serait arrivé quelque chose au Conservatoire. Que devais-je faire ? J'avais pris la rue Saint-Jacques et de temps en temps je jetais un coup d'œil en arrière. A un moment donné, il m'avait semblé qu'un Arabe me suivait. Mais pourquoi pensais-je qu'il s'agissait d'un Arabe ? La caractéristique des Arabes, du moins à Paris, c'est qu'ils n'ont pas l'air d'Arabes, à Stockholm ce serait différent.

J'étais passé devant un hôtel, j'étais entré et j'avais demandé une chambre. Alors que je montais avec ma clef par un escalier de bois qui donnait sur un premier étage avec balustrade d'où l'on apercevait la réception, j'avais vu entrer le présumé Arabe. Puis j'avais remarqué d'autres personnes dans le couloir qui auraient pu être arabes. Normal, dans le coin il n'y avait que des petits hôtels pour Arabes. Que prétendais-je ?

J'étais entré dans ma chambre. Elle était décente, il y avait même un téléphone, dommage de ne vraiment pas savoir qui appeler.

Et là, je m'étais assoupi, inquiet, jusqu'à trois heures. Ensuite, je m'étais lavé la figure et acheminé vers le Conservatoire. Désormais, il ne me restait rien d'autre à faire : entrer dans le musée, y rester après la fermeture, et attendre minuit.

C'est ce que j'avais fait. Et, quelques petites heures avant minuit, je me trouvais dans le périscope, à attendre quelque chose.

Nétsah est pour certains interprètes la sefira de la Résistance, de l'Endurance, de la Patience constante. De fait, une Épreuve nous attendait. Mais pour d'autres interprètes, c'est la Victoire. La victoire de qui ? Peut-être étais-je pour le moment, dans cette histoire de vaincus, de diaboliques bernés par Belbo, de Belbo berné par les diaboliques, de Diotallevi berné par ses cellules, le seul victorieux. J'étais aux aguets dans le périscope, je savais qu'Ils viendraient et Ils ne savaient pas que j'étais là. La première partie de mon projet s'était déroulée selon mes plans.

Et la deuxième ? Se déroulerait-elle selon mes plans, ou selon le Plan, qui désormais ne m'appartenait plus ?

8

HOD

— 112 —

Pour nos Cérémonies et Rites, nous avons deux longues Galeries, dans le Temple des Rose-Croix. Dans l'une de celles-ci nous disposons des modèles et des exemples de toutes les inventions les plus rares et excellentes, dans l'autre les Statues des principaux Inventeurs.

John HEYDON, *The English Physitians Guide : Or A Holy Guide*, London, Ferris, 1662, The Preface.

J'étais dans le périscope depuis trop longtemps. Il pouvait être dix heures, dix heures et demie. S'il devait se passer quelque chose, cela se passerait dans la nef, devant le Pendule. Et donc il fallait que je m'apprête à descendre, pour trouver un refuge, et un point d'observation. Si j'étais arrivé trop tard, après qu'ils étaient entrés (par où ?), Ils m'auraient aperçu.

Descendre. Bouger... Je ne désirais rien d'autre depuis plusieurs heures, mais à présent que je pouvais, à présent qu'il était sage de le faire, je me sentais comme paralysé. Je devrais traverser de nuit les salles, en me servant de ma lampe de poche avec modération. Une rare lumière nocturne filtrait par les verrières, et si je m'étais imaginé un musée rendu spectral par la clarté de la lune, je m'étais bien trompé. Des grandes fenêtres les vitrines recevaient d'imprécis reflets. Si je ne m'étais pas déplacé avec prudence, j'aurais pu m'écrouler par terre en heurtant quelque chose dans un fracas de cristaux ou de ferraille. J'allumais ma lampe de temps en temps. Je me sentais comme au Crazy Horse, par moments une lumière imprévue me révélait une nudité, non pas de chair, mais bien de vis, d'étaux, de boulons.

Et si soudain j'avais éclairé une présence vivante, la silhouette de quelqu'un, un envoyé des Seigneurs, qui refaisait spéculairement mon parcours ? Qui aurait crié le premier ? Je tendais l'oreille. A quoi bon ? Je ne faisais pas de bruit, j'effleurais le sol. Donc lui aussi.

Dans l'après-midi, j'avais attentivement étudié l'enfilade des salles, j'étais convaincu que même dans le noir j'aurais pu trouver l'escalier monumental. En fait, j'errais presque à tâtons, et j'avais perdu le sens de l'orientation.

Peut-être étais-je en train de passer pour la seconde fois dans certaines salles, peut-être ne serais-je plus jamais sorti de là, et peut-être que ça, cette errance au milieu de machines dénuées de sens, c'était le rite.

En vérité, je ne voulais pas descendre, en vérité je voulais retarder le rendez-vous.

J'étais sorti du périscope après un long, impitoyable examen de conscience ; au cours de tant d'heures, j'avais revu notre erreur des dernières années et cherché à me rendre compte pourquoi, sans aucune raison raisonnable, j'étais là maintenant à la recherche de Belbo, tombé dans ce lieu pour des raisons encore moins raisonnables. Mais à peine avais-je mis le pied dehors, tout fut changé. Tandis que j'avançais, je pensais avec la tête d'un autre. J'étais devenu Belbo. Et tel Belbo, désormais au terme de son long voyage vers l'illumination, je savais que tout sujet terrestre, fût-ce le plus sordide, doit être lu comme le hiéroglyphe de quelque chose d'autre, et il n'est d'Autre aussi réel que le Plan. Oh, j'étais malin, il me suffisait d'un éclair, d'un regard dans une échappée de lumière, pour comprendre. Je ne me laissais pas avoir.

... Moteur de Froment : une structure verticale à base rhomboïdale, qui renfermait, telle une cire anatomique exhibant ses côtes artificielles, une série de bobines, que sais-je, des piles, des rupteurs, diables de noms qu'on lit dans les livres scolaires, actionnés par une courroie de transmission qui s'innervait à un pignon à travers une roue dentée... A quoi pouvait-elle avoir servi ? Réponse : à mesurer les courants telluriques, évidemment.

Des accumulateurs. Qu'est-ce qu'ils accumulent ? Il ne restait qu'à imaginer les Trente-Six Invisibles comme autant de secrétaires (les gardiens du secret) obstinés qui taperaient la nuit sur leur piano-scripteur pour en faire sortir un son, une étincelle, un appel, tendus dans un dialogue entre rivage et rivage, entre abîme et surface, du Machupicchu à Avalon, zip zip zip, allô allô allô, Pamersiel Pamersiel, j'ai capté le frémissement, le courant Mu 36, celui que les brahmanes adoraient comme faible respiration de Dieu, à présent j'insère la fiche, circuit micro-macrocosmique en action, toutes les racines de mandragore frémissent sous la croûte du globe, entends le chant de la Sympathie Universelle, terminé.

Mon Dieu, les armées s'ensanglantaient à travers les plaines d'Europe, les papes lançaient des anathèmes, les empereurs se rencontraient, hémophiles et incestueux, dans le pavillon de chasse des Jardins Palatins, pour fournir une couverture, une façade somptueuse au travail de ceux-là qui, dans la Maison de Salomon, auscultaient les pâles appels de l'Umbilicus Mundi.

Ils étaient ici, à actionner ces machines électrocapillaires pseudo-thermiques hexatétragrammatiques — c'est ainsi qu'aurait dit Garamond, non ? — et de temps à autre, que sais-je, l'un d'eux aurait inventé un vaccin, ou une ampoule, pour justifier la merveilleuse aventure des métaux, mais leur tâche était bien différente, les voici tous ici réunis à minuit pour faire tourner cette machine statique de Ducretet, une roue transparente qui a l'air d'une bandoulière, et, derrière, deux petites boules vibratiles soutenues par deux baguettes à arc ; peut-être alors se touchaient-elles et en jaillissait-il des étincelles, Frankenstein espérait qu'ainsi il aurait pu donner vie à son golem, eh bien non, il fallait attendre un autre signal : conjecture, travaille, creuse creuse vieille taupe...

... Une machine à coudre (qui était tout autre que celles dont on fait la publicité sur la gravure, en même temps que la pilule pour développer la poitrine et le grand aigle qui vole au milieu des montagnes en emportant dans ses serres l'amer régénérateur, Robur le Conquérant, R-C), mais si on l'actionne elle fait tourner une roue, la rouc un anncau, l'anneau... que fait-il, qui écoute l'anneau ? Le petit carton disait « les courants induits par le champ terrestre ». Avec impudeur ; même les enfants peuvent le lire pendant leurs visites de l'après-midi, tant l'humanité croyait aller dans une autre direction ; on pouvait tout tenter, l'expérimentation suprême, en disant que cela servait pour la mécanique. Les Seigneurs du Monde nous ont blousés des siècles durant. Nous étions enveloppés, emmaillotés, séduits par le Complot, et nous écrivions des poèmes à la louange de la locomotive.

J'allais et venais. J'aurais pu m'imaginer plus petit, microscopique, et voilà que j'aurais été voyageur ébahi dans les rues d'une ville mécanique, toute crénelée de gratte-ciel métalliques. Cylindres, batteries, bouteilles de Leyde l'une sur l'autre, petit manège haut de vingt centimètres, tourniquet électrique à attraction et répulsion. Talisman pour stimuler les courants de sympathie. Colonnade étincelante formée de neuf tubes, électro-aimant, une guillotine, au centre — et on eût dit d'une presse d'imprimerie — pendaient des crochets soutenus par des chaînes d'étable. Une presse où on peut enfiler une main, une tête à écraser. Cloche de verre mue par une pompe pneumatique à deux cylindres, une sorte d'alambic avec, dessous, une coupe, et, à droite, une sphère de cuivre. Saint-Germain y concoctait ses teintures pour le landgrave de Hesse.

Un râtelier à pipes avec un grand nombre de petites clepsydres à l'étranglement allongé comme une femme de Modigliani, renfermant une matière imprécise, sur deux rangées de dix chacune, et pour chacune le renflement supérieur se dilatait à une hauteur différente, telles de petites montgolfières sur le point de prendre leur envol, retenues à terre par un poids en forme de boule. Appareil pour la production du Rebis, sous les yeux de tout le monde.

Section de la verrerie. J'étais revenu sur mes pas. Des flacons verts, un hôte sadique m'offrait des poisons quintessenciels. Des Machines de fer pour faire des bouteilles, elles s'ouvraient et se fermaient avec deux manettes, et si quelqu'un, au lieu d'une bouteille, y mettait le poignet ? Zac, comme ça devait arriver avec ces énormes tenailles, ces ciseaux, ces bistouris à bec recourbé qu'on pouvait enfiler dans le sphincter, dans les oreilles, dans l'utérus, pour en extraire le fœtus encore frais à broyer avec le miel et le poivre afin de satisfaire la soif d'Astarté... La salle que je traversais maintenant avait de vastes vitrines, j'entrevoyais des boutons pour mettre en marche des pointes hélicoïdales qui auraient avancé, inexorables, vers l'œil de la victime, le Puits et le Pendule, nous en étions presque à la caricature, aux machines inutiles de Goldberg, aux pressoirs de torture où Pat Hibulaire attachait Mickey, l'engrenage extérieur à trois pignons, triomphe de la mécanique Renaissance, Branca, Ramelli, Zonca, je connaissais ces engrenages, je les avais mis en pages pour la merveilleuse aventure des métaux, mais ils avaient été placés ici après, au siècle passé, ils étaient déjà prêts pour réprimer les récalcitrants après la conquête du monde, les Templiers avaient appris chez les Assassins comment faire taire Noffo Dei, le jour où ils l'auraient capturé, la svastika de von Sebottendorff tordrait en direction du soleil les membres pantelants des ennemis des Seigneurs du Monde, tout était prêt, Ils attendaient un signe, tout sous les yeux de tous, le Plan était public, mais personne n'aurait pu le deviner, des gueules grinçantes auraient chanté leur hymne de conquête, grande orgie de bouches réduites à une simple dent, qui se boulonnent l'une contre l'autre, dans un spasme fait de tic tac comme si toutes les dents étaient tombées par terre au même moment.

Et enfin je m'étais trouvé devant l'émetteur à étincelles soufflées conçu pour la Tour Eiffel, en vue de l'émission de signaux horaires entre France, Tunisie et Russie (Templiers de Provins, Pauliciens et Assassins de Fez — Fez n'est pas en Tunisie et les Assassins étaient en Perse, et puis après, on ne peut subtiliser sur les mots quand on vit dans les spires du Temps Subtil), et j'avais déjà vu cette machine immense, plus grande que moi, aux parois percées d'écoutilles, de prises d'air, qui voulait me convaincre que c'était un appareil de radio ? Mais oui, je le connaissais, j'étais passé à côté dans l'après-midi encore. Le centre Beaubourg !

Sous nos yeux. Et, en effet, à quoi aurait dû servir cette immense grosse boîte au centre de Lutèce (Lutèce, l'écoutille de la mer de boue souterraine), là où autrefois était le Ventre de Paris, avec ces trompes préhensiles de courants aériens, cette démence de tuyaux, de conduits, cette oreille de Denys béante sur le vide extérieur pour envoyer des sons, des messages, des signaux jusqu'au centre du globe et les restituer en vomissant des informations de l'enfer ? D'abord le Conservatoire, comme laboratoire, puis la Tour comme sonde, enfin Beaubourg, comme machine émettrice-réceptrice globale. Croit-on qu'on avait mis sur pied cette immense ventouse pour amuser quatre étudiants chevelus et puants qui allaient entendre le dernier disque en vogue avec un écouteur japonais dans l'oreille ? Sous nos yeux. Beaubourg comme porte du royaume souterrain d'Agarttha, le monument des Equites Synarchici Resurgentes. Et les autres, deux, trois, quatre milliards d'Autres, ils l'ignoraient, ou ils s'efforçaient de l'ignorer. Stupides et Hyliques. Et les Pneumatiques, droit à leur but, pendant six siècles.

Soudain j'avais trouvé le grand escalier. J'étais descendu, de plus en plus sur mes gardes. Minuit approchait. Il fallait que je me cache dans mon observatoire avant qu'Ils n'arrivent.

Je crois qu'il était onze heures, peut-être moins. J'avais traversé la salle de Lavoisier, sans utiliser ma lampe, me souvenant encore des hallucinations de l'après-midi, j'avais parcouru le couloir des maquettes ferroviaires.

Dans la nef, il y avait déjà quelqu'un. Je voyais des lumières, mobiles et faibles. J'entendais des bruits de pas, des bruits d'objets déplacés ou traînés.

J'éteignis ma lampe. Aurais-je encore le temps d'arriver à la guérite ? Je rasais les vitrines des trains, et je fus vite près de la statue de Gramme, dans le transept. Sur un socle en bois, de forme cubique (la pierre cubique d'Esod !), elle se dressait comme pour regarder l'entrée du chœur. Je me rappelais que ma statue de la Liberté devait, à quelque chose près, se trouver immédiatement derrière.

La face antérieure du socle s'était rabattue en avant, formant une sorte de passerelle qui permettait la sortie par un conduit. Et c'est de là, en effet, que sortit un individu avec une lanterne — peut-être à gaz, aux verres colorés, qui lui éclairait le visage de flammes rougeâtres. Je m'aplatis dans un angle et il ne me vit pas. Quelqu'un, venant du chœur, le rejoignit. « Dépêchez-vous, lui dit-il, dans une heure, vite, ils arrivent. »

C'était donc l'avant-garde, qui préparait quelque chose pour le rite. S'ils n'étaient pas nombreux, je pouvais encore les esquiver et rejoindre la Liberté. Avant qu'Ils n'arrivent, qui sait d'où, et en quel nombre, par le même chemin. Je restai longtemps tapi, suivant les reflets des lanternes dans l'église, l'alternance périodique des lumières, les moments de plus grande et plus faible intensité. Je calculais de combien ils s'éloignaient de la Liberté et combien de temps elle pouvait demeurer dans l'ombre. A un moment donné, je me risquai, glissai sur le côté gauche de Gramme — m'aplatissant avec peine contre le mur et contractant mes abdominaux. Heureusement que j'étais maigre comme un clou. Lia... Je m'élançai et me glissai dans la guérite.

Pour me rendre moins visible, je me laissai tomber par terre, obligé de me recroqueviller dans une position quasi fœtale. Le battement de mon cœur et le claquement de mes dents redoublèrent.

Il fallait que je me détende. Je respirai rythmiquement avec mon nez, augmentant au fur et à mesure l'intensité des aspirations. C'est ainsi sans doute que, sous la torture, on peut décider de perdre connaissance pour se soustraire à la douleur. De fait, je sentis que je sombrais lentement dans l'étreinte du Monde Souterrain.

— 113 —

Notre cause est un secret dans un secret, le secret de quelque chose qui reste voilé, un secret que seul un autre secret peut expliquer, c'est un secret sur un secret qui s'assouvit d'un secret.

Ja'far-al-Sâdiq, sixième Imam.

J'émergeai lentement : j'entendais des sons, j'étais dérangé par une lumière maintenant plus forte. Je sentais mes pieds engourdis. Je tentai de me lever lentement, sans faire de bruit, et j'avais l'impression de me tenir debout sur une étendue d'oursins. La Petite Sirène. Je fis quelques mouvements silencieux, fléchissant sur les pointes, et la souffrance diminua. Alors seulement, passant avec prudence la tête à droite et à gauche, et me rendant compte que la guérite était suffisamment restée dans l'ombre, je parvins à dominer la situation.

La nef était partout éclairée. C'étaient les lanternes, mais à présent il y en avait des dizaines et des dizaines, portées par les participants qui arrivaient dans mon dos. Sortant certainement du conduit, ils défilaient à ma gauche en entrant dans le chœur et se disposaient dans la nef. Mon Dieu, me dis-je, la Nuit sur le Mont Chauve version Walt Disney.

Ils ne criaient pas, ils susurraient, mais tous ensemble ils produisaient un bourdonnement accentué, comme les figurants à l'opéra qui murmurent : rabarbaro rabarbaro.

A ma gauche, les lanternes étaient posées par terre en demi-cercle, complétant avec une circonférence aplatie la courbe orientale du chœur qui touchait, au point extrême de ce demi-pseudo-cercle, vers le sud, la statue de Pascal. Là-bas avait été placé un brasero ardent où quelqu'un jetait des herbes, des essences. La fumée m'atteignait dans la guérite, me séchant la gorge et me procurant une impression d'étourdissement fébrile.

Dans le vacillement des lanternes, je m'aperçus qu'au centre du chœur quelque chose s'agitait, une ombre mince et très mobile.

Le Pendule ! Le Pendule n'oscillait plus dans son lieu habituel, au centre de la croisée. Il avait été suspendu, plus grand, à la clef de voûte, au milieu du chœur. Plus grosse la sphère, plus robuste le fil, qui me semblait un cordage de chanvre ou un câble de métal cordonné.

Le Pendule était maintenant énorme, tel qu'il devait apparaître au Panthéon. Tel qui voit la lune au télescope.

Ils avaient voulu le rétablir dans l'état où les Templiers devaient l'avoir expérimenté la première fois, un demi-millénaire avant Foucault. Pour lui permettre d'osciller librement, ils avaient éliminé certaines infrastructures, ajoutant à l'amphithéâtre du chœur cette grossière antistrophe symétrique marquée par les lanternes.

Je me demandai comment le Pendule faisait pour maintenir la constance de ses oscillations, maintenant que sous le pavement du chœur il ne pouvait y avoir le régulateur magnétique. Et puis je compris. Au bord du chœur, près des moteurs Diesel, se trouvait un individu qui — prompt à se déplacer comme un chat pour suivre les variations du plan d'oscillation — imprimait à la sphère, toutes les fois qu'elle fondait sur lui, une légère impulsion, d'un coup précis de la main, d'un effleurement des doigts.

Il était en frac, comme Mandrake. Après, en voyant ses autres compagnons je comprendrais que c'était un prestidigitateur, un illusionniste du Petit Cirque de Madame Olcott, un professionnel capable de doser la pression du bout des doigts, au poignet sûr, habile à travailler sur les écarts infinitésimaux. Peut-être était-il capable de percevoir, avec la semelle fine de ses chaussures brillantes, les vibrations des courants, et de mouvoir les mains selon la logique de la sphère, et de la terre à qui la sphère répondait.

Ses compagnons. A présent, je les voyais eux aussi. Ils se déplaçaient entre les automobiles de la nef, glissaient à côté des draisiennes et des motocycles, ils roulaient presque dans l'ombre, qui portant une cathèdre et une table couverte de drap rouge dans le vaste promenoir du fond, qui plaçant d'autres lanternes. Petits, nocturnes, jacassants, comme des enfants rachitiques, et d'un qui passait à côté de moi j'aperçus les traits mongoloïdes, la tête chauve. Les Freaks Mignons de Madame Olcott, les immondes petits monstres que j'avais vus sur l'affiche, chez Sloane.

Le cirque était là au complet, staff, police, chorégraphes du rite. Je vis Alex et Denys, les Géants d'Avalon, bardés d'une armure de cuir clouté, vraiment gigantesques, cheveux blonds, appuyés contre la grande masse de l'Obéissante, les bras croisés, attendant.

Je n'eus pas le temps de me poser d'autres questions. Quelqu'un était entré avec solennité, imposant le silence de sa main tendue. Je reconnus Bramanti seulement parce qu'il portait la tunique écarlate, la chape blanche et la mitre que je lui avais vu arborer ce soir lointain dans le Piémont. Bramanti s'approcha du brasero, jeta quelque chose, il s'en éleva une haute flamme, puis une lourde fumée grasse et blanche, et le parfum se répandit lentement dans la salle. Comme à Rio, pensais-je, comme à la fête alchimique. Et je n'ai pas d'agogõ. Je mis mon mouchoir sur mon nez et sur ma bouche, comme un filtre. Mais j'avais déjà l'impression de voir deux Bramanti, et le Pendule oscillait devant moi en de multiples directions, tel un manège.

Bramanti commença à psalmodier : « Alef bet gimel dalet he waw zain het tet jod kaf lamed mem nun samek ajin pe sade qof resh shin tau ! »

La foule répondit, priant : « Parmesiel, Padiel, Camuel, Aseliel, Barmiel, Gediel, Asyriel, Maseriel, Dorchtiel, Usiel, Cabariel, Raysiel, Symiel, Armadiel... »

Bramanti fit un signe, et quelqu'un surgit de la foule, se plaçant à genoux à ses pieds. Un instant seulement, je vis son visage. C'était Riccardo, l'homme à la cicatrice, le peintre.

Bramanti l'interrogeait et l'autre répondait, récitant par cœur les formules du rituel.

« Qui es-tu, toi ?

— Je suis un adepte, non encore admis aux mystères les plus hauts du Tres. Je me suis préparé dans le silence, dans la méditation analogique du mystère du Baphomet, dans la conscience que le Grand Œuvre tourne autour de six sceaux intacts, et qu'à la fin seulement nous connaîtrons le secret du septième.

— Comment as-tu été reçu ?

— En passant par la perpendiculaire au Pendule.

— Qui t'a reçu ?

— Un Mystique Légat.

— Le reconnaîtrais-tu ?

— Non, parce qu'il était masqué. Je ne connais que le Chevalier de grade supérieur au mien et celui-ci le Naomètre de grade supérieur au sien et chacun en connaît un seulement. Et ainsi je veux.

— Quid facit Sator Arepo ?

— Tenet Opera Rotas.

— Quid facit Satan Adama ?

— Tabat Amata Natas. Mandabas Data Amata, Nata Sata.

— Tu as amené la femme ?

— Oui, elle est ici. Je l'ai remise à qui on me l'a ordonné. Elle est prête.

— Va, et attends. »

Le dialogue s'était déroulé en un français approximatif, d'un côté comme de l'autre. Puis Bramanti avait dit : « Frères, nous sommes ici réunis au nom de l'Ordre Unique, de l'Ordre Inconnu, auquel, jusqu'à hier, vous ne saviez pas que vous appartenez et vous y apparteniez depuis toujours ! Jurons. Que l'anathème soit sur les profanateurs du secret. Que l'anathème soit sur les sycophantes de l'Occulte, que l'anathème soit sur qui a fait spectacle des Rites et des Mystères !

— Que l'anathème soit !

— Anathème sur l'Invisible Collège, sur les enfants bâtards d'Hiram et de la veuve, sur les maîtres opératifs et spéculatifs du mensonge d'Orient ou d'Occident, Ancien, Accepté ou Rectifié, sur Misraïm et Memphis, sur les Philathètes et sur les Neuf Sœurs, sur la Stricte Observance et sur l'Ordo Templi Orientis, sur les Illuminés de Bavière et d'Avignon, sur les Chevaliers Kadosch, sur les Élus Cohen, sur la Parfaite Amitié, sur les Chevaliers de l'Aigle Noir et de la Ville Sainte, sur les Rosicruciens d'Anglie, sur les Kabbalistes de la Rose + Croix d'Or, sur la Golden Dawn, sur la Rose Croix Catholique du Temple et du Graal, sur la Stella Matutina, sur l'Astrum Argentinum et sur Thelema, sur le Vril et sur la Thulé, sur tout ancien et mystique usurpateur du nom de la Grande Fraternité Blanche, sur les Veilleurs du Temple, sur chaque Collège et Prieuré de Sion ou des Gaules !

— Que l'anathème soit !

— Quiconque par ingénuité, commandement, prosélytisme, calcul ou mauvaise foi a été initié à loge, collège, prieuré, chapitre, ordre qui illicitement contreferait l'obédience aux Supérieurs Inconnus et aux Seigneurs du Monde, qu'il abjure cette nuit même et implore exclusive réintégration dans l'esprit et le corps de l'unique et vraie observance, le Tres, Templi Resurgentes Equites Synarchici, le trin et trinosophique ordre mystique et très secret des Chevaliers Synarchiques de la Renaissance Templière !

— Sub umbra alarum tuarum !

— Qu'entrent à présent les dignitaires des 36 grades derniers et très secrets. »

Et, tandis que Bramanti appelait un à un les élus, ceux-ci entraient en habits liturgiques, portant tous sur la poitrine l'insigne de la Toison d'or.

« Chevalier du Baphomet, Chevalier des Six Sceaux Intacts, Chevalier du Septième Sceau, Chevalier du Tétragrammaton, Chevalier Justicier de Florian et Dei, Chevalier de l'Athanor... Vénérable Naomètre de la Turris Babel, Vénérable Naomètre de la Grande Pyramide, Vénérable Naomètre des Cathédrales, Vénérable Naomètre du Temple de Salomon, Vénérable Naomètre de l'Hortus Palatinus, Vénérable Naomètre du Temple d'Héliopolis... »

Bramanti récitait les dignités et les nommés entraient par groupes, si bien que je ne parvenais pas à attribuer à chacun son titre, mais à coup sûr, parmi les douze premiers, je vis De Gubernatis, le vieux de la librairie Sloane, le professeur Camestres et d'autres que j'avais rencontrés ce soir lointain dans le Piémont. Et, je crois en tant que chevalier du Tétragrammaton, je vis monsieur Garamond, grave et hiératique, pénétré de son nouveau rôle, qui, de ses mains tremblantes, touchait sur sa poitrine la Toison d'or. Et, pendant ce temps, Bramanti continuait : « Mystique Légat de Karnak, Mystique Légat de Bavière, Mystique Légat des Barbelognostiques, Mystique Légat de Camelot, Mystique Légat de Montségur, Mystique Légat de l'Imam Caché... Suprême Patriarche de Tomar, Suprême Patriarche de Kilwinning, Suprême Patriarche de Saint-Martin-des-Champs, Suprême Patriarche de Marienbad, Suprême Patriarche de l'Okhrana Invisible, Suprême Patriarche in partibus de la Forteresse d'Alamut... »

Et le patriarche de l'Okhrana Invisible était certainement Salon, toujours gris de visage mais sans sa houppelande de travail et resplendissant maintenant d'une tunique jaune bordée de rouge. Pierre le suivait, psychopompe de l'Église Luciférienne, qui cependant portait sur sa poitrine, au lieu de la Toison d'or, un poignard dans un fourreau doré. Et, pendant ce temps, Bramanti continuait : « Sublime Hiérogame des Noces Chimiques, Sublime Psychopompe Rhodostaurotique, Sublime Référendaire des Arcanes des Arcanes, Sublime Stéganographe de la Monas Ieroglifica, Sublime Connecteur Astral Utriusque Cosmi, Sublime Gardien du Tombeau de Rosencreutz... Impondérable Archonte des Courants, Impondérable Archonte de la Terre Creuse, Impondérable Archonte du Pôle Mystique, Impondérable Archonte des Labyrinthes, Impondérable Archonte du Pendule des Pendules... » Bramanti fit une pause, et il me sembla qu'il prononçait la dernière formule à contrecœur : « Et l'Impondérable d'entre les Impondérables Archontes, le Servant des Servants, Très-Humble Secrétaire de l'Œdipe Égyptien, Messager Infime des Seigneurs du Monde et Portier d'Agarttha, Ultime Thuriféraire du Pendule, Claude-Louis, comte de Saint-Germain, prince Rakoczi, comte de Saint-Martin et marquis d'Agliè, seigneur de Surmont, marquis de Welldone, marquis de Montferrat, d'Aymar et Belmar, comte Soltikof, chevalier Schoening, comte de Tzarogy ! »

Pendant que les autres se disposaient dans le promenoir, faisant face au Pendule et aux fidèles de la nef, Agliè entrait, en costume trois-pièces bleu à fines raies blanches, le visage pâle et contracté, conduisant par la main, comme s'il accompagnait une âme sur le sentier de l'Hadès, pâle elle aussi et comme stupéfiée par une drogue, uniquement vêtue d'une tunique blanche et presque transparente, Lorenza Pellegrini, les cheveux dénoués sur les épaules. Je la vis de profil tandis qu'elle passait, pure et languide ainsi qu'une adultère préraphaélite. Trop diaphane pour ne pas stimuler une fois encore mon désir.

Agliè amena Lorenza à côté du brasero, près de la statue de Pascal, il fit une caresse sur son visage absent et un signe aux Géants d'Avalon, qui l'encadrèrent en la soutenant. Puis il alla s'asseoir à la table, face aux fidèles, et je pouvais parfaitement le voir alors qu'il tirait sa tabatière de son gilet et la caressait en silence avant de parler.

« Frères, chevaliers. Vous êtes là parce que ces jours-ci les Mystiques Légats vous ont informés, et donc vous savez désormais tous pour quelle raison nous nous réunissons. Nous aurions dû nous réunir la nuit du 23 juin 1945, et sans doute certains d'entre vous n'étaient alors pas encore nés — du moins dans leur forme actuelle, entends-je. Nous sommes ici parce qu'après six cents années de très douloureuse errance, nous avons trouvé quelqu'un qui sait. Comment il a pu savoir — et savoir plus que nous — c'est là un mystère inquiétant. Mais je compte bien que soit présent parmi nous — et tu ne pourrais faire défaut, n'est-ce pas, mon ami déjà trop curieux jadis —, je compte bien que soit présent parmi nous celui qui pourrait nous le confesser. Ardenti ! »

Le colonel Ardenti — certainement lui, corvin comme toujours, encore que vieilli — s'ouvrit un chemin au milieu de l'assistance et il porta ses pas devant ce qui devenait son tribunal, tout en étant tenu à distance par le Pendule qui marquait un espace infranchissable.

« Depuis le temps que nous ne nous sommes vus, frère, souriait Agliè. Je savais que la nouvelle se diffusant, tu n'aurais pas résisté. Alors ? Tu sais ce qu'a dit le prisonnier, et il dit qu'il l'a su par toi. Tu savais donc et tu te taisais.

— Comte, dit Ardenti, le prisonnier ment. Cela m'humilie de le dire, mais l'honneur avant tout. L'histoire que je lui ai confiée n'est pas celle dont les Mystiques Légats m'ont parlé. L'interprétation du message — oui, c'est vrai, j'avais mis la main sur un message, je ne vous l'avais pas caché, il y a des années, à Milan — est différente.. Moi je n'aurais pas été en mesure de le lire comme le prisonnier l'a lu, c'est pour cela qu'à l'époque je cherchais de l'aide. Et je dois dire que je n'ai rencontré nul encouragement, mais seulement défiance, défi et menaces... » Peut-être voulait-il ajouter autre chose, mais en fixant Agliè il fixait aussi le Pendule, qui agissait sur lui tel un charme. Hypnotisé, il tomba à genoux et dit seulement : « Pardon, parce que je ne sais pas.

— Tu es pardonné, parce que tu sais que tu ne sais pas, dit Agliè. Va. Or donc, frères, le prisonnier sait trop de choses que personne d'entre nous ne savait. Il sait même qui nous sommes nous, et nous l'avons appris par lui. Il faut procéder en hâte, d'ici peu ce sera l'aube. Tandis que vous restez ici en méditation, moi à présent je vais me retirer encore une fois avec lui pour lui arracher la révélation.

— Pécaïre, monsieur le comte, que non ! » Pierre s'était avancé dans l'hémicycle, les iris dilatés. « Pendant bien deux jours vous avez bavardé avec lui, sans nous prévenir, et celui-là y a rien vu, y a rien dit, y a rien entendu, comme les trois ouistitis. Que voulez-vous lui demander de mieux, cette nuit ? Non, ici, ici devant tout le monde !

— Calmez-vous, mon cher Pierre. J'ai fait conduire ici, cette nuit, celle que je considère comme la plus exquise incarnation de la Sophia, lien mystique entre le monde de l'erreur et l'Ogdoade Supérieure. Ne me demandez pas comment et pourquoi, mais avec cette médiatrice, l'homme parlera. Dis-le, à eux, qui tu es, Sophia ? »

Et Lorenza, toujours en état somnambulique, presque scandant les mots avec peine : « Je suis... la prostituée et la sainte.

— Ah ! elle est bien bonne celle-là, rit Pierre. Nous avons ici la crème de l'initiation et on sonne le rappel des putes. Ne m'escagassez pas les oreilles, l'homme ici et tout de suite, face au Pendule !

— Ne soyons pas puérils, dit Agliè. Donnez-moi une heure de temps. Pourquoi croyez-vous qu'il parlerait ici, devant le Pendule ?

— Il ira parler dans la dissolution. Le sacrifice humain ! » cria Pierre à la nef.

Et la nef, à pleins poumons : « Le sacrifice humain ! »

Salon s'avança : « Comte, puérilité à part, le frère a raison Nous ne sommes pas des policiers...

— Ce ne devrait pas être à vous de le dire, ironisa Agliè.

— Nous ne sommes pas des policiers et nous ne pensons pas qu'il est digne de procéder avec les moyens d'enquête habituels. Mais je ne crois pas non plus que puissent valoir les sacrifices aux forces du sous-sol. Si elles avaient voulu nous donner un signe, elles l'auraient fait depuis longtemps. A part le prisonnier, quelqu'un d'autre savait, sauf qu'il a disparu. Eh bien, cette nuit nous avons la possibilité de confronter le prisonnier avec ceux qui savaient et... » il fit un sourire, fixant Agliè de ses yeux mi-clos sous leurs sourcils hirsutes, « de les confronter aussi avec nous, ou avec certains d'entre nous...

— Qu'entendez-vous dire, Salon ? demanda Agliè d'une voix qui manquait sûrement d'assurance.

— Si monsieur le comte le permet, je voudrais l'expliquer moi », dit Madame Olcott. C'était elle, je la reconnaissais d'après l'affiche. Livide dans une robe olivâtre, les cheveux brillants d'huiles ramassés sur la nuque, la voix rauque d'un homme. J'avais eu l'impression, dans la librairie Sloane, de reconnaître ce visage, et à présent je me rappelais : c'était la druidesse qui avait presque couru sur nous, dans la clairière, en cette nuit lointaine. « Alex, Denys, amenez ici le prisonnier. »

Elle avait parlé sur un ton impérieux, le bourdonnement de la nef paraissait lui être favorable, les deux Géants avaient obéi, confiant Lorenza à deux Freaks Mignons, et Agliè, les mains crispées sur les bras de la cathèdre n'avait pas osé s'opposer.

Madame Olcott avait fait signe à ses avortons, et, entre la statue de Pascal et l'Obéissante, avaient été disposés trois petits fauteuils où elle faisait asseoir maintenant trois individus. Tous les trois à la peau sombre, courts de stature, nerveux, avec de grands yeux blancs. « Les triplés Fox, vous les connaissez bien, comte. Theo, Leo, Geo, installez-vous et préparez-vous. »

A ce moment-là, réapparurent les Géants d'Avalon tenant par les bras Jacopo Belbo en personne, qui arrivait à grand-peine à leurs épaules. Mon pauvre ami était terreux, avec une barbe de plusieurs jours ; il avait les mains liées dans le dos et une chemise ouverte sur la poitrine. En entrant dans cette lice enfumée, il battit des paupières. Il ne parut pas s'étonner de l'assemblée de hiérophantes qu'il voyait devant lui, ces derniers jours il devait s'être fait à s'attendre à tout.

Il ne s'attendait cependant pas à voir le Pendule, pas dans cette position. Mais les Géants le traînèrent devant la cathèdre d'Agliè. Du Pendule, il n'entendait plus désormais que le très léger bruissement qu'il faisait en lui effleurant les épaules.

Un seul instant il se retourna, et il vit Lorenza. Il s'émut, fut sur le point de l'appeler, tenta de se dégager mais Lorenza, qui pourtant le fixait, atone, parut ne pas le reconnaître.

Belbo allait sûrement demander à Agliè ce qu'on lui avait fait, mais on ne lui en laissa pas le temps. Venu du fond de la nef, vers la caisse et les présentoirs de livres, on entendit un roulement de tambour, et quelques notes stridentes de flûte. D'un seul coup, les portières de quatre automobiles s'ouvrirent et en sortirent quatre êtres que j'avais déjà vus, eux aussi, sur l'affiche du Petit Cirque. Chapeaux de feutre sans bords, comme un fez, amples manteaux noirs fermés jusqu'au cou, Les Derviches Hurleurs sortirent des automobiles tels des ressuscités qui surgiraient de leur sépulcre et ils s'accroupirent à la limite du cercle magique. Dans le fond, les flûtes modulaient à présent une musique douce, alors qu'eux, avec une égale douceur, battaient des mains sur le sol et inclinaient la tête.

De la carlingue de l'aéroplane de Breguet, tel le muezzin du haut de son minaret, se présenta le cinquième d'entre eux, qui commença à psalmodier dans une langue inconnue, gémissant, se lamentant, sur des tons stridents, tandis que les tambours reprenaient, augmentant d'intensité.

Madame Olcott s'était penchée derrière les frères Fox et leur susurrait des phrases d'encouragement. Tous les trois ils s'étaient abandonnés sur les fauteuils, les mains serrées sur les accoudoirs, les yeux clos, commençant à transpirer et agitant tous les muscles de leur face.

Madame Olcott s'adressait à l'assemblée des dignitaires. « A présent, mes bons petits frères amèneront au milieu de nous trois personnes qui savaient. » Elle fit une pause, puis annonça : « Edward Kelley, Heinrich Khunrath et... autre pause, le comte de Saint-Germain. »

Pour la première fois, je vis Agliè perdre la maîtrise de soi. Il se leva de la cathèdre, et commit une erreur. Il s'élança vers la femme — évitant presque par pur hasard la trajectoire du Pendule — en criant : « Vipère, menteuse, tu sais fort bien que cela ne peut être... » Puis à la nef : « Imposture, imposture ! Arrêtez-la ! »

Mais personne ne bougea ; au contraire : Pierre alla prendre place sur la cathèdre et dit : « Poursuivons, ma bonne dame. »

Agliè se calma. Il reprit son sang-froid, et glissa un pas de côté, se confondant avec l'assistance. « Allez, défia-t-il, essayons alors. »

Madame Olcott remua le bras comme pour donner le départ d'une course. La musique prit des tonalités de plus en plus aiguës, se brisa en une cacophonie de dissonances, les roulements de tambours se firent arythmiques, les danseurs, qui avaient déjà commencé à remuer le buste en avant et en arrière, à droite et à gauche, s'étaient levés, jetant leurs manteaux et gardant les bras raides, comme s'ils étaient sur le point de prendre leur envol. Après un instant d'immobilité, ils s'étaient remis à tourbillonner sur eux-mêmes, se servant de leur pied gauche comme d'un pivot, le visage levé en l'air, concentrés et perdus, tandis que leur veste plissée accompagnait leurs pirouettes en s'élargissant en forme de cloche, et on eût dit des fleurs battues par un ouragan.

Dans le même temps, les médiums s'étaient comme recroquevillés, la face tendue et défigurée, ils semblaient vouloir déféquer sans y parvenir, le souffle rauque. La lumière du brasero avait diminué, et les acolytes de Madame Olcott avaient éteint toutes les lanternes posées par terre. L'église n'était éclairée que par la lueur des lanternes de la nef.

Et petit à petit le prodige se vérifia. Des lèvres de Theo Fox commençait à sortir une manière d'écume blanchâtre qui peu à peu se solidifiait, et une écume analogue, avec un léger retard, sortait aussi des lèvres de ses frères.

« Allez petits frères, susurrait insinuante Madame Olcott, allez-y, oui, allez, comme ça, comme ça... »

Les danseurs chantaient, sur leur rythme brisé et hystérique, ils faisaient osciller et puis dodeliner leur tête, les cris qu'ils poussaient étaient d'abord convulsifs, ce furent ensuite des râles.

Les médiums paraissaient suer une substance d'abord gazeuse, puis plus consistante, c'était comme de la lave, de l'albumen qui serpentait lentement, montait et descendait, rampait sur leurs épaules, leur poitrine, leurs jambes, avec des mouvements sinueux qui rappelaient ceux d'un reptile. Je ne comprenais plus si ça leur sortait des pores de la peau, de la bouche, des oreilles, des yeux. La foule se pressait sur le devant, se poussant de plus en plus contre les médiums, vers les danseurs. Pour ma part, j'avais perdu toute peur : sûr de me confondre avec tous ces gens, j'étais sorti de la guérite, m'exposant davantage encore aux vapeurs qui se répandaient sous les voûtes.

Autour des médiums flottait une luminescence aux contours lactescents et imprécis. La substance allait se désincorporer d'eux et prenait des formes amiboïdes. De la masse qui provenait d'un des frères, une sorte de pointe s'était détachée, qui s'incurvait et remontait sur son corps, comme un animal qui voudrait donner des coups de bec. Au sommet de la pointe deux excroissances rétractiles allaient se former, telles les cornes d'une limace...

Les danseurs gardaient les yeux fermés, la bouche pleine d'écume, sans cesser leur mouvement de rotation autour d'eux-mêmes, ils avaient commencé en cercle, pour autant que l'espace pouvait le leur permettre, un mouvement de révolution autour du Pendule, réussissant miraculeusement à se déplacer sans en croiser la trajectoire. Tourbillonnant de plus en plus, ils avaient jeté leur bonnet, laissant flotter de longs cheveux noirs, les têtes qui semblaient s'envoler des cous. Ils criaient, comme il y avait des années, cette nuit-là, à Rio, houou houou hououououou...

Les formes blanches se définissaient, l'une d'elles avait pris un vague aspect humain, l'autre était encore un phallus, une ampoule, un alambic, et la troisième prenait visiblement l'apparence d'un oiseau, d'une chouette aux grandes lunettes et aux oreilles droites, bec crochu de vieille professeur de sciences naturelles.

Madame Olcott interrogeait la première forme : « Kelley, c'est toi ? » Et de la forme sortit une voix. Ce n'était certainement pas Theo Fox qui parlait, c'était une voix lointaine, qui articulait péniblement : « Now... I do reveale, a... a mighty Secret if you marke it well...

— Oui, oui », insistait la dame Olcott. Et la voix : « This very place is call'd by many names... Earth... Earth is the lowest element of All... When thrice yee have turned this Wheele about... thus my greate Secret I have revealed... »

Theo Fox fit un geste de la main, comme pour demander grâce. « Relaxe-toi un peu seulement, maintiens la chose... » lui dit Madame Olcott. Puis elle s'adressa à la forme de la chouette : « Je te reconnais Khunrath, qu'est-ce que tu veux nous dire ? »

La chouette parut parler : « Hallelu... Iàah... Hallelu... Iaàh.. Was...

— Was ?

— Was helfen Fackeln Licht... oder Briln... so die Leut... nicht sehen... wollen...

— Nous voulons, disait Madame Olcott, dis-nous ce que tu sais...

— Symbolon kósmou... tâ ántra... kaì tân enkosmiôn... dunámeôn eríthento... oi theológoi... »

Leo Fox aussi se trouvait à bout de forces, la voix de la chouette était devenue faible vers la fin. Leo avait incliné la tête, et il supportait sa forme avec peine. Implacable, Madame Olcott l'incitait à résister et elle s'adressait à la dernière forme, qui maintenant avait pris des traits anthropomorphes elle aussi. « Saint-Germain, Saint-Germain, c'est toi ? Que sais-tu ? »

Et la forme s'était mise à solfier une mélodie. Madame Olcott avait imposé aux musiciens d'atténuer leur vacarme, tandis que les danseurs n'ululaient plus mais continuaient à pirouetter de plus en plus brisés de fatigue.

La forme chantait : « Gentle love this hour befriends me...

— C'est toi, je te reconnais, disait, engageante, Madame Olcott. Parle, dis-nous où, quoi... »

Et la forme : « Il était nuit... La tête couverte du voile de lin... j'arrive... je trouve un autel de fer, j'y place le rameau mystérieux... Oh, je crus descendre dans un abîme... des galeries composées de quartiers de pierre noire... mon voyage souterrain...

— C'est faux, c'est faux, criait Agliè, frères, vous connaissez tous ce texte, c'est la *Très Sainte Trinosophie,* c'est bien moi qui l'ai écrite, n'importe qui peut la lire pour soixante francs ! » Il s'était précipité sur Geo Fox et le secouait par le bras.

« Arrête, imposteur, s'écria Madame Olcott, tu le tues !

— Et quand cela serait ! » s'écria Agliè en renversant le médium de son fauteuil.

Geo Fox essaya de se retenir en se rattrapant à sa propre sécrétion qui, entraînée dans cette chute, se décomposa en bavant vers la terre. Geo s'affaissa dans la rigole visqueuse qu'il continuait à vomir, ensuite il se roidit, sans vie.

« Arrête-toi, fou », criait Madame Olcott, en empoignant Agliè. Et puis, aux deux autres frères : « Résistez, mes petits à moi, ils doivent encore parler. Khunrath. Khunrath, dis-lui que vous êtes vrais ! »

Leo Fox, pour survivre, tentait de réabsorber la chouette. Madame Olcott s'était placée dans son dos et lui serrait les tempes pour le plier à sa superbe. La chouette s'aperçut qu'elle allait disparaître et elle se retourna vers son parturient même : « Phy, Phy Diabolo », sifflait-elle en cherchant à lui becqueter les yeux. Leo Fox émit un gargouillement comme si on lui avait tranché la carotide et il chut à genoux. La chouette disparut dans une boue dégoûtante (phiii, phiii, faisait-elle), où tomba pour y étouffer le médium, qui y resta tout englué et immobile. La dame Olcott, furieuse, s'était adressée à Theo, qui résistait en brave : « Parle Kelley, tu m'entends ? »

Kelley ne parlait plus. Il tendait à se désincorporer du médium, qui hurlait à présent comme si on lui arrachait les entrailles et essayait de récupérer ce qu'il avait produit, en battant des mains dans le vide. « Kelley, oreilles coupées, ne triche pas encore une fois », criait la dame Olcott. Mais Kelley, ne réussissant pas à se séparer du médium tentait de l'étouffer. Il avait pris l'aspect d'un chewing-gum dont le dernier frère Fox essayait en vain de se dépêtrer. Puis Theo aussi tomba sur ses genoux, il toussait, il se confondait peu à peu avec la chose parasite qui le dévorait, il roula par terre en se démenant comme s'il était enveloppé de flammes. Ce qu'avait été Kelley le recouvrit d'abord tel un suaire, puis il mourut en se liquéfiant et il le laissa vidé sur le sol, la moitié de lui-même, la momie d'un enfant embaumé par Salon. En ce même instant, les quatre danseurs s'arrêtèrent à l'unisson, ils agitèrent les bras en l'air, durant quelques secondes ils furent noyés car ils coulaient à pic, après quoi ils s'abattirent en glapissant comme des chiots et se couvrant la tête de leurs mains.

Pendant ce temps Agliè était revenu dans le promenoir, épongeant la transpiration de son front avec la pochette qui ornait la poche de sa veste. Il inspira deux fois, et porta à sa bouche une pastille blanche. Puis il imposa le silence.

« Frères, chevaliers. Vous avez vu à quelles misères cette femme a voulu nous soumettre. Ressaisissons-nous et revenons à mon projet. Donnez-moi une heure pour conduire le prisonnier de l'autre côté. »

Madame Olcott était hors jeu, penchée sur ses médiums, plongée dans une douleur presque humaine. Mais Pierre, qui avait suivi les événements toujours assis dans la cathèdre, reprit le contrôle de la situation. « Non, dit-il, je ne vois qu'un seul moyen, vé. Le sacrifice humain ! A moi, le prisonnier, à moi ! »

Magnétisés par son énergie, les Géants d'Avalon s'étaient emparés de Belbo, qui avait suivi, ébahi, la scène, et ils l'avaient poussé devant Pierre. Celui-ci, avec l'agilité d'un jongleur, s'était levé, avait mis la cathèdre sur la table et avait tiré l'un et l'autre au centre du chœur, après quoi il s'était saisi du fil du Pendule au passage et il avait arrêté la sphère, reculant sous le contrecoup. Ce fut l'espace d'un instant : comme suivant un plan — et peut-être pendant la confusion y avait-il eu un accord —, les Géants étaient montés sur ce podium, ils avaient hissé le prisonnier sur la cathèdre et l'un d'eux avait enroulé autour du cou de Belbo, deux fois, le fil du Pendule, tandis que le second retenait la sphère, l'appuyant ensuite sur le bord de la table.

Bramanti s'était précipité devant le gibet, s'enflammant de majesté dans sa simarre écarlate, et il avait psalmodié : « Exorcizo igitur te per Pentagrammaton, et in nomine Tetragrammaton, per Alfa et Omega qui sunt in spiritu Azoth. Saddaï, Adonaï, Jotchavah, Eieazereie ! Michael, Gabriel, Raphael, Anael. Fluat Udor per spiritum Elohim ! Maneat Terra per Adam Iot-Cavah ! Per Samael Zebaoth et in nomine Elohim Gibor, veni Adramelech ! Vade retro Lilith ! »

Belbo resta froid sur la cathèdre, la corde au cou. Les Géants n'avaient plus besoin de le retenir. S'il avait fait un seul faux mouvement, il serait tombé de cette position instable, et la boucle lui aurait serré la gorge.

« Imbéciles, criait Agliè, comment le remettrons-nous sur son axe ? » Il pensait à sauver le Pendule.

Bramanti avait souri : « Ne vous inquiétez pas, comte. Nous ne sommes pas ici en train de brasser vos teintures. Lui, c'est le Pendule, comme il a été conçu par Eux. Lui, il saura où aller. Et, de toute façon, pour convaincre une Force d'agir, rien de mieux qu'un sacrifice humain. »

Jusqu'à ce moment, Belbo avait tremblé. Je le vis se détendre, je ne dis pas se rasséréner, mais regarder le parterre avec curiosité. Je crois qu'en cet instant, face à la prise de bec des deux adversaires, voyant devant lui les corps désarticulés des médiums, sur sa droite et sur sa gauche les derviches qui encore tressautaient en gémissant, les parements des dignitaires en désordre, il avait recouvré son don le plus authentique, le sens du ridicule.

A ce moment-là, j'en suis sûr, il a décidé qu'il ne devait plus se laisser effrayer. Il se peut que sa position élevée lui eût donné un sentiment de supériorité, tandis qu'il observait du haut de l'avant-scène cette assemblée de déments perdus dans une vendetta de Grand Guignol, et au fond, presque dans l'entrée, les avortons désormais désintéressés de l'événement, qui se donnaient des coups de coude et riaient, tels Annibale Cantalamessa et Pio Bo.

Il tourna seulement vers Lorenza un regard anxieux : de nouveau elle était encadrée, tenue aux bras par les Géants, et agitée de tressaillements rapides. Lorenza avait recouvré sa conscience. Elle pleurait.

Je ne sais si Belbo a décidé de ne pas lui offrir le spectacle de sa peur, ou si sa décision n'a pas été plutôt l'unique façon qu'il avait de faire peser son mépris, et son autorité, sur ce ramas sans nom. Mais il se tenait droit, la tête haute, la chemise ouverte sur sa poitrine, les mains liées dans son dos, fièrement, comme un qui n'avait jamais connu la peur.

Apaisé par le calme de Belbo, résigné en tout cas à l'interruption des oscillations, toujours impatient de connaître le secret, maintenant parvenu au règlement des comptes avec une vie, ou plusieurs, de recherche, résolu à reprendre en main ses partisans, Agliè s'était de nouveau adressé à Jacopo : « Allons, Belbo, décidez-vous. Vous le voyez, vous vous trouvez dans une situation embarrassante, c'est le moins qu'on puisse dire. Arrêtez donc, avec votre comédie. »

Belbo n'avait pas répondu. Il regardait ailleurs, comme si, par discrétion, il voulait éviter d'écouter un dialogue qu'il aurait fortuitement surpris.

Agliè avait insisté, conciliant comme s'il parlait à un enfant : « Je comprends votre ressentiment, et, si vous me le permettez, votre réserve. Je comprends qu'il vous répugne de confier un secret aussi intime, et jaloux, à une plèbe qui vient de vous offrir un spectacle aussi peu édifiant. Eh bien, votre secret vous pourrez le confier à moi seul, à l'oreille. A présent, je vous fais descendre et je sais que vous me direz un mot, un seul mot. »

Et Belbo : « Plaît-il ? »

Alors Agliè avait changé de ton. Pour la première fois dans sa vie, je le voyais impérieux, sacerdotal, excessif. Il parlait comme s'il endossait un des vêtements égyptiens de ses amis. Je sentis que son ton était faux, on eût dit qu'il parodiait ceux à qui il n'avait jamais lésiné son indulgente commisération. Mais en même temps, il parlait très pénétré de son rôle inédit. Pour quelque dessein à lui — puisque ce ne pouvait être par instinct — il était en train d'introduire Belbo dans une scène de mélodrame. S'il joua, il joua bien, car Belbo ne perçut aucun bluff, et il écouta son interlocuteur comme s'il n'attendait rien d'autre de lui.

« Maintenant, tu vas parler, dit Agliè, tu vas parler, et tu ne resteras pas en dehors de ce grand jeu. En te taisant, tu es perdu. En parlant, tu auras part à la victoire. Parce qu'en vérité je te le dis, cette nuit toi, moi et nous tous sommes en Hod, la sefira de la splendeur, de la majesté et de la gloire, Hod qui gouverne la magie cérémonielle et rituelle, Hod le moment où éclôt l'éternité. Ce moment, je l'ai rêvé pendant des siècles. Tu parleras et t'uniras aux seuls qui, après ta révélation, pourront s'appeler les Seigneurs du Monde. Humilie-toi et tu seras exalté. Tu parleras parce qu'ainsi je commande, tu parleras parce que je le dis, et mes paroles efficiunt quod figurant ! »

Et Belbo avait dit, désormais invincible : « Ma gavte la nata... »

Agliè, même s'il s'attendait à un refus, pâlit à l'insulte. « Qu'est-ce qu'il a dit ? » avait demandé Pierre, hystérique. « Il ne parle pas », avait résumé Agliè. Il avait écarté les bras, d'un geste entre capitulation et condescendance, et dit à Bramanti : « Il est à vous. »

Et Pierre, chaviré : « Ça suffit, vé, suffit comme ça, le sacrifice humain, le sacrifice humain !

— Oui, qu'il meure, nous trouverons quand même la réponse », s'écriait tout autant chavirée Madame Olcott, revenue au cœur de la scène ; et elle s'était élancée sur Belbo.

Presque dans le même temps, Lorenza s'était secouée, libérée de la poigne des Géants et placée devant Belbo, au pied du gibet, les bras écartés comme pour arrêter une invasion, criant au milieu de ses larmes : « Mais vous êtes tous fous, mais c'est ça qu'on fait ? » Agliè, qui déjà se retirait, était resté un instant interdit, puis il lui avait couru après pour la retenir.

Ensuite, tout s'est passé en une seconde. La Olcott, chignon soudain défait, fiel et flammes telle une méduse, lançait ses serres contre Agliè, lui griffant le visage et puis le poussant de côté avec la violence de l'élan qu'elle avait pris dans son bond en avant, Agliè reculait, achoppait dans un pied du brasero, pirouettait sur lui-même comme un derviche et allait donner de la tête contre une machine, s'écroulant sur les dalles, la face en sang. Au même instant, Pierre s'était jeté sur Lorenza : dans son transport, il avait tiré de son fourreau le poignard qui pendait sur sa poitrine ; moi, maintenant, je le voyais de dos ; je ne compris pas tout de suite ce qui était arrivé ; je vis Lorenza glisser aux pieds de Belbo, le visage de cire ; et Pierre qui brandissait sa lame en hurlant : « Enfin, le sacrifice humain ! » Puis, se tournant vers la nef, à gorge déployée : « I'a Cthulhu ! I'a S'hat'n ! »

Tout ensemble la masse qui remplissait la nef s'était déplacée, et certains tombaient, révulsés, d'autres menaçaient de renverser le fardier de Cugnot. J'entendis — du moins je crois, mais je ne peux avoir imaginé un détail aussi grotesque — la voix de Garamond qui disait : « Je vous en prie, messieurs, un minimum d'éducation... » Bramanti, dans un état extatique, s'agenouillait devant le corps de Lorenza, en déclamant : « Asar, Asar ! Qui me saisit à la gorge ? Qui me cloue au sol ? Qui poignarde mon cœur ? Je suis indigne de franchir le seuil de la maison de Matt ! »

Peut-être personne ne le voulait, peut-être le sacrifice de Lorenza devait-il suffire, mais les acolytes se poussaient désormais à l'intérieur du cercle magique, rendu accessible par l'arrêt du Pendule, et quelqu'un — j'aurais juré que c'était Ardenti — fut catapulté par les autres contre la table, qui s'évanouit littéralement sous les pieds de Belbo, et, en vertu du même élan donné à la table disparue, le Pendule commençait une oscillation rapide, violente, arrachant sa victime avec lui. La corde s'était tendue sous le poids de la sphère et avait resserré sa boucle, maintenant comme un nœud coulant autour du cou de mon pauvre ami, projeté en l'air, qui pendait le long du fil du Pendule et, envolé soudain vers l'extrémité orientale du chœur, revenait en arrière à présent, déjà sans vie (je l'espère), dans ma direction.

La foule en se piétinant s'était de nouveau retirée sur les bords pour laisser l'espace au prodige. Le préposé aux oscillations, grisé par la renaissance du Pendule, en secondait l'élan, agissant directement sur le corps du pendu. L'axe d'oscillation formait une diagonale de mes yeux à une des verrières, celle, à coup sûr, avec l'écaillure, par où aurait dû pénétrer d'ici quelques heures le premier rayon de soleil. Je ne voyais donc pas Jacopo osciller face à moi, mais je crois qu'ainsi sont allées les choses, que c'est bien la figure qu'il traçait dans l'espace...

Le cou de Belbo apparaissait comme une seconde sphère insérée le long du segment de fil qui allait de la base à la clef de voûte et — comment dire — tandis que la sphère de métal se tendait à droite, la tête de Belbo, l'autre sphère, penchait à gauche, et inversement. Pendant un long moment, les deux sphères prirent des directions opposées si bien que ce qui sabrait l'espace n'était plus une droite, mais une structure triangulaire. Cependant, alors que la tête de Belbo suivait la traction du fil tendu, son corps, lui — peut-être d'abord dans le dernier spasme, à présent avec la spastique agilité d'une marionnette de bois —, traçait d'autres directions dans le vide, indépendamment de la tête, du fil et de la sphère située au-dessous, les bras d'un côté, les jambes de l'autre — et j'eus la sensation que si quelqu'un avait photographié la scène avec la machine de Muybridge, bloquant net sur la plaque sensible chaque moment d'une succession spatiale, enregistrant les deux points extrêmes où venait à se trouver la tête à chaque période, les deux points d'arrêt de la sphère, les points du croisement idéal des fils, indépendants l'un de l'autre, et les points intermédiaires marqués par l'extrémité du plan d'oscillation du tronc et des jambes, Belbo pendu au Pendule, dis-je, aurait dessiné dans le vide l'arbre des sefirot, résumant dans son moment suprême l'histoire même de tous les univers, fixant dans son errance aérienne les dix étapes du souffle exsangue et de la déjection du divin dans le monde.

Puis, tandis que l'oscillateur continuait à encourager cette funèbre balançoire, par une atroce combinaison de forces, une migration d'énergies, le corps de Belbo était devenu immobile, et le fil avec la sphère se déplaçait comme un pendule de son corps à la terre seulement, le reste — qui reliait Belbo à la voûte — tombant désormais d'aplomb. Ainsi Belbo, réchappé de l'erreur du monde et de ses mouvements, était devenu lui, maintenant, le point de suspension, le Pivot Fixe, le Lieu où se soutient la voûte du monde, et sous ses pieds seulement oscillaient le fil et la sphère, de l'un à l'autre pôle, sans repos, avec la terre qui s'échappait sous eux, montrant toujours un continent nouveau — et la sphère ne savait pas indiquer, et jamais ne le saurait, où se trouvait l'Ombilic du Monde.

Alors que la meute des diaboliques, un instant ébahie devant le phénomène, se remettait à crier, je me dis que l'histoire était vraiment finie. Si Hod est la sefira de la Gloire, Belbo avait eu la gloire. Un seul geste impavide l'avait réconcilié avec l'Absolu.

— 114 —

Le pendule idéal se compose d'un fil très fin, incapable de résister aux flexion et torsion, de longueur L, au centre de gravité duquel est attachée une masse. Pour la sphère, le centre de gravité est ce centre ; pour un corps humain c'est un point à 0,65 m de sa hauteur, en partant des pieds. Si le pendu mesure 1,70 m, son centre de gravité est à 1,05 m de ses pieds et la longueur L comprend cette longueur. En somme, si la tête jusqu'au cou a 0,30 m de hauteur, le centre de gravité est à $1{,}70 - 1{,}05 = 0{,}65$ *m de la tête et à* $0{,}65 - 0{,}30 = 0{,}35$ *m du cou du pendu.*

La période de petites oscillations du pendule, déterminée par Huygens, est donnée par :

$$\mathrm{T\ (secondes)} = \frac{2\pi}{\sqrt{g}}\sqrt{L} \qquad (1)$$

où L est en mètres, $\pi = 3{,}141\,592\,7...$ *et* $g = 9{,}8\ m/sec^2$. *Il en résulte que la (1) donne :*

$$T = \frac{2\ .\ 3{,}141\,592\,7}{\sqrt{9{,}8}}\sqrt{L} = 2{,}007\,09\ \sqrt{L}$$

c'est-à-dire à peu près :

$$T = 2\ \sqrt{L} \qquad (2)$$

NOTA BENE : *T est indépendant du poids du pendu (égalité des hommes devant Dieu)...*

Un double pendule avec deux masses attachées au même fil... Si tu déplaces A, A oscille et peu après c'est B qui oscille. Si les pendules accouplés ont des masses ou des longueurs différentes, l'énergie passe de l'un à l'autre mais les temps de ces oscillations de l'énergie ne sont pas égaux... Ce vagabondage de l'énergie advient même si au lieu de commencer à faire osciller A librement après l'avoir déplacé, tu continues à le déplacer périodiquement avec une force. Bref, si le vent souffle par rafales sur le pendu en anti-syntonie, peu après le pendu ne bouge plus et le pendule de Foucault oscille comme s'il était chevillé au pendu.

Extrait d'une lettre personnelle de Mario SALVADORI,
Columbia University, 1984.

Je n'avais plus rien à apprendre, dans cet endroit. Je profitai du tohu-bohu pour arriver à la statue de Gramme.

Le socle était encore ouvert. J'entrai, descendis, et au bas d'un escalier étroit je me trouvai sur un petit palier éclairé par une ampoule, sur lequel s'ouvrait un escalier à vis, en pierre. Et, arrivé à la dernière marche, je m'enfonçai dans un couloir aux voûtes plutôt hautes, faiblement éclairé. Tout d'abord, je ne sus pas où j'étais et d'où provenait le clapotement que j'entendais. Puis mes yeux s'habituèrent : je me trouvais dans un conduit des égouts, une sorte de main courante m'empêcherait de tomber dans l'eau, mais elle ne m'empêchait pas de sentir des relents dégoûtants, entre le chimique et l'organique. Quelque chose au moins était vrai, dans toute cette histoire : les égouts de Paris. Ceux de Colbert, de Fantômas, de De Caus ?

Je suivais le collecteur le plus grand, délaissant les déviations les plus sombres, et espérant que quelque signal m'aviserait où mettre un terme à ma course souterraine. En tout cas, je filais loin du Conservatoire, et, par rapport à ce royaume de la nuit, les égouts de Paris étaient le soulagement, la liberté, le bon air, la lumière.

J'avais une seule image dans les yeux, le hiéroglyphe tracé dans le chœur par le corps mort de Belbo. Je n'arrivais pas à trouver à quel dessin ce dessin correspondait. Maintenant je sais que c'est une loi physique, mais la façon dont je l'ai su rend encore plus emblématique le phénomène. Ici, dans la maison de campagne de Jacopo, parmi toutes ses notes, j'ai trouvé une lettre de quelqu'un qui, en réponse à sa question, lui racontait comment marche le pendule, et comment il se comporterait si le long du fil était suspendu un autre poids. Donc, qui sait depuis combien de temps, en pensant au Pendule, Belbo l'imaginait et comme un Sinaï et comme un Calvaire. Il n'était pas mort victime d'un Plan de facture récente, il avait préparé en imagination sa mort depuis longtemps, en ignorant que, persuadé de n'avoir aucun don pour la création, son ressassement projetait la réalité. Ou peut-être pas, il avait choisi de mourir ainsi pour se prouver à lui-même et aux autres que, même à défaut du génie, l'imagination est toujours créatrice.

En un certain sens, perdant il avait gagné. Ou est-ce qu'il a tout perdu, celui qui se vouerait à cette unique façon de gagner ? Il a tout perdu celui qui n'a pas compris qu'il s'est agi d'une autre victoire. Mais moi, samedi soir, je ne l'avais pas encore découvert.

J'allais par le conduit, amens comme Postel, peut-être perdu dans les mêmes ténèbres, et soudain j'eus le signal. Une lampe plus forte, fixée au mur, me montrait un autre escalier, de nature provisoire, qui donnait sur une trappe de bois. Je tentai le coup et me retrouvai dans une sorte de cave encombrée de bouteilles vides qui s'ouvrait sur un couloir avec deux chiottes, sur les portes le petit bonhomme et la petite bonne femme. J'étais dans le monde des vivants.

Je m'arrêtai, haletant. C'est alors seulement que je pensai à Lorenza. A présent, c'est moi qui pleurais. Mais elle était en train de glisser loin de mes veines, comme si elle n'avait jamais existé. Je ne parvenais même plus à me rappeler son visage. De ce monde des morts, c'était la plus morte.

Au bout du couloir, je trouvai un nouvel escalier, une porte. J'entrai dans une atmosphère enfumée et malodorante, une gargote, un bistrot, un bar oriental, des serveurs de couleur, des clients en sueur, des brochettes grasses et des bocks de bière. Je repoussai la porte comme quelqu'un qui était déjà là et serait allé uriner. Personne ne me remarqua, ou peut-être l'homme de la caisse qui, me voyant émerger du fond, me fit un signe imperceptible, de ses yeux mi-clos, un okay, comme pour dire j'ai compris, passe, moi je n'ai rien vu.

— 115 —

Si l'œil pouvait voir les démons qui peuplent l'univers, l'existence serait impossible.

Talmud, *Berakhoth*, 6.

J'étais sorti du bar et je m'étais trouvé au milieu des lumières de la porte Saint-Martin. Orientale était la gargote d'où j'étais sorti, orientales les autres boutiques tout autour, encore éclairées. Odeur de couscous et de falafel, et la foule. Des jeunes en bandes, affamés, beaucoup avec un sac de couchage, des groupes. Je ne pouvais pas entrer dans un café boire quelque chose. J'avais demandé à un jeune ce qui se passait. La manif, le jour suivant il y avait la grande manifestation contre la loi Savary. Ils arrivaient en autocar.

Un Turc — un druse, un ismaïlien déguisé m'invitait en mauvais français à entrer dans certains lieux. Jamais, fuir Alamut. Je ne sais pas qui est au service de qui. Se méfier.

Je traverse le carrefour. Maintenant je n'entends que le bruit de mes pas. L'avantage des grandes villes, vous vous déplacez de quelques mètres et vous retrouvez la solitude.

Mais soudain, après quelques pâtés de maisons, à ma gauche, le Conservatoire, pâle dans la nuit. De l'extérieur, parfait. Un monument qui dort du sommeil du juste. Je continue vers le sud, en direction de la Seine. J'avais bien une intention, mais elle ne m'était pas claire. Je voulais demander à quelqu'un ce qui était arrivé.

Mort, Belbo ? Le ciel est serein. Je croise un groupe d'étudiants. Silencieux, pris par le genius loci. A gauche, la silhouette de Saint-Nicolas-des-Champs.

Je continue par la rue Saint-Martin, traverse la rue aux Ours, large, on dirait un boulevard, je crains de perdre ma direction, que, par ailleurs, je ne connais pas. Je regarde autour de moi et à ma droite, au coin, je vois les deux vitrines des Éditions Rosicruciennes. Elles sont éteintes, mais en partie avec la lumière des réverbères, en partie avec ma lampe de poche, je réussis à en déchiffrer le contenu. Des livres et des objets. Histoire des juifs, comte de Saint-Germain, alchimie, monde caché, les maisons secrètes de la Rose-Croix, le message des constructeurs de cathédrales, cathares, Nouvelle Atlantide, médecine égyptienne, le temple de Karnak, Bhagavad-Gîta, réincarnation, croix et chandeliers rosicruciens, bustes d'Isis et Osiris, encens en boîte et en tablettes, tarots. Un poignard, un coupe-papier en étain au manche rond qui porte le sceau des Rose-Croix. Qu'est-ce qu'ils font, ils se moquent de moi ?

A présent, je passe devant Beaubourg. Dans la journée, c'est une fête villageoise, à cette heure la place est presque déserte, des groupes épars, silencieux et endormis, de rares lumières venues des brasseries d'en face. C'est vrai. De grandes ventouses qui absorbent de l'énergie terrestre. Peut-être les foules qui le remplissent le jour servent-elles à fournir des vibrations, la machine hermétique se nourrit de chair fraîche.

Église Saint-Merri. En face, la Librairie la Vouivre, aux trois quarts occultiste. Il ne faut pas que je me laisse prendre par l'hystérie. Je tourne rue des Lombards, sans doute pour éviter une troupe de filles scandinaves qui sortent en riant d'un troquet encore ouvert. Taisez-vous, vous ne savez pas que Lorenza aussi est morte ?

Mais est-elle morte ? Et si moi j'étais mort ? Rue des Lombards : s'y innerve, perpendiculaire, la rue Flamel, et au fond de la rue Flamel on aperçoit, blanche, la Tour Saint-Jacques. Au croisement, la librairie Arcane 22, tarots et pendules. Nicolas Flamel, l'alchimiste, une librairie alchimique, et la Tour Saint-Jacques : avec ses grands lions blancs à sa base, cette inutile tour du gothique finissant à quelques pas de la Seine, qui avait même donné son nom à une revue ésotérique, la tour où Pascal avait fait ses expérimentations sur le poids de l'air et il paraît qu'aujourd'hui encore, à 52 mètres de hauteur, il y a une station de recherches climatologiques. Sans doute avaient-ils commencé ici, avant d'ériger la Tour Eiffel. Il existe des zones privilégiées. Et personne ne s'en aperçoit.

Je retourne vers Saint-Merri. D'autres rires éclatants de jeunes filles. Je ne veux pas voir les gens, je contourne l'église par la rue du Cloître-Saint-Merri — une porte du transept, vieille, en bois brut. Sur la gauche s'ouvre une place, aux confins de Beaubourg, éclairée a giorno. Une esplanade où les machines de Tinguely et d'autres créations multicolores flottent sur l'eau d'un bassin ou petit lac artificiel, en une sournoise dislocation de roues dentées, et, en arrière-plan, je retrouve les échafaudages de tubes et les grandes bouches béantes de Beaubourg — comme un Titanic abandonné contre un mur mangé de lierre, échoué dans un cratère de la lune. Là où les cathédrales n'ont pas réussi, les grandes écoutilles transocéaniques chuchotent, en contact avec les Vierges Noires Ne les découvrent que ceux qui savent faire la circumnavigation de Saint-Merri. Et donc il faut continuer, j'ai une piste, je suis en train de mettre à nu une de leurs trames à Eux, au centre même de la Ville Lumière, le complot des Obscurs.

Je me replie sur la rue des Juges-Consuls, me retrouve devant la façade de Saint-Merri. Je ne sais pas pourquoi, mais quelque chose me pousse à allumer ma lampe de poche et à la diriger vers le portail. Gothique fleuri, arcs en accolade.

Et puis soudain, cherchant ce que je ne m'attendais pas à trouver, sur l'archivolte du portail, je le vois.

Baphomet. Juste où les demi-arcs se rejoignent, tandis qu'au faîte du premier se trouve une colombe du Saint-Esprit dans la gloire de ses rayons de pierre, sur le second, assiégé par des anges orants, lui, le Baphomet, avec ses ailes terribles. A la façade d'une église. Sans pudeur.

Pourquoi là ? Parce que nous ne sommes pas très loin du Temple. Où se trouve le Temple, ou ce qu'il en reste ? Je reviens sur mes pas, remonte vers le nord-est, et me voilà au coin de la rue de Montmorency. Au numéro 51, la maison de Nicolas Flamel. Entre le Baphomet et le Temple. L'avisé spagiriste savait bien avec qui il devait compter. Poubelles pleines d'une saleté immonde, devant une maison d'époque imprécise, Taverne Nicolas Flamel. La maison est vieille, on l'a restaurée dans un but touristique, pour diaboliques d'infime rang, Hyliques. A côté, il y a un american bar avec une publicité Apple : « Secouez-vous les puces. » Soft-Hermes Dir Temurah.

A présent, je suis dans la rue du Temple, je la parcours et j'arrive au coin de la rue de Bretagne où se trouve le square du Temple, un jardin livide comme un cimetière, la nécropole des chevaliers sacrifiés.

Rue de Bretagne jusqu'au croisement avec la rue Vieille-du-Temple. La rue Vieille-du-Temple, après le croisement avec la rue Barbette, a d'étranges magasins de lampes électriques de formes bizarres, en canard, en feuille de lierre. Trop ostensiblement modernes. Ils ne me la font pas.

Rue des Francs-Bourgeois : je suis dans le Marais, je le connais, d'ici peu apparaîtront les vieilles boucheries kasher, qu'est-ce qu'ils ont à voir les Juifs avec les Templiers, maintenant que nous avons établi que leur place dans le Plan revenait aux Assassins d'Alamut ? Pourquoi suis-je ici ? Je cherche une réponse ? Non, je ne veux sans doute que m'éloigner du Conservatoire. Ou bien je me dirige confusément vers un endroit, je sais qu'il ne peut être ici, mais je cherche seulement à me rappeler où il est, comme Belbo qui cherchait en rêve une adresse oubliée.

Je croise un groupe obscène. Ils rient mal, marchent dans un ordre dispersé, m'obligeant à descendre du trottoir. Un instant j'ai peur que ce ne soient les envoyés du Vieux de la Montagne, et qu'ils ne se trouvent ici pour moi. Ce n'est pas ce que je croyais, ils disparaissent dans la nuit, mais parlent une langue étrangère, qui siffle shiite, talmudique, copte comme un serpent du désert.

Viennent à ma rencontre des silhouettes androgynes avec de longues houppelandes. Houppelandes rose-croix. Elles me dépassent, tournent dans la rue de Sévigné. Désormais c'est la pleine nuit. Je me suis enfui du Conservatoire pour retrouver la ville de tout le monde, et je m'aperçois que la ville de tout le monde est conçue comme une nécropole aux parcours préférentiels pour les initiés.

Un ivrogne. Il fait semblant, peut-être. Se méfier, toujours se méfier. Je tombe sur un bar encore ouvert, les serveurs enveloppés dans leurs longs tabliers jusqu'aux chevilles rassemblent déjà les chaises et les tables. J'ai juste le temps d'entrer et ils me donnent une bière. Je la bois d'un trait et j'en demande une autre. « Fait soif, hein ? » dit l'un d'eux. Mais sans cordialité, avec soupçon. Bien sûr que j'ai soif, depuis cinq heures de l'après-midi que je n'ai pas bu, mais on peut avoir soif même sans avoir passé la nuit sous un pendule. Imbéciles. Je paie et m'en vais, avant qu'ils puissent graver mes traits dans leur mémoire.

Et me voilà au coin de la place des Vosges. Je parcours les arcades. Quel était ce vieux film qui résonnait des pas de Mathias, le poignardeur fou, la nuit, sur la place des Vosges ? Je m'arrête. J'entends des pas derrière moi ? Bien sûr que non, ils se sont arrêtés eux aussi. Il suffirait de quelques meubles vitrés, et ces arcades deviendraient des salles du Conservatoire.

Plafonds bas du XVIe siècle, arcs plein cintre, galeries de gravures et objets d'antiquité, mobilier. Place des Vosges, si basse avec ses vieilles portes cochères rayées et déformées et lépreuses, il y vit des gens qui n'ont pas bougé depuis des centaines d'années. Des hommes avec une houppelande jaune. Une place habitée seulement par des taxidermistes. Ils ne sortent que la nuit. Ils connaissent la plaque, le regard, par où pénétrer dans le Mundus Subterraneus. Sous les yeux de tout le monde.

L'Union de Recouvrement des Cotisations de Sécurité Sociale et d'Allocations Familiales de la Patellerie numéro 75, u 1. Porte neuve, sans doute des riches y habitent-ils, mais sitôt après il y a une vieille porte écaillée comme une maison de la via Sincero Renato ; puis, au 3, une porte refaite récemment. Alternance d'Hyliques et de Pneumatiques. Les Seigneurs et leurs esclaves. Ici, où il y a des planches clouées sur ce qui devait être un arc. C'est évident, ici il y avait une librairie d'occultisme et à présent elle n'y est plus. Un bloc entier a été vidé. Évacué en une nuit. Comme Agliè. A présent, ils savent que quelqu'un sait, ils commencent à entrer dans la clandestinité.

Je suis au coin de la rue de Birague. Je vois la théorie infinie des portiques, sans âme qui vive, je préférerais qu'il fasse noir, mais la lumière jaune des lampes s'y répand. Je pourrais crier et personne ne m'écouterait. Silencieux derrière ces fenêtres closes par où ne filtre pas la moindre lumière, les taxidermistes ricaneraient dans leurs houppelandes jaunes.

Et pourtant non, entre les arcades et le jardin central des voitures sont garées et il passe quelques rares ombres. Mais ceci ne rend pas plus affables les rapports. Un grand berger allemand traverse la rue devant moi. Un chien noir seul la nuit. Où est Faust ? Peut-être envoie-t-il le fidèle Wagner faire pisser le chien ?

Wagner. Voilà l'idée qui me trottait par la tête sans affleurer. Le docteur Wagner, c'est lui qu'il me faut. Lui pourra me dire que rien de tout cela n'est vrai, que Belbo est vivant et que le Tres n'existe pas. Quel soulagement si j'étais malade.

J'abandonne la place presque en courant. Je suis suivi par une voiture. Non, sans doute veut-elle seulement se garer. Je trébuche sur des sacs de poubelle. La voiture se gare. Ce n'est pas moi qu'on cherchait. Je débouche rue Saint-Antoine. Je cherche un taxi. Comme par évocation, il en passe un.

Je lui dis : « 7, avenue Élisée-Reclus. »

— 116 —

Je voudrais être la tour, pendre à la Tour Eiffel.

Blaise CENDRARS.

Je ne savais pas où c'était, je n'osais pas le demander au chauffeur parce que celui qui prend un taxi à cette heure il le fait pour rentrer chez lui, sinon c'est au minimum un assassin ; d'ailleurs, le taxi ronchonnait : le centre était encore plein de ces maudits étudiants, des autocars garés n'importe où, la merde quoi, si ça dépendait de lui, tous au mur, et mieux valait prendre par le plus long. Il avait pratiquement fait le tour de Paris, me laissant enfin au numéro 7 d'une rue solitaire.

Aucun docteur Wagner n'y figurait. Alors, c'était le 17 ? Ou le 27 ? Je fis deux ou trois tentatives, puis je repris mes esprits. Même si j'avais trouvé la porte de l'immeuble, je ne pensais tout de même pas tirer le docteur Wagner du lit à une heure pareille pour lui raconter mon histoire ? J'avais fini là pour les mêmes raisons qui m'avaient fait errer de la porte Saint-Martin à la place des Vosges. Je fuyais. Et à présent j'avais fui de l'endroit où j'avais fui en m'enfuyant du Conservatoire. Je n'avais pas besoin d'un psychanalyste, mais d'une camisole de force. Ou d'une cure de sommeil. Ou de Lia. Qu'elle me prenne la tête, me la serre fort entre son sein et son aisselle en me murmurant sois sage.

J'avais cherché le docteur Wagner ou l'avenue Élisée-Reclus ? Parce que maintenant je me le rappelais, ce nom que j'avais rencontré au cours de mes lectures pour le Plan, c'était quelqu'un du siècle passé qui avait écrit je ne me souviens pas quel livre sur la terre, sur le sous-sol, sur les volcans, quelqu'un qui, sous prétexte de faire de la géographie académique, fourrait le nez dans le Mundus Subterraneus. Un des leurs. Je les fuyais, et je me les retrouvais toujours dans les pattes. Petit à petit, en l'espace de quelques siècles, ils avaient occupé tout Paris. Et le reste du monde.

Il fallait que je retourne à l'hôtel. Trouverais-je un autre taxi ? Pour le peu que j'avais compris, j'aurais pu être dans l'extrême banlieue. Je m'étais dirigé vers l'endroit où parvenait une lumière plus claire, diffuse, et s'entrevoyait le plein ciel. La Seine ?

Et, arrivé au coin de l'avenue, je la vis.

A ma gauche. J'aurais dû soupçonner qu'elle était là, à proximité, à l'affût, dans cette ville le nom des rues traçait un message sans équivoque, on était toujours mis en garde, tant pis pour moi qui n'y avais pas pensé.

Elle était là, l'immonde araignée minérale, le symbole, l'instrument de leur pouvoir : j'aurais dû fuir et je me sentais au contraire attiré vers la toile, faisant aller ma tête de bas en haut et vice versa, car désormais je ne pouvais plus la saisir d'un seul coup d'œil, j'étais pratiquement dedans, j'étais sabré par ses mille arêtes, je me sentais bombardé de rideaux de fer qui tombaient de tous côtés, se fût-elle déplacée un tant soit peu elle aurait pu m'écraser sous l'une de ses pattes de meccano.

La Tour. Je me trouvais dans le seul point de la ville où on ne la voit pas de loin, de profil, se présenter, amicale, sur l'océan des toits, frivole comme un tableau de Dufy. Elle était au-dessus de moi, elle me planait dessus. J'en devinais la pointe, mais je me déplaçais d'abord autour et puis dans l'embase, serré entre un pied et l'autre, j'en apercevais les jarrets, le ventre, les pudenda, j'en devinais le vertigineux intestin, qui ne faisait qu'un avec l'œsophage de son cou de girafe polytechnique. Ajourée, elle avait le pouvoir d'obscurcir la lumière qui l'entourait, et comme je me déplaçais elle m'offrait, à partir de perspectives différentes, différentes voûtes caverneuses cadrant des effets de zoom sur les ténèbres.

Maintenant, à sa droite, encore bas sur l'horizon, vers le nord-est, un croissant de lune s'était levé. Parfois la Tour l'encadrait comme s'il s'agissait d'une illusion d'optique, une fluorescence d'un de ces écrans bancals, mais il suffisait que je bouge et les écrans changeaient de format, la lune avait disparu, elle était allée s'enchevêtrer entre quelques côtes métalliques, l'animal l'avait broyée, digérée, fait s'évanouir dans une autre dimension.

Hypercube. Cube tétradimensionnel. A présent, je voyais à travers une arcade une lumière mobile, deux même, rouge et blanche, qui clignotaient, certainement un avion à la recherche de Roissy, ou d'Orly, que sais-je. Mais aussitôt — je m'étais déplacé moi, ou l'avion, ou la Tour — les lumières disparaissaient derrière une nervure, j'attendais de les voir réapparaître dans l'autre encadrement, et elles n'étaient plus là. La Tour avait cent fenêtres, toutes mobiles, et chacune donnait sur un segment différent de l'espace-temps. Ses côtes ne marquaient pas des plis euclidiens, elles découpaient le tissu du cosmos, basculaient des catastrophes, feuilletaient des pages de mondes parallèles.

Qui avait dit que cette flèche de Notre-Dame-de-la-Brocante servait à « suspendre Paris au plafond de l'univers » ? Au contraire, elle servait à suspendre l'univers à sa propre flèche — c'est normal, n'est-elle pas l'Ersatz du Pendule ?

Comment l'avait-on appelée ? Suppositoire solitaire, obélisque vide, gloire du fil de fer, apothéose de la pile, autel aérien d'un culte idolâtre, abeille au cœur de la rose des vents, triste comme une ruine, laid colosse couleur de la nuit, symbole difforme de force inutile, prodige absurde, pyramide insensée, guitare, encrier, télescope, prolixe comme le discours d'un ministre, dieu ancien et bête moderne... Voilà ce qu'elle était et d'autres choses encore ; et, si j'avais eu le sixième sens des Seigneurs du Monde, maintenant que j'étais pris dans son faisceau de cordes vocales incrustées de polypes boulonnés, je l'aurais entendue murmurer rauque la musique des sphères, la Tour qui suçait en ce moment des ondes du cœur de la terre creuse et les retransmettait à tous les menhirs du monde. Rhizome de jointures clouées, arthrose cervicale, prothèse d'une prothèse — quelle horreur, d'où je me trouvais, pour me fracasser dans les abîmes ils auraient dû me précipiter vers les sommets. J'étais certainement en train de sortir d'un voyage à travers le centre de la terre, j'étais dans le vertige antigravitationnel des antipodes.

Nous n'avions pas rêvé, elle m'apparaissait maintenant comme la preuve imminente du Plan, mais d'ici peu elle réaliserait que j'étais l'espion, l'ennemi, le grain de sable dans l'engrenage dont elle était l'image et le moteur, elle dilaterait insensiblement un losange de sa lourde dentelle et elle m'engloutirait ; je disparaîtrais dans un pli de son néant, transféré dans l'Ailleurs.

Si j'étais resté encore un peu sous son treillis, ses grandes serres se seraient resserrées, se seraient incurvées ainsi que des crocs, m'auraient sucé, et puis l'animal aurait repris sa position sournoise de taille-crayon criminel et sinistre.

Un autre avion : celui-ci n'arrivait pas de nulle part, c'est elle qui l'avait engendré entre l'une et l'autre de ses vertèbres de mastodonte décharné. Je la regardais, elle n'en finissait plus, comme le projet pour lequel elle était née. Si j'étais resté sans être dévoré, j'aurais pu suivre ses déplacements, ses révolutions lentes, sa manière infinitésimale de se décomposer et recomposer sous la brise froide des courants, sans doute les Seigneurs du Monde la savaient-ils interpréter comme un tracé géomantique, dans ses imperceptibles métamorphoses ils auraient lu des signaux décisifs, des mandats inavouables. La Tour tournait au-dessus de ma tête, tournevis du Pôle Mystique. Ou bien non, elle était immobile tel un axe magnétique, et faisait pivoter la voûte céleste. Le vertige était le même.

Comme elle se défend bien la Tour, me disais-je, de loin elle lance des œillades affectueuses, mais si vous approchez, si vous cherchez à pénétrer son mystère, elle vous tue, vous gèle les os, rien qu'en affichant l'effroi insensé dont elle est faite. A présent, je sais que Belbo est mort et que le Plan est vrai, parce que vraie est la Tour. Si je ne parviens pas à fuir, à fuir encore une fois, je ne pourrai le dire à personne. Il faut donner l'alarme.

Un bruit. Halte, on revient à la réalité. Un taxi qui avançait à toute allure. D'un bond, je réussis à me soustraire à la ceinture magique, je fis de larges signes, je courus le risque de me faire renverser car le taxi ne freina qu'à la dernière seconde, comme s'il s'arrêtait de mauvaise grâce — pendant le trajet, il me dirait que, lui aussi, quand il passe dessous, la nuit, il a peur de la Tour, et il accélère. « Pourquoi ? » lui avais-je demandé. « Parce que… parce que ça fait peur, c'est tout. »

Je fus vite rendu à mon hôtel. Je dus sonner longtemps pour réveiller un portier tombant de sommeil. Je me suis dit : il faut que tu dormes, à présent. Le reste, à demain. Je pris quelques cachets, en quantité suffisante pour m'empoisonner. Ensuite, je ne me souviens pas.

— 117 —

La folie possède un pavillon énorme
qui de tout lieu donne asile aux hommes
surtout s'ils possèdent or et pouvoir en somme.

Sebastian BRANT, *Das Narrenschiff*, 46.

Je m'étais réveillé à deux heures de l'après-midi, abasourdi et catatonique. Je me rappelais exactement tout, mais je n'avais aucune garantie que ce que je me rappelais fût vrai. D'abord, j'avais pensé courir en bas dans la rue pour acheter les journaux, puis je m'étais dit que dans tous les cas, quand bien même une compagnie de spahis eût pénétré dans le Conservatoire sitôt après l'événement, on n'aurait pas eu assez de temps pour faire sortir la nouvelle dans les journaux du matin.

Et puis Paris, ce jour-là, avait d'autres chats à fouetter. Le portier me l'avait dit tout de go, à peine j'étais descendu prendre un café. La ville se trouvait en ébullition, beaucoup de stations de métro avaient été fermées, dans certains endroits la police chargeait, les étudiants étaient trop nombreux et décidément ils exagéraient.

J'avais trouvé le numéro du docteur Wagner dans le Bottin. J'avais même essayé de téléphoner, mais il était évident que le dimanche il n'était pas à son cabinet. Quoi qu'il en fût, je devais aller vérifier au Conservatoire. Je me souvenais qu'il était ouvert le dimanche après-midi aussi.

Le Quartier latin était agité. Des groupes vociférants passaient avec des drapeaux. Dans l'île de la Cité, j'avais vu un barrage de police. Au loin, on entendait des explosions. Ça devait être comme ça en 68. A la hauteur de la Sainte-Chapelle il y avait eu des remous, je sentais une odeur de gaz lacrymogène. J'avais entendu une sorte de charge, je ne savais pas si c'étaient les étudiants ou les flics, les gens couraient autour de moi, nous nous étions réfugiés derrière une grille, un cordon de policiers devant nous, tandis que le chambardement avait lieu dans la rue. Quelle honte, moi désormais en compagnie des bourgeois sur le retour, à attendre que la révolution se calmât.

Puis j'avais eu la voie libre en prenant des rues secondaires autour des anciennes Halles, et j'étais tombé sur la rue Saint-Martin. Le Conservatoire était ouvert, avec sa cour blanche, la plaque sur la façade : « Le Conservatoire des arts et métiers institué par décret de la Convention du 19 vendémiaire an III... dans les bâtiments de l'ancien prieuré de Saint-Martin-des-Champs fondé au XIe siècle. » Tout en ordre, avec une petite foule dominicale insensible à la kermesse estudiantine.

J'étais entré — gratuit le dimanche — et chaque chose était comme l'après-midi précédent à cinq heures. Les gardiens, les visiteurs, le Pendule à sa place habituelle... Je cherchais les traces de tout ce qui s'était passé, si cela s'était passé, quelqu'un avait fait un consciencieux nettoyage. Si cela s'était passé.

Je ne me souviens pas comment s'est déroulé pour moi le reste de l'après-midi. Je ne me rappelle même pas ce que j'ai vu en flânant dans les rues, contraint de temps à autre à m'esquiver pour éviter le remue-ménage. J'ai appelé Milan, histoire d'essayer. Par superstition, j'ai composé le numéro de Belbo. Puis celui de Lorenza. Puis les éditions Garamond, qui ne pouvaient être que fermées. Et pourtant, si cette nuit est encore aujourd'hui, tout est arrivé hier. Mais depuis avant-hier jusqu'à cette nuit il est passé une éternité.

Vers le soir, je me suis aperçu que j'étais à jeun. Je voulais de la tranquillité, et quelque faste. Près du Forum des Halles, je suis entré dans un restaurant qui me promettait du poisson. Et même trop. Ma table juste devant un aquarium. Un univers assez irréel pour me replonger dans un climat de soupçon absolu. Rien n'est le fait du hasard. Ce poisson a l'air d'un hésychaste asthmatique qui perd la foi et accuse Dieu d'avoir réduit le sens de l'univers. Sabaoth Sabaoth, comment arrives-tu à être assez malin pour me faire croire que tu n'existes pas ? Ainsi qu'une gangrène, la chair s'étend sur le monde... Cet autre ressemble à Minnie, il bat de ses longs cils et fait la boubouche en cœur. Minnie est la fiancée de Mickey. Je mange une salade folle avec un haddock moelleux comme des chairs d'enfants. Avec du miel et du poivre. Les pauliciens sont ici. Celui-là plane au milieu des coraux tel l'aéroplane de Breguet — longs battements d'ailes de lépidoptère, cent contre un qu'il a remarqué son fœtus d'homunculus abandonné sur le fond d'un athanor désormais percé, jeté au milieu des ordures, devant la maison de Flamel. Et puis un poisson templier, tout loriqué de noir, il cherche Noffo Dei. Il effleure l'hésychaste asthmatique, qui navigue, absorbé et courroucé, vers l'indicible. Je tourne la tête, là-bas au bout de la rue j'aperçois l enseigne d'un autre restaurant, CHEZ R... Rose-Croix ? Reuchlin ? Rosispergius ? Račkovskijragotzitzarogi ? Signatures, signatures...

Voyons, l'unique façon de mettre le diable dans l'embarras, c'est de lui faire croire que tu n'y crois pas. Il n'y a pas à chercher midi à quatorze heures sur la course nocturne à travers Paris, et sur la vision de la Tour. Sortir du Conservatoire, après qu'on a vu ou cru voir ce qu'on a vu, et vivre la ville comme un cauchemar, c'est normal. Mais qu'est-ce que j'ai vu au Conservatoire ?

Il fallait absolument que je parle avec le docteur Wagner. Je ne sais pas pourquoi je m'étais mis en tête que c'était la panacée, mais c'était ainsi. Thérapie de la parole.

Comment ai-je fait venir ce matin ? J'ai l'impression d'être entré dans un cinéma où on passait *La dame de Shanghaï* d'Orson Welles. Quand je suis arrivé à la scène des miroirs, je n'ai pas tenu et je suis sorti. Mais peut-être n'est-ce pas vrai, je l'ai imaginé.

Ce matin, j'ai téléphoné à neuf heures au docteur Wagner, le nom de Garamond m'a permis de franchir la barrière de la secrétaire, le docteur a paru se souvenir de moi, devant l'état d'urgence où je lui expliquai me trouver, il m'a dit qu'il me recevrait tout de suite, à neuf heures et demie, avant qu'arrivent les autres patients. Il m'avait semblé aimable et compréhensif.

Peut-être ai-je rêvé même ma visite au docteur Wagner. La secrétaire m'a fait décliner mon identité, elle a préparé une fiche, m'a fait payer les honoraires. Par chance, j'avais déjà mon billet de retour.

Un cabinet de petite dimension, sans divan. Fenêtres sur la Seine, à gauche l'ombre de la Tour. Le docteur Wagner m'a accueilli avec une affabilité professionnelle — au fond c'est juste, je n'étais plus un de ses éditeurs, j'étais un de ses clients. D'un geste large et calme, il m'a invité à m'asseoir devant lui, de l'autre côté de son bureau, comme un employé du ministère. « Et alors ? » C'est ce qu'il a dit, et il a donné une impulsion à son fauteuil pivotant, me tournant le dos. Il restait tête baissée, et il me semblait qu'il tenait les mains jointes. Je n'avais plus qu'à parler.

J'ai parlé, comme une cataracte, j'ai tout sorti, du début à la fin, ce que je pensais il y a deux ans, ce que je pensais l'année dernière, ce que je pensais que Belbo avait pensé, et Diotallevi. Et surtout ce qui est arrivé la nuit de la Saint-Jean.

Wagner ne m'a jamais interrompu, n'a jamais fait signe que oui, ou montré de la désapprobation. Pour ce que j'en sais, il pouvait avoir sombré dans le sommeil. Mais ce doit être sa technique. Et moi je parlais. Thérapie de la parole.

Puis j'ai attendu, en fait de parole, la sienne, qui me sauvât.

Wagner s'est levé, très lentement. Sans se retourner vers moi, il a fait le tour de son bureau et il s'est dirigé vers la fenêtre. Maintenant, il regardait par les vitres, les mains croisées dans son dos, absorbé dans ses pensées.

En silence, pendant environ dix, quinze minutes.

Ensuite, toujours le dos tourné vers moi, d'une voix incolore, paisible, rassurante : « Monsieur, vous êtes fou. »

Lui il est resté immobile, moi de même. Après cinq autres minutes, j'ai compris qu'il ne continuerait plus. Fin de la séance.

Je suis sorti sans saluer. La secrétaire m'a fait un large sourire, et je me suis retrouvé dans l'avenue Élisée-Reclus.

Il était onze heures. J'ai rassemblé mes affaires à l'hôtel et je me suis précipité à l'aéroport, confiant dans ma bonne étoile. J'ai dû attendre deux heures, et, en attendant, j'ai appelé à Milan les éditions Garamond, en PCV parce que je n'avais plus un sou. Gudrun a répondu, elle paraissait plus hébétée que d'habitude, j'ai dû lui crier trois fois qu'elle dît si, oui, yes, qu'elle acceptait l'appel.

Elle pleurait : Diotallevi est mort samedi soir à minuit.

« Et aucun, aucun de ses amis à l'enterrement, ce matin, quelle honte ! Pas même monsieur Garamond, qui, d'après ce qu'on dit, est en voyage à l'étranger. Moi, Grazia, Luciano, et un monsieur tout noir, la barbe, les favoris à frisottis et un grand chapeau, il avait l'air d'un croque-mort. Dieu seul sait d'où il venait. Mais où étiez-vous, Casaubon ? Et où est Belbo ? Qu'est-ce qui se passe ? »

J'ai murmuré des explications confuses et j'ai raccroché. On m'a appelé, et je suis monté dans l'avion.

9

YESOD

— 118 —

La théorie sociale de la conspiration... est une conséquence du manque de référence à Dieu, et de la conséquente question : « Qui y a-t-il à sa place ? »

Karl POPPER, *Conjectures and refutations,*
London, Routledge, 1969, I, 4.

Le voyage m'a fait du bien. Non seulement j'avais quitté Paris, mais j'avais quitté le sous-sol, et carrément le sol, la croûte terrestre. Ciel et montagnes encore blanches de neige. La solitude à dix mille mètres, et cette sensation d'ivresse que donne toujours le vol, la pressurisation, la traversée d'une légère turbulence. Je pensais que là-haut seulement je reprenais pied. Et j'ai décidé de faire le bilan de la situation, d'abord en récapitulant les différents points sur mon carnet, puis en me laissant aller, les yeux fermés.

J'ai décidé d'énumérer avant tout les évidences irréfutables.

Il est hors de doute que Diotallevi est mort. Gudrun me l'a dit, Gudrun est toujours restée en dehors de notre histoire, elle ne l'aurait pas comprise, et donc elle reste la seule à dire la vérité. Ensuite, il est vrai que Garamond n'était pas à Milan. Certes, il pourrait être n'importe où, mais le fait qu'il n'y soit pas et n'y était pas ces jours passés laisse croire qu'il se trouve à Paris, où je l'ai vu

De même, Belbo n'est pas à Milan.

Maintenant, essayons de penser que ce que j'ai vu samedi soir à Saint-Martin-des-Champs est réellement arrivé. Peut-être pas comme je l'ai vu moi, séduit par la musique et par les encens, mais il s'est passé quelque chose. C'est comme l'histoire d'Amparo. Elle n'était pas certaine, en rentrant chez elle, qu'elle avait été possédée par la Pomba Gira, mais elle savait certainement qu'elle avait été sous la tente de umbanda, et qu'elle avait cru que — ou elle s'était comportée comme si — la Pomba Gira l'avait possédée.

Enfin, ce que m'a dit Lia à la montagne est vrai, sa lecture était absolument convaincante, le message de Provins était une note des commissions. Il n'y a jamais eu de réunions de Templiers à la

Grange-aux-Dîmes. Il n'y avait pas de Plan et il n'y avait pas de message.

La liste des commissions a été pour nous une grille de mots croisés aux cases encore vides, mais sans les définitions. Il faut donc remplir les cases de manière que tout se croise dûment. Mais sans doute l'exemple est-il imprécis. Dans les mots croisés les mots se croisent et ils doivent se croiser sur une lettre commune. Dans notre jeu, ce n'étaient pas les mots qui se croisaient, mais des idées et des faits ; les règles étaient donc différentes, et il y en avait fondamentalement trois.

Première règle, les idées se relient par analogie. Il n'y a pas de règles pour décider au départ si une analogie est bonne ou mauvaise, parce que n'importe quelle chose est semblable à n'importe quelle autre sous un certain rapport. Exemple. Patate se croise avec pomme, parce que l'une et l'autre sont des végétaux et aux formes arrondies De pomme à serpent, par connexion biblique. De serpent à gimblette, par similitude formelle, de gimblette à bouée de sauvetage et de là à maillot de bain, du bain au rouleau, du rouleau au papier hygiénique, de l'hygiène à l'alcool, de l'alcool à la drogue, de la drogue à la seringue, de la seringue au trou, du trou à la terre, de la terre à la patate.

Parfait. La deuxième règle dit en effet que si tout se tient, le jeu est valable. De patate à patate tout se tient. C'est donc juste.

Troisième règle : les connexions ne doivent pas être inédites, dans le sens où elles doivent avoir déjà été posées au moins une fois, mieux encore si elles l'ont été de nombreuses fois, par d'autres. C'est ainsi seulement que les croisements semblent vrais, parce qu'ils sont évidents.

Ce qui était en somme l'idée de monsieur Garamond : les livres des diaboliques ne doivent pas innover, ils doivent répéter le déjà dit, sinon qu'en serait-il de la force de la Tradition ?

C'est ce que nous avons fait. Nous n'avons rien inventé, sauf la disposition des pièces. C'est ce qu'avait fait Ardenti, il n'avait rien inventé sauf qu'il avait disposé les pièces de façon maladroite, sans compter qu'il était moins cultivé que nous, et qu'il ne possédait pas toutes les pièces.

Eux, ils avaient les pièces, mais pas la grille des mots croisés. Et puis nous — encore une fois — nous étions les plus forts.

Je me rappelais une phrase que m'avait dite Lia à la montagne, quand elle me reprochait d'avoir joué à un vilain jeu : « Les gens sont affamés de plans, si tu leur en offres un, ils se jettent dessus comme une meute de loups. Toi, tu inventes et eux, ils croient. Il ne faut pas susciter plus d'imaginaire qu'il n'y en a. »

Au fond, ça arrive toujours comme ça. Un jeune Érostrate se ronge les sangs parce qu'il ne sait pas comment devenir célèbre. Puis il voit un film où un garçon fragile tire un coup de feu sur la diva de la country music et crée l'événement du jour. Il a trouvé la formule, va et flingue John Lennon.

C'est comme les ACA. Comment faire pour que je devienne un poète publié qui finit dans les encyclopédies ? Garamond lui explique : c'est simple, tu banques. L'ACA n'y avait jamais pensé avant, mais vu qu'existe le plan des éditions Manuzio, il s'y conforme. L'ACA est convaincu qu'il attendait les éditions Manuzio depuis son enfance, à part qu'il ignorait leur existence.

Conséquence : nous, nous avons inventé un Plan inexistant et Eux, non seulement ils l'ont pris pour argent comptant, mais ils se sont convaincus d'en faire partie depuis longtemps, autrement dit ils ont identifié les fragments de leurs projets désordonnés et confus comme des moments de notre Plan scandé selon une irréfutable logique de l'analogie, de l'apparence, du soupçon

Mais si, quand on invente un plan, les autres le réalisent, c'est comme si le Plan existait ; mieux, désormais il existe.

A partir de ce moment, des bataillons de diaboliques parcourront le monde à la recherche de la carte.

Nous avons offert une carte à des personnes qui cherchaient à vaincre une de leurs frustrations obscures. Laquelle ? Le dernier *file* de Belbo me l'avait suggéré : il n'y aurait pas échec s'il y avait vraiment un Plan. Défaite, mais pas par ta faute. Succomber devant un complot cosmique n'est pas une honte. Tu n'es pas un lâche, tu es un martyr.

Tu ne te plains pas d'être mortel, la proie de mille micro-organismes que tu ne domines pas, tu n'es pas responsable de tes pieds peu préhensiles, de la disparition de la queue, des cheveux et des dents qui ne repoussent pas, des neurones que tu sèmes chemin faisant, des veines qui se durcissent. Ce sont les Anges Envieux.

Et il en va de même pour la vie de tous les jours. Comme les effondrements des cours de la Bourse. Ils ont lieu parce que chacun fait un faux mouvement, et tous les faux mouvements réunis créent la panique. Ensuite, ceux qui n'ont pas les nerfs solides se demandent : mais qui a ourdi ce complot, à qui profite-t-il ? Et gare si tu ne trouves pas un ennemi qui ait comploté, tu te sentirais coupable. En somme, puisque tu te sens coupable, tu inventes un complot, et même plusieurs. Et pour les contrer, tu dois organiser ton propre complot.

Et plus tu imagines les complots d'autrui, pour justifier ton incompréhension, plus tu tombes sous leur charme et conçois le tien à leur mesure. En somme, ce qui était arrivé quand entre jésuites et baconiens, pauliciens et néo-templiers, chacun se renvoyait à la figure le plan de l'autre. Alors Diotallevi avait observé : « Bien sûr, tu attribues aux autres ce que tu fais toi, et comme tu fais une chose odieuse les autres deviennent odieux. Cependant, comme les autres voudraient, à leur habitude, précisément faire la chose odieuse que tu fais toi, ils collaborent avec toi en laissant croire que — oui — en réalité ce que tu leur attribues, c'est ce qu'eux ils ont toujours désiré. Dieu aveugle ceux qu'il veut perdre, il suffit de L'aider. »

Un complot, pour être un complot, doit être secret. Il doit y avoir un secret, dont la connaissance nous ôte toute frustration, car ou bien ce serait le secret qui nous mène au salut ou bien la connaissance du secret s'identifierait au salut. Existe-t-il secret aussi lumineux ?

Certes, à condition de ne le connaître jamais. Dévoilé, il ne pourrait que nous décevoir. Agliè ne m'avait-il pas parlé de la tension vers le mystère, qui agitait l'époque des Antonins ? Et pourtant, il venait d'arriver quelqu'un qui s'était déclaré le fils de Dieu, le fils de Dieu qui se fait chair, et rachète les péchés du monde. C'était un mystère de quatre sous ? Et il promettait le salut à tout le monde, il suffisait d'aimer son prochain. C'était un secret de rien du tout ? Et il laissait en héritage que quiconque prononcerait les bonnes paroles au bon moment pouvait transformer un morceau de pain et un demi-verre de vin en chair et sang du fils de Dieu, et s'en nourrir. C'était une énigme à jeter au panier ? Et il induisait les Pères de l'Église à conjecturer, et puis à déclarer, que Dieu était et Un et Trin et que l'Esprit procédait du Père et du Fils, mais non pas le Fils du Père et de l'Esprit. C'était là une formulette pour Hyliques ? Et pourtant, les autres, qui avaient désormais le salut à portée de main — do it your« self —, rien. La révélation, c'est que ça ? Quelle banalité : et allons-y, et de sillonner, hystériques, avec leurs liburnes toute la Méditerranée à la recherche d'un autre savoir perdu dont ces dogmes de trente deniers ne seraient que le voile superficiel, la parabole pour les pauvres d'esprit, le hiéroglyphe allusif, le clin d'œil aux Pneumatiques. Le mystère trinitaire ? Trop facile, il doit y avoir anguille sous roche.

Il était une fois un type, peut-être Rubinstein, qui avait répondu, quand on lui demanda s'il croyait en Dieu : « Oh non, moi je crois...

en quelque chose de beaucoup plus grand... » Mais il y en avait un autre (peut-être Chesterton ?) qui avait dit : depuis que les hommes ne croient plus en Dieu, ce n'est pas qu'ils ne croient plus en rien, ils croient en tout.

Tout n'est pas un secret plus grand. Il n'y a pas de secrets plus grands, car à peine révélés ils apparaissent petits. Il n'y a qu'un secret vide. Un secret qui glisse. Le secret de la plante orchis c'est qu'elle représente les testicules et agit sur eux, mais les testicules représentent à leur tour un signe zodiacal, celui-ci une hiérarchie angélique, celle-ci une gamme musicale, la gamme un rapport entre humeurs, et ainsi de suite, l'initiation c'est apprendre à ne s'arrêter jamais, on épluche l'univers comme un oignon, et un oignon est tout épluchure, figurons-nous un oignon infini, qui ait son centre partout et sa circonférence nulle part, ou fait en anneau de Moebius.

Le vrai initié est celui qui sait que le plus puissant des secrets est un secret sans contenu, parce qu'aucun ennemi ne parviendra à le lui faire avouer, aucun fidèle ne parviendra à le lui dérober.

A présent, elle m'apparaissait plus logique, conséquente, la dynamique du rite nocturne devant le Pendule. Belbo avait soutenu qu'il possédait un secret, et par là il avait acquis un pouvoir sur Eux. Leur impulsion, même de la part d'un homme aussi avisé qu'Agliè, qui avait aussitôt battu le tam-tam pour convoquer tous les autres, a été de le lui soutirer. Et plus Belbo se refusait à le révéler, plus Eux pensaient que le secret était grand ; et plus lui jurait ne pas le posséder, plus Ils étaient convaincus qu'il le possédait, et que c'était un vrai secret, parce que s'il avait été faux, Belbo l'aurait révélé.

Pendant des siècles, la recherche de ce secret avait été le ciment qui les avait assemblés, fût-ce au milieu des excommunications, des luttes intestines, des coups de main. Maintenant, ils étaient en passe de le connaître. Et ils ont été saisis de deux terreurs : que le secret fût décevant, et que — devenant connu de tous — il ne restât plus aucun secret. Ç'aurait été leur fin.

C'est précisément alors qu'Agliè a eu l'intuition que si Belbo avait parlé, tous auraient su, et lui, Agliè, il aurait perdu la vague aura qui lui conférait charisme et pouvoir. Si Belbo s'était confié à lui seulement, Agliè aurait continué d'être Saint-Germain, l'immortel — le sursis accordé à sa mort coïncidait avec le sursis accordé au secret. Il a tenté d'induire Belbo à lui parler à l'oreille, et quand il a compris que ce ne serait pas possible, il l'a provoqué en prônant sa reddition, mais plus encore en lui donnant un spectacle de fatuité. Oh, il le connaissait bien, le vieux comte, il savait que sur des gens de ces régions l'entêtement et le sens du ridicule l'emportent même sur la peur. Il l'a obligé à monter le ton du défi et à dire non de façon définitive.

Et les autres, pour la même crainte, ont préféré le tuer. Ils perdaient la carte — ils auraient les siècles pour la chercher encore — mais ils sauvaient la fraîcheur de leur désir décrépit et baveux.

Je me souvenais d'une histoire que m'avait racontée Amparo. Avant de venir en Italie, elle avait vécu quelques mois à New York, et elle était allée habiter un quartier, de ceux où, à la limite, on tourne des téléfilms sur la Criminelle. Elle rentrait seule, à deux heures du matin. Et quand je lui avais demandé si elle n'avait pas peur des maniaques sexuels, elle m'avait raconté sa méthode. A peine le maniaque s'approchait et se manifestait pour tel, elle le prenait par le bras et lui disait : « Alors, allons nous coucher. » Et l'autre détalait, déconcerté.

Si tu es un maniaque du sexe, du sexe tu n'en veux pas, tu veux le désirer, au mieux le dérober, mais si possible à l'insu de la victime. Si on te met devant le sexe et qu'on te dise hic Rodon, hic salta, il est normal que tu décampes, sinon tu serais un bien curieux maniaque.

Et nous, nous sommes allés chatouiller leurs envies, leur offrir un secret on ne peut plus vide, parce que non seulement nous ne le connaissions pas nous-mêmes, mais de surcroît nous savions qu'il était faux.

L'avion survolait le mont Blanc et les voyageurs se jetaient tous ensemble du même côté pour ne pas perdre la révélation de cet obtus bubon poussé là du fait d'une dystonie des courants souterrains. Je pensais que si ce que j'étais en train de penser était juste, alors peut-être les courants n'existaient-ils pas, pas davantage que n'avait existé le message de Provins ; mais l'histoire du déchiffrement du Plan, telle que nous l'avions reconstituée, n'était rien d'autre que l'Histoire

Il me revenait en mémoire le dernier *file* de Belbo. Mais alors, si l'être est si vide et si fragile qu'il ne puisse se soutenir que sur l'illusion de ceux qui cherchent son secret, vraiment — comme disai Amparo le soir dans la tente, après sa défaite — alors il n'est pas de rédemption, nous sommes tous des esclaves, donnez-nous un maître, nous le méritons...

Ce n'est pas possible. Ce n'est pas possible parce que Lia m'a appris qu'il y a autre chose, et j'en ai la preuve, il s'appelle Giulio et en ce moment il joue dans une vallée, et tire la queue d'une chèvre Ce n'est pas possible parce que Belbo a dit deux fois non.

Le premier non, il l'a dit à Aboulafia, et à qui aurait tenté d'en violer le secret. « Tu as le mot de passe ? » était la question. Et la réponse, la clef du savoir, était « non ». Il y a quelque chose de vrai, et c'est que non seulement le mot magique n'existe pas, mais nous ne le savons même pas. Pourtant, qui saurait l'admettre peut savoir quelque chose, au moins ce que j'ai pu savoir moi.

Le second non, il l'a dit dans la nuit du samedi, en refusant la planche de salut qu'on lui tendait. Il aurait pu inventer une carte quelconque, citer une de celles que je lui avais indiquées, aussi bien, avec le Pendule suspendu de la sorte, cette bande de forcenés n'aurait jamais identifié l'Umbilicus Mundi, et quand bien même, ils auraient perdu une autre décennie pour comprendre que ce n'était pas lui. Eh bien non, il n'a pas voulu se plier, il a préféré mourir.

Non qu'il n'ait voulu se plier au rut du pouvoir, il n'a pas voulu se plier au non-sens. En somme, d'une certaine façon il savait que, pour fragile que soit l'être, pour infinie et sans but que soit notre interrogation du monde, il existe quelque chose qui a plus de sens que le reste.

De quoi Belbo avait-il eu l'intuition, peut-être à ce moment-là seulement, pour lui permettre de contredire son dernier *file* désespéré, et de ne pas déléguer son destin à qui lui garantissait n'importe quel Plan ? Qu'avait-il compris — enfin — qui lui permettait de jouer sa vie, comme si tout ce qu'il devait savoir, il l'eût découvert depuis beau temps, sans qu'il s'en fût aperçu jusqu'alors, et comme si, devant son unique, vrai, absolu secret, tout ce qui se passait dans le Conservatoire fût irrémédiablement stupide — et stupide fût, à ce point-là, de s'obstiner à vivre ?

Il me manquait quelque chose, un anneau de la chaîne. Il me semblait désormais connaître toutes les gestes de Belbo, de la vie à la mort, sauf une.

A l'arrivée, en cherchant mon passeport, j'ai retrouvé dans ma poche la clef de cette maison. Je l'avais prise le jeudi précédent, avec celle de l'appartement de Belbo. Je me suis souvenu du jour où Belbo avait montré la vieille armoire qui devait renfermer, disait-il, son opera omnia, autrement dit ses juvenilia. Peut-être Belbo avait-il écrit quelque chose qui ne pouvait pas se trouver dans Aboulafia, et ce quelque chose était-il enseveli ici, à ***

Il n'y avait rien de raisonnable dans ma conjecture. Bonne raison — me suis-je dit — pour la considérer comme bonne. Au point où j'en étais.

Je suis allé récupérer ma voiture, et je suis venu ici.

Je n'ai même pas trouvé la vieille parente, ou gardienne peu importe, des Canepa, que nous avions vue à l'époque. Peut-être est-elle morte elle aussi entre-temps. Il n'y a personne ici. J'ai traversé les différentes pièces, il y a une odeur d'humidité, j'avais même pensé allumer le moine dans l'une des chambres. Mais ça n'a pas de sens de réchauffer son lit en juin : à peine on ouvre les fenêtres, entre l'air tiède du soir.

Sitôt après le coucher du soleil, il n'y avait pas de lune. Comme à Paris, dans la nuit du samedi. Elle s'est levée très tard, j'en vois le peu qu'il y a — moins qu'à Paris — maintenant qu'elle se lève avec lenteur au-dessus des collines les plus basses, dans une dépression entre le Bricco et une autre gibbosité jaunâtre, peut-être déjà moissonnée.

Je crois être arrivé ici vers les six heures du soir, il faisait encore clair. Je n'avais rien apporté à manger, et puis, en errant au hasard, je suis entré dans les cuisines et j'ai trouvé un saucisson suspendu à une poutre. J'ai dîné au saucisson et à l'eau fraîche, je crois qu'il était autour de dix heures. A présent, j'ai soif ; je suis monté ici, dans le bureau de l'oncle Carlo, avec une grande carafe d'eau, et j'en avale toutes les dix minutes, puis je descends, la remplis et recommence. Il devrait être trois heures, à présent. Mais la lumière est éteinte et j'ai du mal à lire l'heure à ma montre. Je réfléchis, en regardant par la fenêtre. Il y a comme des lucioles, des étoiles filantes sur les flancs des collines. De rares voitures qui passent, descendent en aval, montent vers les petits villages perchés sur les sommets. Quand Belbo était un garçonnet, il ne devait pas y avoir de ces visions. Il n'y avait pas de voitures, il n'y avait pas ces routes, la nuit c'était le couvre-feu.

J'ai ouvert l'armoire des juvenilia, sitôt arrivé. Des étagères et des étagères de papiers, depuis les devoirs scolaires des classes élémentaires jusqu'à des liasses et des liasses de feuillets, poésies et proses de l'adolescence. Adolescents, on a tous écrit des poésies, ensuite les vrais poètes les ont détruites et les mauvais poètes les ont publiées. Belbo était trop désabusé pour les sauver, trop désarmé pour les détruire. Il les a ensevelies dans l'armoire de l'oncle Carlo.

J'ai lu pendant plusieurs heures. Et pendant d'autres longues heures, jusqu'à cet instant, j'ai médité sur le dernier texte que j'ai trouvé lorsque j'étais à deux doigts de renoncer.

Je ne sais pas quand Belbo l'a écrit. Ce sont des feuillets et des feuillets où se croisent, dans les interlignes, des calligraphies différentes, ou plutôt la même calligraphie en des temps différents. Comme s'il l'avait écrit très tôt, autour de seize ou dix-sept ans, puis l'avait mis de côté, était revenu dessus autour de vingt ans, et puis de nouveau à trente, et peut-être encore après. Jusqu'au moment où il doit avoir renoncé à écrire — sauf à recommencer avec Aboulafia, mais sans oser récupérer ces lignes, et les soumettre à l'humiliation électronique.

A le lire, on a l'impression de suivre une histoire bien connue, les vicissitudes de ***, entre 1943 et 1945, l'oncle Carlo, les partisans, l'oratoire, Cecilia, la trompette. Je connais le prologue, c'étaient les thèmes obsédants du Belbo tendre, ivrogne déçu et dolent. Il le savait lui aussi, que la littérature de la mémoire est le dernier refuge de la canaille.

Mais moi je ne suis pas un critique littéraire, je suis une fois de plus Sam Spade, qui cherche la dernière piste.

Et ainsi j'ai retrouvé le Texte-Clef. Il représente probablement le dernier chapitre de l'histoire de Belbo à ***. Plus rien n'a pu arriver, après.

— 119 —

On mit le feu à la guirlande de la trompette, et alors je vis s'ouvrir le trou de la coupole et une flèche de feu filer dans le fût de la trompette et entrer dans les corps sans vie. Après, le trou fut à nouveau fermé et la trompette aussi fut éloignée.

Johann Valentin ANDREAE, *Die Chymische Hochzeit des Christian Rosencreutz*,
Strassburg, Zetzner, 1616, 6, pp. 125-126.

Le texte a des vides, des superpositions, des failles, des biffures, fourbis, fibrilles — on voit que je suis à peine revenu de Paris. Plus que le relire, je le revis.

Ce devait être vers la fin avril de l'année 1945. Les armées allemandes étaient désormais en déroute, pour les fascistes c'était la débandade. En tout cas, *** se trouvait déjà, et définitivement, sous le contrôle des partisans.

Après la dernière bataille, celle que Jacopo nous avait racontée justement dans cette maison (il y a presque deux ans), diverses brigades de partisans s'étaient donné rendez-vous à *** pour piquer ensuite droit sur la ville. Ils attendaient un signal de Radio Londres, ils se mettraient en branle quand Milan aussi serait prête pour l'insurrection.

Les partisans des formations garibaldiennes étaient arrivés aussi, commandés par Ras, un géant à la barbe noire, très populaire dans le coin : ils étaient habillés avec des uniformes de fantaisie, tous différents les uns des autres, sauf le foulard et l'étoile sur la poitrine, tous deux rouges, et ils étaient armés au petit bonheur la chance, qui avec un vieux mousquet, qui avec une mitraillette arrachée à l'ennemi. Ils faisaient contraste avec les brigades badogliennes au foulard bleu, uniformes kaki semblables à ceux des Anglais, et les flambant neufs fusils mitrailleurs Sten. Les Alliés aidaient les badogliens avec de génereux largages de parachutes dans la nuit, après qu'était passé, comme il faisait désormais depuis deux ans, tous les soirs à onze heures, le mytérieux Pippetto, l'avion de reconnaissance anglais dont personne ne comprenait ce qu'il pouvait reconnaître étant donné qu'on ne voyait aucune lumière sur des kilomètres et des kilomètres.

Il y avait des tensions entre garibaldiens et badogliens, on racontait que le soir de la bataille les badogliens s'étaient rués sur l'ennemi au cri de « Avanti Savoia », mais certains d'entre eux disaient que c'était la force de l'habitude, qu'est-ce que tu veux crier en allant à l'assaut, ça ne voulait pas dire qu'ils étaient nécessairement des monarchistes et ils savaient eux aussi que le roi avait de grands torts. Les garibaldiens ricanaient, on peut crier Savoia quand on donne l'assaut à la baïonnette sur un champ de bataille, mais pas en se jetant derrière un angle mort avec son Sten. C'est qu'ils s'étaient vendus aux Anglais.

On parvint pourtant à un modus vivendi ; il fallait un commandement unifié pour l'attaque de la ville, et le choix était tombé sur Terzi, qui commandait la brigade la mieux équipée, était le plus ancien, avait fait la Grande Guerre, était un héros et jouissait de la confiance du Commandement allié.

Les jours suivants, avec un peu d'avance, je crois, sur l'insurrection de Milan, ils étaient partis pour s'emparer de la ville. De bonnes nouvelles étaient arrivées, l'opération avait réussi, les brigades revenaient victorieuses à ***, mais il y avait eu des morts, selon les rumeurs Ras était tombé au combat et Terzi était blessé.

Puis, un après-midi, on avait entendu les bruits des véhicules automobiles, des chants de victoire, les gens avaient couru sur la grand-place, par la route nationale arrivaient les premiers contingents, poings levés, drapeaux, tout un grouillement d'armes aux portières des voitures ou sur les marchepieds des camions. Le long de la route on avait déjà couvert les partisans de fleurs.

Soudain, quelqu'un avait crié Ras Ras, et Ras était là, accroupi sur le garde-boue antérieur d'un Dodge, la barbe ébouriffée et des touffes de poils noirs couvertes de sueur qui sortaient de sa chemise ouverte sur sa poitrine, et il saluait la foule en riant.

A côté de Ras, Rampini aussi était descendu du Dodge, un garçon myope, un peu plus âgé que les autres, qui jouait dans la fanfare et avait disparu depuis trois mois : on disait qu'il s'était joint aux partisans. Et en effet, le voici, là, avec le foulard rouge au cou, le blouson kaki, une paire de pantalons bleus. C'était l'uniforme de la fanfare de don Tico, mais lui il avait maintenant un ceinturon avec l'étui et son pistolet dedans. Derrière ses lunettes épaisses, qui lui avaient valu tant de railleries de la part de ses vieux camarades de l'oratoire, il regardait à présent les filles qui se pressaient à ses côtés comme s'il était Flash Gordon. Jacopo se demandait si par hasard Cecilia se trouvait là, parmi ces gens.

En l'espace d'une demi-heure la place fut colorée de partisans, et la foule appelait Terzi à grands cris, et elle voulait un discours.

A un balcon de la mairie, Terzi était apparu, appuyé sur sa béquille, pâle, et de la main il avait tenté de calmer la foule. Jacopo attendait le discours parce que toute son enfance, comme celle des jeunes de son âge, avait été marquée par de grands et historiques discours du Duce, dont on apprenait par cœur les citations les plus significatives à l'école, c'est-à-dire qu'on apprenait tout par cœur car chaque phrase était une citation significative.

Le silence revenu, Terzi avait parlé, d'une voix rauque, qu'on entendait à peine. Il avait dit : « Citoyens, mes amis. Après tant de douloureux sacrifices... nous voici là. Gloire aux morts pour la liberté. »

Et ce fut tout. Il était rentré.

Cependant, la foule criait, et les partisans brandissaient leurs mitraillettes, leurs Sten, leurs mousquets, leurs vieux fusils quatre-vingt-onze, et ils tiraient des rafales de fête, avec les douilles qui tombaient tout autour d'eux et les gamins qui glissaient entre les jambes des hommes armés et des civils parce qu'ils n'en feraient plus, une récolte pareille, avec le risque que la guerre prenne fin dans un mois.

Mais il y avait eu des morts. Par un hasard atroce, tous les deux de San Davide, un village en amont de ***, et les familles en demandaient la sépulture dans le petit cimetière local.

Le commandement des partisans avait décidé que ce devaient être des funérailles solennelles, compagnies en formation, chars funèbres décorés, orphéon de la municipalité, père prévôt de la cathédrale. Et la fanfare de l'oratoire.

Don Tico avait tout de suite accepté. D'abord, disait-il, parce qu'il avait toujours été de sentiments antifascistes. Ensuite, comme murmuraient les musiciens, parce que depuis un an il faisait étudier, en guise d'exercice, deux marches funèbres qu'il devait bien un jour ou l'autre faire exécuter. Et enfin, disaient les mauvaises langues du coin, pour faire oublier *Giovinezza*, l'hymne fasciste.

L'histoire de *Giovinezza* s'était passée comme ça.

Des mois avant, avant que n'arrivent les partisans, la fanfare de don Tico, de sortie pour je ne sais quelle fête patronale, avait été arrêtée par les Brigades Noires. « Jouez *Giovinezza*, mon révérend », lui avait commandé le capitaine en tambourinant de ses doigts sur le canon de sa mitraillette. Que faire, comme il apprendrait à dire par la suite ? Don Tico avait dit, les gars, essayons, la peau c'est la peau. Il avait donné la mesure avec sa clef, et l'immonde ramassis de cacophoneux avait traversé *** en jouant quelque chose où seul « l'espoir le plus forcené de revanche » sur l'honneur militaire perdu aurait permis de reconnaître *Giovinezza.* Une honte pour tous. Pour avoir cédé, disait après don Tico, mais surtout pour avoir joué comme des salopiots. Prêtre oui, et antifasciste, mais avant tout l'art pour l'art.

C'était un jour où Jacopo n'était pas là. Il souffrait d'une amygdalite. Il n'y avait qu'Annibale Cantalamessa et Pio Bo, et rien que leur présence doit avoir radicalement contribué à l'écroulement du nazi-fascisme. Mais pour Belbo le problème était ailleurs, du moins au moment où il en écrivait. Il avait raté une autre occasion de savoir s'il aurait su dire non. C'est peut-être pour cela qu'il était mort pendu au Pendule.

Bref, on avait fixé les funérailles pour le dimanche matin. Sur la place de l'église tout le monde était là. Terzi avec ses troupes, l'oncle Carlo et certains notables de la commune, avec leurs décorations de la Grande Guerre, et peu importait de savoir qui avait été fasciste et qui non, il s'agissait d'honorer des héros. Et il y avait le clergé, l'orphéon de la municipalité, en habits sombres, et les chars avec les chevaux uniformément caparaçonnés de blanc crème, argent et noir. L'automédon était vêtu comme un maréchal de Napoléon, bicorne, cape et capote, des mêmes couleurs que le harnachement des chevaux. Et il y avait la fanfare de l'oratoire, casquette, blouson kaki et pantalons bleus, brillante de cuivres, noire de bois et scintillante de cymbales et de grosses caisses.

Entre *** et San Davide, il y avait cinq ou six kilomètres de tournants en montée. Des kilomètres que les retraités, le dimanche après-midi, parcouraient en jouant aux boules, une partie, un arrêt, quelques fiasques de vin, une deuxième partie, et ainsi de suite, jusqu'au sanctuaire au sommet.

Quelques kilomètres de montée ne sont rien pour qui joue aux boules, et peut-être n'est-ce rien de les parcourir en formation, les armes sur l'épaule, le regard tendu, en respirant l'air frais du printemps. Mais il faut essayer de les couvrir en jouant d'un instrument, les joues gonflées, la sueur qui perle à grosses gouttes, le souffle qui vous abandonne. L'orphéon de la mairie ne faisait rien d'autre depuis une génération, mais pour les gars de l'oratoire ç'avait été une épreuve. Ils avaient tenu en héros ; don Tico battait sa clef en l'air, les clarinettes glapissaient, épuisées, les saxophones bêlaient, asphyxiques, le bugle et les trompettes lançaient des sonneries d'agonie, mais ils y étaient arrivés, jusqu'au petit village, jusqu'au pied de la côte qui menait au cimetière. Depuis longtemps Annibale Cantalamessa et Pio Bo faisaient seulement semblant de jouer, mais Jacopo avait assumé son rôle de chien de berger, sous l'œil bénissant de don Tico. En comparaison de l'orphéon municipal, ils n'avaient pas fait piètre figure, c'est ce qu'avaient dit aussi Terzi et les autres commandants des brigades : bravo, les gars, ç'a a été vraiment superbe.

Un commandant, avec le foulard bleu et un arc-en-ciel de rubans des deux guerres mondiales, avait dit : « Mon révérend, laissez souffler les petits gars au village, ils n'en peuvent plus. Montez après, à la fin. Il y aura une fourgonnette qui vous reconduira à ***. »

Ils s'étaient précipités dans la gargote, et ceux de l'orphéon, vieux gus rendus coriaces par d'innombrables funérailles, sans retenue aucune s'étaient jetés sur les tables en ordonnant tripes et vin à volonté. Ils resteraient à faire ribote jusqu'au soir. Les gars de don Tico s'étaient par contre pressés contre le comptoir, où le patron servait des sorbets à la menthe, verts comme une expérience chimique. La glace coulait d'un seul coup dans la gorge et faisait venir un pincement douloureux au milieu du front, telle une sinusite.

Ensuite, ils étaient remontés vers le cimetière, où attendait une camionnette. Ils étaient montés en criant, et se trouvaient maintenant tous entassés, tous debout, se heurtant avec leurs instruments, quand était sorti du cimetière le même commandant, et il avait dit : « Mon révérend, pour la cérémonie finale nous avons besoin d'une trompette, vous savez, pour les sonneries rituelles. Une affaire de cinq minutes.

— Trompette », avait dit don Tico, professionnel. Et le malheureux titulaire du privilège, suant le sorbet vert et aspirant au repas familial, indolent campagnard imperméable à tout frémissement esthétique et à toute solidarité d'idées, avait commencé à se plaindre qu'il était tard, que lui voulait revenir à la maison, qu'il n'avait plus de salive, et cætera et cætera, mettant dans l'embarras don Tico, pris de honte devant le commandant.

C'est alors que Jacopo, entrevoyant dans la gloire de midi l'image suave de Cecilia, avait dit : « Si lui me donne sa trompette, moi j'y vais. »

Lumière de reconnaissance dans les yeux de don Tico, soulagement sué du sordide trompette titulaire. Échange des instruments, comme deux sentinelles.

Et Jacopo s'était avancé dans le cimetière, guidé par le psychopompe aux rubans d'Addis-Abeba. Tout autour était blanc, le mur battu par le soleil, les tombes, la floraison des arbres de clôture, le surplis du prévôt prêt à bénir, sauf le marron fané des photos sur les pierres tombales. Et la grande tache de couleur faite par les pelotons rangés devant les deux fosses.

« Mon gars, avait dit le chef, toi tu te places ici, à côté de moi, et au commandement tu sonnes le garde-à-vous. Et puis, au commandement, le repos. C'est facile, non ? »

Très facile. A part que Jacopo n'avait jamais sonné ni le garde-à-vous ni le repos.

Il tenait la trompette de son bras droit replié, contre ses côtes, la pointe légèrement en bas, comme on fait avec une carabine, et il avait attendu, tête haute ventre rentré poitrine sortie.

Terzi était en train de prononcer un discours sec, à phrases très courtes. Jacopo pensait que pour émettre la sonnerie il lui faudrait lever les yeux au ciel, et que le soleil l'aveuglerait. Mais ainsi meurt un trompette, et, vu qu'on ne meurt qu'une fois, autant valait le faire bien.

Puis le commandant lui avait murmuré : « A présent. » Et il avait commencé à crier : « Gaaaar... » Et Jacopo ne savait pas comment on sonne un gar-d'à-vous.

La structure mélodique devait être bien plus complexe, mais à cet instant il n'avait été capable que de sonner do-mi-sol-do, et à ces rudes hommes de guerre cela paraissait suffire. Le *do* final, il le lança après avoir repris son souffle, de façon à le tenir longtemps, pour lui donner le temps — écrivait Belbo — d'atteindre le soleil.

Les partisans étaient raides, au garde-à-vous. Les vivants immobiles comme les morts.

Seuls se déplaçaient les fossoyeurs, on entendait le raclement des cercueils qui descendaient dans les fosses, et le déroulement des cordes remontées, alors qu'elles frottaient contre le bois. Mais c'était un mouvement faible, comme le frémissement d'un reflet sur une sphère où cette légère variation de lumière sert seulement à dire que dans le Sphère rien ne s'écoule.

Ensuite, le bruit abstrait d'un présentez-arm' Le prévôt avait murmuré les formules de l'aspersion, les commandants s'étaient approchés des fosses et ils avaient jeté chacun une poignée de terre. Et c'est alors qu'un ordre subit avait déchaîné une salve vers le ciel, ta-ta-ta, tapoum, avec les petits oiseaux qui s'élevaient en piaillant des arbres en fleur. Mais cela non plus n'était pas mouvement, c'était comme si toujours le même instant se présentait sous des perspectives différentes, et regarder un instant pour toujours ne veut pas dire le regarder pendant que le temps passe.

Raison pour quoi Jacopo était resté immobile, insensible même à la chute des douilles qui roulaient entre ses pieds, et il n'avait pas remis la trompette à son côté, mais il la tenait encore à sa bouche, les doigts sur les pistons, raide au garde-à-vous, l'instrument pointé en diagonale vers le haut. Il était encore en train de sonner.

Sa très longue note finale ne s'était jamais interrompue : imperceptible aux assistants, elle sortait encore du pavillon de la trompette tel un souffle léger, une bouffée d'air qu'il continuait à insuffler dans l'embouchure en tenant la langue entre ses lèvres à peine ouvertes, sans les presser sur la ventouse de laiton. L'instrument demeurait tendu en avant sans s'appuyer au visage, par pure tension des coudes et des épaules.

Jacopo continuait à émettre cette illusion de note parce qu'il sentait qu'en ce moment-là il dévidait un fil qui bridait le soleil. L'astre s'était bloqué dans sa course, il s'était fixé dans un midi qui aurait pu durer une éternité. Et tout dépendait de Jacopo, il lui suffisait d'interrompre ce contact, de lâcher le fil, et le soleil aurait rebondi loin, comme un petit ballon, et avec lui le jour, et l'événement de ce jour, cette action sans phases, cette séquence sans avant sans après, qui se déroulait immobile pour la seule raison qu'il était ainsi en son pouvoir de vouloir et de faire.

S'il s'était arrêté pour souffler l'attaque d'une nouvelle note, on aurait entendu comme un déchirement, bien plus retentissant que les salves qui l'assourdissaient, et les horloges se seraient remises à palpiter, tachycardiques.

Jacopo désirait de toute son âme que l'homme à côté de lui ne commandât pas le repos — je pourrais m'y refuser, se disait-il, et il resterait ainsi à jamais, fais durer ton souffle tant que tu peux.

Je crois qu'il était entré dans cet état d'engourdissement et de vertige qui s'empare du plongeur lorsqu'il tente de ne pas remonter à la surface et veut prolonger l'inertie qui le fait glisser sur le fond. A telle enseigne que, pour chercher à exprimer ce qu'il ressentait alors, les phrases du cahier que je lisais maintenant se brisaient, asyntaxiques, mutilées par des points de suspension, rachitiques d'ellipses.

Mais il était clair qu'à ce moment-là — non, il ne s'exprimait pas ainsi, mais c'était clair : à ce moment-là, il possédait Cecilia.

C'est qu'à cette époque Jacopo Belbo ne pouvait avoir compris — et il ne comprenait pas encore tandis qu'il écrivait ignorant de lui-même — qu'il était en train de célébrer une fois pour toutes ses noces chimiques, avec Cecilia, avec Lorenza, avec Sophia, avec la terre et avec le ciel. Peut-être le seul d'entre les mortels à porter enfin à son terme le Grand Œuvre.

Personne ne lui avait encore dit que le Graal est une coupe mais aussi une lance, et que sa trompette levée en calice était en même temps une arme, un instrument de très douce domination, qui lançait ses flèches vers le ciel et réunissait la terre avec le Pôle Mystique. Avec l'unique Point Immobile que l'univers eût jamais eu : avec ce qu'il faisait être, pour ce seul instant, grâce à son souffle.

Diotallevi ne lui avait pas encore dit qu'on peut être en Yesod, la sefira du Fondement, le signe de l'alliance de l'arc supérieur qui se tend pour envoyer des flèches à la mesure de Malkhut, qui est sa cible. Yesod est la goutte qui jaillit de la flèche pour produire l'arbre et le fruit, c'est l'anima mundi parce qu'elle est le moment où la force virile, en procréant, lie entre eux tous les états de l'être.

Savoir filer ce Cingulum Veneris signifie remédier à l'erreur du Démiurge.

Comment peut-on passer une vie à chercher l'Occasion sans s'apercevoir que le moment décisif, celui qui justifie la naissance et la mort, est déjà passé ? Il ne revient pas, mais il a été, irréversiblement, plein, resplendissant, généreux comme toute révélation.

Ce jour-là Jacopo Belbo avait fixé la Vérité dans les yeux. La seule et unique qui lui serait permise, car la vérité qu'il apprenait c'est que la vérité est très brève (après, elle n'est que commentaire). C'est pourquoi il tentait de dompter l'impatience du temps.

Il ne l'avait pas compris à l'époque, certainement. Et non plus quand il en écrivait, ou quand il décidait de n'en plus écrire.

Pour ma part, je l'ai compris ce soir : il faut que l'auteur meure pour que le lecteur s'aperçoive de sa vérité.

L'obsession du Pendule, qui devait accompagner Jacopo Belbo durant toute sa vie adulte, avait été — comme les adresses perdues dans le rêve — l'image de cet autre moment, enregistré et puis refoulé, où il avait vraiment touché la voûte du monde. Et cela, le moment où il avait gelé l'espace et le temps en décochant sa flèche de

Zénon, n'avait pas été un signe, un symptôme, une allusion, une figure, une signature, une énigme : c'était ce qui était et qui ne remplaçait rien d'autre, le moment où il n'est plus de sursis, où les comptes s'égalisent.

Jacopo Belbo n'avait pas compris qu'il avait eu son moment, qui aurait dû lui suffire pour toute sa vie. Il ne l'avait pas reconnu, il avait passé le reste de ses jours à chercher autre chose, ,usqu'à se damner. Ou peut-être en avait-il eu le soupçon, autrement il ne serait pas revenu aussi souvent sur le souvenir de la trompette. Mais il se la rappelait comme perdue, en revanche il l'avait eue.

Je crois, j'espère, je prie qu'à l'instant où il mourait en oscillant avec le Pendule, Jacopo Belbo l'a compris, et qu'il a trouvé la paix.

Puis avait été commandé le repos. Il aurait cédé quoi qu'il en fût, car le souffle lui manquait. Il avait interrompu le contact, et sonné une seule note, haute et à l'intensité décroissante, tendrement, pour habituer le monde à la mélancolie qui l'attendait.

Le commandant avait dit : « Bravo, jeune homme. Tu peux partir. Belle trompette. »

Le prévôt s'était esquivé, les partisans s'étaient dirigés vers une grille du fond où les attendaient leurs véhicules, les fossoyeurs s'en étaient allés après avoir comblé les fosses. Jacopo était sorti le dernier. Il n'arrivait pas à quitter ce lieu de bonheur.

Sur l'esplanade la camionnette de l'oratoire avait disparu.

Jacopo s'était demandé comment cela se faisait, don Tico ne l'aurait jamais abandonné comme ça. Avec le recul du temps, la réponse la plus probable c'est qu'il y avait eu malentendu : quelqu'un avait dit à don Tico que les partisans reconduisaient le petit gars dans la vallée. Mais Jacopo, à ce moment-là, avait pensé — et non sans raison — qu'entre le garde-à-vous et le repos trop de siècles s'étaient écoulés, que les enfants avaient attendu jusqu'à la canitie, à la mort, et que leur poussière s'était dispersée pour former ce voile de brume qui maintenant azurait l'étendue des collines devant ses yeux.

Jacopo était seul. Derrière lui, un cimetière désormais vide, dans ses mains la trompette, en face de lui les collines qui s'estompaient de plus en plus bleues, l'une derrière l'autre vers la gelée de coings de l'infini et, vindicatif sur sa tête, le soleil en liberté.

Il avait décidé de pleurer.

Mais soudain était apparu le char funèbre avec son automédon paré comme un maréchal d'Empire, tout crème, noir et argent, les chevaux bardés de masques barbares qui ne laissaient découverts que les yeux, caparaçonnés comme des cercueils, les colonnettes torses qui soutenaient le tympan assyro-égypto-grec tout blanc et or. L'homme au bicorne s'était arrêté un instant devant ce trompette solitaire, et Jacopo lui avait demandé : « Pourriez pas me ramener à la maison ? »

L'homme était bienveillant. Jacopo était monté sur le siège à côté de lui ; et sur le char des morts avait commencé le retour vers le monde des vivants. Ce Charon, qui n'était pas en service, éperonnait, taciturne, ses coursiers funèbres le long des escarpements, Jacopo droit et hiératique, la trompette serrée sous son bras, la visière luisante, pénétré de son nouveau rôle, inespéré.

Ils avaient descendu les collines, à chaque tournant s'ouvrait une nouvelle étendue de vignes bleues de sulfate, toujours dans une lumière qui aveuglait ; et, après un temps incalculable, ils avaient abouti à ***. Ils avaient traversé la grand-place tout en arcades, déserte comme seules peuvent être désertes les places du Montferrat à deux heures de l'après-midi, un dimanche. Un camarade d'école au coin de la grand-place avait aperçu Jacopo sur le char, la trompette sous le bras, l'œil fixé sur l'infini, et il lui avait fait un signe d'admiration.

Jacopo était rentré, il n'avait pas voulu manger, ni rien raconter. Il s'était blotti dans un coin de la terrasse, et mis à jouer de la trompette comme si elle avait une sourdine, en soufflant doucement pour ne pas troubler le silence de cette sieste-là.

Son père l'avait rejoint et, sans méchanceté, avec la sérénité de celui qui connaît les lois de la vie, il lui avait dit : « D'ici un mois, si tout se passe comme prévu, on retourne à la maison. Tu ne peux pas songer à jouer de la trompette en ville. Le propriétaire nous mettrait à la porte. Donc, commence par l'oublier. Si vraiment tu as un penchant pour la musique, nous te ferons donner des leçons de piano. » Et puis, le voyant avec les yeux qui luisaient : « Allons, grand bêta. Tu te rends compte que les vilains jours sont finis ? »

Le lendemain, Jacopo avait rendu la trompette à don Tico. Deux semaines plus tard, la famille abandonnait ***, revenant au futur.

10

MALKHUT

— 120 —

Mais ce qu'il me semble devoir déplorer, c'est que je vois certains idolâtres insensés et sots, lesquels... imitent l'excellence du culte de l'Égypte ; et cherchent la divinité, dont ils n'ont que faire, dans les excréments de choses mortes et inanimées ; et avec cela ils moquent non seulement ces vénérateurs divins et avisés, mais nous aussi... et ce qui est pis, ils triomphent, en voyant leurs rites fous si tant réputés... — Que ce Momos ne t'importune, dit Isis, pour ce que le destin a ordonné la vicissitude des ténèbres et de la lumière. — Mais le mal est, répondit Momos, qu'ils tiennent pour certain d'être dans la lumière.

Giordano BRUNO,
Spaccio della bestia trionfante, 3.

Je devrais être en paix. J'ai compris. Certains d'entre eux ne disaient-ils pas que le salut vient quand s'est réalisée la plénitude de la connaissance ?

J'ai compris. Je devrais être en paix. Qui disait que la paix naît de la contemplation de l'ordre, de l'ordre compris, savouré, réalisé sans résidus, joie, triomphe, cessation de l'effort ? Tout est clair, limpide, et l'œil se pose sur le tout et sur les parties, et il voit comment les parties concouraient au tout, il saisit le centre d'où coule la sève, le souffle, la racine des pourquoi...

Je devrais être exténué par la paix. Par la fenêtre du bureau de l'oncle Carlo, je regarde la colline, et ce peu de lune qui se lève. L'ample bosse du Bricco, la dorsale plus modulée des collines sur le fond, racontent l'histoire de lents et sommeilleux bouleversements de notre mère la terre qui, en s'étirant et en bâillant, faisait et défaisait des plaines céruléennes dans le sombre éclair de cent volcans. Nulle direction profonde des courants souterrains. La terre se clivait dans son demi-sommeil et échangeait une surface avec une autre. Là où d'abord paissaient les ammonites, des diamants. Là où d'abord germaient les diamants, des vignes. La logique de la moraine, de l'avalanche, de l'éboulement. Déplace un petit caillou, par hasard, il s'agite, roule vers le bas, laisse de l'espace en descendant (eh, l'horror vacui !), un autre lui tombe dessus, et voilà le haut. Surfaces. Surfaces de surfaces sur des surfaces. La sagesse de la Terre. Et de Lia L'abîme est le tourbillon d'une plaine. Pourquoi adorer un tourbillon ?

Mais pourquoi comprendre ne me donne pas la paix ? Pourquoi aimer le Fatum, s'il te tue autant que la Providence et que le Complot des Archontes ? Sans doute n'ai-je pas encore tout compris, il me manque un espace, un intervalle.

Où ai-je lu qu'au moment final, quand la vie, surface sur surface, s'est incrustée d'expérience, tu sais tout, le secret, le pouvoir et la gloire, pourquoi tu es né, pourquoi tu es en train de mourir, et comment tout aurait pu se passer différemment ? Tu es sage. Mais la sagesse suprême, à ce moment-là, c'est de savoir que tu l'as su trop tard. On comprend tout quand il n'y a plus rien à comprendre.

A présent, je sais quelle est la Loi du Royaume, du pauvre, désespéré, loqueteux Malkhut où s'est exilée la Sagesse, allant à tâtons pour retrouver sa propre lucidité perdue. La vérité de Malkhut, l'unique vérité qui brille dans la nuit des sefirot, c'est que la Sagesse se découvre nue en Malkhut, et découvre que son propre mystère gît dans le non-être, rien qu'un moment, qui est le dernier. Après recommencent les Autres.

Et avec les autres, les diaboliques, à chercher des abîmes où se cacherait le secret qu'est leur folie.

Tout au long des flancs du Bricco s'étendent des rangées et des rangées de vignes. Je les sais, j'en ai vu de semblables de mon temps. Aucune Doctrine des Nombres n'a jamais pu dire si elles lèvent en montée ou en descente. Au milieu des rangées, mais il faut y marcher pieds nus, le talon un peu calleux, dès l'enfance, il y a des pêchers. Ce sont des pêches jaunes qui ne poussent qu'entre les vignes, elles se fendent sous la pression du pouce, et le noyau en sort presque tout seul, propre comme après un traitement chimique, sauf quelques vermisseaux à la chair grasse et blanche, qui y restent attachés par un atome On peut les manger sans quasiment sentir le velours de la peau, qui vous fait courir des frissons depuis la langue jusqu'à l'aine. Jadis paissaient là les dinosaures. Puis une autre surface a couvert la leur. Et pourtant, comme Belbo au moment où il jouait de la trompette, quand je mordais dans les pêches je comprenais le Royaume et je ne faisais qu'un avec lui. Après, tout n'est qu'artifice Invente, invente le Plan, Casaubon C'est ce qu'ils ont tous fait, pour expliquer les dinosaures et les pêches.

J'ai compris La certitude qu'il n'y avait rien à comprendre, voila qui devrait être ma paix et mon triomphe. Mais moi je suis ici, qui ai tout compris, et Eux me cherchent, pensant que je possède la révélation que sordidement ils désirent. Il ne suffit pas d'avoir compris, si les autres s'y refusent et continuent à interroger. Ils sont en train de me chercher, Ils doivent avoir retrouvé mes traces à Paris, Ils savent que maintenant je suis ici, Ils veulent encore la Carte. Et j'aurai beau leur dire qu'il n'y a point de cartes, Ils la voudront toujours. Belbo avait raison : mais va te faire foutre, imbécile, qu'est-ce que tu veux, me tuer ? Oh, suffit à présent. Liquide-moi, mais que la Carte n'existe pas, je ne te le dis pas, il faut apprendre à se faire renard tout seul...

Ça me fait mal de penser que je ne verrai plus Lia et le petit, la Chose, Giulio, ma Pierre Philosophale. Mais les pierres survivent toutes seules. Peut-être est-il en train de vivre maintenant son Occasion. Il a trouvé un ballon, une fourmi, un brin d'herbe, et il y voit en abyme le paradis. Lui aussi il le saura trop tard. Il sera bon, et bien, qu'il consomme ainsi, tout seul, sa journée.

Merde. Et pourtant ça me fait mal. Patience, à peine je suis mort je l'oublie.

C'est la pleine nuit, je suis parti de Paris ce matin, j'ai laissé trop de traces. Ils ont eu le temps de deviner où je suis. D'ici peu Ils arriveront. Je voudrais avoir écrit tout ce que j'ai pensé depuis cet après-midi jusqu'à présent. Mais si Eux le lisaient, Ils en tireraient une autre sombre théorie et passeraient l'éternité à chercher à déchiffrer le message secret qui se cache derrière mon histoire. Il est impossible, diraient-Ils, que ce type n'ait fait que nous raconter qu'il se jouait de nous. Non, lui ne le savait peut-être pas, mais l'Être nous lançait un message à travers son oubli.

Que j'aie écrit ou non, ça ne fait pas de différence. Ils chercheraient toujours un autre sens, même dans mon silence. Ils sont faits comme ça. Ils sont aveugles à la révélation. Malkhut est Malkhut et c'est tout.

Mais allez le leur dire. Ils n'ont pas de foi.

Et alors autant vaut rester ici, attendre, et regarder la colline.

Elle est si belle.

L'éditeur juge opportun de signaler qu'après la nuit du 23 juin 1984, à une date imprécisée, le périscope a disparu du Conservatoire national des Arts et Métiers, et que la statue de la Liberté a été déplacée vers l'extrémité du chœur.

TABLE

TABLE DES ILLUSTRATIONS

Planisphère cosmographique, p. 466

tiré de Robert Fludd,
Utriusque Cosmi Historia, II, *De Naturae Simia,*
Francfort, de Bry, 1624, p. 545

Epilogismus Combinationis Linearis, p. 483

tiré de A. Kircher, Ars Magna Sciendi,
Amsterdam, Jansson, 1669, p. 170

Rotules, p. 548

tirées de Trithème, *Clavis Steganographiae,*
Francfort, 1606

Cet ouvrage a été composé
par l'Imprimerie BUSSIÈRE
et imprimé sur presse CAMERON
dans les ateliers de la S.E.P.C.
à Saint-Amand-Montrond (Cher)
et relié par la S.I.R.C.
à Marigny-le-Châtel
en mai 1990

N° d'impression : 2386.
Dépôt légal : mai 1990.
Imprimé en France